塔鲁输了这一把

正如他自己所说

但他里厄赢了什么呢

他只是赢得了对鼠疫的了解和回忆

赢得了对友谊的了解和回忆

还有就是感受到了温情

应该有朝一日也会成为追忆

人从鼠疫和生活的博弈中所能赢得的一切

便是认识和回忆

Arabes of Oran

Eugène Delacroix（1798–1863）

1834

《奥兰的阿拉伯人》

欧根·德拉克洛瓦

Doktor Schnabel von Rom

Paul Fürst（1608–1666）

1656

《来自罗马的鸟嘴医生》

保罗 · 佛斯特

通过某种别的监禁去表现一种监禁，这跟通过不存在的事去表现任何真实存在的事同样合乎情理。

——丹尼尔·笛福

鼠　疫

La Peste

[法]阿尔贝·加缪　著
陈杰　郭硕博　译

重庆大学出版社

目　录

通过某种别的监禁去表现一种监禁，这跟通过不存在的事去表现任何真实存在的事同样合乎情理。

——丹尼尔·笛福

一

构成这部叙事题材的奇异事件于一九四几年发生在奥兰。人们普遍认为，这些状况不该发生在那里的，有点事出反常。乍一看，奥兰确实是一座普通的城市，不过是法国在阿尔及利亚沿海一个省的省会[1]罢了。

应当承认，这座城市本身颇丑陋。透过平静的外表，必须花点时间才能发现使其与各个地区众多的商业城市有所区别的由头。比如，如何去想象：一座城市，没有鸽子，没有树木，亦没有花园，人们看不到飞鸟扑腾翅膀，听不到树叶窸窣作响——总之就是一个平淡无奇的地方。季节的更替仅仅在天空中得以显示。唯有空气质量的改善以及小贩们从郊区带来的一个个花篮，才宣告着春天的到来；这是人们在市场上售卖的春天。在夏天，阳光灼烧着干透的房子，给墙壁蒙上了一层灰色调子的灰烬；大家只能苟活在百叶窗的阴影里。秋天则恰恰相反，大雨滂沱，泥浆泛滥。只有冬天，才能迎来好天气。

1 译者注：1830 年，法国开始征服阿尔及利亚，此后，法国宣布阿尔及利亚为法国属地，并设置了君士坦丁省、阿尔及尔省、奥兰省，因此阿尔及利亚当时不同于那些法国的海外殖民地。

了解一座城市的简便方法，便是探寻人们在那里如何工作，如何去爱以及如何死亡。在我们这个小城，或许是出于气候的影响吧，所有的这些都以同样狂热又疏离的状态在同时发生。也就是说，人们对于养成习惯，既感到无聊又全神贯注。我们的同胞工作卖力，但始终是为了发家致富。他们对经商尤其感兴趣，按他们的说法——他们首先负责做买卖。当然，他们也爱好那些简单的乐子，他们喜欢女人、电影，还有海水浴。不过，他们很有分寸地把这些喜好留给了星期六晚上和星期天，而一周的其他日子，他们则力争多赚钱。傍晚，当他们离开办公室，他们会定时聚在咖啡馆里，他们会在同一条大道上散步，抑或是他们会待在他们家的阳台上。最年轻的那些人欲望猛烈但短暂，而年纪最大的那些人，其坏癖不外乎是滚球协会，联谊会的宴会以及通过玩牌博博运气、赌赌钱的那些圈子。

可能有人会说，这并非是我们的城市所特有的，总而言之，所有我们同时代的人都是如此。如今，看到人们从早工作到晚，随后选择在牌局、咖啡馆和侃侃而谈中消磨他们剩下的生活时光，或许没什么比这样再自然不过的了。但是，有些城市和国家，那儿的人们时不时地会揣摩别的东西。通常，这改变不了他们的生活。只是，有过揣摩，这总归聊胜于无。奥兰则相反，看上去是一座不存在揣摩的城市，也即是一座完全现代的城市。因此，没有必要去明确在我们这里人们相爱的方式。男人和女人，要么在所谓“爱的行为”中快速拥有彼此，要么进入二人习惯性的长相厮守。在这两种极端之间，通常不存在折中状态。这也不算独树一帜。在奥兰跟在别处一样，由于没有时间，没有想法，人们不得不相爱，并对此浑然不知。

在我们的城市，最独树一帜的，是大家发觉在此地死去的艰难。“艰难”也算不上是一个恰当的表述，或许说“不舒服”更确切一些。生病从来都是不舒服的，不过，有些城市和国家会对病中之人予以照顾，某种程度上，人们在那里尽可以听天由命。一个病人需要温柔以待，他喜欢有所依靠，这很正常。但是在奥兰，气候的极端，所谈生意之重要，城中景观的乏善可陈，黄昏的转瞬即逝，还有那些乐子的欢愉程度，所有这一切都要求有一个健康的身体。一个生病的人，在这里会发现自己茕茕孑立。不妨想一想，一个将死之人，困在被热浪炙烤得噼啪作响的数百道墙壁后的“陷阱”里，而与此同时，所有居民都打着电话或是聚在咖啡馆里，谈论着汇票、提单和贴现。可以理解，即便在现代生活中，当死亡突然发生在一个干燥的地方，其间还是会有这等的不惬意。

这几点说明或许可以赋予我们的城市一个充分的概念。说到底，我们无须任何的夸大。必须加以强调的是，这座城市和城市中的生活都平淡无奇。不过，一旦人们养成了习惯，日子就不难打发。既然我们的城市恰好利于习惯的养成，那便可以说，一切都再好不过。也许从这个角度看，生活不会非常有趣；但至少，在我们这里没有过混乱。我们坦率、热情、勤劳的居民，总是赢得游客相当的尊敬。这座城市，没有风景，没有植被，没有灵魂，终似一处休憩之所，大家最后都在其中沉沉睡去。不过，补上一句公道话，这座城市嵌在一片无敌的风景之中，它位于一个光秃秃的台地中央，台地被光线充足的丘陵环绕着，在一个有着完美岸线的海湾前面。仅有的遗憾在于，城市是背对着这个海湾建造的，因此，没法眺望大海——大海总是得往别处去寻。

说到这儿，我们不难承认，没有什么能让我们的同胞去揣摩这一年春天所发生的种种意外情况，我们后来才明白，这正是我打算在此进行叙述的一系列严重事件的前兆。这些事实，在有些人那里显得很正常，在另一些人那里则相反，未必当真。但是，一个叙事作者终究不能顾及这些矛盾之处。他的任务仅仅是说“这事发生了”，只要当他知道，这事果真发生了，并且这关系到所有当地人民的生活，为此，会有成千的目击者在他们的心里相信他所说出的真相。

另外，叙事者有朝一日总会为人们所了解，如果不是机缘巧合使他采集到一定数量的口述，如果不是这些事情的力量将其卷入他想要叙述的这一切，他几乎不可能有资格在此类事业中爬梳。正是这些因素，将他导向了历史学家的工作。当然，一个历史学家——即便他是业余级别的——总会握有一些资料。因此，这部叙事的记述者也有他的资料来源：首先是他自己的所见，其次是别人的见证——鉴于其所担负的职责，他得以收集到这个叙事中所有人物的知心话——最后是那些以落入他手中为归宿的文本材料。他打算，等他想妥了，他会从这些资料中汲取内容，纵心所欲地将其用起来。他还打算……不过，或许是时候放下这些评论和谨慎的话语了，回到叙事自身吧。最初那几天的记述需要讲得细致一点。

4月16日早上，贝尔纳·里厄医生走出他的诊所，在楼梯间，他脚下绊到了一只死老鼠。他当即踢开了这畜生，并未对其留意，便下了楼梯。但是，来到街上，他想到这只老鼠没在它该待着的地方，他于是又走回去，通知了门房。面对米歇尔老先生的反应，他分明感觉到，他的发现异乎寻常。死老鼠的出现，在里厄医生看来只是颇为怪异，但对于门房而言，这便成了一件丢脸的事。因此，后者的立场毫不含糊：楼里没有老鼠！里厄医生徒劳地向他保证，二楼的楼梯间就有一只，很可能死了，米歇尔先生却固执己见：楼里没有老鼠，所以，肯定是有人从外面带进来的！总之，这是一个恶作剧。

当天傍晚，贝尔纳·里厄站在房子的过道里，找他的钥匙准备上楼回家，他看到从昏暗的走廊尽头，出来了一只大老鼠，湿漉漉的皮毛，步态踉踉跄跄。这畜生停了下来，似乎在寻找平衡，它向医生跑来，又停下了，自己转着圈并轻轻叫了一声，最终它倒下了，半张着的嘴唇之间还呛出了血。医生盯着它看了片刻，上楼回了家。

他思虑的不是老鼠。那呛出的血却令他忧心忡忡。他的妻子，已经病了一年，明天应该动身去一个山里的疗养地。他看到，她在他们的房里躺着，正如他所嘱咐的那样。舟车劳顿，她这样子方可养精蓄锐。

她微笑着，说道："我感觉很好。"

在床头灯的灯光下，医生注视着转向他的这张脸。对于里厄来说，三十岁的妻子尽管一副病恹恹的样子，但她这张脸依然是年轻人的脸，大概是因为这微笑能带走剩下的一切苦厄吧。

"能睡就睡吧，"他说，"护士明天十一点钟来，我会把你们送上中午十二点的火车。"

他亲吻了妻子微微发汗的额头。她的笑一直伴随着他走到门口。

次日，4 月 17 日，八点钟。门房在过道里拦住了里厄医生，谴责又有三只死老鼠被丢在走廊中的恶搞行为。有人应该是用大号捕鼠器将它们逮到的，因为这些老鼠都血淋淋的。门房在门口待了一阵子，拎着老鼠的爪子，指望着借冷嘲热讽让那些犯坏的家伙忍无可忍主动现形。但是，没有人跳出来。

“啊！这帮东西，”米歇尔先生说，“我终归会找着他们的。”

里厄颇为吃惊，他决定去城市外围的街区开始巡诊，那里住着他最为贫困的客户。此处的垃圾收得非常晚，汽车沿着这个街区笔直而尘土飞扬的道路行驶着，能蹭到放在人行道边上的垃圾箱。在车子经过的这一路上，医生数了有一打的老鼠，被扔在烂菜叶子和脏兮兮的破布上。

在一间既当卧室又做餐厅的临街房子里，里厄医生见到了他的第一个病人，正躺在床上。这是个上了年纪的西班牙人，一张硬朗且布满皱纹的脸。他在面前的被子上，放了两只装着鹰嘴豆的锅。当医生进去的时候，在床上半支起身子的这个病人，往后一仰，试图重新通一通老年哮喘患者胸口压大石般的喘息。他的妻子拿来了一只盆。

“哎，医生，”在打针的时候他说，“它们出来了，您看到了吗？”

“是啊，”妻子说，“邻居捡到了三只。”

老头搓着双手，说道：“它们出来了，我们在所有的垃圾堆都看到了，这是饿出来的！”

里厄接下去毫不费劲地发现，整个街区都在谈论老鼠。他的出诊结束了，他回到了自己那里。

“有您一封电报，在上面。”米歇尔先生说。

里厄医生问他，是否又看到老鼠。

“嘿！没有，”门房说道，“我盯着呢，您知道的。这些猪头不敢造次了。”

电报通知里厄，他母亲明天抵达。她在里厄患病的妻子不在期间，来照看儿子的家。当医生走进家中，护士已经在了。里厄看到他妻子站在那儿，穿着女裙套装，并且薄施了粉黛。他对她微笑着。

“真好，”他说，“非常好。”

过了一会儿，在火车站，他把妻子安顿在了卧铺车厢。她打量着车上的隔间。

“这对我们来说太贵了，不是吗？”

“得这样。”里厄说。

“老鼠是怎么回事？”

“我不知道。这挺怪的，不过会过去的。”

然后，他很快地对妻子说，他请求她的原谅，他本该呵护她的，但对她却忽略得太多。妻子摇着头，好像是示意他别说了。不过，他还是补充道：“等你回来，一切都会好起来的。我们重新开始。”

“好，”她回应道，两眼闪耀着光芒，“我们重新开始。”

过了一会儿，她转身背对着里厄，看着窗外。站台上，人们挤挤挨挨，互相磕磕碰碰。蒸汽机车的“扑哧扑哧”声一直传到他们这里。他呼唤了一声妻子的名字，当她转过身，他瞥见她的脸上挂着泪珠。

“别这样。”他温柔地说。

在泪水之下，微笑又一次浮现，稍显僵硬。她深深地呼吸了一下：“你走吧，一切都会好起来的。”

里厄紧紧地抱着妻子，而到了站台上，现在从车窗外，他只能看到妻子的微笑。

“请你务必好好照顾自己！”他叫道。

但是她没法听见丈夫的话。

在车站的站台靠近出口的地方，里厄碰到了预审法官奥登先生，这一位正牵着自己年幼的儿子。医生问他是不是去旅行。身材修长肤色黝黑的奥登先生，半像是过去所谓的上流社会人士，半像是殡仪馆装殓和下葬的工作人员，他以一种客气却简短的语调回答道：“我来接奥登夫人，她去和我的家族走动走动，亲近亲近。”

火车头鸣笛了。

“那些老鼠……”法官说。

里厄随火车前进的方向动了动，但他还是转过身走向出口。

“是的，”他说，“这没什么。”

他对那一刻留下的所有记忆乃是，一个铁路道班人员从旁经过，胳膊下面夹着一个装满了死老鼠的箱子。

当天下午，门诊一开始，里厄接待了一个年轻人，据说这是位记者，上午就来过。年轻人叫雷蒙·朗贝尔。他个头矮小，肩膀宽厚，有着一张坚定的脸庞和一双明亮而睿智的眼睛。朗贝尔穿了一身裁剪得颇有运动感的衣服，看上去生活优渥。他直奔主题。他在为巴黎的一家大报就阿拉伯人的生活境遇做调查，因而想了解他们的卫生状况。里厄告诉记者，他们这方面的状况堪忧。不过在详谈之前，他想知道，记者能否实话实说。

“当然。”记者说。

“我是想说，您能够承受全部的谴责吗？”

“老实说，全部的——够呛。我猜这谴责是没有根据的吧。”

里厄平心静气地说，这样的谴责实际上没什么根据，但是他提出这个问题，只是想了解朗贝尔的调查文章是否能够毫无保留。“我只接受毫无保留的调查文章。所以，我不会用我的资料去支持您这事。”

“这是圣茹斯特[1]的语言。”记者微笑着说。

---

1 译者注：圣茹斯特（1767—1794），法语全名 Louis Antoine Léon de Saint-Just，法国大革命雅各宾专政时期的领导人之一，热月政变后与罗伯斯庇尔一起被处死。

里厄并未提高声调，说自己对圣茹斯特一无所知，不过这是一个厌世之人所说的语言，而此人与其同类旨趣一致，决意从其自身出发，杜绝不公正与无谓的退让。朗贝尔脖子缩在双肩里，打量着医生。

“我想我理解您的意思。”记者最后站起来说。

医生送他到了门口：“谢谢您能这样扑在事情上。”

朗贝尔好像颇不耐烦。“是啊，”他说，“我理解，请原谅我的叨扰。”

医生跟他握手，并告诉他，眼下在城里发现了为数不少的死老鼠，就此倒是可以做个猎奇的报道。

“哈！”朗贝尔欢呼了起来，“这我感兴趣！”

下午五点，他再次出诊时，医生在楼梯上和一个还算年轻的男子错身而过，此人体型笨重，一张凹陷的大脸上两道浓眉。医生有几次在这栋建筑顶层的西班牙舞者家中见过他。让·塔鲁抽着一根烟，专注地盯着脚下的一级台阶，一只濒死的老鼠最后抽搐了几下。他抬起平静的目光，灰色的眼睛略微瞥了一下医生，打了个招呼，然后补充说，老鼠的出现是个奇怪的事情。

“是啊，”里厄说，“不过这终会让人感到厌烦的。”

“医生，在某种意义上，仅仅在某种意义上会这样。我们从未见过类似的情况，就这么回事。不过我觉得这挺有意思，是的，确实有意思。”

塔鲁往后捋了捋头发，又看着此刻已一动不动的老鼠，然后笑着对里厄说：“不过说到底，医生，这主要是门房的事。”

正巧，里厄发现门房就在楼前，背靠着门口边的墙，平时红光满面的脸上一副倦怠的神情。

里厄向他示意又发现了新的老鼠，老米歇尔向医生回应道：“是的，我知道。现在一发现都是两三只。不过其他楼里也一样。”

他看上去沮丧且不安，以一种无意识的动作擦着自己的脖子。里厄问他身体可还好；门房当然无法说出自己哪里不对劲，他仅仅是觉得不舒服。在他看来，这是精神状态导致的。这些老鼠把他这一通给折腾得，等它们消失了，一切就会好很多。

但是 4 月 18 日，第二天早上，医生从火车站接了他的母亲，发现米歇尔先生的神情更加消沉：从地下室到阁楼，十几只老鼠死在楼梯上。旁边那栋楼的垃圾箱里也满是老鼠。医生的母亲听到这消息并未感到惊讶：“这种事会有的。”

她是个满头银发的小个子妇人，一双温柔的黑眼睛。

“很高兴又见到你，贝尔纳，”她说，“老鼠不可能对重逢的喜悦有任何干扰。”

里厄表示同意。确实，跟母亲在一起，一切都好像变得简单了。

然而，里厄还是给市灭鼠办公室打了电话，他认识那里的负责人。这位负责人是否听说了，大批大批的老鼠跑出来，死在光天化日之下？负责人梅西埃已经听闻此事，甚至在他本人距离码头不远的办公室，有人发现了五十多只老鼠。不过他在考虑，情况是不是严重。里厄无法确定严重与否，但他觉得灭鼠办公室应当介入。

“是啊，”梅西埃说，“得有命令。如果你觉得确有必要，我可以试着去讨一道命令。”

“始终有这个必要。”里厄说。

清洁女工刚刚告诉里厄，她丈夫工作的那家大型工厂里，人们已经收集了好几百只老鼠。

无论如何，大概从这一时期开始，我们的同胞开始焦虑不安。因为，从 18 日起，工厂和货栈事实上都清出了成百的老鼠尸体。某些情况下，人们不得不结果了那些垂死挣扎得太久的畜生。但是，从城市外围街区到市中心，里厄医生走过的所有地方，我们的同胞聚居的所有地方，成堆地在垃圾箱里的或是成串地在排水沟里的，尽是等待处理的老鼠。晚报从这天起，揪住了这件事，质问市政府，是否打算行动，是否采取了某些紧急措施，确保治下的老百姓摆脱这可恶的侵扰。市政府没有任何打算，也没有考虑任何措施，但是却开始召集市政会议，加以磋商。一道命令下达给了灭鼠办公室：每天清晨，从黎明开始收集死鼠。收集完成后，两辆灭鼠办公室的车应将死老鼠送往垃圾焚烧场，火化之。

可是，接下来的那些天，情况却恶化了。这种啮齿动物被收集到的数量在不断增长，每天清晨的处理量节节攀升。从第四天起，老鼠们开始成群地跑出来倒毙。它们从小暗室、地下室、地窖、阴沟里爬上来，蹒跚地排成长列，摇摇晃晃地来到阳光下，自己打着转，在人类的近前死去。晚上，在过道或小巷里，人们能清晰地听到它们垂死的轻微叫声。清晨，在郊区，人们甚至会发现它们铺陈在排水沟里，尖尖的嘴上挂着血凝成的小花，一些已膨胀并腐臭，另一些则变得僵硬，胡子还根根立着。在市里也一样，人们会撞见一小群一小群的死老鼠，在楼梯间，或是在院子里。它们也会跑到行政机构的大厅里、学校的风雨操场里、偶尔还有咖啡馆的露台上，独自死在那里。在城里面人们最常光顾的地方发现死老鼠，我们的同胞惊得下巴都要掉了。阅兵广场，大马路，滨海步道，时不时地亦遭到污染。黎明时分清理完这些死掉的畜生，到了白天，渐渐地，它们在城市里又越积越多。更有甚者，夜间散步的人在人行道上，能感觉到脚下踩到一团刚刚死去、还有弹性的尸体。就像是，我们的房子所植根的大地要清除令其不堪的重负，于是，它将在其体内发起来的疖子脓疮全挤出了地面。我们的小城，直到那时是如此的宁静，可经历几天的混乱之后，放眼望去，唯有惊慌失措，这就好像一个身体健康的人，其黏稠的血液突然流通不畅要他的命！

事态发展得如此严重，以至于朗斯多克研究所（就任何课题进行所有的情报收集、文献收集）在其免费提供资讯的电台节目中声称，仅仅在25日一天，收集并焚烧的老鼠就有6231只。该数字，就这座城市在眼皮子底下日日发生的景象给出了一个明确的概念，更是平添了市民的惶恐。在此之前，大家只是在抱怨一个令人生厌的偶然事件。如今，人们却发觉，这个既不能确定其规模又不能识别其源头的现象，有着某种威胁性。只有那个患有哮喘的西班牙老头，带着一股老小孩的欢乐劲儿，搓着双手重复着："它们出来了，它们出来了！"

然而，4月28日，朗斯多克研究所宣布，收集了约8000只老鼠，城中的焦虑达到了顶点。有人要求采取严厉措施，有人控诉市政当局，一些在海边有房子的人已经打算去那里暂避。可是第二天，研究所公布说，这一现象突然就消停了，灭鼠办公室仅仅清理出数量可以忽略不计的死老鼠。这座城市终于缓过来一口气。

就在当天中午，里厄医生在楼前停车，瞥见在街道的那头门房正艰难地朝前走着，他的脑袋耷拉着，四肢张得很开，形同木偶。老门房挽着一个神甫的胳膊——医生认识此人。那是帕乐卢神甫，一位博学而活跃的耶稣会[1]会士，医生曾见过他几次，他在我们的城市很受尊重，即便是在那些对宗教无动于衷的人中间也是如此。医生等了等他们。老米歇尔的眼睛发亮，呼吸跟拉风箱一样。他感觉不是很舒服，便想出来透透气。但是，脖颈、腋窝以及腹股沟这几处疼得厉害，令他迫不得已折返了回来，并且请帕乐卢神甫搭他一把。

“发了一些肿块，”米歇尔说，“我不得不硬扛着。”

医生把胳膊伸出车外，手指在米歇尔朝他伸过来的脖颈根部摸索了一下；那里生成了一种木节一样的东西。

“您还是躺着吧，量一下体温，下午我来给您看看。”

门房走了，里厄问帕乐卢神甫，他对老鼠的事怎么看。

“噢！这应该是一场传染病。”神甫回答道，他的眼睛在圆眼镜后面透着笑意。

午饭之后，里厄又读了一遍疗养院通知他妻子已经抵达的电报，这时电话响了。这是他的一个在市政府当雇员的老客户打来的。此人长期为主动脉狭窄所苦，因为他家境贫寒，里厄为他免费治疗。

“是的，”这人说，“您听出是我了。不过，这回是另一个人有事。您快来吧，我邻居家里发生了点状况！”

1　译者注：耶稣会，天主教修会，16 世纪在巴黎创立。

这人的声音带着喘。里厄于是想起了门房，决定随后就去看看老头。几分钟后，医生穿过位于城市外围街区菲代赫博街一栋矮楼的大门。在阴凉且气味难闻的楼梯上，他碰到了约瑟夫·格朗——那个正下楼想迎他的市政府雇员。此人五十多岁，蓄着黄黄的胡子，高个，驼背，肩膀窄窄的，四肢细细的。

“这会儿好些了，”他碰到里厄便说了起来，“不过刚才我以为他快去了。”

他擤了擤鼻涕。在三楼，也就是顶层，里厄在左边的门上看到用红粉笔写着：“请进来，我上吊了。”

他们进了屋。上吊的绳子挂在一张翻倒的椅子上方的吊灯上，桌子被推到了角落里。不过，只剩绳子吊在半空中。

“我及时把他放下来了。”总像是在寻找如何遣词造句的格朗说道，尽管他本就说着最简洁的语言，“我正好出门，听到了一些声响。当我看到门上的话，怎么跟您说呢，我以为这是个玩笑。但是，他发出了奇怪的呻吟，甚至可以说是恐怖的。”

他挠了挠头：“在我看来，上吊这种事应该挺痛苦的。当然，我就进来了。”

他们推开了一扇门，在门口便感觉到这一间卧室很明亮，但家具少得可怜。一个胖胖的小个子男人睡在铜床上。这人剧烈地喘息着，用充血的眼睛盯着他们俩。医生停下了脚步。在喘息声的间歇里，他似乎听到了老鼠轻微的叫声。但是房间的角落里没有任何动静。里厄朝床边走去。这人没从太高的地方摔下来，也没砸得太猛，脊椎倒是经受住了——当然，有点窒息，必须得拍个X光。医生给他打了一针樟脑油，然后说几天之内就会好的。

“谢谢，医生。”这人闷声说道。

里厄问格朗，是否通知了警方。市政府雇员显出一副窘迫的神色。

“没有，”他说，“唔，没有。我当时想最紧迫的是……”

“当然，”里厄打断了他，“那我来通知吧。”

但这时，病人焦躁地从床上坐起身，表示反对，说他好了，没必要这么做。

“请您少安毋躁，”里厄说道，“这不是一桩案件，相信我，我有必要去做个声明。”

“噢！”这人回答道。

他于是往后一倒，急促地啜泣着。格朗捋了一会儿他的小胡子，走到此人身边。

“行了，科塔尔先生，”格朗说，“尽量体谅一下。可以说，医生是负责任的。万一，比方说啊，您又生出这种念头呢……”

但是科塔尔流着泪说，他再也不会寻死了，那仅仅是惊恐下的一时冲动，他只希望让他清净清净。里厄开了处方。

“就这么说定了，”里厄说，“先这样吧，我过两三天再来。不过别做傻事了。”

在楼梯上，里厄对格朗说，他不得不去做这个声明，不过他会请求警长两天后再进行调查。

“今天夜里必须看着他。他有家人吗？”

“我不认识他的家人。不过我可以自己看着。”

格朗摇摇头接着说：“他我也不熟，您注意到这点了吧，我都谈不上认识他。不过总该互相帮助的。”

在楼道里，里厄不由自主地看向隐蔽的角落，并问格朗，老鼠是否已经从他这个街区完全消失。市政府雇员对此什么都不知道。其实有人跟格朗说起过这事，不过他并未过多留意街区的传闻。

“我在操心别的事。”他说。

里厄这时已经握着他的手要告别了。医生在给妻子写信之前，还得赶着去见门房。

叫卖晚报的人嚷嚷着老鼠的侵扰已经停止了。但里厄却发现，老门房半转着身探出床外，一只手摁着肚子，另一只手圈着脖子，正痛苦万分地往一个污物桶里呕着玫红色的胆汁。好一通折腾之后，门房气喘吁吁，重新躺了下来。他的体温达到了三十九度五，脖子的淋巴结和四肢都肿起来了，肋部的两块黑斑越扩越大。他现在抱怨说体内感到疼痛。

“火辣辣的痛，”他说，“这该死的玩意儿在烧我。”

他变得发乌的嘴里含混不清地嘟囔着一些字眼，他鼓起的双眼转向医生——头痛欲裂令其眼中泪水涔涔。他妻子不安地看着沉默不语的里厄。

“医生，”她问道，“这是什么病？”

“这可能是任何一种病，但是还无从确诊。一直到今天晚上，都别吃东西，服用清肠胃的净化药。他得多喝水。”

门房正好渴坏了。

回到家中，里厄给他的同行理查德——本城最有声望的医生之一——打了电话。

“没有，”理查德说，“我没见到任何特别的病例。”

“没有发烧并伴有局部炎症的？”

“啊！这倒是有，两例淋巴结严重发炎。”

“反常吗？”

“呃，”理查德答道，“正常这东西，您知道……”

夜里，门房烧到四十度，始终在说胡话，抱怨老鼠。里厄试着固定住脓肿，在用松节油灼烧时，门房嘶吼道：“啊！这些杀千刀的！”

淋巴结还在变大，摸着硬得跟木头一样。门房的妻子吓得不知如何是好。

“您守着他，”医生对她说，“有什么情况就叫我。”

次日，4 月 30 日，湛蓝湿润的天空中吹来了已带着暖意的和风。它从最远的郊区带来了鲜花的芬芳。街道上，晨间的喧闹似乎比往常更活跃、更欢快。我们整个的小城，摆脱了历时一周的隐忧，这一天又焕然一新。里厄本人，收到了妻子的信，心下甚安，便轻快地下了楼去到门房家里。而事实上，到了早晨，门房的体温降到了三十八度，尽管依然虚弱，病人在床上好歹有了点笑容。

“好起来了，是吗，医生？”门房的妻子问道。

“我们再等等看。”

然而，到了中午，门房的体温一下子蹿到了四十度，他不停地说着胡话，并且又吐了。他脖子上的淋巴结一碰就疼，门房似乎恨不得能身首分离。他妻子坐在床脚，双手放在被子上，轻轻地握着病人的双脚。她看着里厄。

“听着，”医生说，“他必须隔离，进行特殊治疗。我来给医院打电话，然后我们用救护车把他送走。”

两小时后，在救护车上，医生和门房妻子俯身观察着病人。从他挂着蕈状赘肉的嘴里，蹦出一些只言片语。“老鼠！”他叫道。他脸色发青，嘴唇蜡黄，眼皮呈铅灰色，呼吸断续而急促，经受着淋巴结疼痛对身体的撕扯，门房窝在救护车小床凹陷的底部，似乎是他想用小床把自己裹起来，抑或像是，来自地底的某个东西无休止地呼唤着他——门房在一种看不见的重压下窒息了。他妻子哭泣着。

“这就没希望了吗，医生？”

“他死了。”里厄说。

门房的死，可以说标志着这个充满了令人不安的征兆的阶段结束了，而另一个相对更加困难的阶段开始了——最初那段时间的诧异渐渐转化成了恐慌。我们的同胞从未想过，我们的小城，会因为老鼠死在光天化日之下以及众门房死于某种怪病而成为特别指定之地，他们从此有数了。从这个视角看，他们总的说来在应对上陷入了失误，观念该修正了。如果一切止于此，习惯或许又会占据上风。但是，我们的同胞中另一些人，既不是门房，也并不贫穷，他们也不得不跟着踏上了米歇尔先生最先走过的那条死亡之路。正是从那一刻起，恐惧以及伴随着恐惧的思考，开始了。

然而，在进入这些新事件的细节之前，叙事者觉得，就刚刚描述过的这个阶段，给出另一个见证者的见解，也不无裨益。让·塔鲁——我们已经在该叙事的开头接触过他——于几个星期之前在奥兰定居下来，这之后便住在市中心的一个大旅馆里。看起来，似乎他的收入令他过得颇为滋润。但是，尽管这座城市渐渐适应了他的存在，可是没人能说出他来自哪里，并且为何会来这里。大家在所有的公共场合都碰得到他。开春以来，人们老在海滩上看到他，他经常游泳，明显乐此不疲。他为人厚道，总是带着笑，看上去喜欢所有正常的消遣，但又不会为其所役。事实上，他唯一为人所知的习惯是常去拜访那些西班牙舞者和乐师，他们在我们的城市里为数不少。

他的笔记，无论如何也构成了这段艰难时期的一种叙事。不过，这涉及的是一种非常个人化的叙事，看似带着某种定见——而且其所撷取的亦是不足挂齿的小事。粗粗一看，人们会以为，塔鲁竭力地将人和事看得微不足道。在城市普遍的纷乱中，他总是全神贯注地充当着历史学家，记下那些不能称其为历史的东西。人们可能会为这种定见感到遗憾，并从中猜想他心灵之冷酷。不过，这些笔记当然能够为这个时期的叙事提供大量的次要细节，而这些细节自有其重要意义，甚至其古怪之处亦可避免我们过快地去判定这个有趣的人物。

让·塔鲁所做的记录最早始于他抵达奥兰的那一天。从一开始，这些记录就表现出，身处一座其自身如此丑陋的城市而生出的某种奇怪的满足。我们从中可以看到，对于装饰在市政厅前面那对青铜狮子的具体描述，还有对于这座城市树木之全无、房子之难看、规划布局之不合逻辑的宽容评述。塔鲁在笔记中还混杂了一些在电车和街道上听到的对话，未添加任何评论，除了稍后的某次谈话是个例外——这个谈话提到了一个叫“康”的人。塔鲁在现场目击了一段电车上两个售票员的对话。

“你跟康很熟吧。”一个售票员说。

“康？高高个儿，留着黑胡子的那个？”

“对。他在铁路上做扳道工。”

“是的，当然。”

“嗯，他死了。”

“啊！什么时候的事？”

“有了老鼠这事之后。”

“唉！他得了什么病？”

“我不知道，发烧。何况，他并不强壮。他的腋下发了脓肿，没能挺过去。”

“可是他看上去跟大家一样啊。”

“不，他的肺不好，可他还在乐队里参加演奏。总是吹管乐器，肺部给用废了。”

“咳！”第二个售票员结束了谈话，“一旦生病了，必然不能再吹号的。”

在这些话后面，塔鲁自问：为什么康不顾自己再明显不过的健康问题，还要去乐队，那么，使他冒着生命危险去为主日游行伴奏的深层原因是什么呢?

接着，塔鲁似乎对他窗户对着的那个阳台上经常发生的一幕印象尤深。他的房间实际上朝着一条横向的小街，有些猫会在那边墙下的阴影里睡觉。不过每天午饭之后，整座城市热得昏昏欲睡的时候，一个小个子老头便出现在街对面那个阳台上。他一头白发梳得很整齐，一身军装模样的穿着，身板笔挺，神色严肃；老头“猫咪、猫咪”地叫着那些猫，既冷淡又温柔。猫咪们抬一抬它们惺忪的睡眼，并未动弹。老头于是在街道上方将纸撕成碎片撒下，那些畜生被这白色的“蝴蝶雨”所吸引，便走到路中央，朝最后的纸屑伸出一只游移不定的爪子。这时，小个子老头便又狠又准地冲着猫咪们吐痰。如果一口痰击中了目标，他就乐了。

最后，塔鲁好像终于被这座城市的商业气质给吸引住了，其市容、活跃程度乃至娱乐活动似乎都被做买卖的需要所支配。这种独特性（笔记中用了这个字眼）得到了塔鲁的赞许，他的一句溢美之词甚至以一句感叹而结束：“终于大开眼界！”这一时期，该旅行者的笔记好像唯有在此处显露出了其个性。很难简单地评估这些笔记的意义和严肃性。塔鲁就是这样，在叙述了发现一只死老鼠致使旅馆出纳在账本上记错一笔之后，他以一种比平时更为潦草的字迹补充道：“问题：怎么做才不浪费时间？答案：在时间的长度中体验之。方法：在牙医的候诊室待上几天，坐在一张不舒服的椅子里；在阳台上过完星期天的下午；在一种自己所不懂的语言里听讲座，选择路程最长、最不方便的铁道线并且自然是站着旅行；在剧场的售票窗口前排队却不买票，等等，等等。”但是，在这些跨度颇大的言语和想法之后，笔记紧接着便开始详细描绘我们城市的电车——它们无桅小船般的外形、难以分辨的颜色、一贯的肮脏——然后用一句等于什么都没解释的“这挺惹人注目”来结束这些论述。

不管怎样，这是塔鲁就老鼠的事所提供的记录——

“今天，对面的小个子老头变得不知所措。猫全没了——受到了街上所发现的大量死老鼠的刺激，它们确实都消失不见了。在我看来，猫是绝不会吃死老鼠的。我记得我的猫就厌恶死鼠。猫咪们想必是溜到地窖里去了，而小个子老头则没了方向。他的头发梳得没那么顺溜了，人也没那么精神了。可以感觉得到，他焦躁不安。过了一阵儿，他进了房间。不过他还是吐痰了，朝空中吐的。

“今天在市内，人们叫停了一辆电车，因为在上面发现了一只死老鼠，不知怎么会到车里的。两三个女人下了车。有人把死鼠扔了。电车又开走了。

“在旅馆里，守夜的那哥们是个值得信赖的人，他对我说，他预感所有的这些老鼠会带来一场灾祸——‘当老鼠弃船而逃……’我回答他说，在船上的话确实如此，不过这在城市里可从没验证过。然而，他坚信不疑。我问他，据他的看法，我们会等来什么灾祸。他不知道，灾祸是不可预见的。但是，真要是发生一场地震，他是不会感到惊讶的。我承认这是有可能的，他问我这是否会令我不安。

“‘唯一让我感兴趣的，’我对他说，‘是找到内心的安宁。’

“他完全理解我的意思。

“旅馆的餐厅里，有一家子都非常有趣。父亲瘦瘦高高的，穿着带硬领的黑色衣服。他脑袋中间秃了，左右两边各有一缕灰发。他圆溜溜的小眼睛冷酷无情，鼻子细长，嘴巴横向咧得很开，那样子活脱脱就像一只驯养得很好的猫头鹰。他总是第一个来到餐厅门口，然后侧身，让娇小得如同黑鼠的妻子先进去，接着他自己进去，身后跟着一个小男孩和一个小女孩，穿得像两条受过训练的小狗。来到餐桌前，他先等妻子坐下，然后自己才落座，两只小狗最后才可以爬上椅子。他用‘您’来称呼妻儿，他彬彬有礼地对妻子说着刻薄的言辞，对两个继承人却是令行禁止。

“尼科拉，您表现得极其讨厌！

“小女孩就要哭出来了。这是必然的。

“这个早上，男孩因为老鼠的事特别兴奋。他想在桌上聊几句。

“吃饭时不要提老鼠，菲利普。我禁止您以后再说出这个词儿。

“‘您父亲说得对。’黑鼠说。

“两只小狗埋头进食了，猫头鹰点点头以示感谢，但是这动作无甚意义。

“尽管有这种好榜样，在城里大家对老鼠的事却谈得很多。报纸已经介入此事。报纸的本地专栏通常内容十分芜杂，现在全被抨击市政府的宣传攻势给占据了：‘我们的市政官员，他们是否知晓，这些啮齿动物的腐尸可能会导致的危害？’旅馆经理无法再谈其他的事了。这也正是他感到恼火的地方。在一家体面的旅馆的电梯里发现了老鼠，在他看来简直难以置信。为了安慰他，我对他说：‘大家都在这个困境中。’

“‘确实如此，’他回答我说，‘我们现在跟大家一样。’

“正是他跟我提到这出人意料的高烧最初的几个病例，大家已经开始对此感到不安。他那里一个客房女服务员，便染上了这个病。

“‘不过可以肯定，这个病是不传染的。’他急忙说明了一下。

“我对他说，我对此无所谓。

“‘啊！我看出来了。先生跟我一样，先生是宿命论者。’

“我压根儿没有提出过类似的看法，况且，我也不是宿命论者。我把这些话都告诉他了……”

正是从这时起，塔鲁的笔记开始略微详细地谈及这种已经在公众中引起不安的、不为人所知的发烧。他记录下了，在老鼠消失之后，小个子老头终于又见到了那些猫，他耐心地校正他吐痰的“射击准头”；塔鲁还补充说，这种发烧的病例已经能列出十几例，其中的大部分都已致死。

作为资料，我们最后可以转述一下塔鲁对里厄医生所做的描绘。据叙事者判断，这肖像描绘得相当之准确：

“看上去有三十五岁。中等身材，肩膀结实，近乎长方脸。忧郁且率直的眼睛，但是下颌突出。鼻子挺拔且端正。黑头发剃得很短。那张嘴呈弓形，嘴唇厚实，几乎总是紧闭着。他那晒黑的皮肤、黑色的汗毛，并且总是穿一身的深色衣服——不过跟他很配，让他有点像个西西里农民。”

“他走路很快。他从人行道上走下来时毫不改变步伐，但走上马路对面的人行道时，三次里面有两次他会轻轻一跳。他在开车时心不在焉，常常让转弯指示器立着，即便在他已经转过弯之后。从不戴帽子。什么都了然于胸的样子。”

塔鲁记的数字是准确的。里厄医生知道情况并不简单。门房的尸体隔离后，他给理查德打了电话，询问这类腹股沟淋巴结炎的情况。

“我搞不懂了，”理查德说，“两例死亡，一个人四十八小时就死了，另一个也就三天。那天早晨，我离开后一个病人时，他的所有症状都在康复中。”

“如果您有其他病例，请通知我。”里厄说。

他还给几位医生打了电话。这样的调查让他得知，几天内出现了二十多个类似的病例。几乎全是致命的。他于是向奥兰医师工会会长理查德提出请求，隔离新发现的病人。

“可是我对此无能为力，”理查德说，“必须省里出面采取措施。另外，谁跟您说有传染的风险？”

“没人跟我说过，但是这些症状令人担心。”

然而，理查德认为“他不具备这方面的资格”。他所能做的，只是跟省长提一提这个情况。

但是，在他们谈论的时候，天气变坏了。门房死去的次日，大雾遮天蔽日。短时的倾盆大雨突袭了这座城市；骤雨之后便是酷热。大海失去了其深蓝的色泽，在雾蒙蒙的天空下，发出银色或铁色的刺目闪光。这春天的湿热，竟使人向往酷暑。这座建在台地上形似蜗牛的城市，几乎未面朝大海，正弥漫着一股毫无生气的萎靡。在一道道抹着灰泥的长墙中间，在一条条橱窗积着灰尘的街道之间，在脏兮兮的黄色有轨电车里，人们有点感觉像成了老天的囚徒。只有里厄的那个老年病人战胜了哮喘，为这样的天气欢欣不已。

“跟蒸笼似的，”他说，“这对支气管有好处。”

这确实像蒸笼，而且刚好如同一场高烧。整个城市都发烧了，这至少是里厄医生那天早晨挥之不去的印象，当时他去了菲代赫博街，参加对科塔尔自杀未遂的调查。但是这种印象在他看来没什么道理。他将其归结为自己神经紧张、忧思郁结，并且他认为当务之急是理一理自己的思路。

当他抵达时，警长还没到。格朗在楼梯间等着，他们决定先去格朗家，把门开着。市政府雇员住的是两居室，陈设非常简单。仅见的东西是，一个白木架子，上面放着两三本词典，还有一块黑板，上面还能看出没擦干净的“花径”二字。据格朗说，科塔尔夜里睡得很好，但是早晨醒来时，他却头痛难忍，根本动弹不得。格朗看上去疲惫且烦躁，来回地转悠着，把桌上一个装满手写稿纸的大文件夹打开又合上。

格朗这时跟医生讲，他和科塔尔并不熟，不过他猜此人小有资产。科塔尔是个奇怪的人。很长时间以来，他们的关系仅限于在楼梯上碰到打个招呼。

“我只和他说过两次话。几天前，我在楼梯间打翻了一盒我带回家的粉笔——有红粉笔和蓝粉笔。这时，科塔尔出门来到楼梯间，帮我把粉笔捡了起来。他问我，这些不同颜色的粉笔是干吗用的。”

格朗便向他解释，自己想把拉丁文捡起来一点。自打高中毕业，他学的那些知识都忘得七七八八了。

“是的，”他对医生说，“有人跟我保证说，学拉丁文对更好地理解法语的词义很有用。”

他因此将拉丁文单词写在黑板上。他用蓝粉笔将有性、数、格变化以及有动词变位的词尾部分重写一遍，而红粉笔则用来写永远不变的词根。

“我不知道科塔尔是不是真听懂了，不过他看样子挺有兴趣，并问我要了一支红粉笔。我有点意外，不过毕竟……当然，我无法猜到，这是为他的自杀计划做准备。”

里厄便问，第二次谈话是什么话题。不过，警长在秘书的陪同下到了，他想先听听格朗的发言。医生注意到，格朗在谈到科塔尔时，总称其为“绝望者”。他甚至一度用了“致命的决心”这样的说法。他们讨论了自杀的动机，格朗在措辞上显得吹毛求疵。最终，他们选定了“内心忧郁”这几个字眼。警长问，从科塔尔的态度中是否无法预见到任何所谓的“他的决定”。

“他昨天敲过我的门，”格朗说，“问我讨几根火柴。我把我那盒给他了。他表示歉意，并对我说邻居之间……然后他

向我保证，会把那盒火柴还我。我对他说留着好了。”

警长问这位雇员，是否觉得科塔尔奇怪。

“我觉得奇怪的地方，是他看样子想要跟我说话。可我呢，我当时正在工作。”

格朗转向里厄，以一种尴尬的神情补充道：“一件私活。”

警长想去见见病人。不过里厄认为，最好先让科塔尔对这次到访有所准备。当他走进科塔尔的房间，后者只穿着一件浅灰色法兰绒衣服，从床上坐起来，转身朝门口张望着，一副焦虑的神色。

“是警察吗？”

“是的，”里厄说，“别紧张。走完两三道手续，您就踏实了。”

但是科塔尔回答说，这没用的，而且他不喜欢警察。里厄显得不耐烦了。

“我也不喜欢警察。重要的是迅速并准确地回答他们的问题，一次就把事情给了啦。”

科塔尔不吱声了，医生转身走向门口。不过，那小个子男人又叫住了他，并在他走到床边时一把抓住他的双手：“他们不会动一个病人，一个上过吊的人，对吗，医生？”

里厄注视了他片刻，最终向他保证，此类的情况从未有过，何况，他来这儿就是为了保护自己的病人。科塔尔似乎放松了一些，里厄便把警长请了进来。

警长向科塔尔宣读了格朗的证词，并询问他是否可以明确说明他自己行为的动机。科塔尔没有看着警长，仅仅回答了一句：“内心忧郁，这很好”。警长追问他，是否还想这样做。科塔尔脾气上来了，回答说不会了，他只希望让他静静。

“我要提请您注意，”警长语调很生气地说，“现在，是您打扰了别人的清静。”

不过，随着里厄做了个手势，大家均就此打住了。

“您想想，”警长一出来便叹了口气，“自从大家谈论这种高烧以来，我们就有更重要的事情要做……”

警长问医生，事态是否严重；里厄说，他对此一无所知。

“这都是天气闹的，就这么回事。”警长下结论说。

或许这就是天气闹的。随着白昼一点点往前，所有的东西都变得黏手；每出一次诊，里厄感觉自己的担忧就增长一分。当天晚上，在郊区，老哮喘病人的一个邻居按压着自己的腹股沟，一边呕吐一边满口胡话。他的淋巴结比门房的大很多。其中一个淋巴结已经开始化脓，很快，它像一个烂水果那样裂开了。里厄回到家里，给省药品仓库打电话。他在这天的工作记录上仅仅提了一句：“答复没药”。已然有别的地方找他去，也因为类似的病例。必须切开脓肿，这是显而易见的。手术刀两下划个十字，淋巴结便流出脓血。病人血淋滴答，状若车裂。

但腹部和腿部出现了斑点，一个淋巴结便不再化脓，随即又会肿胀起来。大多数时候，病人会在恶臭中死去。

报纸在鼠患时好一番摇唇鼓舌，如今却什么都不提了。这是因为老鼠死在街上，而人死在房间里。报纸只关心街上的事。不过，省政府和市政府开始有所考虑了。只要每个医生接触过的病例不超过两三个，没人会想到要行动起来。然而，简言之，只要某个人想到把病例做个加法就行了。相加的总数令人心惊肉跳。刚没几天，死亡的病例就成倍增长，对于那些关心这种怪病的人而言，显然这是一场真正的瘟疫。正是于此刻，卡斯泰尔——一位比里厄年长得多的同行——决定来看望里厄。

“当然，”他对里厄说，“您知道这是什么吧，里厄？”

“我在等化验结果。”

“我呀，我是知道的。我不需要化验。我有一段职业生涯是在中国，而且二十多年前，我在巴黎曾见到过几例。只不过，当时大家没敢公布他们这种病的名字。公共舆论是神圣的：切莫恐慌，万万不能恐慌。还有，正如一位同行所说：‘这不可能，众所周知，这种病已经在西方绝迹了。’是的，所有人都知道，除了那些死者。行了，里厄，您跟我一样清楚这是什么。”

里厄思忖着。从诊室的窗口，他眺望着远处环抱海湾的石崖崖肩。天空尽管湛蓝，但随着下午的流逝，闪耀着渐趋柔和的暗淡光泽。

“是的，卡斯泰尔，”里厄说，“这真是难以置信。但这似乎很像鼠疫。”

卡斯泰尔起身，朝门口走去。

“您知道别人会用什么话来回答我们，”老医生说，“‘鼠疫已经从温带地区消失多年了。’”

“这是什么意思呢，消失？”里厄耸耸肩答道。

“也是。您别忘了：几乎也就二十年前，巴黎还有过。”

“好吧。但愿如今不会比当年严重。不过，确实难以置信。”

“鼠疫”这个词，刚刚被第一次说出来。讲到这里，暂且将站在窗户后面的贝尔纳·里厄先放一放，允许叙事者剖析一下医生的迟疑不定和大吃一惊，因为，他的反应与我们大多数的同胞大同小异。灾难其实是常有的事，但是当灾难临头时，人们却很难相信这真是灾难。世界上有过多少场鼠疫，就有过多少次战争。然而，鼠疫和战争往往是突然爆发，给人们来个猝不及防。里厄医生跟我们的同胞一样，也是猝不及防，这样的话，应该理解他的犹豫不决。如是，也应该理解他的首鼠两端，游移在担心和信心之间。当一场战争爆发时，人们会说：“这仗打不久的，这么干太蠢了。”无疑，战争一定是愚蠢的，但这并会不妨碍它持续下去。蠢事总是具有持久力，如果我们不是总想着自己的话，我们就会发现这一点。我们的同胞在这方面跟所有人一样，他们想着他们自己，也就是说他们是人文主义者：他们不相信有灾难。灾难不能跟人较量，因此大家认为，灾难是不真实的，这是一场很快便会过去的噩梦。但是，它往往并不会很快就过去，从一场噩梦到另一场噩梦，反倒是人死去了——而人文主义者首当其冲，因为他们没有采取预防措施。我们的同胞并不比别人罪加一等，他们只是忘了谦虚点儿，仅此而已；他们以为，自己有各种可能的办法，这便意味着灾难不可能发生。他们继续做买卖，准备旅行，发表看法。他们怎么会想到，鼠疫会废了他们的前途、旅行以及争论？他们自以为是自由的，但只要灾难来临，从未有人是自由的。

甚至里厄医生在他朋友面前都承认了，少数零星的病人不久前毫无预兆地死于鼠疫，但对他而言，这种危险依然是不真实的。只是，一旦做了医生，人会对痛苦形成一种概念，而且想象力也会更丰富一点。透过窗户看着这座一如既往的城市，医生几乎没有察觉到自己生出的这种淡淡的、被称之为不安的前路渺茫之感。他尽力在脑海中将自己对这种病所知晓的情况都汇总了一下。从他的记忆中浮现出一些数字，他思量着，历史上所经历过的三十多次鼠疫大流行，造成了将近一亿人的死亡。但是，一亿人死亡是什么样？当战争发生，死一个人是怎么回事，你可能都不知道。既然，一个死去的人远没有我们看着他死去令人感觉沉重，那么，一亿具尸体散布在历史的长河中，只不过是想象中的一缕青烟。医生想起了君士坦丁堡爆发的那场鼠疫，根据普罗柯比[1]的记载，当时曾经一天死了一万人。一万的死者，是一座大型电影院观众的五倍。应该这么做更为直观：把五家电影院出来的人集中起来，将他们带到一个城市广场上，成堆地处死，这样就看得比较清楚了。至少，在这堆无名氏中，我们能认出几张熟悉的面孔。不过，这自然是不可能实现的，再说了，谁能熟识上万张面孔？另外，像普罗柯比那样的人不懂计数，这是公认的。七十年前，广州有四万只老鼠死于鼠疫，之后疫情又影响到居民。然而在 1871 年，没有办法对老鼠计数。人们只能草草地算个大概，显然很可能出错。然而，如果一只老鼠有三十公分长，那四万只老鼠首尾相连，就会是……

1　译者注：普罗柯比（Procope），也被译为普罗科匹厄斯，东罗马帝国历史学家。他是东罗马帝国皇帝查士丁尼一世的同时代人，公元 527 年任帝国统帅贝利萨留的顾问和秘书，随军去过波斯、北非、西西里等地。他的历史著作有《查士丁尼战争史》（又译《查士丁尼皇帝征战史》）、《秘史》。前一部作品中，他记载了公元 541 年在查士丁尼一世统治下发生的鼠疫，这场鼠疫于公元 542 年传至首都君士坦丁堡。

但是，医生烦闷了起来。他任由思绪纷飞，可是不该如此。几个案例算不上形成了一场流行病，只要采取预防措施就行。必须坚持把握住已知的症状：木僵和虚脱，眼睛发红，口腔污秽，头痛，腹股沟淋巴结炎，极度口渴，谵妄，身体出斑，体内的撕裂感，而所有这些症状出现之后……所有这些症状出现之后，里厄想起了一句话，恰好是在他的医师手册里罗列完症状之后的一句结束语："脉搏变得细若游丝，稍稍动一动就会突然死亡。"是的，出现这些症状，病人就命悬一线，他们中的四分之三——这是确切的数字——熬不住会有这难以觉察的身体上的动弹，这便一把将他们推向了黄泉路。

医生仍在凭窗而望。窗外，春天的天空清爽明净，而室内依然回荡着"鼠疫"这个词。这个词不仅包含了科学所赋予的概念，还涵括了一系列离奇的景象，这些景象与这座灰黄色的城市很不搭，此时此刻，这城市有那么点儿比上不足比下有余的活力，与其说是喧闹，不如说是有些市井里窸窸窣窣的动静，总的说来，氛围颇欢快，如果欢快和沮丧可以并存的话。如此太平且漠然的宁静气氛，几乎可以毫不费劲地否了旧日的瘟疫景象。雅典在瘟疫流行时飞鸟绝迹[1]，中国的城市里堆满了沉默的临死之人，马赛的苦役犯把浑身滴着脓血的尸体填进坑里，

1　译者注：古希腊历史学家修昔底德在《伯罗奔尼撒战争史》中对雅典的这场鼠疫有记载。

普罗旺斯建起高墙[1]以阻挡鼠疫疾风般的蔓延，雅法[2]及其面目可憎的乞丐，贴在君士坦丁堡医院泥地上潮湿、腐烂的床铺，病人用钩子被拖走，黑死病流行时医生们戴着口罩，仿佛是在参加狂欢节，米兰活着的人在墓地里行云雨之事[3]，惊恐的伦敦城里一车车的死尸，还有日日夜夜到处都是的人们无休无止的悲号。不，这一切还不够猛烈，不足以扼杀这一天的安宁。窗外，忽然一辆看不见的电车响起了叮当声，瞬间便击退了这些残忍且痛苦的景象。唯有大海，在棋盘状灰暗的房舍尽头，见证着这世间令人战战兢兢、永无宁日的东西。里厄医生眺望着海湾，想起了卢克莱修[4]描述的柴堆，那是受到瘟疫打击的雅典人在海边架起来的。他们夜里把死人运来，但是柴堆上地方不够，活着的人便抡起火把大打出手，以便安放他们自己的至亲，他们宁可打得血溅当场，也不愿抛弃亲人的尸体。我们可以想象，面对宁静、昏暗的海面，柴堆吐着红色的火苗，夜色中搏斗的火把噼啪作响、火星四溅，而恶臭的浓烟袅袅升起，直冲专注

1 译者注：1720—1721 年，鼠疫导致普罗旺斯十二万人死亡。为了阻止鼠疫扩散，在罗纳河和迪朗斯河交汇处，建起了一堵高两米、长一百公里的“鼠疫墙”。

2 译者注：雅法是世界上最古老的港口之一。20 世纪，紧挨着雅法的特拉维夫发展了起来。以色列建国之后，将特拉维夫和雅法合并为特拉维夫 - 雅法市。1799 年，拿破仑率军占领该城，当时这座城市瘟疫流行，导致大量法军死亡。

3 译者注：鼠疫曾经在 1575 年和 1630 年两次席卷米兰。

4 译者注：卢克莱修（Titus Lucretius Carus），古罗马诗人、哲学家，著有长诗《物性论》，其中最后一卷描述了公元前 430 年雅典发生鼠疫的情况。

于此情此景的老天。大家可能怕……

不过，这种眩晕的想象，在理智面前是立不住的。确实，“鼠疫”这个词已经说出来了；确实，甚至就在此刻，鼠疫正祸害、击倒一两个牺牲品。但是这有什么呢，瘟疫可以停止蔓延。必须要做的，是明确承认该承认的事实，驱除无用的阴霾，并采取恰当的措施。然后，鼠疫将会停止扩散，因为鼠疫不是想象出来或是假想出来的。如果它停止扩散——这是最有可能的——那一切都将好转。如果情况相反，大家将会知道鼠疫是怎么回事，并且会看是否有办法先控制住它，然后再战胜之。

医生打开窗户，城市的喧嚣一下子涌了进来。隔壁的车间，传来机械传动的锯子短促而又重复的嗞嗞声。里厄精神一振。靠得住的东西就在那里，在每天的工作中。其余的东西系于毫发，系于微不足道的举动，不能停顿其中。最主要的是干好自己的工作。

里厄医生的思绪刚好到了这里，有人通报约瑟夫·格朗来了。这位市政府雇员，尽管担负着繁杂的工作，却还是被定期派到统计处去管理户籍。如此一来，他还得统计死亡人数。他天性乐于助人，便答应把统计结果的副本亲自送到里厄这里。

医生看到格朗和他的邻居科塔尔一起进来了。这位雇员挥着手上的一张纸。

“数字升上去了，医生，”格朗说，“四十八小时死了十一个人。”

里厄跟科塔尔打了个招呼，问他感觉如何。格朗解释说，科塔尔执意要来向医生致谢，并且对他给医生带来的麻烦表示歉意。不过，里厄已盯着统计表在看了。

“好吧，”里厄说，“或许应该下决心说出这种病的名称了。到目前为止，我们还是在裹足不前。你们跟我来，我要去趟化验室。”

“是啊，是啊，”下楼的时候，格朗跟在医生后面说道，“应该说出事物的名称。不过这个名称是什么呢？”

“我不能告诉您，另外，您知道了也没用。”

“您看，”市政府雇员微笑道，“不是那么容易说出来的。”

他们朝阅兵场走去。科塔尔一直沉默不语。街上开始熙熙攘攘。我们这里短暂的黄昏已经在夜色面前打了退堂鼓，初升的星星出现在了依然明净的天际。须臾之后，街上的路灯亮了，整个天空相形之下变得暗淡了，而谈话的声音好像也提高了一个声调。

“抱歉，”走到阅兵场街角时格朗说，“我得去乘有轨电车了。我晚上的时间不容侵占。正如我家乡的人们所说：‘今日事今日毕，永远别拖到明天……’”

里厄已经注意到，出生在蒙特利马尔[1]的格朗有一种引用家乡俗语的癖好，然后再加上一些不知是何出处的平庸辞藻，诸如“梦幻时刻”或“仙境般的灯光”。

“呀！”科塔尔说，“确实如此。晚饭之后，休想把他从家里拖出来。”

里厄问格朗，这是不是给市政府工作。格朗回答说不是，他是为自己干。

“噢！”里厄没话找话，问道，“这事有进展吗？”

“我已经干了好几年，当然有进展。虽然从另一个方面来说，也没很大的进展。”

“不过，总而言之这是个什么事？”里厄停下来问道。

格朗语焉不详，同时把两只大耳朵上的圆帽子在脑袋上扣得紧紧的。里厄大致听懂了，这涉及个性发展的问题。不过这位雇员已离开他们，沿着马恩大道上坡，在榕树下碎步疾行。在化验室门口，科塔尔对医生说，他很想找医生当面讨教。里厄正在口袋里一通乱翻，找那张统计表，便说请他到诊所来；

1　译者注：蒙特利马尔，法国罗纳－阿尔卑斯大区德龙省的一个市镇，位于法国东南部罗纳河下游沿岸。

随后里厄又改了主意，跟科塔尔说，自己明天要去他们的街区，傍晚时可以过去看他。

跟科塔尔作别时，医生发现自己在想着格朗。他想象格朗身处鼠疫肆虐之中，不是眼下这场可能并不严重的鼠疫，而是历史上的某次大疫。“他这种人在那样的情况下能逃过一劫。”他想起自己曾经读到过，鼠疫会放过体质羸弱之人，却特能摧毁身强力壮者。继续想下去，医生便觉得这位雇员的样子有点儿神秘。

乍一看，约瑟夫·格朗确实在举止上跟市政府的小雇员别无二致。他又高又瘦，整个人在过于宽大的衣服里晃荡——他总是挑大码的，因为他总是在一种这样的衣服才经穿的错觉里。如果说他下颌的牙齿大多数还在的话，那么上颌的牙齿却已经掉光了。他微笑的时候，主要是上嘴唇掀开，这便让他的嘴现出一个黑洞来。如果在他这模样的基础上再加上神学院学生走路的步态，善于贴墙而行，悄悄进门，还一股子地窖味和烟味，全然一副人微言轻的神色，谁都能看出来，对此人可以不做他想，他只适合坐在办公桌前，专心地核实城里浴室的价目表，或是为年轻的公文拟稿员就清除生活垃圾的新定价报告而收集资料。甚至在毫无偏见的人看来，他似乎天生就是当市政府临时工的命，干着毫不起眼又必不可少的工作，每天挣六十二法郎三十生丁。

事实上，在就业登记表的“专长”一栏，他就是这样填写的。二十二年前，他获得学士学位，由于没钱，无法深造，于是便接受了这份差事，据他说，上面曾让他燃起希望，“转正”就在朝夕之间，只消一段时间，证明他有能力处理我们城市的行政管理中各种棘手的问题。后来，有人向他保证，他肯定可以升任公文拟稿员，这让他能过得更宽裕。当然，约瑟夫·格朗的动力并非是志向远大，他用苦笑来保证此乃实话实说。不过，用诚实的手段保证自己的物质生活，而且有可能无怨无悔地做自己喜欢的工作，这前景令他满心欢喜。如果说他接受了推荐给他的这差事，那也是有说得过去的理由的，可以说是一种对理想的忠诚。

这种临时的状态已持续多年，生活费用亦涨幅巨大，而格朗的工资虽经过几次普调，但依然微薄。他向里厄抱怨过，但似乎无人过问此事。这里正好体现了格朗的独特之处，或者至少是他的一个特征。其实，他本可以至少强调当初对他所做的保证，即便他无法加以确认这是他的权利。但是，首先，当时聘用他的办公室主任已经过世了很久，此外，他这个雇员已不记得当时给他许诺的确切说法。最后，主要是约瑟夫·格朗找不到用什么词语去表达。

正是这个特点，把我们这位同胞刻画得妙到毫巅，里厄注意到了这一点。确实因为此，他才一直没有写出他所酝酿的申诉书，也没有应情况的需要走走门路。按他所说，他感觉特别不能用“权利”这个词——他对此并不坚信，也不能用“许诺”，这将意味着他在讨债，因而会显得放肆，与他担任的谦卑职务不太相称。另一方面，他又拒绝使用“照顾”“恳求”“感激”等字眼，认为这些有失他个人的尊严。这样一来，由于找不到恰当的词语，我们这位同胞继续履行着他默默无闻的职责，直到上了一定的年纪。此外，依然是根据他对里厄医生所说的，他在实践中发现，他的物质生活是有保证的，因为不管怎样，只要量入为出就够了。因此他承认，市长喜欢讲的一句话很正确——这位我市的企业巨子大力宣称，归根结底（他特别强调这个词，因为道理的分量全都在这个词上），原来归根结底，从未见过有人饿死。不管怎样，约瑟夫·格朗过的近乎苦行僧般的生活，归根结底，确实让他完全摆脱了这方面的忧虑。他继续斟酌着他的词语。

在某种意义上，他的生活完全可以说是一种模范。他这种人，在我们的城市跟在其他地方一样，真是凤毛麟角，始终有勇气保有他们美好的感情。他极少吐露自己的心声，确实表现出如今的人们不敢承认的善良和忠诚。他不会羞于承认爱自己的侄子和姐姐，姐姐如今是他唯一的亲人，每两年他会去法国看望她。他承认，一想起在自己还年少时就去世的父母，他便感伤不已。他并不否认，他对街区里的一口钟情有独钟，每天傍晚五点会响起悠然的钟声。但是，为了表达如此简单的感动，每一个字眼他都要绞尽脑汁地推敲。最后，这种遣词上的困难，成了他最大的焦虑。“啊！医生，”他说，“我多想学会表达自己的意思啊！”每次碰到里厄，他都这么说。

那天傍晚，医生目送这位雇员离去时，突然明白了格朗想要表达的意思：他可能在写一本书，或者类似的什么东西。直到在化验室里——里厄终于走到了——这想法让他放了心。他知道这感觉有点傻，但他无法相信，在一座城市里，连小公务员都培养出了令人侧目的癖好，鼠疫真的能在这里赖着不走。确切地说，他想不出在鼠疫的肆虐之中这些癖好还能处于何种位置，因此他判断，实际上鼠疫在我们的同胞中间没有前途。

第二天，由于里厄的坚持，虽然被认为不合时宜，但省里还是召集了卫生委员会会议。

“居民确实感到担心，”理查德确认说，“而且，风言风语将一切都夸大了。省长对我说：‘如果你们愿意，就赶紧行动吧，不过不要声张。’此外，他确信这只是一场没根据的警报。”

贝尔纳·里厄开车捎上了卡斯泰尔，前往省政府。

“您知道吗，”卡斯泰尔对里厄说，“省里没有血清了。”

“我知道。我给药品仓库打过电话，仓库主任大吃一惊。必须从巴黎运过来。”

“希望用不了多长时间。”

“我已经打了电报。”里厄回答说。

省长挺客气，但有些烦躁。

“我们开始吧，先生们，”省长说，“我要不要把情况简要地概述一下？”

理查德认为没必要。医生们都了解情况。问题仅仅是商量清楚该采取何种措施。

“问题在于，”老卡斯泰尔突然说，“搞清楚这是不是鼠疫。”

两三个医生惊呼了起来。其他的人似乎在犹豫。至于省长，他吓了一跳，不由自主地转身朝门口看了看，好像要检查那扇门是否已经阻止了这振聋发聩的话传到走廊里。理查德声称，在他看来，不必屈服于恐慌：这不过是伴有腹股沟淋巴结肿大并发症的高烧，我们能说的就这么多，在科学方面跟生活中一样，进行假定是危险的。老卡斯泰尔平静地咬着发黄的小胡子，抬起明亮的眼睛看着里厄。然后他把和蔼的目光转向与会者，并指出，他非常清楚这是鼠疫，不过，正式地确认此事当然就不得不采取严厉的措施。他知道，说到底，正是这一点令他的同行们往后缩，因此，为了让他们安心，他很愿意接受这不是鼠疫的说法。省长情绪焦躁了起来，他宣称，不管怎样，这都不是讲道理的好办法。

“重要的，”卡斯泰尔说，“不是这个讲道理的办法好不好，而是要引人思考。”

里厄一言不发，有人问他的意见。

“这是一种具有伤寒特征的高烧，伴有腹股沟淋巴结炎和呕吐。我做过腹股沟淋巴结肿块的切开手术。这样我便可以送去化验，化验室认为检出了鼠疫的粗矮型杆菌。为了表述全面，还必须说明，这种杆菌的某些特殊变异，与通常的描述不符。”

理查德强调指出，这就是使人观望的理由，几天前已经开始了批量的化验，至少得等一个统计结果。

“当一种细菌，”里厄沉默片刻之后说，“能够在三天之内让脾脏肿胀四倍，让肠系膜神经节肿到橘子那么大，并且出现粥状黏稠，那就不容我们再犹豫观望了。传染病灶正在不断扩大。疾病按这样的速度传播，如果不加以制止，它会在两个月不到的时间里消灭城里一半的人。因此，你们称之为鼠疫或暴增型热症都不重要，重要的只是，你们必须阻止它灭掉半城的居民。”

理查德觉得，没有必要把情况描得那么黑，另外该病的传染性尚未得到证实，因为病人的亲属都还安然无恙。

“但是其他人有死掉的，”里厄指出，“当然，传染性从来都不是绝对的，否则我们将遭遇数字的无限增长以及惊人的人口锐减。这无关把情况描得一团漆黑，而是牵涉到要采取预防措施。”

然而，理查德想要对情况做个总结，并提醒各位注意，如果这个疾病自身不能停止蔓延，要止住它，就必须采取法律规定的严厉预防措施，这么做的话，就必须官方承认这是鼠疫，而这方面尚无绝对的确定性，因此，这需要从长计议。

“问题在于，”里厄坚持道，“不是去搞清楚法律规定的措施是否严厉，而是确定这些措施是否必要，以避免半数的居民丧命。其余的都是行政事务，而我们的体制恰恰规定了由省长来处理这些问题。”

“毫无疑问，”省长说，“不过我需要你们正式确认，这是一场鼠疫。”

“即便我们不确认，”里厄说，“它照样会消灭城里一半的居民。”

理查德插话了，情绪有点激动。

“事实是，我们这位同行相信是鼠疫。他对综合征的描述证明了这点。”

里厄回答说，他并非描述了综合征，他描述的是自己看到的。他所亲见的，是腹股沟淋巴结炎、体斑、谵妄性的发热以及四十八小时内死亡。理查德先生能负责任地断言，无须严厉的预防措施，流行病就会停止吗?

理查德迟疑了，他看着里厄："直截了当吧，告诉我您的想法，您确定这是鼠疫吗?"

"您问了一个糟糕的问题。这不是词语的问题，而是时间的问题。"

"您的想法是，"省长说，"即便这不是鼠疫，鼠疫流行期间的预防措施还是应当实施起来。"

"如果我一定得有个想法，那就是这个。"

医生们进行了磋商，理查德最后说："那么，我们必须负起责任，行动起来，就当这种疾病是鼠疫。"

这话受到了热烈的赞许。

"这也是您的看法吗，我亲爱的同行?"理查德问。

"这话对我来说无所谓，"里厄回答道，"我们只需说，好像不是一半的居民有丧命之虞，我们就不会行动，因为真会到死一半的地步。"

在一种普遍的闷闷不乐的气氛中，里厄离开了。没多久之后，在闻得到油炸食品味和尿骚味的郊区，一个腹股沟鲜血淋漓的女人朝他转过身，发出将死的惨叫。

开过会的第二天，发热症状还在小幅增长。这事甚至见报了，不过报道得轻描淡写，仅仅是对此做了些暗示。第三天，不管怎样，里厄总算可以看到，省政府在城市最隐蔽的角落里迅速张贴出来的白纸小布告。很难从这些布告中去求得证明：当局正在直面眼下这形势。采取的措施并不严格，似乎极力在迎合一种意愿，别引发公共舆论的不安。确实，布告上法令的开场白称，奥兰地区出现了几例危险的发热症，还无法判断它是否传染。这些病例尚未具有特征明显的症状，不足以让人真正担心，毫无疑问，居民会保持镇定。可是，出于一种大家都能理解的谨慎思维，省长还是采取了一些预防措施。这些措施可以立即阻止流行病的任何威胁，它们理当得到理解和执行。因此，省长一刻都不怀疑，他的治下之民，必将勠力同心，与他的个人努力相协作。

布告随后宣布了整体措施，其中便有，通过在阴沟里喷毒气进行科学灭鼠，对饮用水进行密切监测。布告要求居民尽最大可能保持清洁卫生，并敦请跳蚤携带者到市立诊所进行检查。另一方面，每个家庭必须强制性地申报由医生确诊的病例，并同意将病人隔离到医院特定的病房。此外，这些房间配有必要的设备，为的是在最短的时间里对病人施治，并争取最大的康复可能性。还有几个补充条款，规定了对病人房间和运输车辆进行强制消毒。其余的，仅仅是要求病人的亲属服从健康监控。

里厄医生突然从布告前转身，重又朝诊所走去。约瑟夫·格朗正等着他，一看见他便又举起了双臂。

“是的，”里厄说，“我知道，数字上去了。”

前一天，城里死了十几个病人。医生对格朗说，自己可能晚上去看他，因为刚好要去探访科塔尔。

“您这样是对的，”格朗说，“您探访他，将会对他有好处，因为我觉得他变了。”

“这怎么说？”

“他变得有礼貌了。”

“以前他不是这样吗？”

格朗犹豫了。他不能说科塔尔没礼貌，这样表述不正确。这是个内向且沉默的人，举止有点粗野。在他的房间，在一家小饭馆吃饭，加上一些相当神秘的外出，这便是科塔尔生活的全部。他公开的身份是葡萄酒和甜烧酒代理商。时不时地，他会接待应该是他客户的两三人的来访。晚上，他有时会去他家对面的电影院。市政府雇员甚至注意到，科塔尔好像最喜欢看警匪片。在所有的场合，这位代理商始终孤独而多疑。

据格朗说，这一切都大为改变。

“我不知道该怎么说，但我有这种印象，您看，他力图对人和气相待，想跟大家抱团在一块儿。他常跟我说话，而且提出让我跟他一起出去，我总是不知道拒绝。何况，他挺让我感兴趣，我总归救过他一命。”

自从企图自杀以后，科塔尔就再也没接待过任何访客。在街上，在商店里，他争取着别人的好感。从未有人像他这样温和地跟杂货店老板说话，这样有滋有味地倾听烟草店老板娘的絮叨。

“这个烟草店老板娘，”格朗评价说，“真是蛇蝎心肠。我把这话跟科塔尔说了，可他回答说我弄错了，这女人也有好的方面，应学会发现。”

终于有两三次，科塔尔带格朗去了城里的豪华饭馆和咖啡馆。实际上，他已经开始成为这些地方的常客。

“在那儿惬意，”格朗说，“而且，往来无白丁，都是体面之人。”

格朗注意到，那些地方的服务员对这位代理商总是特别殷勤，当他发现科塔尔留下的小费过多时，他便知道了这其中的缘由。科塔尔对别人回报给他的友好表示显得非常敏感。一天，饭馆领班将他送到门口，并帮他穿上了大衣，科塔尔对格朗说：“这小伙很好，他可以证明。”

“证明什么？”

科塔尔迟疑了一下。

“呃，证明我不是坏人。”

此外，科塔尔的情绪起伏不定。一天，杂货店老板表现得不那么亲切，他回到家里，勃然大怒。

“这个恶棍，跟其他人一起去死吧。”他反复地念叨。

“什么其他人？”

“所有其他人。”

格朗甚至在烟草店老板娘那里目睹了奇怪的一幕。在一场热闹的谈话中，老板娘讲到最近对一个人的逮捕——这在阿尔及尔引起了轰动。这牵涉到的是，一个商业上的年轻雇员，在海滩上杀死了一个阿拉伯人。

“如果把这些渣子都送进牢房，”老板娘说，“好人就能松口气了。”

但是面对科塔尔突如其来的激烈反应，她不得不就此打住；科塔尔冲出了店铺，没有一句抱歉的话。格朗和老板娘留在原地，尴尬地晃动着胳膊。

接着，格朗还让里厄注意科塔尔性格上的其他变化。科塔尔始终持有自由主义的观点。他爱说的一句话“大鱼总是吃小鱼”便是明证。不过一段时间以来，他只买奥兰的正统派报纸，大家甚至于不得不认为，他在公共场所看这种报纸是在故意卖弄。同样，自杀未遂之后能从床上起来没几天，科塔尔请格朗在去邮局时，帮他给远房姐姐汇一百法郎——他每个月都汇的。不过，当格朗正要出发时，他又提出请求："寄两百法郎吧，这将会给她个惊喜。她以为我从未想着她，但事实上我非常爱她。"

最后，科塔尔和格朗有过一次奇怪的谈话。科塔尔对格朗每天晚上从事的私活感到迷惑不解，对于他的问题，格朗不得不做了回答。

"好吧，"科塔尔说，"您在写书。"

"您要这么想也行，不过这比写书更复杂。"

"啊！"科塔尔大声道，"我很想像您这样做。"

格朗显出意外的神色，科塔尔便磕磕巴巴地说，作为艺术家，应当能解决很多事情。

"为什么？"格朗问。

"呃，因为艺术家比别人享有更多的权利，这个大家都知道。别人会包容他更多的东西。"

"嗨，"张贴出布告的那天早晨，里厄对格朗说，"老鼠的事把他弄得没方向了，跟其他的很多人一样，就这么回事。或者他害怕发烧。"

格朗回答说："我不这么认为，医生，如果您愿意听听我的想法……"

灭鼠车在排气管发出的巨响中从他们窗下经过。里厄没吱声，直到自己说的话能被听见时，才心不在焉地问这位雇员他的想法。格朗神情严肃地注视着医生。

“这个人，”格朗说，“在为什么事而自责。”

医生耸了耸肩。正如警长所说的，还有更重要的事情要做。

下午，里厄和卡斯泰尔会面。血清还没运到。

“另外，”里厄问道，“血清有用吗？这种杆菌很怪。”

“噢！”卡斯泰尔说，“我和您看法不一样。这些微生物总是样子很独特。不过实际上是一码事。”

“至少这是您的假设。其实我们对这些一无所知。”

“当然，这是我的假设。但大家都在这个认知水平上。”

一整天，医生觉得每当想到鼠疫就会出现的眩晕越来越厉害了。最终，他承认自己害怕了。他两次走进了挤满客人的咖啡馆。他跟科塔尔一样，感觉需要人世间的暖意。里厄觉得这样挺傻，不过这倒是帮他想起，他答应去看望那位代理商。

傍晚，医生看到科塔尔坐在他餐厅的桌子前面。医生走进去时，桌上放着一本摊开的侦探小说。不过，已经暮霭沉沉，想必在这刚开始到来的昏暗中看书肯定费劲儿。一分钟前，科塔尔应当就是枯坐着，在半明半暗中沉思。里厄问他身体怎么样。科塔尔一边又坐下来，一边嘟囔着说，他很好，要是肯定没人过问他的事，他身体会更好。里厄向他指出，人不能总是茕茕孑立，形影相吊。

“噢！不是这个意思。我说的是那些找你麻烦的人。”

里厄闭口不言。

“我不是这个情况，请您注意。可我刚刚在看这个小说。一天早晨，一个不幸的家伙突然被捕了。有人在过问他的事，他却一无所知。大家在办公室里谈论他，把他的名字登记在档案上。您觉得这公平吗？您觉得他们有权对一个人这么做吗？”

“这得看情况，”里厄说，“从某个方面说，他们其实永远没这种权利。不过这一切都是次要的。不能长期闷在家里。您得出去走走。”

科塔尔似乎颇为恼火，他说他总在外面，如有必要，整个街区都可以为他作证。甚至在街区之外，他也不缺社会关系。

“您认识建筑师黑格先生吗？他是我朋友。”

房间里愈发暗了。郊区的街道热闹了起来，路灯点亮的那一刻，外面响起了一阵低沉而轻松的欢呼声。里厄走到了阳台上，科塔尔跟了过去。在外围的各个街区，如同每晚在我们城里一样，微风传来人们的低语和烤肉的香味，叽叽喳喳的年轻人涌到街上，街道于是渐渐充斥着一种自由自在的嘈杂，欢快又芬芳。夜晚所流淌着的，是看不见的轮船响亮的汽笛声，大海扬起的涛声，人群发出的喧哗声，里厄以前非常熟悉并喜爱的这个时刻，今天对他而言却因为他了解的种种情况而显得令人压抑。

“我们能开灯吗？”他对科塔尔说。

一有了亮光，这小个子便眨眨眼，看着里厄。

“请告诉我，医生，如果我病了，您能把我收到医院里您的科室吗？”

“为什么不呢？”

科塔尔于是问，是否发生过，在诊所或医院治病的人被逮捕。里厄回答说，这种情况看到过，但一切取决于病人的身体状况。

“我呢，”科塔尔说，“我信得过您。”

之后，他又问医生，是否可以搭车去市里。

到了市中心，街上的人已经没那么多了，灯光也更显稀疏。一些孩子还在门口玩。应科塔尔的要求，医生把车停在一群这样的孩子前面。孩子们一边玩着跳房子游戏，一边大呼小叫。不过，其中一个孩子——黑头发梳得很熨帖，头路捋得清爽分明，脸蛋脏脏的——用他明亮且颇为唬人的眼睛盯着里厄看。医生把目光移开。科塔尔站在人行道上，和医生握手道别。这位代理商声音沙哑，说话吃力。有两三回，他看了看身后。

“大家在谈论瘟疫。这是真的吗，医生？”

“大家总是在街谈巷议，这很自然。”里厄说。

“您说得在理。而且，死了十来个人，就弄得跟世界末日似的。我们可别这样。”

马达已经隆隆作响。里厄把手放在变速杆上。但是，他又看了一眼那个始终以严肃且平静的神色打量着他的孩子。忽然，那孩子直接咧嘴冲他微笑起来。

“所以，我们必须要怎样呢？”医生一边问，一边冲孩子微笑着。

科塔尔突然一把抓住车门，在消失之前，他用满是哭腔和愤怒的声音嚷嚷道：“要地震，一次真的地震！”

地震并未发生，对里厄而言，第二天一整天只是这么度过的：跑遍全城各个角落，跟病人家属磋商，还有跟病人自己讨论。里厄从未感觉自己的职业负担如此沉重。在此之前，病人们配合他的工作，他们把性命托付给他。医生第一次感到他们犹犹豫豫，对自己的病情遮遮掩掩，带着一种不信任的惊惧。这是一种他尚未习惯的斗争。将近晚上十点，他的汽车停在老哮喘病人的房子前——这是他跑的最后一家。里厄费劲地从座位上起了身。他停留了片刻，看了看昏暗的街道和黑漆漆的天空中时隐时现的星星。

老哮喘病人坐在床上。他看上去呼吸顺畅些了，正从一个锅里往另一个锅里数着鹰嘴豆。他神情愉悦，迎接医生的来访。

“那么，医生，是霍乱喽？”

“您从哪儿听到这个的？”

“报纸上，电台里也这么说。”

“不，不是霍乱。”

“不管怎样，”老头极为激动地说，“那些自负的家伙真过分！”

“不要相信那些。”医生说。

他对老头进行了检查，现在他坐在这寒酸的餐厅中央。是的，他害怕了。他知道，在这郊区有十几个因腹股沟淋巴结炎而蜷曲着的病人等着他明天早晨去看病。在对腹股沟淋巴结炎做的切开手术中，仅有两三例情况有所好转。大多数病人得去医院，他知道，医院对穷人来说意味着什么。“我不愿意他去当他们的试验品。”一个病人的妻子对他说。他不去做他们的试验品，他就会死，如是而已。既定的措施是不够的，这非常明显。至于“配有设备的特定病房”，他知道是怎样的：匆匆忙忙清空了其他病人的两座独栋小楼，窗缝都封死了，周围设了防疫警戒线。如果瘟疫自身不能停止蔓延，那它也不可能被行政当局想出的这些措施所战胜。

然而，当晚官方的公报依然乐观。第二天，朗斯多克研究所宣称，省政府的措施被平静地接受了，而且已经有三十多个病人做了申报。卡斯泰尔打电话给里厄：“两栋小楼有多少床位？”

“八十张。”

“城里肯定不止三十个病人吧？”

“有些人是害怕，而其他人，最多的是没时间申报。”

“下葬会受到监督吗？”

“没有。我给理查德打了电话，必须采取全面的措施，杜绝空话，必须筑起一道抗疫的壁垒，否则就是白搭。”

“然后呢？”

“他回答我说，他没这个权力。我看，人数还会增加。”

的确，过了三天，两栋小楼就住满了人。理查德认为当局预备将一所学校改造成临时医院。里厄等着疫苗运到，给病人切开腹股沟淋巴结肿块。卡斯泰尔重又钻进他的故纸堆，长时间待在图书馆里。

“老鼠死于鼠疫或者非常类似的疾病，”他下结论说，“它们携带、散布了数万只跳蚤，如果不及时消灭，跳蚤传播疫情的速度将会呈几何级地增长。”

里厄没有吱声。

这一时期，天气似乎凝固了。太阳吸干了最近几场大雨留下的水洼。湛蓝的天空洋溢着金色的阳光，飞机轰鸣在刚刚生成的热浪中，这个季节，一切都令人感受着祥和。然而，四天之内，发烧病例却出现了惊人的四级跳，死亡人数为十六、二十四、二十八和三十二。第四天，当局宣布在一所幼儿园开出临时医院。此前，仍然在继续用玩笑来掩饰其不安的我们的同胞，在街上好像显得愈发的消沉和沉默了。

里厄决定给省长打电话。

“这些措施还不够。”

“我有数据，”省长说，“它们确实令人不安。”

“它们比令人不安更甚，这一清二楚。”

“我将请求总督府发布命令。”

“发布命令吧！必须打开思路，发挥想象。”

“血清怎么样了？”

“本周将运到。”

省政府通过理查德请里厄出一份报告，呈给殖民地首府，请求发布命令。里厄在报告中进行了临床症状的描述，并列出了数据。当天，统计死了四十人。正如省长自己所说，他决意从次日起，加强既定的措施。强制申报和隔离要坚持下去。病人的住宅必须封闭并消毒，病人亲属必须接受安全隔离[1]，安葬工作由市里组织——具体条款将另行规定。一天之后，血清用飞机运来了。这些血清能够满足正在治疗的病例的需要；一旦疫情蔓延，它们就不敷使用了。里厄的电报得到回复是，应急库存已告罄，正开始新的血清生产。

在这段时间，春天从周围的郊区到达市场。数千朵玫瑰在

1 译者注：隔离，原文为quarantaine，原意是四十，后引申为隔离。黑死病席卷欧洲期间，地中海沿海城市拉古萨——如今克罗地亚的杜布罗夫尼克——为了阻止疫情，出台了一个法令，规定了三十天的隔离期。后来隔离期从三十天改成了四十天，并为欧洲各地所接受。

沿人行道售卖的商贩的篮子里凋谢，它们甜美的香气在整个城市里飘荡。表面上，没有任何变化。电车在高峰时段依然挤满了人，在白天其他时候则空荡荡、脏兮兮。塔鲁还在观察小个子老头，小个子老头还在冲猫咪吐痰。格朗每天晚上回家，从事他的神秘工作。科塔尔在到处转悠，预审法官奥登先生总是领着他那一窝妇雏出来溜达。老哮喘病人还在倒腾他的鹰嘴豆，人们有时会碰到记者朗贝尔，一副平静且自顾自的样子。晚上，街道上一样是熙熙攘攘的人群，电影院门前排着长队。另外，疫情似乎消退了，几天里统计的死亡人数只有十几个。之后，疫情数据突然之间直线飙升。在死亡数据再次达到三十多人的那一天，贝尔纳·里厄看着省长递给他的官方电报，同时说道："他们害怕了。"电文上写着："宣布发生鼠疫。封城。"

二

从那一刻开始，可以说鼠疫成了我们所有人的事。在此之前，尽管这些奇异的事件带给大家各种意外和不安，我们同胞中的每一位仍然尽其所能，在平凡的岗位上，继续着他们的工作。无疑，这状态应该继续下去。但是，一旦封了城，他们便发现，所有人，包括叙事者本人在内，都掉在同一个坑里，必须设法面对。如此一来，一种好比和心爱的人分开这样的个人化情感，在最初的几周，突然成了全民的情感体验；并且，跟恐惧感一起，这种情感成了这段长期流放生活的主要痛苦。

确实，封城的最明显后果之一，便是将一些毫无准备的人突然置于分离状态。那些母亲和孩子、夫妻、情侣，几天前本以为是暂时分别，他们在我们火车站的站台上拥吻时，不过才叮嘱了两三句，确信几天或几周之后就会重逢；深陷在人类盲目的自信中，这别离便几乎不会使他们从日常事务中分心，这时他们突然发觉，分离的状态无从挽回了，既不能重聚，也无法互通音讯。因为在省政府公布法令几小时之前城市就封了，自然就无法考虑个别的情况。可以说，这场疫病的入侵，第一个结果就是迫使我们的同胞一举一动都要像没有个人感情一样。封城令生效的那天，在头几个小时里，省政府被大群的申诉者给缠住了，他们或者打电话，或者找到官员，陈述种种情况，这些情况同等地值得关怀，又同等地不可能予以考虑。实际上，我们需要好几天才明白，我们处在一种毫无转圜余地的境况里，“让步”“关照”“破例”这些词已不再具有意义。

甚至我们连写信这种小小的满足也被拒绝了。一方面，这座城市事实上和全国其他地方之间，已经不再通过平常的交通方式相联系，另一方面，一个新出台的法令禁止任何通信往来，以免信件成为传染的载体。一开始，几个幸运儿还能在城门那儿勾结岗哨上的哨兵，让他们向城外送信儿。这也就是在宣布鼠疫流行的头几天，当时守卫们自然会让同情心占点儿上风。但是，一段时间之后，当这拨同样的守卫对情况的严重性已经深信不疑，他们便拒绝承担这种无法预见后果的责任了。最初允许打长途电话，但这导致公用电话亭人满为患且电话线占线，有几天电话通信完全就断了，之后便严格加以限制，只有在所谓的紧急情况下——如生死、婚姻——才可以打长途电话。电报于是成了我们唯一的解决方案。通过智慧、心灵和肉体紧密相连的一些人，只能退而从十个词组成的大写字母电文中去寻找曾经琴瑟和谐的痕迹。由于在电报中可以使用的格式语言实际上很快就用遍了，长期的共同生活或痛苦的激情，只能迅速转化为定期互发的陈词滥调，如：“我挺好。想你。爱你。”

然而我们中的一些人依旧坚持写信，为了和外界通信，他们不停地想着办法，但终归还是如梦幻泡影。即使我们想到的某些办法能成，我们对信发出之后也是一无所知，因为杳无回音。好几个星期里，我们只好反复地重写一封信，誊抄同样的情况，誊抄同样的呼唤，而过了一段时间后，那些最初出自我们内心的肺腑之言，空洞到失去了意义。我们还是机械地抄着这些词句，试图借助于这些毫无生气的辞藻表现我们艰难的生活。最终，对我们来说，使用电报进行俗套的呼唤，比这种贫乏又固执的独白，比这种跟墙壁的枯燥对话，显得更为可取。

另外，几天之后，当谁也无法出城已经显而易见，有人便想到询问，是否允许那些瘟疫流行之前出去的人回来。考虑了几天后，省政府给出了肯定的回复。不过，省政府明确指出，回来的人在任何情况下都不能再出城，他们可自由返回，但不可自由离开。这样，一些为数不多的家庭，对情况的判断失于轻率，很不谨慎地放任重新见到亲人的愿望，让他们趁此机会回来了。但是很快，这些为鼠疫所困的人明白过来，这么做将把亲人置于危险的境地，他们甘愿忍受离别之苦。疫情最为严重的时候，人们只看到一例，人类的情感胜过了对受折磨而死的恐惧。这个事例并非像人们期待的那样，是两个爱得如胶似漆的情侣超越于痛苦之上。这只是老医生卡斯泰尔和他的妻子，他们已结婚多年。鼠疫流行前几天，卡斯泰尔太太去了邻近的一座城市。他们甚至算不上是这世上夫妇和睦幸福的榜样，叙事者也可以说，迄今为止，这对夫妇很有可能都并不确定对他们的结合是否满意。但是，这次分别来得突然，时间又拖得长，这倒使他们坚信，他们不能彼此天各一方地生活，相较于这忽然开悟的事实，鼠疫算不上什么。

这纯属例外。大多数的情况，离别显然只能和瘟疫同时结束。对我们所有人来说，构成我们生活的情感——而且我们自以为对其十分了解（我们已经说过，奥兰人感情纯朴）——换了一副新面貌。有些丈夫和情人，原先对他们的伴侣完全信任，现在却发现自己爱猜忌。有些男人自认在爱情方面很轻浮，现在却恢复了忠贞不渝。有些儿子，生活在母亲身边，却几乎对其瞧都不瞧一眼，现在母亲脸上的一道皱纹，勾起种种回忆，令他感到极其不安和悔恨。这突然的离别，无可指责，前景难料，使我们狼狈不堪，无法抵挡日日占据着我们脑海的回忆——对仍似近在眼前实已远在天边的亲人的回忆。实际上，我们忍受着双重的痛苦：首先是我们自己的痛苦，然后是我们想象中的不在城里的儿子、妻子或情人的痛苦。

若是处于另外的环境下，我们的同胞或将找到出路，过一种更为外向和活跃的生活。可是与此同时，鼠疫令他们无所事事，只落得在死气沉沉的城市里兜圈子，日复一日地沉浸在令人沮丧的回忆里。因为他们的散步漫无目的，总是经过同样的街道，而在这样一座小城里，大多数时候，这些街道正是往昔他们和不在身边的亲人一起走过的地方。

如此，鼠疫给我们的同胞带来的第一件事就是流放。叙事者确信，他在此可以代表所有人，写下他自身的体会，因为这是他和许多我们的同胞共同的体会。是的，流放的感觉，正是我们经常自带的那种空虚，是那种明确的激情，即没来由地想回到过去，或者相反，想加快时间的脚步，是那种记忆的灼热之箭。有时，我们任由想象驰骋，很高兴听到亲人回家的门铃声或是楼梯上熟悉的脚步声，在这时候，我们真愿意忘了火车已经停运，而是设法待在家里，等待乘夜班快车的旅客通常回到我们街区的那个时刻，当然，这类游戏不可能一直持续下去。总会有这样的一刻，我们会清楚地发现火车不会抵达。我们于是知道，我们的分离注定要继续，我们必须尽力打发时间。从此以后，我们总算重回囚徒的困境，我们迫不得已回到我们的过去，尽管我们当中有几个人试图活在未来，但他们很快便放弃了这想法——至少是尽可能地放弃——因为他们体验到，想象最终给相信它的那些人施加的伤害。

特别是，我们所有的同胞很快舍弃了一个习惯——即便在大庭广众之下也这样——推算他们的离别会持续多久。为什么呢？这是因为，最悲观的人，比如把分开的时间定为六个月，当他们提前就尝尽了未来这几个月的苦涩，好不容易鼓起他们的勇气，准备经受考验，并且使出最后的劲儿，以便毫不气馁地熬过已经延续了这么多时日的痛苦；可是，有时一个碰到的朋友、一则报上的公告、一个稍纵即逝的怀疑或是一个突如其来的远见，都会让他们产生一个想法：说到底，没有理由认为疫情不会超过六个月，也许得一年，或者更长。

这时，他们的勇气、意志和耐心轰然崩塌，他们好像再也无法从这个坑里爬上去了。因此，他们强迫自己不再去想他们解脱的日期，不再展望未来，可以说就一直耷拉着眼皮低眉顺目了。但是，这种谨小慎微，这种面对痛苦闪转腾挪、作壁上观、拒绝迎战的做法，当然得不偿失。他们不惜一切代价避免这种崩塌的同时，其实也就失去了那些颇为经常性的时刻——在这些时刻里，他们能沉浸于未来与亲人团聚的想象中，忘了鼠疫。这样，他们徘徊在这深渊与巅峰之间，像是在飘荡，而不是在活着，被抛入那毫无方向的日子和徒劳无果的回忆里，他们似不见天日的孤魂野鬼，只有接受扎根于他们痛苦的土壤，才能汲取力量。

他们由此感受到了所有囚徒和所有流放者深深的痛苦，活在毫无用处的回忆之中。他们不停地心心念念的过往，唯有后悔的味道。他们想往这过往中，加入他们深以为憾的和那些苦等中的男人或女人曾经可以做却没有做的一切；同样，他们在各种情况下，甚至是他们的囚徒生活相对开心的时候，他们都没忘记把缺席的亲人和未曾令其感到满意的那些事情搅和在一起。对当下感到失去耐心，将过去视若仇雠，被剥夺了未来，我们像极了那些受了人类正义和仇恨的惩罚而活在铁窗后的人。最终，逃离这种令人无法忍受的假期的唯一办法，便是让想象中的火车重新开动，让顽固地沉默着的门铃时时刻刻反复地响起来。

不过，如果这是流放，那大多数情况下，这是在家中的流放。尽管叙事者了解的仅仅是所有人的流放，他也不应忘记记者朗贝尔或其他的一些人，对他们而言，分别的痛苦反而更甚，因为在旅行中意外遭遇鼠疫而滞留在城市里，这些旅行者既远离了无法重聚的亲人又远离了他们的家乡。在全部的流放中，他们是发配得最远的，因为如果像其他人一样，时间引发了他们的焦虑——这是时间所特有的产物——他们还要被空间所羁绊，不断地撞到一堵堵墙上，这些墙把他们在鼠疫流行中的栖身之所和他们失却的家乡隔开了。人们看到整天在尘土飞扬的城市里游荡的，无疑正是他们，默默地呼唤着只有他们才熟悉的傍晚以及故园的清晨。于是，他们通过无法估量的征兆和令人困惑的讯息来寄托他们的痛苦，如燕子飞翔，日暮时的露水，还有太阳有时遗落在僻静街道上的奇怪光线。外部世界总是能救一切苦，他们却闭眼不看，固执地沉湎于过分逼真的幻想，竭力地追寻故土的种种景象：某种光线，两三座丘陵，喜爱的树，女人们的脸庞，这些所构成的环境，对他们而言是无可替代的。

最后，特地讲一讲情侣们，他们是最有意思的，而叙事者可能处于一个更适合谈论他们的位置，他们还受着另外一些苦恼的折磨，其中必须指出来的是内疚。这种处境其实使他们得以用一种狂热的客观来审视他们的感情。在这种情形之下，他们很少会无法看清自身的缺点。他们难以确切地想象出不在场的情人的行为举止，可在这种困难中，他们却第一次有机会发现了自己的不足。于是，他们为不知道情人的时间安排而感到惋惜，他们责怪自己的轻率，忽略了去对此加以询问，并假装以为，对一个恋人来说，被爱的另一方其时间安排并不是所有快乐的源泉。从这一刻起，他们很容易去回顾其爱情，从中审视出不足之处。平时，无论有意还是无意，我们全知道，爱情是可以好过以往的，然而我们却接受我们的爱情处于平庸状态，或多或少地安之若素。但是，回忆的要求更高。这个从外部彻底地袭击了我们和整座城市的灾难，给我们带来的不仅是毫无理由、让我们感到愤慨的痛苦，而且它还唆使我们让我们自己痛苦，并让我们心甘情愿地忍受痛苦。这便是疫病转移注意力并且搅乱事态的一种方式。

如此，每个人都得独自面对苍天，接受过一天是一天的生活。这种普遍的听之任之，在经年累月的时间里可能会锻炼人的性格，但眼下却开始使人目光短浅。比如，我们的一些同胞，转而顺从于另一种被奴役的状态，这使得他们受到了晴天和雨天的差遣。他们看上去，似乎是第一次直接获得对天气好坏的印象。金色的阳光一出来，他们就喜气洋洋，而雨天则会给他们的脸上和思想上蒙上一层严霜。几个星期前，他们还在避免这么软弱，避免这么不理智的屈从，因为他们并非是在独自面对这个世界，在某种程度上，和他们生活在一起的人在他们的天地里尚有一席之地。但是从这一瞬起，他们反过来了，似乎将自己交给了反复无常的老天爷。这就是说，他们痛苦也好，希望也罢，都是没理由的。

在这种极端的孤独中，最终谁也无法指望得到邻居的帮助，每个人都战战兢兢地独自待着。如果我们中的某一位，偶然地想要吐露心声或是谈谈自己的情感，他得到的回应，不管是怎样的，大多数时候会让他感到不舒服。他于是发现，自己和对方是鸡同鸭讲。他表达的，的确是长时间来思索和痛苦的产物，他想沟通的景象，是在等待和激情之火中熬制出来的。而对方呢，恰恰相反，想象到的是一种套路般的感情，是市场上贩卖的痛苦，是一种批量的系列化忧郁。无论是出于好意还是恶意，对方的回答总会落入虚假的窠臼，还是放弃算了。或者，至少是对于那些无法忍受沉默的人来说，既然其他人不能找到真正交心的语言，他们只好随波逐流，采用市场上的言辞，也照着套路说话，谈谈普通关系和社会新闻，某种程度上近乎报纸的日常专栏。在此，最真切的痛苦往往在谈话的庸常客套中得以表达出来。只有付出这个代价，鼠疫的囚徒们才能引起门房的同情和听众的兴趣。

然而，最重要的是，这些焦虑不管如何痛苦，这空虚的心不管如何沉重，依然可以说，这些流放者在鼠疫流行的初期是一群幸运儿。确实，在居民们开始恐慌的时候，他们心之所系，全在他们等待的人身上。在普遍弥漫着的忧伤中，爱情的自私心理却保护了他们，他们即使想到鼠疫，也只是思量在多大程度上鼠疫会把他们的分别变成永别。因此，他们给鼠疫流行的风暴眼带来了一种有益身心的心不在焉，被人视为镇定自若。他们的绝望将其从恐慌中救了出来，他们的不幸倒也有好处。比如说，他们中的某一位如果被疫病夺去生命，那几乎便是他始终无暇对瘟疫设防。他在心里长期与一个影子交谈，从其中抽身出来，没有过渡，他就被扔进了大地更为厚重的死寂之中。任何东西他都没时间张罗。

当我们的同胞尽力安顿这突然出现的流放生涯，鼠疫却使得城门有了守卫，令驶往奥兰的船只改变航向。自从封城之后，没一辆车开进城里。从那天起，大家觉得汽车都在兜圈子。港口也呈现出一番奇特的景象，那些站在大道高处的人就能眺望到。往常惯有的繁忙使该港成为沿海的一流港口之一，现在突然间消停了。接受隔离的几艘船还停在那里。不过在码头上，起重机已经闲置，翻斗车侧翻着，一堆堆孤独的酒桶或麻袋，这些都表明，贸易也在鼠疫中休克了。

尽管出现这些罕见的景象，但我们的同胞似乎依然难以理解他们遭遇的是什么。他们有一些共通的情感，诸如离别、害怕，但还是会继续把个人的担忧放在第一位。谁也没有真正地接受疫情的存在。大多数人对打乱其习惯和触及其利益的事尤为敏感。他们为此会感到生气或恼火，可这种情绪却不能对抗鼠疫。比如，他们的第一个反应就是指责行政当局。省长对批评的回应——媒体则传播了这些批评（“我们就不能考虑对既定的措施进行温和的变通吗？”）——相当出人意料。在此之前，媒体和朗斯多克研究所都未收到过关于疫情统计数据的官方通报。省长现在每天向研究所通报统计数据，并请该所每周发布一次。

即便如此，公众却并未立即做出反应。实际上，鼠疫的第三周公告统计了三百零二例死亡，这并未让人浮想联翩。

一方面，这些人可能并非全死于鼠疫；另一方面，城里没人知道，平时每周死多少人。这座城市有二十万居民。大家不知道这个死亡率是否正常。这是从未有人关心的精确数字，虽然它表现出的意义很明显。某种意义上，公众缺乏比较的基准。只有时间一长，注意到死亡人数的增加，舆论才会意识到真相。实际上，第五周给出的数字是三百二十一例死亡，第六周三百四十五。至少，死亡人数增加是有说服力的。不过，这还不够，我们的同胞在不安之中，依然保留着这样的印象，这是个不幸的事件，但毕竟是暂时的。

他们就这样继续在街上转悠，继续坐在露天咖啡座上。整体上，他们不是懦夫，交谈的更多是玩笑而不是诉苦，并且装着样子，欣然接受显然是暂时的不便。面子算是保住了。然而将近月底的时候，大概在祈祷周——这个稍后将会谈到——我们城市的面貌发生了更严重的变化。首先，省长对车辆行驶和食品供应采取了措施。食品供应受到限制，汽油实行配给。当局甚至要求节约电力。只有必需品才通过公路和航空运到奥兰。这样，交通流量逐步减少，直到变得近乎为零，豪华商店一夕之间就关门大吉，其他商店在橱窗里挂上了断货的告示，而顾客们还在门口排着队。

这样，奥兰便显出一副奇特的模样。步行的人数变得很可观，即便在低峰时段，很多人因为商店和办公室关门而无所事事，把街道和咖啡馆塞得满满当当。眼下，他们还不是失业，而是休假。于是，在清朗的天空下，例如在将近下午三点，奥兰给人以一种假象，仿佛城市正处于节庆之中，交通停了，商店关了，为的是让群众的游行队伍通过，而居民们则涌上街头，参与着这狂欢。

自然，电影院利用这“全民休假”，生意大为火爆。但是影片在省里的周转已经停止。两周之后，各家影院不得不交换他们的影片，又过了一段时间，电影院最终只能始终放映同一部影片。然而，电影院的收入却并未减少。

最后是咖啡馆，由于在一座酒类贸易占据首位的城市，其库存很是可观，咖啡馆一样可以供应其顾客。说实话，大家可没少喝。一家咖啡馆贴出了一则广告：“醇酒灭菌。”烧酒预防传染病的想法，对公众而言已经是自然不过，现在舆论又使其得到了强化。每天夜里，将近凌晨两点，为数甚多的醉鬼从咖啡馆被逐出，涌上街头，散布着乐观言论。

但是，所有这些变化在某种意义上，如此离奇，而且发生得如此之快，以至于很难将其视为是正常且持久的。其结果便是，我们继续将我们的个人情感置于首位。

封城之后两天，里厄医生从医院出来，碰到了科塔尔，科塔尔抬头朝他看，神色颇显得称心如意。里厄夸他气色好。

“是的，身体完全好了，”小个子男人说，“请告诉我，医生，这该死的鼠疫，嗯！情况开始严重了吧。”

医生承认了这一点。对方有些眉飞色舞地指出：“鼠疫没理由现在就会停的。一切都将乱七八糟。”

他们一起走了会儿。科塔尔讲道，他街区的一个杂货店老板囤了一些食品，想高价卖出，当有人过来要送他去医院时，在他床底下发现了罐头食品。“他死在医院里。鼠疫，可不会付钱。”科塔尔这里全是关于瘟疫的故事，真真假假。例如，据说在市中心，一天早晨，一个男人表现出鼠疫的症状，在犯病出现的谵妄中，他冲到了外面，奔向遇到的第一个女人，一把将其搂住，嚷嚷着他得了鼠疫。

“瞧，”科塔尔指出，他语气亲切，跟他接着说的断言并不相称，“我们都将变成疯子，肯定的。”

同样，同一天下午，格朗最终也向里厄医生说出了自己的心里话。他在办公桌上看到了里厄太太的照片，便看了看医生。里厄回答说，他妻子在外地治疗。“某种意义上，”格朗说，“这是一种运气。”里厄回答说，这无疑是一种运气，他只希望他妻子康复。

“嗯！”格朗说，“我理解。”

自从里厄认识他以来，格朗第一次谈得滔滔不绝。尽管他还在斟酌字眼，但他几乎总能找到合适的词，似乎很久以来他就想好了正在说的这些话。

他很早就和一个贫苦的邻家姑娘结了婚。为了结婚，他才辍学并就业。让娜和他都从未出过他们的街区。他到她家里去看她，让娜的父母有点取笑这个寡言且笨拙的求婚者。她的父亲是铁路职工。当他休息的时候，总是坐在窗口一个角落里，沉思着，观看着街上的动静，一双大手平放在大腿上。她的母亲总在忙家务，让娜打打下手。让娜如此瘦小，格朗看她过马路，心总是悬着。车辆对她来说就是巨无霸。一天，在一家圣诞节礼品店前，让娜看着橱窗赞叹不已，身子往后一倒，靠着他说道："多漂亮啊！"他握住了她的手腕。他们就这样定了终身。

据格朗说，这个故事后来的情形，非常简单。跟大家一样：他们结了婚，他们还有点爱情，他们去工作。工作繁重，便忘了爱情。让娜也得工作，因为办公室主任没有信守承诺。讲到这里，必须有一点想象力，才能理解格朗想要说的意思。在劳累的助推下，他便放任自己了，越来越沉默，未能去维系他年轻的妻子还被他爱着的念想。一个忙于工作的男人，家境贫寒，前途渐渐黯淡，晚饭在桌子上静默无声，在这样的环境里，没有了爱情的位置。也许，让娜已经在忍受着痛苦。但她还是留下了：人有时会在不知不觉中长期忍受痛苦。一年一年过去了。后来，她离开了。当然，她不是独自离开的。"以前我很爱你，不过现在我累了……我走得并不幸福，但是，未必一定得幸福才重新开始。"这是她大致写给他的东西。

这下轮到约瑟夫·格朗痛苦了。他也可以重新开始的，正如里厄医生向他指出的那样。但是，他没有信心。

只是，他一直想着她。他想给她写封信为自己辩解。“但是这很难，”格朗说，“我想写信想了很久了。当我们相爱时，不说话都能彼此理解。但人并不总是相爱。在某个时候，我应该找到一些话挽留她的，可我没能做到。”格朗用方格手帕擤了擤鼻涕。然后他又擦了擦小胡子。里厄注视着他。

“请原谅，医生，”这位老相识说，“但怎么说呢？……我信任您。跟您在一块儿，我就说一说。可是，一说又让我激动。”

显然，格朗的所思所想和鼠疫隔了十万八千里。

晚上，里厄给妻子发了电报，说封城了，他很好，她要继续照顾好自己，他想她。

封城三周之后，里厄看到一个年轻人在医院门口等他。

“我想，”年轻人对他说，“您认得我。”

里厄觉得他面熟，但有点迟疑。

“在这些事情发生之前我来过，”对方说，“向您了解一些阿拉伯人的生活状况。我叫雷蒙·朗贝尔。”

“啊！对的，”里厄说，“怎么样，您现在有好的报道题材了。”

对方显得焦躁不安。他说，不是为这事来的，他想找里厄医生帮个忙。

“为此我请您原谅，”他补充道，“但是我在这城市里一个人都不熟，而我们报纸在这里的通讯员很不幸是个蠢货。”

里厄向他提议一起走到市中心的一个诊所，因为他有些事情要交代。他们从黑人街区的小巷往下走。傍晚临近，但是以往在这个时候颇为喧嚣的城市，现在却僻静得出奇。数声军号声在尚余一抹红霞的天空中响起，仅仅证明军人们貌似还在履职。在这一时间段里，沿着陡峭的街道，在摩尔人蓝色、赭石色、紫色的墙壁之间，朗贝尔说着话，非常激动。他的妻子留在巴黎。确切地说，这不是他妻子，不过跟妻子是一码事。刚一封城，他就给她打了电报。一开始，他曾以为这是一个临时的事件，他仅需设法跟她通信就是。他在奥兰的同行对他说，他们无能为力，邮局将他打发走了，省政府的一位女秘书还当面笑话他。最终，在排队等了两个小时之后，他只得发了一份电报，上面写着：“一切安好。不久见。”

可是早晨起床时，他突然间冒出一个想法：毕竟，他不知道这情况还要持续多久。他决定离开这里。因为他是被推荐来的（他这一行有种种的便利），他因此能接触到省政府办公室主任，他对主任说，他跟奥兰没有关系，他留在这里也不是因为此事，他纯属偶然身处此地，理应允许他离开，即便他一旦到了外面必须接受隔离。主任对他说，自己非常理解，但是不能破例，主任说会看看情况，但总的来说情况很严峻，无法做出任何决定。

“但是终究，”朗贝尔说，“我是外地人，不是这个城市的。”

“毫无疑问，但不管怎样，我们希望疫情别持续太久。”

最后，他试着安慰朗贝尔，对其指出，可以在奥兰为一篇有趣的报道找到题材，好好考虑的话，任何事件都有其好的一面。他们走到了市中心。

“真傻，医生，您知道，我不是为了写报道才来到这世上的。不过我可能生来是为了和一个女人在一起生活。这不合情理吗？”

里厄回答说，不管怎样，这合情合理。

在市中心的大道上，已经没有了通常的人群。寥寥几个行人匆匆走向远处的住所。没一个人微笑。里厄在想，这是朗斯多克今天发布公告的结果。二十四小时之后，我们的同胞会重新开始燃起希望。但在当天，数据还是会极鲜活地留在记忆里。

“这是因为，”朗贝尔出人意料地说，“她和我刚认识不久，但我们情投意合。”

里厄什么都没说。

“但是我来打扰您，”朗贝尔接着说，“仅仅是我想问您，能否给我开个证明，确认我没有这该死的病。我想这可能对我有用。”

里厄点了点头，这时他双腿被一个小男孩撞了一下，他轻轻将其扶起来站稳。他们接着往前走，到达了阅兵场。一座共和国塑像，布满灰尘，脏兮兮的；在其周围的榕树和棕榈树，树枝纹丝不动地垂着，灰蒙蒙的，亦沾满尘土。他们在塑像下停了下来。里厄的双脚一只接一只地在地上跺了跺，因为他的脚上蒙上了微白的灰。他看了看朗贝尔。记者的毡帽稍稍往后戴着，领带下的衬衫领口扣子开着，胡子没刮干净，一副固执且赌气的样子。

“请您相信，我理解您的心情，”里厄终于说道，“但您的理由并不恰当。我不能给您开这个证明，因为，我其实不知道您是否得了这个病，另外还因为，即使在没有得病的情况下，我也不能证明从您走出我的办公室到您走进省政府，这段时间里您是否被感染。此外，即使……”

“此外，即使？”朗贝尔问。

“此外，即使我给您开了这个证明，它对您也没任何用处。”

“为什么？”

“因为在这座城市里，像您这种情况的有数千人，而当局不可能放他们出去。”

“但如果他们自身并未染上鼠疫呢？”

“这不是一个充分的理由。我知道，这事很荒谬，但它涉及我们所有人。必须接受现实，认了吧。”

“但我不是这里的！”

“从现在开始，唉，您跟大家一样，也是这里的。”

朗贝尔怒了：“这是一个人道的问题，我可以向您发誓。两个情投意合的人像这样天各一方这意味着什么，您可能无法体会。”

里厄没有立刻回答。之后他说，他认为自己对此能够体会。他竭尽全力地希望，朗贝尔和他的女人重逢，天下有情人都能团圆，但是有法令和法律，还有鼠疫，他得做其当做之事，职责在兹。

“不，”朗贝尔痛苦地说，“您不会理解的。您囿于抽象的概念，尽说理性的话。”

医生抬眼看了看共和国塑像，说他不知道自己是否说的是理性的话，但他说的是明显的事实，这不一定是一码事。记者整了整领带：“行吧，这意味着我必须另想办法呗？”

“但是，”他挑衅地继续说道，“我会离开这座城市的。”

医生说，他依然能理解，但这和他无关。

“不，这和您有关，”朗贝尔突然叫道，“我来找您，是因为有人跟我说您在做出决策时起了很大的作用。于是我就想，由您推动出台的决策，您至少可以破一次例吧。但是这事对您来说无关紧要。您没考虑过任何人。您毫不顾及那些被分开的人。”

里厄承认，在某种意义上，这是实情，他当时没考虑这些。

“啊！我看出来了，”朗贝尔说，“您将要说公共服务了。但是公共利益是由个人幸福构成的。”

“好吧，”里厄说，他似乎从心不在焉的状态里回过神来，“有这样的事，也有那样的事，没必要下结论。但您发火是不对的。如果您能从这困境里解脱出来，我将甚为高兴。只是有的事情，我的职责禁止我去做。”

朗贝尔不耐烦地摇晃着脑袋。

“是，我发火不对，而且我这样已经耽误了您相当多的时间。”

里厄向记者提出请求，将其奔走活动的情况通报给自己，并且不要记恨自己。肯定会有一个计划，使他们能走到一起。朗贝尔忽然显得不知所措。

“我相信这一点，”他沉默片刻之后说，“是的，我不由自主地相信这一点，尽管您对我说了这些话。”

他犹豫着说：“但我不能赞同您的做法。”

他把毡帽往前额压了压，然后快步走了。里厄看到他走进了塔鲁住的那家旅馆。

过了一会儿，医生摇了摇头。记者急切地要留住幸福，有其道理。但是当他指责自己，这有道理吗？“您活在抽象概念之中。”在他的医院度过的这些日子里，鼠疫加快了速度平均每周夺去五百人的生命，这难道真是抽象概念吗？是的，灾难之中有抽象和不真实的一面。但是当抽象概念开始要扼杀你时，你就得留心这抽象概念了。里厄只知道，这不是最容易做到的。例如，领导他负责的这所临时医院（现在已经有了三所这样的医院）就不容易。他把诊室对面的一间房子改成了鼠疫病人接收室。地面经开挖形成了一个注入消毒水的水池，池子中央有一个砖砌的“小岛”。病人被送到小岛上，迅速被脱光，他们的衣服则丢进水里。清洗并擦干身体后，他们穿上医院的粗布衬衫，被送到里厄那里，然后再被安顿到病房。一所学校的风雨操场也不得不利用起来，那里现在总共有五百张床位，几乎全住满了。早上，里厄亲自抓病人的收治，给他们打疫苗、切开腹股沟淋巴结肿块，这之后，他还要核实统计数字，下午再回到诊疗工作中。最后在晚上，他安排出诊，回到家里则是深夜了。前一天夜里，他母亲把年轻的里厄太太的电报递给他时，注意到儿子的双手在发抖。

“是的，”他说，“坚持下去，我会没这么紧张。”

他身体强壮，能吃苦耐劳。实际上，他还没有感到疲劳。但是，例如他的出诊，就已经变得让他难以承受。诊断出疫病性质的发烧，就等于要把病人迅速转走。于是，抽象以及困难事实上就开始了，因为病人家属知道，只有等到治愈或死亡，才能再见到。“发发慈悲吧，医生。”洛黑太太说。她是塔鲁下榻的那家旅馆客房女服务员的母亲。这话意味着什么呢？当然，他抱有同情。但是，这样把病人留在家中对谁都没有好处。必须打电话。很快，救护车的铃声便传过来了。邻居们一开始还打开窗看一看。后来，他们就匆匆地关窗了。于是，便开始了抗拒、眼泪、劝服，总之都是抽象概念。在这些因发烧和焦虑而群情沸腾的公寓里，上演着疯狂的一幕幕。但病人还是被带走了。里厄这才可以离开。

最初几回，他仅限于打完电话，便前往其他病人那里，并不等救护车来。但是，病人家属会关上门，宁可单独跟鼠疫硬扛，也不愿与亲人分离——他们现在已经知道分离的结果是什么。叫喊，命令，警察介入，再下去动用武力，病人才被“拿下”。在头几周里，里厄不得不留下来，直到救护车抵达。此后，当每个医生在一位志愿督察员的陪同下出诊时，里厄才得以从一个病人家中赶往另一个病人家。但是在开始的时候，每天晚上都像今晚去洛黑太太家一样，走进那个饰有扇子和假花的小套间，那位母亲接待了里厄，她笑得很牵强地说：“我真希望这不是大家说的那种发烧。”

而里厄则掀开病人的裙子和衬衫，默默地注视着肚子和大腿上的红斑，还有肿大的淋巴结。母亲看着女儿的双腿之间的情形，不能自持地大叫了起来。每天晚上，面对掀开的腹部呈现出的致命症状，都有母亲一脸抽象的神情在这样呼号；每天晚上，都有手臂紧紧抓住里厄的手臂，说着徒劳的话，许愿与泪水纷沓而至；每天晚上，都有救护车的铃声激起情绪上发作，但跟任何痛苦一样于事无补。在这始终类似的一连串的夜晚之后，里厄唯一能期待的，就只有这一连串的、无休止地更新下去的相同场面。是的，鼠疫像抽象概念一样，是单调的。可能只有一个事物是在变化的，那就是里厄自己。那晚，他在共和国塑像下感觉到了这一点，看着朗贝尔消失于其中的旅馆大门，他只意识到自己被一种颇感别扭的冷漠所充斥着。

在令人筋疲力尽的这几周过去之后，在全城的人涌上街头转悠的这些黄昏之后，里厄领悟到，他不必再抑制自己的同情。当同情无济于事的时候，大家便对同情感到厌倦。在这些繁重不堪的日子里，医生从自己慢慢封闭的心之感受中找到了唯一的安慰。他知道，他的任务会因此变得容易些。这就是为何他感到了高兴。当他的母亲见他凌晨两点回到家，用空洞的目光注视着自己，她不由悲从中来，而她的悲伤，恰好是里厄唯一能得到的温情。为了和抽象概念做斗争，就得有几许像他那样。但是这怎么可能让朗贝尔感受到呢？对朗贝尔而言，抽象概念就是一切与他的幸福相悖的东西。实际上，里厄知道，记者在某种意义上没错。但他也知道，抽象概念有时会表现得比幸福更猛烈，因为此时，只有在此时必须对其予以重视。这正是将要在朗贝尔身上发生的事，后来朗贝尔对他讲了知心话，医生才了解到了详情。里厄就这样在一个新的层面上，继续进行着这种在每个人的幸福和鼠疫的抽象概念之间的沉闷斗争，在这个漫长的时期，这种斗争构成了我们城市的全部生活。

但是，在一些人看到抽象概念的地方，另一些人却看到了真相。鼠疫流行的第一个月月底，形势确实颇为黯淡，这是因为疫情二次爆发，而耶稣会会士帕乐卢神甫则做了一次充满激情的布道——他曾帮助过刚刚染病时的老米歇尔。帕乐卢神甫因为常与奥兰地理协会的学报有合作而享有盛名，在协会里他是碑铭修复的权威。不过，他还作了一系列关于现代个人主义的讲座，因而比一个专家拥有更为广泛的听众。在讲座中，他是一种严格的基督教教义的热忱捍卫者，既远离现代的放纵无度，又和过去几个世纪的蒙昧主义大不相同。值此之际，他毫不犹豫地对他的听众说出了严酷的事实。由此，他声誉日隆。

然而，这个月将近月底的时候，我们城市的教会当局决定通过他们特有的方式和鼠疫进行斗争，组织集体祈祷周。这种公众的表示虔诚的活动，应在星期天以一场隆重的弥撒而宣告结束，这场弥撒会祈求曾染上鼠疫的圣徒圣罗克[1]的庇护。当此之际，大家便请帕乐卢神甫来布道。半个多月来，帕乐卢神甫放下了他对圣奥古斯丁[2]和非洲教会的研究工作，这些研究使他在修会里具有特殊地位。他天性热情澎湃，毅然接受了大家给他的任务。早在这场布道之前，人们就已经在议论此事了，它在这一时期的历史中，以其自有的方式标志了一个重要的日子。

祈祷周来者甚众。这并非因为奥兰的居民平时特别虔诚。例如星期天早晨，海水浴就是弥撒的一个重要竞争者。这也并非因为突然的皈依启迪了他们。不过，一方面，城市封了，港口停航了，海水浴无法再去了；另一方面，他们处于一种非常特殊的精神状态里，从他们内心深处，并未接受这些突袭他们的种种事件，当然，他们明显感觉到，有些东西已经变了。然而，很多人依然希望瘟疫流行将会停止，希望他们和家人幸免于难。因此，他们尚未感到负有任何责任。鼠疫对他们而言只是一个令人不快的过客，既然来了，有朝一日就会离去。他们惊恐但并未绝望，这样的时候还没到——那就是鼠疫在他们看来成了他们的生活方式，而他们忘掉了直到鼠疫出现时他们此

1　译者注：圣罗克（约 1295—约 1327），出生于法国蒙彼利埃，据说前往罗马朝圣时曾治好鼠疫患者。后自己染上鼠疫，他独自待在森林里，一位天使来给他治疗，一只狗给他带来面包，他最终得以痊愈。对他的崇拜始于 15 世纪，产生了许多圣罗克善会。

2　译者注：圣奥古斯丁是古罗马基督教思想家，曾任北非希波（现位于今阿尔及利亚）主教。其思想影响了西方基督教教会和西方哲学的发展，他的神学体系在 5—12 世纪西欧基督教教会内占有统治地位，成为早期经院哲学的组成部分。其主要著作有《忏悔录》《上帝之城》等。

前所过的生活。总而言之，他们在期待中。对于宗教，就像对很多其他问题一样，鼠疫给了他们一副思想颇为奇特的样子，既不冷漠，也不热情，倒可以用“客观”一词来定义。一个信徒对里厄医生说：“不管怎样，这没什么坏处。”参加祈祷周的大多数人，他们也会讲诸如此类的话。塔鲁在他的笔记中记道，中国人在类似的情况下会敲锣打鼓送瘟神，他接着又指出，压根不知道，事实上敲锣打鼓是不是比预防措施更加有效。他只是补充说，要解决这个问题，必须了解瘟神存在与否，而我们在这一点上的一无所知使我们可能有的各种观点皆寡淡无趣。

不管怎样，在整个祈祷周期间，我们城市的大教堂几乎挤满了信众。头几天，很多居民还只是待在大教堂门廊前的棕榈园和石榴园里，聆听如潮水般一直涌到街上的祈求声和祷告声。渐渐地，有人带头进去了，这些听众决定走进教堂，用一种怯生生的声音加入在场信众的应答声中。星期天，大批民众涌入大教堂正殿，人多得连教堂前的广场和台阶上都被挤满了。从前一天起，天空就乌云密布，大雨倾盆。站在外面的人都撑起了伞。当帕乐卢神甫登上布道讲台时，大教堂里飘荡着焚香和湿衣服的气味。

他中等身材，很壮实。当他靠着布道台的边沿，粗大的双手抓住木栏，人们只看到他厚实的黑色身形，钢丝边的眼镜下面，两颊红通通的。他声音洪亮，充满激情，传得很远，他仅用一句激烈且有力的话便对听众做出了拷问："弟兄们，你们在受苦受难；我的弟兄们，你们活该遭罪。"听众中一阵骚动，一直蔓延到了广场。

从逻辑上讲，他接下来的话似乎与这句悲怆的开场白并无关联。正是后面的讲话，才使我们的同胞明白，通过其巧妙的讲演术，如同当头一棒，神甫一下子便给出了他整场布道的主题。果然，抛出这句话后，帕乐卢神甫立即引用了《出埃及记》中关于埃及发生鼠疫的那段文字[1]，并且说："历史上这种灾祸第一次出现，便是为了打击天主的敌人。法老违抗天意，于是鼠疫让他屈膝。有史以来，天主降灾，让那些自大者和盲目者匍匐于他的脚下。请你们思考这一点并跪下。"

外面的雨更大了，急雨敲窗发出的噼啪声中，一片寂静的大殿里更有蝉噪林愈静之感，神甫在这肃穆之中说出的最后这句话，余音绕梁，几个听众迟疑片刻之后，从他们椅子上滑下来，跪在了跪凳上。其他人觉得应予效仿，于是接二连三地，只听到椅子的嘎吱声，全体听众没一会儿都跪了下来。帕乐卢神甫于是挺直了身子，深吸一口气，用一种越来越抑扬顿挫的语调接着说道："如果说今天，鼠疫盯上了你们，那是因为反思的时刻已经到了。谨守教规者对此不必害怕，但作恶多端者

---

1 译者注：《出埃及记》是旧约圣经中的一卷，其中记载了天主为迫使法老让受奴役的以色列人离开，十次降灾于埃及，因第十次降灾杀死了所有新生儿，法老才做出让步。

理应瑟瑟发抖。在世界这个巨大的谷仓里，无情的灾难就像是连枷[1]，拍打着人类这麦子，直到谷粒从麦秸上脱落。麦秸多于谷粒，被召唤的人多于被选中的人，而这不幸并非是天主所愿。这个世界与恶偕行得太久了，这个世界依赖天主的仁慈也太久了。只需后悔，什么事都被允许。而对于后悔这种事，每个人都感觉很拿手。到了该后悔的时候，大家肯定能感受到。在那之前，最容易的就是放任自流，天主的仁慈自会料理剩下的事。好了！不能再这样持续下去了。在如此长的时间里，天主那怜悯的面容俯视着这座城市的居民，可他等得厌倦了，在其永恒的希望中感到了失望，已经把他的目光移开了。失去了天主的光，我们就此长期陷入鼠疫的黑暗！”

大殿里某个人像一匹性子很急的马，喷出了鼻息。短暂的停顿之后，神甫声调低了下去，重又说道：“《黄金传说》[2]里说，在伦巴第，安贝尔国王在位时，意大利惨遭一场鼠疫的蹂躏，幸存者勉强够去埋葬死者，这场鼠疫在罗马和帕维亚尤为猖獗。一个善天使显形了，他给手持狩猎长矛的恶天使下了命令，令其敲击一座座房屋；一座房子被敲了几下，就要抬出几个死人。”

1　译者注：连枷，原文是 fléau，既有打麦子的连枷的意思，又有灾难、灾害的意思。

2　译者注：《黄金传说》是意大利圣徒传记作家雅克·德·沃拉金（Jacques de Voragine）的作品，其中收集了多位圣徒的故事。德·沃拉金是热那亚的大主教，最初，他将作品命名为《圣人传奇》，但不久后该书以《黄金传说》之名在读者中闻名，因为读者认为其拥有黄金般的价值。

帕乐卢神甫讲到这里，朝着大教堂广场方向伸出他短短的手臂，仿佛他要在变幻不停的雨幕后面展示某样东西。“弟兄们，”他铿锵有力地说，“今天在我们街头上，同样是一场死亡的猎杀在追逐目标。看啊，这鼠疫的瘟神，如明亮之星[1]那般漂亮，如邪恶本身那般闪光，他站在你们的屋顶上，右手拿着齐他脑袋高的红色长矛，左手指着你们房子中的一座。就在此刻，他的手指可能正指向你们的家门，长矛敲打着门上的木头；就在此刻，鼠疫的瘟神已走进你们家中，坐在你们的房间里，等你们回去。他就在那里，耐心且专注，如同这世界上的秩序那样确凿无疑。世间没有任何的力量——你们要知道，即便是徒劳的人类科学——可以使你们逃过他朝你们伸出的手。你们将在痛苦的打谷场上被拍得血肉横飞，然后连同麦秸一起被扔掉。”

这里，神甫更为宏大地继续描述了这场灾难的悲惨景象。他提到了那根在城市上空逡巡的巨大长矛，随便扎下去，提起来便鲜血淋漓，最终撒下人类的血和痛苦。“为的是播种，准备收获真理。”

讲完他这一长串复合句，帕乐卢神甫停了停，他的头发甩到了前额上，身体激动得发抖，而他的双手把这抖动传到了讲

---

1 译者注：明亮之星，原文 Lucifer，即金星，在旧约圣经《以赛亚书》中影射古巴比伦王，经后世传播，通常指魔鬼或撒旦。

台上，接着，他以更为低哑但带着谴责的声调说道：“是的，反思的时刻到了。你们以为，星期天来礼拜一下天主对你们来说就够了，其他的日子就可以恣意而为。你们还曾以为，几次跪拜就足以抵偿你们罪恶的满不在乎。但是天主不是温暾水。这种若即若离的关系不足以回应他囊括四海的慈爱。他想更长久地看到你们，这是他爱你们的方式，说实话，这也是爱的唯一方式。厌倦了等待你们的到来，这就是为什么他让灾难落到你们身上，如同人类有史以来，灾难降临所有那些罪恶深重的城市一样。现在你们知道什么是罪恶了，就像该隐[1]和他的儿子们、大洪水之前的人们、索多玛和蛾摩拉[2]两地的居民、法老和约伯[3]，以及所有受诅咒的人知道的那样。自从这座城市封城那天起，你们和灾难都被圈在了城墙之内，你们便跟上述所有人一样，带着一种新的眼光看待人和事。你们现在终于知道，必须回到根本上来。”

此时，一阵潮湿的风猛地吹入正殿，大蜡烛的火焰随之偏向一边，同时发出轻微的噼啪声。浓烈的蜡烛味道、咳嗽和喷

1 译者注：该隐，旧约圣经中的人物，亚当和夏娃的长子，因为耶和华看中了他弟弟亚伯和亚伯的供物，该隐出于嫉妒，杀死了弟弟，耶和华因此将他赶出伊甸园，并诅咒他的子孙。

2 译者注：索多玛和蛾摩拉是约旦河谷地的两座古城，因其居民耽溺于同性淫乱，被耶和华用硫磺与火毁灭。

3 译者注：约伯，旧约圣经中的人物，其实他的形象并不负面，耶和华夸奖他正直、敬神。后撒旦对约伯进行考验，夺去了他的财产和女儿，但他忠心不渝，对天主虔诚如初。

嚏朝着帕乐卢神甫扑面而去，他又回到了他的讲述中，阐幽发微，很受听众赞赏，他用平静的声音接着说道："我知道，你们中的许多人正好在琢磨，我说这些是何用意。我想让你们回到现实当中，叫你们学会乐观，尽管我说了这些话。那些忠告以及友爱之手推动你们向善的时代已经不再。今天，现实是一种命令。拯救之路，由红色长矛向你们指明并驱使你们前往。我的弟兄们，天主的仁慈最终在此得以展现，他的仁慈把善和恶、愤怒和怜悯、鼠疫和拯救置于一切事物之中。这场灾难即使在伤害你们，它也是对你们的教育并向你们指明道路。"

"很久以前，阿比西尼亚的基督徒从源自神授的鼠疫中发现了获得永生的一种有效方式。那些没染上病的人，把自己裹在鼠疫病人的被单里，务求必死。无疑，这种狂热的救赎不值得称道。这是一种令人遗憾的仓促之举，近乎傲慢。不必比天主更加匆忙，他一劳永逸地建起了永恒的秩序，而一切想加速这个秩序的行为，都会走向异端。不过，这个例子至少包含着教训。在我们最有远见的人看来，这例子所衬托出的只是，在任何痛苦的深处，都隐藏着这美妙的永恒之光。这道光，照亮了通往解脱的幽暗之路。它显示了坚定不移地变恶为善的天意。今天，又一次地，通过这死亡、恐慌、呼号的路径，这道光引领着我们走向固有的沉寂，走向生命的本源。我的弟兄们，这就是我想带给你们的巨大安慰，从而使得你们从这里带走的不仅仅是指责的话语，还有抚平你们心绪的箴言。”

大家感觉，帕乐卢神甫已经说完了他的话。外面，雨已经停了。水汽和阳光在天空交汇，在广场上洒下了更为朝气蓬勃的光线。从街上，传来话语声、车辆打滑声，一座苏醒的城市开口说着其全部的语言。听众们在压低了声音的窸窸窣窣中偷偷地收拾着他们的随身物品。但神甫又开口了，他说在表明了鼠疫源自神授以及这种灾难的惩罚性质之后，他已言尽于此，触及如此悲剧性的话题，他不想用不合时宜的雄辩作为他的结束语。他觉得，他讲的一切，大家已经听得清清楚楚。他只是回想到，在马赛鼠疫大流行的时候，编年史作家马蒂厄·马雷[1]抱怨说陷入了地狱，活得那样无助又无望。唉！马蒂厄·马雷真是瞎了眼！恰恰相反，帕乐卢神甫从未像今天这样，感觉到了神的救助和基督教的希望已赐予了众生。他唯一的希望是，尽管这些日子里经历了恐惧，听到了垂死者的哀号，我们的同胞依然向上天倾诉唯一的话——基督徒的爱。剩下的，天主自会安排。

1　译者注：马蒂厄·马雷（1665—1737），法国编年史作家，著有《摄政时期和路易十五统治时期回忆录》。

这次布道，是否对我们的同胞产生了效力，这很难说。预审法官奥登先生对里厄医生宣称，他觉得帕乐卢神甫的讲话“绝对无可辩驳”。不过并非所有人都有这样明确的看法。仅仅是，布道让此前一些模糊的想法更明晰了，那就是他们因莫名的罪过被判处了一种难以想象的囚禁。于是，有些人继续过着小日子，去适应这种幽禁，而另一些人则相反，从那时起他们唯一的念头就是逃出这牢狱。

人们先接受了与外界的隔绝，如同他们接受只会改变他们某些习惯的任何临时的麻烦。但是，突然意识到处于非法监禁的状态中，在夏天已经开始烈火烹油的天空下，他们模糊地感到，这监禁威胁到了他们的生命；夜晚到来，清凉如水，他们恢复了精力，有时便会干出一些极端的行为。

首先，不管是否事出巧合，从这个星期天开始，在我们这座城市里，出现了一种普遍且深沉的恐惧，不难猜到，我们的同胞真的开始意识到了他们的处境。从这个视角看，我们这座城市的氛围已经有所改变。不过，事实上是氛围改变了还是心境改变了，这才是问题所在。

布道之后没几天，里厄在前往郊区时和格朗一起在谈论这件事，在夜色中他撞到了一个男人——此人在他们前面摇摇晃晃，却不往前走。就在此时，我们这座城市开得越来越晚的路灯突然亮了。在他们两人身后高高的路灯瞬间照亮了这个人，他两眼紧闭，无声地笑着。他那张苍白的脸，因哑然的笑而膨胀了起来，大滴的汗珠从脸上流下。他们走了过去。

“这是个疯子。”格朗说。

里厄刚刚拽着格朗的胳膊拉他走，感觉到这位雇员紧张得发抖。

“很快我们这围城里就只有疯子了。”里厄说。

疲惫袭来，他觉得嗓子很干。

“去喝点什么吧。”

在他们进去的那家小咖啡馆里，只有柜台上面亮了一盏灯，顾客们在带点红色的浑浊空气中低声交谈着，不知是什么原因。在柜台上，出乎医生的意料，格朗要了一杯烧酒，一饮而尽，并且说自己颇具酒量。之后他便想走。在外面，里厄似乎觉得夜色里满是呻吟。在路灯上方，黑漆漆的天空某处，一阵沉闷的呼啸让他想到这看不见的灾难正在不知疲倦地搅动着炎热的空气。

“幸好，幸好。”格朗说。

医生思忖着他想说的是什么。

“幸好，”另一位说，“我有自己的活儿。”

“是啊，”里厄说，“这是一种优势。”

里厄决定不去听那呼啸声，便问格朗对这活儿是否满意。

“挺好，我觉得自己走对了路。”

“您还要干很长时间吗？”

格朗好像来劲儿了，烧酒的热力在他的声音里体现了出来。

“我不知道。不过问题并不在此，医生，这不是问题，不是。”

在黑暗中，里厄猜到他在挥舞着手臂。他似乎准备说什么，突然之间，这话便滔滔不绝地出来了：“您看，医生，我希望的，就是有朝一日我的手稿到了出版方那里，他看完之后站起来，对他的同事们说：‘先生们，脱帽致敬！’”

这突如其来的话让里厄感到意外。他感觉他的朋友在做脱帽的动作，把手放到了头顶上，然后手臂往下挥到了水平位置。高处，奇怪的呼啸声似乎愈发地响了。

“是的，”格朗说，“必须完美。”

虽然对文学界的惯例知之甚少，但里厄感觉事情不会如此简单，比如说，出版方在其办公室里，应该是不戴帽子的。不过事实上，这种事永远搞不清，里厄便宁可缄默。他不由自主地倾听着鼠疫的神秘喧哗。他们走进了格朗的街区，因为这里地势较高，一阵和风给他们送来了凉爽，同时也一扫城里的种种嘈杂。然而格朗还在讲着，里厄并未完全听懂这位仁兄说的话。他只听明白，这个作品已经写了很多页，但是作者力求使之尽善尽美，呕心沥血，非常煎熬。“整整几个晚上、几个星期，就为推敲一个词……有时，只是一个连词。”说到这里，格朗停下了，抓住医生大衣上的一颗纽扣。从他豁了牙的嘴里，磕磕绊绊地说出了这些话。

“您得明白，医生。必要的时候，在‘但是’和‘而且’之间选择，相当容易。在‘而且’和‘接着’之间选择，就已经困难了。‘接着’和‘然后’，难度更大。不过，最困难的肯定是，要知道该不该用‘而且’。”

“是的，”里厄说，“我明白。”

他又往前走去。格朗显得挺尴尬，重又赶上来和里厄并排。

“请原谅，”格朗嘟囔道，“我不知道今晚我怎么了。”

里厄轻轻地拍了拍他的肩，对他说，自己愿意帮助他，并且对他的故事很感兴趣。格朗似乎有些放心了，到了楼前，犹豫了一下之后，他请医生上去坐会儿。医生同意了。

在餐厅里，格朗请医生在一张铺满了稿纸的桌子旁坐下，纸上写着细小的字，上面画了很多涂改的杠杠。

“是的，就是这个，”对于医生询问的目光，格朗说道，“您想喝点什么吗？我还有点酒。”

里厄谢绝了。他看着稿纸。

“您别看了，”格朗说，“这是我写的第一句。这真是花了心血，花了很大的心血。”

格朗自己也看着所有这些稿纸，他的手似乎不由自主地被其中一张吸引过去，他拿起这张纸，纸在没有灯罩的电灯泡前被照得通透。稿纸在他手里抖动着。里厄注意到这位雇员的额头汗津津的。

“您坐下吧，”里厄说，“读给我听听。”

格朗看了看他，带着感激微微一笑。

“好的，”他说，“我觉得我挺想读的。”

他等了一会儿，依然看着稿纸，然后坐下了。里厄同时在倾听着，城市中一种模糊不清的嘈杂声，似乎在回应瘟疫的呼啸。恰恰就在此刻，他有一种特别敏锐的感知——对于脚下延伸的这座城市，对于这城市所形成的封闭世界，对于这城市在夜里扼杀的可怕的号叫。格朗低沉的声音响了起来：“在五月一个明媚的清晨，一位优雅的女骑士，骑在一匹漂亮的阿拉桑牝马上，穿过布洛涅森林[1]的花径。”再度的寂静，随寂静传来这受难中的城市不甚分明的杂音。格朗已经放下稿纸，继续凝视着它。片刻之后，他抬起双眼问道：“您觉得怎么样？”

里厄回答说，这开头让他想知道下文。但对方兴奋地说，这个观点并不正确。他用手掌拍了拍他的稿纸。

“这里只是个大概。当我将自己想象中的图像完美地呈现出来，当我的句子有了那种策马疾走的步调，一、二、三，一、二、三，那剩下的写起来就容易多了，特别是幻想着将会这样，

1 译者注：布洛涅森林位于巴黎西部。

从一开始，就可能让人说：‘脱帽致敬！’”

但是，为了达到这一步，他还有很多工作要做。他决不会同意将这句子就这样交给一个印刷方。因为，尽管有时他对这句子尚觉满意，但他清楚，它仍未完全贴合现实，在某种程度上，它具有的这种流畅，稍微有点但毕竟还是类似于陈词滥调。这至少是格朗想说的意思，这时候，窗下传来有人奔跑的声音。里厄站了起来。

“您会看到我改好的句子，”格朗说，他转向窗口又补充了一句，“当这一切结束之后。”

但是急促的脚步声再度传来。里厄已经下了楼，当他来到街上，两个男人在他前面闪过。看来，他们是朝城门而去。事实上，我们同胞中的一些人，在炎热和鼠疫的袭扰下昏了头，已禁不住使用起暴力，企图蒙混过关，逃出城去。

其他一些人，像朗贝尔，也想逃出这开始出现的恐慌氛围，但却是以一种更执着和更机灵的方式，即便不算更为成功。朗贝尔首先继续走官方的门路。据他所说，他一直认为，执着终能战胜一切，从某种角度看，善于应付难题本就是他这一行的特点。他因此拜访了大批的官员以及平常公认的能人。但在这种情况下，这种能力对他们没任何用。这些人，大多数时候对涉及银行、出口、柑橘或酒类贸易的一切事务有着明确的、深受好评的看法；他们在诉讼或保险的问题上，有着不容置疑的知识，且不说他们过硬的文凭和明显的善意。甚至于，他们给所有人最深的印象，便是助人的善意。但是在鼠疫这方面，他们的知识几乎百无一用。

但是在他们每个人面前，每次一有机会，朗贝尔都会陈述他的理由。他论据的基调依然在于，他对我们的城市来说是个外地人，因此他的情况应予特别考虑。总体上，记者的谈话对象都承认这一点。但是，他们通常会提醒他，这也是相当一部分人碰到的情况，所以，他的事情没他想象的那么特别。对此，朗贝尔可以回答说，这对他论据的基调没有任何改变；别人则回答说，这会使行政当局面临的困难有所改变，当局反对任何的照顾措施，以免开了极其令人反感的先例。根据朗贝尔向里厄医生提到的分类法，这种爱推理的人构成了形式主义者的类别。除他们之外，还能碰到巧舌如簧者，他们向申请者保证，这一切不会持续多久，当申请者要求他们做出决定时，他们便毫不吝惜地给出种种好建议，他们安慰朗贝尔，断言这只是一个暂时的烦恼。还有身居要职者，他们请来访者留份概述自己情况的东西，一旦对此情况做出决定，他们就会通知来访者；

目光短浅者向他推荐住房券或是经济型膳食公寓的地址；照章办事者则要求填一张卡片，并将其归档；无能为力者无奈地举起双臂；害怕麻烦者把他们的眼睛转向另一边；最后是习惯推诿者，他们人数最多，让朗贝尔去找另一个办公室或找另一条门路。

记者就这样疲于奔命、到处拜访，他对一个市政府和一个省政府是怎么回事已经有了一个精确的概念——由于他总坐在蒙着仿皮漆布的长凳上等待，面对让人认购免税国债或参加殖民军队的大幅广告，由于他总走进一个个办公室，里面那一张张面孔就像拉板文件柜和档案架一样容易猜测。正如朗贝尔带着些许苦涩对里厄所说的，这样奔走的好处是，这一切为他掩盖了真实的情况。实际上，鼠疫的蔓延在他这里被遗忘了。再说，这样日子也过得更快些，在全城遭遇的困境里，可以说，每过完一天，每个人只要没死，就更接近其苦难的终点。里厄不得不承认，这一点倒是真的，不过这是一个太过笼统的实情。

在某个时候，朗贝尔也抱有希望。他曾从省政府收到过一份空白的调查表，请他如实填写。调查表问到他的身份、家庭状况、过去和现在的收入来源以及所谓的履历。他有种印象，这个调查，旨在统计可以被遣返回惯常住地的那些人的情况。从一个办公室得到的含糊消息，证实了这种印象。但是，经过几番明确的奔走，他终于找到了寄出调查表的机构，而那里的人对他说，这个情况的收集是“为了应对状况”。

“为了应对什么状况呢？”朗贝尔问。

于是，他们明确告诉他，这是在他染上鼠疫并因此而死亡的状况下，一方面，可以通知他的家属，另一方面可以知道，医疗费用是该记入市里的预算还是等他的亲人付清。显然，这证明了他并未完全和等着他的女人分开，社会还在关心他们。不过这算不上是一种安慰。更值得注意的是，结果朗贝尔也注意到了，在疫情最猛烈的时候，一个机构还能以某种方式继续办公并跟以往一样保持主动，最高当局往往还不知情，而这样做的唯一理由便是，该机构实乃为办这样的公而设立。

接下来的阶段，对朗贝尔而言最好打发又最难打发。这是一段麻木期。他去了所有的办公室，疏通了所有的路子，这方面的出路暂时全堵上了。他于是流连在各家咖啡馆里。早晨，他坐在一个露天座位上，面前一杯常温啤酒，读一份报纸，期待着从中发现瘟疫将要结束的某些迹象，他看着街上行人的脸，瞥到悲伤的表情就厌恶地扭过头去，在上百次地读了对面商店的招牌还有已经停售的大牌开胃酒广告之后，他站起身，在城市土黄色的街道上随意溜达。从孤独地溜达到走进咖啡馆，从咖啡馆到饭馆，他就这样混到晚上。正好就在一天傍晚，里厄在一家咖啡馆门口看到了他——记者犹豫着进还是不进。他似乎做了决定，走进大厅深处坐了下来。根据上面的命令，咖啡馆尽可能推迟开灯正是在这个时候。暮霭如暗淡的水一般，浸入了厅里，日落之处的天空，将一抹玫瑰色映衬在窗玻璃上，大理石桌面在刚刚开始的昏暗中闪着微光。在这冷清的大厅里，朗贝尔好似迷失的幽灵，里厄便想，这是他无所依止的时刻。但是，这也是这座城市里的囚徒都感到无所依止的时刻，必须做些什么，早点让他们解脱出来。里厄转身走了。

朗贝尔也会在火车站消磨很长时间。站台的入口已经禁行了。不过候车室是开着的，从外面可以进去，有时，天气很热，一些乞丐就在候车室待着，因为那里荫凉。朗贝尔来此看之前的火车时刻表、禁止吐痰的告示还有火车乘警的规章。之后，他坐到一个角落里。候车室大厅很暗。一个旧的生铁炉子已经几个月没用了，就在地面上以前洒水留下的那些“8”字形水渍中间。墙上有几张广告，宣传在邦多勒[1]或在戛纳自由而幸福的生活。朗贝尔在此触及了一种处于极度的贫乏中才发现得到的、可怕的自由。至少像他对里厄所讲的那样，对他来说，当时最难以承受的景象是巴黎的那些景象。古老建筑的石头、水流、王宫的鸽子、北站、先贤祠那里冷僻的街区，以及城里其他几处他当初并不知道自己竟如此眷念的地点，这些都萦绕在朗贝尔心头，使他做不了任何具体的事情。里厄只是觉得，他将这

1 译者注：邦多勒（Bandol），法国瓦尔省的一个市镇，是地中海沿岸的一个旅游度假胜地。

些景象与他爱情的景象已经等同起来了。有一天，朗贝尔对他说，自己喜欢在凌晨四点醒来，想念自己的城市，医生毫不费力地以其自身的经验诠释了此话的意思：朗贝尔心心念念的是他留在那里的女人。实际上，这确是他能在想象中占有她的时刻。凌晨四点，人们一般什么事都不干，就是睡觉，即便这个夜晚是个背叛爱情的夜晚。是的，这时人们在睡觉，这让人放心，因为一颗不安的心，最大的欲望就是无休止地占据其所爱的那个人，或者，当不能厮守的时候到来时，让她沉浸在无梦的睡眠中，直到重逢之日才醒来。

布道之后没多久，天气开始热起来了。时近六月底。一场迟来的大雨，给布道的那个周日留下了印记，第二天，夏天一下子出现在天空和房屋的上方。先是起了一场灼热的大风，刮了一整天，把墙壁都吹干了。太阳高挂，纹丝不动。整个白天，持续不断的热浪和光照充斥全城。在带拱廊的街道和公寓之外，城市里似乎没有一处不在最为耀眼的反光之下。在街道的每个角落，阳光追逐着我们的同胞，如果他们一停下来，就会被暴晒。因为这最初的酷热与疫情死亡人数的飙升——数据是每周约七百人——同步出现，城市里弥漫着一种沮丧的情绪。在郊区，在平坦的街道和带露台的房子之间，生机勃勃的景象已经消退，在这个人们常在门口活动的街区，所有的大门现在都闭上了，百叶窗也关上了，不知道这样是要防鼠疫还是防阳光。然而，从几栋房子里，传出了呻吟声。以前，当这种情况发生，常有一些好事者待在街上看热闹。但是，在这长时间的惊慌之后，似乎每个人的心都已硬如铁石，大家伴着呻吟声行走或生活，如同听到的是人类自然的言语。

城门口的斗殴——在其间宪兵不得不使用了武力——造成了一种暗流涌动。肯定是有人受伤，但城里却在传死了人，在酷热和恐惧的作用下，一切都被夸大了。无论如何，不满情绪真的在不停地增长，我们的当局担心出现最坏的状况，便认真地考虑采取措施，以防处于灾难中的民众起来造反。各家报纸刊登了政府的法令，法令重申禁止出城，并且威胁说违令者将受牢狱之苦。若干巡逻队在城里进行巡察。在冷清且热得发烫的街道上，经常先听到马路上响起马蹄声，然后看到骑警从两排紧闭的窗户之间经过。巡逻队消失了，一种沉重又多疑的寂静再度笼罩着这座受威胁的城市。时不时地，还会爆出枪响，特别行动队奉最新的命令，负责扑杀可能传播跳蚤的猫和狗。这些干涩的枪声愈发加剧了城里的警戒气氛。

在炎热与寂静中，我们的同胞怀揣着一颗担惊受怕的心，一切的事都显得尤为严重。天空的颜色和大地的气息显示着四季的更替，大家第一次对其有了感受。每个人都明白并且心生恐惧，炎热会助长疫情的扩散，而与此同时，每个人都看到，夏天已然到来。傍晚的天空，雨燕的叫声在城市上方变得更加尖细。这叫声和六月的黄昏不再般配——这时节的黄昏使我们这个地区的天际分外开阔。市场上的花儿不再是含苞待放，它们已然盛开，而早市过后，花瓣便撒满了尘土飞扬的人行道。人们清楚地看出，春天已经筋疲力尽，它曾经在周围到处都在怒放的万紫千红中出尽风头，可现在却昏昏沉沉了，将会在鼠疫和炎热的双重压力下慢慢寂灭。对我们所有的同胞来说，这夏日的天空，这些因蒙上了尘土和烦扰而变得灰白的街道，与每天让城市都感到沉重的上百个死者相比，具有同样的威胁意味。在日头永不停歇的暴晒下，这些适合于睡觉和度假的时刻，不再像从前那样，引得人们去水中嬉戏或是去享受肉体的欢愉。相反，这些时刻在封闭且寂静的城市里空心化了，已经失去了欢乐季节的古铜色光泽。鼠疫的烈日褪去了一切色彩，驱走了所有欢乐。

这正是疫病所导致的巨变之一。通常，我们的同胞会兴高采烈地迎接夏天。城市向大海敞开怀抱，将年轻人投向海滩。这个夏天则恰恰相反，近海已被封禁，人体已无权享受大海的乐趣。这种条件下能干什么呢？又是塔鲁对我们彼时的生活给出了最忠实的画面。当然，他跟踪着鼠疫的总体进程，确切地记录了通过电台所显示出的疫情的一个转折——电台不再公布每周死数百人，而是每天九十二人、一百零七人、一百二十人。“报纸和当局在跟鼠疫耍花枪。他们自以为，这样给鼠疫的烈度减了分，因为每天一百三十比每周九百一十数字上小很多。”他还提及疫情中哀婉动人或惊心动魄的场面，像一个妇女，在一个百叶窗紧闭的僻静街区，突然间她打开窗——就在他的上方——大叫两声，然后又把遮住房间里一团漆黑的窗关上了。不过，他另外还记下了，药房里的薄荷片脱销了，因为很多人都在含薄荷片，以便预防可能的感染。

他也继续观察着他特别喜欢的人物。据悉，冲猫吐痰的小个子老头也活在悲戚之中。事实上，一天早晨，几声枪响，正如塔鲁所写的，几颗铅弹射杀了大部分的猫，而其他的猫吓得逃离了这条街。当天，小个子老头在例行的时间来到阳台上，不由显出了惊讶之色，他俯下身去看，仔细观察街道的尽头，并心甘情愿地等着。他的手轻轻地敲着阳台的栏杆。他又等了一阵儿，撕了一些小纸片，他进去了，重又出来，后来，过了一段时间，他突然进去了，消失不见之际怒气冲冲地关上了他身后的落地窗。接下来的日子里，同样的一幕重复上映着，但可以从小个子老头的反应中看出越来越明显的悲伤和不安。一星期之后，塔鲁徒劳地等着小个子老头每天的出现，可是窗户固执地闭着，锁住了很好理解的忧伤。“鼠疫流行期间，禁止冲猫吐痰。”这是笔记上的结论。

另一方面，当塔鲁晚上回旅馆，总是一定能在大厅里碰到守夜人阴沉的面孔，他会在那儿踱来踱去。守夜人不停地告诉所有来客，他预见了所发生的这场灾祸。塔鲁承认，听到他说过会有一场不幸，但塔鲁提醒他，他预言的是一场地震，老守夜人于是回答说：“啊！真是地震就好了！猛地震一下，大家就不用再去谈论了……对遇难者和幸存者做了统计，就完事了。但是这腌臜的瘟病！就算没染上的人心里都惹上了瘟。”

旅馆经理也没少受煎熬。一开始，因为封城，羁留的旅客都住在旅馆里。但随着疫情渐渐蔓延，很多人宁可借住在朋友家里。同样的原因，曾经使旅馆所有的房间客满，如今却又令这些房间空闲着，因为不再有新的旅客来到我们的城市。塔鲁是所剩无几的房客之一，旅馆经理逮着机会就对他指出，要不是自己想着善待最后几位顾客，他的旅馆早就可以关张了。他常常请塔鲁估计疫情可能延续的时间。“据说，”塔鲁指出，“寒冷可以阻止此类疫病。”经理一听慌了：“可是这里从未真正冷过，先生。不管怎样，我们还得熬几个月。”此外，他很肯定，还将有很长一段时间，旅客们会绕开这座城市。这场鼠疫毁了旅游业。

在餐厅里，猫头鹰般的人物奥登先生在短暂消失了一阵之后，又出现了，不过仅有两只训练得很乖巧的小狗跟在他身后。据悉，他的妻子回去照料并安葬了她的亲生母亲，目前正在接受隔离。

“我不喜欢这种处置办法，”旅馆经理对塔鲁说，“隔不隔离，她都可疑，因此他们都可疑。”

塔鲁对他指出，依据这种观点，所有人都可疑。但是，旅馆经理毫不含糊，他对此问题的看法很鲜明：“不，先生，您和我都不可疑。他们可疑。”

但是，奥登先生并未因这点小事而改变，这回，鼠疫算是白费了力气。他以同样的方式走进餐厅，先于两个孩子坐下，并总是对他们讲些高雅却恶意的话。唯有小男孩的样子变了，跟他姐姐一样穿着黑衣，身体长得更紧实了一些，他好似他父亲小小的影子。守夜人不喜欢奥登先生，他曾对塔鲁说：“啊！这家伙，将来衣冠楚楚地断气好了。像这样，不用化妆，直接入殓。”

帕乐卢神甫的布道也被记载了，不过有如下评论：“我理解这给人以好感的热忱。在灾难开始和结束时，总有人会发表一些警世之言。在灾难开始的情况下，习惯还没有丢失，而在灾难结束时，习惯已经恢复。只有在灾难的进程当中，人们才会适应现实，也就是说保持沉默。让我们等待吧。”

塔鲁最后还记了，他和里厄医生进行了一次长谈，他只是提到这次谈话的效果甚好，还指出了里厄母亲的眼睛是浅栗色的，他就此做出奇怪的断言，如此善良的眼神，总会比鼠疫更强有力，最后他花了相当长的篇幅记录了里厄所诊治的老哮喘病人。

在他们谈话之后，塔鲁跟医生去看了那个病人。老人冷笑着接待了塔鲁，搓着他的手。他坐在床上，背靠着枕头——枕头下面是他那两只装鹰嘴豆的锅。“啊！又是一位，”他看着塔鲁说，“这世界颠倒了，医生比病人多。这是因为瘟疫传得快吗，嗯？神甫说得对，这是活该受罪。”第二天，塔鲁没事先通知又去了他家。

塔鲁的笔记里说，老哮喘病人的职业曾是服饰用品商，五十岁的时候，他断定自己活干够了。于是他躺下了，从此不再起来。而他的哮喘更适合站立。一小笔年金收入使他可以惬意地活到七十五岁。他一看到手表就无法忍受，实际上他家里一块表都没有。“一块表，”他说，“又贵又傻。”他便用两只锅——其中一只在他醒来时装满鹰嘴豆——来估算时间，尤其是对他唯一重要的饭点。他把鹰嘴豆一颗一颗捡到另一只锅里，动作专心且规律。他就这样在一锅一锅测量出来的一天中找到其时间坐标。“每倒腾十五锅，我就该吃饭了。这很简单。”

另外，按他妻子的说法，他很年轻的时候就表现出了志向方面的征兆。确实，他对任何东西都从未有过兴趣，工作、朋友、咖啡、音乐、女人还有散步。他从未出过城，除了有一天，为了家里的事不得不去阿尔及尔，但他在距奥兰最近的一站下了车，无法将这趟冒险推进得更远。他搭上第一列返程火车回了家。

塔鲁对他过的这种幽闭的生活露出惊讶的神色，他大致解释说，根据宗教，一个人的前半生是上坡，后半生是下坡，在下坡的时候，人的这一天天已经不再属于他，这些日子在任何时候都可以从他那里夺走，因此不能用来做任何事情，恰恰是什么都不做最好。此外，反驳的意见吓不倒他，因为不久之后他就对塔鲁说，天主肯定不存在，如果存在的话，神甫们就没用了。不过，经过随后的一番琢磨，塔鲁明白了，这种哲学跟他的教区频繁的募捐带给他的怨气紧密相关。不过，对老人形象的刻画，结束于一个愿望，这愿望似乎来自内心深处，老头好几次在塔鲁面前说：他希望到很老才死。

“他是圣徒吗？”塔鲁自问道。然后他回答说：“是的，如果神圣性就是习惯之总和的话。”

不过，塔鲁同时也对疫情中城市的一天做了细致的描述，并对我们的同胞在这个夏天的工作和生活给出了一个准确的看法。“除了醉鬼，没有人在笑，”塔鲁说，“但醉鬼又笑得太过。”之后，他开始描绘道——

“清晨，轻风吹过还很冷清的城市。这个时刻，处于夜晚的死亡和白天的没落之间，鼠疫似乎暂停了其肆虐，缓口气。所有的店都关着门。但是，几家店门口写着‘鼠疫期间停业’的告示，表明了过一会儿它们不会和其他店一样开门。卖报的小贩们打着盹儿，还没叫卖新闻，但他们背靠着街角，以一种梦游的姿势，好似在向路灯兜售报纸。一会儿，被第一趟电车吵醒，他们就分散到整个城市里，伸出拿在手上的报纸——而报纸上‘鼠疫’一词很是醒目。‘秋天会有鼠疫吗？’B 教授回答说：‘不会。’‘一百二十四人死亡，这就是鼠疫流行第九十四天的总结。’”

“尽管纸张供应的危机越来越尖锐，这迫使一些期刊减少了版面，但还是有一家报纸《瘟疫信使报》创刊了，其宗旨是‘以一丝不苟的客观态度向我们的同胞通报瘟疫加剧或消退的消息；对于疫情的前景向他们提供最权威的见证；借助其栏目支持那些与灾难做斗争的知名或无名人士；保持居民的士气；传达当局的指示；一句话，团结所有向善的意愿，以便有效地和袭击我们的疫情做斗争。’实际上，这家报纸很快便仅限于刊登一些对预防鼠疫有效的新药品的广告。”

“将近早上六点，所有这些报纸便开始在商店门口排着的队伍里售卖——商店开门前一小时，队就排起来了——然后又在从郊区来的挤满乘客的电车里兜售。有轨电车已成为唯一的交通工具，开起来很费劲，因为踏板上和扶手边都全挤爆了。然而，奇怪的是，所有的乘客都在尽可能背朝着别人，以免相互感染。停靠的时候，电车卸下许多男男女女，他们急急忙忙地各自远离，独自去也。只因大家情绪不佳，爆发争吵的场面时常有，情绪不佳已成了慢性病。”

“第一趟电车过去之后，城市渐渐苏醒，第一批啤酒馆开了门，在柜台上放着一块块牌子，写着‘咖啡售罄’‘自备白糖’等字样。接着，商店都开门了，街上热闹起来。与此同时，太阳升起来了，酷热渐渐把七月的天空变成了铅灰色。这是那些无所事事的人上街张望的时刻。大多数人似乎把摆阔当成了驱除瘟疫的某个任务。每天将近上午十一点，在城市主干道上，都有青年男女们招摇过市，从他们身上能感受到，在巨大的灾难当中滋生出的那种享受生活的欲望。如果疫情蔓延开，道德感也会松弛。我们将再次见到米兰人在墓边纵情狂欢的那一幕。”

“中午，各家饭馆转眼间就已客满。很快，那些没找到座位的人便在饭馆门口一小拨一小拨地扎堆了。天空因为过热而失去了光泽。在被太阳晒得快爆裂的路边，遮阳篷下面尽是等位的食客们。如果说饭馆人满为患，那是因为这大大简化了食物供应的问题。但这却丝毫未减少对感染的焦虑。顾客们花费了大量的时间，不厌其烦地去擦拭他们的餐具。不久之前，一些饭馆张贴了告示：‘本店餐具已经开水消毒。’但渐渐地，饭馆不再去做任何广告，因为顾客迫不得已总得来。另外，顾客是心甘情愿花钱。上的是美酒或者姑妄听之的美酒，额外加的是最贵的菜，这是疯狂斗富挥霍的开端。在一些饭馆里似乎也发生过恐慌的场面，因为一个客人身体不适脸色发白，站起身便踉踉跄跄很快奔至门口。”

“将近下午两点，城市逐渐变得空荡荡的，这是寂静、尘土、阳光和鼠疫在街上遭遇的时刻。沿着那些灰色的高大房舍，热浪不停地奔涌着。这是漫长的囚禁时间，到灼热的傍晚才结束，而这样的傍晚好似坍倒在人口众多、喧嚣嘈杂的城市之上。在酷暑的头几天，不知道为什么，黄昏时分时而颇为冷清。不过现在，凉爽的感觉开始出现，带来了一丝放松，即便这算不上是一丝希望的话。于是大家都来到街上，说说话聊以自遣，相互争吵，相互恭维；在七月的漫天红霞之下，满是情侣和喧嚷的城市，渐渐转入让人屏息不安的夜晚。每天晚上在那些大道上，一个受到神灵启示的老人，戴着毡帽，打着大花领结，徒然地穿过人群，不停地重复着‘天主伟大，皈依他吧’，大家却正相反，匆忙地投身于自己不甚了解的东西，或是对他们而言显得比天主更急迫的事情。最初，他们还以为，这种病跟其他疾病一样，宗教还有其地位。当他们看到疫病的严重性，他们便想到要寻欢作乐。一切在白天写在脸上的焦虑，于是在热情洋溢且尘土飞扬的黄昏便化为了某种野性的冲动和愚蠢的放纵——这使得全城百姓为之狂热。”

“我也是，我跟他们一样。但这有什么呢！死亡对我这样的人来说什么都不是！这个事件给了他们得意尽欢的理由。”

塔鲁在其笔记中提到，是他要求和里厄面谈的。等塔鲁来的那个晚上，里厄医生正好看着自己的母亲，沉静地坐在餐厅一角的椅子里。家务都操持完了，她就待在那里打发日子。双手合拢放在膝盖上，她就这么等着。里厄甚至不太肯定，她等待的是不是自己。然而，当他出现时，他母亲的脸上还是会出现一些变化——劳作一生赋予她的缄默神态，这时似乎变得生气勃勃起来。之后，她会再次陷入沉默。那天晚上，她透过窗户看着眼下已然冷清的街道。夜晚的照明已经减少了三分之二。相距很远，才有一盏路灯在城市的黑暗中发出极微弱的光。

“整个鼠疫流行期间，路灯照明都要减少吗？”里厄老太太问。

“可能吧。”

“但愿别拖到冬天。那就太悲哀了。”

“是啊。”里厄说。

他看到，母亲的目光正停留在自己的前额上。他知道，最近这些天的忧虑和超负荷工作，使自己的脸瘦削了下去。

“今天情况不好？”里厄老太太问。

“嗯！跟往常一样。”

跟往常一样！这就是说巴黎新运来的血清效果还不如第一批，而统计数据还在上升。除了已经感染的家庭，尚不可能对其他人注射预防性血清。为了推广使用血清，就必须进行工业化的大量生产。大多数腹股沟肿块不会自行溃穿，似乎它们已到了硬化期，病人深受折磨。从前一天起，城里出现了两例新型鼠疫。于是肺鼠疫[1]也有了。同一天，在一场会议上，疲惫不堪的医生们面对茫然的省长，请求并获准采取新的措施，以避免肺鼠疫口对口的传染。跟往常一样，大家依然一无所知。

他看着母亲。她美丽的栗色眼睛令那些温情的岁月在他心头浮现。

“你害怕吗，母亲？”

“我这个年纪，不再怕什么了。”

“白天那么长，而我总不在家。”

“只要知道你会回来，我等着你倒无所谓的。当你不在家，

1　译者注：根据临床表现和发病特点，鼠疫可分为腺鼠疫、肺鼠疫等几种类型。腺鼠疫通过跳蚤传播，肺鼠疫则通过呼吸道飞沫等传播。

我会想你在做什么。你有她的消息吗？”

“是的，据最近的一封电报说，一切都好。不过，我知道她这么说是为了让我放心。”

门铃响了。里厄朝母亲笑了笑，便去开门。在楼梯间的半明半暗中，塔鲁好似一只大灰熊。里厄请来访者在他书桌前坐下，他自己则站在扶手椅后面。他们被书桌上的灯隔开了——这是房间里唯一开着的灯。

“我知道，”塔鲁直截了当地说，“我可以跟您直来直去地谈话。”

里厄默默地表示同意。

“半个月或一个月内，您在这里将毫无作用，事态超出了您的控制。”

“确实。”里厄说。

“卫生防疫的组织工作很糟糕。您缺人手，缺时间。”

里厄依然承认，这是事实。

“我听说，省政府打算启动某种民役[1]，强制要求身体健康的人都要参加一般性救助工作。”

“您消息很灵通。不过这已经造成了很大的不满，省长在犹豫。”

---

1 译者注：民役，又称替代役，是不同于兵役的另一种服国民役的形式，通常涉及某种形式的劳动。

“为什么不征集志愿者呢？”

“征集了，但结果不太踊跃。”

“这是通过官方渠道征集的，自己都有点不信。他们缺乏想象力，从未跟上灾难的规模。他们想到的办法，堪堪可以应付鼻炎。如果我们让他们弄下去，准玩儿完，而且是他们带着我们一起玩儿完。”

“这是有可能的，”里厄说，“我应当说，他们也想到了囚犯，用来干所谓的粗活。”

“我更喜欢让自由的人去干。”

“我也是。但总之为什么呢？”

“我厌恶判处死刑。”

里厄看了一眼塔鲁。

“那么？”他问道。

“这样，我有个计划，成立志愿卫生防疫组织。请允许我来张罗这件事，行政当局且放到一边。再说，行政当局也应付不过来了。我到处都有些朋友，他们可以成为第一批骨干。当然，我也将加入其中。”

“当然，”里厄说，“您料到我会欣然接受。人人都需要帮助，尤其是这一行。我负责让省政府接受同意这个想法。况且，他们也没得选择。不过……”

里厄思忖着。

“不过，这个工作可能会危及生命，这一点您非常清楚。因此，不管怎样，我得提醒您。您认真考虑过了吗？”

塔鲁灰色的双眼看着里厄。

“您怎么看帕乐卢神甫的布道，医生？”

问题提得挺自然，里厄回答得也自然。

“我在医院里过得太久，不会喜欢集体惩罚的想法。不过，您知道，基督徒有时这么说，但从未真正这么想。他们的内心要好过其表象。”

“可您跟帕乐卢神甫一样，认为鼠疫有好的一面，它使人睁开眼睛，它逼人进行思考！”

医生不耐烦地摇了摇头。

“跟这世上所有的疾病一样。但是，这世上疾病的种种情形，同样适用于鼠疫。这可以使一些人提高威望。但是，当看到鼠疫带来的惨象和痛苦，除非是疯子、瞎子和懦夫才会对鼠疫逆来顺受。”

里厄的声调稍稍提高了一点儿。但塔鲁做了个手势，似乎是让他冷静。里厄笑了。

“是的，”里厄耸耸肩说，“但是您还没回答我。您考虑好了吗？”

塔鲁稍稍动了动，让自己在扶手椅里坐得舒服了些，他把脑袋探到了灯光下。

“您信天主吗，医生？”

问题又提得很自然。但这次，里厄犹豫了。

“不信，但这又意味着什么呢？我在黑夜之中，想看得清楚。很久之前，我就不再认为不信天主这事是独特的。”

“这就是您和帕乐卢神甫的区别所在吧？”

“我不这么认为。帕乐卢神甫是个学者。他没见过多少死亡，这就是为什么他会以真理的名义讲话。但是，最低级的乡村教士，管理着其教区的信友，听到过濒死之人的呼吸，想法便会像我这样。他在表明苦难的好处之前，先要救苦救难。”

里厄站了起来，他的脸现在处于阴暗之中。

“这事放一放吧，”他说，“既然您不想作答。”

塔鲁微微一笑，坐在扶手椅里没动。

“我能用一个问题作答吗？”

轮到医生微微一笑。

“您喜欢神秘感，”他说，“那就问吧。”

“是这样的，”塔鲁说，“既然您不信天主，那您本人为什么会表现出这等的献身精神？您的回答或许将帮助我做出回答。”

医生依然在阴暗之中，他说已经回答了，如果他相信万能的天主，他会停止对病人的诊治，而是把诊治留给天主。但是，世上没有人——即便是相信自己信天主的帕乐卢神甫——会去相信这样的一个天主，没有；因为没有人完全地委身于天主，至少在这方面，他里厄认为，正在一条通向真理的路上，并同时与如其所是的这创造物进行着斗争。

“啊！”塔鲁说，“所以这就是您对您这一行的看法？”

“大抵如此吧。”医生一边回答一边回到了亮光下。

塔鲁轻轻地吹了声口哨，医生看了看他。

“是的，”里厄说，“想必您在思量，这定是我的骄傲自大在作祟。但我只有必须该有的骄傲，请相信我。我不知道等待我的是什么，也不知道这一切结束之后将会到来的是什么。可眼下有病人，必须去救治。之后，他们会进行思考，我也会。但最要紧的是去救治他们。我尽我所能保护他们，就这样。”

“保护他们是防着谁呢？”

里厄转身朝着窗子。他猜测在远处的天际，凝聚得更为漆黑的一处地方便是大海。他只觉得疲惫，但同时还要和突然生出的、并不理智的愿望做斗争——那就是他想跟这个怪人但又感觉像兄弟一样的家伙更多地交交心。

“我对此一无所知，塔鲁，我向您发誓，我对此一无所知。当我进入这一行时，某种程度上，我是抽象地在从事这工作，因为我需要这个工作，因为这跟其他行当一样是个职位，是年轻人想要获得的职位之一。可能也是因为，这职位对像我这样一个工人的儿子来说特别难。接着就必须看着别人死去。您知道有人不想死吗？您可曾听到过一个女人在临死时大叫‘决不去死’吗？我听到过。我于是发觉，我无法适应这种情况。我当时还年轻，我的厌恶甚而直指这个世界的秩序。从那以后，我变得谦和了。只是我始终适应不了看着别人死去。更多的我就一无所知了。但毕竟……”

里厄闭上了嘴，又坐下了。他感觉口干舌燥。

“毕竟？”塔鲁轻声地问。

“毕竟，”医生继续说道，他又迟疑着，注视着塔鲁，“这种事像您这样的人能够理解，不是吗，但既然世界的秩序要用死亡来调节，那可能对天主来说，最好人们别去信他，而是竭尽全力和死亡做斗争，不用去抬眼仰望天主闭口不言的天空。”

“对路，”塔鲁表示赞同，“我能理解。但您的胜利将永远是暂时的，就这样。”

里厄显得有些阴郁。

“永远，这我知道。这不是停止斗争的理由。”

“对，这不是理由。不过我在想，这场鼠疫对您来说意味着什么。”

“是啊，”里厄说，“没完没了的失败。”

塔鲁盯着医生看了片刻，然后他起身，步子沉重地朝门口走去。里厄跟了过去。他赶上了塔鲁，而塔鲁似乎看着自己的脚，对里厄说：“这一切是谁教您的，医生？”

回答脱口而出。

“苦难。”

里厄打开他书房的门，在过道里他对塔鲁说，他也下楼，去郊区看一个他的病人。塔鲁提议说陪他一起去，医生同意了。在过道顶头，他们碰到了里厄老太太，里厄向她介绍塔鲁。

“一个朋友。”他说。

“噢！”里厄老太太说，“很高兴认识您。”

她走开的时候，塔鲁还在回头看着她。在楼梯间，里厄试着摁了摁照明灯的定时开关，可是灯却没亮。楼梯隐没在一片黑色之中。医生思忖着，这是否是新的节电措施的结果。但是大家无从知晓。已经有一段时间了，在住宅里和城市里，样样东西都出现了损坏的情况。可能这只是门房还有我们的同胞对任何的事情不再上心。但医生没时间思索更多，因为塔鲁的声音在他身后响起：“还有一句话，医生，即便它会让您觉得可笑：您完全正确。”

里厄耸了耸肩，在黑暗中，就当是对自己做了这个动作。

“我对此真的一无所知。但您呢，您知道什么呢？”

“哦！”另一位无动于衷地说，“我没多少东西要了解。”

医生停了下来，他身后的塔鲁在某一级楼梯上脚下一滑。塔鲁抓住里厄的肩膀才站稳。

“您觉得了解了生活的全部吗？”里厄问。

黑暗中传来了回答，同样带着平静的声音。

“是的。”

当他们走到街上，他们才知道已经相当晚了，没准十一点了。城市一片寂静，仅仅充斥着一种沙沙声。从很远的地方，传来了救护车的铃声。他们上了车，里厄发动了马达。

“您必须，”他说，“明天来趟医院，打预防针。不过，当最后结束今天的话题，并且在介入这件事之前，您得知道，您有三分之一的机会存活。”

“这种估计没有意义，医生，这一点您和我都知道。一百年前，一场鼠疫流行夺去了波斯一座城市所有居民的生命，唯有清洗尸体的人活下来了——而他却从未停止履行其职责。”

“他保住了三分之一的机会，仅此而已，”里厄以一种忽然变得低沉的声音说，“不过，在这个问题上，我们确实还得从头学起。”

他们现在来到了郊区。车灯照亮了冷清的街道。他们停下了。在车子前，里厄问塔鲁，是否想进去，塔鲁说想。天上的反光映照在他们脸上。里厄突然友善地笑了起来。

“好了，塔鲁，”他说，“那是什么推动着您做这件事？”

“我不知道。可能是我的道德吧。”

“什么道德观？”

“理解。”

塔鲁转身朝着那栋房子，里厄便看不见他的脸了，直到他们来到老哮喘病人的家中。

从次日起，塔鲁开始工作，集合起了第一支队伍，很多其他的队伍亦随之成立。

然而，叙事者的意图并非是要赋予这些卫生防疫组织言过其实的重要性。若是处于叙事者的位置，今天我们的很多同胞确实会禁不住诱惑，去夸大其作用。但叙事者宁可相信，给予善行过重的追捧，最终是在向罪恶进行间接且有力的致敬。因为这会使人猜想，善行如此可贵，那是因其稀少，而恶意和冷漠才是人的行为中更为经常性的动力。这种想法，叙事者无法苟同。世上的恶几乎总是来自无知，而善念如果没有明察，能带来跟恶意同样多的损害。人性本善非恶，其实问题并不在于此。但是，他们无知程度的轻与重，这便成了所谓的美德与恶行，最令人绝望的恶是那种认为无所不知的无知，并据此而杀人。杀人者的灵魂是失明的，没有对世事的洞明和远见，就没有真正的善和崇高的爱。

因此，由于塔鲁的介入而得以实现的我们的卫生防疫组织，应当得到令人满意的客观评价。这也是为什么叙事者没有过多地为这种意愿和英雄主义唱赞歌，他只是对其给予了适当的重视。不过，他将继续作为历史学家，记述鼠疫使我们的同胞变得撕裂且苛求的心。

那些献身于卫生防疫组织的人，其实没有建立什么大的功勋，因为他们知道，这是唯一可做的事，而不下定决心这么做，那才让人不可思议。这些组织帮助我们的同胞在鼠疫的应对方面更进一步，并且部分地使他们相信，既然疫病已经出现了，那必须做该做的事，与其进行斗争。因为鼠疫就这样成了一些人的责任，它便真正显现出了其实质，也就是说它是所有人的事。

这很好。但是，一个小学教师讲授二加二等于四，我们不会对他加以称赞。我们可能会称赞他选择了这个崇高的职业。因此我们说，塔鲁和其他人做出了选择，表明二加二等于四而不是相反，这值得称道；但我们也要说，他们的这种诚意和小学教师是共通的，也和所有那些与小学教师有着同样心灵的人是共通的，这些人比我们想象中的为数更多，这是人类的光荣，至少这是叙事者的信念。此外，叙事者非常清楚地看到，有人会向他提出反对意见，说这些人在冒着生命危险。但是历史上总是有这样的时刻，敢于说出二加二等于四的人会被处死。小学教师对此很清楚。问题不在于知道等待着这种推理的是奖励还是惩罚。问题在于知道二加二是不是等于四。对于我们的同胞中冒着生命危险的那些人，他们需要决定的是，他们是不是处于鼠疫肆虐之中，他们是不是必须与其斗争。

我们城市中的很多新道学家竟说，任何努力都没用，必须跪地认输。塔鲁和里厄，还有他们的朋友们可以这样或那样回应，但结论始终是他们所知道的：必须以这样或那样的方式斗争，而不是跪地认输。全部的问题在于尽可能避免更多的人死亡、避免亲人的永别。为此，只有一个办法，那就是跟鼠疫斗争。这个真理并不值得赞美，它只是逻辑推导的结果。

因此，老卡斯泰尔自然而然地，满怀信心，投入精力，用临时的简易设备就地生产血清。里厄和他都希望，用侵袭本地的细菌培养制成的血清，效果会比外来的血清更直接，因为这细菌与通常定义的鼠疫杆菌略有不同。卡斯泰尔希望尽快研制出他的第一批血清。

也是因此，跟英雄毫不沾边的格朗，现在自然而然地担负起卫生防疫组织秘书处的工作。一部分塔鲁组建的队伍，实际上致力于人口稠密街区的预防支援工作。他们尽力在那里引入必要的卫生举措，统计尚未实施消毒的阁楼和地窖。队伍的另一部分协助医生出诊，保障鼠疫患者的运送，甚至在随后专业人手缺乏的情况下，还要驾驶运送病人和尸体的车辆。所有这些都要求进行登记和统计，格朗接受了这个工作。

从这个视角看，叙事者认为，相较于里厄或塔鲁，格朗更是这默默无言的美德的典型，推动着卫生防疫组织的工作。他出于其自身的善意，毫不迟疑地答应了这件事。他只是要求在细微的工作中发挥作用。他年龄太大，做不了其他的事。从十八点到二十点，他可以把时间腾出来。里厄热情地对他表示感谢，他却对此颇为惊讶："这不是最难的事。发生了鼠疫，必须自卫，这是明摆着的。啊！一切都这么简单该多好！"然后他又回到了他的句子上。有时候，晚上，当卡片登记工作完成了，里厄会和格朗聊聊。最后他们让塔鲁也加入了他们的交谈，格朗越来越显得乐于跟这两位伙伴说说心里话。他们俩饶有兴致地跟进着在鼠疫流行期间格朗继续耐心干着的私活。最终，他们从中找到了某种放松。

"女骑士怎么样了？"塔鲁经常问。格朗总是回答"她策马疾行，她策马疾行"，并报以为难的微笑。一天晚上，格朗说，他最终放弃了用"优雅"这个形容词修饰他的女骑士，今后他会用"苗条"来形容。"这样更加具体。"他补充说。另一次，他向两位听众读了修改过的第一句话，成了这样："在五月一个明媚的清晨，一位苗条的女骑士，骑在一匹漂亮的阿拉桑牝马上，穿过布洛涅森林的花径。"

"是不是，"格朗说，"这样看着更好。我更喜欢'五月的一个清晨'，因为如果写成'五月'，疾行就抻得有点长了。”

之后，他显得被“漂亮”这个形容词给深深地缠住了。据他说，这个词言之无物，他要找一个词，一下子便能把他想象中贵重的牝马栩栩如生地表现出来。“肥壮”不行，尽管具体，但有点贬义；“闪亮”他一度想用，但韵律不合适。一天晚上，他得意扬扬地宣布找到了这个词：“一匹黑色的阿拉桑[1]牝马。”依然是据他说，黑色含蓄地表示着优雅。

“这不可能。”里厄说。

“为什么？”

“阿拉桑不是指马的品种，而是颜色。”

“哪个颜色？”

“呃，总之是一种不是黑色的颜色。”

格朗显得很郁闷。

“谢谢，”他说，“幸好有您在。您看，这有多难。”

“您觉得‘华丽’怎么样？”塔鲁问道。格朗看了看他，思索着。

“对，”格朗说，“对啊！”

笑容渐渐浮现在他的脸上。

那次之后又过了段时间，他承认“花”这个词让他踌躇了。

1 译者注：阿拉桑，原文为 alezane，意思是栗色的。

由于他只了解奥兰和蒙特利马尔，他有时便问他这两个朋友，布洛涅森林的小径开花时是个什么样子。说实话，里厄或塔鲁从未有过如此印象，即那里的小径花团锦簇，但这位市政府雇员的执念却让他们动摇了。他对他们的不确定感到惊讶。“只有艺术家才善于观察。”不过医生有一次发现他非常兴奋。他将“花径”替换成了“开满鲜花的小径”。他搓着手。“那些鲜花，终于看得到、闻得到了。脱帽致敬，先生们！”他得意扬扬地读了这个句子：“在五月一个明媚的清晨，一位苗条的女骑士，骑在一匹华丽的栗色牝马上，穿过布洛涅森林开满鲜花的小径。”但是，高声朗诵时，句子结尾的三个所有格[1]听着不太舒服，格朗有点结巴了。他坐下了，神色颓丧。然后他请医生允许他离开。他还需要再推敲推敲。

后来大家听说，正是在这一阶段，他在办公室里显得心不在焉，这状态一度令人遗憾，当时市政府因为人员的减少，不得不面对繁重的任务。他的工作受到了拖累，办公室主任为此严厉批评了他，并提醒他，付给他薪水就是要他完成工作，而他却未能完成。“好像，”办公室主任说，“您在工作之外，还在卫生防疫组织做志愿工作。这不关我的事。但跟我有关的，是您的工作。在这严峻的形势下，您发挥作用的首要方式，就

---

1 译者注：格朗这句话的原文结尾是 les allées pleines de fleurs du Bois de Boulogne，这里 de、du、de 三处都是表示所有关系的所有格。

是做好您的本职工作。否则，其他的都没用。”

“他说得对。”格朗对里厄说。

“是的，他说得对。”医生表示赞同。

“但我是心不在焉，我不知道怎么从我句子的结尾解脱出来。”

他曾考虑删掉“布洛涅”，认为大家也能理解句子的意思。但这样，句子似乎把实际上和“小径”联系起来的含义转接到了“花”上。他也打算能不能这么写：“开满鲜花的森林小径。”但是，“森林”的位置介于硬生生地隔开的一个名词和一个形容词之间，对他而言犹如扎了根刺。某几个晚上，他确实看上去比里厄还要疲惫。

是的，他是疲惫，因为他要全神贯注地寻章逐句，但他丝毫不落地继续做着卫生防疫组织需要的累计和统计工作。每天晚上，他耐心地将卡片整理清楚，并随之画好曲线，慢慢地尽力展示出事态准确并且可能的走向。他经常到一家医院找里厄，请医生在某个办公室或诊室给他安排一张桌子。他带着材料在桌子前坐下，如同他坐在市政府的办公桌前，在消毒水和疾病本身的浓重气味中，他挥动着纸张，好让墨水干掉。他试着老老实实地不再去想他的女骑士，而是只去做好该做的。

是的，如果人们确实一心想着推出他们称之为英雄的榜样和模范，如果在这个故事里必须绝对有一个英雄，那叙事者推荐的正是这位微不足道、不爱表现的英雄，他只是心中有些善念，以及抱有一个看上去可笑的理想。这使得那些本质的东西回归真理，使得二加二就等于四，使得英雄主义在其该在的次要位置，位于并且永远位于对幸福的崇高要求之后。这也使得这部叙事具有其特点，在叙述中带着真情实感——也就是说，这种情感既没有不加掩饰的恶意，也没有像演戏那般俗不可耐地被颂扬。

这至少是里厄医生的观点，当他在报纸上看到或在电台里听到外界对这座传播着瘟疫的城市喊话并鼓励的时候。救援物资在通过航空和公路运抵的同时，每天晚上，在电波里和媒体上，同情的或钦佩的评论铺天盖地地涌向这座孤城。每次，那史诗般的或是颁奖礼致辞般的语调都会让医生很烦躁。当然，他知道这种关心不是装模作样。但是，关心只能用这种约定俗成的语言来表达，人们试图用这种套话表现牵动着他们情感的人道主义。可这样的语言无法适用于格朗每天的细微努力，比如说，不能说明在鼠疫的肆虐中格朗的工作意味着什么。

有时在半夜，冷冷清清的城市一片死寂，医生在临上床短暂睡一会儿时，会打开他的收音机。从世界的尽头，穿越数千公里，那些陌生又友好的声音笨拙地试图表示他们的声援，事实上也说出来了，但与此同时，这显示出了他们的无能为力，任何人都分担不了自己无法看到的痛苦。“奥兰！奥兰！”这越过大洋的呼唤是徒劳的，里厄保持警醒也是徒劳的，不久高谈阔论的调子响起来了，愈发地又显露出令格朗和演说者形同陌路的区别。“奥兰！是啊，奥兰！不，”医生想，“爱在一起或死在一起，别无他路。他们太远了。”

当灾难积聚了所有的力量，强加在这座城市之上并欲将其彻底征服之际，在鼠疫的肆虐达到顶峰之前，还需要叙述的，是像朗贝尔这样的最后一拨人长时间所进行的绝望而又单调的努力，为的是找回他们的幸福，从鼠疫这里夺回属于他们自己的那部分东西——他们要保护其不受任何侵害。这正是他们拒绝威胁他们的奴役的方式，尽管这种拒绝看似不比其他方式更有效，叙事者的看法却是，它自有其意义，它在其自负与矛盾中还是证明了我们每个人当时都有的那份自豪感。

朗贝尔进行斗争，是为了避免鼠疫把自己牵扯进去。在获悉通过合法手段他不能出城之后，他曾对里厄说过，他决定用别的办法。记者开始从咖啡馆服务生身上打主意。咖啡馆的服务生总是消息灵通。但他最先打听的几个服务生全知道此类举动会遭到极其严厉的惩罚。有一次，他甚至被当成了挑唆出城者。他在里厄家里碰到了科塔尔，这事才推进了一点点。那天，里厄和他又谈到了他在行政部门劳而无功地奔走。几天之后，科塔尔在街上碰到了朗贝尔，他对待记者很是坦率——如今他在所有的交往中都持这样的态度。

“一直没戏？”他问。

“嗯，没戏。”

“不能指望行政机构。他们不是为了理解别人而设立的。”

“确实如此。但我在找别的办法。很难。”

“啊！”科塔尔说，“我看出来了。”

他认识一个团伙，他向感到惊讶的朗贝尔解释说，他早就经常光顾奥兰所有的咖啡馆，在那儿他有一些朋友，他知道存在一个这样的组织，在干此类的营生。实际上科塔尔因为自己入不敷出，也掺和到了配给品的走私之中。他就这样倒卖了一些香烟和劣质酒——其价格不断在攀升——这让他发了笔小财。

“您很有把握吗？”朗贝尔问。

“当然，因为有人跟我提过。”

“您没趁机出城？”

“请您别怀疑，”科塔尔以一种敦厚的神态说道，“我没利用这个机会，是因为我自己不想出去。我有我的理由。”

沉默片刻他问道：“您不问我的理由是什么吗？”

“我猜，”朗贝尔说，“这跟我无关。”

“一方面来说，这其实与您无关。但从另一方面……总归，唯一明显的事情便是，自从我们有了鼠疫这档子事，我在这里感觉好多了。”

朗贝尔听了他这话又问：“怎么跟这个组织接洽？”

“啊！”科塔尔说，“这可不容易。跟我来。”

那会儿是下午四点。在沉闷的天空下，城市正被慢慢炙烤着。所有的商店都拉下了帘子。路上空荡荡的。科塔尔和朗贝尔选择了走那些有拱廊的街道，两人走了很久都没说话。这是鼠疫消失不见的时刻之一。这寂静，这色彩与社会活动的僵死状态，既可以是夏日的景象也可以是疫情下的景象。人们不知道沉闷的空气是源自瘟疫的威胁还是源自灰尘与灼热。必须观察和思考，才能勾连上鼠疫的踪迹。鼠疫只有通过负面的迹象才会显现。科塔尔颇感跟鼠疫气味相投，他向朗贝尔指出一个例子，狗都不见了，通常它们会侧卧在过道口喘气，寻找不可能找到的荫凉。

他们走过棕榈大道，穿过阅兵场，往下朝海员街区走去。左边，有一家刷成绿色的咖啡馆，门口斜撑着黄色的粗帆布帘子。走进这咖啡馆，科塔尔和朗贝尔擦了擦额头的汗。他们在花园里用的折椅上坐了下来，面前是几张绿色的铁皮桌子。厅里根本就没有客人。几只苍蝇在半空中嗡嗡地飞着。放得不稳的柜台上放着一只黄色鸟笼，笼里一只鹦鹉，羽毛都耷拉着，无精打采地站在栖架上。在墙上，挂着几幅表现战争场面的旧画，上面满是污垢和厚厚的蜘蛛网。在所有的铁皮桌上，包括朗贝尔前面的那张，都有阴干的鸡屎，他一时都说不清这是哪儿来的，直到小小的一阵躁动之后，从一个阴暗的角落里跳出一只神气的公鸡，才算弄明白。

此时，热浪似乎还在往上攀升。科塔尔脱了外套，在铁皮上敲了敲。一个矮个子男人——被一条长长的蓝色围裙裹得都快看不见人了——从里面走了出来，他远远看见科塔尔便打了招呼，一边往前走着一边猛地一脚把公鸡给踢开了，在咯咯咯的叫声中，他问两位先生要点什么。科塔尔点了白葡萄酒，并打听某个叫加西亚的人。据那矮子说，已经好几天没见加西亚来咖啡馆了。

“您觉得他今晚会来吗？”

“呃，”那人说，“我又没跟他穿一条裤子。但是您知道他来的时间吧？”

“是的，但这不是很要紧。我只是有个朋友要介绍给他。”

服务生将潮湿的双手在围裙上擦了擦。

“啊！先生也做买卖？”

“是啊。”科塔尔说。

矮子用鼻子吸了吸气。

“那么今晚再来吧。我会让孩子去找他。”

出去的时候，朗贝尔问他做的是什么买卖。

“自然是走私了。他们把商品通过城门弄进来，高价卖出。”

“噢，”朗贝尔说，“他们有同伙吧？”

“对。”

晚上，咖啡馆的帘子卷起来了，鹦鹉在笼子里学舌，铁皮桌子旁围坐着一些穿衬衫的男人，皆挽着袖子。他们中的一个人，草帽往后戴着，白衬衫敞着，胸膛呈烧焦的土地那般的颜色，科塔尔一进来他便站了起来。他一张黝黑的脸，五官端正，黑色的小眼睛，白白的牙齿，手上戴着两三个戒指，看上去三十岁左右。

“你们好，”他说，“我们去柜台上喝点。”

酒过三巡，他们一直沉默不语。

“出去走走如何？”加西亚说。

他们往下朝港口走去，加西亚问他们找他干吗。科塔尔对他说，自己想把朗贝尔介绍给他，并非完全是为了买卖，而是为了所谓的“出去”。加西亚抽着烟，径直走在科塔尔前面。他问了几个问题，提到朗贝尔的时候称谓用的是“他”，似乎对记者的存在视而不见。

“为什么要出去？”他说。

“他妻子在法国。”

“噢。”

片刻之后，加西亚又问：“他做什么的？”

“记者。”

“这一行的人话太多。”

朗贝尔没吱声。

“这是一个哥们儿。”科塔尔说。

他们沉默地往前走着。他们到了码头，但入口禁行，用大栅栏拦着。他们因而朝一家小食肆走去，那里卖油炸沙丁鱼，香味一直飘到了他们这儿。

“不管怎样，”加西亚做出结论说，“不是我在弄这个，而是拉乌尔。我得去找他。这可不容易。”

“哈！”科塔尔急切地问，“他藏起来了？”加西亚没有回答。快走到小食肆，他停了下来，第一次转身对着朗贝尔。

“后天，十一点，在海关营房的拐角，城里的高处。”

他做出要走的样子，但又转身对着两人。

“这要给钱的。”他说。

这是要把事情咬死。

“当然。”朗贝尔表示同意。

过了会儿，记者对科塔尔表示感谢。

“噢！不必，”科塔尔愉快地说，“我很高兴为您效劳。而且，您是记者，总有一天您会给予我回报的。”

第三天，朗贝尔和科塔尔沿着没有任何遮挡的大路往上，朝城市的高处走去。海关营房的一部分改造成了诊所，一些人满怀希望地来到大门口，为了可能不被批准的探视或者是为了打听时时刻刻不断变动中的消息。无论如何，这种人群的聚集，便会有来来往往，可以想见，加西亚和朗贝尔的碰头以某种方式定在这里，这其中的考虑并不奇怪。

“奇怪，”科塔尔说，“您执意要走。总之，正在发生的事情非常有趣。”

“对我而言不是这样。”朗贝尔回答道。

“噢！当然，大家会有危险。不过说到底，在鼠疫流行之前，大家在穿过车水马龙的十字路口时同样会有危险。”

这时，里厄的汽车在他们前面停下了。塔鲁在驾驶，里厄似乎处于半睡眠状态。他醒了过来，给大家做介绍。

“我们认识，”塔鲁说，“我们住在同一家旅馆。”

他提出可以把朗贝尔载回市里。

“不用了，我们在这儿有个约。”

里厄看了一眼朗贝尔。

“是的。”朗贝尔说。

“啊！”科塔尔说，“医生也知情？”

“预审法官来了。”塔鲁看着科塔尔警告道。

科塔尔脸色一变。奥登先生事实上正沿街往下走，步伐矫健有力但又颇有节奏，朝他们行来。经过这一小群人的时候，他脱下了帽子。

“上午好，法官先生。”塔鲁说。

法官向车里的两位致意，又看看站在后面的科塔尔和朗贝尔，严肃地冲着他们点头打招呼。塔鲁向他介绍了靠年金生活者和记者。法官朝天空看了一小会儿，叹气说，这是一个非常悲惨的时期。

“塔鲁先生，有人对我说，您在负责推行一些预防措施。我对您的做法不是很赞同。医生，您觉得瘟疫会蔓延吗？”

里厄说，但愿不会，法官附和说，但愿一直不会，天意是不可捉摸的。塔鲁问他，疫情是否给他带来了工作量的增加。

“恰恰相反，我们所说的普通法[1]案件减少了。我只剩下严重违反新条令的案子需要预审。老的法律从未像这样得到过遵守。”

“这是因为，”塔鲁说，“相比较而言，老的法律似乎更好，必然会如此。”

法官从刚刚短暂地抬眼望天的迷惘神色中摆脱了出来。他冷冷地审视着塔鲁。

“这又能怎样呢？”他说，“重要的不是法律，而是判决。

1 译者注：普通法是英美法系里以习惯和判例出现的适用于全国的法律。

我们对此无能为力。”

“这位，”科塔尔等法官走了说，“是头号敌人。”

汽车开动了。

过了一会儿，朗贝尔和科塔尔看到加西亚来了。他朝他们走来，没有打招呼，只说了一句话当成是问好：“还得等。”

在他们周围，以女人为主的人群，在一片全然的静默中等待着。她们几乎全挎着篮子，徒然地希望这些能送到她们患病的亲人手里，更傻的想法是亲人们能享用攒下来的这些吃的。大门由武装人员把守，时不时地，一声怪叫穿过隔开营房和大门的院子传了出来，于是，在场的这些人里，便有若干张不安的面孔转向这诊所。

三个男人正看着这场景，这时从他们身后传来一声清晰且低沉的“你们好”，三人转过身去。尽管很热，但拉乌尔穿戴得很整齐。他高大健壮，穿了一身扣上了扣子的深色西装，头戴卷边毡帽。他的脸色相当苍白，一双棕色的眼睛，嘴巴紧闭。拉乌尔说话的方式快速而明确。

“我们往下朝市里走，”他说，“加西亚，你可以去忙你的了。”

加西亚点了一支烟，让他们先行离去。朗贝尔和科塔尔走得很快，调整着步子以便和走在他们中间的拉乌尔保持一致。

“加西亚跟我说过了，”他说，“这事儿能办。不管怎样，您得掏一万法郎。”

朗贝尔答曰他接受。

“明天跟我一起吃午饭，在海军的西班牙餐厅。”

朗贝尔说一言为定，拉乌尔跟他握手，第一次露出笑容。拉乌尔走了之后，科塔尔表示抱歉。他第二天没空，另外朗贝尔也不再需要他陪着。

次日，当朗贝尔走进西班牙餐厅，所有人都扭头看着他经过。这个昏暗的地下室，位于一条被太阳烤干的黄色街道下面，只有大多数样子像西班牙人的男人才经常光顾。但是，自打坐在里面一张桌子上的拉乌尔朝记者做了个手势，朗贝尔便朝他走去，那些人脸上的好奇消失了，他们重又专注于他们的餐盘。拉乌尔的桌子上还有个高高瘦瘦的家伙，胡子拉碴，肩膀极宽，长着一张马脸，头发稀稀拉拉。他细长的胳膊覆盖着黑色的汗毛，从卷起袖子的衬衫里露了出来。当朗贝尔被介绍给他时，他点了三次头。拉乌尔没说他的名字，提到他的时候只是说“我们的朋友”。

“我们的朋友觉得有可能帮到您。他将让您……”

拉乌尔说到这里停下了，因为女招待过来问朗贝尔点什么菜。

“他将让您跟我们的两个朋友接上关系，这两个朋友会介绍您认识跟我们关系很铁的城门守卫。但一切还没完。必须由守卫自己来判断有利的时机。最简单的办法是，您在某个守卫家里住几晚，他住在城门附近。不过这之前，我们的朋友会让您进行必要的接洽。当一切安排妥当，您把费用结给他。”

这朋友又点了一次他的马头，同时不停地捣碎西红柿和甜椒做的沙拉并狼吞虎咽地吃下去。然后他开口说话了，略带西班牙口音。他向朗贝尔提议，后天早晨八点，约在大教堂的门廊下。

“还得两天。”朗贝尔指出。

“因为不容易啊，”拉乌尔说，“必须找到那些人。”

马头又点了一次，朗贝尔同意了，没了兴致。午饭剩下的时间是在寻找话题中度过的。但是当朗贝尔发现马脸踢足球，一切就变得非常简单了。他自己经常踢球。大家因此聊到了法国足球联赛，英国职业球队的价值以及W战术[1]。午饭结束的时候，马脸已经完全活跃起来了，他用“你”来称呼朗贝尔，为了让对方相信在一支球队中，没有比前卫更好的位置了。“您明白，”他说，“前卫，分球的是前卫。而分球，这才是足球。”朗贝尔同意这个观点，尽管他经常打前锋的位置。讨

1　译者注：W战术，即足球的WM阵型，前面三个前锋、两个中场，形成“W”；后面两个中场、三个后卫，形成“M”。这是英格兰的赫伯特·查普曼在20世纪30年代开创的足球理念，当时查普曼作为阿森纳俱乐部的教练，带领球队建立起了在联赛中的绝对统治地位。WM阵型随着阿森纳的成功，在世界足坛流传了开来。作为现代足球的一个经典阵型，WM阵型在20世纪50年代逐渐被抛弃。

论只是被收音机里的广播给打断了，在轻轻地反复播了一段抒情音乐之后，电台宣布，前一天鼠疫夺去了一百三十七人的生命。在场的谁也没有反应。马脸耸了耸肩，站了起来。拉乌尔和朗贝尔随之也站了起来。

出去的时候，前卫有力地和朗贝尔握手。

“我叫贡萨雷斯。”他说。

这两天的时间对朗贝尔来说显得无穷无尽。他去了里厄家，对医生讲了自己这次活动的详细情况。之后他陪医生出诊。他在一个疑似病人的家门口跟医生道别。在走廊里，传来跑动和说话的声音：有人通知病人的家庭，医生到了。

“我希望塔鲁别迟到。”里厄低声道。

他看上去很疲惫。

“疫情扩散得太快？”朗贝尔问。

里厄说不是这个问题，甚至统计曲线上升得也没那么快了。只是，与鼠疫斗争的手段不够多。

“我们缺物资，”他说，“在世界上所有的军队里，通常用人力来代替物力的不足。但我们也缺人力。”

“从外面已经来了一些医生和卫生防疫人员。”

“是的，”里厄说，“十位医生还有一百多卫生防疫人员。看上去很多。这刚够应付目前的疫情。如果瘟疫蔓延，那就不够了。”

里厄倾听着屋里的声音，然后对朗贝尔微笑着。

“是的，”他说，“您应当抓紧，争取成功。”

朗贝尔的脸上闪过一丝阴郁。

“您知道，”他以一种沉闷的声音说，“我不是因为这个才想离开。”

里厄回答说，这点他知道，但朗贝尔继续说道：“我认为我不是懦夫，至少大多数时候不是。我曾有机会体会到这一点。只是，有一些想法我无法忍受。”

医生正视着他。

“您会跟她重逢的。”他说。

“也许，但我无法忍受的想法是，疫情会持续下去，而她在这段时间里会变老。人在三十岁就开始变老，必须花堪折时直须折。我不知道您是否能理解。”

里厄低声说他觉得能理解，这时塔鲁到了，很是兴奋。

“我刚去请帕乐卢神甫加入我们。”

“然后呢？”医生问。

“他考虑了一下便答应了。”

“我对此很高兴，”医生说，“很高兴知道他本人比他的布道更好。”

“大家都是这样，”塔鲁说，“只需给他们机会。”

他微笑着，冲里厄眨了眨眼。

“在生活中，给人提供机会就是我要做的事儿。”

“请原谅，”朗贝尔说，“我得走了。”

在约好的周四，朗贝尔于八点差五分来到了大教堂的门廊下。空气还相当凉爽。天上徜徉着小朵的又白又圆的云彩，即将被攀升的热气一下子吞没。隐隐约约的潮湿气息从已被晒干的草地上升起。太阳在东边的房舍后面，仅仅令广场上全身镀金的贞德塑像的头盔开始回暖。一座大自鸣钟响了八下。朗贝尔在空荡荡的门廊下踱了几步。教堂里隐约的唱赞美诗的声音传到了他这里，带着几许陈年酒窖和焚香的气味。突然，唱诗的声音戛然而止。十几个小小的黑影从教堂里出来，快步往城里而去。朗贝尔开始等得不耐烦了。另外一些黑影沿着大台阶往上，朝着门廊走来。他点起一支烟，然后又发觉这地方可能不让抽烟。

八点一刻，大教堂的管风琴开始了低沉的演奏。朗贝尔从阴暗的拱门下走了进去。过了片刻，他看到从他面前走过的那些黑影在中殿里。黑影们全聚在一个角落，面对一个临时的祭坛，坛上刚刚放了一个在我们城里的某个作坊匆匆制成的圣罗克雕像。他们跪在那里，似乎蜷曲成一团，如同一个个凝固的影子，隐没在一片暗淡之中，堪堪比他们身处其中的烟雾颜色略深。在他们上方，管风琴无休止地进行着变奏。

当朗贝尔走出来时，贡萨雷斯已经在下台阶往市里走。

“我以为您已经走了，”他对记者说，“这很正常。”

他解释说，他在另一处距此不远的地方等他的朋友，时间约在八点差十分。但他等了他们二十分钟，白跑一趟。

“肯定是有什么状况。我们干的这活，总没那么轻松。”

他建议明天再约，老时间，在阵亡将士纪念碑前。朗贝尔叹了口气，把毡帽往后一推。

“这没什么，”贡萨雷斯笑着总结道，“稍微想想，得有了所有的配合、进攻、传球，才能打进一球。”

“当然，”朗贝尔说，“但一场球赛只有一个半小时。”

奥兰的阵亡将士纪念碑位于唯一看得见海的地方，那里是一条相当短的散步的小路，其所在的悬崖俯临着港口。第二天，朗贝尔第一个到达了约定地点，仔细地阅读死于战场的将士名单。几分钟之后，两个男人走近了，冷冷地看了他一眼，然后倚着步道的栏杆，似乎全神贯注地凝视着空旷冷清的码头。他们两人身材相同，都穿着蓝色长裤和短袖海军蓝针织衫。记者走远了一点，然后坐在长凳上，得以自在地观察他们。他于是发现，他们大概不超过二十岁。这时，他看到贡萨雷斯一边朝他走过来一边在道歉。

“这就是我们的朋友。”他说。然后他把朗贝尔带到两个年轻人面前，介绍说他们名叫马塞尔和路易。从正面看，他们非常像，朗贝尔估计他们是兄弟。

“好了，”贡萨雷斯说，“现在都认识了。必须得把事办好。”

马塞尔和路易于是说，两天之后轮到他们值守，为期一周，必须选定最合适的日子。他们有四个人值守西门，另外两个是职业军人。不能让他们卷进此事。他们不可靠，此外，这也会增加费用。不过，有几个晚上，这两个同事会去他们的熟悉的酒吧后厅，打发夜晚的部分时光。马塞尔或路易因此建议朗贝尔住到他们家——那儿离城门很近——等他们来叫他。这样，出城将会轻而易举。但是必须抓紧，因为不久前就在传，说是要在城外增设岗哨。

朗贝尔表示同意，并把最后剩的香烟给他们发了几支。两人里面没说话的那个于是问贡萨雷斯，费用的问题是否已经谈妥，是否可以先收点预付款。

“不行，”贡萨雷斯说，“没这个必要，这是个哥们儿。费用在走的时候会结的。”

大家商量好了再约。贡萨雷斯建议后天去西班牙餐厅吃晚饭。从那儿，便可以去两个守卫家里。

“第一个晚上，”他对朗贝尔说，“我将陪着你。”

次日，朗贝尔上楼去他的房间时，在旅馆的楼梯上迎面碰到了塔鲁。

“我去找里厄，”塔鲁对他说，“您想去吗？”

“我一向都吃不准是否会打扰他。”朗贝尔迟疑了一下说。

“我觉得不会，他总跟我说起你。”

记者考虑了一下。

“听我说，”他说，“如果你们晚饭之后空一会儿，哪怕晚点，那么请你们两位到旅馆的酒吧来吧。”

“这取决于他和鼠疫。”塔鲁说。

然而，晚上十一点，里厄和塔鲁还是走进了又小又窄的酒吧。三十几个人挤挤挨挨地待在里面，高声交谈着。他们俩来自沉寂之中的疫城，到了这里不由得停下了脚，有点犯晕。看到此处在供应烧酒，他们便明白了客人们何以这么兴奋。朗贝尔在柜台的一头，从高脚凳上冲他们做了个手势。他们来到他的两旁，塔鲁轻轻推开了旁边一个喧哗的家伙。

“你们不怕喝烧酒吧？”

“不，”塔鲁说，“正相反。”

里厄从他的杯子里闻到了药草的苦味。在这样吵闹的环境中很难谈话，但朗贝尔似乎只顾着喝酒。医生还无法判断他是否醉了。他们待着的那狭窄的酒吧，剩下的空间放了两张桌子，其中的一张桌子旁坐着一个海军军官、一手搂着一个女人，对着一个喝得已上了脸的胖子讲述开罗爆发的某次斑疹伤寒。“隔离营，”他说，“我们给土著建了隔离营，还给病人搭了帐篷，周围一圈的岗哨警戒线，一旦有家属试图偷偷地来送民间土方药，就对他们开火。这很冷酷，但是正确。”另一张桌子上坐着一些优雅的年轻人，他们的谈话颇为费解，并消失在高处的电唱机播放的《圣詹姆斯医院》[1]的节拍之中。

“您高兴吗？”里厄提高了嗓门问道。

“这事快了，”朗贝尔说，“可能就在一周之内。”

“遗憾。”塔鲁大声叫道。

“为什么？”

塔鲁看了一眼里厄。

“噢！”里厄说，“塔鲁这么说是因为，他觉得您在这里将会对我们有用。不过我呢，我太理解您想走的愿望了。”

塔鲁请大家喝了一轮。朗贝尔从高脚凳上下来，头一回正视着他。

“我会对你们有什么用？”

“嗯，”塔鲁一边说一边不慌不忙地把手伸向酒杯，“在我们的卫生防疫组织里就有用。”

朗贝尔恢复了习惯性的固执思索的神态，又重新坐回到高脚凳上。

“这卫生防疫组织在您看来没有用吗？”塔鲁喝了口酒，专注地盯着朗贝尔问道。

1 译者注：《圣詹姆斯医院》是美国黑人爵士乐号手及歌唱家路易斯·阿姆斯特朗的一首爵士乐曲。

“非常有用。”记者说，他也喝了一口。

里厄注意到，他的手在抖。他觉得很显然，记者完全醉了。

第二天，当朗贝尔第二次走进西班牙餐厅，他穿过了一小群人，这些人把椅子搬到了餐厅门口，感受高温刚开始衰减下去时的青涩黄昏。他们抽着一种呛人的香烟。餐厅里面几乎空无一人。朗贝尔走到里面，在第一次和贡萨雷斯碰面的桌子旁坐下。他对女招待说他等人。时间是十九点三十分。渐渐地，那些人回到餐厅，坐了下来。餐厅开始给他们上菜，低矮的拱顶下面，充斥着刀叉等餐具的声音和低沉的谈话声。二十点，朗贝尔依然在等着。灯亮了。几个新的客人坐了他这张桌子。他点了他晚餐的菜。二十点三十分，他吃完了晚饭，还是没看到贡萨雷斯和那两个年轻人。他抽了几支烟。餐厅又慢慢地空了。外面，夜幕很快降临。海上来的一阵热风轻轻地掀起了落地窗的帘子。当二十一点的时候，朗贝尔发现餐厅里全空了，女招待讶异地看着他。他结完账，走了出去。餐厅的对面，一家咖啡馆还开着。二十一点三十分，他朝旅馆走去，徒然地寻思着如何找到没留地址的贡萨雷斯，一想到又必须重新开始所有的奔走，他不由得心慌意乱。

正是在此时，在这个救护车瞬间一经而过的夜晚，他发觉——正如他对里厄医生所说的——在这段时间里，为了在隔开他和妻子的这道墙上全神贯注地寻找一个缺口，他在某种程度上忘了他的妻子。也正是在此时，所有的路又一次被堵死，他在其欲望的中央再次找回了妻子，随着如此突然迸发出的痛苦，他开始朝着旅馆发足狂奔，以逃避这五内俱焚的灼痛，然而这痛苦附在他身上，咬噬着他的太阳穴。

次日一大早，他还是去见了里厄，问如何找到科塔尔。

“我所能做的，”他说，“就是再次跟那个团伙接上头。”

“明天晚上来吧，”里厄说，“塔鲁让我请科塔尔来，我不知道为什么。他应该十点到。您十点半到好了。”

当科塔尔第二天到了医生家里，塔鲁和里厄在谈论一个意外治愈的案例，发生在里厄的医院里。

“十个里面就一个。他运气真好。”塔鲁说。

“啊！好呀，”科塔尔说，“那就不是鼠疫。”

他们俩向他肯定，病人染上的正是这个病。

“既然他治愈了，这就不可能是鼠疫。你们跟我一样清楚地知道，鼠疫是不给人活路的。”

“通常来说，不给活路，”里厄说，“但稍稍持之以恒，会出现意外的。”

科塔尔笑了。

“似乎并非如此，你们听了今晚的数据没有？”

塔鲁和蔼地看着靠年金生活者，说他知道数据，事态严重，但这说明什么呢？这说明必须采取更加特殊的措施。

“唉！你们已经采取了。”

“是的，但每个人都必须为自己采取这些措施。”

科塔尔看着塔鲁，没明白这话的意思。塔鲁说，太多的人作壁上观，而疫情是每个人的事，应该人尽其责。志愿者组织对所有人都敞开大门。

“这是一种想法，”科塔尔说，“但这没什么用。鼠疫太厉害了。”

“我们将知道它厉害与否，”塔鲁用耐心的语调说，“当我们试过一切办法之后。”

在这段时间里，里厄在办公桌上抄写着卡片。塔鲁一直看着在椅子上坐立不安的靠年金生活者。

“为什么您不来跟我们一起干呢，科塔尔先生？”

科塔尔站了起来，一副被冒犯的样子，将他的圆帽拿在手上。

“这不是我的行当。”

然后，他又用虚张声势的语调说：“再说了，在鼠疫流行的这阵子，我自己感觉挺不错，我看不出为什么我要卷进来去遏止它。”

塔鲁拍拍脑门，仿佛被一个突然的事实给点醒了。

“啊！确实，我都忘了，没这场鼠疫的话你就被捕了。”

科塔尔吓了一跳，用手抓住了椅子，好像他要倒下去似的。

里厄停止了抄写，用一种既严肃又关切的神情看着他。

“这是谁告诉您的？”靠年金生活者大叫道。

塔鲁颇显意外，并说：“是您本人。至少，医生和我是这么理解的。”

科塔尔陡然间在盛怒之下，嘟嘟囔囔地讲了一堆令人费解的话。

“您别激动，”塔鲁补充说，“医生和我都无意揭发您。您的事与我们无关。此外，我们也从未喜欢警察。好了，您坐下吧。”

靠年金生活者看看他的椅子，迟疑了一下坐下了。过了一会儿，他一声叹息。

“这是件陈年旧事，”他承认道，“他们又翻出来了。我本以为都忘掉了，但有人给抖搂了出来。他们传唤了我，并对我说要随时配合他们直到调查结束。我知道，他们最终会将我逮捕。”

“这事严重吗？”塔鲁问。

“这得看您怎么说了。不管怎样，这不是一桩凶杀案。”

“坐牢还是服苦役？”

科塔尔显得十分沮丧。

“坐牢，如果我有点运气的话……”

但过了片刻，他又情绪激烈地说道：“这是个错误。大家都会犯错。我无法忍受某种想法，这便是因为这个被拘，把我从我的房子、我的习惯还有我所认识的那些人那里都剥离开。”

“啊！”塔鲁问道，“因此您就打算上吊自杀？”

“是的，当然，这是一件蠢事。”

里厄这才第一次开口说话，他对科塔尔说，他理解其担心，但或许一切都会得到解决。

“嗯！眼下，我知道我没什么可害怕的。”

“我看出来了，”塔鲁说，“您不会加入我们的组织。”

科塔尔在手上转着自己的帽子，抬眼看了一下塔鲁，眼神飘忽不定。

“别怨我。”

“当然不会。但至少，”塔鲁微笑着说，“您不要故意传播细菌。”

科塔尔辩称，他并不希望有鼠疫，可它就这么发生了，如果说疫情成全了他的买卖，那也不是他的错。当朗贝尔来到门口时，这位靠年金生活者中气十足地朗声补充道：“另外，我的想法是，你们将一无所获。”

朗贝尔得知，科塔尔并不知道贡萨雷斯的地址，不过总还是可以回到那家小咖啡馆。他们约了第二天见。由于里厄表示想要了解相关情况，朗贝尔便约他和塔鲁周末的晚上去他房间，什么时间都行。

第二天早上，科塔尔和朗贝尔去了小咖啡馆，给加西亚留了信儿，约晚上见，或者不便前来就约在次日。当晚，他们没等到人。次日，加西亚来了。他静静地听了朗贝尔的遭遇。他并不知道这些，但他知道，所有街区都被二十四小时封锁了，以进行住户的核查。可能，贡萨雷斯和两个年轻人无法通过路障。不过，他所能做的就是再次帮他们和拉乌尔取得联系。当然，这不会早于后天。

“我看，”朗贝尔说，“一切又得重新来过。”

第三天，在一处街角，拉乌尔证实了加西亚的假设——低处的街区已被封锁。必须重新和贡萨雷斯接头。两天之后，朗贝尔和足球运动员一起吃了午饭。

“真傻，”贡萨雷斯说，“我们当时应该商量好一个再碰面的办法。”

这也是朗贝尔的意见。

“明天早晨，我们去两个小家伙家里，争取把事情都安排妥了。”

第二天，两个小家伙不在家。他们留了信儿，约次日中午在高中广场见。朗贝尔回去之后，其脸色令当天下午碰到他的塔鲁颇感惊讶。

“事情不顺？”塔鲁问他。

“因为又得重新开始。”朗贝尔说。

他再度发出邀请：“请你们晚上来。”

晚上，当两人走进朗贝尔的房间，他正躺着。他从床上起来，往准备的好酒杯里斟满酒。里厄端起他那杯酒，问朗贝尔事情是否行得通。记者说，他重新又走了一遍流程，目前又到了同样的地步，即将迎来最后一次碰头。他喝了口酒，补充说：“当然，他们不会来的。”

“不能把这当成一个定律。”塔鲁说。

“你们还不明白。”朗贝尔回答道，同时耸了耸肩。

“明白什么？”

“鼠疫。”

“啊！”里厄说。

“不，你们不明白，这就在于要从头开始。”

朗贝尔走到房间的一个角落，打开一台小型留声机。

“这是什么唱片？”塔鲁问，“我听过。”

朗贝尔回答说，这是圣詹姆斯医院。

唱片放到中途，他们听到远远的两声枪响。

“打死了一条狗或一个逃跑者。”塔鲁说。

一会儿之后，唱片放完了，传来了救护车清晰的声音，它越来越响，从旅馆房间的窗下经过，然后越来越轻，最终消逝。

“这张唱片没多大意思，”朗贝尔说，“而且我今天听了有十遍了。”

"您这么喜欢这唱片？"

"不，但我只有这张。"

过了一会儿，朗贝尔说："我跟你们说，这就是在于从头开始。"

他问里厄卫生防疫组织进展如何。已经有五支队伍在工作，希望再组建另外的队伍。记者坐在床上，似乎专注于他的指甲。里厄仔细端详着他矮小且健壮的体型，在床边蜷缩着。他突然发现朗贝尔在看着自己。

"您知道，医生，"他说，"对你们的组织我想了很多。如果我没有加入你们，这是因为我有我的理由。此外，我觉得我还是能够舍生取义的，我参加过西班牙内战[1]。"

"支持哪一方？"塔鲁问。

"战败的那一方。但是从此以后，我有了一些思考。"

"思考什么？"塔鲁问。

"勇气。现在我知道，人能够去从事伟大的事业。但是如果人不能够拥有崇高的情感，我也不会感兴趣。"

"我们倒觉得，人无所不能。"塔鲁说。

"不，人不能长期痛苦或幸福。他因此会无力实现任何有

1　译者注：西班牙内战，1936—1939 年，由西班牙共和政府与人民阵线左翼联盟对抗以弗朗西斯科·佛朗哥为首的西班牙国民军和长枪党等右翼集团，德、意法西斯支持叛军，国际进步力量支持西班牙共和政府，组织国际纵队与西班牙人民并肩作战。1939 年 3 月 28 日，马德里陷落，战争结束。佛朗哥随后建立了法西斯独裁统治。

价值的东西。”

朗贝尔看着他们，又说：“好吧，塔鲁，您能为爱情而死吗？”

“我不知道，但我现在似乎不能。”

“那就是了。您能够为一个观念而死，这一眼就能看出来。而我，对那些为一个观念而死的人已经受够了。我不相信英雄主义，我知道这很容易做到，我已经记住了这是会死人的。我所感兴趣的，是人要为自己所爱的去生、去死。”

里厄专心地听着记者的话。他一直注视着朗贝尔，温和地说：“人不是一种观念，朗贝尔。”

朗贝尔从床上跳了起来，激动得满脸通红。

“这是一种观念，人从离开了爱情的那一刻起，就是一种目光短浅的观念。我们恰好就不能再去爱了。我们就认了吧，医生。等待迎回爱情的时刻吧，如果这真的不可能了，那就等待全体解脱的时刻吧，别充什么好汉了。我呢，我就不再做他想了。”

里厄站了起来，忽有倦怠之色。

“您说得对，朗贝尔，完全正确。无论如何，我无意让您放弃您想去做的事——这本身就没错，而且是好事。不过我必须对您说的是，这一切无关英雄主义。这关乎的是诚实。这个观念可能会令人发笑，但与鼠疫做斗争的唯一方式就是诚实。”

“诚实指的是什么？”朗贝尔忽然神色严肃地问道。

“我不知道总的来说它是什么。但就我的情况来说，它在于做好我的本职工作。”

“啊！”朗贝尔怒气冲冲地说，“我不知道我的本职工作是什么。我选择爱情也许确实错了。”

里厄正视着他。

“不，”里厄有力地说，“您没错。”

朗贝尔若有所思地看着他们。

“你们两位，我想你们在这一切之中没什么好失去的。这便更容易站在积极的那一边。”

里厄喝完了杯中酒。

“好吧，”他说，“我们还有事要办。”

他走了出去。

塔鲁跟着里厄往外走，在出门的那一刻他好像又改了主意，转身对记者说：“您知道吗，里厄的妻子在距此几百公里的一家疗养院里？”

朗贝尔吃了一惊，但塔鲁已经走了。

第二天一大清早，朗贝尔给医生打了电话。

“您接受我跟你们一起工作吗，直到我找到办法出城为止？”

“接受，朗贝尔。谢谢您。”

三

在一周的时间里，鼠疫的囚徒们就这样尽其所能地挣扎着。看得出来，他们中的一些人，如朗贝尔，甚至还幻想着能像自由人一样，可以做出选择。但实际上，可以说在这时候，在八月中，鼠疫已经席卷了一切。不再有什么个人命运，而是只有集体的经历——也即鼠疫以及所有人共享的情感体验。最深的感受是分离感和放逐感，并伴随着其中所包含的恐惧和反抗。因此，叙事者认为，在暑热和疫情都达到巅峰之际，应当描述一下整体的态势，并通过例子来描述我们活着的同胞的暴力行为、死者的安葬情况还有情侣分离的痛苦。

正是在这一年的年中，这座疫城里开始起风了，并且刮了好几天。奥兰的居民特别怕刮风，因为城市建在台地上，大风在此不会碰到任何天然屏障，便可以挟势而来，在街道上横冲直撞。漫长的数月，这座城市没下过一滴清凉的雨水，覆上了一层泥灰的包浆，劲风掠过，便被吹得一片片剥落下来。大风还掀起了尘土和纸屑的波涛，击打在已然很稀少的散步者腿上。可以看到，他们弓着腰，匆匆从街上跑过，用手帕或者手捂着嘴。到了晚上，在人群聚集之处——大家一度在此试图尽可能延长时日，因为每一天都可能是最后一天——只碰得到小群的人，匆匆赶回家或者走进咖啡馆，因而，在这几个大风天，这段时间里来得更早的黄昏时分，街上冷冷清清，只有大风发出持续不断的呜咽。从浪花翻涌但始终无法看到的大海，飘上来一股水藻和盐分的味道。这座冷清的城市，被尘土染得发白，饱含着海洋的气息，回荡着狂风的呼啸，似一座可怜的小岛在发出呻吟。

在此之前，鼠疫造成的死亡在城市外围街区要远远多过在市中心，因为那里居民更多，条件更差。但它似乎忽然之间就贴近并驻留在了商业区。居民们指责大风把传染细菌给带来了。“大风把事情全搅乱了。”旅馆经理说。但不管怎样，市中心街区的居民知道，轮到他们了，当他们在夜里听到，他们左近越来越频繁地响起救护车的铃声——那是鼠疫在他们窗下发出的死气沉沉、热情全无的召唤。

甚至在城市内部，有种想法是，隔离受传染特别严重的街区，只许有必要公务的人员出来。一直住在那里的人不禁认为，这措施是专门针对他们的刁难，在任何情况下，和其他街区的居民做比较，他们会将其视为自由人。而其他街区的居民，在他们的艰难时刻，一想到其他人比自己更不自由，相反会觉得有了某种安慰。“总有比我囚禁得更严的人”，这句话概括了当时唯一可能的希望。

大约在这个时期，火灾频繁地发生，尤其是在城市西门那一带的娱乐街区。根据调查的结果，这是隔离结束回来的人干的，他们因死了亲人、遭遇不幸而发疯，便放火烧毁自己的房子——而他们自己则处于一种这会让鼠疫灰飞烟灭的幻觉中。制止这种行为殊为不易，可是频频的火灾再加上大风，将整个街区置于无时不在的危险之中。当局已经表示，相关部门对房屋实施的消毒足以消除感染的风险，可这种表态没起到作用，之后当局只得颁布了十分严厉的刑罚，以惩治那些无辜的纵火者。无疑，吓退那些不幸的人，靠的并非是牢狱之灾这个概念，而是全体居民坚信的共识——坐牢就等于被判死刑，因为数据显示，市监狱的死亡率超高。当然，这种笃信并不是毫无根据。由于显而易见的原因，鼠疫似乎特别喜欢对习惯过集体生活的人穷追猛打，如士兵、修道士和囚犯。因为，尽管有些囚犯是单独拘禁，但监狱还是一个共同体，很好的证明便是，在市监狱里，看守和囚犯一样，都会染上这种病。从鼠疫高高在上的视角看，所有人——从典狱长到最卑微的囚犯——都已判了死刑，也许这是第一次，监狱里被一种绝对的公平支配着。

当局还徒劳地试图在这种平等状态下引入等级制，想要给因公殉职的看守授勋。因为戒严令已经颁布，监狱看守从某种角度来说，可被视为已征召入伍的人，故而他们死后被授予了军功章。但是，如果囚犯们没有任何异议，那么军界却认为此事不妥，并且不无道理地指出，这会在公众的意识中造成令人遗憾的混乱。当局接受了他们的要求，认为最简单的办法是向死去的看守授予抗疫奖章。但是对于第一批已授予了军功章的看守来说，误操作已是既成事实，总不能想着再把军功章收回，而军界则继续坚持己见。另一方面，抗疫奖章也有其弊端，无法产生像颁发军功章那样的精神激励，因为在鼠疫流行期间，得到这种奖章实在是稀松平常。所有人都弄得不满意。

另外，监狱的管理无法做到像教会那样，更无法像军队那样。城里仅有的两座修道院的修士们，实际上都已经疏散开了，临时住在了虔诚的信众家里。同样，一旦有可能，一些小的连队便离开兵营，驻扎到学校或公共建筑里。这样，疫病看似迫使居民们形成被围困者的大团结，同时却也打碎了传统的共生关系，将个体抛入各自的孤独状态。这便制造出了混乱。

可以想见，所有这些情况，加上猎猎的劲风，给某些人的头脑里也带来了熊熊烈火。城门在夜里又数度遭到攻击，而且这次是小股的武装群体。发生了交火，有人受伤，有几人逃出了城外。城门的岗哨得到了加强，这种出逃的企图迅速被加以制止。然而，这已经足以在城里掀起一股动乱的风潮，激发了一些暴力场面。一些失火的房子或因防疫原因被封的房子遭到了抢劫。说实话，很难认定这些行为是有预谋的。大多数时候，一个突如其来的机会使得此前那些体面之人做出了应受谴责之事，并且当场又被人效仿。如此一来就有一些狂徒，当着因痛苦而发呆的房主的面，便冲进了尚在燃烧的房子。看见房主无动于衷，很多围观者也跟着冲了进去，于是，在这条昏暗的街道上，在燃烧着的火光中，便可以看到四处逃散的黑影——这些黑影因为行将熄灭的火焰以及扛在肩上的物品、家具而显得变了形。正是这些意外事故，迫使当局将疫情状态看成与戒严类似，并实施了由此所产生的法律。当局枪毙了两个盗窃犯，这是否能对其他人产生震慑作用却依然存疑，因为在死掉的这么多人里面，这两个人的被枪决并不引人注意：这不过是沧海一粟罢了。事实上，类似的场景经常反复上演，只是看样子当局并不想去管而已。唯一令全体居民印象深刻的举措便是宵禁令。从晚上十一点开始，全城如冰冷的石头，陷入完全的黑暗之中。

高悬着月亮的天空之下，这座城市里排列着一道道泛白的墙壁，一条条笔直的街道，丝毫没有树木的黑影，丝毫没有行人的脚步和狗吠带来纷扰。这座寂静的庞大城池只不过是毫无生气的大型立方体的组合，在这些立方体之间，立着被遗忘的慈善家或被禁锢在青铜里的古代伟人的雕像，这些雕像沉默不语，试图用他们石质或铁质的假面，展示其人已然光彩渐淡的形象。在厚厚的天幕之下，这些平庸的偶像庄严地坐在毫无生气的十字路口，他们是冷漠的粗人，很像我们所进入的这一成不变的世界，或者至少代表了其最后的秩序——即一座鼠疫、石头、黑夜在其中令所有声音归于寂灭的大公墓。

但是，黑夜也占据在所有人的心里，人们转述的关于丧葬的真实情况如同传说，并非是为了让我们的同胞放心的。因为必须说说丧葬的事，叙事者为此祈谅。他非常清楚，在这方面人们可能会对他加以指责，但他唯一的辩解是，在整个那段时期里，一直都有丧葬之事，在某种程度上，他跟所有的同胞一样，迫不得已去关心丧葬事务。无论如何，这不是他对此类的仪式感兴趣，相反地，他更喜欢活人的社会，比如说去洗海水浴。但总而言之，海水浴已经被取消，活人社会整天都在担心要被迫向死人社会让步。这是显而易见的。当然，我们总可以尽力装作看不见，蒙上眼睛，拒绝现实，但明显的事实具有一种可怕的力量，最后总会席卷一切。比如说，在您所爱之人需要安葬的那一天，您有什么办法拒绝丧葬之事呢？

要说起来，我们的葬礼一开始的特点就是迅速！所有的手续都简化了，总的来说，豪华的葬礼都已被取消。病人死在远离家属的地方，惯常的守夜亦被禁止，故而，夜里死的人独自过夜，白天死的人则立即埋葬。当然，家属会被告知，但大多数情况下，家属因与病人共同生活而受到隔离，无法到场。如果家属未和死者住在一起，他们须在指定时间也即出发去公墓的时间到达，这时遗体已经净身入殓了。

设想一下，这手续发生在里厄医生管理的临时性医院。这所学校在主建筑后面有一个出口。一个大的杂物间对着走廊，里面停着棺材。就在走廊里，家属便能看到唯一一口已封好的棺材。大家当即进入最重要的手续，也就是说，让家里主事的在文件上签字。然后遗体装车，有时是真的灵车，有时是改装过的大型救护车。家属则坐上一辆依然获准运营的出租车，于是，两辆车从外围街道全速驶往公墓。在城门口，宪兵拦下车辆，在官方的通行证上盖章，没有通行证，就不可能得到我们的同胞所说的最后归宿；宪兵们闪到一旁，车子开到一处方形墓地旁边停下，这里有很多墓穴在等着被填满。一位神甫在此迎候遗体，因为教堂里的葬仪已经被取消了。大家在祈祷声中抬出棺材，用绳子兜住，再拖到穴边，放下去，探到底；神甫洒下圣水，而第一铲土已经弹落在棺盖上了。救护车已经稍早一点离开了，以便喷洒消毒水，当一铲铲黏土落下去的回响越来越闷，家属便坐进了出租车。大约一刻钟之后，他们就回到了家中。

这样，一切都以最快的速度和最低的风险进行着。可能至少在一开始，家人天然的感情明显因此受到了伤害。但是，在鼠疫流行时期，不可能去顾及这方面：为了效率，牺牲了一切。另外，如果起初这种操作令居民情绪痛苦，因为体面落葬的愿望比大家想象的要普遍得多，幸好在不久之后，食品供应成了棘手的问题，居民的注意力转向了更为急切的担忧。要吃饭，就得去排队、走门路、办手续，人们没时间想他们周围的人以何种方式死去，以及有朝一日他们自己以何种方式死去。如此一来，这些物质条件的困难本是坏事，但后来却显示出也是好事。如同大家已经看出来的那样，如果疫情不再蔓延，一切将再好不过。

由于棺材被用到越发稀缺，裹尸布和墓穴则相应地也匮乏了。必须予以考虑。最简单的办法，并且依然是出于效率的原因，乃是集中下葬，如有必要，可以增加医院到墓地的出车趟数。这样，对里厄的医院来说，那里当时有五口棺材，一旦都装上了遗体，救护车便将其运走。到了墓地，棺材被清空，铁青色的尸身被搬到担架上，放在一个为此而建的临时停尸房里等着。棺材喷洒了灭菌溶液，再拉回医院，这套流程又重新开始，根据需要，该多少次就进行多少次。这个组织工作做得很好，省长对此颇为满意。他甚至对里厄说，总之这比黑人拉着装死尸的大车要好——在从前鼠疫的编年史中可以看到这样的记载。

“是的，”里厄说，“同样是安葬，但我们，我们做了卡片。进步是不容置疑的。”

尽管取得了这些管理上的成绩，但现在丧葬流程中令人不快的特点却逼得省政府将死者家属排除在葬礼之外。他们只允许来到公墓的门口，这还不是官方的规定。因为，对于最后的葬仪，情况也发生了一些变化。公墓的尽头，在一片长满乳香黄连木的空地里，挖了两个大坑——一个是葬男人的坑，另一个是葬女人的坑。从这个视角看，政府方面还是尊重社会习俗的，只是很长一段时间之后，迫于事态，这最后的一点羞耻心也没了，男男女女一个摞一个地全混着埋在了一起，已经顾不上体面了。所幸，这最后的混乱仅仅标志着灾难最后的时刻。在我们所关注的那个时期，分坑下葬还存在，省政府也非常坚持这一点。在每个坑的坑底，铺着厚厚的生石灰，冒着烟，翻着泡。在坑边，同样是一堆生石灰，升腾起来的气泡在空气中噼啪爆裂。当救护车抵达，担架成列地抬过来，一具具赤裸且微微弓着的尸体被滑入坑底，差不多一个挨着一个，这时，给他们覆上生石灰，再盖上泥土，但是只能到一定的厚度，这样好给后续来的住客留点地方。第二天，家属被请来在登记簿上签字，这表明人和狗之间，还是有区别的：检查始终是可以的。

所有这些工作，必须有人手来完成，而人手却总是即将不够。这些护士和掘墓人一开始是公职人员，后来是临时聘用，他们中很多人死于鼠疫。无论采取什么预防措施，总有一天会被传染。但是，仔细加以思索，最令人惊讶的是，鼠疫流行期间，竟然从未缺人来干这一行。危急阶段出现在鼠疫达到高峰之前不久，而里厄医生的忧虑是有其道理的。不管是管理人员工作，还是他所说的粗活，都缺少人力。但是，从鼠疫真正攻占了全城的那一刻起，它的肆虐却带来了某些方便，因为它瓦解了全部的经济生活，造成了大量失业。在大多数情况下，失业者没法为干部的招聘提供人力资源，但至于低端的活儿，对他们来说倒是很便当的。从这时开始，贫困事实上总是显得比恐惧更难以忍受，尤其是工作的报酬和危险程度是成正比的。卫生部门有一份求职者名单，当出现了岗位空缺，名单上的前几位便会得到通知，这些人绝不会不上岗，除非他们自己在等待就业期间已经从这人世间下了岗。省长犹豫了很久，是不是要用有期或无期徒刑的犯人来干此类的活儿，现在这情形，使他得以避免采取这种极端的办法。只要有失业者，他就觉得可以再等等。

一直到八月底，我们的同胞好歹能被送到他们最后的归宿，虽说不体面，但至少有一定之规，当局为此觉得还是尽到了其义务。但是，必须稍稍把接下来的事件提前，才能讲述最后必须上的那些手段。从八月起，在鼠疫实际所保持的这个烈度水平上，死者的累积已大大超出了我们小型公墓的接纳能力。尽管拆除了公墓的围墙，把死者埋在周围的地里，但这依然无济于事，必须尽快另找办法。当局首先决定在夜里安葬，因而这免去了某些瞻前顾后的考虑。这可以在救护车里堆上越来越多的尸体。宵禁之后，一些违反规定出来的夜游神，在外围街区（或许是他们的职业需要使他们到了那里）有时会看到长长的白色救护车车队一辆接一辆疾驰而过，夜里空空的街道上回荡着暗哑的铃声。尸体于是匆匆地被扔进坑里。他们在坑里的晃动还没停，脸上就被覆上了一铲接一铲的生石灰，在挖得越来越深的坑里，他们被泥土掩埋，不再具名。

然而不久之后，当局不得不另找地方，扩大处理能力。省政府出台了一道法令，征用永久出让的墓地，挖出的遗骸全送进了焚尸炉。很快，死于鼠疫的人也只好送去火葬。但是，这就得启用位于城市以东、在东门外的旧焚尸炉。守卫的岗哨推到了更远的地方，一位市政府雇员的建议为当局的工作提供了大大的便利，他提出利用已经废弃不用、以前通达海边峭壁公路的有轨电车来运送尸体。因此，电车的挂车和机车都做了调整，卸掉了座位，并且线路改了道直通焚尸炉，这样焚尸炉便成了线路的终点站。

在整个夏季末，如同在秋季的淫雨霏霏之中那样，可以看到在深夜时分，沿着峭壁驶过一列列没有乘客的古怪电车，在大海之上摇摇晃晃。居民们最后都知道了这是怎么回事。尽管巡逻队禁止进入峭壁公路，但成群的人还是经常溜到俯瞰波涛的岩石之上，在电车经过时往车厢里扔鲜花。于是在夏夜里，能听到装载着鲜花和尸体的电车颠簸行驶的声音。

总之，起初那些天，将近清晨时分，一股令人作呕的浓烟弥漫在城市的东部街区。所有医生的意见是，这些气味再怎么难闻，但不会对任何人有害。但这些街区的居民威胁说将立即离开这鬼地方，他们确信鼠疫会从高空朝他们猛扑而来，因而，当局只得通过复杂的管道系统改变了排烟的方向，居民们这才平静下来。只有到了大风天，从东边来的若有若无的气味提醒着他们正身处于一种新的秩序中，鼠疫的烈焰每晚都吞噬着它们的贡品。

这就是疫情最顶峰时的后果。但是，幸好后来疫情没有加剧，因为可以想见，我们行政机构的权变、省政府的措施以及焚尸炉的焚化能力可能都已经跟不上了。里厄知道，当时已经预备采用极端的方法，如抛尸大海，他轻易地便能想象出，尸体在蓝色的海水中溅起的可怕至极的浪花。他也知道，如果统计数据继续往上走，任何组织，不管多么优秀，都将撑不下去，尽管省政府有种种举措，但人们将死在尸堆上，并在街头腐烂，这座城市将会看到，垂死之人在公共场合抓住活人不放，既混杂着合乎情理的仇恨，又怀着冥顽不化的希望。

不管怎样，正是这种明显的事实和心惊胆战，使我们的同胞产生了放逐感和分离感。在这方面，叙事者非常清楚，无法在此汇报出任何真正引人入胜的东西，比如在老的叙事里听到的那种，某个给人带来鼓舞的英雄或是某个光彩夺目的壮举——

这是多么的遗憾呐。其实，最不引人入胜的事，莫过于一场灾难，就其持续时间来说，巨大的灾难都是乏味的。在鼠疫亲历者的回忆中，那些可怕的日子不像壮观而又残酷的大火，反倒像是一种没完没了的践踏，在其所经之处摧毁一切。

不，这场鼠疫跟里厄医生在瘟疫流行之初萦绕在他脑海中令人激动的宏大画面没有任何相像之处。它首先是一种谨慎并且无可指摘的行政管理，运转良好。顺道说一句，为了就这样不违背任何事实，尤其是不违背自己的良知，叙事者倾向于客观叙述。他几乎不想为艺术效果而进行任何更改，除非是涉及使叙述大体协调的基本需要。而正是客观性本身令他现在要说，如果这个时期最大的痛苦——也是最普通和最深重的痛苦——是分离，如果凭着良心对鼠疫流行的这个阶段做一个新的描述是必不可少的，那么老实讲，这种痛苦本身在当时已经失却了其哀婉动人。

我们的同胞，至少是那些最受分离之苦折磨的，是否已经习惯了这种情况？习惯这个表述并不安全正确。更确切地说，在精神上和肉体上，他们痛苦得形容枯槁。在鼠疫流行的一开始，他们非常清楚地记得失去的亲人的模样，并加以怀念。但是，如果说他们能清晰地回忆起所爱之人的音容笑貌，回忆起他们事后才意识到的曾经那么幸福的某一天，但他们却很难想象，他们在念之不能忘的那一刻，被思念的人在从此远在天涯的某个地方做些什么。总之，在那时候，他们拥有回忆，但缺乏想象力。在鼠疫流行的第二阶段，他们连回忆都丧失了。他们并非是忘记了那张面容，而是失去了有血有肉的真切——其实这是一回事，他们再也无法在内心深处感知其存在。他们在最初的几周喜欢抱怨，在他们爱情的现实中，只剩下了可望而不可即的影子，接下去他们发觉，这些影子都变得枯萎了，连记忆中保留的一丁点儿色彩都消失殆尽。在这长时间的分别之后，他们再也想象不出他们曾有过的亲昵欢好，也想象不出如何有一个人曾生活在自己身边，任何时候他们都触手可及。

从这个角度看，他们已经进入了鼠疫的秩序，这种秩序越庸常就越有效。我们当中，没有人再有崇高的情感。但是，所有人感受到的情感都很单调。“这瘟疫该结束了。”我们的同胞说。因为在灾难时期，希望集体的痛苦结束这很正常，也因为他们的确希望结束。但是，这些话说出来，已经没了热情或最初尖锐的那种情绪，只有我们依然清楚的、乏善可陈的那几条理由。前几周那种不甘的冲动，已经被一种沮丧感所取代，将其视为逆来顺受恐怕不对，但不免还是某种暂时的认怂。

我们的同胞便规规矩矩，可以说已经适应了，因为别无他法只能这么办。当然，他们的态度里还有不幸和痛苦，但他们已感觉不到刺痛了。另外，比如像里厄医生便认为，不幸恰恰就在于此，习惯了绝望比绝望本身更糟糕。以前，别离的人并非真的不幸，在他们的痛苦中还有一丝亮光，而这亮光不久之前已然熄灭。如今，可以看到他们在街角、咖啡馆、朋友家里，心平气和又心不在焉，眼中露出如此无聊的神色，以至于有了他们，整个城市仿佛是一个候车室。那些有职业的人，甚至在按鼠疫的步调干着工作，小心翼翼且闷声不响。所有人都很谦和。别离的人，第一次不再抗拒去谈起跟他们天各一方的亲人，第一次使用众人的语言，第一次从疫情统计的视角去检视他们的分离。而在此之前，他们是坚决避免把自己的痛苦和集体的不幸混在一起的，但现在他们接受了这种混淆。没了回忆，没了希望，他们只活在当下。实际上，一切在他们看来都是当下。必须得说，鼠疫已经夺去了所有人恋爱乃至交友的能力。因为爱情要求有一点未来的期许，而对我们来说只有眼下的瞬间。

当然，这一切也不绝对。如果说所有的别离之人都处于这种状态，那也应该合理地加以补充说明，他们并非同时陷入这种境地，而且一旦确立了这新的态度，有时灵光一现、意识回潮、突然的神志清醒又会将这些病人拽入更新更痛苦的一种敏感。于是乎，必须得有这种消遣的时刻，他们可以制定出某个意味着鼠疫将会终结的计划。必须让他们意外地感觉到——由于某种恩泽的作用——一种没来由的嫉妒的啃啮。另外一些人也会突然感到重获新生，一周里有几天从他们的麻木中摆脱出来，那自然是星期天和星期六下午，因为那会儿亲人在的时候，这两天会用在某些活动仪式上。抑或是在傍晚时分，某种伤感围绕着他们，给他们以提醒——可未必总是确凿——那便是他们的记忆即将恢复了。对于信徒来说，傍晚的时刻是反省的时刻，但是这时刻对于囚徒和流放者来说却是艰难的，他们能反省的只有虚空。这时刻会将他们片刻地悬在半空，然后他们又回到迟钝状态，把自己封闭在鼠疫之中。

我们已经明白，乃是放弃他们更个人化的东西。在鼠疫流行的初期，他们被一堆对他们显得很重要的小事所震撼，对其他人的生存毫不在意，这样他们只顾着个人生活的体验，现在反过来了，他们只对引起别人兴趣的东西感兴趣，他们只有大家的看法，甚至连他们的爱情对他们而言都是一副最抽象的形象。他们已经到了松松垮垮任由鼠疫摆布的份儿上，有时他们只希望一直睡着，并无意中发现自己在想："腹股沟淋巴结炎，快点了结了吧！"但是，他们事实上已经在睡觉，整个这段时间只是一段很长的睡眠。这座城市满是醒着的沉睡者，只有少数的几次，他们才能真正地从命运中逃逸出来，那是在夜里，他们看似愈合的伤口突然间又迸裂开。他们惊醒过来，心不在焉地舔舐着伤口，嘴唇发麻，刹那间又突然感到了历久弥新的痛，并且又看到了所爱之人惊慌失措的面孔。清晨，他们回到灾难之中，也就是说又回到循规蹈矩的状态。

有人会说，这些别离之人看上去是什么样子呢？很简单，他们看不出什么样子。或者，喜欢这么表述也行，他们像大家一样，一副泯然众人的样子。他们分享着城市的平静和孩子般的烦躁不安。他们失去了批判意识的迹象，同时赢得了冷静的表象。比如说可以看到，他们中最聪明的人假装跟大家一样，在报纸上或广播里寻找理由，相信鼠疫的流行很快会接近尾声、表面上抱有虚幻的希望，或是毫无根据地感到恐惧——因为读到一个记者无聊得打着哈欠随意写出来的评论。此外，他们喝喝啤酒或是照顾病人，慵懒闲散或是筋疲力尽，整理卡片或是播放唱片，彼此间并不另做区分。换言之，他们不再做任何选择。鼠疫已消灭了价值判断。这从人们的生活方式就可以看出来，已经没人再去关心所买的衣服或食品的质量。大家全盘接受。

最后可以说，别离之人已经不再拥有起初护着他们的那奇怪的特权。他们已经失去了爱情的自私以及从中可以获得的好处。至少现在，情况很明显，灾难牵扯到了所有人。我们全部的人，在城门口响起的枪声中，在分出我们生或死的敲章的声音中，在火灾和卡片中，在惊恐和种种手续中，被许给了屈辱但登记在册的死亡；在可怕的烟雾和救护车安静的铃声中，我们吃着同样的流放的面包，并不自知地等待着同样令人百感交集的团聚和安宁。我们的爱情可能还在，但只是百无一用，背负得很沉重，在我们身上显得死气沉沉，如同罪行和刑罚那样，孕育不出丰饶。这爱情只是一种没有未来的忍耐和一种固执的等待。从这个角度来说，我们某些同胞的态度让人想到了城市各处食品店门口排的长队。同样的顺从，同样的忍耐，既看不到头又不抱幻想。只是涉及分离，必须把这种感觉提升至千倍的级别，因为这是另一种可以吞噬一切的饥渴。

不管怎样，想要对我们城市别离之人的精神状态有一个准确的概念，必须再次回想起那些满是灰尘、亘古不变的金色傍晚，当男男女女涌向所有的街道时，它降临在这座没有树木的城市。因为，奇怪的是，依然沐浴着阳光的露天座位旁所响起的，不是平时构成这座城市市井语言的机器和车辆的轰鸣，而只是嘈杂的脚步声和低沉的话语声，成千的鞋底痛苦的滑擦，因灾难在沉重的天空里呼啸，变得有了节奏，最终，没完没了且令人窒息的踏步声渐渐充斥全城，一晚又一晚，将其最忠实、最沉闷的声音赋予了盲目的固执，于是，这固执在我们的心中取代了爱情。

四

在九月和十月，鼠疫把这座败退中的城市控制在其势力之下。既然这是原地踏步的状态，在总也过不完的一周又一周里，成千上万的人依然停滞不前。薄雾、炎热和雨水轮番占据着天空。成群的椋鸟和斑鸠，从南方而来，安静地从高空飞过，但是绕开了这座城市，仿佛帕乐卢神甫所说的连枷——在房舍上方挥动得呼呼作响的这陌生的木制工具——把鸟儿赶到了一定距离之外。十月头，若干场大雨冲刷了大街小巷。在这段时间，没什么重要的事发生，只有这异乎寻常的停滞不前。

里厄和他的朋友们发现，他们已疲惫到何等程度。实际上，卫生防疫组织的成员们已无法忍受这种疲劳。里厄意识到这一点，是因为从他的朋友们和他自己身上他观察到一种奇怪的冷漠在滋长。例如，在这之前，这些人对所有与鼠疫相关的消息表现出如此强烈的兴趣，而现在他们对此却毫不关心。朗贝尔已经被临时任命去领导一个隔离点，不久前设在他所在的旅馆，他非常了解他那里处于观察中的人数。他也了解紧急撤离方案的种种细节，这个方案是为那些突然出现鼠疫症状的人而制定的。隔离期的血清注射效果统计，也刻在他的脑海里。但他无法说出每周死于鼠疫的人数，他不知道疫情是在推进还是在消退。不管怎样，他还是抱着出城的希望。

至于其他人，他们日日夜夜专注于他们的工作，既不读报也不听广播。如果有人向他们宣布一个防疫成果，他们会装出感兴趣的样子，但其实是以这种心不在焉的冷漠姑妄听之，这令人想起那些大战中的战士，修筑工事累得筋疲力尽，兢兢业业只为能够撑下去，完成日常的义务，不再去期待决战以及停战的那一天。

格朗继续做着鼠疫方面的必要统计，肯定也不能指出防疫的总体结果。和明显扛得住疲劳的塔鲁、里厄、朗贝尔相反，他的健康状况从未好过。然而，他一边做着市政府的助理工作，一边还兼着里厄的秘书还有他自己晚上的工作。可以看到，他这样处于一种连续的疲惫状态，就靠两三个固定的念头支撑着，如鼠疫之后有一段完整的假期，至少一周，如此他便能以积极进取的、“脱帽致敬”的方式从事他正在进行的创作。他也会突然动情，在这种情况下，他会主动跟里厄谈起让娜，自问此时此刻她可能在哪里，是否在读到报纸时会想起他。正是跟他在一块儿时候，里厄有一天以平淡的语气无意间谈到了自己的妻子，在这以前医生从未这样过。里厄的妻子发来的电报总是令人放心，他却不确定是不是该相信电报上说的，便决定给妻子接受治疗的疗养院主治医生发电报。回音来了，他这才获悉，病人的情况加重了，而对方保证说，将想尽一切办法阻止病情恶化。他一直自己闷着这个消息，并且他也说不清缘由，如果不是因为疲倦，他怎么会向格朗吐露这些。市政府雇员在跟他谈了让娜之后，问到他妻子的情况，里厄便回答了。“您知道，”格朗说，“现在这种病可以完全治愈。”里厄表示同意，只是说分离的时间开始显得漫长了，不然他或许可以帮助妻子战胜疾病，而现在她应该感到十分孤单。后来，他就闭口不说了，只是含含糊糊地回答着格朗提的问题。

其他人也处于同样的状态。塔鲁更能扛得住，不过他的笔记显示，就算他好奇心的深度未有减损，但其关注的多样性却已经丧失了。在这段时期里，他看似只对科塔尔感兴趣。晚上，在里厄家——自从旅馆改造成了隔离点之后塔鲁最终就住在了那里——他几乎不去听格朗或医生叙述统计结果。他会立刻把谈话拽到他所关注的奥兰的生活小细节中去。

至于卡斯泰尔，那一天他来告诉医生血清研制成了，两个人之后便决定在奥登先生的小儿子身上进行首例试验，这孩子刚被送到医院，对里厄来说似乎已经没治了；里厄在向老朋友通报最新的统计数据，可他却发现对方已经在他的扶手椅里酣睡了过去。面前的这张脸庞，平时一副温和又嘲讽的神色令其仿佛青春永驻，突然之间就松弛了，而一丝口涎连着半张的两片嘴唇，让人看到了他的衰弱和苍老，里厄觉得喉咙一阵发紧。

正是在如此脆弱之际，里厄得以判断自己的疲惫。他无法抑制自己的敏感。这种敏感大多数时候是被紧紧拴住的，显得坚硬且干涩，它时不时会爆出来，将里厄抛入无法自持的感动之中。他唯一的防御便是躲进铁石心肠，将自身情感的结再次系紧。他非常清楚，这是继续干下去的好办法。另外，他没有很多幻想，他的疲惫已经从他这里夺走了尚存的幻想。因为他知道，对于一个他看不到头的时期来说，他的角色不再是医治病人，而是做出诊断。发现，观察，描述，登记，然后判定没救，这就是他的任务。有的病人的妻子会抓住他的手腕号叫："医生，救救他的命吧！"但是，他在那里不是为了救命，而是为了下令隔离。他因而从这些脸上看到的仇恨又有什么用呢？"您没心没肺。"一天有人对他说。不，其实他有的。正是这菩萨心肠使他能忍受一天二十小时的工作，看着来到世上本是为了活着的人死去。正是这菩萨心肠使他能每天周而复始。今后，他这慈悲的心正好够他为了这些事情而付出。可是这医者的仁心如何才能够救人一命呢？

不，他成天分发出去的不是救助，而是疫情。当然，这称不上是男子汉的职业。但归根结底，在这惶惶不可终日、动辄被夺去生命的人群中间，谁还有闲暇从事其男子汉的职业？感到疲惫算是幸运的。如果里厄的精气神更足，这到处弥漫的死亡气息可能会令他感伤。但是，当只有四个小时睡眠的时候，人就不会感伤了。我们按事物原本的样子去看待它，也就是说，我们根据公正的原则——丑陋而可笑的公正——来看待事物。其他人，那些被判断要死的人，也分明感觉到了这一点。在鼠疫流行之前，人们把他当成救星一样地接待。他用三粒药丸和一针注射就能解决全部问题，人们抓住他的胳膊，沿着过道给他带路。这让人感觉很好，但也危险。现在反过来了，他要在士兵的陪同下到场，为了让病人家属肯开门，还必须用枪托砸门。他们真想拉上他，拉上全人类跟他们一起赴死。啊！人确实不能没有其他人，他跟这些不幸的人一样被缴了械，他也应当得到这怜悯的颤抖，当他离开他们的时候，已经任由怜悯之情在内心疯长。

至少，在无尽的这几周里，里厄医生此起彼伏的种种想法，和他作为别离之人的思绪交织在一起。他从朋友们的脸上看出，这些想法亦有显现。不过，那些继续和瘟疫做斗争的人渐渐感觉疲惫，其最危险的后果，并不在于对外界的事件和别人的感情无动于衷，而是在于他们自己放任自流，无所用心。因为他们倾向于回避所有并非是绝对必要的行动，而这些行动在他们看来总是超出了其力所能及的范围。这样一来，这些人便会越来越经常地忽视他们编制的卫生准则，忘记他们应该对自己进行消毒的众多步骤里的几道流程，有时没做预防感染的措施就跑到肺鼠疫病人那里，因为他们最后一刻才接到通知，必须赶往感染者家中，而他们在这之前就已经疲态尽显，没有精力再回到某处进行必要的预防药物滴注。这就是真正的危险，因为这场跟鼠疫进行的斗争本身，使他们最易受到鼠疫的攻击。总之，他们在博运气，而运气不属于每个人。

然而，在这座城市里，有个人显得既不疲惫也不灰心，依然是心满意足、活灵活现的样子。这就是科塔尔。他继续跟其他人保持着若即若离的关系。不过，他倒是选择常去看看塔鲁，只要塔鲁的工作能空出点闲暇，一方面因为塔鲁对他的情况很了解，另一方面也因为塔鲁始终热心地接待这位矮小的靠年金生活者。这真是个经久不衰的奇迹，但是塔鲁尽管工作繁忙，却总是和蔼可亲，关怀备至。即便某几个晚上他都累趴下了，但第二天又是精神焕发。“跟这位，”科塔尔对朗贝尔说，“可以聊一聊的，因为他是个爷们儿。我们总能被他理解。”

这就是为什么在这个时期，塔鲁的笔记渐渐集中到了科塔尔这个人身上。塔鲁试着对科塔尔的反应和想法做一个情况叙述，诸如科塔尔对他讲的话以及他对这些话的阐释。在“科塔尔和鼠疫的关系”这个标题下，相关叙述占了笔记的好几页，叙事者觉得有必要在此就其给出一个概要。塔鲁对这位靠年金生活者的总体看法可以概括为这句评价：“这是个地位在提高的人物。”另外看起来，他在愉悦的心情中提高着地位。他对于事态并未感到不满。有时在塔鲁面前，他会通过诸如此类的话来表达其内心深处的想法：“当然，情况未见好转。但至少，大家都在一条船上。”

“当然，”塔鲁补充说，“他跟其他人一样受到了威胁，但准确地说，他和其他人一起受到了威胁。此外，我能肯定，他并没有真的想到，他可能会染上鼠疫。他看上去是基于这样的观念活着，倒也不是多么愚蠢，那便是一个人若是被一种大病或深度焦虑所折磨，他同时就会免于招致所有其他的疾病或焦虑。‘你注意到了没，’他对我说，‘人不可能同时身患多种疾病。设想一下，要是您得了一种重病或不治之症，癌症或结核病，您就再不会染上鼠疫或斑疹伤寒，这是不可能的。另外，这种情况就更不可能了，因为您从未见过一个癌症患者是死于一场车祸的。’不管对或错，这想法让科塔尔情绪甚佳。他唯一不希望发生的事，乃是跟其他人分开。他宁可和大家一起被困，也不愿独自坐牢。爆发了鼠疫，就不再有秘密调查、档案、卡片、神秘的指示和迫在眉睫的逮捕。严格地说，不再有警察，不再有新老罪行和罪犯，只有被判定一死的病人等待着随意专断的特赦，这当中也包括了警察。”这样，一直根据塔鲁的诠释，科塔尔有充分的理由去打量我们的同胞表现出的焦虑和慌乱，并带着宽容和理解的满足，这种满足可以用一句话来表达："一直谈论去吧，在你们之前我就有过这感受了。"

"我曾徒劳地对他说，不和别人分开的唯一方法，归根结底便是问心无愧，他恶狠狠地看了我一眼，对我说：'那么，这么说的话，人跟人永远不会在一起。'之后他又说：'您可以去试试，这话是我对您说的。让人在一起的唯一办法是给他们送去鼠疫。看看您的周围。'事实上，我非常理解他想说的，现在的生活对他来说是多么舒服啊。他怎么会意识不到，所经之处人们的反应就是从前他的那种反应呢？比如，每个人都试图让大家跟自己在一起；有时人们殷勤地给一个迷路的人指路，有时又对迷路者表现出不耐烦；人们匆忙奔进豪华饭店，置身其间并盘桓许久便感到心满意足；乱哄哄的人群，每天在电影院门前排队，挤爆所有的剧院和舞厅，如汹涌的潮水般涌到所有的公共场合；面对任何接触他们会害怕往后退缩，但人类热情的欲望却又将人们彼此推到一起，胳膊肘挨着胳膊肘，男性挨着女性。科塔尔在他们之前就经历过这一切了，这很明显。除了女人，因为他那副尊容……我猜当他感觉想去逛逛窑子的时候，他会断了自己的念头，以免留下不良举止，以后会对他不利。"

"总之，鼠疫使他诸事顺遂。作为一个孤独却又不甘心如此的人，鼠疫将他变成了同谋。因为这显然是一个同谋，一个喜滋滋的同谋。对于他所看到的一切，他都堪称是其中的共犯，诸如那些惊慌中的居民的迷信行为、毫无道理的恐惧、暴躁易怒的状态；他们想要尽可能少地谈论鼠疫但却谈个不停的坏癖；当他们知道疫病始于头痛，一丁点儿的头疼便令其脸色苍白、大惊失色；最后，他们动辄生气、容易发怒、反复无常的敏感，会将别人的疏忽当成冒犯，会为丢了短裤上的一粒纽扣而感到伤心。”

塔鲁晚上常和科塔尔出去。他后来在笔记中讲到，他们如何在黄昏或夜晚徜徉在黑压压的人群里，摩肩接踵，融入这黑白相间的群体当中——不时有一盏路灯往人群里投下稀疏的亮光，他们伴随着这队伍走向各个欢场，用那里的歌舞升平抵御鼠疫的寒冷。科塔尔于几个月前在公共场合所寻求的奢侈摆阔的生活，他梦寐以求却无法得到满足的那种境界——也即是疯狂无度的享受——如今却成了全体居民的追求。因而，物价止不住地往上涨，人们从未像现在这样挥金如土，当大多数人缺少生活必需品时，人们却从未像现在这样大量挥霍可有可无的东西。可以看到，闲人们的各种赌博成倍增长，而这无所事事只是失业所致。塔鲁和科塔尔有时会在挺长一段时间里尾随某一对情侣，这些情侣在过去极力掩饰他们的关系，而现在则彼此相拥，坚定地穿过城市，对周围的人群视而不见，心无旁骛地在浓情蜜意里入定了。科塔尔感叹地说：“啊！好快活的一对儿！”他说话的声音很响，在集体的狂热中喜笑颜开，他们周围可观的小费在叮当作响，他们眼前男女的私通正战至半酣。

然而，塔鲁认为，科塔尔的态度里并没有多少恶意。他那句“在他们之前我就经受过”所表明的更多是不幸，而不是得意。“我觉得，”塔鲁说，“他开始爱这些被囚禁在天空和城墙之间的人。例如，如果可能，他会主动向他们解释，这并没有那么可怕。‘您听到他们说了吗’他对我断言，‘鼠疫过了之后我要做这个，鼠疫过了之后我要做那个……他们不是踏实安静地待着，反倒是把生活弄得乌七八糟。他们甚至都不清楚自己的利益。我能不能说：等被捕之后，我要做这个？逮捕是个开端，不是结束。至于鼠疫呢……您想听听我的看法吗？他们是不幸的，因为他们没有顺其自然。我知道我在说什么。’”

“他其实不是乱说，”塔鲁补充道，“他对奥兰居民的矛盾心理做了很实际的评价，他们深深地感到需要那种将彼此拉近的热情，但同时又因为互不信任、彼此疏远而无法热络起来。人们太清楚了，不能相信邻居，邻居会在你不知情的时候把鼠疫传给你，趁你放松随意的时候让你染上这个病。当有人有过像科塔尔那样的经历，见到在想结交的人当中可能有告密者，他便能理解这种感觉。我们非常同情某些人，他们活在这样一种想法中，即鼠疫可以在一夕之间就把魔爪搭上他们的肩膀，而且它可能正准备这么干，就在他们为自己依然安全无恙感到高兴的时候。按说这是有可能的，但科塔尔却在恐怖的气氛中逍遥自在。但因为他在他们之前已经感受过这一切，我认为他无法完全和他们一道体会这种不确定中的残酷。总之，跟我们所有这些还没死于鼠疫的人在一起，他清楚地感觉到，他的自由和生命每天都濒临毁灭。但是，既然他在恐惧中生活过，他便觉得轮到其他人去尝尝这种滋味也正常不过。更确切地说，恐惧在他看来，并没有像他一个人形单影只的时候那么让人感觉沉重难扛。正是在这方面他错了，他因而也比别人更难理解。不过总而言之，正是在这方面，相较于别人，他更值得我们去理解他。”

最后，塔鲁的笔记在一个故事上结束了，这个故事表明了科塔尔和鼠疫患者同时具有的这种奇特意识。它大致还原了这个时期的艰难气氛，这也是为什么叙事者对其予以了重视。

他们去了市歌剧院，那里在上演《俄尔甫斯和欧律狄克》[1]。科塔尔邀请塔鲁去的。这个剧团在鼠疫发生的春天来到我们的城市演出。被疫情困在这里，剧团迫不得已，在和市歌剧院谈妥之后，每周重演一场这部戏。这样，几个月来，每逢星期五，我们的市歌剧院就会响起俄尔甫斯悦耳的抱怨和欧律狄克无力

1　译者注：《俄尔甫斯和欧律狄克》是一部三幕歌剧，由德国作曲家格鲁克（1714—1787）作曲。俄尔甫斯是希腊神话中的人物，善弹竖琴，曾随伊阿宋去寻找金羊毛。他的妻子欧律狄克死后，他追到阴间，冥后被其琴声打动，同意他把妻子带回人间，但是一路上不许回头。快到地面时，俄尔甫斯忍不住回头看妻子是否跟随，结果欧律狄克又坠入阴间。

的呼喊。然而，这个歌剧持续地受到公众的追捧，票房一直居高不下。科塔尔和塔鲁坐在最贵的包厢里，俯视着下方被坐满的正厅——这里都是我们的同胞里最优雅的人士。进来的人显然都极力想引起别人的注意。在乐师们悄悄地调音的时候，幕布前耀眼的灯光下，一个个身影清晰显现，从一排走到另一排，优雅地躬身致意。在音调优美的交谈营造出的喧闹声中，人们重拾几小时前在城市阴暗的街道上所缺失的自信。体面的衣着将鼠疫驱逐了。

在第一幕，俄尔甫斯的埋怨唱得十分流畅，几位穿长裙的女士优雅地评论着他的不幸，接着爱情主题用小咏叹调唱了出来。全场的反应是一种审慎的热情。观众几乎没有注意到，俄尔甫斯在第二幕他的唱段中引入了原本没有的颤音，哀婉得稍显过度，用眼泪恳求冥王的怜悯。他不由自主地做出的某些不连贯的动作，在最懂行的观众看来，也是能对歌唱家的演绎加分的仿效作用。

必须到了第三幕，进入俄尔甫斯和欧律狄克的二重唱（这也是欧律狄克离开她的爱人重返阴间的时刻），某个意外才在场内出现。好像歌唱家就是在等公众的这个反应，或者更确切地说，好像来自正厅的嘈杂声向歌唱家证实了他所感觉到的，他选择这一时刻，身着古装，张开着双臂双腿，以一种怪诞的方式朝脚灯走去，然后在羊圈的布景中倒了下去，这布景一直就显得格格不入，但是在观众眼里，它第一次真变得格格不入了，而且是以可怕的方式。因为，与此同时，乐队停止了演奏，正厅里的人们纷纷起身，开始慢慢地离开剧场，最初的时候一片默然，如同做完礼拜走出教堂，或是在吊唁之后走出灵堂，女人们整理好裙子低着头走出去，男人们则拉着女伴的臂肘引路，免得她们撞到可折叠的加座。但渐渐地，人们的移动加速了，窃窃私语变成了大呼小叫，人群涌向出口，挤成一团，最后叫喊着并相互推搡着。科塔尔和塔鲁这时才站起身，二人独自面对着当时他们生活中的画面之一：鼠疫在舞台上，以一个如散了架般坍倒在地的演员的面目出现，在剧场里，一切奢华都已毫无用处，其呈现出的形式有被遗忘的扇子、钩挂在红色座椅上的花边。

在九月最初的日子里，朗贝尔一直认真地在里厄身边工作。他仅仅请了一天假，那天他要跟贡萨雷斯及那两个年轻人在男子高中前碰面。

那天中午，贡萨雷斯和记者看到两个小家伙笑着抵达了。他们说，上一次没逮着机会，不过这应当可以料到。不管怎样，这星期不再是他们值守了。必须耐心等到下个星期。到时大家重新来过。朗贝尔说，这话没毛病。贡萨雷斯因此提议下周一碰面。不过这次，让朗贝尔住在马塞尔和路易家。“我们定个时间碰头，你和我。如果我没来，你就直接去他们家。有人会告诉你他们住哪儿。”但是马塞尔或路易说，此刻最简单的办法就是马上把这伙计带到家里。要是朗贝尔不挑剔，家里有足够他们四个吃的东西。贡萨雷斯说这是个好主意，他们于是往下朝港口走去。

马塞尔和路易住在海员街区的尽头，靠近开向峭壁的城门。那是一栋西班牙式的小房子，墙壁很厚，带有漆过的木制外板窗，阴暗的房间里空空如也。两个年轻人的母亲上了米饭，她是个露着微笑、满脸皱纹的西班牙老妇人。贡萨雷斯感到惊讶，因为大米在城里很紧俏。“靠着城门，总会想到办法。”马塞尔说。朗贝尔又吃又喝，贡萨雷斯说他是一个真正的哥们，而记者却只是在想他还将熬一个星期。

实际上，他要等两个星期，因为守卫们已经是十五天换一班，以便减少班次。在这十五天里，朗贝尔连续不停地拼命工作，某种程度上闭着眼都没歇着，从清晨一直到深夜。夜深时分，他一躺下便沉沉睡去。从之前的无所事事到如今不辞辛劳地干活，这种突变让他几乎没有力气再做幻想。他很少提到自己下一次的逃离计划。只有一件事值得一提：一周之后，他告诉医生，头天夜里他第一次喝醉了。从酒吧出来，他突然感觉腹股沟肿胀，而且双臂在腋窝这里活动困难。他想到这是鼠疫。当时他做出的唯一反应——他向里厄承认这并不理智——便是跑到城市的高处，在一个始终看不到大海但却稍稍可以望见更广阔天空的小小地方，在城墙之上，他大声地呼唤着他的妻子。回到住处之后，他在身上没发现任何感染的迹象，对自己突如其来的这一通发作，他并不引以为荣。里厄说，他非常理解人会有这样的反应。“不管怎样，”他说，“人会有这种冲动。”

“奥登先生今天早上跟我提到了您，”朗贝尔正要离开的时候，里厄忽然说，“他问我是否认识您，他对我说：‘您劝劝他，别跟那些走私团伙经常来往。他引起别人的注意了。’”

“这话是什么意思？”

“这意味着您得抓紧办事。”

“谢谢。”朗贝尔一边说一边和医生握手。

到了门口，他突然转过身。里厄注意到，自从鼠疫流行以来，他第一次露出了微笑。

“所以，您为什么不阻止我离开呢？您有办法做到的。”

里厄习惯性地摇了摇头，并且说这是朗贝尔的事，朗贝尔选择了幸福，他里厄就没有理由去反对。他感觉在这件事上自己无法判断孰是孰非。

“在这种情况下，为什么让我快点办呢？”

轮到里厄微笑了。

“也许是因为，我也想为幸福做点什么。”

第三天，他们什么都没有再提，只是一起工作。接下去的那星期，朗贝尔终于住进了西班牙式的小房子。他们在公用房间里给他支了一张床。由于那两个年轻人不回家吃饭，并且他们要求他尽可能少出门，他大多数时候便独自在那儿待着，或者跟老太太聊聊。她干瘦但是勤快，穿一身黑，棕色的脸上布满皱纹，一头白发非常干净。她很沉默，只是当看着朗贝尔的时候，两只眼睛会露出笑意。

有几次，她问他是不是担心会把鼠疫传给妻子。朗贝尔觉得有这种可能，但总之是微乎其微，而留在这座城市，他们就很有可能永远分离。

“她人好吗？”老太太微笑着问。

“非常好。”

“漂亮吗？”

“我觉得漂亮。”

“哈！”她说，“那就是为了这个。”

朗贝尔思忖着。当然是为了这个，但又不可能仅仅是为了这个。

“您不信仁慈的天主吗？”老太太每天早晨去做弥撒的时候会问。

朗贝尔承认他不信，老太太还是会说，为了这个。

“应当和她重聚，您做得对。否则，您还剩什么呢？”

剩下的时间，朗贝尔就绕着光秃秃的灰泥墙兜圈子，抚摸那些钉在隔板上的扇子，或者数数台毯边上的流苏有多少羊毛球。晚上，两个年轻人回到家。他们话不多，除了说一下还不是时候。晚饭之后，马塞尔弹弹吉他，他们喝喝茴香酒。朗贝尔一副若有所思的样子。

星期三，马塞尔回来说：“时间就在明天半夜。你做好准备。”跟他们一起值守的两个人，一个染上了鼠疫，另一个平常和前者住一个房间，正在接受隔离观察。这样一来，在两三天里，只有马塞尔和路易当班。当天夜里，他们去安排好最后的细节。第二天，这事可能就成了。朗贝尔表示了感谢。“您高兴吗？”老太太问。他说是的，但他想着别的事。

次日，沉闷的天空下，湿热令人感到窒息。关于鼠疫传来的还是坏消息。但西班牙老太太依然保持着平静。“这世上有罪，”她说，“于是非此不可！”马塞尔和路易，还有朗贝尔，都光着膀子；但不管做什么，汗水都会从两肩之间流到胸口上。关着百叶窗的房子里，在半明半暗之中，他们棕色的上身如同上过了漆。朗贝尔兜着圈子，一言不发。下午四点的时候，他突然穿上衣服，说要出去。

“注意，”马塞尔说，“时间就定在半夜。一切就绪。”

朗贝尔去了医生家。里厄母亲说，他可以在城市高处的医院找到里厄。在医院的岗哨前，同样的人群一直在那里转来转去。“不要逗留！”一个长着金鱼眼的中士说。那些人走开了，但又转了回来。“什么都等不到的。”中士说，汗水已湿透了他的上装。那些人也是这个想法，但他们仍旧待在那儿，尽管热得要命。朗贝尔向中士出示了通行证，中士指给他塔鲁的办公室。办公室的门朝着院子。他碰见了从办公室出来的帕乐卢神甫。

在一个散发着药味和潮湿被褥味的又小又脏的白色房间，塔鲁坐在一张黑色木头的办公桌后面，衬衫的袖子挽起来了，在用手帕擦拭流到肘弯的汗水。

“还没走呢？”他说。

“对，我想和里厄谈谈。”

“他在大厅里。不过如果这事不用他就能解决，那更好。”

“为什么？”

“他劳累过度。我能办的，就省得去找他。”

朗贝尔看着塔鲁。塔鲁瘦了。疲劳使他两眼昏花，面容憔悴。他健壮有力的肩膀坍塌下去了，缩成了两坨肉球。有人敲门，一个男护士进来了，戴着白口罩。他把一沓卡片放在塔鲁的办公桌上，用被口罩闷住的声音只说了句“六个”，然后便出去了。

塔鲁看了看记者，并把卡片呈扇形展开向其展示。

“挺漂亮的卡片，嗯？唉，不，这是死者，夜里的死者。”

他皱起眉头，把卡片重新叠好。

“我们剩下的唯一能做的事情，就是核实登记。”

塔鲁站起身，靠在桌子上。

“您就要走了吧？”

“今晚，半夜。”

塔鲁说，这让他为之高兴，请朗贝尔多保重。

“这是您的真心话？”

塔鲁耸耸肩膀说：“我这个年纪，必然讲的都是真心话。撒谎太累了。”

“塔鲁，”记者说，“我想见医生。请见谅。”

“我知道。他比我更有人情味。走吧。”

“不是因为这个。”朗贝尔为难地说。他没有把话说下去。

塔鲁看着他，忽然冲他微笑了起来。

他们走过一条狭窄的过道，墙壁被漆成了浅绿色，闪现着水族箱一般的光线。正好快走到两道玻璃门前面时——可以看到门后面有人影在奇怪地动着——塔鲁让朗贝尔进了一个很小的厅，里面墙上全是壁橱。塔鲁打开一个壁橱，从消毒器里取出两只脱脂纱布口罩，递给朗贝尔一只，请他戴上。记者问这是不是有点作用，塔鲁回答说没用，但这会让别人放心。

他们推开了玻璃门。这里面是一间大厅，尽管天气很热，但窗户关得严严实实。高墙上的换气扇在嗡嗡作响，其螺旋叶片搅动着两排灰色病床上方浑浊且过热的空气。各处都传来低沉或尖锐的呻吟，这汇成了一种单调的抱怨。一些穿着白大褂的男子，在耀眼的光线下慢慢走动着，这光线是从装有栅栏的天窗照下来的。置身于这大厅的酷热之中，朗贝尔感觉很不好，他很费劲地才认出了里厄，正俯身冲着一个呻吟的人。医生切开了病人的腹股沟，两个女护士，各自站在床的一边，将病人的两腿分开。当他直起身，便让手术器械掉进一个助手递过来的盘子里，又一动不动地待了片刻，看着正在接受包扎的病人。

“有什么新消息吗？”他对走近的塔鲁问道。

“帕乐卢神甫同意接替朗贝尔在隔离点的工作。他已经付出了很多。还有，第三调查队缺了朗贝尔之后有待重组。”

里厄点头表示同意。

“卡斯泰尔完成了他的第一批制剂。他建议进行试验。”

“啊！”里厄说，“太好了。”

“最后，朗贝尔来了。”

里厄转过身。他口罩上方的眼睛眯缝着，瞥见了记者。

“您来这儿干吗？”他说，“您应该在别的地方。”

塔鲁说今晚半夜出城，朗贝尔补充道：“原则上是这样。”

他们每个人一说话，纱布口罩就会鼓起来，嘴巴对应的地方就会变得潮湿。这就让交谈显得有些失真，就像是雕像在对话。

“我想跟您谈谈。”朗贝尔说。

“您要是愿意，我们一起出去吧。请在塔鲁的办公室等我。”

过了一会儿，朗贝尔和里厄坐在了医生汽车的后排。塔鲁开车。

“没油了，”塔鲁发动车子的时候说，“明天我们得走路。”

“医生，”朗贝尔说，“我不走了，我想跟你们在一块儿。”

塔鲁没任何反应。他继续开着车。里厄似乎还没从疲惫中缓过来。

“那她呢？”他声音低沉地说。

朗贝尔说他又思考过了，他依然保持他的看法，但是，如果他走了，他会感到羞愧。这让他在爱着留在那里的妻子时感到窘迫。但是里厄挺直了身子，语气坚决地说，这很愚蠢，更愿意去追求幸福没什么并不可耻。

“是的，”朗贝尔说，“但是独自享有幸福，就可能是可耻的。”

塔鲁之前没有吱声，他没有掉头看着他们，不过却指出，如果朗贝尔想和大家患难与共，那他就再没有时间去享受幸福了。必须做出选择。

“问题不在于此，”朗贝尔说，“我一直觉得，我对这座城市来说是个外乡人，我跟你们没什么交道可打。但是现在，我看到了这些，我知道不管我愿不愿意，我也是这里的一员。这件事关系到我们所有人。”

没人做出回应，朗贝尔显得不耐烦了。

“何况，你们对此非常清楚！否则，你们在这医院里干什么？你们呢，你们选择了吗，放弃幸福了吗？”

塔鲁和里厄依然没有回答。沉默持续了很久，直到车子快到里厄的家。朗贝尔再次提出了他最后的那个问题，问得更加掷地有声。只有里厄朝他转过来。他吃力地挺起身子。

“请原谅，朗贝尔，”他说，“我对此并不清楚。既然你愿意，那就跟我们一块儿干吧。”

车子猛地朝旁边一偏，里厄便闭口不说了。之后，他凝视着前方，又开口道：“世界上没有任何东西值得去放下我们的所爱。然而我也放下了，我也不知道是为什么。”

他又让自己倒在靠垫上。

“这是个事实，就是这样，”他疲倦地说，“我们把这事记下来，并从中获取结论吧。”

“什么结论？”朗贝尔问。

“啊！”里厄说，“人不能同时又治病又知道结果。那就尽快地先治病吧。这是当务之急。”

半夜，塔鲁和里厄给朗贝尔画他负责调查的那个街区的地图，塔鲁看了看他的手表。他抬起头，正好和朗贝尔的目光相遇。

“您通知他们了吗？”

记者移开了目光。

“我递出去一张便条，”他费劲地说，“在去找你们之前。”

在十月的最后几天，卡斯泰尔研制的血清进行了试验。实际上，这是里厄最后的希望。如果再遭遇新的失败，医生确信，这座城市将交由瘟疫任性地加以摆布，要么疫情的影响还会延长好几个月，要么就无缘无故地戛然而止。

卡斯泰尔来看里厄的前一天，奥登先生的儿子染病了，他们全家不得不接受隔离。孩子的母亲，不久前刚结束隔离，眼见得又要第二次隔离。法官遵纪守法，一看到儿子身上出现鼠疫的征兆，便请来了里厄医生。当里厄抵达时，孩子的父母正站在床脚。他们的小女儿已经被打发得远远的。小男孩已经处于衰弱期，任由医生检查，没发出呻吟。当医生抬起头，他碰到了法官的目光，在法官身后，孩子母亲脸色苍白，用一块手帕捂着嘴，睁大了眼睛紧跟着医生的一举一动。

“是这个病，对吗？”法官声音冷淡地问道。

“是的。”里厄一边回答，一边再次看了一眼孩子。

母亲的眼睛睁得更大了，但她始终没说话。法官也没吭声，然后他用更低沉的声音说：“那么，医生，我们应该照章行事。”

里厄避免去看孩子的母亲，她仍然用手帕捂着嘴。

“这办起来会很快，”他犹豫着说，“只要我能打个电话。”

奥登先生说，他这就带医生去。但医生朝孩子母亲转过身：“我很遗憾。您得准备一些衣物。您知道这是怎么回事。”

奥登夫人显得目瞪口呆。她盯着地面。

“是的，”她点点头说，“我这就去收拾。”

在离开这两口子之前，里厄还是忍不住问了他们是否有什么需求。孩子母亲依然沉默地看着他。但法官这回却把视线移开了。

“没有，”他说，然后欲言又止，“但请救救我的孩子。”

隔离一开始只不过是一种形式，不过却被里厄和朗贝尔以十分严格的方式组织起来了。尤其是，他们要求，同一个家庭的成员始终得彼此隔离。如果一位家庭成员无意中被感染，决不能再让瘟疫得到加倍传播的机会。里厄向法官解释了这些原因，法官认为很好。然而，他妻子和他自己，两人面面相觑，医生感觉到这分离已经使他们多么的方寸大乱。奥登夫人和她的小女儿可以住到朗贝尔负责的旅馆隔离点。而预审法官无处可去，只好到省政府正在建的隔离营去，隔离营设在市体育场，那儿的帐篷是由路政管理处提供的。里厄对此表示歉意，但奥登先生说，规则是给所有人制定的，理应遵守。

至于小男孩，他被转运到临时性医院，在一间过去是教室的病房，里面放了十张床。大约二十个小时之后，里厄判断他的情况已经没治了。他小小的身体任由病菌吞噬，一点儿反应都没了。他腹股沟淋巴结已经发炎，非常痛，但才刚刚成形，这使其瘦小的四肢关节全僵硬了。他已经提前被疫病打败了。这就是为什么里厄想在他身上试试卡斯泰尔研制的血清。当天晚上，晚饭之后，他进行了长时间的接种，孩子没有丝毫反应。次日破晓时分，所有人都来到小男孩的身边，以便对这决定性的试验做出判断。

孩子脱离了麻木状态，在被子里痉挛性地翻来覆去。医生、卡斯泰尔和塔鲁从凌晨四点起，就守在孩子旁边，一步步跟踪着病情的发展或停顿。床头，塔鲁魁梧的身体稍稍有点弓着。

床脚，卡斯泰尔坐在站着的里厄旁边，看着一本旧书，显得十分平静。渐渐地，随着晨光在这间旧教室里扩散开来，其他人也陆续到了。首先是帕乐卢神甫，他站在床的另一边，相对于塔鲁来说，背靠着墙。他的脸上显出痛苦的表情，这些日子焚膏继晷，疲惫在他充血的额头上刻下了一道道皱纹。约瑟夫·格朗也到了。时间是七点钟，这位雇员对自己的气喘吁吁表示歉意。他只能待一会儿，可能有人已经知道一些确切的情况。里厄没说话，给他指了指那孩子，孩子双眼紧闭，脸都变了样，拼尽了力气咬紧了牙关，身体纹丝不动，脑袋在没有枕套的枕头上左右来回地甩着。当天色终于大亮，教室里面的那头还留在原处的黑板上，可以辨认出以前写的方程式的字迹。这时朗贝尔到了。他靠在相邻那张床的床脚上，掏出了一包香烟。但是看了孩子一眼之后，他把香烟又放回了口袋里。

卡斯泰尔依然坐着，他从眼镜上方看着里厄。

“您有孩子父亲的消息吗？”

“没有，”里厄说，“他在隔离营。”

医生用力握住了床脚的横杠，孩子在床上呻吟。他的眼睛一刻都不曾离开浑身突然绷紧的小患者，只见其牙关又一次地咬紧，腰部有点僵直，四肢慢慢张开。军用毛毯下面那赤裸的身体，散发出一种羊毛味和汗酸味。孩子渐渐松弛了下来，将四肢又收回到床的中间，他闭着眼睛，一声不吭，似乎呼吸得更急促了。里厄与塔鲁目光相遇，塔鲁又把视线移开了。

他们已经见过一些孩子的死亡，因为数月以来，恐怖的鼠疫对夺走人命是不加选择的，但他们还从未一分一秒地紧随着孩子们受到的痛苦，就像那天清晨那样。当然，这些无辜的孩子所遭受的痛苦，在他们看来始终反映出了其真正的本质，也就是说，那是一种激起公愤的东西。但至少在此之前，他们在某种程度上只是抽象地感到愤慨，因为他们从未这么长时间地当面见证一个无辜孩子的命悬一线。

恰在此时，孩子的胃部像被咬过似的，他又一次蜷缩了起来，并发出了尖细的呻吟声。他这样团着，持续了好几秒钟，因寒战和痉挛筛糠般地抖着，仿佛他脆弱的骨架被鼠疫的狂风给折弯了，并且在高烧反复的冲击中寸断。风暴过后，他稍微松弛一点，高烧似乎退去，把他抛弃在潮湿且恶臭的沙滩上，气喘吁吁，这休息已经近乎死亡。当热浪第三次席卷孩子，将其整个人都微微颠起来了一下，小男孩缩成了一团，面对这灼烧着他的火焰感到惊恐，退到了床的里面，疯狂地摇着脑袋，掀翻了毯子。大颗的泪珠，从他红肿的眼皮下涌出，开始流到他铅灰色的脸上，在这一通发作之后，他筋疲力尽，收起了骨瘦如柴的双腿以及在四十八小时内已经掉光了肉的双臂，在凌乱不堪的床上，这孩子的姿势如同被怪诞地钉在十字架上。

塔鲁俯下身子，用他笨重的手擦着孩子脸上的泪水和汗水。

卡斯泰尔合上书，看着小患者已经有一会儿了。他开始说话，但不得不咳嗽着才把这句话讲完，因为他的声音突然响了起来：“早晨的病情没有暂时减轻，是吗，里厄？”

里厄说没有减轻，但孩子坚持的时间比正常情况要长。帕乐卢神甫似乎有些消沉，靠在墙上，声音低沉地说道：“如果他不得不死，他痛苦的时间也将更长。”

里厄突然转向他，张嘴想说话，但却又忍住没说，他显然努力克制着自己，然后将目光转到了孩子身上。

光线洒满了病房。另外的五张床上，一些身形蠕动着、呻吟着，似乎像商量过的，都很有度。房间的那一头，唯一在叫嚷的，很规律地间歇发出轻轻的叫唤，似乎更像是惊讶而不是痛苦。看来，即便对于病人来说，也没有开始那么害怕了。甚至现在，他们对这疫病，有了某种认同。只有这孩子在拼命挣扎。里厄时不时地把把他的脉，其实没什么必要，更多的是为了从他所处的无能为力的静止状态中摆脱出来，他闭上眼睛能感觉到，这孩子的躁动跟他自己血液的汹涌交织在一起。于是他跟这个受尽折磨的孩子混为一体，想用自己未受损耗的全部力气去为其提供支援。但是，他们两颗心的心跳合拍了一分钟，又失去了协调，孩子跟他脱离了，他的努力陷入了一片虚空。于是他放开孩子细小的手腕，又回到他的位置。

沿着石灰粉过的墙，光线从玫瑰色变成了黄色。玻璃窗外，炎热的上午开始爆裂作响。大家几乎没听到格朗离开时说他还会回来。所有人都等待着。孩子的眼睛始终闭着，似乎平静了一点儿。他的双手好像变成了两只爪子，轻轻地挠着床的两侧。他又将两只手抬起来，抓着膝盖旁边的毛毯，忽然，孩子曲起了他的双腿，将大腿贴近了肚子，便僵住不动了。他继而第一次睁开双眼，看着站在他面前的里厄。在他现在如死灰般的脸上，凹陷处的嘴巴张开了，几乎与此同时，他发出了唯一的一声拖得很长的叫喊，而且刚好随着呼吸在音调上稍有差别，这叫声突然一下使房间里充斥着一种单调的抗议，很不和谐，既不像人发出来的，但同时又似乎来自众人之口。里厄咬紧了牙关，而塔鲁则扭过头去。朗贝尔靠近床边，在卡斯泰尔身旁，而后者把一直在膝盖上打开的书合上了。帕乐卢神甫看着这孩子的嘴巴，被疫病弄得尽是污秽，满嘴是各个年龄段的人会发出的叫喊声。他让自己跪了下来，大家感觉很自然地便听到了的话，在某个无名氏不停的抱怨声中，他用沉闷但清晰的声音说："我的主啊，救救这个孩子吧。"

但孩子继续在叫喊，在他周围，病人全躁动起来了。病房另一头，叫个不停的那个病人，加快了其抱怨的节奏，直到他也发出了一声真正的号叫，而其他人的呻吟声也越来越响。啜泣声如潮水般在病房里奔涌，盖过了帕乐卢神甫的祈祷，而里厄紧紧抓着床的横杠，闭着双眼，被疲惫和厌恶折磨得几欲发狂。

当他睁开眼睛，他发现塔鲁在他身旁。

“我得离开，”里厄说，“我受不了他们这样。”

但忽然之间，其他病人全收声了。医生于是意识到，孩子的叫声变弱了，越来越微弱并且刚刚终止。在他周围，抱怨声又起来了，但很低沉，如同是这场刚刚结束的斗争在远方的回声。这场斗争已然结束。卡斯泰尔已经走到了床的另一头，说全都结束了。孩子张着嘴，没有了声音，睡在凌乱的被褥中，身体突然间就缩小了，脸上还残留着泪水。

帕乐卢神甫走近病床，做了祝福的手势。然后他拿起长袍，从中间的通道走了出去。

“一切都得从头开始吗？”塔鲁问卡斯泰尔。

老医生摇了摇头。

“或许吧，”他生硬地笑了笑说，“毕竟，他坚持了很长时间。”

但是里厄已离开了病房，他步履匆匆，样子也很冲动，当他超过帕乐卢神甫时，神甫伸手拉住了他。

“别这样，医生。”他对里厄说。

里厄正在气头上，转过身粗暴地甩给神甫一句话：“啊！至少那孩子是无辜的。您非常清楚！”

然后，他又转回身，在帕乐卢神甫之前跨过病房的门，来到学校院子的深处。他在一张长凳上坐了下来，在两棵积了尘土的小树之间，然后擦拭着流到了眼睛里的汗水。他真想再大叫一声，以解开令他心碎的死结。酷热缓缓地从榕树枝叶之间钻了下来。早晨的蓝天很快被覆上了一层微白的热浪，这使得空气更加闷热。里厄坐在长凳上，任由自己放空一切。他看着树枝和天空，慢慢地平复了呼吸，他的疲惫也渐渐缓过来了。

“为什么跟我说话火气这么大？”一个声音在他身后响起，“这个场面对我来说，一样无法承受。”

里厄转向帕乐卢神甫。

“确实是，”他说，“请您原谅。但疲惫是某种疯狂。在这座城市里，有时候我只感觉到反抗。”

“我理解，”帕乐卢神甫低声说，“这种事令人愤慨，因为它超出了我们的限度。不过，或许我们应该去爱我们不能理解的东西。”

里厄猛地一下站了起来。他竭尽所能，使出全身的力气和激情盯着帕乐卢神甫，然后摇着头。

“不，神甫，”他说，“我对爱有另一种看法。我至死都拒绝爱这种使孩子们遭受折磨的创造物。”

帕乐卢神甫的脸上，掠过一丝惊诧。

“啊！医生，”他悲伤地说，“我刚刚理解了所谓的宽容。”

但是里厄再次坐到了长凳上。疲惫感又回来了，从这种感觉的深处，他用更温和的语气回答道："这乃是我所没有的，我知道。但是我不想跟您讨论这个。我们为了某件事在一起工作，它将我们联合起来了，但这件事是超于渎神和祈祷之上的。这是唯一重要的。"

帕乐卢神甫在里厄身边坐下了，他的样子颇激动。

"是的，"他说，"是的，您也是在为拯救人而工作。"

里厄勉强笑了笑。

"拯救人对我而言乃是谬赞。我没那么高的立意。我关心的是人的健康，首先是人的健康。"

帕乐卢神甫迟疑着。

"医生。"他说。

但他停下了没往下说。他的额头上，汗水也开始涔涔而下。他低声说了句"再见"，当他起身时，他的眼睛闪着光。他正欲离去，思考中的里厄也站了起来，并朝他走了一步。

"再次请您原谅，"里厄说，"这种火气不会再有了。"

帕乐卢神甫伸出手，伤感地说："可是我没能说服您。"

"这有什么关系？"里厄说，"我所憎恨的，是死亡和疾病，您非常清楚。不管您愿意与否，我们在一起，为的是忍受死亡和疾病并且跟它们做斗争。"

里厄握住了神甫的手。

“您看，”他一边说一边避免看着神甫，“现在连天主都不能把我们分开。”

自从加入了卫生防疫组织，帕乐卢就没离开过医院和可以跟鼠疫短兵相接的地方。在救援者中间，他投身于自己觉得应该在的行列，也就是说第一线。死亡的场景他见了不少。虽然从道理上说，他注射的血清有保护作用，但他对于自己会死的担忧倒也并不奇怪。看上去，他始终保持着镇静。但是，自从那天他长时间地看着一个孩子死去，他似乎变了。他的脸上日益表现出一种紧张。一天，他微笑着跟里厄说，他眼下正在准备一篇短论文，题目是《神甫能否请医生看病？》，医生感觉到，某些事情似乎比帕乐卢神甫所说的更为严重。因为里厄表示想要见识一下这部作品，帕乐卢神甫便对他说，自己会在男教徒的弥撒上做一场布道，值此机会，自己至少将陈述某些观点。

“我希望您能来，医生，您会对布道的主题感兴趣的。”

神甫进行第二次布道的那天刮大风。说实话，这次一排排的参加者，明显比第一次布道时要稀稀拉拉。这是因为此类的场面对我们的同胞来说已不再具有新意。在这座城市所经历的困境中，甚至连“新意”这个字眼已经失去了意义。此外，当大多数人并未完全抛弃他们的宗教义务时，或者当他们伤风败俗的私生活无法与参加宗教活动相吻合时，他们会用毫无道理可言的迷信来代替日常的宗教仪轨。他们宁可佩戴庇护者圣牌或圣罗克护身符，也不去做弥撒。

对于我们的同胞滥用预言，可举例加以佐证。春天的时候，大家其实随时等待着瘟疫的终结，没人想到问问别人疫情确切地会延续多久，因为大家都相信它是兔子尾巴长不了。但随着日子一天天地过去，大家开始担心这场瘟疫流行真的会没个尽头，与此同时，疫情的终结成了所有期望的终极目标。这样，大家一手过一手地传着占星术士和天主教圣徒的种种预言。城里的印刷厂老板很快看出，他们可以从预言的风靡一时中捞一笔，便将流传的预言大量印刷成册并发行。他们发现公众的好奇心是填不满的，又着手派人到市立图书馆，从野史所提供的内容里查找出所有的佐证材料，再将其在市里发行。由于史料本身缺乏预言，印刷厂老板们又让一些记者去炮制，至少在这方面，这些记者表现出的能力，与过去数个世纪里他们的楷模不相上下。

这些预言中的某一些甚至在报纸上连载，而大家的阅读热情毫不逊于疫情之前刊登的那些言情故事。有的预言还依据了奇怪的计算，涉及鼠疫爆发年份的千位数、死亡人数以及鼠疫流行已经持续的月数。另一些预言则和历史上的鼠疫大爆发进行了比较，从中找出相似之处（也即预言中所说的常数），之后经同样奇怪的计算，硬是说从中得到了与目前的灾难有关的信息。不过，最受公众欢迎的，无可争议的是那些用《启示录》[1]般的语言，宣称将发生一系列事件的预言，其中的每个事件都可能在这座城市应验，而且其复杂性可以容得下各种解读。诺斯特拉达姆斯[2]和圣女奥迪尔[3]因此也成了天天被求签的热门选择，并且还总是有结果。所有的预言另外还有一个共同之处，那就是它们最终是让人宽心的。只有鼠疫不是这样。

这些迷信因此代替了宗教信仰在我们同胞中的位置，这也是为什么帕乐卢神甫布道的教堂里只有四分之三的座位坐满了。布道的那个晚上，当里厄抵达时，从入口自动关闭的门里钻进来的一股股的风，在听众们之间自由地吹拂而过。在这个阴冷且寂静的教堂里，里厄在全是男教徒的一众出席者中坐下了，他看到神甫走上了讲台。神甫讲话的语调比第一次布道时更为

1 译者注：《启示录》是新约圣经的最后一卷，据传其作者是使徒约翰，书中有大量的异象、象征和寓言，尤其是涉及未来的部分。

2 译者注：诺斯特拉达姆斯，法国占星术士、医生。他大约于 1547 年开始做出预言，1560 年查理九世即位，任命他为侍从医官。

3 译者注：圣女奥迪尔，阿尔萨斯修女。阿尔萨斯圣奥迪尔山霍亨堡修道院创建者。她是阿尔萨斯公爵之女，后成为阿尔萨斯的主保圣人。

温和、审慎，有几次听众注意到他的发言有着某种犹豫。还有一件奇怪的事，他不再说“你们”，而是说“我们”。

然而，他的声音越来越坚定。他开始先提到，好几个月来，鼠疫存在于我们中间，现在我们对其有了更多的了解，很多次地看到它，坐在我们的桌旁或我们所爱之人的床头，走在我们的身边，在工作地点等着我们的到来，所以现在，我们或许更能接受它不停地对我们说的话，而在最初我们对此感到意外的时候，可能没有好好听进去。帕乐卢神甫在同样的地点已经讲过的话依然是真的——或者至少他确信不疑。但是，也有可能如同我们所有人碰到的那样，这些说过的话会令他捶胸顿足，他当时想到并说出这些的时候，缺少悲悯之情。然而，有一点依然是真的，那就是在任何事物中，都有可取之处。最残酷的考验对天主教徒来说依然是有益的。天主教徒在这种情况下，要寻找的恰恰是其受益之处，以及搞清这益处是什么，如何才能得到。

这时在里厄周围，人们看似在凳子的扶手之间坐得很舒适，并且尽量地让自己待得惬意一些。教堂入口处，一扇缝钉了软垫的门轻轻地摆动着。某个人离开座位去把门稳住了。里厄被这动静分了心，勉强听着帕乐卢接下去的布道。他大致是说，不必力求去解释鼠疫造成的景象，但可尝试学会我们应该从中汲取的。里厄含糊地听出，根据神甫的看法，任何事没什么可解释的。他的注意力开始集中，当帕乐卢神甫有力地说，有些事情在天主看来可以解释，另外的一些则不行。当然有善和恶，通常，很容易去解释它们之间的区分。但是在恶的内部，难题就开始出现了。例如，存在着看上去有必要的恶和看上去没必要的恶。有下地狱的唐璜，也有一个孩子的死亡。因为如果这个放荡之人天打雷劈是罪有应得，那这孩子遭受痛苦就让人无法理解。事实上，这世上最重要的，莫过于一个孩子受苦以及这痛苦带来的恐惧，还有就是必须找到其中的原因。在生活的其他方面，天主给予了我们一切方便，而在此之前，宗教是没有价值的。在这里则相反，天主将我们逼到了墙角。我们就这样置身于鼠疫的危墙之下，正是在这死亡的阴影中，天主让我们得益。帕乐卢神甫甚而拒绝利用神职人员的便利优势，去越过这道墙。他本可以轻而易举地说，快乐的永生在等着孩子，这可以补偿其承受的苦，但事实上，他对此一无所知。其实谁能断言，快乐的永生就能补偿人类须臾的痛苦？说这话的人肯定不是一个基督徒，因为我主的四肢和灵魂就承受过痛苦。不，神甫依然被逼在墙角，忠实地忍受着这车裂般的折磨，因为他要直面一个孩子的痛苦。他无所畏惧地对那天听他布道的人说："我的弟兄们，这个时刻已经到来。必须相信一切或否定一切。但是在你们当中，谁敢否定一切？"

里厄刚刚想，神甫这是近乎异端邪说了，而此时帕乐卢神甫接着又有力地断言，这种训令，这种无条件的要求，便是基督徒的获益之处。这也是基督徒的美德。神甫知道，他即将讲到的德行中极端的东西会冒犯很多人，他们习惯了一种更宽容、更传统的道德。但是，鼠疫时期的宗教不可能是平时每日里的宗教，如果天主允许甚至希望，灵魂在幸福的时光里能得到休憩和快乐，那么他也希望在极度的痛苦中灵魂有极端的表现。今天，天主对他的创造物开恩，将他们置于如此的不幸之中，让他们必须重新找到并自觉接受这最伟大的德行，那就是全部相信或全部否定。

数世纪前，有一位世俗作家，曾经声称揭开了教会的秘密，并且断言炼狱并不存在。他这话的意思是，不存在中庸的状态，只有天堂和地狱，人们根据自己生前的选择，死后要么升入天堂得拯救，要么打入地狱受责罚。帕乐卢神甫认为，这是一种异端，因为它只可能产生于一个不信教的灵魂。因为炼狱是存在的。不过，可能有一些时期，不能对这炼狱抱有太多的期望，有一些时期，轻罪就根本不谈。任何的罪都是致命的，任何的无动于衷都是有罪的。要么全有罪，要么全无罪。

帕乐卢停了下来，这时候里厄听得更为清楚，从门下钻进来的幽怨风声，而外面的风似乎刮得更猛了。与此同时，神甫说，他所讲的全部接受的德行，不能按平时大家所赋予的狭隘的意思去理解，这不是平庸的顺从，也不是别扭的谦卑，而是一种屈辱，一种被受辱者认了的屈辱。当然，一个孩子遭受痛苦，从思想上和心灵上是令人感到羞辱的。不过，这也是为什么必须走进这种痛苦中。但正是因此，帕乐卢向他的听众肯定，他要说的东西不易表达，可是必须要说，因为这是天主的意愿。这样，只有基督徒才会在出路都封死的情况下，不惜一切将最重要的选择一路走到底。他选择相信一切，以免落到否定一切的路上去。因为善良的妇女们此刻在教堂里得知，形成中的腹股沟淋巴结炎是身体排出感染的自然路径，她们便说“天主，让他的腹股沟淋巴结长出肿块发炎吧”，基督徒知道要将自己委身于神的意愿，即便对其不理解。我们不能说“那个我理解；但这个不能接受”，必须跳到呈现在我们面前的不可接受的事物内部，这样恰恰是为了让我们做出选择。孩子们的痛苦是我们苦涩的面包，但是没有这面包，我们的灵魂就会死于精神上的饥饿。

帕乐卢神甫停顿时，通常会伴有低声的嘈杂，这时嘈杂声开始响了起来，而布道者出乎意料地又讲了下去，他讲得澎湃激越，同时佯装站在听众的角度提出问题：到底该怎么办？他猜得不错，大家将会说出宿命论这个可怕的词。那好，如果大家允许他给这个词加上形容词“积极的”，他面对这字眼将不会退缩。当然，再说一遍，务必不要去模仿他上次提到的阿比西尼亚的基督徒。也务必不要想跟那些波斯的鼠疫患者为伍，他们将自己的破衣裳扔向基督徒组成的卫生防疫队，高声祈求老天把鼠疫传给这些想要跟神明降下的灾难做斗争的异教徒。但是反过来，务必不要去模仿开罗的修士，在上个世纪的鼠疫流行中，他们在授圣体的仪式中，用镊子夹着圣体饼，以避免接触可能有病菌潜伏的信徒们又潮又热的嘴。波斯的鼠疫患者和开罗的修士同样犯了罪，因为对于前者来说，一个孩子的痛苦无足轻重，而后者则恰恰相反，人对痛苦的恐惧蔓延到了无处不在。在这两种情况里，问题都被掩盖了。他们所有人对天主的声音都充耳不闻。不过帕乐卢神甫还想举出别的例子。据马赛鼠疫大流行纪事作者的记载，赎俘会[1]修道院八十一个修士中，只有四个从高烧中幸存了下来。而这四个人里面，有三个逃之夭夭。纪事作者们是这么讲的，他们的职业无须再说更多。但是读到这些，帕乐卢神甫的所有思绪全集中到了唯一留下的那个修士身上，尽管他目睹了七十七具尸体，尤其是看到三个修士同伴开溜的例子。神甫用拳头敲着讲台的边缘，大声说道："我的弟兄们，务必要像留下的修士那样！"

这并非是要拒绝预防措施，预防措施是一个社会在灾难导致的混乱中引入的明智之举。不必去听那些道德家的话，他们

1 译者注：赎俘会创建于13世纪的西班牙，是供奉圣母的重要修会。当时西班牙大部分地区处于撒拉逊人的统治下，许多基督徒被关押。基督教教士佩德罗·诺拉斯科据说见到圣母显现，于是创建赎俘会，并表示自己愿为人质，以救出被关押的基督徒。

说必须屈膝下跪，放弃一切。大家应当做的，仅仅是在黑暗中开始摸索前行，力求做点好事。而剩下的事，就得听其延续发展，接受天主做出的安排，即便是孩子们的死亡，也不要去寻求个人的救助。

在此，帕乐卢神甫提起了在马赛鼠疫流行期间贝尔森斯[1]主教的崇高形象。他回顾说，在疫情将近尾声时，这位主教已经做了所有他该做的，由于认为再无什么办法，便备好了食物将自己关在了屋里，还让人在房屋周围建起了围墙。当地居民本视其为偶像，出于在极度痛苦中迸发的逆反情绪，他们对主教的做法怒不可遏，用尸体将他的房子围了起来，想让他感染，甚至于还越过围墙往里抛尸，务求其必死。如此，在最后的怯懦中，主教以为可以将自己和死亡世界隔离开，但死人却从天而降，落在他头上。我们也是如此，我们应该相信，在鼠疫的肆虐中没有孤岛。没有，不存在中间地带。必须接受这令人愤慨的现实，因为我们必须选择，要么恨天主，要么爱天主。但是谁敢选择去恨天主呢？

“我的弟兄们，”帕乐卢最终宣布他的结论，“天主的爱是一种艰难的爱。它必须以完全忘我和放低身段为前提。但只有这种爱可以消除孩子们的痛苦和死亡，无论如何只有这种爱

1 译者注：贝尔森斯（1671—1755），马赛鼠疫流行期间（1720—1721）任马赛主教，当时他对鼠疫患者十分关心。人们对他的评价褒贬不一，有人说他表现得像英雄，有人说他并不勇敢。

能够使苦难显得必要，因为无法理解苦的真谛，就只能要求去经受苦难。这便是我想跟你们分享的痛苦的教训。这就是信仰，在人们眼里是残酷的，在天主眼里却是决定性的，因此必须去靠近。对于这可怕的形象，我们必须迎头赶上与之匹敌。到达巅峰之上，一切都将和尘同光，不分高下，真理就会从表面上的不公正喷薄而出。正是如此，在法国南部的很多教堂，一些鼠疫感染者在祭坛的石板下长眠了数个世纪，一些教士在他们的墓上讲道，他们宣扬的精神从孩子们也成其为一部分的骨灰中涌现。”

当里厄走出教堂的时候，一阵劲风从半开的门冲进来，迎面扑向信徒们。风往教堂里带来了一阵雨水的气息和潮湿的人行道的清香，让信徒们在走出去之前就能猜到城市的样子。在里厄前面，一个年老的教士和一个年轻的助祭这时正往外走，好不容易摁住了他们的帽子。年长者不停地在评论这场布道。他赞赏着帕乐卢的口才，但也颇为担心神甫所表达出的大胆思想。他认为这次布道更多地表明了忧虑而不是力量，而在帕乐卢神甫这样的年纪，一位教士无权忧虑。年轻的助祭低着头避风，肯定地说他经常跟神甫来往，知道其思想的演变，神甫的论文会更为大胆，可能将得不到教会的出版许可。

“所以他表述的观点是什么？”老教士问。

他们来到了教堂前的广场上，风呼啸着围着他们打转，打断了年轻助祭的话。当他等这阵风过了能开口了，仅仅说了句：“如果一个教士找一个医生问诊，这便存在着矛盾。”

里厄把帕乐卢神甫布道的讲话告诉了塔鲁，塔鲁对他说，自己认识一位教士，在战争中失去了信仰，因为这人发现一个年轻人的脸上被挖去了双眼。

“帕乐卢说得对，”塔鲁说，“当无辜者的双眼被挖掉，一个基督徒应该不再信教或者接受双眼被挖。帕乐卢不想失去信仰，他将死扛到底。这就是他想说的。”

塔鲁的这个评论，是否能稍稍廓清随后发生的不幸事件以及帕乐卢神甫在其中显现出的让周围的人无法理解的行为呢？大家将自有定论。

布道过后几天，帕乐卢实际上张罗搬家了。那时，疫情的发展导致城内的人们频频搬家。像塔鲁就不得不离开了旅馆，住到了里厄家里，同样，神甫也只得离开修会安置给他的那套房间，住到了一个老太太那里——她常去教堂，尚未染上鼠疫。搬家期间，神甫感觉他的疲惫和焦虑与日俱增。正因为此，他失去了房东老太太对他的敬重。由于老太太曾热情地对他称颂圣女奥迪尔预言的功德，神甫可能是出于心力疲惫，对其稍显得有些不耐烦。后来他做了一些努力，想至少赢得老太太善意的中立态度，但却未能如愿。坏印象已经先入为主了。每天晚上，在回到他放满钩针花边的房间之前，他都不得不瞥见坐在客厅里的女房东的背影，同时，他记忆中便是听到她并不转身就冷冷地甩出一句“晚安，神甫”。就在一个同样如此的晚上，他睡觉时感到头疼，潜伏了好几天的热度，如滔天恶浪，在其手腕和太阳穴发了出来。

接下去的情况，只有通过房东老太太的讲述才知其大概。第二天早晨，她习惯性地起得挺早。过了一段时间，惊异于没看见神甫从房间出来，她踌躇了许久，才决定去敲门。她看到一宿没睡的神甫依然躺在床上。他因为透不过气而难受，脸看上去比平时更红。按她自己的话来说，她曾彬彬有礼地建议神甫请个医生来，但这个建议被粗暴地拒绝了，这种态度令她十分遗憾。她只好退了出去。一会儿之后，神甫按了铃，请她进来。他对刚才发脾气表示道歉，并且向女房东声明，他不可能染上鼠疫，他没表现出任何的症状，这只是暂时的疲劳。老太太不卑不亢回答他说，自己的提议不是出于这种担心，她并未考虑自身的安危，这掌握在天主的手里，但她所想的只是神甫的健康，她觉得自己对此负有部分责任。可是，因为神甫不置一词，据女房东说，她想完全尽职尽责，便又一次建议请医生。神甫又一次地加以拒绝，不过补充了一些老太太觉得语焉不详的解释。她觉得仅仅听明白一点——而且这点在她看来恰恰是难以理解的——神甫拒绝求医问诊，因为他觉得这跟他的原则不符。老太太由此得出结论，高烧已经扰乱了她这位房客的思维，而她只是给其端去了药茶。

她还是决定要将这种情况赋予她的责任完成处理到位，每隔两个小时便去看看病人。最令她感到惊讶的是，神甫一整天都处于无休止的焦躁之中。他掀掉被单，又再重新拉上，不断用手搭一搭他潮湿的额头，并且时常坐起来，试着咳嗽，好让像是被卡住的、嘶哑又湿浊的喉咙咳个清爽，真似撕心裂肺一般。他好像无法清除堵在嗓子眼深处的棉花团。这些折腾过后，他往后躺倒，所有的迹象都表明他已筋疲力尽。最后，他又半支起身子，短短的一瞬盯着前方，这凝视比之前的所有的焦躁都更为情绪激烈。但老太太依然在犹豫，要不要叫医生来，会不会让病人不快。这可能只是简单的发烧，就是看起来挺吓人。

然而，她在下午又试图跟神甫说话，得到的只是含糊不清的几句回答。她又提了请医生的建议。但这时神甫坐了起来，气都有点接不上了，他清楚地回复老太太，他不想请医生。这时，女房东决定等到明天早晨，如果神甫的病情未有改善，她就去打朗斯多克研究所每天在电台里重复十几遍的那个电话号码。她对自己的责任始终很认真，便想着夜里去看看房客，对其给予照料。但是在晚上，给神甫送去了刚做好的药茶之后，她想躺一会儿，但直到次日拂晓才醒来。她便跑到了病人的房间。

神甫躺着，一动不动。在昨天的满面通红之后，他此时继之以一种发青的脸色，因其脸型依然饱满，这便显得更加醒目。神甫盯着吊在床上面的一盏彩珠小吊灯。老太太进来的时候，他朝她扭过头。据女房东说，他此时似乎整夜受尽折磨，已经无力做出反应。她问神甫感觉如何。老太太注意到神甫的声调冷淡得出奇，他说自己感觉很差，但不需要医生，只要将他送到医院就行了，以便照章办事。老太太惊恐不已，赶紧跑去打了电话。

里厄中午赶到了。对于女房东的叙述，他只是回答说，帕乐卢做得对，并且这样子想必已经太晚了。神甫对里厄待之以同样冷淡的神情。里厄为他做了检查，觉得颇为意外，没发现任何腺鼠疫和肺鼠疫的主要症状，除了肺部肿胀和气闷。不管怎样，他的脉搏如此微弱，总体的病情如此危急，希望不大了。

“您没有这种病的任何主要症状，”他对帕乐卢说，“但实际上存疑，我得将您隔离起来。”

神甫奇怪地微笑着，似乎是出于礼貌，但没有吱声。里厄出去打电话，然后回来了。他看着神甫。

“我会待在您身边。”他温和地对神甫说。

帕乐卢神甫似乎恢复了一点精神，他的双眼转向医生，目光里某种热情仿佛又回来了。随后，他费劲地说话了，其表述方式让人无法知晓他说这话的时候是否哀伤。

“谢谢，”他说，“但修会会士没有朋友。他们把一切都给了天主。”

他把放在床头带耶稣像的十字架要了过来，当拿到之后，他便扭过头去看着这个十字架。

在医院里，帕乐卢没开过口。他如同一个物件，听任别人对其施以所有的治疗，但是他再也没放下手里的十字架。然而，神甫的病例一直模棱两可。里厄的头脑里是存疑的。这是鼠疫，又不是鼠疫。此外，一段时间以来，它似乎以让诊断失去方向为乐。但是在帕乐卢的病例中，随后的情况会表明，这种诊断的难以确定并不重要。

体温上升了。咳嗽越来越嘶哑，整天折磨着病人。终于在晚上，神甫咳出了堵住他的那块棉花团。它是呈红色的。在纷扰的高烧之中，帕乐卢保持着他冷淡的目光，第二天早上，大家发现他死了，半边身子悬在床外，他的眼睛已表达不出任何东西。他的卡片上登记着：“疑似病例。”

那一年的万圣节跟往常不同。当然，天气总是应时而变。它突然之间就改头换面了，秋老虎一下子让位给了凉爽的天儿。跟往年一样，现在冷风不停地刮着。大块的云团从天际的一头飘到另一头，给房舍覆上了阴影，等它们飘过去之后，十一月的天空凉凉的金色阳光又照耀在这些房舍上。第一批雨衣已经登场了。不过大家注意到，涂了胶的、闪闪发亮的雨衣数量多得出乎意料。报纸报道说，两百年前，南方鼠疫大流行期间，医生穿着油布衣服以保护自己不受感染。商店趁此机会推销其库存的过时衣服，而每个人都希望因为穿着这种服装而获得免疫。

但是，所有的这些季候并不能使人忘记公墓里已变得冷冷清清。往年这个时候，电车里满是菊花淡淡的香味，女人们成群结队前往她们的亲人安葬的地方，将鲜花供在他们的墓上。这一天，人们想对死者进行补偿，因为在漫长的日子里，死者孤孤单单，被人遗忘。但那一年，没人再去想念死者。确切地说，大家已经想念得太多了。而今，这已经不再是怀着些许的遗憾和满满的忧伤去给他们扫墓了。死者不再是孤苦伶仃的亡魂，亲人每年有一天来解释冷落了他们的原因。他们成了生者想要将其遗忘的闯入者。这就是为什么那一年的万圣节，在某种程度上被过滤掉了。按科塔尔的说法，每天都是万圣节——塔鲁认为他的话越来越尖刻了。

确实，鼠疫欢愉的火苗在焚尸炉里越烧越旺。日复一日，死亡的人数倒真没有增加。但是，鼠疫似乎惬意地待在疫情的顶点，它每天实施着杀戮，如一个优秀的公务员一般精确且规律。原则上，据那些能人的意见，这是个好的迹象。鼠疫的发展曲线图，开始不停地攀升，随后长时间保持水平，在诸如理查德医生等人看来，这很是令人宽慰。“这个曲线图趋势挺好，非常好。”他说。他认为疫情到了他所说的一个平台期。从此之后，它只能往下走了。他将这个现象归功于卡斯泰尔新研制的血清，事实上新血清刚刚获得了几例意外的成功。老卡斯泰尔对此并未反对，但他认为，我们无法对未来进行任何预测，流行病的历史包含了意想不到的反弹。省政府长久以来一直希望公众的情绪能够平息下来，但鼠疫总是不给机会，这时便建议召集医生开会，请他们就这个问题出一份报告，正在这当口，理查德医生被鼠疫夺去了生命，而这恰好就在疫情的平台期。

这个案例无疑是令人震惊的，但毕竟也不能证明任何东西，行政当局面对此例死亡，回到了悲观的态度上，这跟最初采取乐观的态度同样轻率。卡斯泰尔一头扎在他的血清研制当中，尽其所能地做到仔细再仔细。不管怎样，没有一处公共场所不被改成医院或隔离所，而省政府大楼还没有动，只是因为必须保留一个开会的地方。但总体而言，由于这一阶段疫情相对稳定，里厄所要考虑的组织工作并未超出承受的限度。医生和护理人员已经拼尽了全力，无法勉为其难再做出更大的努力。他们仅仅需要有规律地继续做好这种可以说是超人的工作。已经显现出来的肺鼠疫感染的形态，如今在城市的各个角落大肆蔓延，仿佛是大风点燃了肺里的大火并使火势越来越旺。病人到了呕血这一步，大去之期就极其快了。由于瘟疫的这种新形式，感染的风险现在变得更大了。说真的，在这一点上，专家们的意见始终是互相矛盾的。然而，为了更加安全，卫生人员一直在消毒纱布口罩下呼吸。无论如何，乍一看疫情应该还在蔓延。但因为腺鼠疫的病例在减少，总体处于平衡中。

不过，随着食品供应的困难与日俱增，大家还有其他方面的忧虑。投机行为甚嚣尘上，有人以难以置信的价格倒卖一般市场上紧缺的主要食品。这样，贫困家庭便处于一种非常艰难的境地，而富裕家庭几乎什么都不缺。鼠疫对待其职守，称得上是秉持着公正且高效的态度，这本可以在我们的同胞中强化平等，但在自私行为的正常作用下，它反而使人们心里不平等的感觉更为剧烈。当然，剩下的就是死亡带来的无可非议的平等，但谁都不想要这个平等。饱受饥饿之苦的穷人们，越发怀旧，便想到了邻近的城市和乡村，那里生活自由，面包也不贵。既然不能让他们吃饱饭，他们并不理智地就产生了一种感觉，当局应该允许他们离开。因此，一句口号最终流行了起来，它有时会在墙上看到，或者有时会在省长经过时被喊出来："要么给面包，要么给空气！"这句嘲讽意味的话触发了几次很快被镇压下去的示威活动，不过其严重性却是有目共睹。

报纸自然是遵从收到的指令，不惜一切代价宣扬乐观精神。

读读这些报纸，上面刻画出了当前形势特点的，便是居民表现出的“冷静而沉着的感人典范”。但是在一座封闭的城市里，什么都无法保密，没人会自己骗自己去相信社群所给出的“典范”。为了对所提及的冷静和沉着有个确切的概念，走进某个隔离点或是行政当局组建的隔离营就够了。叙事者正巧被叫去了别处，不了解这些地方的情况，因此，在这里他只能引用塔鲁的见证。

实际上，塔鲁在他的笔记里，记述了他和朗贝尔对设在市体育场的隔离营进行的一次探访。体育场几乎位于城门边上，一面朝着电车驶过的街道，另一面朝着空地，空地一直延伸到城市所在的台地边缘。体育场被高高的水泥墙围着，只要在其四个出入口设置岗哨，就很难逃出去。同样，高墙也阻挡了外面的人，免得他们受好奇心的驱使，打扰被隔离在里面的不幸之人。相反，这些被隔离的人，整天都能听到电车驶过的声音，但却看不到，并且在电车带来的更大的嘈杂声中，猜出上下班的时间。如此他们便可知道，他们被排除在外的生活，在距其几米开外还在继续，水泥墙隔开了两个彼此陌生的世界，仿佛它们是在两个不同的星球上。

塔鲁和朗贝尔挑了个星期天下午去的体育场。足球运动员贡萨雷斯陪着他们，朗贝尔找到了他，并且他最终同意负责轮班看管体育场。朗贝尔想把他介绍给隔离营的主管。贡萨雷斯在和他们两人碰面时，对这两位说，在鼠疫之前，这正是自己穿好球衣准备开赛的时候。现在体育场被征用了，不再可能举行比赛，贡萨雷斯感觉无所事事，而且相由心生，其神色亦是如此。这也是他接受这个看管差使的原因之一，条件是他只在周末做这个。那天的天空半阴半晴，贡萨雷斯抬起头，颇遗憾地注意到，这天气不雨不热，最适合好好踢一场球。他尽力回忆着更衣室里涂抹外用药的味道，几近垮塌的看台，土黄色的球场上颜色鲜艳的球衫，中场休息时的柠檬或汽水，汽水喝到发干的喉咙里，感觉像是被数千根清凉的针刺着一般。塔鲁此外还记录了，在穿过郊区坑坑洼洼的街道时，足球运动员这一路上不停地踢着他看到的石子。他力图将石子直接踢进阴沟洞里，当踢进去了他便说："一比零。"当他抽完香烟，往前吐出烟蒂，会试图在其着地之前用脚接住。到了体育场附近，一群踢球的孩子把球朝他们这边踢了过来，贡萨雷斯迎上去，把球精准地传给了孩子们。

他们终于走进了体育场。看台上满是人。但是球场上搭着数百顶红色帐篷，远远地就能看到里面的铺盖和包裹。看台保持着原样，以便让那些被隔离者能在那儿避暑或避雨。只是在太阳落山之后他们得回到帐篷里。看台下面，有一些已经改造过的淋浴间，还有过去的球员更衣室，也改成了办公室或医务室。大部分被隔离者在看台上。其他的人在球场的边线处晃荡。

有几个人蹲在他们帐篷的入口，对所有的东西都投以茫然的目光。在看台上，很多人躺着，好像在等什么。

“他们白天干什么？”塔鲁问朗贝尔。

“什么都不干。”

其实，几乎所有人都晃着胳膊，两手空空。这一大群人聚集在一起，却静得出奇。

“最初那些天，这里的人自说自话、互不了解，”朗贝尔说，“随着日子一天天地过去，他们的话便越来越少。”

据塔鲁的记述，他理解这些人，一开始看到他们挤在帐篷里，尽顾着听苍蝇的嗡嗡声或是自己搔痒，当发现有人愿意听他们表达，他们便会吼出其愤怒或恐惧。但自从隔离营塞进了过多的人，愿意倾听的人就越来越少。因此，剩下的只有缄口不言并相互猜忌了。确实，有一种猜疑，从灰色然而明亮的天空落到了红色的隔离营里。

是的，他们全是一副怀疑的神情。既然当局把他们和其他人隔离开，这就不是毫无理由，他们在脸上显示出要寻找这种理由的神色，并且这神色里还流露着担心。塔鲁观察的那些人，每一个人都眼神空洞，人人都显出痛苦的样子，痛苦于跟构成他们生活的要素整体性地隔绝。因为他们也不能总想着死，他们便什么都不想。他们是在度假。“最糟糕的是，”塔鲁写道，“他们是被遗忘的人，而且他们知道这一点。认识他们的人已经将他们遗忘，因为别人要想着其他的事，这完全可以理解。至于那些爱着他们的人也将他们遗忘了，这是因为这些人想方设法要把他们弄出来，已经筋疲力尽了。由于不断地想着把人弄出来，他们反而不再去想那个要弄出来的人了。这也正常。到最后大家发现，谁也不可能真正想着谁，即便在最为不幸的情况下。因为真正想着某人，这是分分钟都在想，没有任何东西能够分心，无论是家务事，还是在飞的苍蝇，无论是吃饭，还是身上痒痒。但总会有苍蝇，身上也总会痒。因此，这日子过得艰难。他们对此都非常清楚。”

隔离营主管朝他们走来，对他们说，有一位奥登先生要见他们。他把贡萨雷斯带到他的办公室，然后把塔鲁和朗贝尔领到看台的一个角落，在那儿，坐在一边的奥登先生站起身来，迎接他们。他还是跟以前同样的穿着，同样戴着硬领。塔鲁只是注意到，他两鬓的头发飞得老高，他一只鞋的鞋带没系好。法官的样子很疲惫，他一次都没有正视自己的交谈对象。他说很高兴看到他们，并请他们代为致谢，感谢里厄医生所做的事。

其他人缄默不语。

“我希望，”法官过了一会儿说，“菲利普没受太多罪。”

这是塔鲁第一次听到法官说出自己儿子的名字，他明白，某些东西变了。太阳落下了地平线，光线从两片云朵之间，侧向照在看台上，给他们三个人的脸上镀上了一层金色。

“没，”塔鲁说，“没有，他真没受罪。”

当他们离开时，法官依然看着夕阳照过来的那一边。

他们去和贡萨雷斯道别，后者在研究看管人员的排班表。足球运动员一边笑着一边跟他们握手。

“我至少找到了更衣室，”他说，“还是那样。”

没一会儿，隔离营主管送塔鲁和朗贝尔出去，这时听到看台上发出巨大的噼啪炸裂声。随后，太平日子里用来宣布比赛结果或介绍球队的高音喇叭，用发齇的声音宣告说，被隔离者应回到他们的帐篷，以便分发晚餐。这些人缓慢地离开看台，拖着脚步回到了帐篷。当他们全部就位，两辆在火车站里能见到的小型电动车开到帐篷中间，车上装着几口大锅。人们都伸出胳膊，两个长柄勺探进大锅里，捞出食物盛进两个饭盒。送餐车开走了。在下一顶帐篷那里，这个过程又重来一遍。

“这挺科学。”塔鲁对隔离营主管说。

“是啊，”主管握着他们的手满意地说，“是挺科学。”

黄昏来临了，天色却晴朗了起来。隔离营沐浴在柔和且清凉的光线中。在傍晚的宁静中，到处响起匙子和餐盘的声音。几只蝙蝠在帐篷上飞来飞去，然后又倏然不见。墙外，一辆有轨电车在道岔上发出了噪声。

“可怜的法官。”塔鲁走出大门时低声说道，“该为他做点什么。但怎么去帮助一位法官呢？”

在城里，还有好几处隔离营，叙事者因缺乏第一手信息，为谨慎起见，不再多谈。但他可以说的是，这些隔离营的存在——从里面散发出来的人的气味，黄昏时高音喇叭的巨大声响，神秘的高墙，对这些被遗弃之地的恐惧——沉重地压抑着我们同胞的情绪，又给大家平添了几许慌乱不安。跟行政当局发生的事端和冲突不断在增多。

但到了十一月底，早晨已经变得十分寒冷。暴雨如注，冲刷了铺石的路面，泛着水光的街道之上，碧空如洗，澄净无云。疲软无力的太阳每天早晨往城里洒下明亮且冰冷的光。到了傍晚则相反，空气又变得暖和了。塔鲁选择在这个时候和里厄医生聊聊想法。

一天，将近晚上十点，在漫长而疲惫的一天之后，塔鲁陪着里厄到老哮喘病人家里出诊。在老街区的房舍上面，夜空闪烁着柔和的光。微风无声地拂过阴暗的十字路口。两个人从安静的街道走来，掉进了老人那絮絮叨叨的氛围里。老人告诉他们，有人不同意目前的应对，油水总是被同样的人捞了，而且瓦罐不离井边碎[1]，说到这儿他搓着双手，表示可能会有大乱子。医生给他进行治疗的时候，他不停地评论着时事。

他们听到头顶上有走动的声音。老太太注意到塔鲁显出关注的样子，便向他们解释说，一些女邻居在屋顶平台上。他们同时还得知，待在上面视野很好，而且房子的平台通常贴边处是连通的，这个街区的女人们足不出户就可以互相串门。

“对，”老人说，“你们上去看看。上面空气好。”

他们来到平台上，发现空无一人，放着三把椅子。在一边，目力所及之处，只能看到一些屋顶平台最终像靠在昏暗如石头状的一大团东西上，他们认出来那是第一座山丘。在另一边，目光越过几条街和看不见的港口，延伸到海天一色的天际线，隐隐约约地还在跳动。从他们所知道的悬崖之外更远处，他们看不到来自何处的一束光线在有规律地闪现：那是航道上的灯塔，自从春天以来，一直在旋转着，以便让船只改道前往其他港口。被大风扫过的天空透亮透亮的，纯净的星星熠熠生辉，远处灯塔的微光时不时汇入星光之中，如一缕灰烬。微风带来了香料和石头的味道。万籁俱寂。

“天气真好，”里厄一边坐下一边说，“好像鼠疫就从未上来过这里。”

---

1 译者注：瓦罐不离井边碎，法国谚语，和中文的“常在河边走，难免不湿鞋”意思相近。

塔鲁背对着他，眺望着大海。

“是啊，”塔鲁过了一会儿说，“天气真好。”

他来到医生旁边坐下，仔细地打量着医生。灯塔的微光三次重现在天空中。从街道深处，餐具碰撞的声音一直传到了他们这里。房子里的一扇门“砰”地关上了。

“里厄，”塔鲁用很自然的语调说道，“您从来没想去了解我是谁吗？您对我有朋友之情吗？”

“是的，”里厄回答，“我当您是朋友。但直到现在，我们都没时间。”

“那好，有这话我就放心了。您愿意把此刻作为叙叙友情的时刻吗？”

里厄对他微微一笑，作为回答。

“嗯，是这样的……”

远处的几条街上，一辆汽车好像在潮湿的铺石路面上滑行了很长时间。车辆远离了，这之后，远处传来含混不清的叫喊声，又一次打破了寂静。然后，寂静又笼罩着两个人，连着天空和繁星的分量一起压了下来。塔鲁站起身，坐到平台的栏杆上，面对着窝在椅子里的里厄。只能看到衬在天空下塔鲁那笨重的剪影。他讲了很久，这里是他讲话的大致内容：

“简单地说，里厄，我在了解这座城市和经历这次疫情之前，就已经深受鼠疫之苦。我跟大家一样，这么说就够了。但有的人不明就里，或是安于这种状态，而有的人明白自身处境，想要从中摆脱出来。我呢，我一直想摆脱出来。”

“我年轻的时候，活在天真无邪的思想观念里，也就是说完全没有思想。我不是纠结苦恼的那一类人，我初入社会时，每一步都走得恰到好处。一切对我来说都很顺，既不乏聪明才智，又很有女人缘，即使有些忧虑，也是来得快去得也快。有一天，我开始思考了。现在……”

“必须告诉您，我不像您这样清贫。我父亲是代理检察长，颇有地位。但是他不摆架子，天性厚道。我母亲朴实且平凡，我一直很爱她，不过我还是宁愿不去谈她。我父亲对我舐犊情深，我甚至觉得他在力求理解我。他在外面有风流韵事，我现在对此可以肯定，但我丝毫没有感到气愤。他在这方面的表现，就是他必须该表现出的那样，很到位，并不使人反感。简而言之，他并不是一个非常特别有见地的人，现在他已经去世，我意识到，他活了这一世，既不是圣人，也不是坏人。他取的是中庸之道，就是这样，对于这一类人大家会有一种适度的好感，并会继续保持下去。”

“然而他有一个特点：《谢克斯火车时刻表》[1]是他的枕边书。这并不是因为他常去旅行，他只是在假期会去布列塔尼，在那儿他有一处小小的产业。但是，他甚至可以对您准确地说出从巴黎到柏林列车的出发和抵达时间，从里昂到华沙必须选择的联程列车时刻，您选择的各个首都之间的精确里程。您能说出怎么乘车从布里昂松[2]到夏慕尼[3]吗？即便一个火车站站长都会犯晕。我父亲却不会搞不清楚。他几乎每个晚上都在不断练习，以丰富这方面的知识，他也为此而自豪。这让我觉得很有趣，我经常考他，开心地在《谢克斯火车时刻表》中验证他的回答并确认他没有弄错。这种小小的操练将我们彼此紧紧地联系在一起，因为我充当了他的听众，他对我的好意也颇为赞赏。至于我，我觉得他在火车时刻表上体现的优势，不亚于其他的方面。”

“不过我扯远了，我可能太过推崇这个正统人物了。因为说到底，他对我做出的决定，仅仅起了间接的影响。他最多只

1　译者注：《谢克斯火车时刻表》是法国曾经很普及的出版物，它创办于19世纪中期，是拿破仑·谢克斯（Napoléon Chaix）创办的一份火车时刻手册，后来用创办人姓氏将其命名为“谢克斯”（Chaix），这个出版物在谢克斯家族手中一直经营到20世纪后半叶。1961年，其所有人埃德蒙·谢克斯（Edmond Chaix）于九十五岁高龄去世，由于没有直系继承人，这个出版物开始渐渐衰落。最后一版《谢克斯火车时刻表》出版于1975年。

2　译者注：布里昂松，法国上阿尔卑斯省的一个市镇。

3　译者注：夏慕尼，位于法国上萨瓦省，阿尔卑斯山脉勃朗峰山麓，滑雪胜地，也是第一届冬季奥林匹克运动会举办地。

是给了我一个机会。其实在我十七岁的时候，我父亲邀请我去旁听他庭审上的发言。这涉及的是重罪法庭的一桩大案，当然，他觉得自己将会在这最出彩的一天占尽风头。我也觉得，他对这场仪式抱有指望，想借此能激起年轻人的想象力，推动我踏进他所选择的这个职业。我接受了邀请，因为这会让我父亲高兴，也因为我好奇地想看一看、听一听，他如何扮演另一个角色——这跟在我们家人中间的角色是不一样的。我没想别的。法庭上所发生的那些进程，对我来说，和七月十四日国庆阅兵或颁奖仪式一样的理所当然和不可避免。我当时对庭审的概念非常抽象，它并未让我感到拘谨不安。”

“然而，我对那天留下的唯一印象，是罪犯的形象。我现在认为他确实有罪，什么罪倒不重要。不过，这个小个子男人红棕色的头发，可怜兮兮的，三十多岁的样子，看上去已决定招认一切，并且对他犯下的事和将被受到的惩处真真切切地吓得够呛，几分钟之后，我的眼睛便只盯着他一个人了。他活像一只被强光惊到了的猫头鹰。他领带的结不正，和领口并未完全对上。他只啃着自己一只手的指甲，右手……总之，我不必讲下去了，您知道他是活生生的。”

“但是我，我当时是突然意识到了这一点，而在此之前，我只是通过‘被告’这种简单的归类想到此人。我不能说我那会儿忘了我父亲，但我的肚子好像被什么东西勒住了，使我无法顾及其他，所有的注意力都放在了这个犯人身上。我几乎什么都没听进去，我感觉到有人要杀死这个活生生的人，一种巨大的本能如波涛一般将我卷向了被告那边，带着某种固执的盲目。直到我父亲宣读起诉书，我才真正清醒过来。”

“身着红袍的父亲变了个样，他既不敦厚也不亲切，而是口吐莲花，一套套说辞像蛇一样不断地冒了出来。我听明白了，他以社会的名义要求处死这个人，他甚至要求砍下此人的脑袋。确实，他只是说：‘这颗人头必须落地。’但说到底，差别不大。实际上，既然他得到了这颗人头，这便是归于一途。只不过，不是他自己去执行这个差事罢了。我随后听着案子的审理，直到结束，我唯独对这个不幸的人产生了一种极度的亲近感，而我父亲是从不会有这种感觉的。然而，根据惯例，我父亲应该在处决犯人时到场，这被粉饰性地称为最后时刻，其实应该称之为最卑鄙的谋杀。”

“从那时起，我只要看到《谢克斯火车时刻表》就会极度反胃。从那时起，我怀着憎恶的心情关注司法、死刑和处决，而且我几近晕厥地发现，我父亲应该曾好多次在现场看过杀人，这正是在他早起的那些日子。是的，在这种时候他会上好闹钟。我不敢把这个告诉我母亲，但我很留意观察她，我明白了我父母之间没有任何感情，她过着一种遁世的生活。这使我原谅了她，正如我当时说的那样。再后来，我知道了，没什么事情需要对她表示原谅，因为她直到结婚，生活一直贫困，贫困让她学会了逆来顺受。”

“您可能等着我对您说，我立即就离家出走了。没有，我待了好几个月，将近一年。但是我的心里是苦恼的。一个晚上，我父亲找了他的闹钟，因为他要早起。我一夜没睡。第二天，当他回来时，我已经走了。长话短说，我父亲曾派人找我，我去见他了，什么都没解释，我平静地对他说，如果他逼我回去我就自杀。他最终接受了，因为他生性温和，他对我讲了一大通，说想过随心所欲的生活是愚蠢的（他是这样去理解我的举动的，我丝毫不想去劝止他），并且千叮咛万嘱咐，忍住了真挚的眼泪。后来，过了相当久，我定期回去看我母亲，因而也就碰到了他。我觉得，这种关系对他来说就够了。对我而言，我对他没有怨恨，只是心里有一点儿忧伤。当他过世了，我把母亲接来跟我同住，如果她没死的话，她依然会跟我在一起。”

“我用了很长的时间强调这一开始的情况，是因为实际上此乃一切的开端。现在我将讲述得快一点。十八岁时，我走出了优渥的环境，见识了贫穷。为了谋生，我干过各种职业。这些活儿倒也干得还凑合。不过我所感兴趣的还是死刑。我想给红棕色的猫头鹰算笔账。结果，我去从事大家所说的政治了。我不想成为一个鼠疫患者，就是这样。我曾以为，我生活的这个社会建立在死刑的基础上，我跟社会做斗争，就是跟谋杀做斗争。我曾经是这么想的，其他人也是这么对我说的，总之，这大抵是对的。因此，我置身于我所爱的那些人当中，我一直爱着他们。我在他们当中待了很久，欧洲所有国家的斗争，没有我不曾参与过的。这个我们就不谈了。”

“当然，我知道，我们有时候也宣布死刑。但是有人对我说，这几个人必须死，以便造就一个不再杀任何人的世界。在某种意义上，这是对的，总而言之，我可能无法坚持这种真理。可以肯定的是，我犹豫不决。但是，我想到了那个猫头鹰，这尚能继续下去。直到那一天我看到了处决（那是在匈牙利），童年的我体验过的头晕目眩，同样地令成年的我两眼发黑。”

“您从未看过枪毙一个人吧？当然没有，通常它是这么操作的，到场者受到邀请，而且公众事先会经过挑选。结果便是您在木版画或书籍上看到的：一块布蒙着眼睛，一根柱子绑着人犯，远处站着几个士兵。嗬，根本不是这样的！恰恰相反，您知道吗，行刑队离犯人只有一米五的距离？您知道吗，如果犯人往前走两步，他的胸口就会顶上枪口？您知道吗，这么短的距离，执行枪决者又瞄着心脏部位，他们一起开枪，射出的大粒子弹在胸口打出的大窟窿，能够放进一只拳头？不，您不会知道这些，因为这是大家都不会提及的细节。对于鼠疫患者来说，人的睡眠比生命更为神圣不可侵犯。我们不应该妨碍正派的人们睡觉。必须得有点媚俗的趣味，这趣味在于不去较真坚持，所有人都知道这一点。但是我呢，我从那时起就一直睡不好觉。媚俗的味道留在我嘴里，而我一直在坚持，也就是说还在思索这些事情。”

“于是我明白了，在那些漫长的年月里，至少我一直是一个鼠疫患者，而我恰恰以为，我自己全心全意地在跟鼠疫做斗争。我得知，我曾间接地同意了数千人的死亡，我甚至促成了这些死亡，因为我觉得不可避免地会将他们置于死地的行动和原则是好的。其他人并不会因此感到局促不安，或者，至少他们从不主动地去谈论这些。而我呢，我的喉咙哽噎住了。我跟他们在一起，但我很孤独。当我表达我的顾虑时，他们对我说，必须考虑核心问题，并且他们经常给我一些动人的理由，好让我把不接受的东西也生吞下去。但我回答说，那些来头很大的鼠疫患者，即那些身着红袍的人，在这种情况下也会有极好的理由，如果我同意地位低下的鼠疫患者提出的不可抗拒的理由和必需条件，那我也不能拒绝来头很大的鼠疫患者的理由。他们对我指出，赞同身着红袍者有理的好办法，便是给他们判刑的专断权。但我却思忖着，如果让步一次，那就没理由停下来了。我觉得历史认可了我是对的，如今历史属于杀人最多的人。他们都在杀人的狂热中，而且他们也不能干别的。”

“无论如何，我自己在意的事并不是说理，而是那棕红色头发的猫头鹰，是那肮脏的事件中，几张又脏又臭的嘴向一个戴着镣铐的人宣布，他将去死，并且安排好一切事情让他赴死，实际上，在夜复一夜的垂危状态中，此人睁大眼睛等着被杀死的那一刻。我在意的事，是胸口上的窟窿。我在想，眼下，至少在我这方面来说，我决不会去为这令人恶心的屠杀给出一个理由，您听好了，哪怕是一个理由。是的，我选择这固执的盲目，等待着将此事看得更加清楚。”

“从此以后，我就没变过。长久以来，我很羞愧，羞愧得要死，因为我也曾经是杀人凶手，即便是远远地间接性的，即便是出于良好的愿望。随着时间的逝去，我只是觉察到，即使那些比其他人更善良的人，现在都无法避免杀人或被杀，因为他们就在这逻辑中生活，而且在这个世界上，我们的一举一动都可能导致别人死亡。是的，我一直感到羞愧，我悟到了这一点，即我们都处于鼠疫中，我失去了宁静。现在我依然在寻找这份宁静，力图理解所有人，不要成为任何人的死敌。我只知道，为了不再是鼠疫患者，必须做该做的，唯有如此才能让我们期冀宁静，或者得不到宁静却能够善终。正是如此，人们才能得到宽慰，即便不能拯救他们，至少能使他们尽可能少受苦，甚至有时能稍许受益。因此，我决定拒绝一切直接或间接的、有理或无理的杀人，也拒绝去为杀人的行为辩解。”

“这也是为什么这次疫情并未让我学到什么，除了必须跟您并肩和鼠疫进行斗争。我根据可靠的知识得悉（是的，里厄，我知晓生活的一切，这您看得十分清楚），鼠疫，每个人自身都有携带，因为没有人，是的，世上没有人不受其害。必须不断地自我检点，以免一不留神，朝着另一个人的脸呼吸，便把瘟疫传染过去。只有细菌是天然的。其余的，健康、正直和纯洁，只要您愿意，都是意志的作用，一种永不停歇的意志。正直的人，几乎从不传染别人，也最少走神。必须有意志力和紧张感，才能从不分心！是的，里厄，做一个鼠疫患者非常累人。不过，不想做鼠疫患者更加累人。正因如此，所有人都疲惫不堪，既然如今所有人都感到有点染上了鼠疫。但是，也正因如此，有几个人不想再当鼠疫患者了，便体验到了一种极度的疲惫，只有死亡才能使他们解脱出来。”

“从这时起，我知道我对这个世界不再有任何价值，从我放弃杀人的那一刻起，我便判处了自己终生流放。历史将由其他人去创造。我也知道，我不能从表面上去判断这些其他的人。我缺少一种品质，去成为一个正当的杀人者。因此，这不是一个优势。不过现在，我乐于做我自己，我学会了谦虚。我只想说，在这个世上存在灾难和受害者，必须尽可能地拒绝站在灾难那边。这在您看来可能有点单纯，我不知道这是否单纯，但我知道这是对的。我听到如此多的道理，几乎把我弄得晕头转向，也把其他人弄得晕头转向，使他们同意去杀人，而我也弄懂了，人们所有的不幸来自他们没有掌握一种清晰的语言。于是我决定说话和行动都要清晰，以便走上正途。因此，我说存在灾难和受害者，什么都不再多说。如果，说了这些，我自己也成了灾难，至少这并非我之所愿。我试图成为一个无辜的杀人者。您看，这并非是什么雄心壮志。”

“当然，应当有第三类的人——真正的医生，但这种情况并不多见，应该说很难遇到。这就是为什么我决定在任何情况下都站在受害者这边，从而限制损失。在他们中间，我至少能够寻求如何达到第三类人的境界，也就是说得到安宁。”

讲完这些话，塔鲁摆动着双腿，轻轻用脚磕着平台。一阵沉默之后，医生稍稍直起身子，问塔鲁，对于该走什么路从而达到安宁，是否有其主张。

“有，是同情。”

远处响了两次救护车的铃声。刚才还模糊不清的阵阵呼喊声，汇集到了城市的边缘，靠近多石的那座山丘。同时他们还能听到类似爆炸的声音。随后，归于一片寂静。里厄数了灯塔闪烁了两次。和风似乎吹得猛烈了起来，与此同时，海上送来的一阵风带来了盐的味道。现在，可以清楚地听到海浪拍打悬崖的沉闷喘息。

“总之，”塔鲁爽直地说，“我所感兴趣的，是如何成为圣人。”

“但您并不信仰天主。”

“确实。不信天主，人能否成为圣人，这是我而今唯一在考虑的具体问题。”

突然，刚才发出叫声的那一边出现了一片微弱的亮光，隐隐约约的喧闹借着风势一直传到了两个人耳边。亮光旋即暗了下去，远处，在那些平台的边缘，只剩下淡红的反光。风止了一会儿，可以清楚地听到有人在叫，然后是一阵枪响和人群的喧哗。塔鲁站起身，倾听着。什么都听不到了。

“城门口又打起来了。”

“现在结束了。”里厄说。

塔鲁低声说，这就从没结束过，又会有受害者，因为这是常态。

“也许吧，”医生回答道，“但您知道，我感觉跟失败者在一起比跟圣人在一起更加投合。我没有英雄主义和圣人情结。我所感兴趣的，是成为一个人。”

“是的，我们在寻求同样的东西，不过我没您那么大的抱负。”

里厄以为塔鲁在开玩笑，看了他一眼。但在夜空隐约的微光下，里厄看到的是一张忧郁且严肃的脸。风又吹拂起来了，里厄觉得皮肤上暖暖的。塔鲁振作精神道：“为了友谊，我们该做点什么呢，您知道吗？”

“做您想做的。”里厄说。

“洗个海水浴。即便对未来的圣人而言，这也是一个适宜的乐趣。”

里厄微微一笑。

“我们有通行证，可以到防波堤上去。总之，只活在鼠疫中那就太愚蠢了。当然，一个人应该为受害者进行斗争。但是，除此之外，他什么都不爱了，他斗争又有什么用呢？”

“是啊，”里厄说，“我们走吧。”

过了一会儿，汽车停在了港口的栅栏附近。月亮升起来了。乳白色的天空到处投下苍白的影子。他们的身后是错落有致的城市，一阵带着病毒的热风从那里吹来，将他们推向大海。他们向一个卫兵出示了证件，卫兵对他们进行了相当久的检查。他们途径一道堆满酒桶的土堤，在酒味和鱼腥味中穿了过去，朝防波堤走去。在快要抵达之前，碘和海藻的味道向他们宣告大海就在眼前。然后，他们听到了海的声音。

大海在防波堤巨大的坝基脚下轻轻地呼啸着。他们爬上堤坝，大海在他们看来如天鹅绒一般厚实，像野兽皮毛一样柔软光滑。他们坐在岩石上，朝向外海。潮水涨上来又缓缓退去。大海这平静的呼吸使水面油亮的反光时隐时现。在他们面前，黑夜无边无际。里厄感觉到手指下面的岩石那坑坑洼洼的表面，心里充满了一种奇异的幸福感。他转头朝塔鲁看了看，从这朋友平静且严肃的脸上，他猜出了同样的幸福感——但这幸福感里没有忘记任何事情，就连谋杀都没忘。

他们脱掉了衣服。里厄先扎进了水里。一开始他感觉水是凉的，当浮上水面，他又觉得水是温的。用蛙泳动作游了几下之后，他知道了，这个晚上海水之所以温热，乃是秋天的海水吸收了陆地储存了几个月的热量。他有规律地游着。他双脚打着水，在他身后留下翻滚的浪花，海水沿着他的胳膊往后流去，到了双腿这里就如同粘住了。一声沉闷的扑通声让他意识到塔鲁也入水了。里厄仰面躺在水上，保持不动，脸朝着满是月色和星光的倒扣的天空。他深深地吸了口气。然后，他越来越清晰地听到击水声，在夜的寂静与孤清中格外的清脆。塔鲁游近了，很快便听到了他的呼吸声。里厄翻过身，与朋友齐头并进，以同样的节奏游着。塔鲁比他更有力地往前冒了一点，他就得加快其速度。在某几分钟的时间里，他们以相同的节拍和相同的力量往前游去，遗世独立，终于摆脱了这座城市和这场鼠疫。里厄第一个停了下来，他们慢慢往回游，除了有一小会儿，他们游进了一股冰冷的水流。受到大海的这次突袭，他们两个一言不发，加快了游泳的速度。

穿好衣服，他们一声不吭就回去了。但是他们怀着同样的心境，这个夜晚的回忆对他们来说很温馨。当他们远远地看到鼠疫的哨兵，里厄知道，塔鲁跟他一样在思忖着，疫病刚刚把他们忘记了，这挺好，而现在必须重新开始。

是的，必须重新开始，鼠疫不会把任何人忘记太久。在十二月，它在我们同胞的胸膛里燃烧着，使焚尸炉里火光闪耀，使隔离营里充满了两手空空的人影，总之，它以耐心又断断续续的步伐，一直往前推进着。当局本指望寒冷的日子能阻止瘟疫的推进，然而，它经过了初冬最初的严寒，并未停歇。还得等待。因为不断地等待，人就不会再等下去了，我整个城市活在无望之中。

至于医生，他曾得到的安宁与友谊的短暂瞬间是不可能明日再现的。当局又开了一家医院，里厄只顾得上跟病人面对面地诊疗。不过他注意到，疫情到了这个阶段，鼠疫已经越来越多地以肺鼠疫的形式出现，而病人在某种程度上似乎在帮助医生。他们不再像瘟疫开始时那样陷于沮丧和发狂，似乎对自己的利益有了更为准确的概念，他们自己会要求那些对其有利的处置。他们不停地要水喝，所有人都想得到热情的对待。虽然对医生来说疲劳是同样的，但他感觉在这种情况下没以前那么孤独了。

快十二月底，里厄收到了还在隔离营里的预审法官奥登先生写来的一封信，信中说，他的隔离时间已经过了，但行政部门没找到他入营的时间，的确还将其关在隔离营里。他妻子已经从隔离中出来了一段时间，曾去省政府申诉，在那儿接待的人对她的态度很差，跟她说这方面从未出错。里厄让朗贝尔过问此事，几天之后，他看到奥登先生来了。确实出了错，对此里厄有点气愤。但消瘦了下去的奥登先生却举起一只软弱无力的手，字斟句酌地说，大家都可能出错。医生只是在想，在法官身上某些东西是变了。

“您准备做什么呢，法官先生？一堆案宗等着您处理吧。”里厄问道。

“嗯，不，”法官说，“我想请假。”

“您确实该休息。”

“不是这个意思，我想回隔离营去。”

里厄吃了一惊：“可您刚出来！”

“我没说清楚。他们对我说，在这所隔离营，管理人员中有志愿者。”

法官稍稍转动了一下他那双滚圆的眼睛，并试图压扁他飞起的一绺头发……

“您知道，在那里我将有事可干。然后，说起来挺傻的，我感觉这样跟我的小儿子离得没那么远。”

里厄注视着他。这双严厉且庸常的眼睛，不可能突然之间便泛起柔情。但它们已经变得更加浑浊，已经失去了其金属般的纯粹。

“当然，”里厄说，“既然您希望如此，我会去办的。”

医生确实办妥了这件事，疫城的生活继续过了下去，一直到圣诞节。塔鲁以其高效的平静到处继续做着工作。朗贝尔告诉医生，多亏两个年轻守卫的帮助，他和妻子建立起了一个秘密通信渠道。他隔一段时间便会收到一封信。他向里厄提议，利用他的通信渠道，里厄接受了。好几个月来他第一次写信，但写得极其困难。有种语言的表达方式，他已经失去了。信发出去了，迟迟不见回音。而科塔尔却发达了，他投机倒把的小生意让他发了财。至于格朗，节日期间他的创作没取得什么成绩。

那年的圣诞节更多是地狱节，而不是福音节。空荡荡的商店，没什么灯光，橱窗里是巧克力的仿制品或空盒子，电车上载着面容阴沉的乘客，没什么能勾起往年圣诞节的感觉。过去在这个节日里，所有人——不管贫富——都会合家欢聚，而现在只有特权阶层在肮脏的商店里间，用高价获得某些独享且可耻的快乐。教堂里尽是怨声载道，而不是感谢主恩。在这座死气沉沉的冰冷城市里，几个孩子在奔跑，还不知道威胁自己的是什么。但是没人敢告诉他们，过去的天主背着礼物，像人类的痛苦一样苍老，却又像青年的希望一样崭新。所有人的心里，只剩一个非常古老、非常暗淡的希望，正是这希望，避免了人们的一死了之，它是活下去的唯一执念。

前一天，格朗失约了。里厄感觉不踏实，第二天大清早就去了格朗家，但没碰着人。大家都被告知了这一情况。将近十一点钟，朗贝尔来到医院告诉医生，他远远地看到格朗在街上游荡，形容枯槁。之后，他的视线里就失却了其踪影。医生和塔鲁开着车，去找格朗。

中午时分，很冷，里厄从车里出来，远远看到格朗几乎贴在一面橱窗上，橱窗里全是粗糙的木雕玩具。在这个老公务员的脸上，泪水潸潸而下。这眼泪让里厄心乱如麻，因为他理解泪水所为何来，他也感觉自己的喉咙哽咽了。他回想起来，这个不幸的人正是在圣诞节礼品店前订下的婚约，当时让娜往后一仰靠在格朗身上，说她很高兴。从悠远的年月深处，在这狂热的爱情之中，让娜清脆的声音又回到了格朗耳边，肯定是这样。里厄知道此时此刻这哭泣的老人之所思所想，他也跟格朗一样在想，这个世界没有了爱情就是一个死亡的世界，总是会有这样的时刻，人会对监狱、工作和勇气感到厌倦，就需要一个人的面容和温柔的惊艳心情。

不过，格朗在橱窗玻璃里看到了医生。他依然哭泣着转过身，背对着橱窗，看着医生走过来。

“啊！医生。啊！医生。”他说道。

里厄什么话都说不出来，只有点着头，以示共情。他也有着这同样的忧伤，而此刻，令他万箭穿心的是巨大的愤怒，面对所有人都感同身受的痛苦，人的这股怒气便油然而生。

“是啊，格朗。”他说。

“我希望有时间给她写封信。好让她知道……好让她没有愧疚地幸福下去……”

里厄拽着格朗往前走，带着些许粗鲁。格朗几乎任由他拖着，继续含糊不清地断断续续说着话。

“这拖得太久了。人们想听之任之算了，这都是迫不得已。啊！医生！我就像这样看似平静。但我必须做出很大的努力，才能仅仅保持正常的状态。可现在，实在是够了。”

他停下了脚步，四肢都在发抖，眼神有点怪。里厄抓住他一只手。手是滚烫的。

“该回去了。”

但格朗从里厄这里挣脱了出去，跑了几步，随后他停了下来，张开双臂，开始前后晃动起来。他自己转了个圈，倒在了冰冷的人行道上，脸上被依然流着的泪水给弄花了。路人都突然间驻足，远远地看着，不敢近前。里厄把老人抱了起来。

格朗现在躺在床上，呼吸困难：他的肺部已经感染。里厄思忖着。这位市政府雇员没有家室，又何必把他送走呢？自己还是跟塔鲁一起，独自照顾他……

格朗的头深深地埋在枕头窝里，他肤色发青，两眼无神。他死死地盯着壁炉里一束微弱的火苗，那是塔鲁用一只箱子的碎木片点燃的。“感觉不好。”他说。从他正在燃烧的肺部，发出一种奇怪的噼啪声，一直伴随着他所说出来的话。里厄让他别吱声，并说他会好起来的。病人露出一丝奇怪的笑，而且在他脸上，这笑容里还带着某种温柔。他费劲地眨了眨眼。“如果我能逃过此劫，脱帽致敬，医生！”但他随即陷入衰竭状态。

几小时之后，里厄和塔鲁再来看这个病人，只见他半坐在床上，从他的脸上，里厄惊恐地看出，灼烧着病人的疫病在发展恶化。但格朗看上去更清醒了，他立即用一种异常空洞的声音，请他们把放在一个抽屉里的手稿拿给他。塔鲁把一页页的稿子给了他，他看也没看，就紧紧抱在怀里，然后把它们递给了医生，做了个手势请医生念一念。这是一份不长的手稿，五十多页。医生翻了翻才明白，所有这些稿纸都只写了同一句话，但经过了不断的誊写、修改、增删。不断出现的词汇是，五月、女骑士、林中小径，它们以不同的方式被排列组合。稿子还包括了一些注解——有的极其之长——以及一些方言变体。不过在最后一页的末尾，他那笔耕不辍的手写了一句话，墨迹还是新的：“我亲爱的让娜，今天是圣诞节……”在这句话上面，字迹工整地写着那句作品的最后一版。“您念念吧。”格朗说。于是里厄就念了。

“在五月一个美丽的清晨，一位苗条的女骑士，骑在一匹华丽的栗色牝马上，在花丛中，穿过布洛涅森林的小径……”

“是这样吧？”老人带着发烧的声音问道。

里厄没有抬眼看他。

“啊！”格朗焦躁起来，“我知道了。美丽，美丽，这个词不贴切。”

里厄握住格朗放在被子上的手。

“算了，医生。我没时间了……”

他的胸脯吃力地起伏着，然后猛然叫道：“烧了它！”

医生迟疑着，但塔鲁重复了一遍其指令，语调如此之吓人，声音如此之痛苦，里厄便将稿子扔进了几乎快要熄灭的火里。房间很快就被照亮了，短暂的热气使其暖和了点儿。当医生再回到病人这边，格朗已经背对着他，脸几乎贴到了墙。塔鲁看着窗外，就像与这一幕无关。给格朗注射完血清之后，里厄对塔鲁说，这位怕是熬不过这一夜，塔鲁便提出自己留下来。医生同意了。

整个夜里，格朗快要死了的想法，一直萦绕着里厄。但第二天早上，里厄发现格朗坐在床上，在和塔鲁说话。高烧已经退去。他只是还有点乏力症状。

“啊！医生，”这位雇员说，“我错了。不过我将重新开始写。我全都记得，您瞧好吧……”

“我们等等看。”里厄对塔鲁说。

但到了中午，没有任何变化。晚上，格朗可以被认定为脱离了危险。里厄对这次的起死回生根本无从理解。

而差不多也在这段时间，一个女病人被送到了里厄这里，他判断其病情已经无望，并且自从这个病人抵达医院之后，便安排将她隔离了起来。那个年轻姑娘完全处于谵妄状态，表现出了肺鼠疫的所有症状。但第二天早上，热度退下去了。医生本以为，如同格朗的情况一样，又辨认出一例早晨暂时性的病情缓解——根据经验，这被视为一种不好的征兆。然而到了中午，热度并未回升。晚上，也只是高了几分[1]；次日早晨，热度已然消退。年轻姑娘尽管身体虚弱，在床上却呼吸得挺畅快。里厄对塔鲁说，她被救回一命是不符合所有规律的。但在那个星期，四个相似的病例出现在里厄医生那里。

那个星期的周末，老哮喘病人接待了医生和塔鲁，他表现得很激动。

“好了，”他说，“它们又出来了。”

“谁啊？”

“嗯，老鼠！”

从四月以来，一只死老鼠都没被发现过。

“又要重新开始了吗？”塔鲁对里厄说。

1　译者注：这里指摄氏度小数点后一位上的数值。

老人搓着双手。

“得看到它们跑起来！这是一种乐子。”

他看到了两只活的老鼠从临街的门蹿进了他家里。一些邻居也曾告诉他，在他们家里也是，这些畜生又出现了。在一些人家的屋架上，再次听到了暌违数月窸窸窣窣的嘈杂声。里厄等着每周周初公布的总体统计。统计数据表明，疫情在减退。

五

虽然这疫情的突然消退在意料之外，我们的同胞却没急着喜形于色。刚刚过去的这几个月，所发生的一切使他们越发地渴望解脱，也使他们学会了谨慎，习惯于越来越不指望疫情能很快结束。然而，这个新情况却挂在所有人的嘴边，在大家内心深处，涌动着一种不便明言的希望。其余的一切都处于次要位置。统计数字已经下降，新的鼠疫受害者跟这个超预期的事实相比，便无足轻重了。健康的时代虽然未被公开地加以期盼，但人们已在暗自等待，其迹象之一便是，从这时起，我们的同胞装着无所谓的样子，自愿地谈起鼠疫之后如何重新安排生活。

大家一致认为，过去舒适的生活不会一下就恢复，破坏比重建容易。人们只是估计，食品供应能够有所改善，这样的话，最要紧的吃饭问题就不用愁了。但实际上，在这些无关痛痒的议论之下，一种不甚理智的希望如脱缰之马般奔出，以至于我们的同胞有时都能意识到了，于是便赶紧表明，无论如何，解脱不是第二天就能实现的。

的确，鼠疫并未在第二天就终结，但从表面上看，它的衰退远快于我们有分寸的期望。在一月份最初的几天里，寒冷驻留得异乎寻常的持久，城市的上空仿佛冰住了一般。然而，天空从未如此的湛蓝过。好几个整天，天空中恒久又冰冷的日照让我们的城市始终沐浴在阳光下。在这纯净的空气中，鼠疫在三个星期内节节败退，在它排列得越来越少的尸体中显得筋疲力尽。在短短的时间里，它几乎失去了在数月里积蓄起来的全部力量。看到它错失了本已选定的猎物，如格朗或里厄那里的年轻姑娘，看到它在某些街区狂暴施虐两三天，而在另一些街区就完全销声匿迹了，看到它星期一大幅增加了受害者，但星期三又几乎全部放过这些人，看到它如此气喘吁吁或匆匆忙忙，人们会说，它已经被紧张和疲倦打乱了阵脚，它在失去了对自身绝对控制的同时，也失去了其精确且极端的效率——这正是它力量的体现。卡斯泰尔的血清突然获得了一系列的成功，在那之前成功一直没有垂青他。医生们采取的每一项措施，之前未见效果，现在突然确确实实管用了。如今好像轮到鼠疫被围捕了，而它突然的衰弱，使得直到那时与其进行对抗的钝滞武器变得很是有力。只是有时候，瘟疫会死扛，并且在一种盲目的暴跳反扑中，会夺去三四个有望治愈的病人的生命。他们是鼠疫流行中不走运的人，在满是希望的时候被鼠疫杀死。奥登法官就是这种情况，隔离营只好将他撤出来了，塔鲁的确说，法官运气不好——但我们不知道这是指他的死亡还是指他的生活。

但总体上，疫病传染在全线退却，省政府的公报，一开始只让人产生一种怯生生的隐隐的希望，但最终还是在公众的思想中确认了一个信念，那就是胜券在握，疫病已经放弃了其阵地。说实在的，很难确定这是一场胜利。只是应该看到，瘟疫似乎像来时那样走了。大家对抗它的战略并没有变，昨天未见成效，今天却看似令人欣喜。大家只有这样的印象，瘟疫是自我衰竭了，或者可能是它达成了所有目标后退却了。某种程度上，它的角色已经演完。

可是，有人会说，城里什么都没变。白天街上依然是安安静静，到了晚上则挤满了同样的人群——只不过穿起了大衣、围起了围巾。电影院和咖啡馆同样生意兴隆。但是，更为近距离地进行观察，我们可以看出，人们的脸上更为轻松，并且他们有时还带着笑意。这时便可以发现，在此之前，街上是没人笑的。实际上，数月以来笼罩在这座城市之上的黑幕，刚刚出现了一道裂缝，每个星期一，通过电台里的新闻，每个人都可以发现，这道裂缝正在扩大，最终让人能呼吸了。这依然是一种消极的宽慰，表达得并不坦率。但是，这之前，当得知一列火车开走，或一艘轮船抵达，抑或是汽车将再次获准通行，人们是带着几分怀疑的；这些事情在一月中宣布的时候，相反已经激不起任何的意外感受了。这可能不算什么。但这种细微的差别其实诠释了我们的同胞在希望之路上实现的巨大进步。另外还可以说，对全体居民而言，从最微小的希望变得有可能的那一刻起，鼠疫的有效统治就已经终结了。

尽管如此，在整个一月份，我们同胞的反应是自相矛盾的。确切地说，他们轮番地经历着兴奋和沮丧。因此，我们应该记下一些新发生的逃跑企图，而这时的统计数据已经非常向好。这使当局以及守卫的岗哨均感到非常意外，因为大多数的出逃都成功了。但实际上，这个时候逃跑的人，是受到了自然情感的驱使。在其中的一些人那里，鼠疫已经使怀疑论在他们的心头深深地扎了根，他们无法从中摆脱出来。他们已不再抱有希望。即使鼠疫的肆虐期已经过去，他们还继续在按照鼠疫的准则生活。他们已经落后于事件的进程。而在另一些人那里则相反，他们主要来自那些迄今还体验着和所爱之人相分离的那一拨人，在这长期的幽居和沮丧之后，吹来了希望的风，于是某种狂热和焦躁就被点燃了，这使得他们控制不住自己。一想到解禁的目标近在咫尺，而他们可能会死去，见不到挚爱的人，这长期的别离之苦将得不到补偿，他们便会被一种莫名的惊慌所左右。在数月之久的时间里，尽管被囚禁和流放，他们却用一种默默的韧劲儿，做到了在等待中坚持不懈，但第一缕希望足以摧毁恐惧和无望所未曾动摇过的东西。他们像疯子一样，要冲到鼠疫的前面，而不能跟随鼠疫的步伐直到最后一刻。

此外，一些自发的乐观主义迹象也同时体现了出来。因此，我们观察到了物价的明显下降。从纯经济的视角看，这个变动无法解释。种种困难同样还在，城门那里的隔离手续还是要办，而食品供应亦远未改善。所以，人们看到的是一种纯精神现象，仿佛鼠疫的退却到处都产生了反响。与此同时，乐观态度也感染了那些从前过集体生活的群体，疫情曾迫使他们化整为零。城里的两座修道院开始恢复常态，集体生活得以重启。军人们也一样，他们再次在空置的营房里集合，重新开始正常的驻防生活。这些小的事实都是大的征兆。

全体居民在这种秘而不宣的激动中一直待到一月二十五日。那一周，死亡统计数据降得如此的低，因而在与医学委员会磋商之后，省政府宣布，可以认定疫情得到了控制。确实，公报还补充说，为谨慎起见，公众想必也会同意，城门还将关闭两周，防疫措施还将持续一个月。在此阶段，但凡疫情出现一丝丝的回潮迹象，“就必须维持现状，一应措施随之延续”。然而，大家一致认为，这些增补内容不过是一些套话，于是乎，一月二十五日晚上，全城充满了欢乐的气氛。为了给这群情欢腾锦上添花，省长命令恢复疫情之前的照明。在寒冷且纯净的天空之下，我们的同胞成群结队，欢声笑语地涌到了被点亮的街上。

当然，很多房子的百叶窗依然关着，一些家庭默默地度过了这个晚上，而另一些家庭则充满了欢乐的叫喊。然而，对于很多这些沉浸在哀伤中的人们，他们同样感到深深的宽慰，要么是终于能平静下来，不用害怕别的亲人也被夺去生命，要么是不必再感到他们自己生存受到了威胁。不过，跟这种普遍的欢乐情绪最不相干的家庭，无疑是那些在这时候家里还有人因鼠疫住院的，其他家庭成员在隔离所或是在他们家中，等待着这场灾难真正地和他们做个了断，就如同它跟其他家庭所做的了断那样。这些家庭当然抱有希望，但是他们把希望攒下来，储存起来，在真正有权动用之前，他们不让自己去从中汲取。这种等待，这种安静的守夜，介于垂死与欢乐之间，处于全城的兴高采烈之中，对他们而言显得格外残酷。

但这些例外情况丝毫剥夺不了其他人满意的心情。无疑，鼠疫尚未结束，它应该还会证明这一点。然而，在所有人的头脑里，火车已经提前几星期鸣笛开出，奔驰在无尽的铁道上，轮船则在波光粼粼的海面上耕出了浪花。第二天，这些头脑将会冷静下来，疑虑会重新冒头。但是此时此刻，整个城市摇摇摆摆，离开那些封闭、阴暗且僵化的地方——也即它打下石基之处——终于带着它承载的幸存者前行了。那个晚上，塔鲁和里厄、朗贝尔还有其他人走在人群中间，感到地面仿佛不在他们的脚下。离开大道许久之后，塔鲁和里厄依然听得到这欢乐的声音跟在他们身后，当时他们甚至已走进了偏僻的小巷，沿着紧闭的一扇扇百叶窗而行。由于疲惫，他们无法将百叶窗后还在持续的痛苦和充斥在稍远处街道上的欢乐区分开来。近在咫尺的解脱，它有着一张混合了欢笑与眼泪的面孔。

喧闹之声一度变得更为强烈、更为欢快，塔鲁停了下来。在阴暗的路面上，一个身影轻轻地跑过。那是一只猫，自打春天以来见到的第一只。它在马路中间停留了片刻，迟疑着，舔了舔爪子，用爪子快速地挠了一下右耳，然后静静地跑了，消失在黑夜里。塔鲁微微一笑。小个子老头准会开心的。

鼠疫似乎已经离去，回到了它悄悄溜出来的不为人知的巢穴，但正是这个时候，城里至少有一个人，因鼠疫的退去而被抛入了沮丧之中——据塔鲁笔记的记载，此人便是科塔尔。

说实话，从统计数据开始下降时起，这些笔记就变得挺奇怪。这或是疲惫所致，而且他的字迹变得很难辨认，话题常常从一个跳转到另一个。另外，这些笔记第一次失去了客观性，而是被个人的看法所取代。如此一来，在关于科塔尔的颇长的记述中间，又插了一小段逗猫老头的事。据塔鲁的记载，鼠疫从未使他失去对小个子老头这个人物的尊重，疫情之后此人让他很感兴趣，就如同疫情之前一样，可惜的是，小个子老头无法再让他感兴趣了，尽管他塔鲁本人的诚意是毫无疑问的。因为他曾试图再次遇见他。一月二十五日那晚之后几天，他去了那条小街的街角。那些猫都在那儿，在太阳底下取暖，并未失约。但是到了老头通常出来的时刻，百叶窗却固执地紧闭着。随后的几天里，塔鲁再也没见这些百叶窗打开过。他对此得出了奇怪结论，小个子老头在生气或者是死了，如果在生气，那是老头认为自己在理，鼠疫对其造成了损害，但如果老头死了，那得想一想，就像对那个老哮喘病人一样，这小个子老头是不是一个圣人。塔鲁觉得，小个子老头不是圣人，不过在他这种情况下，存在着一种“启示”。“也许，”笔记里注意到了这一点，“人们只能达到近乎圣人的境界，在这种情况下，应当满足于做一个谦逊且仁慈的撒旦。”

在笔记里也可以看到，跟那些关于科塔尔的评论始终混杂在一起的，还有很多记述，常常很分散，其中有一些涉及格朗，他现在处于康复中，已重新投入工作，仿佛什么都没发生过，而其中的另一些提到了里厄医生的母亲。疫情期间同在一个屋檐下，使得塔鲁和老太太有过几次交谈，老太太的态度、她的微笑、她对鼠疫的看法，都被一一记录了下来。塔鲁尤其强调了里厄老太太的谦和：她表达任何东西都用简单句；她对某扇窗户表现出偏好，这窗户朝着安静的街道，到了傍晚她就坐在窗前，微微挺直身子，双手安详地放着，目光专注，直到暮色侵入房间，将她变成灰色光线中的一个黑影，而灰色的光线则越来越黯淡，与她一动不动的剪影融为一体；她从一个房间到另一个房间脚步轻盈；她很善良，但从未在塔鲁面前给出过具体的证明，但塔鲁从她所做和所说的一切中能辨识出善良之光；据塔鲁说，最后的事实是，她从不思索就懂得一切，尽管伴随着如此多的沉默和阴影，但对于任何的光亮她都能泰然处之，即便是鼠疫的血光。可是写到这里，塔鲁的字迹便怪异地变得歪歪扭扭了。之后的一行行字很难辨认，而且，仿佛是要给这书写的歪歪扭扭给出新的佐证，最后的几句话第一次涉及了他的私事：“我的母亲也是这样，我喜欢她身上这同样的谦和，我一直想和她重逢。八年了，我不能说她已经去世了。她只是比平常更多地被忘却了，可是当我转身一看，她已经不在那里了。”

不过，应当回过来谈谈科塔尔了。自从统计数据下降以来，他曾数次以不同的借口拜访里厄。但实际上，每一次他都是就疫情走向请里厄进行预测。“您觉得它可能就像这样突然之间、毫无预兆地停下来吗？”他对这一点表示怀疑，或者，至少他是这么表露的。但是，他一而再再而三提出的问题似乎表明了他信心不足。到了一月中，里厄的回答已经相当乐观。而每次这样的回答，非但让科塔尔高兴不起来，反倒引起了随日子的不同而产生的多变反应，但大抵是从情绪不佳到情绪沮丧。后来，医生把话往回收了收，对他说，虽然统计数据给出了向好的迹象，但最好还是不要欢呼胜利。

“换言之，”科塔尔揣摩着说，“我们还一无所知，这玩意说不定哪一天又回潮了。”

“是的，就像治愈的进度也有可能加快。”

这种让所有人都感到不安的不确定状态，倒明显令科塔尔轻松了不少，当着塔鲁的面，他跟其街区的店主们谈话，总是尽力宣扬里厄的看法。真的，他没什么困难就做到了。因为在最初胜利的狂喜之后，一种怀疑又回到了很多人的头脑里，这怀疑持续的时间，比省政府公报激起的兴奋还要长。科塔尔看到这种不安，心就定下来了。就像其他几次一样，他也会气馁。“是的，”他对塔鲁说，“城门最终会打开。您瞧好吧，他们会让我一切都玩完！”

直到一月二十五日，大家都注意到，他的性情颇不稳定。很长一段时间里，他曾力求跟其街坊和朋友和解，此后，几天的工夫，他便成天地猛烈攻击他们。至少从表面上看，他退出了社交圈子，一夕之间便过起了退隐的生活。大家不再看到他出入于饭馆、戏院以及他喜欢的咖啡馆。可是，他似乎也没能恢复疫情之前审慎而默默无闻的生活。他完全幽居在自己的套间里，顿顿饭都让旁边的一家饭馆送上来。只有晚上，他才悄悄溜出来，买些必需品，然后走出商店里便一头钻进僻静的街道。塔鲁要是在这种时候遇见他，只能从他那里听到几个单音节词。之后，没有任何过渡，人们发现他又变得合群了，滔滔不绝地谈论鼠疫，请每个人发表看法，每天晚上又喜不自胜地投身到人流中去。

省政府公报出来的那天，科塔尔彻底从人群中消失了。两天之后，塔鲁碰到了他，这位正在街上游荡。科塔尔请塔鲁陪自己去郊区。塔鲁那一天感到特别疲乏，颇为犹豫。但科塔尔却执意拉着他。这家伙显得很激动，胡乱地做着手势，语速很快，嗓门很大。他问塔鲁，是否认为省政府的公报真的就结束了这场鼠疫。当然，塔鲁认为，行政当局的公报本身不足以叫停一场灾难，但大家有理由相信，没什么意外的话，疫情即将结束。

“是啊，”科塔尔说，“没什么意外的话。但总是会有意外。”

塔鲁对他指出，省政府某种程度上已经预计了意外情况，因此规定了两周之后打开城门。

“省政府做得不错，”依然阴郁且不安的科塔尔说，“因为照事态的发展而言，官方可能说了也是白说。”

塔鲁认为这也是有可能的，但他觉得最好还是尽早打开城门，回归正常生活。

“就算这样，”科塔尔对他说，“就算这样，您说的回归正常生活指什么呢？”

“电影院里上映新片子。”塔鲁微笑着说。

但科塔尔没笑。他想知道，是否可以认为鼠疫将不会改变这座城市的任何方面，而一切都像从前那样重新开始，也就是说，就像什么都没发生过。塔鲁觉得，鼠疫既会改变这座城市，也不会改变这座城市，当然，我们同胞最强烈的愿望，现在是将来也是，即仿佛什么都没变，因此从某个角度来说，什么都将不变，但从另一个角度来说，人们不可能忘记一切，即便有必要的意志力也是枉然，鼠疫会留下一些印记，至少留在人们的心灵里。这位矮小的靠年金生活者断然地说，他对心灵不感兴趣，甚至心灵是他最后才会操心的问题。他所感兴趣的，是了解行政组织是否将会改组，比如说，是否所有的机构都会像从前那样运转。塔鲁只好承认，他对此一无所知。在他看来，应该料到，所有这些机构疫情期间受到了干扰，重新启动会有点难。也可以认为，大量的新问题将会出现，至少这会使旧机构的重组变得颇有必要。

“哈！”科塔尔说，“这倒是可能的，其实人人都应该一切从头来过。”

两人散步来到科塔尔的房子附近。科塔尔活跃了起来，尽力做出乐观的样子。他想象着，这座城市重新开启生活，抹掉过去，好从零开始。

“好吧，”塔鲁说，“总之，对您来说，事情可能也会得到解决的。在某种方式上，这是即将开始的新生活。”

他们走到了门口，两人握了握手。

“您说得对，”越来越激动的科塔尔说，“从零开始，这将是一件好事。”

但是，从走廊的阴影里，冒出来两个男人。塔鲁几乎都没来得及听到他的同伴问那两个家伙想干什么。两人看上去像穿着正式的公务员，他们问科塔尔是否确实名叫科塔尔，这厮发出某种低声的惊呼，扭头就跑，已然冲入夜色之中，而那两人和塔鲁压根来不及做出丝毫的反应。惊讶之余，塔鲁问两个男子想要干什么。他们显得谨慎且礼貌，说这涉及情况调查，然后便沉着地朝科塔尔逃走的方向追去。

回到住处，塔鲁记下了这一幕，并且立刻记录了他的疲惫（字迹足以证明这一点）。他补充说，他还有很多事要做，但这不是一个不做好准备的理由，而且他自问，是否确实做好了这个准备。最后他回答说——塔鲁的笔记恰恰到此结束——无论白天黑夜，总有一个时刻人是懦弱的，他只是害怕这种时刻。

第三天，即打开城门的前几天，里厄医生中午回到家，心里想着是否会收到他等待的电报。尽管他这些天跟鼠疫最为肆虐的时候一样筋疲力尽，但对最终解脱的期待还是驱散了他所有的劳累。现在他抱着希望，并为此感到喜悦。人不可能总是意志坚定，总是绷得很紧，在感情的流露中，最终能够从为了和鼠疫斗争而拧成的那股劲儿里解脱出来，这也是一种幸福。如果等待的电报也是利好的，里厄就能够重新开始。他的看法是大家都会重新开始。

他从门房间前走过。新门房脸贴在窗玻璃上，对着里厄微笑。踏上楼梯时，里厄似乎又看到了门房那张脸——由于疲劳和缺衣少穿而变得苍白。

是的，当抽象概念结束，再有点运气，他将重新开始……但是，他开门的同时，他母亲迎上来告诉他，塔鲁先生身体不适。塔鲁早上起来，但未能出门，便又躺下了。里厄老太太很担心。

“可能没什么大碍。”她儿子说。

塔鲁直挺挺地躺着，他沉重的脑袋埋在枕头里，在厚厚的被子下结实的胸脯依然被勾勒了出来。他在发热，头疼。他对里厄说，这是一些模糊不清的症状，也可能就是鼠疫。

“不，还什么都不能确定。”里厄对他做了检查之后说。

但是塔鲁渴得要命。在过道里，医生对她母亲说，这可能是鼠疫开始的症状。

“哦！”她说，“不可能，不该是现在！”

随即她又说：“我们留下他，贝尔纳。”

里厄思索着。

“我无权这么做，”他说，“但城门就要开了。我觉得，如果您不在这儿，这将是我行使的第一个权利。”

“贝尔纳，”她说，“把我们两个都留下吧。你很清楚，我刚刚又打过预防针。”

医生说，塔鲁也打了预防针，但是可能因为疲惫，他可能错过了最后一次血清注射，并且忘了采取某些预防措施。

里厄已经走进书房。当他重新回到房间，塔鲁看到他拿着装了血清的安瓿瓶。

“啊，是这个病。”塔鲁说。

“不，可这是预防措施。”

塔鲁伸出胳膊作为回答，他接受了漫长的注射，而他自己也曾对其他病人注射过。

“我们今晚再看。”里厄说。他面对面看着塔鲁。

“那隔离吗，里厄？”

“还完全不能肯定您染了鼠疫。”

塔鲁尽力地微笑着。

“这是我第一次看到注射了血清却不同步安排隔离。”

里厄转过身。

“我母亲和我，我们会照顾您。您在这里会更好些。”

塔鲁不吱声了，医生收拾着安瓿瓶，等着塔鲁说话，然后好转过身去。最后，他走到床边。病人看着他。塔鲁的脸色很疲倦，但他灰色的双眼依然平静。里厄对着他微微笑了笑。

“能睡就睡会儿吧。我一会儿再来。”

他走到门口，听见塔鲁叫他。他又朝塔鲁走回去。

但塔鲁似乎在纠结，不想把自己要说的话表达出来。

“里厄，”他最终说道，“一切都得对我和盘托出。我需要知道。”

“这个我答应您。”

在微微笑意中，塔鲁的大脸有点扭曲。

“谢谢，我不想死，我会作斗争。不过，如果这一把输了，我希望有个好结局。”

里厄俯下身，抱着他的肩膀。

“不，”他说，“为了成为圣人，必须活着。斗争吧。”

上午的时候，严寒稍有缓解，但下午猛烈的暴雨和冰雹就来了。黄昏时分，天空有点儿放晴了，而寒意更加刺骨。里厄晚上又回到家中。他大衣都没脱，就进了朋友的房间。他母亲在织毛衣。塔鲁似乎就没挪过位置，但他因高烧而发白的嘴唇，说明了他正在坚持进行的斗争。

“怎么样？”医生问。

塔鲁稍稍耸了耸探到床外的宽厚肩膀。

“唉，”他说，“这一把我输了。”

医生朝他俯下身去。在发烫的皮肤下，一些淋巴结已经形成了硬块，他的胸膛里回荡着地下锻炉里的种种声音。塔鲁奇怪地表现出了两种鼠疫类型的症状。里厄直起身子说，血清还没来得及发挥全部作用。但是一股热流泛上塔鲁的嗓子眼儿，淹没了他想要说的话。

晚饭过后，里厄和他母亲来到病人身边坐了下来。对塔鲁而言，夜晚在斗争中开始了，里厄知道，和瘟神这场艰苦的战斗应该一直会持续到黎明。塔鲁最好的武器，不是结实的肩膀和宽阔的胸膛，反而是里厄刚才在针头下注入的血液，以及在这血液中比灵魂更为内在的东西——这是任何科学都无法阐明的。他只能眼睁睁看着朋友进行斗争。他所要做的，是促使脓肿成熟，给病人打补药，数月以来的反复失败使他学会了重视这些措施的效果。实际上，他唯一的任务，是给这偶然性提供机会，而偶然性往往只有在受到激发时才会出现。必须使偶然性大驾光临。因为里厄面对的是鼠疫那张令他困惑不解的脸。它又一次竭尽全力，使对付它的战略失去了方向，它出现在人们预料它不会出现的地方，以便从它仿佛已经安顿下来的地方消失。它又一次竭尽全力，一鸣惊人。

塔鲁一动不动，进行着斗争。在夜里，面对病魔的袭击，他没有一次显得烦躁不安，只是用厚实的身板和无言的缄默做着斗争。但是，他没有一次说过话，以此方式来表明，他不能分心。里厄只能通过他朋友的眼睛跟踪斗争的阶段，这双眼睛时开时闭，眼睑时而紧紧护着眼球，时而相反是松弛的，其目光紧盯着一个物品或者回到医生及其母亲身上。每次医生和这个目光相遇，塔鲁就非常吃力地微微一笑。

有一阵，街上能听到急促的脚步声。人们似乎是在逃离远处隆隆的雷声，这雷声越来越近，最终化为充斥着街道的水流声：雨又下起来了，很快便夹杂着冰雹，噼里啪啦砸在人行道上。大片的水帘在窗前飘动着。在昏暗的房间里，里厄一时被雨水分了神，复又凝视着床头灯光下的塔鲁。他母亲织着毛衣，时不时抬起头专注地看看病人。医生现在已经做完了所有可做的。雨水过后，房间里越发的安静了，只是充满了一场看不见的战争的无声厮杀。因为失眠而浑身发紧，医生在想象中听到，在寂静的边缘有种轻轻的、带着规律的呼啸声，这呼啸声在整个疫情期间一直伴随着他。他对母亲做了个手势，让她去睡觉。她摇头拒绝了，她的双眼炯炯有神，随后，她仔细地检查针脚，其中有一针她没把握。里厄起身给病人喝水，然后又坐了下来。

一些行人借着雨势暂停，快步走在人行道上。他们的脚步声渐渐稀疏了，已然远去。医生第一次意识到，那天夜里满街是拖到挺晚的散步者，而且没了救护车的铃声，这已经类似于从前的夜。这是一个从鼠疫中摆脱出来的夜晚。疫病好像被寒冷、光线和人群驱走了，从这座城市阴暗的深处落荒而逃，躲到了这热乎乎的房间里，好向塔鲁毫无生气的身体致以最后一击。瘟疫已经不再于城市的天空中搅和作怪。但它在这个房间沉闷的空气中轻轻呼啸着。数小时以来里厄听到的就是它的声音。在这里也一样，必须等待它停下来，等待鼠疫宣告失败。

快要破晓之前，里厄朝他母亲俯下身子。

“你得去睡一会儿，到八点钟好来替换我。睡之前滴注点药水。”

里厄老太太起身，放好她的毛线活儿，然后朝床边走去。塔鲁合上眼睛已经有一阵了。汗水使他的头发在坚强的额头上卷成了环形。里厄老太太叹了口气，病人此时睁开了眼睛。他看到了俯看着自己的那张温柔的脸，在高烧那游移不定的一波波冲击之下，他倔强的微笑又浮现了出来。但他的眼睛很快又闭上了。剩下里厄独自一人，他坐在母亲刚刚离开的扶手椅里。街道静了下来，现在万籁俱寂。房间里开始感觉到了凌晨的寒意。

医生眯着了，但清晨的第一辆车把他从小寐中拽了出来。

他打了个冷战，然后看了看塔鲁，他明白，这是战斗的间歇，病人也睡着了。马车包铁的木头车轮还在远处滚动。窗口，天色还是一片漆黑。当医生朝床边走来，塔鲁用无神的眼睛看着他，仿佛依然在睡梦之中。

“您睡着了，是吗？”里厄问。

“是的。”

“呼吸顺畅点儿吗？”

“好点儿了。这能说明什么吗？”

里厄缄默了，过了一会儿才说：“不，塔鲁，这说明不了什么。您跟我一样，知道早晨症状会暂时减轻。”

塔鲁表示同意。

“谢谢，”他说，“请您始终这样如实地回答我。”

里厄在床脚坐了下来。他感到病人的双腿挨着自己，又长又硬，如同墓石上雕塑的死者卧像。塔鲁的呼吸更重了。

“还会发高烧，是吗，里厄？”他气喘吁吁地问。

“是的，但要到中午，我们才能确定。”

塔鲁闭上眼睛，似乎在养精蓄锐。从他的脸上能读出一种倦意。他等待着体温的蹿升，高烧已经在他体内的某处蠢蠢欲动。当他睁开双眼，其目光黯淡了。只是看到里厄朝他俯下身，他的眼睛才亮了起来。

“喝水吧。”里厄说。

塔鲁喝完水，头便倒了下去。

“时间真久。”他说。

里厄抓住他的胳膊，但塔鲁移开了目光，不再做任何反应。突然间，高烧明显地涌上了他的额头，仿佛是冲破了体内的某道堤坝。当塔鲁的目光再次回到医生这边，里厄把脸凑过去鼓励他。塔鲁依然试着挤出微笑，但这笑意已无法冲破紧咬的牙关和被白沫封住的嘴唇。但是在他僵硬的脸上，那双眼睛依然闪耀着勇敢的光芒。

七点钟，里厄老太太进了房间。医生去了他的书房，以便给医院打电话，安排人顶他的班。他还决定推迟门诊时间，在书房的长沙发上躺会儿，但是很快他就起来了，又回到房间。塔鲁的头已经朝着里厄老太太那边。他盯着旁边这个身影，蜷缩在椅子里，双手并拢放在大腿上。他如此入神地凝视着老太太，里厄母亲便将一根手指放在嘴唇上，站起身关掉了床头灯。但是在窗帘后面，日光很快就透进来了，没一会儿，病人的面容从暗处显现了出来，里厄老太太可以看到，他依然注视着自己。她朝他俯下身，调整了一下他的枕头，直起身的时候，她将手在他潮湿且卷曲的头发上放了片刻。她于是听到一个低沉的声音对她说谢谢——这声音像来自远方——并且还说现在一切都还好。当她再次坐下时，塔鲁已经闭上了眼睛，虽然他嘴唇紧闭，但他疲惫的脸上似乎又泛起了笑容。

中午，高烧达到了顶点。某种五脏六腑都快咳出来的咳嗽令病人身体巨震，他这时开始咯血。那些淋巴结已经停止肿大。它们依然还在，硬得像拧在关节接缝里的螺母，里厄判断不能将它们切开。在发烧和咳嗽的间歇，塔鲁不时还看看他的两位朋友。但是很快，他的眼睛睁开的频率越来越低，而照在他被蹂躏的脸上的阳光，每次都越显苍白。鼠疫的暴风雨摇晃着这个躯体，令其抽搐惊跳，照亮他的闪电却越来越少了，塔鲁慢慢地在这场风暴的深处迷航了。里厄面对的，只是一张从此以后毫无生气、笑容尽失的面具。这副皮囊曾经跟他如此亲近，现在却被瘟疫的长矛刺穿，被非人的病痛烧灼，被天空中充满仇恨的风吹至扭曲，在他眼前沉入鼠疫的激流之中，而他对塔鲁的遇难却无能为力。他只好留在岸上，两手空空，心如刀绞，面对这灾难，又一次地没有武器，无可挽回。最后，正是束手无策的泪水让里厄没有看到，塔鲁突然朝墙壁转过身，在闷声一下子的呻吟中断了气，如同他身体的某处，一根主弦断了。

接下来的那个夜晚，没有斗争，只有寂静。在这个被世界切割出去的房间里，在这具现在已穿好衣服的尸体之上，里厄感觉到飘荡着一种出人意表的平静，这平静在很多天之前的夜晚，有人冲击城门之后，也曾在俯临鼠疫肆虐的屋顶平台上出现过。在那一时期，他就已经想到了这种平静——在他只能听任其死去的病人的床上，便有过这样的静悄悄。到处是同样的暂停，同样庄严的间歇，总是在战斗之后同样的平静，这是失败的缄默。但是，现在笼罩着他朋友的平静，如此的致密紧实，与街道上以及从鼠疫中解脱出来的城市的寂静交融在一起，里厄因此清晰地感觉到，这是最后一次失败，这失败终结了战争，使和平本身成了无法治愈的痛苦。医生不知道，塔鲁临终是否得到了安宁，但至少此时此刻，他知道对他本人来说，永远不可能再有安宁，对失去了儿子的母亲或埋葬了朋友的男人来说，永远不会再有休战的时刻。

外面，是同样寒冷的夜，明亮且冰冷的天空中星星似乎都冻住了。在半明半暗的房间里，可以感觉到玻璃窗上寒气逼人，如同极地之夜白茫茫一片中的沉重呼吸。里厄老太太坐在床边，还是习惯性的那副样子，她的右侧被床头灯照亮着。在房间的中央，远离灯光，里厄坐在扶手椅里等待着。他想起他的妻子，但每次他都把这个念头压了下去。

夜晚刚刚开始，行人的脚步声在寒冷的夜里听得特别清楚。

“都安排好了吗？”里厄老太太问。

“是的，我打过电话了。”

他们于是继续默默地守灵。里厄老太太时不时地看看她儿子。当他无意中看到某个这样的注视，他便对母亲微微一笑。夜晚那些熟悉的声音接二连三在街上响起。尽管车辆通行还没有放开，但很多车已经重新上街行驶了。它们飞快地从路面上跑过，消失了，然后又重新出现。街上传来说话声、呼喊声，又归于安静；然后是一匹马的马蹄声，两辆电车在一个弯道的嘎吱声，模糊不清的嘈杂声，接着又是夜晚的呼吸。

“贝尔纳？”

“嗯。”

“你不累吗？”

“不累。”

他知道他母亲之所想，知道她此刻是疼爱他。但他也知道，爱一个人，或者至少是一种爱从来都不足够强烈到有其自己的表达，这都不算什么。因此，他母亲和他将会在静默中相爱。她或者他都将会死去，但在他们的一生中，他们却无法进一步倾吐母子亲情。同样，他曾在塔鲁身边生活过，可今晚塔鲁已经去世了，他们已经来不及真正享受一下他们的友情。塔鲁输了这一把，正如他自己所说。但他里厄赢了什么呢？他只是赢得了对鼠疫的了解和回忆，赢得了对友谊的了解和回忆，还有就是感受到了温情，应该有朝一日也会成为追忆。人从鼠疫和生活的博弈中所能赢得的一切，便是认识和回忆。也许这就是塔鲁所说的赢一把！

又有一辆汽车经过，里厄老太太在椅子上动了一下。里厄对她笑了笑。她对儿子说，她不累，紧接着又说：“你得到那山里去休息休息。”

“当然，妈妈。”

是的，他会去那里休息。为什么不呢？这也将是进行回忆的一个借口。但如果这就是赢一把，那么，我们仅仅靠着认识和回忆生活，被夺走了自己所希望的东西，应该很是艰难。可能，塔鲁曾经就是这样生活的，他意识到了，在一种没有幻想的生活里是多么枯燥无味。没有希望就没有安宁，塔鲁拒绝接受人有权判处别的任何人死刑，然而他也知道，谁都会禁不住去判处别人死刑，甚至受害者有时也会成为刽子手，塔鲁生活在撕裂和矛盾之中，他从未感受到希望。是否正因为此，他期望神圣性，并在为别人的服务中寻求安宁？实际上，里厄对此一无所知，而且这并不重要。他留下的塔鲁仅有的形象，是塔鲁双手握紧方向盘为他开车，或是他这厚实的躯体现在一动不动地躺着。一种生活的热情和一种死亡的形象，这就是认识。

也许正因为如此，里厄医生在早晨收到妻子去世的消息时，保持着平静。他当时在书房里。他母亲几乎是跑着过来给了他一封电报，然后她又出去给邮递员小费。当她返回来，她儿子手里拿着打开的电报。她看了看他，但里厄依然自顾自地透过窗户，凝视着港口喷薄而出的瑰丽早晨。

“贝尔纳。”里厄老太太说。

医生心不在焉地看着母亲。

“电报上怎么说？”她问。

“就是这件事，”医生承认了，“八天前没的。”

里厄老太太转过身朝着窗户。医生缄默不语。随后他劝母亲说别哭，他已经预料到了，但这仍然很难受。说这些的时候，他只是知道，他的痛苦并不意外。几个月以来，还有这两天以来，同样的痛苦一直持续着。

二月一个美丽的清晨，黎明时分，城门终于开了，市民、报纸、电台和省政府公报纷纷欢呼庆贺。因此，叙事者剩下的便是对城门打开之后的欢乐时刻进行记载，虽然他本人属于这样的一群人——他们还不能无拘无束地全身心投入这欢庆之中。

白天和夜晚都组织了盛大的庆祝活动。与此同时，火车开始在火车站喷出蒸汽，而来自远方大洋的轮船已经朝着我们的港口驶来，它们以各自的方式表明，对于所有因为分离而发出悲鸣的人来说，这一天是大团圆的日子。

在此不难想象，萦绕在我们这么多同胞心头的分离之苦，已经到了何种程度。白天，驶入我们城市的火车跟开出的列车一样满载着旅客。在解禁之前两周的观望期，每个人都已预订了这一天的车票，又生怕省政府在最后一刻取消这个决定。有些旅客在抵近这座城市的时候，还没有完全摆脱他们的担心，因为，如果说他们大体上了解他们亲人的命运，但对于其他人和这座城市本身他们并不知晓，他们不免会觉得这座城市的面貌十分可怕。不过，仅就那些在这段时间里爱情没有受到煎熬的人而言，情况确实如此。

那些多情的人，其实都是铆定一个想法。对于他们来说，只有一件事变了：在他们流放的几个月里，他们想推着时间快快跑，而当他们发现这座城市已经在望时，又热衷于让时间加速流逝，可一旦火车在进站停车之前开始刹车时，他们却反过来了，希望这时间慢下来，并且保持暂停。这几个月缺失了爱情的生活，使他们的感觉模糊且尖锐，这感觉令他们隐隐约约地有得到某种补偿的要求，希望欢乐的时间过得比等待的时间慢上一倍。而那些在房间里或站台上等着他们的人——比如朗贝尔，他妻子几星期前就已得到通知，做好了抵达本市的一切准备——也处于同样的焦急与忐忑之中。因为这爱情或温情，在鼠疫肆虐的几个月被化为了抽象概念，朗贝尔拖着这副曾支撑着自己的血肉之躯，在惊惶不安中，等待着直面那些进城的人。

朗贝尔颇希望再次成为疫情初期的自己，想要一口气跑到城外，奔向和所爱之人的相聚。但他知道，这已经不再可能。他变了，鼠疫已使他变得心不在焉，他极力试图去否定这种状态，然而，这种感觉如暗暗的焦虑一样附在他身上。在某种意义上，他感觉鼠疫结束得太突然，他思想上还没转过弯。幸福来得飞快，事件的进展快过期待。朗贝尔知道，一切都将一股脑儿还给他，这欢乐好似烫嘴的山芋，没法急着品尝。

此外，所有人都像他一样，多多少少有这样的意识，应当讲讲所有人的情况了。在这火车站的站台上，他们重新开始其私人生活，他们之间用眼神和微笑相互致意时，仍然可以感觉到他们的一致。但是，自从他们看到火车的蒸汽，他们的流放感忽然之间就在一种疾风骤雨般的、含糊不清且令人发晕的欢乐中烟消云散了。当列车停下，当初常在这相同的站台上开始的没完没了的分离一瞬间便结束了，这一刻，一种狂喜的贪婪使大家的手臂搂住了他们已经忘却了其鲜活模样的那些身体。朗贝尔还没来得及看清朝他跑来的这身影，女人便已扑到了他怀里。他抱着她，将她的头紧紧地贴着自己，他只能看到那熟悉的头发，朗贝尔任由自己的泪水流着，不知道这眼泪是因为当下的幸福还是因为压抑了太久的痛苦，至少可以肯定，眼泪免去了他核实这张埋在他肩窝里的脸，是否是他朝思暮想的脸，或者反倒是一个陌生女人的脸。他稍晚就会知道，他的怀疑是否确实。此刻，他愿意跟周围的人一样，显露出相信的样子，也即鼠疫可以来了又走，人心却不会因此而变。

于是，人们彼此相拥，各回各家，对周围的世界视而不见，看上去像战胜了鼠疫，忘记了一切苦难以及来自同一趟列车的别的人——那些人没找到任何亲人，打算回家证实因久无音讯已然在他们心里滋生的担忧。对于这后一批人，现在陪伴他们的只有新生之痛，对于另一些人，此刻他们正一心思念着亡人，这两类人群完全属于截然不同的另一番景象，其离愁别恨已经达到了巅峰。这些人——无论是母亲、配偶还是情人——已经失去了全部的欢乐，因为其亲人现在已经搞不清埋在哪一处无名的墓穴中，或是混在一大堆骨灰里，对于他们，这是永远的鼠疫。

但是谁会想到这些孤独的人呢？中午，阳光战胜了从清晨起就与其进行较量的寒风，持续不断地向这座城市倾泻着纹丝不动的光芒。白昼停顿了。山丘顶上要塞里的一门门大炮，不停地在固定的天空中轰鸣。整个城市的人都奔到了外面，庆祝这令人窒息的激动时刻，此时此刻，痛苦的时期结束了，而遗忘的时期尚未开始。

人们在所有的广场上跳舞。很快，交通流量便显著增长，汽车变得越发多了，在拥挤不堪的街道上费劲地行驶着。整个下午，城市里的钟声悠扬地响着，回荡在像镀了一层金的蔚蓝天空中。各个教堂确实都在举行感恩礼拜。但与此同时，消遣的场所都挤爆了，咖啡馆不再担心未来，把最后的烧酒全供应出来了。在它们的柜台前面，一群人扎着堆儿，个个都同样的兴奋，在其中，很多对男女搂在一起，在大庭广众之下亦毫无顾忌。所有人喊叫着或欢笑着。在这几个月里每个人搁置了自己的灵魂所储存的生命力，他们要在这一天将其挥霍殆尽，这就像是他们的幸存之日。等到次日，生活本身才会小心谨慎地开始。眼下，出身大不相同的人们欢聚一堂、亲如手足。死亡的出现在事实上未能实现的平等，解脱的欢乐却做到了，至少在几个小时里能够如是。

但是，这种平庸的洋溢奔放并不能说明一切，那天傍晚，充斥在街头、在朗贝尔身旁的人们，往往以平静的姿态来掩饰更为微妙的幸福。其实很多夫妇和家庭从外表上看只是神态平和的散步者。实际上，大多数人是在到他们受过苦的地方进行温情的瞻仰。这是向新来的人指出鼠疫或显或隐的标记，即鼠疫的历史遗迹。在某种情况下，人们满足于扮作向导，扮作见多识广的那一类人，扮作鼠疫的亲历者，谈到危险的时候绝口不提恐惧。这些乐趣是无害的。但在另一种情况下，这涉及的是更令人心头一颤的路线，走在这路线上，一个情人沉浸在回忆甜蜜的苦恼中，会对其女伴说："当时，就在这地方，我想要你，可你却不在。"这些热情的游客们这时可能自己会认识到，走在一片嘈杂声中，他们构成了一个个交心私语的孤岛。正是他们，比十字街头的乐队更好地宣告了真正的解脱。因为这些情侣们心花怒放，紧紧地贴在一起，并且话不多，带着极大的满足和幸福的不公，在喧嚣声中证明了鼠疫已经结束，恐怖已经过去。与事实相悖，他们心安地否认我们曾经历过这荒诞的世界，在其中杀死一个人跟拍死一只苍蝇一样稀松平常，他们还否认这十分确凿的野蛮状态，否认这算计过的狂暴，否认这种对任何不是现行秩序的东西带来可怕的毫无约束的监禁，否认这种使所有没被杀死的人惊到目瞪口呆的死亡气息，最后他们否认，我们曾经是这群震惊不已的居民，每天，其中的一部分人会堆到焚尸炉里，化为浓烟，而另一部分人身负着无能为力和恐惧心惊的锁链，等着轮到他们这样。

不管怎样，这就是映入里厄医生眼帘的景象，他在黄昏时分独自前往郊区，穿过钟声、炮声、乐声和震耳欲聋的叫喊声。他的工作还得继续，因为病人没有休假。在细腻的绚丽夕照中，飘起了过去烤肉和茴香酒的味道。在他周围，那些快活的面孔仰望着天空。男男女女，紧紧地你勾着我我勾着你，脸上满是激情，带着全然的兴奋和欲望的呼喊。是的，鼠疫和恐惧都结束了，这些挽着的手臂实际上说明，从词语的深层含义来说，鼠疫曾经就是流放和分离。

数月来的第一次，里厄得以对在所有行人的脸上读到的这亲如一家的神色给出一个名头。现在看看其周围就足以明了。到了鼠疫的尾声，由于生活困顿，缺吃少穿，所有这些人最终都披上了他们早扮演了很久的角色的服装，也即是移民的服装，首先是他们的面容，现在是他们的穿着，都说明了其背井离乡。

从鼠疫导致封城的那一刻起，他们便只生活在别离之中，他们被截去了使人忘记一切的这人类的温暖。在这座城市的每一个角落，在不同的程度上，这些男人和这些女人都曾渴望着重逢，这种重逢对每个人来说性质并不相同，但对于每个人来说，却是同样的不可能。大多数人曾用尽全力向别离的亲人呼唤，呼唤肉体的温暖，还有温情和习惯。某些人常常在不知不觉中，痛苦于被甩到了与人的友情之外，再也无法通过信件、火车、轮船等惯常的办法与友人联系交往。其他更少的一些人，可能像塔鲁那样的，曾经渴望与某种他们无法定义的东西汇合，这看似是唯一令他们向往的善。由于没有别的名称，他们有时便称之为安宁。

里厄依然在走着。随着他的前行，他周围的人越发多了起来，喧嚣声也越发的大，他觉得他想去的郊区也在相应地后退。渐渐地，他融入这嘶吼着的庞大人流中，他越来越理解这呐喊，至少部分地来说，这也是他的呐喊。是的，所有人都曾一起受苦，既有肉体上的也有心灵上的，因为一段艰难的生活空档期、一场无法补救的流放、一种从未被得到满足的渴望。在这些堆积如山的尸体中，在救护车的铃声中，在被认为是所谓的命运的警告声中，在如蛆附骨的恐惧和他们内心激烈的反抗中，一种重要的箴言在不停地流布，对这些惊恐中的人发出警告，跟他们说必须返回他们真正的故乡。对他们所有人来说，真正的故乡存在于这座窒息的城市的城墙之外。这个故乡在山丘上芬芳的荆棘中，在大海里，在自由之地和爱情的沉甸甸中。他们想返回的，正是这个故乡、这种幸福，而对于其他的，他们心生厌烦，皆扭头不顾。

至于这种流放和重逢的渴望能产生什么意义，里厄一无所知。他依然在走着，到处被挤来挤去，被别人招呼着，他渐渐到了不太拥挤的街道，心里想着，这些事情有没有意义并不重要，但只应当看是什么回应了人们的希望。

从此他知道了，什么回应了希望，走在郊区头几条几乎冷冷清清的街道上，他对此看得更为清晰。那些局限于其一亩三分地的人，仅仅是渴望回到他们爱情的安乐窝，有时会得偿所愿。当然，他们中的某些人继续孤单地在城市里走着，他们失去了等待的亲人。有些人还是幸运的，没有像另一些人那样遭受两次别离——后一类人在疫情之前未能一下子就构建他们的爱情关系，又在好多年里盲目地追求难以实现的琴瑟和谐，最后彼此从情人成了冤家。这些人跟里厄一样，轻飘飘地指望时间来解决问题：他们的分离便成了永别。而另外一些人，像朗贝尔——医生上午离开他时甚至还对他说“勇敢点，现在应该是对的时候”——毫不迟疑地找回了他们以为失去了的亲人。至少在一段时间里，他们将是幸福的。他们现在知道，如果有一样我们总是渴望并且时而得到的东西，那便是人的温情。

相反，有些人想超越人类，寻求他们都想象不出的东西，那么就没有答案了。塔鲁似乎重返了他所说的那难以实现的安宁，但他只是在死亡中找到了，在这安宁已经对他毫无用处的时刻找到了。与此相反，那些里厄看到的在房屋门口的人，在夕照中紧紧相拥，激动地互相凝视，他们如愿以偿，因为他们要求的是唯一取决于他们自己的东西。在转到格朗和科塔尔住的那条街时，里厄想，那些满足于作为一个人、满足于他们可怜又可怕的爱情的人，时不时地得到欢乐的奖励，倒也是合理的。

这部叙事接近了尾声。贝尔纳·里厄医生是时候承认自己就是作者了。但是在叙述本书最后一些事件之前，他想至少说明一下他写这本书的原因，并且让人理解，他坚持秉承了客观见证者的语调。在整个鼠疫流行期间，他的职业使其得以接触大多数的同胞，并收集他们的感受。因此，他在一个很合适的平台，可以报道其所见所闻。不过，他希望以合乎要求的谨慎来做这件事。总的说来，他尽量不叙述不是他亲眼所见的事情，尽量不将简而言之不是必然产生的想法强加给他在鼠疫期间的战友们，他仅仅使用那些因偶然或不幸而落到他手里的文本材料。

这是为了某种罪行而被传唤作证，他有所保留，仿佛他颇适合做个善良的证人。但与此同时，遵循着一颗正直心灵的准则，他毅然站在受害者一边，想要加入人们，也即他的同胞们之中，他们共同拥有的唯一确定的事便是爱、痛苦和流放。正是如此，他同胞的种种焦虑不安他无不感同身受，他们的任何境遇也就是他的境遇。

为了做一个忠实的见证人，他尤其应该记述行为、文件和传言。但是，他个人要说的，他的期待和艰难困苦，他都应该闭口不谈。如果他使用了这些个人化的内容，这仅仅是为了理解或者使人理解他的同胞们，为了尽可能准确地把大部分时间他们模糊的感受表达出来。说实话，这种理性的努力几乎没让他费劲。当他想将自己的知心话直接汇入千百个鼠疫患者的声音里，但转念一想又算了，他的每一种痛苦同时也是别人的痛苦，在一个痛苦往往是如此孤独的世界上，众人能共患难倒是一个优势。显而易见，他应该为所有人说话。

但是，我们的同胞中至少有一个人，里厄医生无法替他说话。实际上，某一天塔鲁曾对里厄说起过此人："他唯一真正的罪，便是在他心里，赞成使儿童和成人殒命的东西。其他的，我理解他，但这一点上，我迫不得已才会原谅他。"这部叙事在他这里结束倒是对的，此人有着无知的心灵，也就是说很孤独。当里厄走出节日般喧闹的大街，转进格朗和科塔尔住的那条街道时，却被警察们拦住了。他没料到会这样。远处欢庆的喧闹让这片街区显得很安静，他将这里也想象得既冷清又寂静。他出示了证件。

“不让过，医生，”警察说，“有个疯子朝人群开枪。但请您就待在这儿，可能用得上您。”

这时，里厄看到格朗朝自己走来。格朗也什么都不知道。警察不让他过去，他听说枪击来自他那栋房屋。远远地，可以看到房子的正面被没有了热力的最后一缕阳光镀成了金黄。房屋的周围有一大片空地，一直延伸到对面的人行道。在马路中间，可以清楚地看到一顶帽子和一块脏布。在街道另一头，里厄和格朗能远远看到一排警察，和拦住他们往前的这排警察平行，在远处那排警察后面，一些街区的居民快速地来回走过。他们仔细观察，还发现一些警察拿着手枪，躲在那栋房屋对面的一些建筑物门后。那栋房屋的百叶窗全都关着。然而在三楼，一扇百叶窗似乎半开着。街上寂静无声。只听到从市中心传来的零星的音乐声。

一瞬间，那栋房屋对面的某一个建筑里，爆出两声枪响，那扇半开的百叶窗碎片横飞。随后，又是寂静。在白天的喧嚣之后，远处这景象让里厄觉得有些不真实。

“这是科塔尔的窗户，”格朗突然十分激动地说，“可是科塔尔已经消失了。”

“为什么开枪？”里厄问警察。

“我们正在转移他的注意力。我们在等一辆车，带着必要的装备，因为他朝着想进那栋房子大门的人开枪。已经有一个警察中枪了。”

“他为什么开枪？”

“不知道。人们在街上玩。第一声枪响，他们没明白怎么回事。第二声枪响，有人叫了起来，一个人受伤了，大家都逃走了。一个疯子，这都什么玩意儿！”

在重新恢复的寂静中，一分一秒似乎都很难熬。忽然，街道的另一头，他们看到蹿出来一条狗，这是里厄很久以来看到的第一条狗，一条肮脏的西班牙种猎犬，它的主人应该是将它一直藏着，这狗沿着墙一溜小跑。快到那栋房屋的大门口，它迟疑着，一屁股坐下了，然后翻身去咬跳蚤。警察吹了几声哨子唤它。它抬起头，然后决定慢慢穿过马路去闻闻那顶帽子。就在这时，一颗子弹从三楼射出，这条狗像一块薄饼一样翻倒，拼命挥动着爪子，最终侧身倒下，抽搐了许久。作为还击，从对面的门后面，五、六声枪响又一次将那百叶窗打得支离破碎。再度的安静。太阳又落下去了一点，阴影开始接近科塔尔的窗户。医生身后的街道上，响起了轻轻的刹车声。

“他们来了。”警察说。

一些警察背朝外下了车，带着绳索、梯子以及包着油布的两个长方形包裹。他们走进一条绕着那片房子的街道，就在格朗那屋的对面。过了一会儿，大家更多是猜的而不是看到的，那些房子的门里出现了某种骚动。之后，大家等待着。那条狗已不再动弹，现已躺在一摊深暗的血泊中。

突然之间，从警察占据的那些房子的窗户里，爆出一阵冲锋枪的射击声。随着这通射击，依然被瞄准着的那扇百叶窗被打得如同彻底掉光了枝叶，只剩下一个毫无遮掩的黑洞，里厄和格朗从他们所在的位置，什么都看不清楚。当这通射击停止之后，第二支冲锋枪哒哒哒打响了，从更远一座房屋的另一个角度。子弹无疑打进了窗框，因为其中的一颗打飞了砖头的一块碎片。与此同时，三名警察跑着穿过马路，冲进那扇大门。其他三名警察也几乎立马冲了出去，冲锋枪的射击停下了。大家依然等待着。远远的两声炸响在那栋房子里回荡着。接着，在扬起的一阵嘈杂声中，可以看见一个矮小的男人从屋里出来了，与其说他是被拖出来的不如说是被扛出来的，此人只穿着衬衫，不停地叫嚷着。好像发生了奇迹一般，所有临街关着的百叶窗都打开了，窗口挤满了好奇的围观者，而有一群人则从房子里出来了，挤在警戒线的后面。那一刻，人们看到矮小的男人在马路中间，双脚终于着了地，双臂被警察反剪着。他叫喊着。一个警察走近他，从容不迫地狠狠给了他两拳，揍得很是投入。

“是科塔尔，”格朗含糊不清地说，“他疯了。”

科塔尔倒了下去。大家又看到那警察冲着这倒在地上的一摊肉飞起一脚。之后，嘈杂的一群人躁动着朝医生和他的老朋友走了过来。

“走开！”警察喝道。

当那群人从他面前走过时，里厄移开了他的目光。

格朗和医生在最后的一丝暮色中离去。这个事件似乎唤醒了沉睡中麻木的街区，这些偏僻的街道又一次充满了欢腾的人群带来的人声鼎沸。在房子前，格朗跟医生道了别。他要去工作。但是上楼的时候，他对医生说，他已经给让娜写了信，现在他自己挺高兴。此外，他已重写了那个句子，他说：“我删掉了所有的形容词。”

带着一丝狡黠的微笑，他脱下帽子，做了个礼节性地欠身致意的动作。但里厄在想着科塔尔，他朝老哮喘病人家里走去的时候，打在科塔尔脸上那两拳沉闷的声音，一直萦绕着他。也许想到有罪的人比想到死人更令人难受。

里厄到达其老病患家里时，黑夜已经吞噬了整个天空。在房间里，可以听到远处欢庆自由的喧闹，老人还是那样，继续倒腾着他的鹰嘴豆。

“他们有理由撒撒欢，”他说，“必须酸甜苦辣全齐才成其为世界。医生，您的同事怎么样了？”

一阵炸响传到他们这里，但这是祥和的——一些孩子在放鞭炮。

“他死了。”医生一边说，一边给老人喘得呼哧呼哧的胸部听诊。

“啊！”老头有点愣住了。

“因为鼠疫。”里厄补充道。

“是啊，”过了片刻老头承认说，“天妒英才。这就是生活。不过他是个知道自己要什么的人。”

“您为什么这么说？”医生收拾好听诊器问道。

“没为什么。他不说废话。总之，我挺喜欢他。不过也就是这样罢了。其他人说：‘这是鼠疫，我们摊上了鼠疫。’他们差点儿就要求给他们授勋了。但是鼠疫意味着什么？这是生活，仅此而已。”

“您得定期做熏蒸疗法。”

“噢！您不用担心。我的日子还长着呢，我会看到他们全死完。我呀，我知道怎么保命。”

远处的欢呼声回应着他。医生在房间中央停了下来。

“我去屋顶平台您不介意吧？”

“不会。您想到上面看看他们，嗯？您请便。不过他们总是老样子。”

里厄朝楼梯走去。

“您说说，医生，他们要为死于鼠疫的人建一座纪念碑，这是真的吗？”

“报上这么说的，一个石碑或一块牌子。”

“我早就确信会这样，并且还会有人演讲。”

老头笑得呼吸都快接不上了。

“我在这里就听得到他们说‘我们那些死者……’，然后他们将会去大快朵颐。”

里厄已经爬上了楼梯。辽阔而清冷的天空在房子上方闪烁，靠近山丘的那边，星星像燧石般坚硬。这个夜晚跟上次塔鲁和他来到这平台上忘却鼠疫的那个夜晚并无什么不同。但是今天，悬崖下的大海比当时更加喧闹。空气静止不动，轻飘飘的，已经除去了秋季的暖风带来的咸味。然而，城市的喧嚣声浪依然拍打着屋顶平台的墙角。但这个夜晚是解脱的夜，而不是反抗的夜。远处，黑暗中的淡淡红光表明了灯火通明的大道与广场的位置。在现已解放的这个夜晚，欲望没有了束缚，正是其放声吟啸一直传到了里厄这里。

从黑暗的港口，升起第一轮官方燃放的欢庆烟花。这座城市对此发出了长时间深沉的欢呼。科塔尔、塔鲁、里厄曾经爱过又失去的男男女女，所有人——死去的或有罪的——都已被忘却。哮喘老头说得对，人们总是老样子。但这就是他们的力量和无辜之所在，正是在这里，里厄超越了一切痛苦，感到自己又跟他们汇聚在一起。在越来越起劲和越来越持久的呐喊声中——这声音久久回荡在平台的墙脚——伴随着空中升起更多绚丽多彩的烟花，里厄医生于是决定撰写至此便告结束的这部叙事，为的是不做那种沉默的人，为的是帮那些鼠疫患者作证，为的是至少给这些人所遭受的不公正和粗暴的待遇留下一段记忆，为的是如实说出我们在灾难中所学到的，也就是说在人的身上，值得赞美的东西多于应予鄙视的东西。

但是，他也知道，这部叙事不能作为最终胜利的叙事。它只是一个见证，即在反抗恐怖及其不知疲倦的武器时，人们曾经必须去做些什么，无疑在今后也还应当这么去做，尽管有个人的痛苦，但是，既不能成为圣人又拒绝屈从于灾难的所有人，该去努力做好医生。

确实，听着这座城市里升腾而起的欢乐喧哗，里厄想起，这欢乐始终受到威胁。因为他知道这欢乐的人群所不知道的，可以在书中看到，鼠疫杆菌永远不会死亡和消失，它能够在家具和衣服织物中休眠数十年，它在房间、地窖、箱子、手帕和废纸里耐心等待着，也许有朝一日，为了给人们带去灾祸和教训，鼠疫又将唤醒老鼠，打发它们死在一座幸福的城市里。

ALBERT CAMUS

La peste

(1947)

Table des matières

Il est aussi raisonnable de représenter une espèce d'emprisonnement par une autre que de représenter n'importe quelle chose qui existe réellement par quelque chose qui n'existe pas.

Daniel de Foe.

I

Les curieux événements qui font le sujet de cette chronique se sont produits en 194... à Oran. De l'avis général, ils n'y étaient pas à leur place, sortant un peu de l'ordinaire. À première vue, Oran est, en effet, une ville ordinaire et rien de plus qu'une préfecture française de la côte algérienne.

La cité elle-même, on doit l'avouer, est laide. D'aspect tranquille, il faut quelque temps pour apercevoir ce qui la rend différente de tant dáutres villes commerçantes, sous toutes les latitudes. Comment faire imaginer, par exemple, une ville sans pigeons, sans arbres et sans jardins, où l'on ne rencontre ni battements d'ailes ni froissements de feuilles, un lieu neutre pour tout dire ? Le changement des saisons ne s'y lit que dans le ciel. Le printemps s'annonce seulement par la qualité de l'air ou par les corbeilles de fleurs que de petits vendeurs ramènent des banlieues ; c'est un printemps qu'on vend sur les marchés. Pendant l'été, le soleil incendie les maisons trop sèches et couvre les murs d'une cendre grise ; on ne peut plus vivre alors que dans l'ombre des volets clos. En automne, c'est, au contraire, un déluge de boue. Les beaux jours viennent seulement en hiver.

Une manière commode de faire la connaissance d'une ville est de chercher comment on y travaille, comment on y aime et comment on y meurt. Dans notre petite ville, est-ce l'effet du climat, tout cela se fait ensemble, du même air frénétique et absent. C'est-à-dire qu'on s'y ennuie et qu'on s'y applique à prendre des habitudes. Nos concitoyens travaillent beaucoup, mais toujours pour s'enrichir. Ils s'intéressent surtout au commerce et ils s'occupent d'abord, selon leur expression, de faire des affaires. Naturellement, ils ont du goût aussi pour les joies simples, ils aiment les femmes, le cinéma et les bains de mer. Mais, très raisonnablement, ils réservent ces plaisirs pour le samedi soir et le dimanche, essayant, les autres jours de la semaine, de gagner beaucoup d'argent. Le soir, lorsqu'ils quittent leurs bureaux, ils se réunissent à heure fixe dans les cafés, ils se promènent sur le même boulevard ou bien ils se mettent à leurs balcons. Les désirs des plus jeunes sont violents et brefs, tandis que les vices des plus âgés ne dépassent pas les associations de boulomanes, les banquets des amicales et les cercles où l'on joue gros jeu sur le hasard des cartes.

On dira sans doute que cela n'est pas particulier à notre ville et qu'en somme tous nos contemporains sont ainsi. Sans doute, rien n'est plus naturel, aujourd'hui, que de voir des gens travailler du matin au soir et choisir ensuite de perdre aux cartes, au café, et en bavardages, le temps qui leur reste pour vivre. Mais il est des villes et des pays où les gens ont, de temps en temps, le soupçon d'autre chose. En général, cela ne change pas leur vie. Seulement il y a eu le soupçon et c'est toujours cela de gagné. Oran, au contraire, est apparemment une ville sans soupçons, c'est-à-dire une ville tout à fait moderne. Il n'est pas nécessaire, en conséquence, de préciser la façon dont on s'aime chez nous. Les hommes et les femmes, ou bien se dévorent rapidement dans ce qu'on appelle l'acte d'amour, ou bien s'engagent dans une longue habitude à deux. Entre ces extrêmes, il n'y a pas souvent de milieu. Cela non plus n'est pas original. À Oran comme ailleurs, faute de temps et de réflexion, on est bien obligé de s'aimer sans le savoir.

Ce qui est plus original dans notre ville est la difficulté qu'on peut y trouver à mourir. Difficulté, d'ailleurs, n'est pas le bon mot et il serait plus juste de parler d'inconfort. Ce n'est jamais agréable d'être malade, mais il y a des villes et des pays qui vous soutiennent dans la maladie, où l'on peut, en quelque sorte, se laisser aller. Un malade a besoin de douceur, il aime à s'appuyer sur quelque chose, c'est bien naturel. Mais à Oran, les excès du climat, l'importance des affaires qu'on y traite, l'insignifiance du décor, la rapidité du crépuscule et la qualité des plaisirs, tout demande la bonne santé. Un malade s'y trouve bien seul. Qu'on pense alors à celui qui va mourir, pris au piège derrière des centaines de murs crépitants de chaleur, pendant qu'à la même minute, toute une population, au téléphone ou dans les cafés, parle de traites, de connaissements et d'escompte. On comprendra ce qu'il peut y avoir d'inconfortable dans la mort, même moderne, lorsqu'elle survient ainsi dans un lieu sec.

Ces quelques indications donnent peut-être une idée suffisante de notre cité. Au demeurant, on ne doit rien exagérer. Ce qu'il fallait souligner, c'est l'aspect banal de la ville et de la vie. Mais on passe ses journées sans difficultés aussitôt qu'on a des habitudes. Du moment que notre ville favorise justement les habitudes, on peut dire que tout est pour le mieux. Sous cet angle, sans doute, la vie n'est pas très passionnante. Du moins, on ne connaît pas chez nous le désordre. Et notre population franche, sympathique et active, a toujours provoqué chez le voyageur une estime raisonnable. Cette cité sans pittoresque, sans végétation et sans âme finit par sembler reposante et on s'y endort enfin. Mais il est juste d'ajouter qu'elle s'est greffée sur un paysage sans égal, au milieu d'un plateau nu, entouré de collines lumineuses, devant une baie au dessin parfait. On peut seulement regretter qu'elle se soit construite en tournant le dos à cette baie et que, partant, il soit impossible d'apercevoir la mer qu'il faut toujours aller chercher.

Arrivé là, on admettra sans peine que rien ne pouvait faire espérer à nos concitoyens les incidents qui se produisirent au printemps de cette année-là et qui furent, nous le comprîmes ensuite, comme les premiers signes de la série des graves événements dont on s'est proposé de faire ici la chronique. Ces faits paraîtront bien naturels à certains et, à d'autres, invraisemblables au contraire. Mais, après tout, un chroniqueur ne peut tenir compte de ces contradictions. Sa tâche est seulement de dire : « Ceci est arrivé » , lorsqu'il sait que ceci est, en effet, arrivé, que ceci a intéressé la vie de tout un peuple, et qu'il y a donc des milliers de témoins qui estimeront dans leur cœur la vérité de ce qu'il dit.

Du reste, le narrateur, qu'on connaîtra toujours à temps, n'aurait guère de titre à faire valoir dans une entreprise de ce genre si le hasard ne l'avait mis à même de recueillir un certain nombre de dépositions et si la force des choses ne l'avait mêlé à tout ce qu'il prétend relater. C'est ce qui l'autorise à faire œuvre d'historien. Bien entendu, un historien, même s'il est un amateur, a toujours des documents. Le narrateur de cette histoire a donc les siens : son témoignage d'abord, celui des autres ensuite, puisque, par son rôle, il fut amené à recueillir les confidences de tous les personnages de cette chronique, et, en dernier lieu, les textes qui finirent par tomber entre ses mains. Il se propose d'y puiser quand il le jugera bon et de les utiliser comme il lui plaira. Il se propose encore... Mais il est peut-être temps de laisser les commentaires et les précautions de langage pour en venir au récit lui-même. La relation des premières journées demande quelque minutie.

Le matin du 16 avril, le docteur Bernard Rieux sortit de son cabinet et buta sur un rat mort, au milieu du palier. Sur le moment, il écarta la bête sans y prendre garde et descendit l'escalier. Mais, arrivé dans la rue, la pensée lui vint que ce rat n'était pas à sa place et il retourna sur ses pas pour avertir le concierge. Devant la réaction du vieux M. Michel, il sentit mieux ce que sa découverte avait d'insolite. La présence de ce rat mort lui avait paru seulement bizarre tandis que, pour le concierge, elle constituait un scandale. La position de ce dernier était d'ailleurs catégorique : il n'y avait pas de rats dans la maison. Le docteur eut beau l'assurer qu'il y en avait un sur le palier du premier étage, et probablement mort, la conviction de M. Michel restait entière. Il n'y avait pas de rats dans la maison, il fallait donc qu'on eût apporté celui-ci du dehors. Bref, il s'agissait d'une farce.

Le soir même, Bernard Rieux, debout dans le couloir de l'immeuble, cherchait ses clefs avant de monter chez lui, lorsqu'il vit surgir, du fond obscur du corridor, un gros rat à la démarche incertaine et au pelage mouillé. La bête s'arrêta, sembla chercher un équilibre, prit sa course vers le docteur, s'arrêta encore, tourna sur elle même avec un petit cri et tomba enfin en rejetant du sang par les babines entrouvertes. Le docteur la contempla un moment et remonta chez lui.

Ce n'était pas au rat qu'il pensait. Ce sang rejeté le ramenait à sa préoccupation. Sa femme, malade depuis un an, devait partir le lendemain pour une station de montagne. Il la trouva couchée dans leur chambre, comme il lui avait demandé de le faire. Ainsi se préparait-elle à la fatigue du déplacement. Elle souriait.

-Je me sens très bien, disait-elle.

Le docteur regardait le visage tourné vers lui dans la lumière de la lampe de chevet. Pour Rieux, à trente ans et malgré les marques de la maladie, ce visage était toujours celui de la jeunesse, à cause peut-être de ce sourire qui emportait tout le reste.

-Dors si tu peux, dit-il. La garde viendra à onze heures et je vous mènerai au train de midi.

Il embrassa un front légèrement moite. Le sourire l'accompagna jusqu'à la porte.

Le lendemain 17 avril, à huit heures, le concierge arrêta le docteur au passage et accusa des mauvais plaisants d'avoir déposé trois rats morts au milieu du couloir. On avait dû les prendre avec de gros pièges, car ils étaient pleins de sang. Le concierge était resté quelque temps sur le pas de la porte, tenant les rats par les pattes, et attendant que les coupables voulussent bien se trahir par quelque sarcasme. Mais rien n'était venu.

-Ah ! ceux-là, disait M. Michel, je finirai par les avoir.

Intrigué, Rieux décida de commencer sa tournée par les quartiers extérieurs où habitaient les plus pauvres de ses clients. La collecte des ordures s'y faisait beaucoup plus tard et l'auto qui roulait le long des voies droites et poussiéreuses de ce quartier frôlait les boîtes de détritus, laissées au bord du trottoir. Dans une rue qu'il longeait ainsi, le docteur compta une douzaine de rats jetés sur les débris de légumes et les chiffons sales.

Il trouva son premier malade au lit, dans une pièce donnant sur la rue et qui servait à la fois de chambre à coucher et de salle à manger. C'était un vieil Espagnol au visage dur et raviné. Il avait devant lui, sur la couverture, deux marmites remplies de pois. Au moment où le docteur entrait, le malade, à demi dressé dans son lit, se renversait en arrière pour tenter de retrouver son souffle caillouteux de vieil asthmatique. Sa femme apporta une cuvette.

-Hein, docteur, dit-il pendant la piqûre, ils sortent, vous avez vu ?

-Oui, dit la femme, le voisin en a ramassé trois.

Le vieux se frottait les mains.

-Ils sortent, on en voit dans toutes les poubelles, c'est la faim !

Rieux n'eut pas de peine à constater ensuite que tout le quartier parlait des rats. Ses visites terminées, il revint chez lui.

-Il y a un télégramme pour vous, là-haut, dit M. Michel.

Le docteur lui demanda s'il avait vu de nouveaux rats.

-Ah ! non, dit le concierge, je fais le guet, vous comprenez. Et ces cochons-là n'osent pas.

Le télégramme avertissait Rieux de l'arrivée de sa mère pour le lendemain. Elle venait s'occuper de la maison de son fils, en l'absence de la malade. Quand le docteur entra chez lui, la garde était déjà là. Rieux vit sa femme debout, en tailleur, et avec les couleurs du fard. Il lui sourit :

-C'est bien, dit-il, très bien.

Un moment après, à la gare, il l'installait dans le wagon-lit. Elle regardait le compartiment.

-C'est trop cher pour nous, n'est-ce pas ?

-Il le faut, dit Rieux.

-Qu'est-ce que c'est que cette histoire de rats ?

-Je ne sais pas. C'est bizarre, mais cela passera.

Puis il lui dit très vite qu'il lui demandait pardon, il aurait dû veiller sur elle et il l'avait beaucoup négligée. Elle secouait la tête, comme pour lui signifier de se taire. Mais il ajouta :

-Tout ira mieux quand tu reviendras. Nous recommencerons.

-Oui, dit-elle, les yeux brillants, nous recommencerons.

Un moment après, elle lui tournait le dos et regardait à travers la vitre. Sur le quai, les gens se pressaient et se heurtaient. Le chuintement de la locomotive arrivait jusqu'à eux. Il appela sa femme par son prénom et, quand elle se retourna, il vit que son visage était couvert de larmes.

-Non, dit-il doucement.

Sous les larmes, le sourire revint, un peu crispé. Elle respira profondément :

-Va-t'en, tout ira bien.

Il la serra contre lui, et sur le quai maintenant, de l'autre côté de la vitre, il ne voyait plus que son sourire.

-Je t'en prie, dit-il, veille sur toi.

Mais elle ne pouvait pas l'entendre.

Près de la sortie, sur le quai de la gare, Rieux heurta M. Othon, le juge d'instruction, qui tenait son petit garçon par la main. Le docteur lui demanda s'il partait en voyage. M. Othon, long et noir, et qui ressemblait moitié à ce qu'on appelait autrefois un homme du monde, moitié à un croque-mort, répondit d'une voix aimable, mais brève :

-J'attends Mme Othon qui est allée présenter ses respects à ma famille.

La locomotive siffla.

-Les rats..., dit le juge.

Rieux eut un mouvement dans la direction du train, mais se retourna vers la sortie.

-Oui, dit-il, ce n'est rien.

Tout ce qu'il retint de ce moment fut le passage d'un homme d'équipe qui portait sous le bras une caisse pleine de rats morts.

L'après-midi du même jour, au début de sa consultation, Rieux reçut un jeune homme dont on lui dit qu'il était journaliste et qu'il était déjà venu le matin. Il s'appelait Raymond Rambert. Court de taille, les épaules épaisses, le visage décidé, les yeux clairs et intelligents, Rambert portait des habits de coupe sportive et semblait à l'aise dans la vie. Il alla droit au but. Il enquêtait pour un grand journal de Paris sur les conditions de vie des Arabes et voulait des renseignements sur leur état sanitaire. Rieux lui dit que cet état n'était pas bon. Mais il voulait savoir, avant d'aller plus loin, si le journaliste pouvait dire la vérité.

-Certes, dit l'autre.

-Je veux dire, pouvez-vous porter condamnation totale ?

-Totale, non, il faut bien le dire. Mais je suppose que cette condamnation serait sans fondement.

Doucement, Rieux dit qu'en effet une pareille condamnation serait sans fondement, mais qu'en posant cette question, il cherchait seulement à savoir si le témoignage de Rambert pouvait ou non être sans réserves.

-Je n'admets que les témoignages sans réserves. Je ne soutiendrai donc pas le vôtre de mes renseignements.

-C'est le langage de Saint-Just, dit le journaliste en souriant.

Rieux dit sans élever le ton qu'il n'en savait rien, mais que c'était le langage d'un homme lassé du monde où il vivait, ayant pourtant le goût de ses semblables et décidé à refuser, pour sa part, l'injustice et les concessions. Rambert, le cou dans les épaules, regardait le docteur.

-Je crois que je vous comprends, dit-il enfin en se levant.

Le docteur l'accompagnait vers la porte :

-Je vous remercie de prendre les choses ainsi.

Rambert parut impatienté :

-Oui, dit-il, je comprends, pardonnez-moi ce dérangement.

Le docteur lui serra la main et lui dit qu'il y aurait un curieux reportage à faire sur la quantité de rats morts qu'on trouvait dans la ville en ce moment.

-Ah ! s'exclama Rambert, cela m'intéresse.

À dix-sept heures, comme il sortait pour de nouvelles visites, le docteur croisa dans l'escalier un homme encore jeune, à la silhouette lourde, au visage massif et creusé, barré d'épais sourcils. Il l'avait rencontré, quelquefois, chez les danseurs espagnols qui habitaient le dernier étage de son immeuble. Jean Tarrou fumait une cigarette avec application en contemplant les dernières convulsions d'un rat qui crevait sur une marche, à ses pieds. Il leva sur le docteur le regard calme et un peu appuyé de ses yeux gris, lui dit bonjour et ajouta que cette apparition des rats était une curieuse chose.

-Oui, dit Rieux, mais qui finit par être agaçante.

-Dans un sens, docteur, dans un sens seulement. Nous n'avons jamais rien vu de semblable, voilà tout. Mais je trouve cela intéressant, oui, positivement intéressant.

Tarrou passa la main sur ses cheveux pour les rejeter en arrière, regarda de nouveau le rat, maintenant immobile, puis sourit à Rieux :

-Mais, en somme, docteur, c'est surtout l'affaire du concierge.

Justement, le docteur trouva le concierge devant la maison, adossé au mur près de l'entrée, une expression de lassitude sur son visage d'ordinaire congestionné.

-Oui, je sais, dit le vieux Michel à Rieux qui lui signalait la nouvelle découverte. C'est par deux ou trois qu'on les trouve maintenant. Mais c'est la même chose dans les autres maisons.

Il paraissait abattu et soucieux. Il se frottait le cou d'un geste machinal. Rieux lui demanda comment il se portait. Le concierge ne pouvait pas dire, bien entendu, que ça n'allait pas. Seulement, il ne se sentait pas dans son assiette. À son avis, c'était le moral qui travaillait. Ces rats lui avaient donné un coup et tout irait beaucoup mieux quand ils auraient disparu.

Mais le lendemain matin, 18 avril, le docteur qui ramenait sa mère de la gare trouva M. Michel avec une mine encore plus creusée : de la cave au grenier, une dizaine de rats jonchaient les escaliers. Les poubelles des maisons voisines en étaient pleines. La mère du docteur apprit la nouvelle sans s'étonner.

-Ce sont des choses qui arrivent.

C'était une petite femme aux cheveux argentés, aux yeux noirs et doux.

-Je suis heureuse de te revoir, Bernard, disait-elle. Les rats ne peuvent rien contre ça.

Lui approuvait ; c'était vrai qu'avec elle tout paraissait toujours facile.

Rieux téléphona cependant au service communal de dératisation, dont il connaissait le directeur. Celui-ci avait-il entendu parler de ces rats qui venaient en grand nombre mourir à l'air libre ? Mercier, le directeur, en avait entendu parler et, dans son service même, installé non loin des quais, on en avait découvert une cinquantaine. Il se demandait cependant si c'était sérieux. Rieux ne pouvait pas en décider, mais il pensait que le service de dératisation devait intervenir.

-Oui, dit Mercier, avec un ordre. Si tu crois que ça vaut vraiment la peine, je peux essayer d'obtenir un ordre.

-Ça en vaut toujours la peine, dit Rieux.

Sa femme de ménage venait de lui apprendre qu'on avait collecté plusieurs centaines de rats morts dans la grande usine où travaillait son mari.

C'est à peu près à cette époque en tout cas que nos concitoyens commencèrent à s'inquiéter. Car, à partir du 18, les usines et les entrepôts dégorgèrent, en effet, des centaines de cadavres de rats. Dans quelques cas, on fut obligé d'achever les bêtes, dont l'agonie était trop longue. Mais, depuis les quartiers extérieurs jusqu'au centre de la ville, partout où le docteur Rieux venait à passer, partout où nos concitoyens se rassemblaient, les rats attendaient en tas, dans les poubelles, ou en longues files, dans les ruisseaux. La presse du soir s'empara de l'affaire, dès ce jour-là, et demanda si la municipalité, oui ou non, se proposait d'agir et quelles mesures d'urgence elle avait envisagées pour garantir ses administrés de cette invasion répugnante. La municipalité ne s'était rien proposé et n'avait rien envisagé du tout, mais commença par se réunir en conseil pour délibérer. L'ordre fut donné au service de dératisation de collecter les rats morts, tous les matins, à l'aube. La collecte finie, deux voitures du service devaient porter les bêtes à l'usine d'incinération des ordures, afin de les brûler.

Mais dans les jours qui suivirent, la situation s'aggrava. Le nombre des rongeurs ramassés allait croissant et la récolte était tous les matins plus abondante. Dès le quatrième jour, les rats commencèrent à sortir pour mourir en groupes. Des réduits, des sous-sols, des caves, des égouts, ils montaient en longues files titubantes pour venir vaciller à la lumière, tourner sur eux-mêmes et mourir près des humains. La nuit, dans les couloirs ou les ruelles, on entendait distinctement leurs petits cris d'agonie. Le matin, dans les faubourgs, on les trouvait étalés à même le ruisseau, une petite fleur de sang sur le museau pointu, les uns gonflés et putrides, les autres raidis et les moustaches encore dressées. Dans la ville même, on les rencontrait par petits tas, sur les paliers ou dans les cours. Ils venaient aussi mourir isolément dans les halls administratifs, dans les préaux d'école, à la terrasse des cafés, quelquefois. Nos concitoyens stupéfaits les découvraient aux endroits les plus fréquentés de la ville. La Place d'Armes, les boulevards, la promenade du Front-de-Mer, de loin en loin, étaient souillés. Nettoyée à l'aube de ses bêtes mortes, la ville les retrouvait peu à peu, de plus en plus nombreuses, pendant la journée. Sur les trottoirs, il arrivait aussi à plus d'un promeneur nocturne de sentir sous son pied la masse élastique d'un cadavre encore frais. On eût dit que la terre même où étaient plantées nos maisons se purgeait de son chargement d'humeurs, qu'elle laissait monter à la surface des furoncles et des sanies qui, jusqu'ici, la travaillaient intérieurement. Qu'on envisage seulement la stupéfaction de notre petite ville, si tranquille jusque-là, et bouleversée en quelques jours, comme un homme bien portant dont le sang épais se mettrait tout d'un coup en révolution !

Les choses allèrent si loin que l'agence Ransdoc (renseignements, documentation, tous les renseignements sur n'importe quel sujet) annonça, dans son émission radiophonique d'informations gratuites, 6,231 rats collectés et brûlés dans la seule journée du 25. Ce chiffre, qui donnait un sens clair au spectacle quotidien que la ville avait sous les yeux, accrut le désarroi. Jusqu'alors, on s'était seulement plaint d'un accident un peu répugnant. On s'apercevait maintenant que ce phénomène dont on ne pouvait encore ni préciser l'ampleur ni déceler l'origine avait quelque chose de menaçant. Seul le vieil Espagnol asthmatique continuait de se frotter les mains et répétait :« Ils sortent, ils sortent » , avec une joie sénile.

Le 28 avril, cependant, Ransdoc annonçait une collecte de 8,000 rats environ et l'anxiété était à son comble dans la ville. On demandait des mesures radicales, on accusait les autorités, et certains qui avaient des maisons au bord de la mer parlaient déjà de s'y retirer. Mais, le lendemain, l'agence annonça que le phénomène avait cessé brutalement et que le service de dératisation n'avait collecté qu'une quantité négligeable de rats morts. La ville respira.

C'est pourtant le même jour, à midi, que le docteur Rieux, arrêtant sa voiture devant son immeuble, aperçut au bout de la rue le concierge qui avançait péniblement, la tête penchée, bras et jambes écartés, dans une attitude de pantin. Le vieil homme tenait le bras d'un prêtre que le docteur reconnut. C'était le Père Paneloux, un jésuite érudit et militant qu'il avait rencontré quelquefois et qui était très estimé dans notre ville, même parmi ceux qui sont indifférents en matière de religion. Il les attendit. Le vieux Michel avait les yeux brillants et la respiration sifflante. Il ne s'était pas senti très bien et avait voulu prendre l'air. Mais des douleurs vives au cou, aux aisselles et aux aines l'avaient forcé à revenir et à demander l'aide du Père Paneloux.

-Ce sont des grosseurs, dit-il. J'ai dû faire un effort.

Le bras hors de la portière, le docteur promena son doigt à la base du cou que Michel lui tendait ; une sorte de nœud de bois s'y était formé.

-Couchez-vous, prenez votre température, je viendrai vous voir cet après-midi.

Le concierge parti, Rieux demanda au Père Paneloux ce qu'il pensait de cette histoire de rats :

-Oh ! dit le Père, ce doit être une épidémie, et ses yeux sourirent derrière les lunettes rondes.

Après le déjeuner, Rieux relisait le télégramme de la maison de santé qui lui annonçait l'arrivée de sa femme, quand le téléphone se fit entendre, C'était un de ses anciens clients, employé de mairie, qui l'appelait. Il avait longtemps souffert d'un rétrécissement de l'aorte, et, comme il était pauvre, Rieux l'avait soigné gratuitement.

-Oui, disait-il, vous vous souvenez de moi. Mais il s'agit d'un autre. Venez vite, il est arrivé quelque chose chez mon voisin.

Sa voix s'essoufflait. Rieux pensa au concierge et décida qu'il le verrait ensuite. Quelques minutes plus tard, il franchissait la porte d'une maison basse de la rue Faidherbe, dans un quartier extérieur. Au milieu de l'escalier frais et puant, il rencontra Joseph Grand, l'employé, qui descendait à sa rencontre. C'était un homme d'une cinquantaine d'années, à la moustache jaune, long et voûté, les épaules étroites et les membres maigres.

-Cela va mieux, dit-il en arrivant vers Rieux, mais j'ai cru qu'il y passait.

Il se mouchait. Au deuxième et dernier étage, sur la porte de gauche, Rieux lut, tracé à la craie rouge :

« Entrez, je suis pendu. »

Ils entrèrent. La corde pendait de la suspension au-dessus d'une chaise renversée, la table poussée dans un coin. Mais elle pendait dans le vide.

-Je l'ai décroché à temps, disait Grand qui semblait toujours chercher ses mots, bien qu'il parlât le langage le plus simple. Je sortais, justement, et j'ai entendu du bruit. Quand j'ai vu l'inscription, comment vous expliquer, j'ai cru à une farce. Mais il a poussé un gémissement drôle, et même sinistre, on peut le dire.

Il se grattait la tête :

-À mon avis, l'opération doit être douloureuse. Naturellement, je suis entré.

Ils avaient poussé une porte et se trouvaient sur le seuil d'une chambre claire, mais meublée pauvrement. Un petit homme rond était couché sur le lit de cuivre. Il respirait fortement et les regardait avec des yeux congestionnés. Le docteur s'arrêta. Dans les intervalles de la respiration, il lui semblait entendre des petits cris de rats. Mais rien ne bougeait dans les coins. Rieux alla vers le lit. L'homme n'était pas tombé d'assez haut, ni trop brusquement, les vertèbres avaient tenu. Bien entendu, un peu d'asphyxie. Il faudrait avoir une radiographie. Le docteur fit une piqûre d'huile camphrée et dit que tout s'arrangerait en quelques jours.

-Merci, docteur, dit l'homme d'une voix étouffée.

Rieux demanda à Grand s'il avait prévenu le commissariat et l'employé prit un air déconfit :

-Non, dit-il, oh ! non. J'ai pensé que le plus pressé...

-Bien sûr, coupa Rieux, je le ferai donc.

Mais, à ce moment, le malade s'agita et se dressa dans le lit en protestant qu'il allait bien et que ce n'était pas la peine.

-Calmez-vous, dit Rieux. Ce n'est pas une affaire, croyez-moi, et il faut que je fasse ma déclaration.

-Oh ! fit l'autre.

Et il se rejeta en arrière pour pleurer à petits coups. Grand, qui tripotait sa moustache depuis un moment, s'approcha de lui.

-Allons, monsieur Cottard, dit-il. Essayez de comprendre. On peut dire que le docteur est responsable. Si, par exemple, il vous prenait l'envie de recommencer...

Mais Cottard dit, au milieu de ses larmes, qu'il ne recommencerait pas, que c'était seulement un moment d'affolement et qu'il désirait seulement qu'on lui laissât la paix. Rieux rédigeait une ordonnance.

-C'est entendu, dit-il. Laissons cela, je reviendrai dans deux ou trois jours. Mais ne faites pas de bêtises.

Sur le palier, il dit à Grand qu'il était obligé de faire sa déclaration, mais qu'il demanderait au commissaire de ne faire son enquête que deux jours après.

-Il faut le surveiller cette nuit. A-t-il de la famille ?

-Je ne la connais pas. Mais je peux veiller moi-même.

Il hochait la tête.

-Lui non plus, remarquez-le, je ne peux pas dire que je le connaisse. Mais il faut bien s'entraider.

Dans les couloirs de la maison, Rieux regarda machinalement vers les recoins et demanda à Grand si les rats avaient totalement disparu de son quartier. L'employé n'en savait rien. On lui avait parlé en effet de cette histoire, mais il ne prêtait pas beaucoup d'attention aux bruits du quartier.

-J'ai d'autres soucis, dit-il.

Rieux lui serrait déjà la main. Il était pressé de voir le concierge avant d'écrire à sa femme.

Les crieurs des journaux du soir annonçaient que l'invasion des rats était stoppée. Mais Rieux trouva son malade à demi versé hors du lit, une main sur le ventre et l'autre autour du cou, vomissant avec de grands arrachements une bile rosâtre dans un bidon d'ordures. Après de longs efforts, hors d'haleine, le concierge se recoucha. La température était à trente-neuf cinq, les ganglions du cou et les membres avaient gonflé, deux taches noirâtres s'élargissaient à son flanc. Il se plaignait maintenant d'une douleur intérieure.

-Ça brûle, disait-il, ce cochon-là me brûle.

Sa bouche fuligineuse lui faisait mâcher les mots et il tournait vers le docteur des yeux globuleux où le mal de tête mettait des larmes. Sa femme regardait avec anxiété Rieux qui demeurait muet.

-Docteur, disait-elle, qu'est-ce que c'est ?

-Ça peut être n'importe quoi. Mais il n'y a encore rien de sûr. Jusqu'à ce soir, diète et dépuratif. Qu'il boive beaucoup.

Justement, le concierge était dévoré par la soif.

Rentré chez lui, Rieux téléphonait à son confrère Richard, un des médecins les plus importants de la ville.

-Non, disait Richard, je n'ai rien vu d'extraordinaire.

-Pas de fièvre avec inflammations locales ?

-Ah ! si, pourtant, deux cas avec des ganglions très enflammés.

-Anormalement ?

-Heu, dit Richard, le normal, vous savez...

Le soir, dans tous les cas, le concierge délirait et, à quarante degrés, se plaignait des rats. Rieux tenta un abcès de fixation. Sous la brûlure de la térébenthine, le concierge hurla :« Ah ! les cochons !»

Les ganglions avaient encore grossi, durs et ligneux au toucher. La femme du concierge s'affolait :

-Veillez, lui dit le docteur, et appelez-moi s'il y a lieu.

Le lendemain, 30 avril, une brise déjà tiède soufflait dans un ciel bleu et humide. Elle apportait une odeur de fleurs qui venait des banlieues les plus lointaines. Les bruits du matin dans les rues semblaient plus vifs, plus joyeux qu'à l'ordinaire. Dans toute notre petite ville, débarrassée de la sourde appréhension où elle avait vécu pendant la semaine, ce jour-là était celui du renouveau. Rieux lui-même, rassuré par une lettre de sa femme, descendit chez le concierge avec légèreté. Et en effet, au matin, la fièvre était tombée à trente-huit degrés. Affaibli, le malade souriait dans son lit.

-Cela va mieux, n'est-ce pas, docteur ? dit sa femme.

-Attendons encore.

Mais, à midi, la fièvre était montée d'un seul coup à quarante degrés, le malade délirait sans arrêt et les vomissements avaient repris. Les ganglions du cou étaient douloureux au toucher et le concierge semblait vouloir tenir sa tête le plus possible éloignée du corps. Sa femme était assise au pied du lit, les mains sur la couverture, tenant doucement les pieds du malade. Elle regardait Rieux.

-Écoutez, dit celui-ci, il faut l'isoler et tenter un traitement d'exception. Je téléphone à l'hôpital et nous le transporterons en ambulance.

Deux heures après, dans l'ambulance, le docteur et la femme se penchaient sur le malade. De sa bouche tapissée de fongosités, des bribes de mots sortaient :« Les rats !» disait-il. Verdâtre, les lèvres cireuses, les paupières plombées, le souffle saccadé et court, écartelé par les ganglions, tassé au fond de sa couchette comme s'il eût voulu la refermer sur lui ou comme si quelque chose, venu du fond de la terre, l'appelait sans répit, le concierge étouffait sous une pesée invisible. La femme pleurait.

-N'y a-t-il donc plus d'espoir, docteur ?

-Il est mort, dit Rieux.

La mort du concierge, il est possible de le dire, marqua la fin de cette période remplie de signes déconcertants et le début d'une autre, relativement plus difficile, où la surprise des premiers temps se transforma peu à peu en panique. Nos concitoyens, ils s'en rendaient compte désormais, n'avaient jamais pensé que notre petite ville pût être un lieu particulièrement désigné pour que les rats y meurent au soleil et que les concierges y périssent de maladies bizarres. De ce point de vue, ils se trouvaient en somme dans l'erreur et leurs idées étaient à réviser. Si tout s'était arrêté là, les habitudes sans doute l'eussent emporté. Mais d'autres parmi nos concitoyens, et qui n'étaient pas toujours concierges ni pauvres, durent suivre la route sur laquelle M. Michel s'était engagé le premier. C'est à partir de ce moment que la peur, et la réflexion avec elle, commencèrent.

Cependant, avant d'entrer dans le détail de ces nouveaux événements, le narrateur croit utile de donner sur la période qui vient d'être décrite l'opinion d'un autre témoin. Jean Tarrou, qu'on a déjà rencontré au début de ce récit, s'était fixé à Oran quelques semaines plus tôt et habitait, depuis ce temps, un grand hôtel du centre. Apparemment, il semblait assez aisé pour vivre de ses revenus. Mais, bien que la ville se fût peu à peu habituée à lui, personne ne pouvait dire d'où il venait, ni pourquoi il était là. On le rencontrait dans tous les endroits publics. Dès le début du printemps, on l'avait beaucoup vu sur les plages, nageant souvent et avec un plaisir manifeste. Bonhomme, toujours souriant, il semblait être l'ami de tous les plaisirs normaux, sans en être l'esclave. En fait, la seule habitude qu'on lui connût était la fréquentation assidue des danseurs et des musiciens espagnols, assez nombreux dans notre ville.

Ses carnets, en tout cas, constituent eux aussi une sorte de chronique de cette période difficile. Mais il s'agit d'une chronique très particulière qui semble obéir à un parti pris d'insignifiance. À première vue, on pourrait croire que Tarrou s'est ingénié à considérer les choses et les êtres par le gros bout de la lorgnette. Dans le désarroi général, il s'appliquait, en somme, à se faire l'historien de ce qui n'a pas d'histoire. On peut déplorer sans doute ce parti pris et y soupçonner la sécheresse du cœur. Mais il n'en reste pas moins que ces carnets peuvent fournir, pour une chronique de cette période, une foule de détails secondaires qui ont cependant leur importance et dont la bizarrerie même empêchera qu'on juge trop vite cet intéressant personnage.

Les premières notes prises par Jean Tarrou datent de son arrivée à Oran. Elles montrent, dès le début, une curieuse satisfaction de se trouver dans une ville aussi laide par elle-même. On y trouve la description détaillée des deux lions de bronze qui ornent la mairie, des considérations bienveillantes sur l'absence d'arbres, les maisons disgracieuses et le plan absurde de la ville. Tarrou y mêle encore des dialogues entendus dans les tramways et dans les rues, sans y ajouter de commentaires, sauf, un peu plus tard, pour l'une de ces conversations, concernant un nommé Camps. Tarrou avait assisté à l'entretien de deux receveurs de tramways :

-Tu as bien connu Camps, disait l'un.

-Camps ? un grand, avec une moustache noire ?

-C'est ça. Il était à l'aiguillage.

-Oui, bien sûr.

-Eh bien, il est mort.

-Ah ! et quand donc ?

-Après l'histoire des rats.

-Tiens ! Et qu'est-ce qu'il a eu ?

-Je ne sais pas, la fièvre. Et puis, il n'était pas fort. Il a eu des abcès sous le bras. Il n'a pas résisté.

-Il avait pourtant l'air comme tout le monde.

-Non, il avait la poitrine faible, et il faisait de la musique à l'Orphéon. Toujours souffler dans un piston, ça use.

-Ah ! termina le deuxième, quand on est malade, il ne faut pas souffler dans un piston.

Après ces quelques indications, Tarrou se demandait pourquoi Camps était entré à l'Orphéon contre son intérêt le plus évident et quelles étaient les raisons profondes qui l'avaient conduit à risquer sa vie pour des défilés dominicaux.

Tarrou semblait ensuite avoir été favorablement impressionné par une scène qui se déroulait souvent au balcon qui faisait face à sa fenêtre. Sa chambre donnait en effet sur une petite rue transversale où des chats dormaient à l'ombre des murs. Mais tous les jours, après déjeuner, aux heures où la ville tout entière somnolait dans la chaleur, un petit vieux apparaissait sur un balcon, de l'autre côté de la rue. Les cheveux blancs et bien peignés, droit et sévère dans ses vêtements de coupe militaire, il appelait les chats d'un « Minet, minet » , à la fois distant et doux. Les chats levaient leurs yeux pâles de sommeil, sans encore se déranger. L'autre déchirait des petits bouts de papier au-dessus de la rue et les bêtes, attirées par cette pluie de papillons blancs, avançaient au milieu de la chaussée, tendant une patte hésitante vers les derniers morceaux de papier. Le petit vieux crachait alors sur les chats avec force et précision. Si l'un des crachats atteignait son but, il riait.

Enfin, Tarrou paraissait avoir été définitivement séduit par le caractère commercial de la ville dont l'apparence, l'animation et même les plaisirs semblaient commandés par les nécessités du négoce. Cette singularité (c'est le terme employé par les carnets) recevait l'approbation de Tarrou et l'une de ses remarques élogieuses se terminait même par l'exclamation :« Enfin !» Ce sont les seuls endroits où les notes du voyageur, à cette date, semblent prendre un caractère per-sonnel. Il est difficile simplement d'en apprécier la signification et le sérieux. C'est ainsi qu'après avoir relaté que la découverte d'un rat mort avait poussé le caissier de l'hôtel à commettre une erreur dans sa note, Tarrou avait ajouté, d'une écriture moins nette que d'habitude :« Question : comment faire pour ne pas perdre son temps ? Réponse : l'éprouver dans toute sa longueur. Moyens : passer des journées dans l'antichambre d'un dentiste, sur une chaise inconfortable ; vivre à son balcon le dimanche après-midi ; écouter des conférences dans une langue qu'on ne comprend pas, choisir les itinéraires de chemin de fer les plus longs et les moins commodes et voyager debout naturellement ; faire la queue aux guichets des spectacles et ne pas prendre sa place, etc., etc...» Mais tout de suite après ces écarts de langage ou de pensée, les carnets commencent une description détaillée des tramways de notre ville, de leur forme de nacelle, leur couleur indécise, leur saleté habituelle, et terminent ces considérations par un « c'est remarquable » qui n'explique rien.

Voici en tout cas les indications données par Tarrou sur l'histoire des rats :

« Aujourd'hui, le petit vieux d'en face est décontenancé. Il n'y a plus de chats. Ils ont en effet disparu, excités par les rats morts que l'on découvre en grand nombre dans les rues. À mon avis, il n'est pas question que les chats mangent les rats morts. Je me souviens que les miens détestaient ça. Il n'empêche qu'ils doivent courir dans les caves et que le petit vieux est décontenancé. Il est moins bien peigné, moins vigoureux. On le sent inquiet. Au bout d'un moment, il est rentré. Mais il avait craché, une fois, dans le vide.

« Dans la ville, on a arrêté un tram aujourd'hui parce qu'on y avait découvert un rat mort, parvenu là on ne sait comment. Deux ou trois femmes sont descendues. On a jeté le rat. Le tram est reparti.

« À l'hôtel, le veilleur de nuit, qui est un homme digne de foi, m'a dit qu'il s'attendait à un malheur avec tous ces rats. « Quand les rats quittent le navire... » Je lui ai répondu que c'était vrai dans le cas des bateaux, mais qu'on ne l'avait jamais vérifié pour les villes. Cependant, sa conviction est faite. Je lui ai demandé quel malheur, selon lui, on pouvait attendre. Il ne savait pas, le malheur étant impossible à prévoir. Mais il n'aurait pas été étonné qu'un tremblement de terre fît l'affaire. J'ai reconnu que c'était possible et il m'a demandé si ça ne m'inquiétait pas.

-La seule chose qui m'intéresse, lui ai-je dit, c'est de trouver la paix intérieure.

« Il m'a parfaitement compris.

« Au restaurant de l'hôtel, il y a toute une famille bien intéressante. Le père est un grand homme maigre, habillé de noir, avec un col dur. Il a le milieu du crâne chauve et deux touffes de cheveux gris, à droite et à gauche. Des petits yeux ronds et durs, un nez mince, une bouche horizontale, lui donnent l'air d'une chouette bien élevée. Il arrive toujours le premier à la porte du restaurant, s'efface, laisse passer sa femme, menue comme une souris noire, et entre alors avec, sur les talons, un petit garçon et une petite fille habillés comme des chiens savants. Arrivé à sa table, il attend que sa femme ait pris place, s'assied, et les deux caniches peuvent enfin se percher sur leurs chaises. Il dit « vous » à sa femme et à ses enfants, débite des méchancetés polies à la première et des paroles définitives aux héritiers :

-Nicole, vous vous montrez souverainement antipathique !

« Et la petite fille est prête à pleurer. C'est ce qu'il faut.

« Ce matin, le petit garçon était tout excité par l'histoire des rats. Il a voulu dire un mot à table :

-On ne parle pas de rats à table, Philippe. Je vous interdis à l'avenir de prononcer ce mot.

-Votre père a raison, a dit la souris noire.

« Les deux caniches ont piqué le nez dans leur pâtée et la chouette a remercié d'un signe de tête qui n'en disait pas long.

« Malgré ce bel exemple, on parle beaucoup en ville de cette histoire de rats. Le journal s'en est mêlé. La chronique locale, qui d'habitude est très variée, est maintenant occupée tout entière par une campagne contre la municipalité :« Nos édiles se sont-ils avisés du danger que pouvaient présenter les cadavres putréfiés de ces rongeurs ?» Le directeur de l'hôtel ne peut plus parler d'autre chose. Mais c'est aussi qu'il est vexé. Découvrir des rats dans l'ascenseur d'un hôtel honorable lui paraît inconcevable. Pour le consoler, je lui ai dit :« Mais tout le monde en est là. »

-Justement, m'a-t-il répondu, nous sommes maintenant comme tout le monde.

« C'est lui qui m'a parlé des premiers cas de cette fièvre surprenante dont on commence à s'inquiéter. Une de ses femmes de chambre en est atteinte.

-Mais sûrement, ce n'est pas contagieux, a-t-il précisé avec empressement.

« Je lui ai dit que cela m'était égal.

-Ah ! Je vois. Monsieur est comme moi, Monsieur est fataliste.

« Je n'avais rien avancé de semblable et d'ailleurs je ne suis pas fataliste. Je le lui ai dit... »

C'est à partir de ce moment que les carnets de Tarrou commencent à parler avec un peu de détails de cette fièvre inconnue dont on s'inquiétait déjà dans le public. En notant que le petit vieux avait retrouvé enfin ses chats avec la disparition des rats, et rectifiait patiemment ses tirs, Tarrou ajoutait qu'on pouvait déjà citer une dizaine de cas de cette fièvre, dont la plupart avaient été mortels.

À titre documentaire, on peut enfin reproduire le portrait du docteur Rieux par Tarrou. Autant que le narrateur puisse juger, il est assez fidèle :

« Paraît trente-cinq ans. Taille moyenne. Les épaules fortes. Visage presque rectangulaire. Les yeux sombres et droits, mais les mâchoires saillantes. Le nez fort est régulier. Cheveux noirs coupés très courts. La bouche est arquée avec des lèvres pleines et presque toujours serrées. Il a un peu l'air d'un paysan sicilien avec sa peau cuite, son poil noir et ses vêtements de teintes toujours foncées, mais qui lui vont bien.

« Il marche vite. Il descend les trottoirs sans changer son allure, mais deux fois sur trois remonte sur le trottoir opposé en faisant un léger saut. Il est distrait au volant de son auto et laisse souvent ses flèches de direction levées, même après qu'il ait effectué son tournant. Toujours nu-tête. L'air renseigné. »

Les chiffres de Tarrou étaient exacts. Le docteur Rieux en savait quelque chose. Le corps du concierge isolé, il avait téléphoné à Richard pour le questionner sur ces fièvres inguinales.

-Je n'y comprends rien, avait dit Richard. Deux morts, l'un en quarante-huit heures, l'autre en trois jours. J'avais laissé le dernier avec toutes les apparences de la convalescence, un matin.

-Prévenez-moi, si vous avez d'autres cas, dit Rieux.

Il appela encore quelques médecins. L'enquête ainsi menée lui donna une vingtaine de cas semblables en quelques jours. Presque tous avaient été mortels. Il demanda alors à Richard, secrétaire du syndicat des médecins d'Oran, l'isolement des nouveaux malades.

-Mais je n'y puis rien, dit Richard. Il faudrait des mesures préfectorales. D'ailleurs, qui vous dit qu'il y a risque de contagion ?

-Rien ne me le dit, mais les symptômes sont inquiétants.

Richard, cependant, estimait qu' « il n'avait pas qualité » . Tout ce qu'il pouvait faire était d'en parler au préfet.

Mais, pendant qu'on parlait, le temps se gâtait. Au lendemain de la mort du concierge, de grandes brumes couvrirent le ciel. Des pluies diluviennes et brèves s'abattirent sur la ville ; une chaleur orageuse suivait ces brusques ondées. La mer elle-même avait perdu son bleu profond et, sous le ciel brumeux, elle prenait des éclats d'argent ou de fer, douloureux pour la vue. La chaleur humide de ce printemps faisait souhaiter les ardeurs de l'été. Dans la ville, bâtie en escargot sur son plateau, à peine ouverte vers la mer, une torpeur morne régnait. Au milieu de ses longs murs crépis, parmi les rues aux vitrines poudreuses, dans les tramways d'un jaune sale, on se sentait un peu prisonnier du ciel. Seul, le vieux malade de Rieux triomphait de son asthme pour se réjouir de ce temps.

-Ça cuit, disait-il, c'est bon pour les bronches.

Ça cuisait en effet, mais ni plus ni moins qu'une fièvre. Toute la ville avait la fièvre, c'était du moins l'impression qui poursuivait le docteur Rieux, le matin où il se rendait rue Faidherbe, afin d'assister à l'enquête sur la tentative de suicide de Cottard. Mais cette impression lui paraissait déraisonnable. Il l'attribuait à l'énervement et aux préoccupations dont il était assailli et il admit qu'il était urgent de mettre un peu d'ordre dans ses idées.

Quand il arriva, le commissaire n'était pas encore là. Grand attendait sur le palier et ils décidèrent d'entrer d'abord chez lui en laissant la porte ouverte. L'employé de mairie habitait deux pièces, meublées très sommairement. On remarquait seulement un rayon de bois blanc garni de deux ou trois dictionnaires, et un tableau noir sur lequel on pouvait lire encore, à demi effacés, les mots « allées fleuries » . Selon Grand, Cottard avait passé une bonne nuit. Mais il s'était réveillé, le matin, souffrant de la tête et incapable d'aucune réaction. Grand paraissait fatigué et nerveux, se promenant de long en large, ouvrant et refermant sur la table un gros dossier rempli de feuilles manuscrites.

Il raconta cependant au docteur qu'il connaissait mal Cottard, mais qu'il lui supposait un petit avoir. Cottard était un homme bizarre. Longtemps, leurs relations s'étaient bornées à quelques saluts dans l'escalier.

-Je n'ai eu que deux conversations avec lui. Il y a quelques jours, j'ai renversé sur le palier une boîte de craies que je ramenais chez moi. Il y avait des craies rouges et des craies bleues. À ce moment, Cottard est sorti sur le palier et m'a aidé à les ramasser. Il m'a demandé à quoi servaient ces craies de différentes couleurs.

Grand lui avait alors expliqué qu'il essayait de refaire un peu de latin. Depuis le lycée, ses connaissances s'étaient estompées.

-Oui, dit-il au docteur, on m'a assuré que c'était utile pour mieux connaître le sens des mots français.

Il écrivait donc des mots latins sur son tableau. Il recopiait à la craie bleue la partie des mots qui changeait suivant les déclinaisons et les conjugaisons, et, à la craie rouge, celle qui ne changeait jamais.

-Je ne sais pas si Cottard a bien compris, mais il a paru intéressé et m'a demandé une craie rouge. J'ai été un peu surpris, mais après tout... je ne pouvais pas deviner, bien sûr, que cela servirait son projet.

Rieux demanda quel était le sujet de la deuxième conversation. Mais, accompagné de son secrétaire, le commissaire arrivait qui voulait d'abord entendre les déclarations de Grand. Le docteur remarqua que Grand, parlant de Cottard, l'appelait toujours « le désespéré » . Il employa même à un moment l'expression « résolution fatale » . Ils discutèrent sur le motif du suicide et Grand se montra tatillon sur le choix des termes. On s'arrêta enfin sur les mots « chagrins intimes » . Le commissaire demanda si rien dans l'attitude de Cottard ne laissait prévoir ce qu'il appelait « sa détermination » .

-Il a frappé hier à ma porte, dit Grand, pour me demander des allumettes. Je lui ai donné ma boîte. Il s'est excusé en me disant qu'entre voisins... Puis il m'a assuré qu'il me rendrait ma boîte. Je lui ai dit de la garder.

Le commissaire demanda à l'employé si Cottard ne lui avait pas paru bizarre.

-Ce qui m'a paru bizarre, c'est qu'il avait l'air de vouloir engager conversation. Mais moi, j'étais en train de travailler.

Grand se tourna vers Rieux et ajouta, d'un air embarrassé :

-Un travail personnel.

Le commissaire voulait voir cependant le malade. Mais Rieux pensait qu'il valait mieux préparer d'abord Cottard à cette visite. Quand il entra dans la chambre, ce dernier, vêtu seulement d'une flanelle grisâtre, était dressé dans son lit et tourné vers la porte avec une expression d'anxiété.

-C'est la police, hein ?

-Oui, dit Rieux, et ne vous agitez pas. Deux ou trois formalités et vous aurez la paix.

Mais Cottard répondit que cela ne servait à rien et qu'il n'aimait pas la police. Rieux marqua de l'impatience.

-Je ne l'adore pas non plus. Il s'agit de répondre vite et correctement à leurs questions, pour en finir une bonne fois.

Cottard se tut et le docteur retourna vers la porte. Mais le petit homme l'appelait déjà et lui prit les mains quand il fut près du lit :

-On ne peut pas toucher à un malade, à un homme qui s'est pendu, n'est-ce pas, docteur ?

Rieux le considéra un moment et l'assura enfin qu'il n'avait jamais été question de rien de ce genre et qu'aussi bien, il était là pour protéger son malade. Celui-ci parut se détendre et Rieux fit entrer le commissaire.

On lut à Cottard le témoignage de Grand et on lui demanda s'il pouvait préciser les motifs de son acte. Il répondit seulement et sans regarder le commissaire que « chagrins intimes, c'était très bien » . Le commissaire le pressa de dire s'il avait envie de recommencer. Cottard, s'animant, répondit que non et qu'il désirait seulement qu'on lui laissât la paix.

-Je vous ferai remarquer, dit le commissaire sur un ton irrité, que, pour le moment, c'est vous qui troublez celle des autres.

Mais sur un signe de Rieux, on en resta là.

-Vous pensez, soupira le commissaire en sortant, nous avons d'autres chats à fouetter, depuis qu'on parle de cette fièvre...

Il demanda au docteur si la chose était sérieuse et Rieux dit qu'il n'en savait rien.

-C'est le temps, voilà tout, conclut le commissaire.

C'était le temps, sans doute. Tout poissait aux mains à mesure que la journée avançait et Rieux sentait son appréhension croître à chaque visite. Le soir de ce même jour, dans le faubourg, un voisin du vieux malade se pressait sur les aines et vomissait au milieu du délire. Les ganglions étaient bien plus gros que ceux du concierge. L'un d'eux commençait à suppurer et, bientôt, il s'ouvrit comme un mauvais fruit. Rentré chez lui, Rieux téléphona au dépôt de produits pharmaceutiques du département. Ses notes professionnelles mentionnent seulement à cette date :« Réponse négative » . Et, déjà, on l'appelait ailleurs pour des cas semblables. Il fallait ouvrir les abcès, c'était évident. Deux coups de bistouri en croix et les ganglions déversaient une purée mêlée de sang. Les malades saignaient, écartelés. Mais des taches apparaissaient au ventre et aux jambes, un ganglion cessait de suppurer, puis se regonflait. La plupart du temps, le malade mourait, dans une odeur épouvantable.

La presse, si bavarde dans l'affaire des rats, ne parlait plus de rien. C'est que les rats meurent dans la rue et les hommes dans leur chambre. Et les journaux ne s'occupent que de la rue. Mais la préfecture et la municipalité commençaient à s'interroger. Aussi longtemps que chaque médecin n'avait pas eu connaissance de plus de deux ou trois cas, personne n'avait pensé à bouger. Mais, en somme, il suffit que quelqu'un songeât à faire l'addition. L'addition était consternante. En quelques jours à peine, les cas mortels se multiplièrent et il devint évident pour ceux qui se préoccupaient de ce mal curieux qu'il s'agissait d'un véritable épidémie. C'est le moment que choisit Castel, un confrère de Rieux, beaucoup plus âgé que lui, pour venir le voir.

-Naturellement, lui dit-il, vous savez ce que c'est, Rieux ?

-J'attends le résultat des analyses.

-Moi, je le sais. Et je n'ai pas besoin d'analyses. J'ai fait une partie de ma carrière en Chine, et j'ai vu quelques cas à Paris, il y a une vingtaine d'années. Seulement on n'a pas osé leur donner un nom, sur le moment. L'opinion publique, c'est sacré : pas d'affolement, surtout pas d'affolement. Et puis comme disait un confrère :« C'est impossible, tout le monde sait qu'elle a disparu de l'Occident. » Oui, tout le monde le savait, sauf les morts. Allons, Rieux, vous savez aussi bien que moi ce que c'est.

Rieux réfléchissait. Par la fenêtre de son bureau, il regardait l'épaule de la falaise pierreuse qui se refermait au loin sur la baie. Le ciel, quoique bleu, avait un éclat terne qui s'adoucissait à mesure que l'après-midi s'avançait.

-Oui, Castel, dit-il, c'est à peine croyable. Mais il semble bien que ce soit la peste.

Castel se leva et se dirigea vers la porte.

-Vous savez ce qu'on nous répondra, dit le vieux docteur :« Elle a disparu des pays tempérés depuis des années. »

-Qu'est-ce que ça veut dire, disparaître ? répondit Rieux en haussant les épaules.

-Oui. Et n'oubliez pas : à Paris encore, il y a presque vingt ans.

-Bon. Espérons que ce ne sera pas plus grave aujourd'hui qu'alors. Mais c'est vraiment incroyable.

Le mot de « peste » venait d'être prononcé pour la première fois. À ce point du récit qui laisse Bernard Rieux derrière sa fenêtre, on permettra au narrateur de justifier l'incertitude et la surprise du docteur, puisque, avec des nuances, sa réaction fut celle de la plupart de nos concitoyens. Les fléaux, en effet, sont une chose commune, mais on croit difficilement aux fléaux lorsqu'ils vous tombent sur la tête. Il y a eu dans le monde autant de pestes que de guerres. Et pourtant pestes et guerres trouvent les gens toujours aussi dépourvus. Le docteur Rieux était dépourvu, comme l'étaient nos concitoyens, et c'est ainsi qu'il faut comprendre ses hésitations. C'est ainsi qu'il faut comprendre aussi qu'il fut partagé entre l'inquiétude et la confiance. Quand une guerre éclate, les gens disent : « Ça ne durera pas, c'est trop bête. » Et sans doute une guerre est certainement trop bête, mais cela ne l'empêche pas de durer. La bêtise insiste toujours, on s'en apercevrait si l'on ne pensait pas toujours à soi. Nos concitoyens à cet égard étaient comme tout le monde, ils pensaient à eux-mêmes, autrement dit ils étaient humanistes : ils ne croyaient pas aux fléaux. Le fléau n'est pas à la mesure de l'homme, on se dit donc que le fléau est irréel, c'est un mauvais rêve qui va passer. Mais il ne passe pas toujours et, de mauvais rêve en mauvais rêve, ce sont les hommes qui passent, et les humanistes, en premier lieu, parce qu'ils n'ont pas pris leurs précautions. Nos concitoyens n'étaient pas plus coupables que d'autres, ils oubliaient d'être modestes, voilà tout, et ils pensaient que tout était encore possible pour eux, ce qui supposait que les fléaux étaient impossibles. Ils continuaient de faire des affaires, ils préparaient des voyages et ils avaient des opinions. Comment auraient-ils pensé à la peste qui supprime l'avenir, les déplacements et les discussions ? Ils se croyaient libres et personne ne sera jamais libre tant qu'il y aura des fléaux.

Et même après que le docteur Rieux eut reconnu devant son ami qu'une poignée de malades dispersés venaient, sans avertissement, de mourir de la peste, le danger demeurait irréel pour lui. Simplement, quand on est médecin, on s'est fait une idée de la douleur et on a un peu plus d'imagination. En regardant par la fenêtre sa ville qui n'avait pas changé, c'est à peine si le docteur sentait naître en lui ce léger écœurement devant l'avenir qu'on appelle inquiétude.

Il essayait de rassembler dans son esprit ce qu'il savait de cette maladie. Des chiffres flottaient dans sa mémoire et il se disait que la trentaine de grandes pestes que l'histoire a connues avait fait près de cent millions de morts. Mais qu'est-ce que cent millions de morts ? Quand on a fait la guerre, c'est à peine si on sait déjà ce que c'est qu'un mort. Et puisqu'un homme mort n'a de poids que si on l'a vu mort, cent millions de cadavres semés à travers l'histoire ne sont qu'une fumée dans l'imagination. Le docteur se souvenait de la peste de Constantinople qui, selon Procope, avait fait dix mille victimes en un jour. Dix mille morts font cinq fois le public d'un grand cinéma. Voilà ce qu'il faudrait faire. On rassemble les gens à la sortie de cinq cinémas, on les conduit sur une place de la ville et on les fait mourir en tas pour y voir un peu clair. Au moins, on pourrait mettre alors des visages connus sur cet entassement anonyme. Mais, naturellement, c'est impossible à réaliser, et puis qui connaît dix mille visages ? D'ailleurs, des gens comme Procope ne savaient pas compter, la chose est connue. À Canton, il y avait soixante-dix ans, quarante mille rats étaient morts de la peste avant que le fléau s'intéressât aux habitants. Mais, en 1871, on n'avait pas le moyen de compter les rats. On faisait son calcul approximativement, en gros, avec des chances évidentes d'erreur. Pourtant, si un rat a trente centimètres de long, quarante mille rats mis bout à bout feraient...

Mais le docteur s'impatientait. Il se laissait aller et il ne le fallait pas. Quelques cas ne font pas une épidémie et il suffit de prendre des précautions. Il fallait s'en tenir à ce qu'on savait, la stupeur et la prostration, les yeux rouges, la bouche sale, les maux de tête, les bubons, la soif terrible, le délire, les taches sur le corps, l'écartèlement intérieur, et au bout de tout cela... Au bout de tout cela, une phrase revenait au docteur Rieux, une phrase qui terminait justement dans son manuel l'énumération des symptômes :« Le pouls devient filiforme et la mort survient à l'occasion d'un mouvement insignifiant. » Oui, au bout de tout cela, on était pendu à un fil et les trois quarts des gens, c'était le chiffre exact, étaient assez impatients pour faire ce mouvement imperceptible qui les précipitait.

Le docteur regardait toujours par la fenêtre. D'un côté de la vitre, le ciel frais du printemps, et de l'autre côté le mot qui résonnait encore dans la pièce : la peste. Le mot ne contenait pas seulement ce que la science voulait bien y mettre, mais une longue suite d'images extraordinaires qui ne s'accordaient pas avec cette ville jaune et grise, modérément animée à cette heure, bourdonnante plutôt que bruyante, heureuse en somme, s'il est possible qu'on puisse être à la fois heureux et morne. Et une tranquillité si pacifique et si indifférente niait presque sans effort les vieilles images du fléau, Athènes empestée et désertée par les oiseaux, les villes chinoises remplies d'agonisants silencieux, les bagnards de Marseille empilant dans des trous les corps dégoulinants, la construction en Provence du grand mur qui devait arrêter le vent furieux de la peste, Jaffa et ses hideux mendiants, les lits humides et pourris collés à la terre battue de l'hôpital de Constantinople, les malades tirés avec des crochets, le carnaval des médecins masqués pendant la Peste noire, les accouplements des vivants dans les cimetières de Milan, les charrettes de morts dans Londres épouvanté, et les nuits et les jours remplis partout et toujours du cri interminable des hommes. Non, tout cela n'était pas encore assez fort pour tuer la paix de cette journée. De l'autre côté de la vitre, le timbre d'un tramway invisible résonnait tout d'un coup et réfutait en une seconde la cruauté et la douleur. Seule la mer, au bout du damier terne des maisons, témoignait de ce qu'il y a d'inquiétant et de jamais reposé dans le monde. Et le docteur Rieux, qui regardait le golfe, pensait à ces bûchers dont parle Lucrèce et que les Athéniens frappés par la maladie élevaient devant la mer. On y portait les morts durant la nuit, mais la place manquait et les vivants se battaient à coups de torches pour y placer ceux qui leur avaient été chers, soutenant des luttes sanglantes plutôt que d'abandonner leurs cadavres. On pouvait imaginer les bûchers rougeoyants devant l'eau tranquille et sombre, les combats de torches dans la nuit crépitante d'étincelles et d'épaisses vapeurs empoisonnées montant vers le ciel attentif. On pouvait craindre...

Mais ce vertige ne tenait pas devant la raison. Il est vrai que le mot de « peste » avait été prononcé, il est vrai qu'à la minute même le fléau secouait et jetait à terre une ou deux victimes. Mais quoi, cela pouvait s'arrêter. Ce qu'il fallait faire, c'était reconnaître clairement ce qui devait être reconnu, chasser enfin les ombres inutiles et prendre les mesures qui convenaient. Ensuite, la peste s'arrêterait parce que la peste ne s'imaginait pas ou s'imaginait faussement. Si elle s'arrêtait, et c'était le plus probable, tout irait bien. Dans le cas contraire, on saurait ce qu'elle était et s'il n'y avait pas moyen de s'en arranger d'abord pour la vaincre ensuite.

Le docteur ouvrit la fenêtre et le bruit de la ville s'enfla d'un coup. D'un atelier voisin montait le sifflement bref et répété d'une scie mécanique. Rieux se secoua. Là était la certitude, dans le travail de tous les jours. Le reste tenait à des fils et à des mouvements insignifiants, on ne pouvait s'y arrêter. L'essentiel était de bien faire son métier.

Le docteur Rieux en était là de ses réflexions quand on lui annonça Joseph Grand. Employé à la mairie, et bien que ses occupations y fussent très diverses, on l'utilisait périodiquement au service des statistiques, à l'état civil. Il était amené ainsi à faire les additions des décès. Et, de naturel obligeant, il avait consenti à apporter lui-même chez Rieux une copie de ses résultats.

Le docteur vit entrer Grand avec son voisin Cottard. L'employé brandissait une feuille de papier.

-Les chiffres montent, docteur, annonça-t-il : onze morts en quarante-huit heures.

Rieux salua Cottard et lui demanda comment il se sentait. Grand expliqua que Cottard avait tenu à remercier le docteur et à s'excuser des ennuis qu'il lui avait causés. Mais Rieux regardait la feuille de statistiques :

-Allons, dit Rieux, il faut peut-être se décider à appeler cette maladie par son nom. Jusqu'à présent, nous avons piétiné. Mais venez avec moi, je dois aller au laboratoire.

-Oui, oui, disait Grand en descendant les escaliers derrière le docteur. Il faut appeler les choses par leur nom. Mais quel est ce nom ?

-Je ne puis vous le dire, et d'ailleurs cela ne vous serait pas utile.

-Vous voyez, sourit l'employé. Ce n'est pas si facile.

Ils se dirigèrent vers la place d'Armes. Cottard se taisait toujours. Les rues commençaient à se charger de monde. Le crépuscule fugitif de notre pays reculait déjà devant la nuit et les premières étoiles apparaissaient dans l'horizon encore net. Quelques secondes plus tard, les lampes au-dessus des rues obscurcirent tout le ciel en s'allumant et le bruit des conversations parut monter d'un ton.

-Pardonnez-moi, dit Grand au coin de la place d'Armes. Mais il faut que je prenne mon tramway. Mes soirées sont sacrées. Comme on dit dans mon pays :

« Il ne faut jamais remettre au lendemain... »

Rieux avait déjà noté cette manie qu'avait Grand, né à Montélimar, d'invoquer les locutions de son pays et d'ajouter ensuite des formules banales qui étaient de nulle part comme « un temps de rêve » ou « un éclairage féerique » .

-Ah ! dit Cottard, c'est vrai. On ne peut pas le tirer de chez lui après le dîner.

Rieux demanda à Grand s'il travaillait pour la mairie. Grand répondit que non, il travaillait pour lui.

-Ah ! dit Rieux pour dire quelque chose, et ça avance ?

-Depuis des années que j'y travaille, forcément. Quoique dans un autre sens, il n'y ait pas beaucoup de progrès.

-Mais, en somme, de quoi s'agit-il ? dit le docteur en s'arrêtant.

Grand bredouilla en assurant son chapeau rond sur ses grandes oreilles. Et Rieux comprit très vaguement qu'il s'agissait de quelque chose sur l'essor d'une personnalité. Mais l'employé les quittait déjà et il remontait le boulevard de la Marne, sous les ficus, d'un petit pas pressé. Au seuil du laboratoire, Cottard dit au docteur qu'il voudrait bien le voir pour lui demander conseil. Rieux, qui tripotait dans ses poches la feuille de statistiques, l'invita à venir à sa consultation, puis, se ravisant, lui dit qu'il allait dans son quartier le lendemain et qu'il passerait le voir en fin d'après-midi.

En quittant Cottard, le docteur s'aperçut qu'il pensait à Grand. Il l'imaginait au milieu d'une peste, et non pas de celle-ci qui sans doute ne serait pas sérieuse, mais d'une des grandes pestes de l'histoire. « C'est le genre d'homme qui est épargné dans ces cas-là. » Il se souvenait d'y avoir lu que la peste épargnait les constitutions faibles et détruisait surtout les complexions vigoureuses. Et continuant d'y penser, le docteur trouvait à l'employé un air de petit mystère.

À première vue, en effet, Joseph Grand n'était rien de plus que le petit employé de mairie dont il avait l'allure. Long et maigre, il flottait au milieu de vêtements qu'il choisissait toujours trop grands, dans l'illusion qu'ils lui feraient plus d'usage. S'il gardait encore la plupart de ses dents sur les gencives inférieures, il avait perdu en revanche celles de la mâchoire supérieure. Son sourire, qui relevait surtout la lèvre du haut, lui donnait ainsi une bouche d'ombre. Si l'on ajoute à ce portrait une démarche de séminariste, l'art de raser les murs et de se glisser dans les portes, un parfum de cave et de fumée, toutes les mines de l'insignifiance, on reconnaîtra que l'on ne pouvait pas l'imaginer ailleurs que devant un bureau, appliqué à réviser les tarifs des bains-douches de la ville ou à réunir pour un jeune rédacteur les éléments d'un rapport concernant la nouvelle taxe sur l'enlèvement des ordures ménagères. Même pour un esprit non prévenu, il semblait avoir été mis au monde pour exercer les fonctions discrètes mais indispensables d'auxiliaire municipal temporaire à soixante-deux francs trente par jour.

C'était en effet la mention qu'il disait faire figurer sur les feuilles d'emploi, à la suite du mot « qualification » . Lorsque vingt-deux ans auparavant, à la sortie d'une licence que, faute d'argent, il ne pouvait dépasser, il avait accepté cet emploi, on lui avait fait espérer, disait-il, une « titularisation » rapide. Il s'agissait seulement de donner pendant quelque temps les preuves de sa compétence dans les questions délicates que posait l'administration de notre cité. Par la suite, il ne pouvait manquer, on l'en avait assuré, d'arriver à un poste de rédacteur qui lui permettrait de vivre largement. Certes, ce n'était pas l'ambition qui faisait agir Joseph Grand, il s'en portait garant avec un sourire mélancolique. Mais la perspective d'une vie matérielle assurée par des moyens honnêtes, et, partant, la possibilité de se livrer sans remords à ses occupations favorites lui souriait beaucoup. S'il avait accepté l'offre qui lui était faite, ce fut pour des raisons honorables et, si l'on peut dire, par fidélité à un idéal.

Il y avait de longues années que cet état de choses provisoire durait, la vie avait augmenté dans des proportions démesurées, et le salaire de Grand, malgré quelques augmentations générales, était encore dérisoire. Il s'en était plaint à Rieux, mais personne ne paraissait s'en aviser. C'est ici que se place l'originalité de Grand, ou du moins l'un de ses signes. Il eût pu, en effet, faire valoir, sinon des droits dont il n'était pas sûr, du moins les assurances qu'on lui avait données. Mais, d'abord, le chef de bureau qui l'avait engagé était mort depuis longtemps et l'employé, au demeurant, ne se souvenait pas des termes exacts de la promesse qui lui avait été faite. Enfin, et surtout, Joseph Grand ne trouvait pas ses mots.

C'est cette particularité qui peignait le mieux notre concitoyen, comme Rieux put le remarquer. C'est elle en effet qui l'empêchait toujours d'écrire la lettre de réclamation qu'il méditait, ou de faire la démarche que les circonstances exigeaient. À l'en croire, il se sentait particulièrement empêché d'employer le mot « droit » sur lequel il n'était pas ferme, ni celui de «promesses » qui aurait impliqué qu'il réclamait son dû et aurait par conséquent revêtu un caractère de hardiesse, peu compatible avec la modestie des fonctions qu'il occupait. D'un autre côté, il se refusait à utiliser les termes de « bienveillance » , « solliciter » , « gratitude » , dont il estimait qu'ils ne se conciliaient pas avec sa dignité personnelle. C'est ainsi que, faute de trouver le mot juste, notre concitoyen continua d'exercer ses obscures fonctions jusqu'à un âge assez avancé. Au reste, et toujours selon ce qu'il disait au docteur Rieux, il s'aperçut à l'usage que sa vie matérielle était assurée, de toutes façons, puisqu'il lui suffisait, après tout, d'adapter ses besoins à ses ressources. Il reconnut ainsi la justesse d'un des mots favoris du maire, gros industriel de notre ville, lequel affirmait avec force que finalement (et il insistait sur ce mot qui portait tout le poids du raisonnement), finalement donc, on n'avait jamais vu personne mourir de faim. Dans tous les cas, la vie quasi ascétique que menait Joseph Grand l'avait finalement, en effet, délivré de tout souci de cet ordre. Il continuait de chercher ses mots.

Dans un certain sens, on peut bien dire que sa vie était exemplaire. Il était de ces hommes, rares dans notre ville comme ailleurs, qui ont toujours le courage de leurs bons sentiments. Le peu qu'il confiait de lui témoignait en effet de bontés et d'attachements qu'on n'ose pas avouer de nos jours. Il ne rougissait pas de convenir qu'il aimait ses neveux et sa sœur, seule parente qu'il eut gardée et qu'il allait, tous les deux ans, visiter en France. Il reconnaissait que le souvenir de ses parents, morts alors qu'il était encore jeune, lui donnait du chagrin. Il ne refusait pas d'admettre qu'il aimait par-dessus tout une certaine cloche de son quartier qui résonnait doucement vers cinq heures du soir. Mais pour évoquer des émotions si simples cependant, le moindre mot lui coûtait mille peines. Finalement, cette difficulté avait fait son plus grand souci. « Ah ! docteur, disait-il, je voudrais bien apprendre à m'exprimer. » Il en parlait à Rieux chaque fois qu'il le rencontrait.

Le docteur, ce soir-là, regardant partir l'employé, comprenait tout d'un coup ce que Grand avait voulu dire : il écrivait sans doute un livre ou quelque chose d'approchant. Jusque dans le laboratoire où il se rendit enfin, cela rassurait Rieux. Il savait que cette impression était stupide, mais il n'arrivait pas à croire que la peste pût s'installer vraiment dans une ville où l'on pouvait trouver des fonctionnaires modestes qui cultivaient d'honorables manies. Exactement, il n'imaginait pas la place de ces manies au milieu de la peste et il jugeait donc que, pratiquement, la peste était sans avenir parmi nos concitoyens.

Le lendemain, grâce à une insistance jugée déplacée, Rieux obtenait la convocation à la préfecture d'une commission sanitaire.

-Il est vrai que la population s'inquiète, avait reconnu Richard. Et puis les bavardages exagèrent tout. Le préfet m'a dit :« Faisons vite si vous voulez, mais en silence. » Il est d'ailleurs persuadé qu'il s'agit d'une fausse alerte.

Bernard Rieux prit Castel dans sa voiture pour gagner la préfecture.

-Savez-vous, lui dit ce dernier, que le département n'a pas de sérum ?

-Je sais. J'ai téléphoné au dépôt. Le directeur est tombé des nues. Il faut faire venir ça de Paris.

-J'espère que ce ne sera pas long.

-J'ai déjà télégraphié, répondit Rieux.

Le préfet était aimable, mais nerveux.

-Commençons, Messieurs, disait-il. Dois-je résumer la situation ?

Richard pensait que c'était inutile. Les médecins connaissaient la situation. La question était seulement de savoir quelles mesures il convenait de prendre.

-La question, dit brutalement le vieux Castel, est de savoir s'il s'agit de la peste ou non.

Deux ou trois médecins s'exclamèrent. Les autres semblaient hésiter. Quant au préfet, il sursauta et se retourna machinalement vers la porte, comme pour vérifier qu'elle avait bien empêché cette énormité de se répandre dans les couloirs. Richard déclara qu'à son avis, il ne fallait pas céder à l'affolement : il s'agissait d'une fièvre à complications inguinales, c'était tout ce qu'on pouvait dire, les hypothèses, en science comme dans la vie, étant toujours dangereuses. Le vieux Castel, qui mâchonnait tranquillement sa moustache jaunie, leva des yeux clairs sur Rieux. Puis il tourna un regard bienveillant vers l'assistance et fit remarquer qu'il savait très bien que c'était la peste, mais que, bien entendu, le reconnaître officiellement obligerait à prendre des mesures impitoyables. Il savait que c'était, au fond, ce qui faisait reculer ses confrères et, partant, il voulait bien admettre pour leur tranquillité que ce ne fût pas la peste. Le préfet s'agita et déclara que, dans tous les cas, ce n'était pas une bonne façon de raisonner.

-L'important, dit Castel, n'est pas que cette façon de raisonner soit bonne, mais qu'elle fasse réfléchir.

Comme Rieux se taisait, on lui demanda son avis :

-Il s'agit d'une fièvre à caractère typhoïde, mais accompagnée de bubons et de vomissements. J'ai pratiqué l'incision des bubons. J'ai pu ainsi provoquer des analyses où le laboratoire croit reconnaître le bacille trapu de la peste. Pour être complet, il faut dire cependant que certaines modifications spécifiques du microbe ne coïncident pas avec la description classique.

Richard souligna que cela autorisait des hésitations et qu'il faudrait attendre au moins le résultat statistique de la série d'analyses, commencée depuis quelques jours.

-Quand un microbe, dit Rieux, après un court silence, est capable en trois jours de temps de quadrupler le volume de la rate, de donner aux ganglions mésentériques le volume d'une orange et la consistance de la bouillie, il n'autorise justement pas d'hésitations. Les foyers d'infection sont en extension croissante. À l'allure où la maladie se répand, si elle n'est pas stoppée, elle risque de tuer la moitié de la vine avant deux mois. Par conséquent, il importe peu que vous l'appeliez peste ou fièvre de croissance. Il importe seulement que vous l'empêchiez de tuer la moitié de la ville.

Richard trouvait qu'il ne fallait rien pousser au noir et que la contagion d'ailleurs n'était pas prouvée puisque les parents de ses malades étaient encore indemnes.

-Mais d'autres sont morts, fit remarquer Rieux. Et, bien entendu, la contagion n'est jamais absolue, sans quoi on obtiendrait une croissante mathématique infinie et un dépeuplement foudroyant. Il ne s'agit pas de rien pousser au noir. Il s'agit de prendre des précautions.

Richard, cependant, pensait résumer la situation en rappelant que pour arrêter cette maladie, si elle ne s'arrêtait pas d'elle-même, il fallait appliquer les graves mesures de prophylaxie prévues par la loi ; que, pour ce faire, il fallait reconnaître officiellement qu'il s'agissait de la peste ; que la certitude n'était pas absolue à cet égard et qu'en conséquence, cela demandait réflexion.

-La question, insista Rieux, n'est pas de savoir si les mesures prévues par la loi sont graves mais si elles sont nécessaires pour empêcher la moitié de la ville d'être tuée. Le reste est affaire d'administration et, justement, nos institutions ont prévu un préfet pour régler ces questions.

-Sans doute, dit le préfet, mais j'ai besoin que vous reconnaissiez officiellement qu'il s'agit d'une épidémie de peste.

-Si nous ne le reconnaissons pas, dit Rieux, elle risque quand même de tuer la moitié de la ville.

Richard intervint avec quelque nervosité.

-La vérité est que notre confrère croit à la peste. Sa description du syndrome le prouve.

Rieux répondit qu'il n'avait pas décrit un syndrome, il avait décrit ce qu'il avait vu. Et ce qu'il avait vu, c'étaient des bubons, des taches, des fièvres délirantes, fatales en quarante-huit heures. Est-ce que M. Richard pouvait prendre la responsabilité d'affirmer que l'épidémie s'arrêterait sans mesures de prophylaxie rigoureuses ?

Richard hésita et regarda Rieux :

-Sincèrement, dites-moi votre pensée, avez-vous la certitude qu'il s'agit de la peste ?

-Vous posez mal le problème. Ce n'est pas une question de vocabulaire, c'est une question de temps.

-Votre pensée, dit le préfet, serait que, même s'il ne s'agissait pas de la peste, les mesures prophylactiques indiquées en temps de peste devraient cependant être appliquées.

-S'il faut absolument que j'aie une pensée, c'est en effet celle-ci.

Les médecins se consultèrent et Richard finit par dire :

-Il faut donc que nous prenions la responsabilité d'agir comme si la maladie était une peste.

La formule fut chaleureusement approuvée :

-C'est aussi votre avis, mon cher confrère ? demanda Richard.

-La formule m'est indifférente, dit Rieux. Disons seulement que nous ne devons pas agir comme si la moitié de la ville ne risquait pas d'être tuée, car alors elle le serait.

Au milieu de l'agacement général, Rieux partit. Quelques moments après, dans le faubourg qui sentait la friture et l'urine, une femme qui hurlait à la mort, les aines ensanglantées, se tournait vers lui.

Le lendemain de la conférence, la fièvre fit encore un petit bond. Elle passa même dans les journaux, mais sous une forme bénigne, puisqu'ils se contentèrent d'y faire quelques allusions. Le surlendemain, en tout cas, Rieux pouvait lire de petites affiches blanches que la préfecture avait fait rapidement coller dans les coins les plus discrets de la ville. Il était difficile de tirer de cette affiche la preuve que les autorités regardaient la situation en face. Les mesures n'étaient pas draconiennes et l'on semblait avoir beaucoup sacrifié au désir de ne pas inquiéter l'opinion publique. L'exorde de l'arrêté annonçait, en effet, que quelques cas d'une fièvre pernicieuse, dont on ne pouvait encore dire si elle était contagieuse, avaient fait leur apparition dans la commune d'Oran. Ces cas n'étaient pas assez caractérisés pour être réellement inquiétants et il n'y avait pas de doute que la population saurait garder son sang-froid. Néanmoins, et dans un esprit de prudence qui pouvait être compris par tout le monde, le préfet prenait quelques mesures préventives. Comprises et appliquées comme elles devaient l'être, ces mesures étaient de nature à arrêter net toute menace d'épidémie. En conséquence, le préfet ne doutait pas un instant que ses administrés n'apportassent la plus dévouée des collaborations à son effort personnel.

L'affiche annonçait ensuite des mesures d'ensemble, parmi lesquelles une dératisation scientifique par injection de gaz toxiques dans les égouts et une surveillance étroite de l'alimentation en eau. Elle recommandait aux habitants la plus extrême propreté et invitait enfin les porteurs de puces à se présenter dans les dispensaires municipaux. D'autre part, les familles devaient obligatoirement déclarer les cas diagnostiqués par le médecin et consentir à l'isolement de leurs malades dans les salles spéciales de l'hôpital. Ces salles étaient d'ailleurs équipées pour soigner les malades dans le minimum de temps et avec le maximum de chances de guérison. Quelques articles supplémentaires soumettaient à la désinfection obligatoire la chambre du malade et le véhicule de transport. Pour le reste, on se bornait à recommander aux proches de se soumettre à une surveillance sanitaire.

Le docteur Rieux se détourna brusquement de l'affiche et reprit le chemin de son cabinet. Joseph Grand, qui l'attendait, leva de nouveau les bras en l'apercevant.

-Oui, dit Rieux, je sais, les chiffres montent.

La veille, une dizaine de malades avaient succombé dans la ville. Le docteur dit à Grand qu'il le verrait peut-être le soir, puisqu'il allait rendre visite à Cottard.

-Vous avez raison, dit Grand. Vous lui ferez du bien, car je le trouve changé.

-Et comment cela ?

-Il est devenu poli.

-Ne l'était-il pas auparavant ?

Grand hésita. Il ne pouvait dire que Cottard fût impoli, l'expression n'aurait pas été juste. C'était un homme renfermé et silencieux qui avait un peu l'allure du sanglier. Sa chambre, un restaurant modeste et des sorties assez mystérieuses, c'était toute la vie de Cottard. Officiellement, il était représentant en vins et liqueurs. De loin en loin, il recevait la visite de deux ou trois hommes qui devaient être ses clients. Le soir, quelquefois, il allait au cinéma qui se trouvait en face de la maison. L'employé avait même remarqué que Cottard semblait voir de préférence les films de gangsters. En toutes occasions, le représentant demeurait solitaire et méfiant.

Tout cela, selon Grand, avait bien changé :

-Je ne sais pas comment dire, mais j'ai l'impression, voyez-vous, qu'il cherche à se concilier les gens, qu'il veut mettre tout le monde avec lui. Il me parle souvent, il m'offre de sortir avec lui et je ne sais pas toujours refuser. Au reste, il m'intéresse, et, en somme, je lui ai sauvé la vie.

Depuis sa tentative de suicide, Cottard n'avait plus reçu aucune visite. Dans les rues, chez les fournisseurs, il cherchait toutes les sympathies. On n'avait jamais mis tant de douceur à parler aux épiciers, tant d'intérêt à écouter une marchande de tabacs.

-Cette marchande de tabacs, remarquait Grand, est une vraie vipère. Je l'ai dit à Cottard, mais il m'a répondu que je me trompais et qu'elle avait de bons côtés qu'il fallait savoir trouver.

Deux ou trois fois enfin, Cottard avait emmené Grand dans les restaurants et les cafés luxueux de la ville. Il s'était mis à les fréquenter en effet.

-On y est bien, disait-il, et puis on est en bonne compagnie.

Grand avait remarqué les attentions spéciales du personnel pour le représentant et il en comprit la raison en observant les pourboires excessifs que celui-ci laissait. Cottard paraissait très sensible aux amabilités dont on le payait de retour. Un jour que le maître d'hôtel l'avait reconduit et aidé à endosser son pardessus, Cottard avait dit à Grand :

-C'est un bon garçon, il peut témoigner.

-Témoigner de quoi ?

Cottard avait hésité.

-Eh bien ! que je ne suis pas un mauvais homme.

Du reste, il avait des sautes d'humeur. Un jour où l'épicier s'était montré moins aimable, il était revenu chez lui dans un état de fureur démesurée :

-Il passe avec les autres, cette crapule, répétait-il.

-Quels autres ?

-Tous les autres.

Grand avait même assisté à une scène curieuse chez la marchande de tabacs. Au milieu d'une conversation animée, celle-ci avait parlé d'une arrestation récente qui avait fait du bruit à Alger. Il s'agissait d'un jeune employé de commerce qui avait tué un Arabe sur une plage.

-Si l'on mettait toute cette racaille en prison, avait dit la marchande, les honnêtes gens pourraient respirer.

Mais elle avait dû s'interrompre devant l'agitation subite de Cottard qui s'était jeté hors de la boutique, sans un mot d'excuse. Grand et la marchande étaient restés, les bras ballants.

Par la suite, Grand devait d'ailleurs signaler à Rieux d'autres changements dans le caractère de Cottard. Ce dernier avait toujours été d'opinions très libérales. Sa phrase favorite :« Les gros mangent toujours les petits » le prouvait bien. Mais depuis quelque temps, il n'achetait plus que le journal bien pensant d'Oran et on ne pouvait même se défendre de croire qu'il mettait une certaine ostentation à le lire dans des endroits publics. De même, quelques jours après s'être levé, il avait prié Grand, qui allait à la poste, de bien vouloir expédier un mandat de cent francs qu'il envoyait tous les mois à une sœur éloignée. Mais au moment où Grand partait :

-Envoyez-lui deux cents francs, demanda Cottard, ce sera une bonne surprise pour elle. Elle croit que je ne pense jamais à elle. Mais la vérité est que je l'aime beaucoup.

Enfin il avait eu avec Grand une curieuse conversation. Celui-ci avait été obligé de répondre aux questions de Cottard intrigué par le petit travail auquel Grand se livrait chaque soir.

-Bon, avait dit Cottard, vous faites un livre.

-Si vous voulez, mais c'est plus compliqué que cela !

-Ah ! s'était écrié Cottard, je voudrais bien faire comme vous.

Grand avait paru surpris et Cottard avait balbutié qu'être un artiste devait arranger bien des choses.

-Pourquoi ? avait demandé Grand.

-Eh bien, parce qu'un artiste a plus de droits qu'un autre, tout le monde sait ça. On lui passe plus de choses.

-Allons, dit Rieux à Grand le matin des affiches, l'histoire des rats lui a tourné la tête comme à beaucoup d'autres, voilà tout. Ou encore il a peur de la fièvre.

Grand répondit :

-Je ne crois pas, docteur, et si vous voulez mon avis...

La voiture de dératisation passa sous leur fenêtre dans un grand bruit d'échappement. Rieux se tut jusqu'à ce qu'il fût possible de se faire entendre et demanda distraitement l'avis de l'employé. L'autre le regardait avec gravité :

-C'est un homme, dit-il, qui a quelque chose à se reprocher.

Le docteur haussa les épaules. Comme disait le commissaire, il y avait d'autres chats à fouetter.

Dans l'après-midi, Rieux eut une conférence avec Castel. Les sérums n'arrivaient pas.

-Du reste, demandait Rieux, seraient-ils utiles ? Ce bacille est bizarre.

-Oh ! dit Castel, je ne suis pas de votre avis. Ces animaux ont toujours un air d'originalité. Mais, dans le fond, c'est la même chose.

-Vous le supposez du moins. En fait, nous ne savons rien de tout cela.

-Évidemment, je le suppose. Mais tout le monde en est là.

Pendant toute la journée, le docteur sentit croître petit vertige qui le prenait chaque fois qu'il pensait à la peste. Finalement, il reconnut qu'il avait peur. Il entra deux fois dans des cafés pleins de monde. Lui aussi, comme Cottard, sentait un besoin de chaleur humaine. Rieux trouvait cela stupide, mais cela l'aida à se souvenir qu'il avait promis une visite au représentant.

Le soir, le docteur trouva Cottard devant la table de sa salle à manger. Quand il entra, il y avait sur la table un roman policier étalé. Mais la soirée était déjà avancée et, certainement, il devait être difficile de lire dans l'obscurité naissante. Cottard devait plutôt, une minute auparavant, se tenir assis et réfléchir dans la pénombre. Rieux lui demanda comment il allait. Cottard, en s'asseyant, bougonna qu'il allait bien et qu'il irait encore mieux s'il pouvait être sûr que personne ne s'occupât de lui. Rieux fit observer qu'on ne pouvait pas toujours être seul.

-Oh ! ce n'est pas cela. Moi, je parle des gens qui s'occupent de vous apporter des ennuis.

Rieux se taisait.

-Ce n'est pas mon cas, remarquez-le bien. Mais je lisais ce roman. Voilà un malheureux qu'on arrête un matin, tout d'un coup. On s'occupait de lui et il n'en savait rien. On parlait de lui dans des bureaux, on inscrivait son nom sur des fiches. Vous trouvez que c'est juste ? Vous trouvez qu'on a le droit de faire ça à un homme ?

-Cela dépend, dit Rieux. Dans un sens, on n'a jamais le droit, en effet. Mais tout cela est secondaire. Il ne faut pas rester trop longtemps enfermé. Il faut que vous sortiez.

Cottard sembla s'énerver, dit qu'il ne faisait que cela, et que, s'il le fallait, tout le quartier pourrait témoigner pour lui. Hors du quartier même, il ne manquait pas de relations.

-Vous connaissez M. Rigaud, l'architecte ? Il est de mes amis.

L'ombre s'épaississait dans la pièce. La rue du faubourg s'animait et une exclamation sourde et soulagée salua, au dehors, l'instant où les lampes s'allumèrent. Rieux alla au balcon et Cottard l'y suivit. De tous les quartiers alentour, comme chaque soir dans notre ville, une légère brise charriait des murmures, des odeurs de viande grillée, le bourdonnement joyeux et odorant de la liberté qui gonflait peu à peu la rue, envahie par une jeunesse bruyante. La nuit, les grands cris des bateaux invisibles, la rumeur qui montait de la mer et de la foule qui s'écoulait, cette heure que Rieux connaissait bien et aimait autrefois lui paraissait aujourd'hui oppressante à cause de tout ce qu'il savait.

-Pouvons-nous allumer ? dît-il à Cottard.

La lumière une fois revenue, le petit homme le regarda avec des yeux clignotants :

-Dites-moi, docteur, si je tombais malade, est-ce que vous me prendriez dans votre service à l'hôpital ?

-Pourquoi pas ?

Cottard demanda alors s'il était arrivé qu'on arrêtât quelqu'un qui se trouvait dans une clinique ou dans un hôpital. Rieux répondit que cela s'était vu, mais que tout dépendait de l'état du malade.

-Moi, dit Cottard, j'ai confiance en vous.

Puis il demanda au docteur s'il voulait bien le mener en ville dans son auto.

Au centre de la ville, les rues étaient déjà moins peuplées et les lumières plus rares. Des enfants jouaient encore devant les portes. Quand Cottard le demanda, le docteur arrêta sa voiture devant un groupe de ces enfants. Ils jouaient à la marelle en poussant des cris. Mais l'un d'eux, aux cheveux noirs collés, la raie parfaite et la figure sale, fixait Rieux de ses yeux clairs et intimidants. Le docteur détourna son regard. Cottard, debout sur le trottoir, lui serrait la main. Le représentant parlait d'une voix rauque et difficile. Deux ou trois fois, il regarda derrière lui.

-Les gens parlent d'épidémie. Est-ce que c'est vrai, docteur ?

-Les gens parlent toujours, c'est naturel, dit Rieux.

-Vous avez raison. Et puis quand nous aurons une dizaine de morts, ce sera le bout du monde. Ce n'est pas cela qu'il nous faudrait.

Le moteur ronflait déjà. Rieux avait la main sur son levier de vitesse. Mais il regardait à nouveau l'enfant qui n'avait pas cessé de le dévisager avec son air grave et tranquille. Et soudain, sans transition, l'enfant lui sourit de toutes ses dents.

-Qu'est-ce donc qu'il nous faudrait ? demanda le docteur en

souriant à l'enfant.

Cottard agrippa soudain la portière et, avant de s'enfuir, cria d'une voix pleine de larmes et de fureur :

-Un tremblement de terre. Un vrai !

Il n'y eut pas de tremblement de terre et la journée du lendemain se passa seulement, pour Rieux, en longues courses aux quatre coins de la ville, en pourparlers avec les familles de malades et en discussions avec les malades eux-mêmes. Jamais Rieux n'avait trouvé son métier aussi lourd. Jusque-là, les malades lui facilitaient la tâche, ils se donnaient à lui. Pour la première fois, le docteur les sentait réticents, réfugiés au fond de leur maladie avec une sorte d'étonnement méfiant. C'était une lutte à laquelle il n'était pas encore habitué. Et vers dix heures du soir, sa voiture arrêtée devant la maison du vieil asthmatique qu'il visitait en dernier lieu, Rieux avait de la peine à s'arracher à son siège. Il s'attardait à regarder la rue sombre et les étoiles qui apparaissaient et disparaissaient dans le ciel noir.

Le vieil asthmatique était dressé dans son lit. Il semblait respirer mieux et comptait les pois chiches qu'il faisait passer d'une des marmites dans l'autre. Il accueillit le docteur avec une mine réjouie.

-Alors, docteur, c'est le choléra ?

-Où avez-vous pris ça ?

-Dans le journal, et la radio l'a dit aussi.

-Non, ce n'est pas le choléra.

-En tout cas, dit le vieux très surexcité, ils y vont fort, hein, les grosses têtes !

-N'en croyez rien, dit le docteur.

Il avait examiné le vieux et maintenant il était assis au milieu de cette salle à manger misérable. Oui, il avait peur. Il savait que dans le faubourg même une dizaine de malades l'attendraient, le lendemain matin, courbés sur leurs bubons. Dans deux ou trois cas seulement, l'incision des bubons avait amené un mieux. Mais, pour la plupart, ce serait l'hôpital et il savait ce que l'hôpital voulait dire pour les pauvres. « Je ne veux pas qu'il serve à leurs expériences » , lui avait dit la femme d'un des malades. Il ne servirait pas leurs expériences, il mourrait et c'était tout. Les mesures arrêtées étaient insuffisantes, cela était bien clair. Quant aux salles « spécialement équipées » , il savait ce qu'il en était : deux pavillons hâtivement déménagés de leurs autres malades, leurs fenêtres calfeutrées, entourés d'un cordon sanitaire. Si l'épidémie ne s'arrêtait pas d'elle-même, elle ne serait pas vaincue par les mesures que l'administration avait imaginées.

Cependant, le soir, les communiqués officiels restaient optimistes. Le lendemain, l'agence Ransdoc annonçait que les mesures préfectorales avaient été accueillies avec sérénité et que, déjà, une trentaine de malades s'étaient déclarés. Castel avait téléphoné à Rieux :

-Combien de lits offrent les pavillons ?

-Quatre-vingts.

-Il y a certainement plus de trente malades dans la ville ?

-Il y a ceux qui ont peur et les autres, les plus nombreux, ceux qui n'ont pas eu le temps.

-Les enterrements ne sont pas surveillés ?

-Non. J'ai téléphoné à Richard qu'il fallait des mesures complètes, non des phrases, et qu'il fallait élever contre l'épidémie une vraie barrière ou rien du tout.

-Et alors ?

-Il m'a répondu qu'il n'avait pas pouvoir. À mon avis, ça va monter.

En trois jours, en effet, les deux pavillons furent remplis. Richard croyait savoir qu'on allait désaffecter une école et prévoir un hôpital auxiliaire. Rieux attendait les vaccins et ouvrait les bubons.

Castel retournait à ses vieux livres et faisait de longues stations à la bibliothèque.

-Les rats sont morts de la peste ou de quelque chose qui lui ressemble beaucoup, concluait-il. Ils ont mis dans la circulation des dizaines de milliers de puces qui transmettront l'infection suivant une proportion géométrique, si on ne l'arrête pas à temps.

Rieux se taisait.

À cette époque le temps parut se fixer. Le soleil pompait les flaques des dernières averses. De beaux ciels bleus débordant d'une lumière jaune, des ronronnements d'avions dans la chaleur naissante, tout dans la saison invitait à la sérénité. En quatre jours, cependant, la fièvre fit quatre bonds surprenants : seize morts, vingt-quatre, vingt-huit et trente-deux. Le quatrième jour, on annon.a l'ouverture de l'hôpital auxiliaire dans une école maternelle. Nos concitoyens qui, jusque-là, avaient continué de masquer leur inquiétude sous des plaisanteries, semblaient dans les rues plus abattus et plus silencieux.

Rieux décida de téléphoner au préfet :

-Les mesures sont insuffisantes.

-J'ai les chiffres, dit le préfet, ils sont en effet inquiétants.

-Ils sont plus qu'inquiétants, ils sont clairs.

-Je vais demander des ordres au Gouvernement général.

Rieux raccrocha devant Castel :

-Des ordres ! Et il faudrait de l'imagination.

-Et les sérums ?

-Ils arriveront dans la semaine.

La préfecture, par l'intermédiaire de Richard, demanda à Rieux un rapport destiné à être envoyé dans la capitale de la colonie pour solliciter des ordres. Rieux y mit une description clinique et des chiffres. Le même jour, on compta une quarantaine de morts.

Le préfet prit sur lui, comme il disait, d'aggraver dès le lendemain les mesures prescrites. La déclaration obligatoire et l'isolement furent maintenus. Les maisons des malades devaient être fermées et désinfectées, les proches soumis à une quarantaine de sécurité, les enterrements organisés par la ville dans les conditions qu'on verra. Un jour après, les sérums arrivaient par avion. Ils pouvaient suffire aux cas en traitement. Ils étaient insuffisants si l'épidémie devait s'étendre. On répondit au télégramme de Rieux que le stock de sécurité était épuisé et que de nouvelles fabrications étaient commencées.

Pendant ce temps, et de toutes les banlieues environnantes, le printemps arrivait sur les marchés. Des milliers de roses se fanaient dans les corbeilles de marchands, au long des trottoirs, et leur odeur sucrée flottait dans toute la ville. Apparemment, rien n'était changé. Les tramways étaient toujours pleins aux heures de pointe, vides et sales dans la journée. Tarrou observait le petit vieux et le petit vieux crachait sur les chats. Grand rentrait tous les soirs chez lui pour son mystérieux travail. Cottard tournait en rond et M. Othon, le juge d'instruction, conduisait toujours sa ménagerie. Le vieil asthmatique transvasait ses pois et l'on rencontrait parfois le journaliste Rambert, l'air tranquille et intéressé. Le soir, la même foule emplissait les rues et les queues s'allongeaient devant les cinémas. D'ailleurs, l'épidémie sembla reculer et, pendant quelques jours, on compta une dizaine de morts seulement. Puis, tout d'un coup, elle remonta en flèche. Le jour où le chiffre des morts atteignit de nouveau la trentaine, Bernard Rieux regardait la dépêche officielle que le préfet lui avait tendue en disant : « Ils ont eu peur. » La dépêche portait : « Déclarez l'état de peste. Fermez la ville. »

II

À partir de ce moment, il est possible de dire que la peste fut notre affaire à tous. Jusque-là, malgré la surprise et l'inquiétude que leur avaient apportées ces événements singuliers, chacun de nos concitoyens avait poursuivi ses occupations, comme il l'avait pu, à sa place ordinaire. Et sans doute, cela devait continuer. Mais une fois les portes fermées, ils s'aperçurent qu'ils étaient tous, et le narrateur lui-même pris dans le même sac et qu'il fallait s'en arranger. C'est ainsi, par exemple, qu'un sentiment aussi individuel que celui de la séparation d'avec un être aimé devint soudain, dès les premières semaines, celui de tout un peuple, et, avec la peur, la souffrance principale de ce long temps d'exil.

Une des conséquences les plus remarquables de la fermeture des portes fut, en effet, la soudaine séparation où furent placés des êtres qui n'y étaient pas préparés. Des mères et des enfants, des époux, des amants qui avaient cru procéder quelques jours auparavant à une séparation temporaire, qui s'étaient embrassés sur le quai de notre gare avec deux ou trois recommandations, certains de se revoir quelques jours ou quelques semaines plus tard, enfoncés dans la stupide confiance humaine, à peine distraits par ce départ de leurs préoccupations habituelles, se virent d'un seul coup éloignés sans recours, empêchés de se rejoindre ou de communiquer. Car la fermeture s'était faite quelques heures avant que l'arrêt préfectoral fût publié, et, naturellement, il était impossible de prendre en considération les cas particuliers. On peut dire que cette invasion brutale de la maladie eut pour premier effet d'obliger nos concitoyens à agir comme s'ils n'avaient pas de sentiments individuels. Dans les premières heures de la journée où l'arrêté entra en vigueur, la préfecture fut assaillie par une foule de demandeurs qui, au téléphone ou auprès des fonctionnaires, exposaient des situations également intéressantes et, en même temps, également impossibles à examiner. À la vérité, il fallut plusieurs jours pour que nous nous rendissions compte que nous nous trouvions dans une situation sans compromis, et que les mots « transiger » , « faveur » , « exception » , n'avaient plus de sens.

Même la légère satisfaction d'écrire nous fut refusée. D'une part, en effet, la ville n'était plus reliée au reste du pays par les moyens de communication habituels, et, d'autre part, un nouvel arrêté interdit l'échange de toute correspondance, pour éviter que les lettres pussent devenir les véhicules de l'infection. Au début, quelques privilégiés purent s'aboucher aux portes de la ville, avec des sentinelles des postes de garde, qui consentirent à faire passer des messages à l'extérieur. Encore était-ce dans les premiers jours de l'épidémie, à un moment où les gardes trouvaient naturel de céder à des mouvements de compassion. Mais, au bout de quelque temps, lorsque les mêmes gardes furent bien persuadés de la gravité de la situation, ils se refusèrent à prendre des responsabilités dont ils ne pouvaient prévoir l'étendue. Les communications téléphoniques interurbaines, autorisées au début, provoquèrent de tels encombrements aux cabines publiques et sur les lignes, qu'elles furent totalement suspendues pendant quelques jours, puis sévèrement limitées à ce qu'on appelait les cas urgents, comme la mort, la naissance et le mariage. Les télégrammes restèrent alors notre seule ressource. Des êtres que liaient l'intelligence, le coeur et la chair, en furent réduits à chercher les signes de cette communion ancienne dans les majuscules d'une dépêche de dix mots. Et comme, en fait, les formules qu'on peut utiliser dans un télégramme sont vite épuisées, de longues vies communes ou des passions douloureuses se résumèrent rapidement dans un échange périodique de formules toutes faites comme :« Vais bien. Pense à toi. Tendresse. »

Certains d'entre nous, cependant, s'obstinaient à écrire et imaginaient sans trêve, pour correspondre avec l'extérieur, des combinaisons qui finissaient toujours par s'avérer illusoires. Quand même quelques-uns des moyens que nous avions imaginés réussissaient, nous n'en savions rien, ne recevant pas de réponse. Pendant des semaines, nous fûmes réduits alors à recommencer sans cesse la même lettre, à recopier les mêmes renseignements et les mêmes appels, si bien qu'au bout d'un certain temps, les mots qui d'abord étaient sortis tout saignants de notre coeur se vidaient de leur sens. Nous les recopiions alors machinalement, essayant de donner au moyen de ces phrases mortes des signes de notre vie difficile. Et pour finir, à ce monologue stérile et entêté, à cette conversation aride avec un mur, l'appel conventionnel du télégramme nous paraissait préférable.

Au bout de quelques jours d'ailleurs, quand il devint évident que personne ne parviendrait à sortir de notre ville, on eut l'idée de demander si le retour de ceux qui étaient partis avant l'épidémie pouvait être autorisé. Après quelques jours de réflexion, la préfecture répondit par l'affirmative. Mais elle précisa que les rapatriés ne pourraient, en aucun cas, ressortir de la ville et que, s'ils étaient libres de venir, ils ne le seraient pas de repartir. Là encore, quelques familles, d'ailleurs rares, prirent la situation à la légère, et faisant passer avant toute prudence le désir où elles étaient de revoir leurs parents, invitèrent ces derniers à profiter de l'occasion. Mais, très rapidement, ceux qui étaient prisonniers de la peste comprirent le danger auquel ils exposaient leurs proches et se résignèrent à souffrir cette séparation. Au plus grave de la maladie, on ne vit qu'un cas où les sentiments humains furent plus forts que la peur d'une mort torturée. Ce ne fut pas, comme on pouvait s'y attendre, deux amants que l'amour jetait l'un vers l'autre, par-dessus la souffrance. Il s'agissait seulement du vieux docteur Castel et de sa femme, mariés depuis de nombreuses années. Mme Castel, quelques jours avant l'épidémie, s'était rendue dans une ville voisine. Ce n'était même pas un de ces ménages qui offrent au monde l'exemple d'un bonheur exemplaire et le narrateur est en mesure de dire que, selon toute probabilité, ces époux, jusqu'ici, n'étaient pas certains d'être satisfaits de leur union. Mais cette séparation brutale et prolongée les avait mis à même de s'assurer qu'ils ne pouvaient vivre éloignés l'un de l'autre, et qu'auprès de cette vérité soudain mise à jour, la peste était peu de chose.

C'était là une exception. Dans la majorité des cas, la séparation, c'était évident, ne devait cesser qu'avec l'épidémie. Et pour nous tous, le sentiment qui faisait notre vie et que, pourtant, nous croyions bien connaître (les Oranais, on l'a déjà dit, ont des passions simples), prenait un visage nouveau. Des maris et des amants qui avaient la plus grande confiance dans leur compagne, se découvraient jaloux. Des hommes qui se croyaient légers en amour retrouvaient une constance. Des fils, qui avaient vécu près de leur mère en la regardant à peine, mettaient toute leur inquiétude et leur regret dans un pli de son visage qui hantait leur souvenir. Cette séparation brutale, sans bavures, sans avenir prévisible, nous laissait décontenancés, incapables de réagir contre le souvenir de cette présence, encore si proche et déjà si lointaine, qui occupait maintenant nos journées. En fait, nous souffrions deux fois – de notre souffrance d'abord et de celle ensuite que nous imaginions aux absents, fils, épouse ou amante.

En d'autres circonstances, d'ailleurs, nos concitoyens auraient trouvé une issue dans une vie plus extérieure et plus active. Mais, en même temps, la peste les laissait oisifs, réduits à tourner en rond dans leur ville morne et livrés, jour après jour, aux jeux décevants du souvenir. Car dans leurs promenades sans but, ils étaient amenés à passer toujours par les mêmes chemins, et, la plupart du temps, dans une si petite ville, ces chemins étaient précisément ceux qu'à une autre époque, ils avaient parcourus avec l'absent.

Ainsi, la première chose que la peste apporta à nos concitoyens fut l'exil. Et le narrateur est persuadé qu'il peut écrire ici, au nom de tous, ce que lui-même a éprouvé alors, puisqu'il l'a éprouvé en même temps que beaucoup de nos concitoyens. Oui, c'était bien le sentiment de l'exil que ce creux que nous portions constamment en nous, cette émotion précise, le désir déraisonnable de revenir en arrière ou au contraire de presser la marche du temps, ces flèches brûlantes de la mémoire. Si, quelquefois, nous nous laissions aller à l'imagination et nous plaisions à attendre le coup de sonnette du retour ou un pas familier dans l'escalier, si, à ces moments-là, nous consentions à oublier que les trains étaient immobilisés, si nous nous arrangions alors pour rester chez nous à l'heure où, normalement, un voyageur amené par l'express du soir pouvait être rendu dans notre quartier, bien entendu, ces jeux ne pouvaient durer. Il venait toujours un moment où nous nous apercevions clairement que les trains n'arrivaient pas. Nous savions alors que notre séparation était destinée à durer et que nous deviens essayer de nous arranger avec le temps. Dès lors, nous réintégrions en somme notre condition de prisonniers, nous étions réduits à notre passé, et si même quelques-uns d'entre nous avaient la tentation de vivre dans l'avenir, ils y renonçaient rapidement, autant du moins qu'il leur était possible, en éprouvant les blessures que finalement l'imagination inflige à ceux qui lui font confiance.

En particulier, tous nos concitoyens se privèrent très vite, même en public, de l'habitude qu'ils avaient pu prendre de supputer la durée de leur séparation. Pourquoi ? C'est que lorsque les plus pessimistes l'avaient fixée par exemple à six mois, lorsqu'ils avaient épuisé d'avance toute l'amertume de ces mois à venir, hissé à grand-peine leur courage au niveau de cette épreuve, tendu leurs dernières forces pour demeurer sans faiblir à la hauteur de cette souffrance étirée sur une si longue suite de jours, alors, parfois, un ami de rencontre, un avis donné par un journal, un soupçon fugitif ou une brusque clairvoyance, leur donnait l'idée qu'après tout, il n'y avait pas de raison pour que la maladie ne durât pas plus de six mois, et peut-être un an, ou plus encore.

À ce moment, l'effondrement de leur courage, de leur volonté et de leur patience était si brusque qu'il leur semblait qu'ils ne pourraient plus jamais remonter de ce trou. Ils s'astreignaient par conséquent à ne penser jamais au terme de leur délivrance, à ne plus se tourner vers l'avenir et à toujours garder, pour ainsi dire, les yeux baissés. Mais, naturellement, cette prudence, cette façon de ruser avec la douleur, de fermer leur garde pour refuser le combat étaient mal récompensées. En même temps qu'ils évitaient cet effondrement dont ils ne voulaient à aucun prix, ils se privaient en effet de ces moments, en somme assez fréquents, où ils pouvaient oublier la peste dans les images de leur réunion à venir. Et par là, échoués à mi-distance de ces abîmes et de ces sommets, ils flottaient plutôt qu'ils ne vivaient, abandonnés à des jours sans direction et à des souvenirs stériles, ombres errantes qui n'auraient pu prendre force qu'en acceptant de s'enraciner dans la terre de leur douleur.

Ils éprouvaient ainsi la souffrance profonde de tous les prisonniers et de tous les exilés, qui est de vivre avec une mémoire qui ne sert à rien. Ce passé même auquel ils réfléchissaient sans cesse n'avait que le goût du regret. Ils auraient voulu, en effet, pouvoir lui ajouter tout ce qu'ils déploraient de n'avoir pas fait quand ils pouvaient encore le faire avec celui ou celle qu'ils attendaient – de même qu'à toutes les circonstances, même relativement heureuses, de leur vie de prisonniers, ils mêlaient l'absent, et ce qu'ils étaient alors ne pouvait les satisfaire. Impatients de leur présent, ennemis de leur passé et privés d'avenir, nous ressemblions bien ainsi à ceux que la justice ou la haine humaines font vivre derrière des barreaux. Pour finir, le seul moyen d'échapper à ces vacances insupportables était de faire marcher à nouveau les trains par l'imagination et de remplir les heures avec les carillons répétés d'une sonnette pourtant obstinément silencieuse.

Mais si c'était l'exil, dans la majorité des cas c'était l'exil chez soi. Et quoique le narrateur n'ait connu que l'exil de tout le monde, il ne doit pas oublier ceux, comme le journaliste Rambert ou d'autres, pour qui, au contraire, les peines de la séparation s'amplifièrent du fait que, voyageurs surpris par la peste et retenus dans la ville, ils se trouvaient éloignés à la fois de l'être qu'ils ne pouvaient rejoindre et du pays qui était le leur. Dans l'exil général, ils étaient les plus exilés, car si le temps suscitait chez eux, comme chez tous, l'angoisse qui lui est propre, ils étaient attachés aussi à l'espace et se heurtaient sans cesse aux murs qui séparaient leur refuge empesté de leur patrie perdue. C'était eux sans doute qu'on voyait errer à toute heure du jour dans la ville poussiéreuse, appelant en silence des soirs qu'ils étaient seuls à connaître, et les matins de leur pays. Ils nourrissaient alors leur mal de signes impondérables et de messages déconcertants comme un vol d'hirondelles, une rosée de couchant, ou ces rayons bizarres que le soleil abandonne parfois dans les rues désertes. Ce monde extérieur qui peut toujours sauver de tout, ils fermaient les yeux sur lui, entêtés qu'ils étaient à caresser leurs chimères trop réelles et à poursuivre de toutes leurs forces les images d'une terre où une certaine lumière, deux ou trois collines, l'arbre favori et des visages de femmes composaient un climat pour eux irremplaçable.

Pour parler enfin plus expressément des amants, qui sont les plus intéressants et dont le narrateur est peut-être mieux placé pour parler, ils se trouvaient tourmentés encore par d'autres angoisses au nombre desquelles il faut signaler le remords. Cette situation, en effet, leur permettait de considérer leur sentiment avec une sorte de fiévreuse objectivité. Et il était rare que, dans ces occasions, leurs propres défaillances ne leur apparussent pas clairement. Ils en trouvaient la première occasion dans la difficulté qu'ils avaient à imaginer précisément les faits et gestes de l'absent. Ils déploraient alors l'ignorance où ils étaient de son emploi du temps ; ils s'accusaient de la légèreté avec laquelle ils avaient négligé de s'en informer et feint de croire que, pour un être qui aime, l'emploi du temps de l'aimé n'est pas la source de toutes les joies. Il leur était facile, à partir de ce moment, de remonter dans leur amour et d'en examiner les imperfections. En temps ordinaire, nous savions tous, consciemment ou non, qu'il n'est pas d'amour qui ne puisse se surpasser, et nous acceptions pourtant, avec plus ou moins de tranquillité, que le nôtre demeurât médiocre. Mais le souvenir est plus exigeant. Et, de façon très conséquente, ce malheur qui nous venait de l'extérieur et qui frappait toute une ville, ne nous apportait pas seulement une souffrance injuste dont nous aurions pu nous indigner. Il nous provoquait aussi à nous faire souffrir nous-mêmes et nous faisait ainsi consentir à la douleur. C'était là une des façons qu'avait la maladie de détourner l'attention et de brouiller les cartes.

Ainsi, chacun dut accepter de vivre au jour le jour, et seul en face du ciel. Cet abandon général qui pouvait à la longue tremper les caractères commençait pourtant par les rendre futiles. Pour certains de nos concitoyens, par exemple, ils étaient alors soumis à un autre esclavage qui les mettait au service du soleil et de la pluie. Il semblait, à les voir, qu'ils recevaient pour la première fois, et directement, l'impression du temps qu'il faisait. Ils avaient la mine réjouie sur la simple visite d'une lumière dorée, tandis que les jours de pluie mettaient un voile épais sur leurs visages et leurs pensées. Ils échappaient, quelques semaines plus tôt, à cette faiblesse et à cet asservissement déraisonnable parce qu'ils n'étaient pas seuls en face du monde et que, dans une certaine mesure, l'être qui vivait avec eux se plaçait devant leur univers. À partir de cet instant, au contraire, ils furent apparemment livrés aux caprices du ciel. c'est-à-dire qu'ils souffrirent et espérèrent sans raison.

Dans ces extrémités de la solitude, enfin, personne ne pouvait espérer l'aide du voisin et chacun restait seul avec sa préoccupation. Si l'un d'entre nous, par hasard, essayait de se confier ou de dire quelque chose de son sentiment, la réponse qu'il recevait, quelle qu'elle fût, le blessait la plupart du temps. Il s'apercevait alors que son interlocuteur et lui ne parlaient pas de la même chose. Lui, en effet, s'exprimait du fond de longues journées de rumination et de souffrances et l'image qu'il voulait communiquer avait cuit longtemps au feu de l'attente et de la passion. L'autre, au contraire, imaginait une émotion conventionnelle, la douleur qu'on vend sur les marchés, une mélancolie de série. Bienveillante ou hostile, la réponse tombait toujours à faux, il fallait y renoncer. Ou du moins, pour ceux à qui le silence était insupportable, et puisque les autres ne pouvaient trouver le vrai langage du cœur, ils se résignaient à adopter la langue des marchés et à parler, eux aussi, sur le mode conventionnel, celui de la simple relation et du fait divers, de la chronique quotidienne en quelque sorte. Là encore, les douleurs les plus vraies prirent l'habitude de se traduire dans les formules banales de la conversation. C'est à ce prix seulement que les prisonniers de la peste pouvaient obtenir la compassion de leur concierge ou l'intérêt de leurs auditeurs.

Cependant, et c'est le plus important, si douloureuses que fussent ces angoisses, si lourd à porter que fût ce cœur pourtant vide, on peut bien dire que ces exilés, dans la première période de la peste, furent des privilégiés. Au moment même, en effet, où la population commençait à s'affoler, leur pensée était tout entière tournée vers l'être qu'ils attendaient. Dans la détresse générale, l'égoïsme de l'amour les préservait, et, s'ils pensaient à la peste, ce n'était jamais que dans la mesure où elle donnait à leur séparation des risques d'être éternelle. Ils apportaient ainsi au cœur même de l'épidémie une distraction salutaire qu'on était tenté de prendre pour du sang-froid. Leur désespoir les sauvait de la panique, leur malheur avait du bon. Par exemple, s'il arrivait que l'un d'eux fût emporté par la maladie, c'était presque toujours sans qu'il eût le temps d'y prendre garde. Tiré de cette longue conversation intérieure qu'il soutenait avec une ombre, il était alors jeté sans transition au plus épais silence de la terre. Il n'avait eu le temps de rien.

Pendant que nos concitoyens essayaient de s'arranger avec ce soudain exil, la peste mettait des gardes aux portes et détournait les navires qui faisaient route vers Oran. Depuis la fermeture, pas un véhicule n'était entré dans la ville. À partir de ce jour-là, on eut l'impression que les automobiles se mettaient à tourner en rond. Le port présentait aussi un aspect singulier, pour ceux qui le regardaient du haut des boulevards. L'animation habituelle qui en faisait l'un des premiers ports de la côte s'était brusquement éteinte. Quelques navires maintenus en quarantaine s'y voyaient encore. Mais, sur les quais, de grandes grues désarmées, les wagonnets renversés sur le flanc, des piles solitaires de fûts ou de sacs, témoignaient que le commerce, lui aussi, était mort de la peste.

Malgré ces spectacles inaccoutumés, nos concitoyens avaient apparemment du mal à comprendre ce qui leur arrivait. Il y avait les sentiments communs comme la séparation ou la peur, mais on continuait aussi de mettre au premier plan les préoccupations personnelles. Personne n'avait encore accepté réellement la maladie. La plupart étaient surtout sensibles à ce qui dérangeait leurs habitudes ou atteignait leurs intérêts. Ils en étaient agacés ou irrités et ce ne sont pas là des sentiments qu'on puisse opposer à la peste. Leur première réaction, par exemple, fut d'incriminer l'administration. La réponse du préfet en présence des critiques dont la presse se faisait l'écho (« Ne pourrait-on envisager un assouplissement des mesures envisagées ?») fut assez imprévue. Jusqu'ici, ni les journaux ni l'agence Ransdoc n'avaient reçu communication officielle des statistiques de la maladie. Le préfet les communiqua, jour après jour, à l'agence, en la priant d'en faire une annonce hebdomadaire.

Là encore, cependant, la réaction du public ne fut pas immédiate. En effet, l'annonce que la troisième semaine de peste avait compté trois cent deux morts ne parlait pas à l'imagination. D'une part, tous peut-être n'étaient pas morts de la peste. Et, d'autre part, personne en ville ne savait combien, en temps ordinaire, il mourait de gens par semaine. La ville avait deux cent mille habitants. On ignorait si cette proportion de décès était normale. C'est même le genre de précisions dont on ne se préoccupe jamais, malgré l'intérêt évident qu'elles présentent. Le public manquait, en quelque sorte, de points de comparaison. Ce n'est qu'à la longue, en constatant l'augmentation des décès, que l'opinion prit conscience de la vérité. La cinquième semaine donna en effet trois cent vingt et un morts et la sixième, trois cent quarante-cinq. Les augmentations, du moins, étaient éloquentes. Mais elles n'étaient pas assez fortes pour que nos concitoyens ne gardassent, au milieu de leur inquiétude, l'impression qu'il s'agissait d'un accident sans doute fâcheux, mais après tout temporaire.

Ils continuaient ainsi de circuler dans les rues et de s'attabler à la terrasse des cafés. Dans l'ensemble, ils n'étaient pas lâches, échangeaient plus de plaisanteries que de lamentations et faisaient mine d'accepter avec bonne humeur des inconvénients évidemment passagers. Les apparences étaient sauvées. Vers la fin du mois cependant, et à peu près pendant la semaine de prières dont il sera question plus loin, des transformations plus graves modifièrent l'aspect de notre ville. Tout d'abord, le préfet prit des mesures concernant la circulation des véhicules et le ravitaillement. Le ravitaillement fut limité et l'essence rationnée. On prescrivit même des économies d'électricité. Seuls, les produits indispensables parvinrent par la route et par l'air, à Oran. C'est ainsi qu'on vit la circulation diminuer progressivement jusqu'à devenir à peu près nulle, des magasins de luxe fermer du jour au lendemain, d'autres garnir leurs vitrines de pancartes négatives, pendant que des files d'acheteurs stationnaient devant leurs portes.

Oran prit ainsi un aspect singulier. Le nombre des piétons devint plus considérable et même, aux heures creuses, beaucoup de gens réduits à l'inaction par la fermeture des magasins ou de certains bureaux emplissaient les rues et les cafés. Pour le moment, ils n'étaient pas encore en chômage, mais en congé. Oran donnait alors, vers trois heures de l'après-midi par exemple, et sous un beau ciel, l'impression trompeuse d'une cité en fête dont on eût arrêté la circulation et fermé les magasins pour permettre le déroulement d'une manifestation publique, et dont les habitants eussent envahi les rues pour participer aux réjouissances.

Naturellement, les cinémas profitaient de ce congé général et faisaient de grosses affaires. Mais les circuits que les films accomplissaient dans le département étaient interrompus. Au bout de deux semaines, les établissements furent obligés d'échanger leurs programmes et, après quelque temps, les cinémas finirent par projeter toujours le même film. Leurs recettes cependant ne diminuaient pas.

Les cafés enfin, grâce aux stocks considérables accumulés dans une ville où le commerce des vins et des alcools tient la première place, purent également alimenter leurs clients. À vrai dire, on buvait beaucoup. Un café ayant affiché que « le vin probe tue le microbe », l'idée déjà naturelle au public que l'alcool préservait des maladies infectieuses se fortifia dans l'opinion. Toutes les nuits, vers deux heures, un nombre assez considérable d'ivrognes expulsés des cafés emplissaient les rues et s'y répandaient en propos optimistes.

Mais tous ces changements, dans un sens, étaient si extraordinaires et s'étaient accomplis si rapidement, qu'il n'était pas facile de les considérer comme normaux et durables. Le résultat est que nous continuions à mettre au premier plan nos sentiments personnels.

En sortant de l'hôpital, deux jours après la fermeture des portes, le docteur Rieux rencontra Cottard qui leva vers lui le visage même de la satisfaction. Rieux le félicita de sa mine.

-Oui, ça va tout à fait bien, dit le petit homme. Dites-moi, docteur, cette sacrée peste, hein ! ça commence à devenir sérieux.

Le docteur le reconnut. Et l'autre constata avec une sorte d'enjouement :

-Il n'y a pas de raison qu'elle s'arrête maintenant. Tout va être sens dessus dessous.

Ils marchèrent un moment ensemble. Cottard racontait qu'un gros épicier de son quartier avait stocké des produits alimentaires pour les vendre au prix fort et qu'on avait découvert des boîtes de conserves sous son lit, quand on était venu le chercher pour l'emmener à l'hôpital. « Il y est mort. La peste, ça ne paie pas. » Cottard était ainsi plein d'histoires, vraies ou fausses, sur l'épidémie. On disait, par exemple, que dans le centre, un matin, un homme présentant les signes de la peste, et dans le délire de la maladie, s'était précipité au dehors, jeté sur la première femme rencontrée et l'avait étreinte en criant qu'il avait la peste.

-Bon ! remarquait Cottard, sur un ton aimable qui n'allait pas avec son affirmation, nous allons tous devenir fous, c'est sûr.

De même, l'après-midi du même jour, Joseph Grand avait fini par faire des confidences personnelles au docteur Rieux. Il avait aperçu la photographie de Mme Rieux sur le bureau et avait regardé le docteur. Rieux répondit que sa femme se soignait hors de la ville. « Dans un sens, avait dit Grand, c'est une chance. » Le docteur répondit que c'était une chance sans doute et qu'il fallait espérer seulement que sa femme guérît.

-Ah ! fit Grand, je comprends.

Et pour la première fois depuis que Rieux le connaissait, il se mit à parler d'abondance. Bien qu'il cherchât encore ses mots, il réussissait presque toujours à les trouver comme si, depuis longtemps, il avait pensé à ce qu'il était en train de dire.

Il s'était marié fort jeune avec une jeune fille pauvre de son voisinage. C'était même pour se marier qu'il avait interrompu ses études et pris un emploi. Ni Jeanne ni lui ne sortaient jamais de leur quartier. Il allait la voir chez elle, et les parents de Jeanne riaient un peu de ce prétendant silencieux et maladroit. Le père était cheminot. Quand il était de repos, on le voyait toujours assis dans un coin, près de la fenêtre, pensif, regardant le mouvement de la rue, ses mains énormes à plat sur les cuisses. La mère était toujours au ménage, Jeanne l'aidait. Elle était si menue que Grand ne pouvait la voir traverser une rue sans être angoissé. Les véhicules lui paraissaient alors démesurés. Un jour, devant une boutique de Noël, Jeanne, qui regardait la vitrine avec émerveillement, s'était renversée vers lui en disant :« Que c'est beau !» Il lui avait serré le poignet. C'est ainsi que le mariage avait été décidé.

Le reste de l'histoire, selon Grand, était très simple. Il en est ainsi pour tout le monde : on se marie, on aime encore un peu, on travaille. On travaille tant qu'on en oublie d'aimer. Jeanne aussi travaillait, puisque les promesses du chef de bureau n'avaient pas été tenues. Ici, il fallait un peu d'imagination pour comprendre ce que voulait dire Grand. La fatigue aidant, il s'était laissé aller, il s'était tu de plus en plus et il n'avait pas soutenu sa jeune femme dans l'idée qu'elle était aimée. Un homme qui travaille, la pauvreté, l'avenir lentement fermé, le silence des soirs autour de la table, il n'y a pas de place pour la passion dans un tel univers. Probablement, Jeanne avait souffert. Elle était restée cependant : il arrive qu'on souffre longtemps sans le savoir. Les années avaient passé. Plus tard, elle était partie. Bien entendu, elle n'était pas partie seule. « Je t'ai bien aimé, mais maintenant je suis fatiguée... Je ne suis pas heureuse de partir, mais on n'a pas besoin d'être heureux pour recommencer. » C'est, en gros, ce qu'elle lui avait écrit.

Joseph Grand à son tour avait souffert. Il aurait pu recommencer, comme le lui fit remarquer Rieux. Mais voilà, il n'avait pas la foi.

Simplement, il pensait toujours à elle. Ce qu'il aurait voulu, c'est lui écrire une lettre pour se justifier. « Mais c'est difficile, disait-il. Il y a longtemps que j'y pense. Tant que nous nous sommes aimés, nous nous sommes compris sans paroles. Mais on ne s'aime pas toujours. À un moment donné, j'aurais dû trouver les mots qui l'auraient retenue, mais je n'ai pas pu. » Grand se mouchait dans une sorte de serviette à carreaux. Puis il s'essuyait les moustaches. Rieux le regardait.

-Excusez-moi, docteur, dit le vieux, mais, comment dire ? ... J'ai confiance en vous. Avec vous, je peux parler. Alors, ça me donne de l'émotion.

Visiblement, Grand était à mille lieues de la peste.

Le soir, Rieux télégraphiait à sa femme que la ville était fermée, qu'il allait bien, qu'elle devait continuer de veiller sur elle-même et qu'il pensait à elle.

Trois semaines après la fermeture des portes, Rieux trouva, à la sortie de l'hôpital, un jeune homme qui l'attendait.

-Je suppose, lui dit ce dernier, que vous me reconnaissez.

Rieux croyait le connaître, mais il hésitait.

-Je suis venu avant ces événements, dit l'autre, vous demander des renseignements sur les conditions de vie des Arabes. Je m'appelle Raymond Rambert.

-Ah ! oui, dit Rieux. Eh bien, vous avez maintenant un beau sujet de reportage.

L'autre paraissait nerveux. Il dit que ce n'était pas cela et qu'il venait demander une aide au docteur Rieux.

-Je m'en excuse, ajouta-t-il, mais je ne connais personne dans cette ville et le correspondant de mon journal a le malheur d'être imbécile.

Rieux lui proposa de marcher jusqu'à un dispensaire du centre, car il avait quelques ordres à donner. Ils descendirent les ruelles du quartier nègre. Le soir approchait, mais la ville, si bruyante autrefois à cette heure-là, paraissait curieusement solitaire. Quelques sonneries de clairon dans le ciel encore doré témoignaient seulement que les militaires se donnaient l'air de faire leur métier. Pendant ce temps, le long des rues abruptes, entre les murs bleus, ocres et violets des maisons mauresques, Rambert parlait, très agité. Il avait laissé sa femme à Paris. À vrai dire, ce n'était pas sa femme, mais c'était la même chose. Il lui avait télégraphié dès la fermeture de la ville. Il avait d'abord pensé qu'il s'agissait d'un événement provisoire et il avait seulement cherché à correspondre avec elle. Ses confrères d'Oran lui avaient dit qu'ils ne pouvaient rien, la poste l'avait renvoyé, une secrétaire de la préfecture lui avait ri au nez. Il avait fini, après une attente de deux heures dans une file, par faire accepter un télégramme où il avait inscrit :« Tout va bien. À bientôt. »

Mais le matin, en se levant, l'idée lui était venue brusquement qu'après tout, il ne savait pas combien de temps cela pouvait durer. Il avait décidé de partir. Comme il était recommandé (dans son métier, on a des facilités), il avait pu toucher le directeur du cabinet préfectoral et lui avait dit qu'il n'avait pas de rapport avec Oran, que ce n'était pas son affaire d'y rester, qu'il se trouvait là par accident et qu'il était juste qu'on lui permît de s'en aller, même si, une fois dehors, on devait lui faire subir une quarantaine. Le directeur lui avait dit qu'il comprenait très bien, mais qu'on ne pouvait pas faire d'exception, qu'il allait voir, mais qu'en somme la situation était grave et que l'on ne pouvait rien décider.

-Mais enfin, avait dit Rambert, je suis étranger à cette ville.

-Sans doute, mais après tout, espérons que l'épidémie ne durera pas.

Pour finir, il avait essayé de consoler Rambert en lui faisant remarquer aussi qu'il pouvait trouver à Oran la matière d'un reportage intéressant et qu'il n'était pas d'événement, tout bien considéré, qui n'eût son bon côté. Rambert haussait les épaules. On arrivait au centre de la ville :

-C'est stupide, docteur, vous comprenez. je n'ai pas été mis au monde pour faire des reportages. Mais peut-être ai-je été mis au monde pour vivre avec une femme. Cela n'est-il pas dans l'ordre ?

Rieux dit qu'en tout cas cela paraissait raisonnable.

Sur les boulevards du centre, ce n'était pas la foule ordinaire. Quelques passants se hâtaient vers des demeures lointaines. Aucun ne souriait. Rieux pensa que c'était le résultat de l'annonce Ransdoc qui se faisait ce jour-là. Au bout de vingt-quatre heures, nos concitoyens recommençaient à espérer. Mais le jour même, les chiffres étaient encore trop frais dans les mémoires.

-C'est que, dit Rambert sans crier gare, elle et moi nous sommes rencontrés depuis peu et nous nous entendons bien.

Rieux ne disait rien.

-Mais je vous ennuie, reprit Rambert. je voulais seulement vous demander si vous ne pouvez pas me faire un certificat où il serait affirmé que je n'ai pas cette sacrée maladie. Je crois que cela pourrait me servir.

Rieux approuva de la tête, il reçut un petit garçon qui se jetait dans ses jambes et le remit doucement sur ses pieds. Ils repartirent et arrivèrent sur la Place d'Armes. Les branches des ficus et des palmiers pendaient, immobiles, grises de poussière, autour d'une statue de la République, poudreuse et sale. Ils s'arrêtèrent sous le monument. Rieux frappa contre le sol, l'un après l'autre, ses pieds couverts d'un enduit blanchâtre. Il regarda Rambert. Le feutre un peu en ar-rière, le col de chemise déboutonné sous la cravate, mal rasé, le jour-naliste avait un air buté et boudeur.

-Soyez sûr que je vous comprends, dit enfin Rieux, mais votre raisonnement n'est pas bon. Je ne peux pas vous faire ce certificat parce qu'en fait, j'ignore si vous avez ou non cette maladie et parce que, même dans ce cas, je ne puis pas certifier qu'entre la seconde où vous sortirez de mon bureau et celle où vous entrerez à la préfecture, vous ne serez pas infecté. Et puis même...

-Et puis même ? dit Rambert.

-Et puis, même si je vous donnais ce certificat, il ne vous servirait de rien.

-Pourquoi ?

-Parce qu'il y a dans cette ville des milliers d'hommes dans votre cas et qu'on ne peut cependant pas les laisser sortir.

-Mais s'ils n'ont pas la peste eux-mêmes ?

-Ce n'est pas une raison suffisante. Cette histoire est stupide, je sais bien, mais elle nous concerne tous. Il faut la prendre comme elle est.

-Mais je ne suis pas d'ici !

-À partir de maintenant, hélas, vous serez d'ici comme tout le monde.

L'autre s'animait :

-C'est une question d'humanité, je vous le jure. Peut-être ne vous rendez-vous pas compte de ce que signifie une séparation comme celleci pour deux personnes qui s'entendent bien.

Rieux ne répondit pas tout de suite. Puis il dit qu'il croyait qu'il s'en rendait compte. De toutes ses forces, il désirait que Rambert retrouvât sa femme et que tous ceux qui s'aimaient fussent réunis, mais il y avait des arrêtés et des lois, il y avait la peste, son rôle à lui était de faire ce qu'il fallait.

-Non, dit Rambert avec amertume, vous ne pouvez pas comprendre. Vous parlez le langage de la raison, vous êtes dans l'abstraction.

Le docteur leva les yeux sur la République et dit qu'il ne savait pas s'il parlait le langage de la raison, mais il parlait le langage de l'évidence et ce n'était pas forcément la même chose. Le journaliste rajustait sa cravate :

-Alors, cela signifie qu'il faut que je me débrouille autrement ? Mais, reprit-il avec une sorte de défi, je quitterai cette ville.

Le docteur dit qu'il le comprenait encore, mais que cela ne le regardait pas.

-Si, cela vous regarde, fit Rambert avec un éclat soudain. je suis venu vers vous parce qu'on m'a dit que vous aviez eu une grande part dans les décisions prises. J'ai pensé alors que, pour un cas au moins, vous pourriez défaire ce que vous aviez contribué à faire. Mais cela vous est égal. Vous n'avez pensé à personne. Vous n'avez pas tenu compte de ceux qui étaient séparés.

Rieux reconnut que, dans un sens, cela était vrai, il n'avait pas voulu en tenir compte.

-Ah ! je vois, fit Rambert, vous allez parler de service public. Mais le bien public est fait du bonheur de chacun.

-Allons, dit le docteur qui semblait sortir d'une distraction, il y a cela et il y a autre chose. Il ne faut pas juger. Mais vous avez tort de vous fâcher. Si vous pouvez vous tirer de cette affaire, j'en serai profondément heureux. Simplement, il y a des choses que ma fonction m'interdit.

L'autre secoua la tête avec impatience.

-Oui, j'ai tort de me fâcher. Et je vous ai pris assez de temps comme cela.

Rieux lui demanda de le tenir au courant de ses démarches et de ne pas lui garder rancune. Il y avait sûrement un plan sur lequel ils pouvaient se rencontrer. Rambert parut soudain perplexe :

-Je le crois, dit-il, après un silence, oui, je le crois malgré moi et malgré tout ce que vous m'avez dit.

Il hésita :

-Mais je ne puis pas vous approuver.

Il baissa son feutre sur le front et partit d'un pas rapide. Rieux le vit entrer dans l'hôtel où habitait Jean Tarrou.

Après un moment le docteur secoua la tête. Le journaliste avait raison dans son impatience de bonheur. Mais avait-il raison quand il l'accusait ?« Vous vivez dans l'abstraction. » Était-ce vraiment l'abstraction que ces journées passées dans son hôpital où la peste mettait les bouchées doubles, portant à cinq cents le nombre moyen des victimes par semaine ? Oui, il y avait dans le malheur une part d'abstraction et d'irréalité. Mais quand l'abstraction se met à vous tuer, il faut bien s'occuper de l'abstraction. Et Rieux savait seulement que ce n'était pas le plus facile. Ce n'était pas facile, par exemple, de diriger cet hôpital auxiliaire (il y en avait maintenant trois) dont il était chargé. Il avait fait aménager dans une pièce, donnant sur la salle de consultations, une chambre de réception. Le sol creusé formait un lac d'eau crésylée au centre duquel se trouvait un îlot de briques. Le malade était transporté sur son île, déshabillé rapidement et ses vêtements tombaient dans l'eau. Lavé, séché, recouvert de la chemise rugueuse de l'hôpital, il passait aux mains de Rieux, puis on le transportait dans l'une des salles. On avait été obligé d'utiliser les préaux d'une école qui contenait maintenant, et en tout, cinq cents lits dont la presque totalité était occupée. Après la réception du matin qu'il dirigeait lui-même, les malades vaccinés, les bubons incisés, Rieux vérifiait encore les statistiques, et retournait à ses consultations de l'après-midi. Dans la soirée enfin, il faisait ses visites et rentrait tard dans la nuit. La nuit précédente, sa mère avait remarqué, en lui tendant un télégramme de Mme Rieux jeune, que les mains du docteur tremblaient.

-Oui, disait-il, mais en persévérant, je serai moins nerveux.

Il était vigoureux et résistant. Et, en fait, il n'était pas encore fatigué. Mais ses visites, par exemple, lui devenaient insupportables. Diagnostiquer la fièvre épidémique revenait à faire enlever rapidement le malade. Alors commençaient l'abstraction et la difficulté en effet, car la famille du malade savait qu'elle ne verrait plus ce dernier que guéri ou mort. « Pitié, docteur !» disait Mme Loret, la mère de la femme de chambre qui travaillait à l'hôtel de Tarrou. Que signifiait cela ? Bien entendu, il avait pitié. Mais cela ne faisait avancer personne. Il fallait téléphoner. Bientôt le timbre de l'ambulance résonnait. Les voisins, au début, ouvraient leurs fenêtres et regardaient. Plus tard, ils les fermaient avec précipitation. Alors commençaient les luttes, les larmes, la persuasion, l'abstraction en somme. Dans ces appartements surchauffés par la fièvre et l'angoisse, des scènes de folie se déroulaient. Mais le malade était emmené. Rieux pouvait partir.

Les premières fois, il s'était borné à téléphoner et à courir vers d'autres malades, sans attendre l'ambulance. Mais les parents avaient alors fermé leur porte, préférant le tête-à-tête avec la peste à une séparation dont ils connaissaient maintenant l'issue. Cris, injonctions, interventions de la police et, plus tard, de la force armée, le malade était pris d'assaut. Pendant les premières semaines, Rieux avait été obligé de rester jusqu'à l'arrivée de l'ambulance. Ensuite, quand chaque médecin fut accompagné dans ses tournées par un inspecteur volontaire, Rieux put courir d'un malade à l'autre.

Mais dans les commencements, tous les soirs furent comme ce soir où, entré chez Mme Loret, dans un petit appartement décoré d'éventails et de fleurs artificielles, il fut reçu par la mère qui lui dit avec un sourire mal dessiné :

-J'espère bien que ce n'est pas la fièvre dont tout le monde parle.

Et lui, relevant drap et chemise, contemplait en silence les taches rouges sur le ventre et les cuisses, l'enflure des ganglions. La mère regardait entre les jambes de sa fille et criait, sans pouvoir se dominer. Tous les soirs des mères hurlaient ainsi, avec un air abstrait, devant des ventres offerts avec tous leurs signes mortels, tous les soirs des bras s'agrippaient à ceux de Rieux, des paroles inutiles, des promesses et des pleurs se précipitaient, tous les soirs des timbres d'ambulance déclenchaient des crises aussi vaines que toute douleur. Et au bout de cette longue suite de soirs toujours semblables, Rieux ne pouvait espérer rien d'autre qu'une longue suite de scènes pareilles, indéfiniment renouvelées. Oui, la peste, comme l'abstraction, était monotone. Une seule chose peut-être changeait et c'était Rieux luimême. Il le sentait ce soir-là, au pied du monument à la République, conscient seulement de la difficile indifférence qui commençait à l'emplir, regardant toujours la porte d'hôtel où Rambert avait disparu.

Au bout de ces semaines harassantes, après tous ces crépuscules où la ville se déversait dans les rues pour y tourner en rond, Rieux comprenait qu'il n'avait plus à se défendre contre la pitié. On se fatigue de la pitié quand la pitié est inutile. Et dans la sensation de ce cœur fermé lentement sur lui-même, le docteur trouvait le seul soulagement de ces journées écrasantes. Il savait que sa tâche en serait facilitée. C'est pourquoi il s'en réjouissait. Lorsque sa mère, le recevant à deux heures du matin, s'affligeait du regard vide qu'il posait sur elle, elle déplorait précisément le seul adoucissement que Rieux pût alors recevoir. Pour lutter contre l'abstraction, il faut un peu lui ressembler. Mais comment cela pouvait-il être sensible à Rambert ? L'abstraction pour Rambert était tout ce qui s'opposait à son bonheur. Et à la vérité, Rieux savait que le journaliste avait raison, dans un certain sens. Mais il savait aussi qu'il arrive que l'abstraction se montre plus forte que le bonheur et qu'il faut alors, et alors seulement, en tenir compte. C'est ce qui devait arriver à Rambert et le docteur put l'apprendre dans le détail par les confidences que Rambert lui fit ultérieurement. Il put ainsi suivre, et sur un nouveau plan, cette espèce de lutte morne entre le bonheur de chaque homme et les abstractions de la peste, qui constitua toute la vie de notre cité pendant cette longue période.

Mais là où les uns voyaient l'abstraction, d'autres voyaient la vérité. La fin du premier mois de peste fut assombrie en effet par une recrudescence marquée de l'épidémie et un prêche véhément du Père Paneloux, le jésuite qui avait assisté le vieux Michel au début de sa maladie. Le Père Paneloux s'était déjà distingué par des collaborations fréquentes au bulletin de la Société géographique d'Oran, où ses reconstitutions épigraphiques faisaient autorité. Mais il avait gagné une audience plus étendue que celle d'un spécialiste en faisant une série de conférences sur l'individualisme moderne. Il s'y était fait le défenseur chaleureux d'un christianisme exigeant, également éloigné du libertinage moderne et de l'obscurantisme des siècles passés. À cette occasion, il n'avait pas marchandé de dures vérités à son auditoire. De là, sa réputation.

Or, vers la fin de ce mois, les autorités ecclésiastiques de notre ville décidèrent de lutter contre la peste par leurs propres moyens, en organisant une semaine de prières collectives. Ces manifestations de la piété publique devaient se terminer le dimanche par une messe solennelle placée sous l'invocation de saint Roch, le saint pestiféré. À cette occasion, on avait demandé au Père Paneloux de prendre la parole. Depuis une quinzaine de jours, celui-ci s'était arraché à ses travaux sur saint Augustin et l'Église africaine qui lui avaient conquis une place à part dans son ordre. D'une nature fougueuse et passionnée, il avait accepté avec résolution la mission dont on le chargeait. Longtemps avant ce prêche, on en parlait déjà et il marqua, à sa manière, une date importante dans l'histoire de cette période.

La semaine fut suivie par un nombreux public. Ce n'est pas qu'en temps ordinaire, les habitants d'Oran soient particulièrement pieux. Le dimanche matin, par exemple, les bains de mer font une concurrence sérieuse à la messe. Ce n'était pas non plus qu'une subite conversion les eût illuminés. Mais, d'une part, la ville fermée et le port interdit, les bains n'étaient plus possibles, et, d'autre part, ils se trouvaient dans un état d'esprit bien particulier où, sans avoir admis au fond d'eux-mêmes les événements surprenants qui les frappaient, ils sentaient bien, évidemment, que quelque chose était changé. Beaucoup cependant espéraient toujours que l'épidémie allait s'arrêter et qu'ils seraient épargnés avec leur famille. En conséquence, ils ne se sentaient encore obligés à rien. La peste n'était pour eux qu'une visiteuse désagréable qui devait partir un jour puisqu'elle était venue. Effrayés, mais non désespérés, le moment n'était pas encore arrivé où la peste leur apparaîtrait comme la forme même de leur vie et où ils oublieraient l'existence que, jusqu'à elle, ils avaient pu mener. En somme, ils étaient dans l'attente. À l'égard de la religion, comme de beaucoup d'autres problèmes, la peste leur avait donné une tournure d'esprit singulière, aussi éloignée de l'indifférence que de la passion et qu'on pouvait assez bien définir par le mot « objectivité » . La plupart de ceux qui suivirent la semaine de prières auraient fait leur, par exemple, le propos qu'un des fidèles devait tenir devant le docteur Rieux :« De toute façon, ça ne peut pas faire de mal. » Tarrou lui-même, après avoir noté dans ses carnets que les Chinois, en pareil cas, vont jouer du tambourin devant le génie de la peste, remarquait qu'il était absolument impossible de savoir si, en réalité, le tambourin se montrait plus efficace que les mesures prophylactiques. Il ajoutait seulement que, pour trancher la question, il eût fallu être renseigné sur l'existence d'un génie de la peste et que notre ignorance sur ce point stérilisait toutes les opinions qu'on pouvait avoir.

La cathédrale de notre ville, en tout cas, fut à peu près remplie par les fidèles pendant toute la semaine. Les premiers jours, beaucoup d'habitants restaient encore dans les jardins de palmiers et de grenadiers qui s'étendent devant le porche, pour écouter la marée d'invocations et de prières qui refluaient jusque dans les rues. Peu à peu, l'exemple aidant, les mêmes auditeurs se décidèrent à entrer et à mêler une voix timide aux répons de l'assistance. Et le dimanche, un peuple considérable envahit la nef, débordant jusque sur le parvis et les derniers escaliers. Depuis la veille, le ciel s'était assombri, la pluie tombait à verse. Ceux qui se tenaient dehors avaient ouvert leurs parapluies. Une odeur d'encens et d'étoffes mouillées flottait dans la cathédrale quand le Père Paneloux monta en chaire.

Il était de taille moyenne, mais trapu. Quand il s'appuya sur le rebord de la chaire, serrant le bois entre ses grosses mains, on ne vit de lui qu'une forme épaisse et noire surmontée des deux taches de ses joues, rubicondes sous les lunettes d'acier. Il avait une voix forte, passionnée, qui portait loin, et lorsqu'il attaqua l'assistance d'une seule phrase véhémente et martelée :« Mes frères, vous êtes dans le malheur, mes frères, vous l'avez mérité » , un remous parcourut l'assistance jusqu'au parvis.

Logiquement, ce qui suivit ne semblait pas se raccorder à cet exorde pathétique. C'est la suite du discours qui fit seulement comprendre à nos concitoyens que, par un procédé oratoire habile, le Père avait donné en une seule fois, comme on assène un coup, le thème de son prêche entier. Paneloux, tout de suite après cette phrase, en effet, cita le texte de l'Exode relatif à la peste en Égypte et dit :« La première fois que ce fléau apparaît dans l'histoire, c'est pour frapper les ennemis de Dieu. Pharaon s'oppose aux desseins éternels et la peste le fait alors tomber à genoux. Depuis le début de toute histoire, le fléau de Dieu met à ses pieds les orgueilleux et les aveugles. Méditez cela et tombez à genoux. »

La pluie redoublait au dehors et cette dernière phrase, prononcée au milieu d'un silence absolu, rendu plus profond encore par le crépitement de l'averse sur les vitraux, retentit avec un tel accent que quelques auditeurs, après une seconde d'hésitation, se laissèrent glisser de leur chaise sur le prie-Dieu. D'autres crurent qu'il fallait suivre leur exemple si bien que, de proche en proche, sans un autre bruit que le craquement de quelques chaises, tout l'auditoire se trouva bientôt à genoux. Paneloux se redressa alors, respira profondément et reprit sur un ton de plus en plus accentué :« Si, aujourd'hui, la peste vous regarde, c'est que le moment de réfléchir est venu. Les justes ne peuvent craindre cela, mais les méchants ont raison de trembler. Dans l'immense grange de l'univers, le fléau implacable battra le blé humain jusqu'à ce que la paille soit séparée du grain. Il y aura plus de paille que de grain, plus d'appelés que d'élus, et ce malheur n'a pas été voulu par Dieu. Trop longtemps, ce monde a composé avec le mal, trop longtemps, il s'est reposé sur la miséricorde divine. Il suffisait du repentir, tout était permis.

Et pour le repentir, chacun se sentait fort. Le moment venu, on l'éprouverait assurément. D'ici là, le plus facile était de se laisser aller, la miséricorde divine ferait le reste. Eh bien ! cela ne pouvait durer. Dieu qui, pendant si longtemps, a penché sur les hommes de cette ville son visage de pitié, lassé d'attendre, déçu dans son éternel espoir, vient de détourner son regard. Privé de la lumière de Dieu, nous voici pour longtemps dans les ténèbres de la peste ! »

Dans la salle quelqu'un s'ébroua, comme un cheval impatient. Après une courte pause, le Père reprît, sur un ton plus bas :« On lit dans la Légende dorée qu'au temps du roi Humbert, en Lombardie, l'Italie fut ravagée d'une peste si violente qu'à peine les vivants suffisaient-ils à enterrer les morts et cette peste sévissait surtout à Rome et à Pavie. Et un bon ange apparut visiblement, qui donnait des ordres au mauvais ange qui portait un épieu de chasse et il lui ordonnait de frapper les maisons ; et autant de fois qu'une maison recevait de coups, autant y avait-il de morts qui en sortaient. »

Paneloux tendit ici ses deux bras courts dans la direction du parvis, comme s'il montrait quelque chose derrière le rideau mouvant de la pluie :« Mes frères, dit-il avec force, c'est la même chasse mortelle qui court aujourd'hui dans nos rues. Voyez-le, cet ange de la peste, beau comme Lucifer et brillant comme le mal lui-même, dressé au-dessus de vos toits, la main droite portant l'épieu rouge à hauteur de sa tête, la main gauche désignant l'une de vos maisons. À l'instant, peut-être, son doigt se tend vers votre porte, l'épieu résonne sur le bois ; à l'instant encore, la peste entre chez vous, s'assied dans votre chambre et attend votre retour. Elle est là, patiente et attentive, assurée comme l'ordre même du monde. Cette main qu'elle vous tendra, nulle puissance terrestre et pas même, sachez-le bien, la vaine science humaine, ne peut faire que vous l'évitiez. Et battus sur l'aire sanglante de la douleur, vous serez rejetés avec la paille. »

Ici, le Père reprit avec plus d'ampleur encore l'image pathétique du fléau. Il évoqua l'immense pièce de bois tournoyant au-dessus de la ville, frappant au hasard et se relevant ensanglantée, éparpillant enfin le sang et la douleur humaine « pour des semailles qui prépareraient les moissons de la vérité » .

Au bout de sa longue période, le Père Paneloux s'arrêta, les cheveux sur le front, le corps agité d'un tremblement que ses mains communiquaient à la chaire et reprit, plus sourdement, mais sur un ton accusateur :« Oui, l'heure est venue de réfléchir. Vous avez cru qu'il vous suffirait de visiter Dieu le dimanche pour être libres de vos journées. Vous avez pensé que quelques génuflexions le paieraient bien assez de votre insouciance criminelle. Mais Dieu n'est pas tiède. Ces rapports espacés ne suffisaient pas à sa dévorante tendresse. Il voulait vous voir plus longtemps, c'est sa manière de vous aimer et, à vrai dire, c'est la seule manière d'aimer. Voilà pourquoi, fatigué d'attendre votre venue, il a laissé le fléau vous visiter comme il a visité toutes les villes du péché depuis que les hommes ont une histoire. Vous savez maintenant ce qu'est le péché, comme l'ont su Caïn et ses fils, ceux d'avant le déluge, ceux de Sodome et de Gomorrhe, Pharaon et Job et aussi tous les maudits. Et comme tous ceux-là l'ont fait, c'est un regard neuf que vous portez sur les êtres et sur les choses, depuis le jour où cette ville a refermé ses murs autour de vous et du fléau. Vous savez maintenant, et enfin, qu'il faut venir à l'essentiel. »

Un vent humide s'engouffrait à présent sous la nef et les flammes des cierges se courbèrent en grésillant. Une odeur épaisse de cire, des toux, un éternuement montèrent vers le Père Paneloux qui, revenant sur son exposé avec une subtilité qui fut très appréciée, reprit d'une voix calme :« Beaucoup d'entre vous, je le sais, se demandent justement où je veux en venir. Je veux vous faire venir à la vérité et vous apprendre à vous réjouir, malgré tout ce que j'ai dit. Le temps n'est plus où des conseils, une main fraternelle étaient les moyens de vous pousser vers le bien. Aujourd'hui, la vérité est un ordre. Et le chemin du salut, c'est un épieu rouge qui vous le montre et vous y pousse. C'est ici, mes frères, que se manifeste enfin la miséricorde divine qui a mis en toute chose le bien et le mal, la colère et la pitié, la peste et le salut. Ce fléau même qui vous meurtrit, il vous élève et vous montre la voie.

« Il y a bien longtemps, les chrétiens d'Abyssinie voyaient dans la peste un moyen efficace, d'origine divine, de gagner l'éternité. Ceux qui n'étaient pas atteints s'enroulaient dans les draps des pestiférés afin de mourir certainement. Sans doute, cette fureur de salut n'estelle pas recommandable. Elle marque une précipitation regrettable, bien proche de l'orgueil. Il ne faut pas être plus pressé que Dieu et tout ce qui prétend accélérer l'ordre immuable, qu'il a établi une fois pour toutes, conduit à l'hérésie. Mais, du moins, cet exemple comporte sa leçon. À nos esprits plus clairvoyants, il fait valoir seulement cette lueur exquise d'éternité qui gît au fond de toute souffrance. Elle éclaire, cette lueur, les chemins crépusculaires qui mènent vers la délivrance. Elle manifeste la volonté divine qui, sans défaillance, transforme le mal en bien. Aujourd'hui encore, à travers ce cheminement de mort, d'angoisses et de clameurs, elle nous guide vers le silence essentiel et vers le principe de toute vie. Voilà, mes frères, l'immense consolation que je voulais vous apporter pour que ce ne soient pas seulement des paroles qui châtient que vous emportiez d'ici, mais aussi un verbe qui apaise. »

On sentait que Paneloux avait fini. Au dehors, la pluie avait cessé. Un ciel mêlé d'eau et de soleil déversait sur la place une lumière plus jeune. De la rue montaient des bruits de voix, des glissements de véhicules, tout le langage d'une ville qui s'éveille. Les auditeurs réunissaient discrètement leurs affaires dans un remue-ménage assourdi. Le Père reprit cependant la parole et dit qu'après avoir montré l'origine divine de la peste et le caractère punitif de ce fléau, il en avait terminé et qu'il ne ferait pas appel pour sa conclusion à une éloquence qui serait déplacée, touchant une matière si tragique. Il lui semblait que tout devait être clair à tous. Il rappela seulement qu'à l'occasion de la grande peste de Marseille, le chroniqueur Mathieu Marais s'était plaint d'être plongé dans l'enfer, à vivre ainsi sans secours et sans espérance. Eh bien ! Mathieu Marais était aveugle ! Jamais plus qu'aujourd'hui, au contraire, le Père Paneloux n'avait senti le secours divin et l'espérance chrétienne qui étaient offerts à tous. Il espérait contre tout espoir que, malgré l'horreur de ces journées et les cris des agonisants, nos concitoyens adresseraient au ciel la seule parole qui fût chrétienne et qui était d'amour. Dieu ferait le reste.

Ce prêche eut-il de l'effet sur nos concitoyens, il est difficile de le dire. M. Othon, le juge d'instruction, déclara au docteur Rieux qu'il avait trouvé l'exposé du Père Paneloux « absolument irréfutable » . Mais tout le monde n'avait pas d'opinion aussi catégorique. Simplement, le prêche rendit plus sensible à certains l'idée, vague jusquelà, qu'ils étaient condamnés, pour un crime inconnu, à un emprisonnement inimaginable. Et alors que les uns continuaient leur petite vie et s'adaptaient à la claustration, pour d'autres, au contraire, leur seule idée fut dès lors de s'évader de cette prison.

Les gens avaient d'abord accepté d'être coupés de l'extérieur comme ils auraient accepté n'importe quel ennui temporaire qui ne dérangerait que quelques-unes de leurs habitudes. Mais, soudain conscients d'une sorte de séquestration, sous le couvercle du ciel où l'été commençait de grésiller, ils sentaient confusément que cette réclusion menaçait toute leur vie et, le soir venu, l'énergie qu'ils retrouvaient avec la fraîcheur les jetait parfois à des actes désespérés.

Tout d'abord, et que ce soit ou non par l'effet d'une coïncidence, c'est à partir de ce dimanche qu'il y eut dans notre ville une sorte de peur assez générale et assez profonde pour qu'on pût soupçonner que nos concitoyens commençaient vraiment à prendre conscience de leur situation. De ce point de vue, l'atmosphère de notre ville fut un peu modifiée. Mais, en vérité, le changement était-il dans l'atmosphère ou dans les cœurs, voilà la question.

Peu de jours après le prêche, Rieux, qui commentait cet événement avec Grand, en se dirigeant vers les faubourgs, heurta dans la nuit un homme qui se dandinait devant eux, sans essayer d'avancer. À ce même moment, les lampadaires de notre ville, qu'on allumait de plus en plus tard, resplendirent brusquement. La haute lampe placée derrière les promeneurs éclaira subitement l'homme qui riait sans bruit, les yeux fermés. Sur son visage blanchâtre, distendu par une hilarité muette, la sueur coulait à grosses gouttes. Ils passèrent.

-C'est un fou, dit Grand.

Rieux, qui venait de lui prendre le bras pour l'entraîner, sentit que l'employé tremblait d'énervement.

-Il n'y aura bientôt plus que des fous dans nos murs, fit Rieux.

La fatigue aidant, il se sentait la gorge sèche.

-Buvons quelque chose.

Dans le petit café où ils entrèrent, et qui était éclairé par une seule lampe au-dessus du comptoir, les gens parlaient à voix basse, sans raison apparente, dans l'air épais et rougeâtre. Au comptoir, Grand, à la surprise du docteur, commanda un alcool qu'il but d'un trait et dont il déclara qu'il était fort. Puis il voulut sortir. Au dehors, il semblait à Rieux que la nuit était pleine de gémissements. Quelque part dans le ciel noir, au-dessus des lampadaires, un sifflement sourd lui rappela l'invisible fléau qui brassait inlassablement l'air chaud.

-Heureusement, heureusement, disait Grand.

Rieux se demandait ce qu'il voulait dire.

-Heureusement, disait l'autre, j'ai mon travail.

-Oui, dit Rieux, c'est un avantage.

Et, décidé à ne pas écouter le sifflement, il demanda à Grand s'il était content de ce travail.

-Eh bien, je crois que je suis dans la bonne voie.

-Vous en avez encore pour longtemps ?

Grand parut s'animer, la chaleur de l'alcool passa dans sa voix.

-Je ne sais pas. Mais la question n'est pas là, docteur, ce n'est pas la question, non.

Dans l'obscurité, Rieux devinait qu'il agitait ses bras. Il semblait préparer quelque chose qui vint brusquement, avec volubilité :

-Ce que je veux, voyez-vous, docteur, c'est que le jour où le manuscrit arrivera chez l'éditeur, celui-ci se lève après l'avoir lu et dise à ses collaborateurs :

« Messieurs, chapeau bas ! »

Cette brusque déclaration surprit Rieux. Il lui sembla que son compagnon faisait le geste de se découvrir, portant la main à sa tête, et ramenant son bras à l'horizontale. Là-haut, le bizarre sifflement semblait reprendre avec plus de force.

-Oui, disait Grand, il faut que ce soit parfait.

Quoique peu averti des usages de la littérature, Rieux avait cependant l'impression que les choses ne devaient pas se passer aussi simplement et que, par exemple, les éditeurs, dans leurs bureaux, devaient être nu-tête. Mais, en fait, on ne savait jamais, et Rieux préféra se taire. Malgré lui, il prêtait l'oreille aux rumeurs mystérieuses de la peste. On approchait du quartier de Grand et comme il était un peu surélevé, une légère brise les rafraîchissait qui nettoyait en même temps la ville de tous ses bruits. Grand continuait cependant de parler et Rieux ne saisissait pas tout ce que disait le bonhomme. Il comprit seulement que l'œuvre en question avait déjà beaucoup de pages, mais que la peine que son auteur prenait pour l'amener à la perfection lui était très douloureuse. « Des soirées, des semaines entières sur un mot... et quelquefois une simple conjonction. » Ici, Grand s'arrêta et prit le docteur par un bouton de son manteau. Les mots sortaient en trébuchant de sa bouche mal garnie.

-Comprenez bien, docteur. À la rigueur, c'est assez facile de choisir entre mais et et. C'est déjà plus difficile d'opter entre et et puis. La difficulté grandit avec puis et ensuite. Mais, assurément, ce qu'il y a de plus difficile c'est de savoir s'il faut mettre et ou s'il ne faut pas.

-Oui, dit Rieux, je comprends.

Et il se remit en route. L'autre parut confus, se mit de nouveau à sa hauteur.

-Excusez-moi, bredouilla-t-il. Je ne sais pas ce que j'ai, ce soir !

Rieux lui frappa doucement sur l'épaule et lui dit qu'il désirait l'aider et que son histoire l'intéressait beaucoup. Grand parut un peu rasséréné et, arrivé devant la maison, après avoir hésité, offrit au docteur de monter un moment. Rieux accepta.

Dans la salle à manger, Grand l'invita à s'asseoir devant une table pleine de papiers couverts de ratures sur une écriture microscopique.

-Oui, c'est ça, dit Grand au docteur qui l'interrogeait du regard. Mais voulez-vous boire quelque chose ? J'ai un peu de vin.

Rieux refusa. Il regardait les feuilles de papier.

-Ne regardez pas, dit Grand. C'est ma première phrase. Elle me donne du mal, beaucoup de mal.

Lui aussi contemplait toutes ces feuilles et sa main parut invinciblement attirée par l'une d'elles qu'il éleva en transparence devant l'ampoule électrique sans abat-jour. La feuille tremblait dans sa main. Rieux remarqua que le front de l'employé était moite.

-Asseyez-vous, dit-il, et lisez-la-moi.

L'autre le regarda et sourit avec une sorte de gratitude.

-Oui, dit-il, je crois que j'en ai envie.

Il attendit un peu, regardant toujours la feuille, puis s'assit. Rieux écoutait en même temps une sorte de bourdonnement confus qui, dans la ville, semblait répondre aux sifflements du fléau. Il avait, à ce moment précis, une perception extraordinairement aiguë de cette ville qui s'étendait à ses pieds, du monde clos qu'elle formait et des terribles hurlements qu'elle étouffait dans la nuit. La voix de Grand s'éleva sourdement :« Par une belle matinée du mois de mai, une élégante amazone parcourait, sur une superbe jument alezane, les allées fleuries du Bois de Boulogne. » Le silence revint et, avec lui, l'indistincte rumeur de la ville en souffrance. Grand avait posé la feuille et continuait à la contempler. Au bout d'un moment, il releva les yeux :

-Qu'en pensez-vous ?

Rieux répondit que ce début le rendait curieux de connaître la suite. Mais l'autre dit avec animation que ce point de vue n'était pas le bon. Il frappa ses papiers du plat de la main.

-Ce n'est là qu'une approximation. Quand je serai arrivé à rendre parfaitement le tableau que j'ai dans l'imagination, quand ma phrase aura l'allure même de cette promenade au trot, une-deux-trois, unedeux-trois, alors le reste sera plus facile et surtout l'illusion sera telle, dès le début, qu'il sera possible de dire :« Chapeau bas !»

Mais, pour cela, il avait encore du pain sur la planche. Il ne consentirait jamais à livrer cette phrase telle quelle à un imprimeur. Car, malgré le contentement qu'elle lui donnait parfois, il se rendait compte qu'elle ne collait pas tout à fait encore à la réalité et que, dans une certaine mesure, elle gardait une facilité de ton qui l'apparentait de loin, mais qui l'apparentait tout de même, à un cliché. C'était, du moins, le sens de ce qu'il disait quand on entendit des hommes courir sous les fenêtres. Rieux se leva.

-Vous verrez ce que j'en ferai, disait Grand ; et, tourné vers la fenêtre, il ajouta :« Quand tout cela sera fini. »

Mais les bruits de pas précipités reprenaient. Rieux descendait déjà et deux hommes passèrent devant lui quand il fut dans la rue. Apparemment, ils allaient vers les portes de la ville. Certains de nos concitoyens en effet, perdant la tête entre la chaleur et la peste, s'étaient déjà laissé aller à la violence et avaient essayé de tromper la vigilance des barrages pour fuir hors de la ville.

D'autres, comme Rambert, essayaient aussi de fuir cette atmosphère de panique naissante, mais avec plus d'obstination et d'adresse, sinon plus de succès. Rambert avait d'abord continué ses démarches officielles. Selon ce qu'il disait, il avait toujours pensé que l'obstination finit par triompher de tout et, d'un certain point de vue, c'était son métier d'être débrouillard. Il avait donc visité une grande quantité de fonctionnaires et de gens dont on ne discutait pas ordinairement la compétence. Mais, en l'espèce, cette compétence ne leur servait à rien. C'étaient, la plupart du temps, des hommes qui avaient des idées précises et bien classées sur tout ce qui concerne la banque, ou l'exportation, ou les agrumes, ou encore le commerce des vins ; qui possédaient d'indiscutables connaissances dans des problèmes de contentieux ou d'assurances, sans compter des diplômes solides et une bonne volonté évidente. Et même, ce qu'il y avait de plus frappant chez tous, c'était la bonne volonté. Mais en matière de peste, leurs connaissances étaient à peu près nulles.

Devant chacun d'eux cependant, et chaque fois que cela avait été possible, Rambert avait plaidé sa cause. Le fond de son argumentation consistait toujours à dire qu'il était étranger à notre ville et que, par conséquent, son cas devait être spécialement examiné. En général, les interlocuteurs du journaliste admettaient volontiers ce point. Mais ils lui représentaient ordinairement que c'était aussi le cas d'un certain nombre de gens et que, par conséquent, son affaire n'était pas aussi particulière qu'il l'imaginait. À quoi Rambert pouvait répondre que cela ne changeait rien au fond de son argumentation, on lui répondait que cela changeait quelque chose aux difficultés administratives qui s'opposaient à toute mesure de faveur risquant de créer ce que l'on appelait, avec une expression de grande répugnance, un précédent. Selon la classification que Rambert proposa au docteur Rieux, ce genre de raisonneurs constituait la catégorie des formalistes. À côté d'eux, on pouvait encore trouver les bien parlants, qui assuraient le demandeur que rien de tout cela ne pouvait durer et qui, prodigues de bons conseils quand on leur demandait des décisions, consolaient Rambert en décidant qu'il s'agissait seulement d'un ennui momentané. Il y avait aussi les importants, qui priaient leur visiteur de laisser une note résumant son cas et qui l'informaient qu'ils statueraient sur ce cas ; les futiles, qui lui proposaient des bons de logement ou des adresses de pensions économiques ; les méthodiques, qui faisaient remplir une fiche et la classaient ensuite ; les débordés, qui levaient les bras, et les importunés, qui détournaient les yeux ; il y avait enfin les traditionnels, de beaucoup les plus nombreux, qui indiquaient à Rambert un autre bureau ou une nouvelle démarche à faire.

Le journaliste s'était ainsi épuisé en visites et il avait pris une idée juste de ce que pouvait être une mairie ou une préfecture, à force d'attendre sur une banquette de moleskine devant de grandes affiches invitant à souscrire à des bons du Trésor, exempts d'impôts, ou à s'engager dans l'armée coloniale, à force d'entrer dans des bureaux où les visages se laissaient aussi facilement prévoir que le classeur à tirettes et les étagères de dossiers. L'avantage, comme le disait Rambert à Rieux, avec une nuance d'amertume, c'est que tout cela lui masquait la véritable situation. Les progrès de la peste lui échappaient pratiquement. Sans compter que les jours passaient ainsi plus vite et, dans la situation où se trouvait la ville entière, on pouvait dire que chaque jour passé rapprochait chaque homme, à condition qu'il ne mourût pas, de la fin de ses épreuves. Rieux dut reconnaître que ce point était vrai, mais qu'il s'agissait cependant d'une vérité un peu trop générale.

À un moment donné, Rambert conçut de l'espoir. Il avait reçu de la préfecture un bulletin de renseignements en blanc qu'on le priait de remplir exactement. Le bulletin s'inquiétait de son identité, sa situation de famille, ses ressources, anciennes et actuelles, et de ce qu'on appelait son curriculum vitae. Il eut l'impression qu'il s'agissait d'une enquête destinée à recenser les cas des personnes susceptibles d'être renvoyées dans leur résidence habituelle. Quelques renseignements confus, recueillis dans un bureau, confirmèrent cette impression. Mais après quelques démarches précises, il parvint à retrouver le service qui avait envoyé le bulletin et on lui dit alors que ces renseignements avaient été recueillis « pour le cas » .

-Pour le cas de quoi ? demanda Rambert.

On lui précisa alors que c'était au cas où il tomberait malade de la peste et en mourrait, afin de pouvoir, d'une part, prévenir sa famille et, d'autre part, savoir s'il fallait imputer les frais d'hôpital au budget de la ville ou si l'on pouvait en attendre le remboursement de ses proches. Évidemment, cela prouvait qu'il n'était pas tout à fait séparé de celle qui l'attendait, la société s'occupant d'eux. Mais cela n'était pas une consolation. Ce qui était plus remarquable, et Rambert le remarqua en conséquence, c'était la manière dont, au plus fort d'une catastrophe, un bureau pouvait continuer son service et prendre des initiatives d'un autre temps, souvent à l'insu des plus hautes autorités, pour la seule raison qu'il était fait pour ce service.

La période qui suivit fut pour Rambert à la fois la plus facile et la plus difficile. C'était une période d'engourdissement. Il avait vu tous les bureaux, fait toutes les démarches, les issues de ce côté-là étaient pour le moment bouchées. Il errait alors de café en café. Il s'asseyait, le matin, à une terrasse, devant un verre de bière tiède, lisait un journal avec l'espoir d'y trouver quelques signes d'une fin prochaine de la maladie, regardait au visage les passants de la rue, se détournait avec dégoût de leur expression de tristesse et après avoir lu, pour la centième fois, les enseignes des magasins qui lui faisaient face, la publicité des grands apéritifs que déjà on ne servait plus, il se levait et marchait au hasard dans les rues jaunes de la ville. De promenades solitaires en cafés et de cafés en restaurants, il atteignait ainsi le soir. Rieux l'aperçut, un soir précisément, à la porte, d'un café où le journaliste hésitait à entrer. Il sembla se décider et alla s'asseoir au fond de la salle. C'était cette heure où dans les cafés, par ordre supérieur, on retardait alors le plus possible le moment de donner la lumière. Le crépuscule envahissait la salle comme une eau grise, le rose du ciel couchant se reflétait dans les vitres, et les marbres des tables reluisaient faiblement dans l'obscurité commençante. Au milieu de la salle déserte, Rambert semblait une ombre perdue et Rieux pensa que c'était l'heure de son abandon. Mais c'était aussi le moment où tous les prisonniers de cette ville sentaient le leur et il fallait faire quelque chose pour hâter leur délivrance. Rieux se détourna.

Rambert passait aussi de longs moments dans la gare. L'accès des quais était interdit. Mais les salles d'attente qu'on atteignait de l'extérieur restaient ouvertes et, quelquefois, des mendiants s'y installaient aux jours de chaleur parce qu'elles étaient ombreuses et fraîches. Rambert venait y lire d'anciens horaires, les pancartes interdisant de cracher et le règlement de la police des trains. Puis, il s'asseyait dans un coin. La salle était sombre. Un vieux poêle de fonte refroidissait depuis des mois, au milieu des décalques en huit de vieux arrosages. Au mur, quelques affiches plaidaient pour une vie heureuse et libre à Bandol ou à Cannes. Rambert touchait ici cette sorte d'affreuse liberté qu'on trouve au fond du dénuement. Les images qui lui étaient le plus difficiles à porter alors, du moins selon ce qu'il en disait à Rieux, étaient celles de Paris. Un paysage de vieilles pierres et d'eaux, les pigeons du Palais-Royal, la gare du Nord, les quartiers déserts du Panthéon, et quelques autres lieux d'une ville qu'il ne savait pas avoir tant aimée poursuivaient alors Rambert et l'empêchaient de rien faire de précis. Rieux pensait seulement qu'il identifiait ces images à celles de son amour. Et, le jour où Rambert lui dit qu'il aimait se réveiller à quatre heures du matin et penser à sa ville, le docteur n'eut pas de peine à traduire du fond de sa propre expérience qu'il aimait imaginer alors la femme qu'il avait laissée. C'était l'heure, en effet, où il pouvait se saisir d'elle. À quatre heures du matin, on ne fait rien en général et l'on dort, même si la nuit a été une nuit de trahison. Oui, on dort à cette heure-là et cela est rassurant puisque le grand désir d'un cœur inquiet est de posséder interminablement l'être qu'il aime ou de pouvoir plonger cet être, quand le temps de l'absence est venu, dans un sommeil sans rêves qui ne puisse prendre fin qu'au jour de la réunion.

Peu après le prêche, les chaleurs commencèrent. On arrivait à la fin du mois de juin. Au lendemain des pluies tardives qui avaient marqué le dimanche du prêche, l'été éclata d'un seul coup dans le ciel et au-dessus des maisons. Un grand vent brûlant se leva d'abord qui souffla pendant un jour et qui dessécha les murs. Le soleil se fixa. Des flots ininterrompus de chaleur et de lumière inondèrent la ville à longueur de journée. En dehors des rues à arcades et des appartements, il semblait qu'il n'était pas un point de la ville qui ne fût placé dans la réverbération la plus aveuglante. Le soleil poursuivait nos concitoyens dans tous les coins de rue et, s'ils s'arrêtaient, il les frappait alors. Comme ces premières chaleurs coïncidèrent avec un accroissement en flèche du nombre des victimes, qui se chiffra à près de sept cents par semaine, une sorte d'abattement s'empara de la ville. Parmi les faubourgs, entre les rues plates et les maisons à terrasses, l'animation décrut et, dans ce quartier où les gens vivaient toujours sur leur seuil, toutes les portes étaient fermées et les persiennes closes, sans qu'on pût savoir si c'était de la peste ou du soleil qu'on entendait ainsi se protéger. De quelques maisons pourtant, sortaient des gémissements. Auparavant, quand cela arrivait, on voyait souvent des curieux qui se tenaient dans la rue, aux écoutes. Mais, après ces longues alertes, il semblait que le coeur de chacun se fût endurci et tous marchaient ou vivaient à côté des plaintes comme si elles avaient été le langage naturel des hommes.

Les bagarres aux portes, pendant lesquelles les gendarmes avaient dû faire usage de leur armes, créèrent une sourde agitation. Il y avait eu sûrement des blessés, mais on parlait de morts en ville où tout s'exagérait par l'effet de la chaleur et de la peur. Il est vrai, en tout cas, que le mécontentement ne cessait de grandir, que nos autorités avaient craint le pire et envisagé sérieusement les mesures à prendre dans le cas où cette population, maintenue sous le fléau, se serait portée à la révolte. Les journaux publièrent des décrets qui renouvelaient l'interdiction de sortir et menaçaient de peines de prison les contrevenants. Des patrouilles parcoururent la ville. Souvent, dans les rues désertes et surchauffées, on voyait avancer, annoncés d'abord par le bruit des sabots sur les pavés, des gardes à cheval qui passaient entre des rangées de fenêtres closes. La patrouille disparue, un lourd silence méfiant retombait sur la ville menacée. De loin en loin, claquaient les coups de feu des équipes spéciales chargées, par une récente ordonnance, de tuer les chiens et les chats qui auraient pu communiquer des puces. Ces détonations sèches contribuaient à mettre dans la ville une atmosphère d'alerte.

Dans la chaleur et le silence, et pour le coeur épouvanté de nos concitoyens, tout prenait d'ailleurs une importance plus grande. Les couleurs du ciel et les odeurs de la terre qui font le passage des saisons étaient, pour la première fois, sensibles à tous. Chacun comprenait avec effroi que les chaleurs aideraient l'épidémie et, dans le même temps, chacun voyait que l'été s'installait. Le cri des martinets dans le ciel du soir devenait plus grêle au-dessus de la Ville. Il n'était plus à la mesure de ces crépuscules de juin qui reculent l'horizon dans notre pays. Les fleurs sur les marchés n'arrivaient plus en boutons, elles éclataient déjà et, après la vente du matin, leurs pétales jonchaient les trottoirs poussiéreux. On voyait clairement que le printemps s'était exténué, qu'il s'était prodigué dans des milliers de fleurs éclatant partout à la ronde et qu'il allait maintenant s'assoupir, s'écraser lentement sous la double pesée de la peste et de la chaleur. Pour tous nos concitoyens, ce ciel d'été, ces rues qui pâlissaient sous les teintes de la poussière et de l'ennui, avaient le même sens menaçant que la centaine de morts dont la ville s'alourdissait chaque jour. Le soleil incessant, ces heures au goût de sommeil et de vacances, n'invitaient plus comme auparavant aux fêtes de l'eau et de la chair. Elles sonnaient creux au contraire dans la ville close et silencieuse. Elles avaient perdu l'éclat cuivré des saisons heureuses. Le soleil de la peste éteignait toutes les couleurs et faisait fuir toute joie.

C'était là une des grandes révolutions de la maladie. Tous nos concitoyens accueillaient ordinairement l'été avec allégresse. La ville s'ouvrait alors vers la mer et déversait sa jeunesse sur les plages. Cet été-là, au contraire, la mer proche était interdite et le corps n'avait plus droit à ses joies. Que faire dans ces conditions ? C'est encore Tarrou qui donne l'image la plus fidèle de notre vie d'alors. Il suivait, bien entendu, les progrès de la peste en général, notant justement qu'un tournant de l'épidémie avait été marqué par la radio lorsqu'elle n'annonça plus des centaines de décès par semaine, mais quatre-vingts-douze, cent sept et cent vingt morts par jour. « Les journaux et les autorités jouent au plus fin avec la peste. Ils s'imaginent qu'ils lui enlèvent des points parce que cent trente est un moins gros chiffre que neuf cent dix. » Il évoquait aussi les aspects pathétiques ou spectaculaires de l'épidémie, comme cette femme qui, dans un quartier désert, aux persiennes closes, avait brusquement ouvert une fenêtre, au-dessus de lui, et poussé deux grands cris avant de rabattre les volets sur l'ombre épaisse de la chambre. Mais il notait par ailleurs que les pastilles de menthe avaient disparu des pharmacies parce que beaucoup de gens en suçaient pour se prémunir contre une contagion éventuelle.

Il continuait aussi d'observer ses personnages favoris. On apprenait que le petit vieux aux chats vivait, lui aussi, dans la tragédie. Un matin, en effet, des coups de feu avaient claqué et, comme l'écrivait Tarrou, quelques crachats de plomb avaient tué la plupart des chats et terrorisé les autres, qui avaient quitté la rue. Le même jour, le petit vieux était sorti sur le balcon, à l'heure habituelle, avait marqué une certaine surprise, s'était penché, avait scruté les extrémités de la rue et s'était résigné à attendre. Sa main frappait à petits coups la grille du balcon. Il avait attendu encore, émietté un peu de papier, était rentré, sorti de nouveau, puis, au bout d'un certain temps, il avait disparu brusquement, fermant derrière lui avec colère ses portes-fenêtres. Les jours suivants, la même scène se renouvela, mais on pouvait lire sur les traits du petit vieux une tristesse et un désarroi de plus en plus manifestes. Au bout d'une semaine, Tarrou attendit en vain l'apparition quotidienne et les fenêtres restèrent obstinément fermées sur un chagrin bien compréhensible. « En temps de peste, défense de cracher sur les chats » , telle était la conclusion des carnets.

D'un autre côté, quand Tarrou rentrait le soir, il était toujours sûr de rencontrer, dans le hall, la figure sombre du veilleur de nuit qui se promenait de long en large. Ce dernier ne cessait de rappeler à tout venant qu'il avait prévu ce qui arrivait. À Tarrou, qui reconnaissait lui avoir entendu prédire un malheur, mais qui lui rappelait son idée de tremblement de terre, le vieux gardien répondait :« Ah ! si c'était un tremblement de terre ! Une bonne secousse et on n'en parle plus... On compte les morts, les vivants, et le tour est joué. Mais cette cochonnerie de maladie ! Même ceux qui ne l'ont pas la portent dans leur cœur. »

Le directeur n'était pas moins accablé. Au début, les voyageurs, empêchés de quitter la ville, avaient été maintenus à l'hôtel par la fermeture de la cité. Mais peu à peu, l'épidémie se prolongeant, beaucoup avaient préféré se loger chez des amis. Et les mêmes raisons qui avaient rempli toutes les chambres de l'hôtel les gardaient vides depuis lors, puisqu'il n'arrivait plus de nouveaux voyageurs dans notre ville. Tarrou restait un des rares locataires et le directeur ne manquait jamais une occasion de lui faire remarquer que, sans son désir d'être agréable à ses derniers clients, il aurait fermé son établissement depuis longtemps. Il demandait souvent à Tarrou d'évaluer la durée probable de l'épidémie :« On dit, remarquait Tarrou, que les froids contrarient ces sortes de maladies. » Le directeur s'affolait :« Mais il ne fait jamais réellement froid ici, monsieur. De toutes façons, cela nous ferait encore plusieurs mois. » Il était sûr d'ailleurs que les voyageurs se détourneraient longtemps encore de la ville. Cette peste était la ruine du tourisme.

Au restaurant, après une courte absence, on vit réapparaître M. Othon, l'homme-chouette, mais suivi seulement des deux chiens savants. Renseignements pris, la femme avait soigné et enterré sa propre mère et poursuivait en ce moment sa quarantaine.

-Je n'aime pas ça, dit le directeur à Tarrou. Quarantaine ou pas, elle est suspecte, et eux aussi par conséquent.

Tarrou lui faisait remarquer que, de ce point de vue, tout le monde était suspect. Mais l'autre était catégorique et avait sur la question des vues bien tranchées :

-Non, monsieur, ni vous ni moi ne sommes suspects. Eux le sont.

Mais M. Othon ne changeait pas pour si peu et, cette fois, la peste en était pour ses frais. Il entrait de la même façon dans la salle de restaurant, s'asseyait avant ses enfants et leur tenait toujours des propos distingués et hostiles. Seul, le petit garçon avait changé d'aspect. Vêtu de noir comme sa sœur, un peu plus tassé sur lui-même, il semblait la petite ombre de son père. Le veilleur de nuit, qui n'aimait pas M. Othon, avait dit à Tarrou :

-Ah ! celui-là, il crèvera tout habillé. Comme ça, pas besoin de toilette. Il s'en ira tout droit.

Le prêche de Paneloux était aussi rapporté, mais avec le commentaire suivant :« Je comprends cette sympathique ardeur. Au commencement des fléaux et lorsqu'ils sont terminés, on fait toujours un peu de rhétorique. Dans le premier cas, l'habitude n'est pas encore perdue et, dans le second, elle est déjà revenue. C'est au moment du malheur qu'on s'habitue à la vérité, c'est-à-dire au silence. Attendons. »

Tarrou notait enfin qu'il avait eu une longue conversation avec le docteur Rieux dont il rappelait seulement qu'elle avait eu de bons résultats, signalait à ce propos la couleur marron clair des yeux de Mme Rieux mère, affirmait bizarrement à son propos qu'un regard où se lisait tant de bonté serait toujours plus fort que la peste, et consacrait enfin d'assez longs passages au vieil asthmatique soigné par Rieux.

Il était allé le voir, avec le docteur, après leur entrevue. Le vieux avait accueilli Tarrou par des ricanements et des frottements de mains. Il était au lit, adossé à son oreiller, au-dessus de ses deux marmites de pois :« Ah ! encore un autre, avait-il dit en voyant Tarrou. C'est le monde à l'envers, plus de médecins que de malades. C'est que ça va vite, hein ? Le curé a raison, c'est bien mérité. » Le lendemain, Tarrou était revenu sans avertissement.

Si l'on en croit ses carnets, le vieil asthmatique, mercier de son état, avait jugé à cinquante ans qu'il en avait assez fait. Il s'était couché et ne s'était plus relevé depuis. Son asthme se conciliait pourtant avec la station debout. Une petite rente l'avait mené jusqu'aux soixante-quinze ans qu'il portait allégrement. Il ne pouvait souffrir la vue d'une montre et, en fait, il n'y en avait pas une seule dans toute sa maison. « Une montre, disait-il, c'est cher et c'est bête. » Il évaluait le temps, et surtout l'heure des repas qui était la seule qui lui importât, avec ses deux marmites dont l'une était pleine de pois à son réveil. Il remplissait l'autre, pois par pois, du même mouvement appliqué et régulier. Il trouvait ainsi ses repères dans une journée mesurée à la marmite. « Toutes les quinze marmites, disait-il, il me faut mon cassecroûte. C'est tout simple. »

À en croire sa femme, d'ailleurs, il avait donné très jeune des signes de sa vocation. Rien, en effet, ne l'avait jamais intéressé, ni son travail, ni les amis, ni le café, ni la musique, ni les femmes, ni les promenades. Il n'était jamais sorti de sa ville, sauf un jour où, obligé de se rendre à Alger pour des affaires de famille, il s'était arrêté à la gare la plus proche d'Oran, incapable de pousser plus loin l'aventure. Il était revenu chez lui par le premier train.

À Tarrou qui avait eu l'air de s'étonner de la vie cloîtrée qu'il menait, il avait à peu près expliqué que selon la religion, la première moitié de la vie d'un homme était une ascension et l'autre moitié une descente, que dans la descente les journées de l'homme ne lui appartenaient plus, qu'on pouvait les lui enlever à n'importe quel moment, qu'il ne pouvait donc rien en faire et que le mieux justement était de n'en rien faire. La contradiction, d'ailleurs, ne l'effrayait pas, car il avait dit peu après à Tarrou que sûrement Dieu n'existait pas, puisque, dans le cas contraire, les curés seraient inutiles. Mais, à quelques réflexions qui suivirent, Tarrou comprit que cette philosophie tenait étroitement à l'humeur que lui donnaient les quêtes fréquentes de sa paroisse. Mais ce qui achevait le portrait du vieillard est un souhait qui semble profond et qu'il fit à plusieurs reprises devant son interlocuteur : il espérait mourir très vieux.

« Est-ce un saint ?» se demandait Tarrou. Et il répondait :« Oui, si la sainteté est un ensemble d'habitudes. »

Mais, en même temps, Tarrou entreprenait la description assez minutieuse d'une journée dans la ville empestée et donnait ainsi une idée juste des occupations et de la vie de nos concitoyens pendant cet été :« Personne ne rit que les ivrognes, disait Tarrou, et ceux-là rient trop. » Puis il entamait sa description :

« Au petit matin, des souffles légers parcourent la ville encore déserte. À cette heure, qui est entre les morts de la nuit et les agonies de la journée, il semble que la peste suspende un instant son effort et reprenne son souffle. Toutes les boutiques sont fermées. Mais sur quelques-unes, l'écriteau « Fermé pour cause de peste » atteste qu'elles n'ouvriront pas tout à l'heure avec les autres. Des vendeurs de journaux encore endormis ne crient pas encore les nouvelles, mais, adossés au coin des rues, offrent leur marchandise aux réverbères dans un geste de somnambules. Tout à l'heure, réveillés par les premiers tramways, ils se répandront dans toute la ville, tendant à bout de bras les feuilles où éclate le mot « Peste» . « Y aura-t-il un automne de peste ? Le professeur B... répond : Non » . « Cent vingt-quatre morts, tel est le bilan de la quatre-vingt-quatorzième journée de peste. »

« Malgré la crise du papier qui devient de plus en plus aiguë et qui a forcé certains périodiques à diminuer le nombre de leurs pages, il s'est créé un autre journal : le Courrier de l'Épidémie, qui se donne pour tâche d' « informer nos concitoyens, dans un souci de scrupuleuse objectivité, des progrès ou des reculs de la maladie ; de leur fournir les témoignages les plus autorisés sur l'avenir de l'épidémie ; de prêter l'appui de ses colonnes à tous ceux, connus ou inconnus, qui sont disposés à lutter contre le fléau ; de soutenir le moral de la population, de transmettre les directives des autorités et, en un mot, de grouper toutes les bonnes volontés pour lutter efficacement contre le mal qui nous frappe. » En réalité, ce journal s'est borné très rapidement à publier des annonces de nouveaux produits, infaillibles pour prévenir la peste.

« Vers six heures du matin, tous ces journaux commencent à se vendre dans les queues qui s'installent aux portes des magasins, plus d'une heure avant leur ouverture, puis dans les tramways qui arrivent, bondés, des faubourgs. Les tramways sont devenus le seul moyen de transport et ils avancent à grand-peine, leurs marchepieds et leurs rambardes chargés à craquer. Chose curieuse, cependant, tous les occupants, dans la mesure du possible, se tournent le dos pour éviter une contagion mutuelle. Aux arrêts, le tramway déverse une cargaison d'hommes et de femmes, pressés de s'éloigner et de se trouver seuls. Fréquemment éclatent des scènes dues à la seule mauvaise humeur, qui devient chronique.

« Après le passage des premiers tramways, la ville s'éveille peu à peu, les premières brasseries ouvrent leur porte sur des comptoirs chargés de pancartes :« Plus de café » , « Apportez votre sucre » , etc... Puis les boutiques s'ouvrent, les rues s'animent. En même temps, la lumière monte et la chaleur plombe peu à peu le ciel de juillet. C'est l'heure où ceux qui ne font rien se risquent sur les boulevards. La plupart semblent avoir pris à tâche de conjurer la peste par l'étalage de leur luxe. Il y a tous les jours vers onze heures, sur les artères principales, une parade de jeunes hommes et de jeunes femmes où l'on peut éprouver cette passion de vivre qui croît au sein des grands malheurs. Si l'épidémie s'étend, la morale s'élargira aussi. Nous reverrons les saturnales milanaises au bord des tombes.

« À midi, les restaurants se remplissent en un clin d'œil. Très vite, de petits groupes qui n'ont pu trouver de place se forment à leur porte. Le ciel commence à perdre sa lumière par excès de chaleur. À l'ombre des grands stores, les candidats à la nourriture attendent leur tour, au bord de la rue craquante de soleil. Si les restaurants sont envahis, c'est qu'ils simplifient pour beaucoup le problème du ravitaillement. Mais ils laissent intacte l'angoisse de la contagion. Les convives perdent de longues minutes à essuyer patiemment leurs couverts. Il n'y a pas longtemps, certains restaurants affichaient :« Ici, le couvert est ébouillanté. » Mais, peu à peu, ils ont renoncé à toute publicité puisque les clients étaient forcés de venir. Le client, d'ailleurs, dépense volontiers. Les vins fins ou supposés tels, les suppléments les plus chers, c'est le commencement d'une course effrénée. Il paraît aussi que des scènes de panique ont éclaté dans un restaurant parce qu'un client pris de malaise avait pâli, s'était levé, avait chancelé et gagné très vite la sortie.

« Vers deux heures, la ville se vide peu à peu et c'est le moment où le silence, la poussière, le soleil et la peste se rencontrent dans la rue. Tout le long des grandes maisons grises, la chaleur coule sans arrêt. Ce sont de longues heures prisonnières qui finissent dans des soirs enflammés croulant sur la ville populeuse et jacassante. Pendant les premiers jours de la chaleur, de loin en loin, et sans qu'on sache pourquoi, les soirs étaient désertés. Mais à présent, la première fraîcheur amène une détente, sinon un espoir. Tous descendent alors dans les rues, s'étourdissent à parler, se querellent ou se convoitent et sous le ciel rouge de juillet la ville, chargée de couples et de clameurs, dérive vers la nuit haletante. En vain, tous les soirs sur les boulevards, un vieillard inspiré, portant feutre et lavallière, traverse la foule en répétant sans arrêt :« Dieu est grand, venez à lui » , tous se précipitent au contraire vers quelque chose qu'ils connaissent mal ou qui leur paraît plus urgent que Dieu. Au début, quand ils croyaient que c'était une maladie comme les autres, la religion était à sa place. Mais quand ils ont vu que c'était sérieux, ils se sont souvenu de la jouissance. Toute l'angoisse qui se peint dans la journée sur les visages se résout alors, dans le crépuscule ardent et poussiéreux, en une sorte d'excitation hagarde, une liberté maladroite qui enfièvre tout un peuple.

« Et moi aussi, je suis comme eux. Mais quoi ! la mort n'est rien pour les hommes comme moi. C'est un événement qui leur donne raison. »

C'est Tarrou qui avait demandé à Rieux l'entrevue dont il parle dans ses carnets. Le soir où Rieux l'attendait, le docteur regardait justement sa mère, sagement assise dans un coin de la salle à manger, sur une chaise. C'est là qu'elle passait ses journées quand les soins du ménage ne l'occupaient plus. Les mains réunies sur les genoux, elle attendait. Rieux n'était même pas sûr que ce fût lui qu'elle attendît. Mais, cependant, quelque chose changeait dans le visage de sa mère lorsqu'il apparaissait. Tout ce qu'une vie laborieuse y avait mis de mutisme semblait s'animer alors. Puis, elle retombait dans le silence. Ce soir-là, elle regardait par la fenêtre, dans la rue maintenant déserte. L'éclairage de nuit avait été diminué des deux tiers. Et, de loin en loin, une lampe très faible mettait quelques reflets dans les ombres de la ville.

-Est-ce qu'on va garder l'éclairage réduit pendant toute la peste ? dit Mme Rieux.

-Probablement.

-Pourvu que ça ne dure pas jusqu'à l'hiver. Ce serait triste, alors.

-Oui, dit Rieux.

Il vit le regard de sa mère se poser sur son front. Il savait que l'inquiétude et le surmenage des dernières journées avaient creusé son visage.

-Ça n'a pas marché, aujourd'hui ? dit Mme Rieux.

-Oh ! comme d'habitude.

Comme d'habitude ! C'est-à-dire que le nouveau sérum envoyé par Paris avait l'air d'être moins efficace que le premier et les statistiques montaient. On n'avait toujours pas la possibilité d'inoculer les sérums préventifs ailleurs que dans les familles déjà atteintes. Il eût fallu des quantités industrielles pour en généraliser l'emploi. La plupart des bubons se refusaient à percer, comme si la saison de leur durcissement était venue, et ils torturaient les malades. Depuis la veille, il y avait dans la ville deux cas d'une nouvelle forme de l'épidémie. La peste devenait alors pulmonaire. Le jour même, au cours d'une réunion, les médecins harassés, devant un préfet désorienté, avaient demandé et obtenu de nouvelles mesures pour éviter la contagion qui se faisait de bouche à bouche, dans la peste pulmonaire. Comme d'habitude, on ne savait toujours rien.

Il regarda sa mère. Le beau regard marron fit remonter en lui des années de tendresse.

Est-ce que tu as peur, mère ?

-À mon âge, on ne craint plus grand-chose.

-Les journées sont bien longues et je ne suis plus jamais là.

-Cela m'est égal de t'attendre si je sais que tu dois venir. Et quand tu n'es pas là, je pense à ce que tu fais. As-tu des nouvelles ?

-Oui, tout va bien, si j'en crois le dernier télégramme. Mais je sais qu'elle dit cela pour me tranquilliser.

La sonnette de la porte retentit. Le docteur sourit à sa mère et alla ouvrir. Dans la pénombre du palier, Tarrou avait l'air d'un grand ours vêtu de gris. Rieux fit asseoir le visiteur devant son bureau. Lui-même restait debout derrière son fauteuil. Ils étaient séparés par la seule lampe allumée de la pièce, sur le bureau.

-Je sais, dit Tarrou sans préambule, que je puis parler tout droit avec vous.

Rieux approuva en silence.

-Dans quinze jours ou un mois, vous ne serez d'aucune utilité ici, vous êtes dépassé par les événements.

-C'est vrai, dit Rieux.

-L'organisation du service sanitaire est mauvaise. Vous manquez d'hommes et de temps.

Rieux reconnut encore que c'était la vérité.

-J'ai appris que la préfecture envisage une sorte de service civil pour obliger les hommes valides à participer au sauvetage général.

-Vous êtes bien renseigné. Mais le mécontentement est déjà grand et le préfet hésite.

-Pourquoi ne pas demander des volontaires ?

-On l'a fait, mais les résultats ont été maigres.

-On l'a fait par la voie officielle, un peu sans y croire. Ce qui leur manque, c'est l'imagination. Ils ne sont jamais à l'échelle des fléaux. Et les remèdes qu'ils imaginent sont à peine à la hauteur d'un rhume de cerveau. Si nous les laissons faire, ils périront, et nous avec eux.

-C'est probable, dit Rieux. Je dois dire qu'ils ont cependant pensé aussi aux prisonniers, pour ce que j'appellerai les gros travaux.

-J'aimerais mieux que ce fût des hommes libres.

-Moi aussi. Mais pourquoi, en somme ?

-J'ai horreur des condamnations à mort.

Rieux regarda Tarrou :

-Alors ? dit-il.

-Alors, j'ai un plan d'organisation pour des formations sanitaires volontaires. Autorisez-moi à m'en occuper et laissons l'administration de côté. Du reste, elle est débordée. J'ai des amis un peu partout et ils feront le premier noyau. Et naturellement, j'y participerai.

-Bien entendu, dit Rieux, vous vous doutez que j'accepte avec joie. On a besoin d'être aidé, surtout dans ce métier. Je me charge de faire accepter l'idée à la préfecture. Du reste, ils n'ont pas le choix. Mais...

Rieux réfléchit.

-Mais ce travail peut être mortel, vous le savez bien. Et dans tous les cas, il faut que je vous en avertisse. Avez-vous bien réfléchi ?

Tarrou le regardait de ses yeux gris.

-Que pensez-vous du prêche de Paneloux, docteur ?

La question était posée naturellement et Rieux y répondit naturellement.

-J'ai trop vécu dans les hôpitaux pour aimer l'idée de punition collective. Mais, vous savez, les chrétiens parlent quelquefois ainsi, sans le penser jamais réellement. Ils sont meilleurs qu'ils ne paraissent.

-Vous pensez pourtant, comme Paneloux, que la peste a sa bienfaisance, qu'elle ouvre les yeux, qu'elle force à penser !

Le docteur secoua la tête avec impatience.

-Comme toutes les maladies de ce monde. Mais ce qui est vrai des maux de ce monde est vrai aussi de la peste. Cela peut servir à grandir quelques-uns. Cependant, quand on voit la misère et la douleur qu'elle apporte, il faut être fou, aveugle ou lâche pour se résigner à la peste.

Rieux avait à peine élevé le ton. Mais Tarrou fit un geste de la main comme pour le calmer. Il souriait.

-Oui, dit Rieux en haussant les épaules. Mais vous ne m'avez pas répondu. Avez-vous réfléchi ?

Tarrou se carra un peu dans son fauteuil et avança la tête dans la lumière.

-Croyez-vous en Dieu, docteur ?

La question était encore posée naturellement. Mais cette fois, Rieux hésita.

-Non, mais qu'est-ce que cela veut dire ? Je suis dans la nuit, et j'essaie d'y voir clair. Il y a longtemps que j'ai cessé de trouver ça original.

-N'est-ce pas ce qui vous sépare de Paneloux ?

-Je ne crois pas. Paneloux est un homme d'études. Il n'a pas vu assez mourir et c'est pourquoi il parle au nom d'une vérité. Mais le moindre prêtre de campagne qui administre ses paroissiens et qui a entendu la respiration d'un mourant pense comme moi. Il soignerait la misère avant de vouloir en démontrer l'excellence.

Rieux se leva, son visage était maintenant dans l'ombre.

-Laissons cela, dit-il, puisque vous ne voulez pas répondre.

Tarrou sourit sans bouger de son fauteuil.

-Puis-je répondre par une question ?

À son tour le docteur sourit :

-Vous aimez le mystère, dit-il. Allons-y.

-Voilà, dit Tarrou. Pourquoi vous-même montrez-vous tant de dévouement puisque vous ne croyez pas en Dieu ? Votre réponse m'aidera peut-être à répondre moi-même.

Sans sortir de l'ombre, le docteur dit qu'il avait déjà répondu, que s'il croyait en un Dieu tout-puissant, il cesserait de guérir les hommes, lui laissant alors ce soin. Mais que personne au monde, non, pas même Paneloux qui croyait y croire, ne croyait en un Dieu de cette sorte, puisque personne ne s'abandonnait totalement et qu'en cela du moins, lui, Rieux, croyait être sur le chemin de la vérité, en luttant contre la création telle qu'elle était.

-Ah ! dit Tarrou, c'est donc l'idée que vous vous faites de votre métier ?

-À peu près, répondit le docteur en revenant dans la lumière.

Tarrou siffla doucement et le docteur le regarda.

-Oui, dit-il, vous vous dites qu'il y faut de l'orgueil. Mais je n'ai que l'orgueil qu'il faut, croyez-moi. Je ne sais pas ce qui m'attend ni ce qui viendra après tout ceci. Pour le moment il y a des malades et il faut les guérir. Ensuite, ils réfléchirent et moi aussi. Mais le plus pressé est de les guérir. Je les défends comme je peux, voilà tout.

-Contre qui ?

Rieux se tourna vers la fenêtre. Il devinait au loin la mer à une condensation plus obscure de l'horizon. Il éprouvait seulement sa fatigue et luttait en même temps contre un désir soudain et déraisonnable de se livrer un peu plus à cet homme singulier, mais qu'il sentait fraternel.

-Je n'en sais rien, Tarrou, je vous jure que je n'en sais rien. Quand je suis entré dans ce métier, je l'ai fait abstraitement, en quelque sorte, parce que j'en avais besoin, parce que c'était une situation comme les autres, une de celles que les jeunes gens se proposent. Peut-être aussi parce que c'était particulièrement difficile pour un fils d'ouvrier comme moi. Et puis il a fallu voir mourir. Savez-vous qu'il y a des gens qui refusent de mourir ? Avez-vous jamais entendu une femme crier :« jamais !» au moment de mourir ? Moi, oui. Et je me suis aperçu alors que je ne pouvais pas m'y habituer. J'étais jeune alors et mon dégoût croyait s'adresser à l'ordre même du monde. Depuis, je suis devenu plus modeste. Simplement, je ne suis toujours pas habitué à voir mourir. Je ne sais rien de plus. Mais après tout...

Rieux se tut et se rassit. Il se sentait la bouche sèche.

-Après tout ? dit doucement Tarrou.

-Après tout, reprit le docteur, et il hésita encore, regardant Tarrou avec attention, c'est une chose qu'un homme comme vous peut comprendre, n'est-ce pas, mais puisque l'ordre du monde est réglé par la mort, peut-être vaut-il mieux pour Dieu qu'on ne croie pas en lui et qu'on lutte de toutes ses forces contre la mort, sans lever les yeux vers ce ciel où il se tait.

-Oui, approuva Tarrou, je peux comprendre. Mais vos victoires seront toujours provisoires, voilà tout.

Rieux parut s'assombrir.

-Toujours, je le sais. Ce n'est pas une raison pour cesser de lutter.

-Non, ce n'est pas une raison. Mais j'imagine alors ce que doit être cette peste pour vous.

-Oui, dit Rieux. Une interminable défaite.

Tarrou fixa un moment le docteur, puis il se leva et marcha lourdement vers la porte. Et Rieux le suivit. Il le rejoignait déjà quand Tarrou qui semblait regarder ses pieds lui dit :

-Qui vous a appris tout cela, docteur ?

La réponse vint immédiatement :

-La misère.

Rieux ouvrit la porte de son bureau et, dans le couloir, dit à Tarrou qu'il descendait aussi, allant voir un de ses malades dans les faubourgs. Tarrou lui proposa de l'accompagner et le docteur accepta. Au bout du couloir, ils rencontrèrent Mme Rieux à qui le docteur présenta Tarrou.

-Un ami, dit-il.

-Oh ! fit Mme Rieux, je suis très contente de vous connaître.

Quand elle partit, Tarrou se retourna encore sur elle. Sur le palier, le docteur essaya en vain de faire fonctionner la minuterie. Les escaliers restaient plongés dans la nuit. Le docteur se demandait si c'était l'effet d'une nouvelle mesure d'économie. Mais on ne pouvait pas savoir. Depuis quelque temps déjà, dans les maisons et dans la ville, tout se détraquait. C'était peut-être simplement que les concierges, et nos concitoyens en général, ne prenaient plus soin de rien. Mais le docteur n'eut pas le temps de s'interroger plus avant, car la voix de Tarrou résonnait derrière lui :

-Encore un mot, docteur, même s'il vous paraît ridicule : vous avez tout à fait raison.

Rieux haussa les épaules pour lui-même, dans le noir.

-Je n'en sais rien, vraiment. Mais vous, qu'en savez-vous ?

-Oh ! dit l'autre sans s'émouvoir, j'ai peu de choses à apprendre.

Le docteur s'arrêta et le pied de Tarrou, derrière lui, glissa sur une marche. Tarrou se rattrapa en prenant l'épaule de Rieux.

-Croyez-vous tout connaître de la vie ? demanda celui-ci.

La réponse vînt dans le noir, portée par la même voix tranquille :

-Oui.

Quand ils débouchèrent dans la rue, ils comprirent qu'il était assez tard, onze heures peut-être. La ville était muette, peuplée seulement de frôlements. Très loin, le timbre d'une ambulance résonna. Ils montèrent dans la voiture et Rieux mit le moteur en marche.

-Il faudra, dit-il, que vous veniez demain à l'hôpital pour le vaccin préventif. Mais, pour en finir et avant d'entrer dans cette histoire, dites-vous que vous avez une chance sur trois d'en sortir.

-Ces évaluations n'ont pas de sens, docteur, vous le savez comme moi. Il y a cent ans, une épidémie de peste a tué tous les habitants d'une ville de Perse, sauf précisément le laveur des morts qui n'avait jamais cessé d'exercer son métier.

-Il a gardé sa troisième chance, voilà tout, dit Rieux d'une voix soudain plus sourde. Mais il est vrai que nous avons encore tout à apprendre à ce sujet.

Ils entraient maintenant dans les faubourgs. Les phares illuminaient les rues désertes. Ils s'arrêtèrent. Devant l'auto, Rieux demanda à Tarrou s'il voulait entrer et l'autre dit que oui. Un reflet du ciel éclairait leurs visages. Rieux eut soudain un rire d'amitié :

-Allons, Tarrou, dit-il, qu'est-ce qui vous pousse à vous occuper de cela ?

-Je ne sais pas. Ma morale peut-être.

-Et laquelle ?

-La compréhension.

Tarrou se tourna vers la maison et Rieux ne vit plus son visage jusqu'au moment où ils furent chez le vieil asthmatique.

Dès le lendemain, Tarrou se mit au travail et réunit une première équipe qui devait être suivie de beaucoup d'autres.

L'intention du narrateur n'est cependant pas de donner à ces formations sanitaires plus d'importance qu'elles n'en eurent. À sa place, il est vrai que beaucoup de nos concitoyens céderaient aujourd'hui à la tentation d'en exagérer le rôle. Mais le narrateur est plutôt tenté de croire qu'en donnant trop d'importance aux belles actions, on rend finalement un hommage indirect et puissant au mal. Car on laisse supposer alors que ces belles actions n'ont tant de prix que parce qu'elles sont rares et que la méchanceté et l'indifférence sont des moteurs bien plus fréquents dans les actions des hommes. C'est là une idée que le narrateur ne partage pas. Le mal qui est dans le monde vient presque toujours de l'ignorance, et la bonne volonté peut faire autant de dégâts que la méchanceté, si elle n'est pas éclairée. Les hommes sont plutôt bons que mauvais, et en vérité ce n'est pas la question. Mais ils ignorent plus ou moins, et c'est ce qu'on appelle vertu ou vice, le vice le plus désespérant étant celui de l'ignorance qui croit tout savoir et qui s'autorise alors à tuer. L'âme du meurtrier est aveugle et il n'y a pas de vraie bonté ni de bel amour sans toute la clairvoyance possible.

C'est pourquoi nos formations sanitaires qui se réalisèrent grâce à Tarrou doivent être jugées avec une satisfaction objective. C'est pourquoi le narrateur ne se fera pas le chantre trop éloquent de la volonté et d'un héroïsme auquel il n'attache qu'une importance raisonnable. Mais il continuera d'être l'historien des cœurs déchirés et exigeants que la peste fit alors à tous nos concitoyens.

Ceux qui se dévouèrent aux formations sanitaires n'eurent pas si grand mérite à le faire, en effet, car ils savaient que c'était la seule chose à faire et c'est de ne pas s'y décider qui alors eût été incroyable. Ces formations aidèrent nos concitoyens à entrer plus avant dans la peste et les persuadèrent en partie que, puisque la maladie était là, il fallait faire ce qu'il fallait pour lutter contre elle. Parce que la peste devenait ainsi le devoir de quelques-uns, elle apparut réellement pour ce qu'elle était, c'est-à-dire l'affaire de tous.

Cela est bien. Mais on ne félicite pas un instituteur d'enseigner que deux et deux font quatre. On le félicitera peut-être d'avoir choisi ce beau métier. Disons donc qu'il était louable que Tarrou et d'autres eussent choisi de démontrer que deux et deux faisaient quatre plutôt que le contraire, mais disons aussi que cette bonne volonté leur était commune avec l'instituteur, avec tous ceux qui ont le même cœur que l'instituteur et qui, pour l'honneur de l'homme, sont plus nombreux qu'on ne pense, c'est du moins la conviction du narrateur. Celui-ci aperçoit très bien d'ailleurs l'objection qu'on pourrait lui faire et qui est que ces hommes risquaient leur vie. Mais il vient toujours une heure dans l'histoire où celui qui ose dire que deux et deux font quatre est puni de mort. L'instituteur le sait bien. Et la question n'est pas de savoir quelle est la récompense ou la punition qui attend ce raisonnement. La question est de savoir si deux et deux, oui ou non, font quatre. Pour ceux de nos concitoyens qui risquaient alors leur vie, ils avaient à décider si, oui ou non, ils étaient dans la peste et si, oui ou non, il fallait lutter contre elle.

Beaucoup de nouveaux moralistes dans notre ville allaient alors, disant que rien ne servait à rien et qu'il fallait se mettre à genoux. Et Tarrou, et Rieux, et leurs amis pouvaient répondre ceci ou cela, mais la conclusion était toujours ce qu'ils savaient : il fallait lutter de telle ou telle façon et ne pas se mettre à genoux. Toute la question était d'empêcher le plus d'hommes possible de mourir et de connaître la séparation définitive. Il n'y avait pour cela qu'un seul moyen qui était de combattre la peste. Cette vérité n'était pas admirable, elle n'était que conséquente.

C'est pourquoi il était naturel que le vieux Castel mit toute sa confiance et son énergie à fabriquer des sérums sur place, avec du matériel de fortune. Rieux et lui espéraient qu'un sérum fabriqué avec les cultures du microbe même qui infestait la ville aurait une efficacité plus directe que les sérums venus de l'extérieur, puisque le microbe différait légèrement du bacille de la peste, tel qu'il était classiquement défini. Castel espérait avoir son premier sérum assez rapidement.

C'est pourquoi encore il était naturel que Grand, qui n'avait rien d'un héros, assurât maintenant une sorte de secrétariat des formations sanitaires. Une partie des équipes formées par Tarrou se consacrait en effet à un travail d'assistance préventive dans les quartiers surpeuplés. On essayait d'y introduire l'hygiène nécessaire, on faisait le compte des greniers et des caves que la désinfection n'avait pas visités. Une autre partie des équipes secondait les médecins dans les visites à domicile, assurait le transport des pestiférés et même, par la suite, en l'absence de personnel spécialisé, conduisit les voitures des malades et des morts. Tout ceci exigeait un travail d'enregistrement et de statistiques que Grand avait accepté de faire.

De ce point de vue, et plus que Rieux ou Tarrou, le narrateur estime que Grand était le représentant réel de cette vertu tranquille qui animait les formations sanitaires. Il avait dit oui sans hésitation, avec la bonne volonté qui était la sienne. Il avait seulement demandé à se rendre utile dans de petits travaux. Il était trop vieux pour le reste. De dix-huit heures à vingt heures, il pouvait donner son temps. Et comme Rieux le remerciait avec chaleur, il s'en étonnait :« Ce n'est pas le plus difficile. Il y a la peste, il faut se défendre, c'est clair. Ah ! si tout était aussi simple !» Et il revenait à sa phrase. Quelquefois, le soir, quand le travail des fiches était terminé, Rieux parlait avec Grand. Ils avaient fini par mêler Tarrou à leur conversation et Grand se confiait avec un plaisir de plus en plus évident à ses deux compagnons. Ces derniers suivaient avec intérêt le travail patient que Grand continuait au milieu de la peste. Eux aussi, finalement, y trouvaient une sorte de détente.

« Comment va l'amazone ?» demandait souvent Tarrou. Et Grand répondait invariablement :« Elle trotte, elle trotte » , avec un sourire difficile. Un soir, Grand dit qu'il avait définitivement abandonné l'adjectif « élégante » pour son amazone et qu'il la qualifiait désormais de « svelte » . « C'est plus concret » , avait-il ajouté. Une autre fois, il lut à ses deux auditeurs la première phrase ainsi modifiée :« Par une belle matinée de mai, une svelte amazone, montée sur une superbe jument alezane, parcourait les allées fleuries du Bois de Boulogne. »

-N'est-ce pas, dit Grand, on la voit mieux et j'ai préféré :« Par une matinée de mai » , parce que « mois de mai » allongeait un peu le trot.

Il se montra ensuite fort préoccupé par l'adjectif « superbe » . Cela ne parlait pas, selon lui, et il cherchait le terme qui photographierait d'un seul coup la fastueuse jument qu'il imaginait. « Grasse » n'allait pas, c'était concret, mais un peu péjoratif. « Reluisante » l'avait tenté un moment, mais le rythme ne s'y prêtait pas. Un soir, il annonça triomphalement qu'il avait trouvé :« Une noire jument alezane.» Le noir indiquait discrètement l'élégance, toujours selon lui.

-Ce n'est pas possible, dit Rieux.

-Et pourquoi ?

-Alezane n'indique pas la race, mais la couleur.

-Quelle couleur ?

-Eh bien, une couleur qui n'est pas le noir, en tout cas !

Grand parut très affecté.

-Merci, disait-il, vous êtes là, heureusement. Mais vous voyez comme c'est difficile.

-Que penseriez-vous de « somptueuse » , dit Tarrou. Grand le regarda. Il réfléchissait :

-Oui, dit-il, oui !

Et un sourire lui venait peu à peu.

À quelque temps de là, il avoua que le mot « fleuries » l'embarrassait. Comme il n'avait jamais connu qu'Oran et Montélimar, il demandait quelquefois à ses amis des indications sur la façon dont les allées du Bois étaient fleuries. À proprement parler, elles n'avaient jamais donné l'impression de l'être à Rieux ou à Tarrou, mais la conviction de l'employé les ébranlait. Il s'étonnait de leur incertitude. « Il n'y a que les artistes qui sachent regarder. » Mais le docteur le trouva une fois dans une grande excitation. Il avait remplacé « fleuries » par « pleines de fleurs » . Il se frottait les mains. « Enfin, on les voit, on les sent. Chapeau bas, Messieurs !» Il lut triomphalement la phrase :« Par une belle matinée de mai, une svelte amazone montée sur une somptueuse jument alezane parcourait les allées pleines de fleurs du Bois de Boulogne. » Mais, lus à haute voix, les trois génitifs qui terminaient la phrase résonnèrent fâcheusement et Grand bégaya un peu. Il s'assit, l'air accablé. Puis il demanda au docteur la permission de partir. Il avait besoin de réfléchir un peu.

C'est à cette époque, on l'apprit par la suite, qu'il donna au bureau des signes de distraction qui furent jugés regrettables à un moment où la mairie devait faire face, avec un personnel diminué, à des obligations écrasantes. Son service en souffrit et le chef de bureau le lui reprocha sévèrement en lui rappelant qu'il était payé pour accomplir un travail que, précisément, il n'accomplissait pas. « Il paraît, avait dit le chef de bureau, que vous faites du service volontaire dans les formations sanitaires, en dehors de votre travail. Ça ne me regarde pas. Mais ce qui me regarde, c'est votre travail. Et la première façon de vous rendre utile dans ces terribles circonstances, c'est de bien faire votre travail. Ou sinon, le reste ne sert à rien. »

-Il a raison, dit Grand à Rieux.

-Oui, il a raison, approuva le docteur.

-Mais je suis distrait et je ne sais pas comment sortir de la fin de ma phrase.

Il avait pensé à supprimer « de Boulogne » , estimant que tout le monde comprendrait. Mais alors la phrase avait l'air de rattacher à « fleurs » , ce qui, en fait, se reliait à « allées » . Il avait envisagé aussi la possibilité d'écrire :« Les allées du Bois pleines de fleurs. » Mais la situation de « Bois » entre un substantif et un qualificatif qu'il séparait arbitrairement lui était une épine dans la chair. Certains soirs, il est bien vrai qu'il avait l'air encore plus fatigué que Rieux.

Oui, il était fatigué par cette recherche qui l'absorbait tout entier, mais il n'en continuait pas moins à faire les additions et les statistiques dont avaient besoin les formations sanitaires. Patiemment, tous les soirs, il mettait des fiches au clair, il les accompagnait de courbes et il s'évertuait lentement à présenter des états aussi précis que possible. Assez souvent, il allait rejoindre Rieux dans l'un des hôpitaux et lui demandait une table dans quelque bureau ou infirmerie. Il s'y installait avec ses papiers, exactement comme il s'installait à sa table de la mairie, et dans l'air épaissi par les désinfectants et par la maladie elle-même, il agitait ses feuilles pour en faire sécher l'encre. Il essayait honnêtement alors de ne plus penser à son amazone et de faire seulement ce qu'il fallait.

Oui, s'il est vrai que les hommes tiennent à se proposer des exemples et des modèles qu'ils appellent héros, et s'il faut absolument qu'il y en ait un dans cette histoire, le narrateur propose justement ce héros insignifiant et effacé qui n'avait pour lui qu'un peu de bonté au cœur et un idéal apparemment ridicule. Cela donnera à la vérité ce qui lui revient, à l'addition de deux et deux son total de quatre, et à l'héroïsme la place secondaire qui doit être la sienne, juste après, et jamais avant, l'exigence généreuse du bonheur. Cela donnera aussi à cette chronique son caractère, qui doit être celui d'une relation faite avec de bons sentiments, c'est-à-dire des sentiments qui ne sont ni ostensiblement mauvais, ni exaltants à la vilaine façon d'un spectacle.

C'était du moins l'opinion du docteur Rieux lorsqu'il lisait dans les journaux ou écoutait à la radio les appels et les encouragements que le monde extérieur faisait parvenir à la ville empestée. En même temps que les secours envoyés par air et par route, tous les soirs, sur les ondes ou dans la presse, des commentaires apitoyés ou admiratifs s'abattaient sur la cité désormais solitaire. Et chaque fois le ton d'épopée ou de discours de prix impatientait le docteur. Certes, il savait que cette sollicitude n'était pas feinte. Mais elle ne pouvait s'exprimer que dans le langage conventionnel par lequel les hommes essaient d'exprimer ce qui les lie à l'humanité. Et ce langage ne pouvait s'appliquer aux petits efforts quotidiens de Grand, par exemple, ne pouvant rendre compte de ce que signifiait Grand au milieu de la peste.

À minuit, quelquefois, dans le grand silence de la ville alors désertée, au moment de regagner son lit pour un sommeil trop court, le docteur tournait le bouton de son poste. Et des confins du monde, à travers des milliers de kilomètres, des voix inconnues et fraternelles s'essayaient maladroitement à dire leur solidarité et la disaient, en effet, mais démontraient en même temps la terrible impuissance où se trouve tout homme de partager vraiment une douleur qu'il ne peut pas voir :« Oran ! Oran !» En vain, l'appel traversait les mers, en vain Rieux se tenait en alerte, bientôt l'éloquence montait et accusait mieux encore la séparation essentielle qui faisait deux étrangers de Grand et de l'orateur. « Oran ! oui, Oran ! Mais non, pensait le docteur, aimer ou mourir ensemble, il n'y a pas d'autre ressource. Ils sont trop loin. »

Et justement ce qui reste à retracer avant d'en arriver au sommet de la peste, pendant que le fléau réunissait toutes ses forces pour les jeter sur la ville et s'en emparer définitivement, ce sont les longs efforts désespérés et monotones que les derniers individus, comme Rambert, faisaient pour retrouver leur bonheur et ôter à la peste cette part d'eux-mêmes qu'ils défendaient contre toute atteinte. C'était là leur manière de refuser l'asservissement qui les menaçait, et bien que ce refus-là, apparemment, ne fût pas aussi efficace que l'autre, l'avis du narrateur est qu'il avait bien son sens et qu'il témoignait aussi, dans sa vanité et ses contradictions mêmes, pour ce qu'il y avait alors de fier en chacun de nous.

Rambert luttait pour empêcher que la peste le recouvrît. Ayant acquis la preuve qu'il ne pouvait sortir de la ville par les moyens légaux, il était décidé, avait-il dit à Rieux, à user des autres. Le journaliste commença par les garçons de café. Un garçon de café est toujours au courant de tout. Mais les premiers qu'il interrogea étaient surtout au courant des pénalités très graves qui sanctionnaient ce genre d'entreprises. Dans un cas, il fut même pris pour un provocateur. Il lui fallut rencontrer Cottard chez Rieux pour avancer un peu. Ce jour-là, Rieux et lui avaient parlé encore des démarches vaines que le journaliste avait faites dans les administrations. Quelques jours après, Cottard rencontra Rambert dans la rue, et l'accueillit avec la rondeur qu'il mettait à présent dans tous ses rapports :

-Toujours rien ? avait-il dit.

-Non, rien.

-On ne peut pas compter sur les bureaux. Ils ne sont pas faits pour comprendre.

-C'est vrai. Mais je cherche autre chose. C'est difficile.

-Ah ! dit Cottard, je vois.

Lui connaissait une filière et à Rambert, qui s'en étonnait, il expliqua que, depuis longtemps, il fréquentait tous les cafés d'Oran, qu'il y avait des amis et qu'il était renseigné sur l'existence d'une organisation qui s'occupait de ce genre d'opérations. La vérité était que Cottard, dont les dépenses dépassaient désormais les revenus, s'était mêlé à des affaires de contrebande sur les produits rationnés. Il revendait ainsi des cigarettes et du mauvais alcool dont les prix montaient sans cesse et qui étaient en train de lui rapporter une petite fortune.

-En êtes-vous bien sûr ? demanda Rambert.

-Oui, puisqu'on me l'a proposé.

-Et vous n'en avez pas profité ?

-Ne soyez pas méfiant, dit Cottard d'un air bonhomme, je n'en ai pas profité parce que je n'ai pas, moi, envie de partir. J'ai mes raisons.

Il ajouta après un silence :

-Vous ne me demandez pas quelles sont mes raisons ?

-Je suppose, dit Rambert, que cela ne me regarde pas.

-Dans un sens, cela ne vous regarde pas, en effet. Mais dans un autre... Enfin, la seule chose évidente, c'est que je me sens bien mieux ici depuis que nous avons la peste avec nous.

L'autre écourta son discours :

-Comment joindre cette organisation ?

-Ah ! dit Cottard, ce n'est pas facile, venez avec moi.

Il était quatre heures de l'après-midi. Sous un ciel lourd, la ville cuisait lentement. Tous les magasins avaient leur store baissé. Les chaussées étaient désertes. Cottard et Rambert prirent des rues à arcades et marchèrent longtemps sans parler. C'était une de ces heures où la peste se faisait invisible. Ce silence, cette mort des couleurs et des mouvements, pouvaient être aussi bien ceux de l'été que ceux du fléau. On ne savait si l'air était lourd de menaces ou de poussières et de brûlure. Il fallait observer et réfléchir pour rejoindre la peste. Car elle ne se trahissait que par des signes négatifs.

Cottard, qui avait des affinités avec elle, fit remarquer par exemple à Rambert l'absence des chiens qui, normalement, eussent dû être sur le flanc, au seuil des couloirs, haletants, à la recherche d'une fraîcheur impossible.

Ils prirent le boulevard des Palmiers, traversèrent la place d'Armes et descendirent vers le quartier de la Marine. À gauche, un café peint en vert s'abritait sous un store oblique de grosse toile jaune. En entrant, Cottard et Rambert essuyèrent leur front. Ils prirent place sur des chaises pliantes de jardin, devant des tables de tôle verte. La salle était absolument déserte. Des mouches grésillaient dans l'air. Dans une cage jaune posée sur le comptoir bancal, un perroquet, toutes plumes retombées, était affaissé sur son perchoir. De vieux tableaux, représentant des scènes militaires, pendaient au mur, couverts de crasse et de toiles d'araignée en épais filaments. Sur toutes les tables de tôle, et devant Rambert lui-même, séchaient des fientes de poule dont il s'expliquait mal l'origine jusqu'à ce que d'un coin obscur, après un peu de remue-ménage, un magnifique coq sortît en sautillant.

La chaleur, à ce moment, sembla monter encore. Cottard enleva sa veste et frappa sur la tôle. Un petit homme, perdu dans un long tablier bleu, sortit du fond, salua Cottard du plus loin qu'il le vit, avança en écartant le coq d'un vigoureux coup de pied et demanda, au milieu des gloussements du volatile, ce qu'il fallait servir à ces messieurs. Cottard demanda du vin blanc et s'enquit d'un certain Garcia. Selon le nabot, il y avait déjà quelques jours qu'on ne l'avait vu dans le café.

-Pensez-vous qu'il viendra ce soir ?

-Eh ! dit l'autre, je ne suis pas dans sa chemise. Mais vous connaissez son heure ?

-Oui, mais ce n'est pas très important. J'ai seulement un ami à lui présenter.

Le garçon essuyait ses mains moites contre le devant de son tablier.

-Ah ! Monsieur s'occupe aussi d'affaires ?

-Oui, dit Cottard.

Le nabot renifla :

-Alors, revenez ce soir. Je vais lui envoyer le gosse.

En sortant, Rambert demanda de quelles affaires il s'agissait.

-De contrebande, naturellement. Ils font passer des marchandises aux portes de la ville. Ils vendent au prix fort.

-Bon, dit Rambert. Ils ont des complicités ?

-Justement.

Le soir, le store était relevé, le perroquet jabotait dans sa cage et les tables de tôle étaient entourées d'hommes en bras de chemise. L'un d'eux, le chapeau de paille en arrière, une chemise blanche ouverte sur une poitrine couleur de terre brûlée, se leva à l'entrée de Cottard. Un visage régulier et tanné, l'œil noir et petit, les dents blanches, deux ou trois bagues aux doigts, il paraissait trente ans environ.

-Salut, dit-il, on boit au comptoir.

Ils prirent trois tournées en silence.

-Si on sortait ? dit alors Garcia.

Ils descendirent vers le port et Garcia demanda ce qu'on lui voulait. Cottard lui dit que ce n'était pas exactement pour des affaires qu'il voulait lui présenter Rambert, mais seulement pour ce qu'il appela « une sortie » . Garcia marchait droit devant lui en fumant. Il posa des questions, disant « Il » en parlant de Rambert, sans paraître s'apercevoir de sa présence.

-Pourquoi faire ? disait-il.

-Il a sa femme en France.

-Ah !

Et après un temps :

-Qu'est-ce qu'il a comme métier ?

-Journaliste.

-C'est un métier où on parle beaucoup.

Rambert se taisait.

-C'est un ami, dit Cottard.

Ils avancèrent en silence. Ils étaient arrivés aux quais, dont l'accès était interdit par de grandes grilles. Mais ils se dirigèrent vers une petite buvette où l'on vendait des sardines frites, dont l'odeur venait jusqu'à eux.

-De toute façon, conclut Garcia, ce n'est pas moi que ça concerne, mais Raoul. Et il faut que je le retrouve. Ça ne sera pas facile.

-Ah ! demanda Cottard avec animation, il se cache ? Garcia ne répondit pas. Près de la buvette, il s'arrêta et se tourna vers Rambert pour la première fois.

-Après-demain, à onze heures, au coin de la caserne des douanes, en haut de la ville.

Il fit mine de partir, mais se retourna vers les deux hommes.

-Il y aura des frais, dit-il.

C'était une constatation.

-Bien sûr, approuva Rambert.

Un peu après, le journaliste remercia Cottard :

-Oh ! non, dit l'autre avec jovialité. Ça me fait plaisir de vous rendre service. Et puis, vous êtes journaliste, vous me revaudrez ça un jour ou l'autre.

Le surlendemain, Rambert et Cottard gravissaient les grandes rues sans ombrage qui mènent vers le haut de notre ville. Une partie de la caserne des douanes avait été transformée en infirmerie et, devant la grande porte, des gens stationnaient, venus dans l'espoir d'une visite qui ne pouvait pas être autorisée ou à la recherche de renseignements qui, d'une heure à l'autre, seraient périmés. En tout cas, ce rassemblement permettait beaucoup d'allées et venues et on pouvait supposer que cette considération n'était pas étrangère à la façon dont le rendez-vous de Garcia et de Rambert avait été fixé.

-C'est curieux, dit Cottard, cette obstination à partir. En somme, ce qui se passe est bien intéressant.

-Pas pour moi, répondit Rambert.

-Oh ! bien sûr, on risque quelque chose. Mais, après tout, on risquait autant, avant la peste, à traverser un carrefour très fréquenté.

À ce moment, l'auto de Rieux s'arrêta à leur hauteur. Tarrou conduisait et Rieux semblait dormir à moitié. Il se réveilla pour faire les présentations.

-Nous nous connaissons, dit Tarrou, nous habitons le même hôtel.

Il offrit à Rambert de la conduire en ville.

-Non, nous avons rendez-vous ici.

Rieux regarda Rambert :

-Oui, fit celui-ci.

-Ah ! s'étonnait Cottard, le docteur est au courant ?

-Voilà le juge d'instruction, avertit Tarrou en regardant Cottard.

Celui-ci changea de figure. M. Othon descendait en effet la rue et s'avançait vers eux d'un pas vigoureux, mais mesuré. Il ôta son chapeau en passant devant le petit groupe.

-Bonjour, monsieur le juge ! dit Tarrou.

Le juge rendit le bonjour aux occupants de l'auto, et, regardant Cottard et Rambert qui étaient restés en arrière, les salua gravement de la tête. Tarrou présenta le rentier et le journaliste. Le juge regarda le ciel pendant une seconde et soupira, disant que c'était une époque bien triste.

-On me dit, monsieur Tarrou, que vous vous occupez de l'application des mesures prophylactiques. je ne saurais trop vous approuver. Pensez-vous, docteur, que la maladie s'étendra ?

Rieux dit qu'il fallait espérer que non et le juge répéta qu'il fallait toujours espérer, les desseins de la Providence sont impénétrable. Tarrou lui demanda si les événements lui avaient apporté un surcroît de travail.

-Au contraire, les affaires que nous appelons de droit commun diminuent. Je n'ai plus à instruire que des manquements graves aux nouvelles dispositions. On n'a jamais autant respecté les anciennes lois.

-C'est, dit Tarrou, qu'en comparaison elles semblent bonnes, forcément.

Le juge quitta l'air rêveur qu'il avait pris, le regard comme suspendu au ciel. Et il examina Tarrou d'un air froid.

-Qu'est-ce que cela fait ? dit-il. Ce n'est pas la loi qui compte, c'est la condamnation. Nous n'y pouvons rien.

-Celui-là, dit Cottard quand le juge fut parti, c'est l'ennemi numéro un.

La voiture démarra.

Un peu plus tard, Rambert et Cottard virent arriver Garcia. Il avança vers eux sans leur faire de signe et dit en guise de bonjour :« Il faut attendre. »

Autour d'eux, la foule, où dominaient les femmes, attendait dans un silence total. Presque toutes portaient des paniers dont elles avaient le vain espoir qu'elles pourraient les faire passer à leurs parents malades et l'idée encore plus folle que ceux-ci pourraient utiliser leurs provisions. La porte était gardée par des factionnaires en armes et, de temps en temps, un cri bizarre traversait la cour qui séparait la caserne de la porte. Dans l'assistance, des visages inquiets se tournaient alors vers l'infirmerie.

Les trois hommes regardaient ce spectacle lorsque dans leur dos un « bonjour » net et grave les fit se retourner. Malgré la chaleur, Raoul était habillé très correctement. Grand et fort, il portait un costume croisé de couleur sombre et un feutre à bords retournés. Son visage était assez pâle. Les yeux bruns et la bouche serrée, Raoul parlait de façon rapide et précise :

-Descendons vers la ville, dit-il. Garcia, tu peux nous laisser.

Garcia alluma une cigarette et les laissa s'éloigner. Ils marchèrent rapidement, accordant leur allure à celle de Raoul qui s'était placé au milieu d'eux.

-Garcia m'a expliqué, dit-il. Cela peut se faire. De toute façon, ça vous coûtera dix mille francs.

Rambert répondit qu'il acceptait.

-Déjeunez avec moi, demain, au restaurant espagnol de la Marine.

Rambert dit que c'était entendu et Raoul lui serra la main, souriant pour la première fois. Après son départ, Cottard s'excusa. Il n'était pas libre le lendemain et d'ailleurs Rambert n'avait plus besoin de lui.

Lorsque, le lendemain, le journaliste entra dans le restaurant espagnol, toutes les têtes se tournèrent sur son passage. Cette cave ombreuse, située en contrebas d'une petite rue jaune et desséchée par le soleil, n'était fréquentée que par des hommes, de type espagnol pour la plupart. Mais dès que Raoul, installé à une table du fond, eut fait un signe au journaliste et que Rambert se fut dirigé vers lui, la curiosité disparut des visages qui revinrent à leurs assiettes. Raoul avait à sa table un grand type maigre et mal rasé, aux épaules démesurément larges, la figure chevaline et les cheveux clairsemés. Ses longs bras minces, couverts de poils noirs, sortaient d'une chemise aux manches retroussées. Il hocha la tête trois fois lorsque Rambert lui fut présenté. Son nom n'avait pas été prononcé et Raoul ne parlait de lui qu'en disant « notre ami » .

-Notre ami croit avoir la possibilité de vous aider. Il va vous...

Raoul s'arrêta parce que la serveuse intervenait pour la commande de Rambert.

-Il va vous mettre en rapport avec deux de nos amis qui vous feront connaître des gardes qui nous sont acquis. Tout ne sera pas fini alors. Il faut que les gardes jugent eux-mêmes du moment propice. Le plus simple serait que vous logiez pendant quelques nuits chez l'un d'eux, qui habite près des portes. Mais auparavant, notre ami doit vous donner les contacts nécessaires. Quand tout sera arrangé, c'est à lui que vous réglerez les frais.

L'ami hocha encore une fois sa tête de cheval sans cesser de broyer la salade de tomates et de poivrons qu'il ingurgitait. Puis il parla avec un léger accent espagnol. Il proposait à Rambert de prendre rendez-vous pour le surlendemain, à huit heures du matin, sous le porche de la cathédrale.

-Encore deux jours, remarqua Rambert.

-C'est que ce n'est pas facile, dit Raoul. Il faut retrouver les gens.

Le cheval encensa une fois de plus et Rambert approuva sans passion. Le reste du déjeuner se passa à rechercher un sujet de conversation. Mais tout devint très facile lorsque Rambert découvrit que le cheval était joueur de football. Lui-même avait beaucoup pratiqué ce sport. On parla donc du championnat de France, de la valeur des équipes professionnelles anglaises et de la tactique en W. À la fin du déjeuner, le cheval s'était tout à fait animé et il tutoyait Rambert pour le persuader qu'il n'y avait pas de plus belle place dans une équipe que celle de demi-centre. « Tu comprends, disait-il, le demi-centre, c'est celui qui distribue le jeu. Et distribuer le jeu, c'est ça le football. » Rambert était de cet avis, quoiqu'il eût toujours joué avant-centre. La discussion fut seulement interrompue par un poste de radio qui, après avoir seriné en sourdine les mélodies sentimentales, annonça que, la veille, la peste avait fait cent trente-sept victimes. Personne ne réagit dans l'assistance. L'homme à tête de cheval haussa les épaules et se leva. Raoul et Rambert l'imitèrent.

En partant, le demi-centre serra la main de Rambert avec énergie :

-Je m'appelle Gonzalès, dit-il.

Ces deux jours parurent interminables à Rambert. Il se rendit chez Rieux et lui raconta ses démarches dans le détail. Puis il accompagna le docteur dans une de ses visites. Il lui dit au revoir à la porte de la maison où l'attendait un malade suspect. Dans le couloir, un bruit de courses et de voix : on avertissait la famille de l'arrivée du docteur.

-J'espère que Tarrou ne tardera pas, murmura Rieux.

Il avait l'air fatigué.

-L'épidémie va trop vite ? demanda Rambert.

Rieux dit que ce n'était pas cela et que même la courbe des statistiques montait moins vite. Simplement, les moyens de lutter contre la peste n'étaient pas assez nombreux.

-Nous manquons de matériel, dit-il. Dans toutes les armées du monde, on remplace généralement le manque de matériel par des hommes. Mais nous manquons d'hommes aussi.

-Il est venu des médecins de l'extérieur et du personnel sanitaire.

-Oui, dit Rieux. Dix médecins et une centaine d'hommes. C'est beaucoup, apparemment. C'est à peine assez pour l'état présent de la maladie. Ce sera insuffisant si l'épidémie s'étend.

Rieux prêta l'oreille aux bruits de l'intérieur, puis sourit à Rambert.

-Oui, dit-il, vous devriez vous dépêcher de réussir.

Une ombre passa sur le visage de Rambert :

-Vous savez, dit-il d'une voix sourde, ce n'est pas cela qui me fait partir.

Rieux répondit qu'il le savait, mais Rambert continuait :

-Je crois que je ne suis pas lâche, du moins la plupart du temps. J'ai eu l'occasion de l'éprouver. Seulement, il y a des idées que je ne peux pas supporter.

Le docteur le regarda en face.

-Vous la retrouverez, dit-il.

-Peut-être, mais je ne peux pas supporter l'idée que cela va durer et qu'elle vieillira pendant tout ce temps. À trente ans, on commence à vieillir et il faut profiter de tout. Je ne sais pas si vous pouvez comprendre.

Rieux murmurait qu'il croyait comprendre, lorsque Tarrou arriva, très animé.

-Je viens de demander à Paneloux de se joindre à nous.

-Eh bien ? demanda le docteur.

-Il a réfléchi et il a dit oui.

-J'en suis content, dit le docteur. Je suis content de le savoir meilleur que son prêche.

-Tout le monde est comme ça, dit Tarrou. Il faut seulement leur donner l'occasion.

Il sourit et cligna de l'œil vers Rieux.

-C'est mon affaire à moi, dans la vie, de fournir des occasions.

-Pardonnez-moi, dit Rambert, mais il faut que je parte.

Le jeudi du rendez-vous, Rambert se rendit sous le porche de la cathédrale, cinq minutes avant huit heures. L'air était encore assez frais. Dans le ciel progressaient de petits nuages blancs et ronds que, tout à l'heure, la montée de la chaleur avalerait d'un coup. Une vague odeur d'humidité montait encore des pelouses, pourtant desséchées. Le soleil, derrière les maisons de l'est, réchauffait seulement le casque de la Jeanne d'Arc entièrement dorée qui garnit la place. Une horloge sonna les huit coups. Rambert fit quelques pas sous le porche désert. De vagues psalmodies lui parvenaient de l'intérieur avec de vieux parfums de cave et d'encens. Soudain, les chants se turent. Une dizaine de petites formes noires sortirent de l'église et se mirent à trottiner vers la ville. Rambert commença à s'impatienter. D'autres formes noires faisaient l'ascension des grands escaliers et se dirigeaient vers le porche. Il alluma une cigarette, puis s'avisa que le lieu peut-être ne l'y autorisait pas.

À huit heures quinze, les orgues de la cathédrale commencèrent à jouer en sourdine. Rambert entra sous la voûte obscure. Au bout d'un moment, il put apercevoir, dans la nef, les petites formes noires qui étaient passées devant lui. Elles étaient toutes réunies dans un coin, devant une sorte d'autel improvisé où l'on venait d'installer un saint Roch, hâtivement exécuté dans un des ateliers de notre ville. Agenouillées, elles semblaient s'être recroquevillées encore, perdues dans la grisaille comme des morceaux d'ombre coagulée, à peine plus épaisses, çà et là, que la brume dans laquelle elles flottaient. Au-dessus d'elles, les orgues faisaient des variations sans fin.

Lorsque Rambert sortit, Gonzalès descendait déjà les escaliers et se dirigeait vers la ville.

-Je croyais que tu étais parti, dit-il au journaliste. C'était normal.

Il expliqua qu'il avait attendu ses amis à un autre rendez-vous qu'il leur avait donné, non loin de là, à huit heures moins dix. Mais il les avait attendus vingt minutes, en vain.

-Il y a un empêchement, c'est sûr. On n'est pas toujours à l'aise dans le travail que nous faisons.

Il proposait un autre rendez-vous, le lendemain, à la même heure, devant le monument aux morts. Rambert soupira et rejeta son feutre en arrière.

-Ce n'est rien, conclut Gonzalès en riant. Pense un peu à toutes les combinaisons, les descentes et les passes qu'il faut faire avant de marquer un but.

-Bien sûr, dit encore Rambert. Mais la partie ne dure qu'une heure et demie.

Le monument aux morts d'Oran se trouve sur le seul endroit d'où l'on peut apercevoir la mer, une sorte de promenade longeant, sur une assez courte distance, les falaises qui dominent le port. Le lendemain, Rambert, premier au rendez-vous, lisait avec attention la liste des morts aux champ d'honneur. Quelques minutes après, deux hommes s'approchèrent, le regardèrent avec indifférence, puis allèrent s'accouder au parapet de la promenade et parurent tout à fait absorbés par la contemplation des quais vides et déserts. Ils étaient tous les deux de la même taille, vêtus tous les deux d'un pantalon bleu et d'un tricot marine à manches courtes. Le journaliste s'éloigna un peu, puis s'assit sur un banc et put les regarder à loisir. Il s'aperçut alors qu'ils n'avaient sans doute pas plus de vingt ans. À ce moment, il vit Gonzalès qui marchait vers lui en s'excusant.

« Voilà nos amis » , dit-il, et il l'amena vers les deux jeunes gens qu'il présenta sous les noms de Marcel et de Louis. De face, ils se ressemblaient beaucoup et Rambert estima qu'ils étaient frères.

-Voilà, dit Gonzalès. Maintenant la connaissance est faite. Il faudra arranger l'affaire elle-même.

Marcel ou Louis dit alors que leur tour de garde commençait dans deux jours, durait une semaine et qu'il faudrait repérer le jour le plus commode. Ils étaient quatre à garder la porte ouest et les deux autres étaient des militaires de carrière. Il n'était pas question de les mettre dans l'affaire. Ils n'étaient pas sûrs et, d'ailleurs, cela augmenterait les frais. Mais il arrivait, certains soirs, que les deux collègues allassent passer une partie de la nuit dans l'arrière-salle d'un bar qu'ils connaissaient. Marcel ou Louis proposait ainsi à Rambert de venir s'installer chez eux, à proximité des portes, et d'attendre qu'on vînt le chercher. Le passage alors serait tout à fait facile. Mais il fallait se dépêcher parce qu'on parlait, depuis peu, d'installer des doubles postes à l'extérieur de la ville.

Rambert approuva et offrit quelques-unes de ses dernières cigarettes. Celui des deux qui n'avait pas encore parlé demanda alors à Gonzalès si la question des frais était réglée et si l'on pouvait recevoir des avances.

-Non, dit Gonzalès, ce n'est pas la peine, c'est un copain. Les frais seront réglés au départ.

On convint d'un nouveau rendez-vous. Gonzalès proposa un dîner au restaurant espagnol, le surlendemain. De là, on pourrait se rendre à la maison des gardes.

-Pour la première nuit, dit-il à Rambert, je te tiendrai compagnie.

Le lendemain, Rambert, remontant dans sa chambre, croisa Tarrou dans l'escalier de l'hôtel.

-Je vais rejoindre Rieux, lui dit ce dernier, voulez-vous venir ?

-Je ne suis jamais sûr de ne pas le déranger, dit Rambert après une hésitation.

-Je ne crois pas, il m'a beaucoup parlé de vous.

Le journaliste réfléchissait :

-Écoutez, dit-il. Si vous avez un moment après dîner, même tard, venez au bar de l'hôtel tous les deux.

-Ça dépend de lui et de la peste, dit Tarrou.

À onze heures du soir, pourtant, Rieux et Tarrou entrèrent dans le bar, petit et étroit. Une trentaine de personnes s'y coudoyaient et parlaient à très haute voix. Venus du silence de la ville empestée, les deux arrivants s'arrêtèrent, un peu étourdis. Ils comprirent cette agitation en voyant qu'on servait encore des alcools. Rambert était à une extrémité du comptoir et leur faisait signe du haut de son tabouret. Ils l'entourèrent, Tarrou repoussant avec tranquillité un voisin bruyant.

-L'alcool ne vous effraie pas ?

-Non, dit Tarrou, au contraire.

Rieux renifla l'odeur d'herbes amères de son verre. Il était difficile de parler dans ce tumulte, mais Rambert semblait surtout occupé à boire. Le docteur ne pouvait pas juger encore s'il était ivre. À l'une des deux tables qui occupaient le reste du local étroit où ils se tenaient, un officier de marine, une femme à chaque bras, racontait à un gros interlocuteur congestionné, une épidémie de typhus au Caire :« Des camps, disait-il, on avait fait des camps pour les indigènes, avec des tentes pour les malades et, tout autour, un cordon de sentinelles qui tiraient sur la famille quand elle essayait d'apporter en fraude des remèdes de bonne femme. C'était dur, mais c'était juste. » À l'autre table, occupée par des jeunes gens élégants, la conversation était incompréhensible et se perdait dans les mesures de Saint James Infirmary, que déversait un Pick-up haut perché.

-Etes-vous content ? dit Rieux en élevant la voix.

-Ça s'approche, dit Rambert. Peut-être dans la semaine.

-Dommage, cria Tarrou.

-Pourquoi ?

Tarrou regarda Rieux.

-Oh ! dit celui-ci, Tarrou dit cela parce qu'il pense que vous auriez pu nous être utile ici. Mais moi, je comprends trop bien votre désir de partir.

Tarrou offrit une autre tournée. Rambert descendit de son tabouret et le regarda en face pour la première fois :

-En quoi vous serais-je utile ?

-Eh bien, dit Tarrou, en tendant la main vers son verre sans se presser, dans nos formations sanitaires.

Rambert reprit cet air de réflexion butée qui lui était habituel et remonta sur son tabouret.

-Ces formations ne vous paraissent-elles pas utiles ? dit Tarrou qui venait de boire et regardait Rambert attentivement.

-Très utiles, dit le journaliste, et il but.

Rieux remarqua que sa main tremblait. Il pensa que décidément, oui, il était tout à fait ivre.

Le lendemain, lorsque Rambert entra pour la deuxième fois dans le restaurant espagnol, il passa au milieu d'un petit groupe d'hommes qui avaient sorti des chaises devant l'entrée et goûtaient un soir vert et or où la chaleur commençait seulement de s'affaisser. Ils fumaient un tabac à l'odeur âcre. À l'intérieur, le restaurant était presque désert. Rambert alla s'asseoir à la table du fond où il avait rencontré Gonzalès, la première fois. Il dit à la serveuse qu'il attendrait. Il était dix-neuf heures trente. Peu à peu, les hommes rentrèrent dans la salle à manger et s'installèrent. On commença à les servir et la voûte surbaissée s'emplit de bruits de couverts et de conversations sourdes. À vingt heures, Rambert attendait toujours. On donna de la lumière. De nouveaux clients s'installèrent à sa table. Il commanda son dîner. À vingt heures trente, il avait terminé sans avoir vu Gonzalès, ni les deux jeunes gens. Il fuma des cigarettes. La salle se vidait lentement. Au dehors, la nuit tombait très rapidement. Un souffle tiède qui venait de la mer soulevait doucement les rideaux des portes-fenêtres. Quand il fut vingt-et-une heures, Rambert s'aperçut que la salle était vide et que la serveuse le regardait avec étonnement. Il paya et sortit. Face au restaurant, un café était ouvert. Rambert s'installa au comptoir et surveilla l'entrée du restaurant. À vingt-et-une heures trente, il se dirigea vers son hôtel, cherchant en vain comment rejoindre Gonzalès dont il n'avait pas l'adresse, le coeur désemparé à l'idée de toutes les démarches qu'il faudrait reprendre.

C'est à ce moment, dans la nuit traversée d'ambulances fugitives, qu'il s'aperçut, comme il devait le dire au docteur Rieux, que pendant tout ce temps il avait en quelque sorte oublié sa femme, pour s'appliquer tout entier à la recherche d'une ouverture dans les murs qui la séparaient d'elle. Mais c'est à ce moment aussi que, toutes les voies une fois de plus bouchées, il la retrouva de nouveau au centre de son désir, et avec un si soudain éclatement de douleur qu'il se mit à courir vers son hôtel, pour fuir cette atroce brûlure qu'il emportait pourtant avec lui et qui lui mangeait les tempes.

Très tôt, le lendemain, il vint voir cependant Rieux, pour lui demander comment trouver Cottard :

-Tout ce qui me reste à faire, dit-il, c'est de suivre à nouveau la filière.

-Venez demain soir, dit Rieux, Tarrou m'a demandé d'inviter Cottard, je ne sais pourquoi. Il doit venir à dix heures. Arrivez à dix heures et demie.

Lorsque Cottard arriva chez le docteur, le lendemain, Tarrou et Rieux parlaient d'une guérison inattendue qui avait eu lieu dans le service de ce dernier.

-Un sur dix. Il a eu de la chance, disait Tarrou.

-Ah ! bon, dit Cottard, ce n'était pas la peste.

On l'assura qu'il s'agissait bien de cette maladie.

-Ce n'est pas possible puisqu'il est guéri. Vous le savez aussi bien que moi, la peste ne pardonne pas.

-En général, non, dit Rieux. Mais avec un peu d'entêtement, on a des surprises.

Cottard riait.

-Il n'y paraît pas. Vous avez entendu les chiffres, ce soir ?

Tarrou, qui regardait le rentier avec bienveillance, dit qu'il connaissait les chiffres, que la situation était grave, mais qu'est-ce que cela prouvait ? Cela prouvait qu'il fallait des mesures encore plus exceptionnelles.

-Eh ! Vous les avez déjà prises.

-Oui, mais il faut que chacun les prenne pour son compte.

Cottard regardait Tarrou sans comprendre. Celui-ci dit que trop d'hommes restaient inactifs, que l'épidémie était l'affaire de chacun et que chacun devait faire son devoir. Les formations volontaires étaient ouvertes à tous.

-C'est une idée, dit Cottard, mais ça ne servira à rien. La peste est trop forte.

-Nous le saurons, dit Tarrou sur le ton de la patience, quand nous aurons tout essayé.

Pendant ce temps, Rieux à son bureau recopiait des fiches. Tarrou regardait toujours le rentier qui s'agitait sur sa chaise.

-Pourquoi ne viendriez-vous pas avec nous, monsieur Cottard ?

L'autre se leva d'un air offensé, prit son chapeau rond à la main :

-Ce n'est pas mon métier.

Puis sur un ton de bravade :

-D'ailleurs je m'y trouve bien, moi, dans la peste, et je ne vois pas pourquoi je me mêlerais de la faire cesser.

Tarrou se frappa le front, comme illuminé par une vérité soudaine :

-Ah ! c'est vrai, j'oubliais, vous seriez arrêté sans cela.

Cottard eut un haut-le-corps et se saisit de la chaise comme s'il allait tomber. Rieux avait cessé d'écrire et le regardait d'un air sérieux et intéressé.

-Qui vous l'a dit ? cria le rentier.

Tarrou parut surpris et dit :

-Mais vous. Ou du moins, c'est ce que le docteur et moi avons cru comprendre.

Et comme Cottard, envahi tout à coup d'une rage trop forte pour lui, bredouillait des paroles incompréhensibles :

-Ne nous énervez pas, ajouta Tarrou. Ce n'est pas le docteur ni moi qui vous dénoncerons. Votre histoire ne nous regarde pas. Et puis, la police, nous n'avons jamais aimé ça. Allons, asseyez-vous.

Le rentier regarda sa chaise et s'assit, après une hésitation. Au bout d'un moment, il soupira.

-C'est une vieille histoire, reconnut-il, qu'ils ont ressortie. Je croyais que c'était oublié. Mais il y en a un qui a parlé. Ils m'ont fait appeler et m'ont dit de me tenir à leur disposition jusqu'à la fin de l'enquête. J'ai compris qu'ils finiraient par m'arrêter.

-C'est grave ? demanda Tarrou.

-Ça dépend de ce que vous voulez dire. Ce n'est pas un meurtre en tout cas.

-Prison ou travaux forcés ?

Cottard paraissait très abattu.

-Prison, si j'ai de la chance...

Mais après un moment, il reprit avec véhémence :

-C'est une erreur. Tout le monde fait des erreurs. Et je ne peux pas supporter l'idée d'être enlevé pour ça, d'être séparé de ma maison, de mes habitudes, de tous ceux que je connais.

-Ah ! demanda Tarrou, c'est pour ça que vous avez inventé de vous pendre ?

-Oui, une bêtise, bien sûr.

Rieux parla pour la première fois et dit à Cottard qu'il comprenait son inquiétude, mais que tout s'arrangerait peut-être.

-Oh ! pour le moment, je sais que je n'ai rien à craindre.

-Je vois, dit Tarrou, vous n'entrerez pas dans nos formations.

L'autre, qui tournait son chapeau entre ses mains, leva vers Tarrou un regard incertain :

-Il ne faut pas m'en vouloir.

-Sûrement pas. Mais essayez au moins, dit Tarrou en souriant, de ne pas propager volontairement le microbe.

Cottard protesta qu'il n'avait pas voulu la peste, qu'elle était arrivée comme ça et que ce n'était pas sa faute si elle arrangeait ses affaires pour le moment. Et quand Rambert arriva à la porte, le rentier ajoutait, avec beaucoup d'énergie dans la voix :

-Du reste, mon idée est que vous n'arriverez à rien.

Rambert apprit que Cottard ignorait l'adresse de Gonzalès, mais qu'on pouvait toujours retourner au petit café. On prit rendez-vous pour le lendemain. Et comme Rieux manifesta le désir d'être renseigné, Rambert l'invita avec Tarrou pour la fin de la semaine à n'importe quelle heure de la nuit, dans sa chambre.

Au matin, Cottard et Rambert allèrent au petit café et laissèrent à Garcia un rendez-vous pour le soir, ou le lendemain en cas d'empêchement. Le soir, ils l'attendirent en vain. Le lendemain, Garcia était là. Il écouta en silence l'histoire de Rambert. Il n'était pas au courant, mais il savait qu'on avait consigné des quartiers entiers pendant vingtquatre heures afin de procéder à des vérifications domiciliaires. Il était possible que Gonzalès et les deux jeunes gens n'eussent pu franchir les barrages. Mais tout ce qu'il pouvait faire était de les mettre en rapport à nouveau avec Raoul. Naturellement, ce ne serait pas avant le surlendemain.

-Je vois, dit Rambert, il faut tout recommencer.

Le surlendemain, au coin d'une rue, Raoul confirma l'hypothèse de Garcia ; les bas quartiers avaient été consignés. Il fallait reprendre contact avec Gonzalès. Deux jours après, Rambert déjeunait avec le joueur de football.

-C'est idiot, disait celui-ci. On aurait dû convenir d'un moyen de se retrouver.

C'était aussi l'avis de Rambert.

-Demain matin, nous irons chez les petits, on tâchera de tout arranger.

Le lendemain, les petits n'étaient pas chez eux. On leur laissa un rendez-vous pour le lendemain midi, place du Lycée. Et Rambert rentra chez lui avec une expression qui frappa Tarrou, lorsqu'il le rencontra dans l'après-midi.

-Ça ne va pas ? lui demanda Tarrou.

-C'est à force de recommencer, dit Rambert.

Et il renouvela son invitation :

-Venez ce soir.

Le soir, quand les deux hommes pénétrèrent dans la chambre de Rambert, celui-ci était étendu. Il se leva, emplit des verres qu'il avait préparés. Rieux, prenant le sien, lui demanda si c'était en bonne voie. Le journaliste dit qu'il avait fait à nouveau un tour complet, qu'il était arrivé au même point et qu'il aurait bientôt son dernier rendez-vous. Il but et ajouta :

-Naturellement, ils ne viendront pas.

-Il ne faut pas en faire un principe, dit Tarrou.

-Vous n'avez pas encore compris, répondit Rambert, en haussant les épaules.

-Quoi donc ?

-La peste.

-Ah ! fit Rieux.

-Non, vous n'avez pas compris que ça consiste à recommencer.

Rambert alla dans un coin de sa chambre et ouvrit un petit phonographe.

-Quel est ce disque ? demanda Tarrou. Je le connais.

Rambert répondit que c'était Saint James Infirmary.

Au milieu du disque, on entendit deux coups de feu claquer au loin.

-Un chien ou une évasion, dit Tarrou.

Un moment après, le disque s'acheva et l'appel d'une ambulance se précisa, grandit, passa sous les fenêtres de la chambre d'hôtel, diminua, puis s'éteignit enfin.

-Ce disque n'est pas drôle, dit Rambert. Et puis cela fait bien dix fois que je l'entends aujourd'hui.

-Vous l'aimez tant que cela ?

-Non, mais je n'ai que celui-là.

Et après un moment :

-Je vous dis que ça consiste à recommencer.

Il demanda à Rieux comment marchaient les formations. Il y avait cinq équipes au travail. On espérait en former d'autres. Le journaliste s'était assis sur son lit et paraissait préoccupé par ses ongles. Rieux examinait sa silhouette courte et puissante, ramassée sur le bord du lit. Il s'aperçut tout d'un coup que Rambert le regardait.

-Vous savez, docteur, dit-il, j'ai beaucoup pensé à votre organisation. Si je ne suis pas avec vous, c'est que j'ai mes raisons. Pour le reste, je crois que je saurais encore payer de ma personne, j'ai fait la guerre d'Espagne.

-De quel côté ? demanda Tarrou.

-Du côté des vaincus. Mais depuis, j'ai un peu réfléchi.

-À quoi ? fit Tarrou.

-Au courage. Maintenant je sais que l'homme est capable de grandes actions. Mais s'il n'est pas capable d'un grand sentiment, il ne m'intéresse pas.

-On a l'impression qu'il est capable de tout, dit Tarrou.

-Mais non, il est incapable de souffrir ou d'être heureux longtemps. Il n'est donc capable de rien qui vaille.

Il les regardait, et puis :

-Voyons, Tarrou, êtes-vous capable de mourir pour un amour ?

-Je ne sais pas, mais il me semble que non, maintenant.

-Voilà. Et vous êtes capable de mourir pour une idée, c'est visible à l'oeil nu. Eh bien, moi, j'en ai assez des gens qui meurent pour une idée. je ne crois pas à l'héroïsme, je sais que c'est facile et j'ai appris que c'était meurtrier. Ce qui m'intéresse, c'est qu'on vive et qu'on meure de ce qu'on aime.

Rieux avait écouté le journaliste avec attention. Sans cesser de le regarder, il dit avec douceur :

-L'homme n'est pas une idée, Rambert.

L'autre sautait de son lit, le visage enflammé de passion.

-C'est une idée, et une idée courte, à partir du moment où il se détourne de l'amour. Et justement, nous ne sommes plus capables d'amour. Résignons-nous, docteur. Attendons de le devenir et si vraiment ce n'est pas possible, attendons la délivrance générale sans jouer au héros. Moi, je ne vais pas plus loin.

Rieux se leva, avec un air de soudaine lassitude.

-Vous avez raison, Rambert, tout à fait raison, et pour rien au monde je ne voudrais vous détourner de ce que vous allez faire, qui me paraît juste et bon. Mais il faut cependant que je vous le dise : il ne s'agit pas d'héroïsme dans tout cela. Il s'agit d'honnêteté. C'est une idée qui peut faire rire, mais la seule façon de lutter contre la peste, c'est l'honnêteté.

-Qu'est-ce que l'honnêteté, dit Rambert, d'un air soudain sérieux.

-Je ne sais pas ce qu'elle est en général. Mais dans mon cas, je sais qu'elle consiste à faire mon métier.

-Ah ! dit Rambert, avec rage, je ne sais pas quel est mon métier. Peut-être en effet suis-je dans mon tort en choisissant l'amour.

Rieux lui fit face :

-Non, dit-il avec force, vous n'êtes pas dans votre tort.

Rambert les regardait pensivement.

-Vous deux, je suppose que vous n'avez rien à perdre dans tout cela. C'est plus facile d'être du bon côté.

Rieux vida son verre.

-Allons, dit-il, nous avons à faire.

Il sortit.

Tarrou le suivit, mais parut se raviser au moment de sortir, se retourna vers le journaliste et lui dit :

-Savez-vous que la femme de Rieux se trouve dans une maison de santé à quelques centaines de kilomètres d'ici ?

Rambert eut un geste de surprise, mais Tarrou était déjà parti.

À la première heure, le lendemain, Rambert téléphonait au docteur :

-Accepteriez-vous que je travaille avec vous jusqu'à ce que j'aie trouvé le moyen de quitter la ville ?

Il y eut un silence au bout du fil, et puis :

-Oui, Rambert. Je vous remercie.

III

Ainsi, à longueur de semaine, les prisonniers de la peste se débattirent comme ils le purent. Et quelques-uns d'entre eux, comme Rambert, arrivaient même à imaginer, on le voit, qu'ils agissaient encore en hommes libres, qu'ils pouvaient encore choisir. Mais, en fait on pouvait dire à ce moment, au milieu du mois d'août, que la peste avait tout recouvert. Il n'y avait plus alors de destins individuels, mais une histoire collective qui était la peste et des sentiments partagés par tous. Le plus grand était la séparation et l'exil, avec ce que cela comportait de peur et de révolte. Voilà pourquoi le narrateur croit qu'il convient, à ce sommet de la chaleur et de la maladie, de décrire la situation générale et, à titre d'exemple, les violences de nos concitoyens vivants, les enterrements des défunts et la souffrance des amants séparés.

C'est au milieu de cette année-là que le vent se leva et souffla pendant plusieurs jours dans la cité empestée. Le vent est particulièrement redouté des habitants d'Oran parce qu'il ne rencontre aucun obstacle naturel sur le plateau où elle est construite et qu'il s'engouffre ainsi dans les rues avec toute sa violence. Après ces longs mois où pas une goutte d'eau n'avait rafraîchi la ville, elle s'était couverte d'un enduit gris qui s'écailla sous le souffle du vent. Ce dernier soulevait ainsi des vagues de poussière et de papiers qui battaient les jambes des promeneurs devenus plus rares. On les voyait se hâter par les rues, courbés en avant, un mouchoir ou la main sur la bouche. Le soir, au lieu des rassemblements où l'on tentait de prolonger le plus possible ces jours dont chacun pouvait être le dernier, on rencontrait de petits groupes de gens pressés de rentrer chez eux ou dans des cafés, si bien que pendant quelques jours, au crépuscule qui arrivait bien plus vite à cette époque, les rues étaient désertes et le vent seul y poussait des plaintes continues. De la mer soulevée et toujours invisible montait une odeur d'algues et de sel. Cette ville déserte, blanchie de poussière, saturée d'odeurs marines, toute sonore des cris du vent, gémissait alors comme une île malheureuse.

Jusqu'ici la peste avait fait beaucoup plus de victimes dans les quartiers extérieurs, plus peuplés et moins confortables, que dans le centre de la ville. Mais elle sembla tout d'un coup se rapprocher et s'installer aussi dans les quartiers d'affaires. Les habitants accusaient le vent de transporter les germes d'infection. « Il brouille les cartes » , disait le directeur de l'hôtel. Mais quoi qu'il en fût, les quartiers du centre savaient que leur tour était venu en entendant vibrer tout près d'eux, dans la nuit, et de plus en plus fréquemment, le timbre des ambulances qui faisait résonner sous leurs fenêtres l'appel morne et sans passion de la peste.

À l'intérieur même de la ville, on eut l'idée d'isoler certains quartiers particulièrement éprouvés et de n'autoriser à en sortir que les hommes dont les services étaient indispensables. Ceux qui y vivaient jusque là ne purent s'empêcher de considérer cette mesure comme une brimade spécialement dirigée contre eux, et dans tous les cas, ils pensaient par contraste aux habitants des autres quartiers comme à des hommes libres. Ces derniers, en revanche, dans leurs moments difficiles, trouvaient une consolation à imaginer que d'autres étaient encore moins libres qu'eux. « Il y a toujours plus prisonnier que moi » était la phrase qui résumait alors le seul espoir possible.

À peu près à cette époque, il y eut aussi une recrudescence d'incendies, surtout dans les quartiers de plaisance, aux portes ouest de la ville. Renseignements pris, il s'agissait de personnes revenues de quarantaine et qui, affolées par le deuil et le malheur, mettaient le feu à leur maison dans l'illusion qu'elles y faisaient mourir la peste. On eut beaucoup de mal à combattre ces entreprises dont la fréquence soumettait des quartiers entiers à un perpétuel danger en raison du vent violent. Après avoir démontré en vain que la désinfection des maisons opérée par les autorités suffisait à exclure tout risque de contamination, il fallut édicter des peines très sévères contre ces incendiaires innocents. Et sans doute, ce n'était pas l'idée de la prison qui fit alors reculer ces malheureux, mais la certitude commune à tous les habitants qu'une peine de prison équivalait à une peine de mort par suite de l'excessive mortalité qu'on relevait dans la geôle municipale. Bien entendu, cette croyance n'était pas sans fondement. Pour des raisons évidentes, il semblait que la peste s'acharnât particulièrement sur tous ceux qui avaient pris l'habitude de vivre en groupes, soldats, religieux ou prisonniers. Car, malgré l'isolement de certains détenus, une prison est une communauté, et, ce qui le prouve bien, c'est que dans notre prison municipale les gardiens, autant que les prisonniers, payaient leur tribut à la maladie. Du point de vue supérieur de la peste, tout le monde, depuis le directeur jusqu'au dernier détenu, était condamné et, pour la première fois peut-être, il régnait dans la prison une justice absolue.

C'est en vain que les autorités essayèrent d'introduire de la hiérarchie dans ce nivellement, en concevant l'idée de décorer les gardiens de prison morts dans l'exercice de leurs fonctions. Comme l'état de siège était décrété et que, sous un certain angle, on pouvait considérer que les gardiens de prison étaient des mobilisés, on leur donna la médaille militaire à titre posthume. Mais si les détenus ne laissèrent entendre aucune protestation, les milieux militaires ne prirent pas bien la chose et firent remarquer à juste titre qu'une confusion regrettable pouvait s'établir dans l'esprit du public. On fit droit à leur demande et on pensa que le plus simple était d'attribuer aux gardiens qui mourraient la médaille de l'épidémie. Mais pour les premiers, le mal était fait, on ne pouvait songer à leur retirer la décoration, et les milieux militaires continuèrent à maintenir leur point de vue. D'autre part, en ce qui concerne la médaille des épidémies, elle avait l'inconvénient de ne pas produire l'effet moral qu'on avait obtenu par l'attribution d'une décoration militaire, puisqu'en temps d'épidémie il était banal d'obtenir une décoration de ce genre. Tout le monde fut mécontent.

De plus, l'administration pénitentiaire ne put opérer comme les autorités religieuses et, dans une moindre mesure, militaire. Les moines des deux seuls couvents de la ville avaient été, en effet, dispersés et logés provisoirement dans des familles pieuses. De même, chaque fois que cela fut possible, des petites compagnies avaient été détachées des casernes et mises en garnison dans des écoles ou des immeubles publics. Ainsi la maladie qui, apparemment, avait forcé les habitants à une solidarité d'assiégés, brisait en même temps les associations traditionnelles et renvoyait les individus à leur solitude. Cela faisait du désarroi.

On peut penser que toutes ces circonstances, ajoutées au vent, portèrent aussi l'incendie dans certains esprits. Les portes de la ville furent attaquées de nouveau pendant la nuit, et à plusieurs reprises, mais cette fois par de petits groupes armés. Il y eut des échanges de coups de feu, des blessés et quelques évasions. Les postes de garde furent renforcés et ces tentatives cessèrent assez rapidement. Elles suffirent, cependant, pour faire lever dans la ville un souffle de révolution qui provoqua quelques scènes de violence. Des maisons, incendiées ou fermées pour des raisons sanitaires, furent pillées. À vrai dire, il est difficile de supposer que ces actes aient été prémédités. La plupart du temps, une occasion subite amenait des gens, jusque-là honorables, à des actions répréhensibles qui furent imitées sur-le-champ. Il se trouva ainsi des forcenés pour se précipiter dans une maison encore en flammes, en présence du propriétaire lui-même, hébété par la douleur. Devant son indifférence, l'exemple des premiers fut suivi par beaucoup de spectateurs et, dans cette rue obscure, à la lueur de l'incendie, on vit s'enfuir de toutes parts des ombres déformées par les flammes mourantes et par les objets ou les meubles qu'elles portaient sur les épaules. Ce furent ces incidents qui forcèrent les autorités à assimiler l'état de peste à l'état de siège et à appliquer les lois qui en découlent. On fusilla deux voleurs, mais il est douteux que cela fît impression sur les autres, car au milieu de tant de morts, ces deux exécutions passèrent inaperçues : c'était une goutte d'eau dans la mer. Et, à la vérité, des scènes semblables se renouvelèrent assez souvent sans que les autorités fissent mine d'intervenir. La seule mesure qui sembla impressionner tous les habitants fut l'institution du couvre-feu. À partir de onze heures, plongée dans la nuit complète, la ville était de pierre.

Sous les ciels de lune, elle alignait ses murs blanchâtres et ses rues rectilignes, jamais tachées par la masse noire d'un arbre, jamais troublées par le pas d'un promeneur ni le cri d'un chien. La grande cité silencieuse n'était plus alors qu'un assemblage de cubes massifs et inertes, entre lesquels les effigies taciturnes de bienfaiteurs oubliés ou d'anciens grands hommes étouffés à jamais dans le bronze s'essayaient seules, avec leurs faux visages de pierre ou de fer, à évoquer une image dégradée de ce qui avait été l'homme. Ces idoles médiocres trônaient sous un ciel épais, dans les carrefours sans vie, brutes insensibles qui figuraient assez bien le règne immobile où nous étions entrés ou du moins son ordre ultime, celui d'une nécropole où la peste, la pierre et la nuit auraient fait taire enfin toute voix.

Mais la nuit était aussi dans tous les coeurs et les vérités comme les légendes qu'on rapportait au sujet des enterrements n'étaient pas faites pour rassurer nos concitoyens. Car il faut bien parler des enterrements et le narrateur s'en excuse. Il sent bien le reproche qu'on pourrait lui faire à cet égard, mais sa seule justification est qu'il y eut des enterrements pendant toute cette époque et que, d'une certaine manière, on l'a obligé, comme on a obligé tous ses concitoyens, à se préoccuper des enterrements. Ce n'est pas, en tout cas, qu'il ait du goût pour ces sortes de cérémonies, préférant au contraire la société des vivants et, pour donner un exemple, les bains de mer. Mais, en somme, les bains de mer avaient été supprimés et la société des vivants craignait à longueur de journée d'être obligée de céder le pas à la société des morts. C'était là l'évidence. Bien entendu, on pouvait toujours s'efforcer de ne pas la voir, se boucher les yeux et la refuser, mais l'évidence a une force terrible qui finit toujours par tout emporter. Le moyen, par exemple, de refuser les enterrements, le jour où ceux que vous aimez ont besoin des enterrements ?

Eh bien, ce qui caractérisait au début nos cérémonies c'était la rapidité ! Toutes les formalités avaient été simplifiées et d'une manière générale la pompe funéraire avait été supprimée. Les malades mouraient loin de leur famille et on avait interdit les veillées rituelles, si bien que celui qui était mort dans la soirée passait sa nuit tout seul et celui qui mourait dans la journée était enterré sans délai. On avisait la famille, bien entendu, mais dans la plupart des cas, celle-ci ne pouvait pas se déplacer, étant en quarantaine si elle avait vécu auprès du malade. Dans le cas où la famille n'habitait pas avec le défunt, elle se présentait à l'heure indiquée qui était celle du départ pour le cimetière, le corps ayant été lavé et mis en bière.

Supposons que cette formalité ait eu lieu à l'hôpital auxiliaire dont s'occupait le docteur Rieux. L'école avait une sortie placée derrière le bâtiment principal. Un grand débarras donnant sur le couloir contenait des cercueils. Dans le couloir même, la famille trouvait un seul cercueil déjà fermé. Aussitôt, on passait au plus important, c'est-à-dire qu'on faisait signer des papiers au chef de famille. On chargeait ensuite le corps dans une voiture automobile qui était soit un vrai fourgon, soit une grande ambulance transformée. Les parents montaient dans un des taxis encore autorisés et, à toute vitesse, les voitures gagnaient le cimetière par des rues extérieures. À la porte, des gendarmes arrêtaient le convoi, donnaient un coup de tampon sur le laissez-passer officiel, sans lequel il était impossible d'avoir ce que nos concitoyens appellent une dernière demeure, s'effaçaient, et les voitures allaient se placer près d'un carré où de nombreuses fosses attendaient d'être comblées. Un prêtre accueillait le corps, car les services funèbres avaient été supprimés à l'église. On sortait la bière sous les prières, on la cordait, elle était traînée, elle glissait, butait contre le fond, le prêtre agitait son goupillon et déjà la première terre rebondissait sur le couvercle. L'ambulance était partie un peu avant pour se soumettre à un arrosage désinfectant et, pendant que les pelletées de glaise résonnaient de plus en plus sourdement, la famille s'engouffrait dans le taxi. Un quart d'heure après, elle avait retrouvé son domicile.

Ainsi, tout se passait vraiment avec le maximum de rapidité et le minimum de risques. Et sans doute, au début du moins, il est évident que le sentiment naturel des familles s'en trouvait froissé. Mais, en temps de peste, ce sont là des considérations dont il n'est pas possible de tenir compte : on avait tout sacrifié à l'efficacité. Du reste, si, au début, le moral de la population avait souffert de ces pratiques, car le désir d'être enterré décemment est plus répandu qu'on ne le croit, un peu plus tard, par bonheur, le problème du ravitaillement devint délicat et l'intérêt des habitants fut dérivé vers des préoccupations plus immédiates. Absorbés par les queues à faire, les démarches à accomplir et les formalités à remplir s'ils voulaient manger, les gens n'eurent pas le temps de songer à la façon dont on mourait autour d'eux et dont ils mourraient un jour. Ainsi, ces difficultés matérielles qui devaient être un mal se révélèrent un bienfait par la suite. Et tout aurait été pour le mieux, si l'épidémie ne s'était pas étendue, comme on l'a déjà vu.

Car les cercueils se firent alors plus rares, la toile manqua pour les linceuls et la place au cimetière. Il fallut aviser. Le plus simple, et toujours pour des raisons d'efficacité, parut de grouper les cérémonies et, lorsque la chose était nécessaire, de multiplier les voyages entre l'hôpital et le cimetière. Ainsi, en ce qui concerne le service de Rieux, l'hôpital disposait à ce moment de cinq cercueils. Une fois pleins, l'ambulance les chargeait. Au cimetière, les boîtes étaient vidées, les corps couleur de fer étaient chargés sur les brancards et attendaient dans un hangar, aménagé à cet effet. Les bières étaient arrosées d'une solution antiseptique, ramenées à l'hôpital, et l'opération recommençait autant de fois qu'il était nécessaire. L'organisation était donc très bonne et le préfet s'en montra satisfait. Il dit même à Rieux que cela valait mieux en fin de compte que les charrettes de morts conduites par des nègres, telles qu'on les retrouvait dans les chroniques des anciennes pestes.

-Oui, dit Rieux, c'est le même enterrement, mais nous, nous faisons des fiches. Le progrès est incontestable.

Malgré ces succès de l'administration, le caractère désagréable que revêtaient maintenant les formalités obligea la préfecture à écarter les parents de la cérémonie. On tolérait seulement qu'ils vinssent à la porte du cimetière et, encore, cela n'était pas officiel. Car, en ce qui concerne la dernière cérémonie, les choses avaient un peu changé. À l'extrémité du cimetière, dans un espace nu couvert de lentisques, on avait creusé deux immenses fosses. Il y avait la fosse des hommes et celle des femmes. De ce point de vue, l'administration respectait les convenances et ce n'est que bien plus tard que, par la force des choses, cette dernière pudeur disparut et qu'on enterra pêle-mêle, les uns sur les autres, hommes et femmes, sans souci de la décence. Heureusement, cette confusion ultime marqua seulement les derniers moments du fléau. Dans la période qui nous occupe, la séparation des fosses existait et la préfecture y tenait beaucoup. Au fond de chacune d'elles, une grosse épaisseur de chaux vive fumait et bouillonnait. Sur les bords du trou, un monticule de la même chaux laissait ses bulles éclater à l'air libre. Quand les voyages de l'ambulance étaient terminés, on amenait les brancards en cortège, on laissait glisser au fond, à peu près les uns à côté des autres, les corps dénudés et légèrement tordus et, à ce moment, on les recouvrait de chaux vive, puis de terre, mais jusqu'à une certaine hauteur seulement, afin de ménager la place des hôtes à venir. Le lendemain, les parents étaient invités à signer sur un registre, ce qui marquait la différence qu'il peut y avoir entre les hommes et, par exemple, les chiens : le contrôle était toujours possible.

Pour toutes ces opérations, il fallait du personnel et l'on était toujours à la veille d'en manquer. Beaucoup de ces infirmiers et de ces fossoyeurs d'abord officiels, puis improvisés, moururent de la peste. Quelque précaution que l'on prît, la contagion se faisait un jour. Mais à y bien réfléchir, le plus étonnant fut qu'on ne manqua jamais d'hommes pour faire ce métier, pendant tout le temps de l'épidémie. La période critique se plaça peu avant que la peste eût atteint son sommet et les inquiétudes du docteur Rieux étaient alors fondées. Ni pour les cadres, ni pour ce qu'il appelait les gros travaux, la main-d'œuvre n'était suffisante. Mais, à partir du moment où la peste se fut réellement emparée de toute la ville, alors son excès même entraîna des conséquences bien commodes, car elle désorganisa toute la vie économique et suscita ainsi un nombre considérable de chômeurs. Dans la plupart des cas, ils ne fournissaient pas de recrutement pour les cadres, mais quant aux basses œuvres, elles s'en trouvèrent facilitées. À partir de ce moment, en effet, on vit toujours la misère se montrer plus forte que la peur, d'autant que le travail était payé en proportion des risques. Les services sanitaires purent disposer d'une liste de solliciteurs et, dès qu'une vacance venait de se produire, on avisait les premiers de la liste qui, sauf si dans l'intervalle ils étaient entrés eux aussi en vacances, ne manquaient pas de se présenter. C'est ainsi que le préfet qui avait longtemps hésité à utiliser les condamnés, à temps ou à vie, pour ce genre de travail, put éviter d'en arriver à cette extrémité. Aussi longtemps qu'il y aurait des chômeurs, il était d'avis qu'on pouvait attendre.

Tant bien que mal, et jusqu'à la fin du mois d'août, nos concitoyens purent donc être conduits à leur dernière demeure sinon décemment, du moins dans un ordre suffisant pour que l'administration gardât la conscience qu'elle accomplissait son devoir. Mais il faut anticiper un peu sur la suite des événements pour rapporter les derniers procédés auxquels il fallut recourir. Sur le palier où la peste se maintint en effet à partir du mois d'août, l'accumulation des victimes surpassa de beaucoup les possibilités que pouvait offrir notre petit cimetière. On eut beau abattre des pans de mur, ouvrir aux morts une échappée sur les terrains environnants, il fallut bien vite trouver autre chose. On se décida d'abord à enterrer la nuit, ce qui, du coup, dispensa de prendre certains égards. On put entasser les corps de plus en plus nombreux dans les ambulances. Et les quelques promeneurs attardés qui, contre toute règle, se trouvaient encore dans les quartiers extérieurs après le couvre-feu (ou ceux que leur métier y amenait) rencontraient parfois de longues ambulances blanches qui filaient à toute allure, faisant résonner de leur timbre sans éclat les rues creuses de la nuit. Hâtivement, les corps étaient jetés dans les fosses. Ils n'avaient pas fini de basculer que les pelletées de chaux s'écrasaient sur leurs visages et la terre les recouvrait de façon anonyme, dans des trous que l'on creusait de plus en plus profonds.

Un peu plus tard cependant, on fut obligé de chercher ailleurs et de prendre encore du large. Un arrêté préfectoral expropria les occupants des concessions à perpétuité et l'on achemina vers le four crématoire tous les restes exhumés. Il fallut bientôt conduire les morts de la peste eux-mêmes à la crémation. Mais on dut utiliser alors l'ancien four d'incinération qui se trouvait à l'est de la ville, à l'extérieur des portes. On reporta plus loin le piquet de garde et un employé de la mairie facilita beaucoup la tâche des autorités en conseillant d'utiliser les tramways qui, autrefois, desservaient la corniche maritime, et qui se trouvaient sans emploi. À cet effet, on aménagea l'intérieur des baladeuses et des motrices en enlevant les sièges, et on détourna la voie à hauteur du four, qui devint ainsi une tête de ligne.

Et pendant toute la fin de l'été, comme au milieu des pluies de l'automne, on put voir le long de la corniche, au coeur de chaque nuit, passer d'étranges convois de tramways sans voyageurs, brinquebalant au-dessus de la mer. Les habitants avaient fini par savoir ce qu'il en était. Et malgré les patrouilles qui interdisaient l'accès de la corniche, des groupes parvenaient à se glisser bien souvent dans les rochers qui surplombent les vagues, et à lancer des fleurs dans les baladeuses, au passage des tramways. On entendait alors les véhicules cahoter encore dans la nuit d'été, avec leur chargement de fleurs et de morts.

Vers le matin, en tout cas, les premiers jours, une vapeur épaisse et nauséabonde planait sur les quartiers orientaux de la ville. De l'avis de tous les médecins, ces exhalaisons, quoique désagréables, ne pouvaient nuire à personne. Mais les habitants de ces quartiers menacèrent aussitôt de les déserter, persuadés que la peste s'abattait ainsi sur eux du haut du ciel, si bien qu'on fut obligé de détourner les fumées par un système de canalisations compliquées et les habitants se calmèrent. Les jours de grand vent seulement, une vague odeur venue de l'est leur rappelait qu'ils étaient installés dans un nouvel ordre, et que les flammes de la peste dévoraient leur tribut chaque soir.

Ce furent là les conséquences extrêmes de l'épidémie. Mais il est heureux qu'elle ne se soit point accrue par la suite, car on peut penser que l'ingéniosité de nos bureaux, les dispositions de la préfecture et même la capacité d'absorption du four eussent peut-être été dépassées. Rieux savait qu'on avait prévu alors des solutions désespérées, comme le rejet des cadavres à la mer, et il imaginait aisément leur écume monstrueuse sur l'eau bleue. Il savait aussi que si les statistiques continuaient à monter, aucune organisation, si excellente fût-elle, n'y résisterait, que les hommes viendraient mourir dans l'entassement et pourrir dans la rue, malgré la préfecture, et que la ville verrait, sur les places publiques, les mourants s'accrocher aux vivants avec un mélange de haine légitime et de stupide espérance.

C'était ce genre d'évidence ou d'appréhensions, en tout cas, qui entretenait chez nos concitoyens le sentiment de leur exil et de leur séparation. À cet égard, le narrateur sait parfaitement combien il est regrettable de ne pouvoir rien rapporter ici qui soit vraiment spectaculaire, comme par exemple quelque héros réconfortant ou quelque action éclatante, pareils à ceux qu'on trouve dans les vieux récits. C'est que rien n'est moins spectaculaire qu'un fléau et, par leur durée même, les grands malheurs sont monotones. Dans le souvenir de ceux qui les ont vécues, les journées terribles de la peste n'apparaissent pas comme de grandes flammes somptueuses et cruelles, mais plutôt comme un interminable piétinement qui écrasait tout sur son passage.

Non, la peste n'avait rien à voir avec les grandes images exaltantes qui avaient poursuivi le docteur Rieux au début de l'épidémie. Elle était d'abord une administration prudente et impeccable, au bon fonctionnement. C'est ainsi, soit dit entre parenthèses, que pour ne rien trahir et surtout pour ne pas se trahir lui-même, le narrateur a tendu à l'objectivité. Il n'a presque rien voulu modifier par les effets de l'art, sauf en ce qui concerne les besoins élémentaires d'une relation à peu près cohérente. Et c'est l'objectivité elle-même qui lui commande de dire maintenant que si la grande souffrance de cette époque, la plus générale comme la plus profonde, était la séparation, s'il est indispensable en conscience d'en donner une nouvelle description à ce stade de la peste, il n'en est pas moins vrai que cette souffrance elle-même perdait alors de son pathétique.

Nos concitoyens, ceux du moins qui avaient le plus souffert de cette séparation, s'habituaient-ils à la situation ? Il ne serait pas tout à fait juste de l'affirmer. Il serait plus exact de dire qu'au moral comme au physique, ils souffraient de décharnement. Au début de la peste, ils se souvenaient très bien de l'être qu'ils avaient perdu et ils le regrettaient. Mais s'ils se souvenaient nettement du visage aimé, de son rire, de tel jour dont ils reconnaissaient après coup qu'il avait été heureux, ils imaginaient difficilement ce que l'autre pouvait faire à l'heure même où ils l'évoquaient et dans des lieux désormais si lointains. En somme, à ce moment-là ils avaient de la mémoire, mais une imagination insuffisante. Au deuxième stade de la peste, ils perdirent aussi la mémoire. Non qu'ils eussent oublié ce visage, mais, ce qui revient au même, il avait perdu sa chair, ils ne l'apercevaient plus à l'intérieur d'eux-mêmes. Et alors qu'ils avaient tendance à se plaindre, les premières semaines, de n'avoir plus affaire qu'à des ombres dans les choses de leur amour, ils s'aperçurent par la suite que ces ombres pouvaient encore devenir plus décharnées, en perdant jusqu'aux infimes couleurs que leur gardait le souvenir. Tout au bout de ce long temps de séparation, ils n'imaginaient plus cette intimité qui avait été la leur, ni comment avait pu vivre près d'eux un être sur lequel, à tout moment, ils pouvaient poser la main.

De ce point de vue, ils étaient entrés dans l'ordre même de la peste, d'autant plus efficace qu'il était plus médiocre. Personne, chez nous, n'avait plus de grands sentiments. Mais tout le monde éprouvait des sentiments monotones. « Il est temps que cela finisse » , disaient nos concitoyens, parce qu'en période de fléau, il est normal de souhaiter la fin des souffrances collectives, et parce qu'en fait, ils souhaitaient que cela finît. Mais tout cela se disait sans la flamme ou l'aigre sentiment du début, et seulement avec les quelques raisons qui nous restaient encore claires, et qui étaient pauvres. Au grand élan farouche des premières semaines avait succédé un abattement qu'on aurait eu tort de prendre pour de la résignation, mais qui n'en était pas moins une sorte de consentement provisoire.

Nos concitoyens s'étaient mis au pas, ils s'étaient adaptés, comme on dit, parce qu'il n'y avait pas moyen de faire autrement. Ils avaient encore, naturellement, l'attitude du malheur et de la souffrance, mais ils n'en ressentaient plus la pointe. Du reste, le docteur Rieux, par exemple, considérait que, justement, c'était cela le malheur, et que l'habitude du désespoir est pire que le désespoir lui-même. Auparavant, les séparés n'étaient pas réellement malheureux, il y avait dans leur souffrance une illumination qui venait de s'éteindre. À présent, on les voyait au coin des rues, dans les cafés ou chez leurs amis, placides et distraits, et l'œil si ennuyé que, grâce à eux, toute la ville ressemblait à une salle d'attente. Pour ceux qui avaient un métier, ils le faisaient à l'allure même de la peste, méticuleusement et sans éclat. Tout le monde était modeste. Pour la première fois, les séparés n'avaient pas de répugnance à parler de l'absent, à prendre le langage de tous, à examiner leur séparation sous le même angle que les statistiques de l'épidémie. Alors que, jusque-là, ils avaient soustrait farouchement leur souffrance au malheur collectif, ils acceptaient maintenant la confusion. Sans mémoire et sans espoir, ils s'installaient dans le présent. À la vérité, tout leur devenait présent. Il faut bien le dire, la peste avait enlevé à tous le pouvoir de l'amour et même de l'amitié. Car l'amour demande un peu d'avenir, et il n'y avait plus pour nous que des instants.

Bien entendu, rien de tout cela n'était absolu. Car s'il est vrai que tous les séparés en vinrent à cet état, il est juste d'ajouter qu'ils n'y arrivèrent pas tous en même temps et qu'aussi bien, une fois installés dans cette nouvelle attitude, des éclairs, des retours, de brusques lucidités ramenaient les patients à une sensibilité plus jeune et plus douloureuse. Il y fallait ces moments de distraction où ils formaient quelque projet qui impliquait que la peste eût cessé. Il fallait qu'ils ressentissent inopinément, et par l'effet de quelque grâce, la morsure d'une jalousie sans objet. D'autres trouvaient aussi des renaissances soudaines, sortaient de leur torpeur certains jours de la semaine, le dimanche naturellement et le samedi après-midi, parce que ces jours-là étaient consacrés à certains rites, du temps de l'absent. Ou bien encore, une certaine mélancolie qui les prenait à la fin des journées leur donnait l'avertissement, pas toujours confirmé d'ailleurs, que la mémoire allait leur revenir. Cette heure du soir, qui pour les croyants est celle de l'examen de conscience, cette heure est dure pour le prisonnier ou l'exilé qui n'ont à examiner que du vide. Elle les tenait suspendus un moment, puis ils retournaient à l'atonie, ils s'enfermaient dans la peste.

On a déjà compris que cela consistait à renoncer à ce qu'ils avaient de plus personnel. Alors que dans les premiers temps de la peste, ils étaient frappés par la somme de petites choses qui comptaient beaucoup pour eux, sans avoir aucune existence pour les autres, et ils faisaient ainsi l'expérience de la vie personnelle, maintenant, au contraire, ils ne s'intéressaient qu'à ce qui intéressait les autres, ils n'avaient plus que des idées générales et leur amour même avait pris pour eux la figure la plus abstraite. Ils étaient à ce point abandonnés à la peste qu'il leur arrivait parfois de n'espérer plus qu'en son sommeil et de se surprendre à penser : « Les bubons, et qu'on en finisse ! » Mais ils dormaient déjà, en vérité, et tout ce temps ne fut qu'un long sommeil. La ville était peuplée de dormeurs éveillés qui n'échappaient réellement à leur sort que ces rares fois où, dans la nuit, leur blessure apparemment fermée se rouvrait brusquement. Et réveillés en sursaut, ils en tâtaient alors, avec une sorte de distraction, les lèvres irritées, retrouvant en un éclair leur souffrance, soudain rajeunie, et, avec elle, le visage bouleversé de leur amour. Au matin, ils revenaient au fléau, c'est-à-dire à la routine.

Mais de quoi, dira-t-on, ces séparés avaient-ils l'air ? Eh bien, cela est simple, ils n'avaient l'air de rien. Ou, si on préfère, ils avaient l'air de tout le monde, un air tout à fait général. Ils partageaient la placidité, et les agitations puériles de la cité. Ils perdaient les apparences du sens critique, tout en gagnant les apparences du sang-froid. On pouvait voir, par exemple, les plus intelligents d'entre eux faire mine de chercher comme tout le monde dans les journaux, ou bien dans les émissions radiophoniques, des raisons de croire à une fin rapide de la peste, et concevoir apparemment des espoirs chimériques, ou éprouver des craintes sans fondement, à la lecture de considérations qu'un journaliste avait écrites un peu au hasard, en bâillant d'ennui. Pour le reste, ils buvaient leur bière ou soignaient leurs malades, paressaient ou s'épuisaient, classaient des fiches ou faisaient tourner des disques sans se distinguer autrement les uns des autres. Autrement dit, ils ne choisissaient plus rien. La peste avait supprimé les jugements de valeur. Et cela se voyait à la façon dont personne ne s'occupait plus de la qualité des vêtements ou des aliments qu'on achetait. On acceptait tout en bloc.

On peut dire pour finir que les séparés n'avaient plus ce curieux privilège qui les préservait au début. Ils avaient perdu l'égoïsme de l'amour, et le bénéfice qu'ils en tiraient. Du moins, maintenant, la situation était claire, le fléau concernait tout le monde. Nous tous, au milieu des détonations qui claquaient aux portes de la ville, des coups de tampon qui scandaient notre vie ou nos décès, au milieu des incendies et des fiches, de la terreur et des formalités, promis à une mort ignominieuse, mais enregistrée, parmi les fumées épouvantables et les timbres tranquilles des ambulances, nous nous nourrissions du même pain d'exil, attendant sans le savoir la même réunion et la même paix bouleversantes. Notre amour sans doute était toujours là, mais, simplement, il était inutilisable, lourd à porter, inerte en nous, stérile comme le crime ou la condamnation. Il n'était plus qu'une patience sans avenir et une attente butée. Et de ce point de vue, l'attitude de certains de nos concitoyens faisait penser à ces longues queues aux quatre coins de la ville, devant les boutiques d'alimentation. C'était la même résignation et la même longanimité, à la fois illimitée et sans illusions. Il faudrait seulement élever ce sentiment à une échelle mille fois plus grande en ce qui concerne la séparation, car il s'agissait alors d'une autre faim et qui pouvait tout dévorer.

Dans tous les cas, à supposer qu'on veuille avoir une idée juste de l'état d'esprit où se trouvaient les séparés de notre ville, il faudrait de nouveau évoquer ces éternels soirs dorés et poussiéreux, qui tombaient sur la cité sans arbres, pendant qu'hommes et femmes se déversaient dans toutes les rues. Car, étrangement, ce qui montait alors vers les terrasses encore, ensoleillées, en l'absence des bruits de véhicules et de machines qui font d'ordinaire tout le langage des villes, ce n'était qu'une énorme rumeur de pas et de voix sourdes, le douloureux glissement de milliers de semelles rythmé par le sifflement du fléau dans le ciel alourdi, un piétinement interminable et étouffant, enfin, qui remplissait peu à peu toute la ville et qui, soir après soir, donnait sa voix la plus fidèle et la plus morne à l'obstination aveugle qui, dans nos coeurs, remplaçait alors l'amour.

IV

Pendant les mois de septembre et d'octobre, la peste garda la ville repliée sous elle. Puisqu'il s'agissait de piétinements, plusieurs centaines de milliers d'hommes piétinèrent encore, pendant des semaines qui n'en finissaient pas. La brume, la chaleur et la pluie se succédèrent dans le ciel. Des bandes silencieuses d'étourneaux et de grives, venant du sud, passèrent très haut, mais contournèrent la ville, comme si le fléau de Paneloux, l'étrange pièce de bois qui tournait en sifflant au-dessus des maisons, les tenait à l'écart. Au début d'octobre, de grandes averses balayèrent les rues. Et pendant tout ce temps, rien de plus important ne se produisit que ce piétinement énorme.

Rieux et ses amis découvrirent alors à quel point ils étaient fatigués. En fait, les hommes des formations sanitaires n'arrivaient plus à digérer cette fatigue. Le docteur Rieux s'en apercevait en observant sur ses amis et sur lui-même les progrès d'une curieuse indifférence. Par exemple, ces hommes qui, jusqu'ici, avaient montré un si vif intérêt pour toutes les nouvelles qui concernaient la peste ne s'en préoccupaient plus du tout. Rambert, qu'on avait chargé provisoirement de diriger une des maisons de quarantaine, installée depuis peu dans son hôtel, connaissait parfaitement le nombre de ceux qu'il avait en observation. Il était au courant des moindres détails du système d'évacuation immédiate qu'il avait organisé pour ceux qui montraient subitement des signes de la maladie. La statistique des effets du sérum sur les quarantaines était gravée dans sa mémoire. Mais il était incapable de dire le chiffre hebdomadaire des victimes de la peste, il ignorait réellement si elle était en avance ou en recul. Et lui, malgré tout, gardait l'espoir d'une évasion prochaine.

Quant aux autres, absorbés dans leur travail jour et nuit, ils ne lisaient les journaux ni n'entendaient la radio. Et si on leur annonçait un résultat, ils faisaient mine de s'y intéresser, mais ils l'accueillaient en fait avec cette indifférence distraite qu'on imagine aux combattants des grandes guerres, épuisés de travaux, appliqués seulement à ne pas défaillir dans leur devoir quotidien et n'espérant plus ni l'opération décisive, ni le jour de l'armistice.

Grand, qui continuait à effectuer les calculs nécessités par la peste, eût certainement été incapable d'en indiquer les résultats généraux. Au contraire de Tarrou, de Rambert et de Rieux, visiblement durs à la fatigue, sa santé n'avait jamais été bonne. Or, il cumulait ses fonctions d'auxiliaire à la mairie, son secrétariat chez Rieux et ses travaux nocturnes. On pouvait le voir ainsi dans un continuel état d'épuisement, soutenu par deux ou trois idées fixes, comme celle de s'offrir des vacances complètes après la peste, pendant une semaine au moins, et de travailler alors de façon positive, « chapeau bas » , à ce qu'il avait en train. Il était sujet aussi à de brusques attendrissements et, dans ces occasions, il parlait volontiers de Jeanne à Rieux, se demandait où elle pouvait être au moment même, et si, lisant les journaux, elle pensait à lui. C'est avec lui que Rieux se surprit un jour à parler de sa propre femme sur le ton le plus banal, ce qu'il n'avait jamais fait jusque-là. Incertain du crédit qu'il fallait attacher aux télégrammes toujours rassurants de sa femme, il s'était décidé à câbler au médecin-chef de l'établissement où elle se soignait. En retour, il avait reçu l'annonce d'une aggravation dans l'état de la malade et l'assurance que tout serait fait pour enrayer les progrès du mal. Il avait gardé pour lui la nouvelle et il ne s'expliquait pas, sinon par la fatigue, comment il avait pu la confier à Grand. L'employé, après lui avoir parlé de Jeanne, l'avait questionné sur sa femme et Rieux avait répondu. « Vous savez, avait dit Grand, ça se guérit très bien maintenant. » Et Rieux avait acquiescé, disant simplement que la séparation commençait à être longue et que lui, aurait peut-être aidé sa femme à triompher de sa maladie, alors qu'aujourd'hui, elle devait se sentir tout à fait seule. Puis il s'était tu et n'avait plus répondu qu'évasivement aux questions de Grand.

Les autres étaient dans le même état. Tarrou résistait mieux, mais ses carnets montrent que si sa curiosité n'avait pas diminué de profondeur, elle avait perdu de sa diversité. Pendant toute cette période, en effet, il ne s'intéressait apparemment qu'à Cottard. Le soir, chez Rieux, où il avait fini par s'installer depuis que l'hôtel avait été transformé en maison de quarantaine, c'est à peine s'il écoutait Grand ou le docteur énoncer les résultats. Il ramenait tout de suite la conversation sur les petits détails de la vie oranaise qui l'occupaient généralement.

Quant à Castel, le jour où il vint annoncer au docteur que le sérum était prêt, et après qu'ils eurent décidé de faire le premier essai sur le petit garçon de M. Othon qu'on venait d'amener à l'hôpital et dont le cas semblait désespéré à Rieux, celui-ci communiquait à son vieil ami les dernières statistiques, quand il s'aperçut que son interlocuteur s'était endormi profondément au creux de son fauteuil. Et devant ce visage où, d'habitude, un air de douceur et d'ironie mettait une perpétuelle jeunesse et qui, soudain abandonné, un filet de salive rejoignant les lèvres entrouvertes, laissait voir son usure et sa vieillesse, Rieux sentit sa gorge se serrer.

C'est à de telles faiblesses que Rieux pouvait juger de sa fatigue. Sa sensibilité lui échappait. Nouée la plupart du temps, durcie et desséchée, elle crevait de loin en loin et l'abandonnait à des émotions dont il n'avait plus la maîtrise. Sa seule défense était de se réfugier dans ce durcissement et de resserrer le nœud qui s'était formé en lui. Il savait bien que c'était la bonne manière de continuer. Pour le reste, il n'avait pas beaucoup d'illusions et sa fatigue lui ôtait celles qu'il conservait encore. Car il savait que, pour une période dont il n'apercevait pas le terme, son rôle n'était plus de guérir. Son rôle était de diagnostiquer. Découvrir, voir, décrire, enregistrer, puis condamner, c'était sa tâche. Des épouses lui prenaient le poignet et hurlaient :« Docteur, donnez-lui la vie !» Mais il n'était pas là pour donner la vie, il était là pour ordonner l'isolement. À quoi servait la haine qu'il lisait alors sur les visages ? « Vous n'avez pas de cœur » , lui avait-on dit un jour. Mais si, il en avait un. Il lui servait à supporter les vingt heures par jour où il voyait mourir des hommes qui étaient faits pour vivre. Il lui servait à recommencer tous les jours. Désormais, il avait juste assez de cœur pour ça. Comment ce cœur aurait-il suffi à donner la vie ?

Non, ce n'étaient pas des secours qu'il distribuait à longueur de journée, mais des renseignements. Cela ne pouvait pas s'appeler un métier d'homme, bien entendu. Mais, après tout, à qui donc, parmi cette foule terrorisée et décimée, avait-on laissé le loisir d'exercer son métier d'homme ? C'était encore heureux qu'il y eût la fatigue.

Si Rieux avait été plus frais, cette odeur de mort partout répandue eût pu le rendre sentimental. Mais quand on n'a dormi que quatre heures, on n'est pas sentimental. On voit les choses comme elles sont, c'est-à-dire qu'on les voit selon la justice, la hideuse et dérisoire justice. Et les autres, les condamnés, le sentaient bien, eux aussi. Avant la peste, on le recevait comme un sauveur. Il allait tout arranger avec trois pilules et une seringue, et on lui serrait le bras en le conduisant le long des couloirs. C'était flatteur, mais dangereux. Maintenant, au contraire, il se présentait avec des soldats, et il fallait des coups de crosse pour que la famille se décidât à ouvrir. Ils auraient voulu l'entraîner et entraîner l'humanité entière avec eux dans la mort. Ah ! Il était bien vrai que les hommes ne pouvaient pas se passer des hommes, qu'il était aussi démuni que ces malheureux et qu'il méritait ce même tremblement de pitié qu'il laissait grandir en lui lorsqu'il les avait quittés.

C'était, du moins, pendant ces interminables semaines, les pensées que le docteur Rieux agitait avec celles qui concernaient son état de séparé. Et c'était aussi celles dont il lisait les reflets sur le visage de ses amis. Mais le plus dangereux effet de l'épuisement qui gagnait, peu à peu, tous ceux qui continuaient cette lutte contre le fléau, n'était pas dans cette indifférence aux événements extérieurs et aux émotions des autres, mais dans la négligence où ils se laissaient aller. Car ils avaient tendance alors à éviter tous les gestes qui n'étaient pas absolument indispensables et qui leur paraissaient toujours au-dessus de leurs forces. C'est ainsi que ces hommes en vinrent à négliger de plus en plus souvent les règles d'hygiène qu'ils avaient codifiées, à oublier quelques-unes des nombreuses désinfections qu'ils devaient pratiquer sur eux-mêmes, à courir quelquefois, sans être prémunis contre la contagion, auprès des malades atteints de peste pulmonaire, parce que, prévenus au dernier moment qu'il fallait se rendre dans les maisons infectées, il leur avait paru d'avance épuisant de retourner dans quelque local pour se faire les instillations nécessaires. Là était le vrai danger, car c'était la lutte elle-même contre la peste qui les rendait alors le plus vulnérables à la peste. Ils pariaient en somme sur le hasard et le hasard n'est à personne.

Il y avait pourtant dans la ville un homme qui ne paraissait ni épuisé ni découragé, et qui restait l'image vivante de la satisfaction. C'était Cottard. Il continuait à se tenir à l'écart, tout en maintenant ses rapports avec les autres. Mais il avait choisi de voir Tarrou aussi souvent que le travail de celui-ci le permettait, d'une part, parce que Tartou était bien renseigné sur son cas et, d'autre part, parce qu'il savait accueillir le petit rentier avec une cordialité inaltérable. C'était un miracle perpétuel, mais Tarrou, malgré le labeur qu'il fournissait, restait toujours bienveillant et attentif. Même lorsque la fatigue l'écrasait certains soirs, il retrouvait le lendemain une nouvelle énergie. « Avec celui-là, avait dit Cottard à Rambert, on peut causer, parce que c'est un homme. On est toujours compris. »

C'est pourquoi les notes de Tarrou, à cette époque, convergent peu à peu sur le personnage de Cottard. Tarrou a essayé de donner un tableau des réactions et des réflexions de Cottard, telles qu'elles lui étaient confiées par ce dernier ou telles qu'il les interprétait. Sous la rubrique « Rapports de Cottard et de la peste » , ce tableau occupe quelques pages du carnet et le narrateur croit utile d'en donner ici un résumé. L'opinion générale de Tarrou sur le petit rentier se résumait dans ce jugement :« C'est un personnage qui grandit. » Apparemment du reste, il grandissait dans la bonne humeur. Il n'était pas mécontent de la tournure que prenaient les événements. Il exprimait quelquefois le fond de sa pensée, devant Tarrou, par des remarques de ce genre :« Bien sûr, ça ne va pas mieux. Mais, du moins, tout le monde est dans le bain. »

« Bien entendu, ajoutait Tarrou, il est menacé comme les autres, mais justement, il l'est avec les autres. Et ensuite, il ne pense pas sérieusement, j'en suis sûr, qu'il puisse être atteint par la peste. Il a l'air de vivre sur cette idée, pas si bête d'ailleurs, qu'un homme en proie à une grande maladie, ou à une angoisse profonde, est dispensé du même coup de toutes les autres maladies ou angoisses. « Avez-vous remarqué, m'a-t-il dit, qu'on ne peut pas cumuler les maladies ? Supposez que vous ayez une maladie grave ou incurable, un cancer sérieux « ou une bonne tuberculose, vous n'attraperez jamais « la peste ou le typhus, c'est impossible. Du reste, ça va encore plus loin, parce que vous n'avez jamais vu « un cancéreux mourir d'un accident d'automobile. » Vraie ou fausse, cette idée met Cottard en bonne humeur. La seule chose qu'il ne veuille pas, c'est être séparé des autres. Il préfère être assiégé avec tous que prisonnier tout seul. Avec la peste, plus question d'enquêtes secrètes, de dossiers, de fiches, d'instructions mystérieuses et d'arrestation imminente. À proprement parler, il n'y a plus de police, plus de crimes anciens ou nouveaux, plus de coupables, il n'y a que des condamnés qui attendent la plus arbitraire des grâces, et, parmi eux, les policiers eux-mêmes. Ainsi Cottard, et toujours selon l'interprétation de Tartou, était fondé à considérer les symptômes d'angoisse et de désarroi que présentaient nos concitoyens avec cette satisfaction indulgente et compréhensive qui pouvait s'exprimer par un :« Parlez toujours, je l'ai eue avant vous. »

« J'ai eu beau lui dire que la seule façon de ne pas être séparé des autres, c'était après tout d'avoir une bonne conscience, il m'a regardé méchamment et il m'a dit :« Alors, à ce compte, personne n'est jamais avec personne. » Et puis :« Vous pouvez y aller, c'est moi qui vous le dis. La seule façon de mettre les gens ensemble, c'est encore de leur envoyer la peste. Regardez donc autour de vous. » Et en vérité, je comprends bien ce qu'il veut dire et combien la vie d'aujourd'hui doit lui paraître confortable. Comment ne reconnaîtrait-il pas au passage les réactions qui ont été les siennes ; la tentative que chacun fait d'avoir tout le monde avec soi ; l'obligeance qu'on déploie pour renseigner parfois un passant égaré et la mauvaise humeur qu'on lui témoigne d'autres fois ; la précipitation des gens vers les restaurants de luxe, leur satisfaction de s'y trouver et de s'y attarder ; l'affluence désordonnée qui fait queue, chaque jour, au cinéma, qui remplit toutes les salles de spectacles et les dancings eux-mêmes, qui se répand comme une marée déchaînée dans tous les lieux publics ; le recul devant tout contact, l'appétit de chaleur humaine qui pousse cependant les hommes les uns vers les autres, les coudes vers les coudes et les sexes vers les sexes ? Cottard a connu tout cela avant eux, c'est évident. Sauf les femmes, parce qu'avec sa tête... Et je suppose que lorsqu'il s'est senti près d'aller chez les filles, il s'y est refusé, pour ne pas se donner un mauvais genre qui, par la suite, eût pu le desservir.

« En somme, la peste lui réussit. D'un homme solitaire et qui ne voulait pas l'être, elle fait un complice. Car visiblement c'est un complice et un complice qui se délecte. Il est complice de tout ce qu'il voit, des superstitions, des frayeurs illégitimes, des susceptibilités de ces âmes en alerte ; de leur manie de vouloir parler le moins possible de la peste et de ne pas cesser cependant d'en parler ; de leur affolement et de leurs pâleurs au moindre mal de tête depuis qu'ils savent que la maladie commence par des céphalées ; et de leur sensibilité irritée, susceptible, instable enfin, qui transforme en offense des oublis et qui s'afflige de la perte d'un bouton de culotte. »

Il arrivait souvent à Tarrou de sortir le soir avec Cottard. Il racontait ensuite, dans ses carnets, comment ils plongeaient dans la foule sombre des crépuscules ou des nuits, épaule contre épaule, s'immergeant dans une masse blanche et noire où, de loin en loin, une lampe mettait de rares éclats, et accompagnant le troupeau humain vers les plaisirs chaleureux qui le défendaient contre le froid de la peste. Ce que Cottard, quelques mois auparavant, cherchait dans les lieux publics, le luxe et la vie ample, ce dont il rêvait sans pouvoir se satisfaire, c'est-à-dire la jouissance effrénée, un peuple entier s'y portait maintenant. Alors que le prix de toutes choses montait irrésistiblement, on n'avait jamais tant gaspillé d'argent, et quand le nécessaire manquait à la plupart, on n'avait jamais mieux dissipé le superflu. On voyait se multiplier tous les jeux d'une oisiveté qui n'était pourtant que du chômage. Tarrou et Cottard suivaient parfois, pendant de longues minutes, un de ces couples qui, auparavant, s'appliquaient à cacher ce qui les liait et qui, à présent, serrés l'un contre l'autre, marchaient obstinément à travers la ville, sans voir la foule qui les entourait, avec la distraction un peu fixe des grandes passions. Cottard s'attendrissait :« Ah ! les gaillards !» , disait-il. Et il parlait haut, s'épanouissait au milieu de la fièvre collective, des pourboires royaux qui sonnaient autour d'eux et des intrigues qui se nouaient devant leurs yeux.

Cependant, Tarrou estimait qu'il entrait peu de méchanceté dans l'attitude de Cottard. Son « J'ai connu ça avant eux » marquait plus de malheur que de triomphe. « Je crois, disait Tarrou, qu'il commence à aimer ces hommes emprisonnés entre le ciel et les murs de leur ville. Par exemple, il leur expliquerait volontiers, s'il le pouvait, que ce n'est pas si terrible que ça :« Vous les entendez, m'a-t-il affirmé : après la peste je ferai ceci, après la peste je ferai cela... Ils s'empoisonnent l'existence au lieu de rester tranquilles. Et ils ne se rendent même pas compte de leurs avantages. Est-ce que je pouvais dire, moi : après mon arrestation, je ferai ceci ? L'arrestation est un commencement, ce n'est pas une fin. Tandis que la peste... Vous voulez mon avis ? Ils sont malheureux parce qu'ils ne se laissent pas aller. Et je sais ce que je dis. »

« Il sait en effet ce qu'il dit, ajoutait Tarrou. Il juge à leur vrai prix les contradictions des habitants d'Oran qui, dans le même temps où ils ressentent profondément le besoin de chaleur qui les rapproche, ne peuvent s'y abandonner cependant à cause de la méfiance qui les éloigne les uns des autres. On sait trop bien qu'on ne peut pas avoir confiance en son voisin, qu'il est capable de vous donner la peste à votre insu et de profiter de votre abandon pour vous infecter. Quand on a passé son temps, comme Cottard, à voir des indicateurs possibles dans tous ceux de qui, pourtant, on recherchait la compagnie, on peut comprendre ce sentiment. On compatit très bien avec des gens qui vivent dans l'idée que la peste peut, du jour au lendemain, leur mettre la main sur l'épaule et qu'elle se prépare peut-être à le faire, au moment où l'on se réjouit d'être encore sain et sauf. Autant que cela est possible, il est à l'aise dans la terreur. Mais parce qu'il a ressenti tout cela avant eux, je crois qu'il ne peut pas éprouver tout à fait avec eux la cruauté de cette incertitude. En somme, avec nous tous qui ne sommes pas encore morts de la peste, il sent bien que sa liberté et sa vie sont tous les jours à la veille d'être détruites. Mais puisque lui-même a vécu dans la terreur, il trouve normal que les autres la connaissent à leur tour. Plus exactement, la terreur lui paraît alors moins lourde à porter que s'il y était tout seul. C'est en cela qu'il a tort et qu'il est plus difficile à comprendre que d'autres. Mais, après tout, c'est en cela qu'il mérite plus que d'autres qu'on essaie de le comprendre. »

Enfin, les pages de Tarrou se terminent sur un récit qui illustre cette conscience singulière qui venait en même temps à Cottard et aux pestiférés. Ce récit restitue à peu près l'atmosphère difficile de cette époque et c'est pourquoi le narrateur y attache de l'importance.

Ils étaient allés à l'Opéra Municipal où l'on jouait l'Orphée et Eurydice. Cottard avait invité Tarrou. Il s'agissait d'une troupe qui était venue, au printemps de la peste, donner des représentations dans notre ville. Bloquée par la maladie, cette troupe s'était vue contrainte, après accord avec notre Opéra, de rejouer son spectacle, une fois par semaine. Ainsi, depuis des mois, chaque vendredi, notre théâtre municipal retentissait des plaintes mélodieuses d'Orphée et des appels impuissants d'Eurydice. Cependant, ce spectacle continuait de connaître la faveur du public et faisait toujours de grosses recettes. Installés aux places les plus chères, Cottard et Tarrou dominaient un parterre gonflé à craquer par les plus élégants de nos concitoyens. Ceux qui arrivaient s'appliquaient visiblement à ne pas manquer leur entrée. Sous la lumière éblouissante de l'avant-rideau, pendant que les musiciens accordaient discrètement leurs instruments, les silhouettes se détachaient avec précision, passaient d'un rang à l'autre, s'inclinaient avec grâce. Dans le léger brouhaha d'une conversation de bon ton, les hommes reprenaient l'assurance qui leur manquait quelques heures auparavant, parmi les rues noires de la ville. L'habit chassait la peste.

Pendant tout le premier acte, Orphée se plaignit avec facilité, quelques femmes en tuniques commentèrent avec grâce son malheur, et l'amour fut chanté en ariettes. La salle réagit avec une chaleur discrète. C'est à peine si on remarqua qu'Orphée introduisait, dans son air du deuxième acte, des tremblements qui n'y figuraient pas, et demandait avec un léger excès de pathétique, au maître des Enfers, de se laisser toucher par ses pleurs. Certains gestes saccadés qui lui échappèrent apparurent aux plus avisés comme un effet de stylisation qui ajoutait encore à l'interprétation du chanteur.

Il fallut le grand duo d'Orphée et d'Eurydice au troisième acte (c'était le moment où Eurydice échappait à son amant) pour qu'une certaine surprise courût dans la salle. Et comme si le chanteur n'avait attendu que ce mouvement du public, ou, plus certainement encore, comme si la rumeur venue du parterre l'avait confirmé dans ce qu'il ressentait, il choisit ce moment pour avancer vers la rampe d'une façon grotesque, bras et jambes écartés dans son costume à l'antique, et pour s'écrouler au milieu des bergeries du décor qui n'avaient jamais cessé d'être anachroniques mais qui, aux yeux des spectateurs, le devinrent pour la première fois, et de terrible façon. Car, dans le même temps, l'orchestre se tut, les gens du parterre se levèrent et commencèrent lentement à évacuer la salle, d'abord en silence comme on sort d'une église, le service fini, ou d'une chambre mortuaire après une visite, les femmes rassemblant leurs jupes et sortant tête baissée, les hommes guidant leurs compagnes par le coude et leur évitant le heurt des strapontins. Mais, peu à peu, le mouvement se précipita, le chuchotement devint exclamation et la foule afflua vers les sorties et s'y pressa, pour finir par s'y bousculer en criant. Cottard et Tarrou, qui s'étaient seulement levés, restaient seuls en face d'une des images de ce qui était leur vie d'alors : la peste sur la scène sous l'aspect d'un histrion désarticulé et, dans la salle, tout un luxe devenu inutile, sous la forme d'éventails oubliés et de dentelles traînant sur le rouge des fauteuils.

Rambert, pendant les premiers jours du mois de septembre, avait sérieusement travaillé aux côtés de Rieux. Il avait simplement demandé une journée de congé le jour où il devait rencontrer Gonzalès et les deux jeunes gens devant le lycée de garçons.

Ce jour-là, à midi, Gonzalès et le journaliste virent arriver les deux petits qui riaient. Ils dirent qu'on n'avait pas eu de chance l'autre fois, mais qu'il fallait s'y attendre. En tout cas, ce n'était plus leur semaine de garde. Il fallait patienter jusqu'à la semaine prochaine. On recommencerait alors. Rambert dit que c'était bien le mot. Gonzalès proposa donc un rendez-vous pour le lundi suivant. Mais cette fois-ci, on installerait Rambert chez Marcel et Louis. « Nous prendrons un rendez-vous, toi et moi. Si je n'y suis pas, tu iras directement chez eux. On va t'expliquer où ils habitent. » Mais Marcel, ou Louis, dit à ce moment que le plus simple était de conduire tout de suite le camarade. S'il n'était pas difficile, il y avait à manger pour eux quatre. Et de cette façon, il se rendrait compte. Gonzalès dit que c'était une très bonne idée et ils descendirent vers le port.

Marcel et Louis habitaient à l'extrémité du quartier de la Marine, près des portes qui ouvraient sur la corniche. C'était une petite maison espagnole, épaisse de murs, aux contrevents de bois peint, aux pièces nues et ombreuses. Il y avait du riz que servit la mère des jeunes gens, une vieille Espagnole souriante et pleine de rides. Gonzalès s'étonna, car le riz manquait déjà en ville. « On s'arrange aux portes » , dit Marcel. Rambert mangeait et buvait, et Gonzalès dit que c'était un vrai copain, pendant que le journaliste pensait seulement à la semaine qu'il devait passer.

En fait, il eut deux semaines à attendre, car les tours de garde furent portés à quinze jours, pour réduire le nombre des équipes. Et, pendant ces quinze jours, Rambert travailla sans s'épargner, de façon ininterrompue, les yeux fermés en quelque sorte, depuis l'aube jusqu'à la nuit. Tard dans la nuit, il se couchait et dormait d'un sommeil épais. Le passage brusque de l'oisiveté à ce labeur épuisant le laissait à peu près sans rêves et sans forces. Il parlait peu de son évasion prochaine. Un seul fait notable : au bout d'une semaine, il confia au docteur que pour la première fois, la nuit précédente, il s'était enivré. Sorti du bar, il eut tout à coup l'impression que ses aines grossissaient et que ses bras se mouvaient difficilement autour de l'aisselle. Il pensa que c'était la peste. Et la seule réaction qu'il put avoir alors et dont il convint avec Rieux qu'elle n'était pas raisonnable, fut de courir vers le haut de la ville, et là, d'une petite place, d'où l'on ne découvrait toujours pas la mer, mais d'où l'on voyait un peu plus de ciel, il appela sa femme avec un grand cri, par-dessus les murs de la ville. Rentré chez lui et ne découvrant sur son corps aucun signe d'infection, il n'avait pas été très fier de cette crise soudaine. Rieux dit qu'il comprenait très bien qu'on puisse agir ainsi :« En tout cas, dit-il, il peut arriver qu'on en ait envie. »

-M. Othon m'a parlé de vous ce matin, ajouta soudain Rieux, au moment où Rambert le quittait. Il m'a demandé si je vous connaissais :« Conseillez-lui donc, m'a-t-il dit, de ne pas fréquenter les milieux de contrebande. Il s'y fait remarquer. »

-Qu'est-ce que cela veut dire ?

-Cela veut dire qu'il faut vous dépêcher.

-Merci, dit Rambert, en serrant la main du docteur.

Sur la porte, il se retourna tout d'un coup. Rieux remarqua que, pour la première fois depuis le début de la peste, il souriait.

-Pourquoi donc ne m'empêchez-vous pas de partir ? Vous en avez les moyens.

Rieux secoua la tête avec son mouvement habituel, et dit que c'était l'affaire de Rambert, que ce dernier avait choisi le bonheur et que lui, Rieux, n'avait pas d'arguments à lui opposer. Il se sentait incapable de juger de ce qui était bien ou de ce qui était mal en cette affaire.

-Pourquoi me dire de faire vite, dans ces conditions ?

Rieux sourit à son tour.

-C'est peut-être que j'ai envie, moi aussi, de faire quelque chose pour le bonheur.

Le lendemain, ils ne parlèrent plus de rien, mais travaillèrent ensemble. La semaine suivante, Rambert était enfin installé dans la petite maison espagnole. On lui avait fait un lit dans la pièce commune. Comme les jeunes gens ne rentraient pas pour les repas, et comme on l'avait prié de sortir le moins possible, il y vivait seul, la plupart du temps, ou faisait la conversation avec la vieille mère. Elle était sèche et active, habillée de noir, le visage brun et ridé, sous des cheveux blancs très propres. Silencieuse, elle souriait seulement de tous ses yeux quand elle regardait Rambert.

D'autres fois, elle lui demandait s'il ne craignait pas d'apporter la peste à sa femme. Lui pensait que c'était une chance à courir, mais qu'en somme, elle était minime, tandis qu'en restant dans la ville, ils risquaient d'être séparés pour toujours.

-Elle est gentille ? disait la vieille en souriant.

-Très gentille.

-Jolie ?

-Je crois.

-Ah ! disait-elle, c'est pour cela.

Rambert réfléchissait. C'était sans doute pour cela, mais il était impossible que ce fût seulement pour cela.

-Vous ne croyez pas au bon Dieu ? disait la vieille qui allait à la messe tous les matins.

Rambert reconnut que non et la vieille dit encore que c'était pour cela.

-Il faut la rejoindre, vous avez raison. Sinon, qu'est-ce qui vous resterait ?

Le reste du temps, Rambert tournait en rond autour des murs nus et crépis, caressant les éventails cloués aux parois, ou bien comptait les boules de laine qui frangeaient le tapis de table. Le soir, les jeunes gens rentraient. Ils ne parlaient pas beaucoup, sinon pour dire que ce n'était pas encore le moment. Après le dîner, Marcel jouait de la guitare et ils buvaient une liqueur anisée. Rambert avait l'air de réfléchir.

Le mercredi, Marcel rentra en disant :« C'est pour demain soir, à minuit. Tiens-toi prêt. » Des deux hommes qui tenaient le poste avec eux, l'un était atteint de la peste et l'autre, qui partageait ordinairement la chambre du premier, était en observation. Ainsi, pendant deux ou trois jours, Marcel et Louis seraient seuls. Au cours de la nuit, ils allaient arranger les derniers détails. Le lendemain, ce serait possible. Rambert remercia. « Vous êtes content ?» demanda la vieille. Il dit que oui, mais il pensait à autre chose.

Le lendemain, sous un ciel lourd, la chaleur était humide et étouffante. Les nouvelles de la peste étaient mauvaises. La vieille Espagnole gardait cependant sa sérénité. « Il y a du péché dans le monde, disait-elle. Alors, forcément !» Comme Marcel et Louis, Rambert était torse nu. Mais quoi qu'il fît, la sueur lui coulait entre les épaules et sur la poitrine. Dans la demi-pénombre de la maison aux volets clos, cela leur faisait des torses bruns et vernis. Rambert tournait en rond sans parler. Brusquement, à quatre heures de l'après-midi, il s'habilla et annonça qu'il sortait.

-Attention, dit Marcel, c'est pour minuit. Tout est en place.

Rambert se rendit chez le docteur. La mère de Rieux dit à Rambert qu'il le trouverait à l'hôpital de la haute ville. Devant le poste de garde, la même foule tournait toujours sur elle-même. « Circulez !» disait un sergent aux yeux globuleux. Les autres circulaient, mais en rond. « Il n'y a rien à attendre » , disait le sergent dont la sueur perçait la veste. C'était aussi l'avis des autres, mais ils restaient quand même, malgré la chaleur meurtrière. Rambert montra son laissez-passer au sergent qui lui indiqua le bureau de Tarrou. La porte en donnait sur la cour. Il croisa le Père Paneloux, qui sortait du bureau.

Dans une sale petite pièce blanche qui sentait la pharmacie et le drap humide, Tarrou, assis derrière un bureau de bois noir, les manches de chemises retroussées tamponnait avec un mouchoir la sueur qui coulait dans la saignée de son bras.

-Encore là ? dit-il.

-Oui, je voudrais parler à Rieux.

-Il est dans la salle. Mais si cela peut s'arranger sans lui, il vaudrait mieux.

-Pourquo ?

-Il est surmené. Je lui évite ce que je peux.

Rambert regardait Tarrou. Celui-ci avait maigri. La fatigue lui brouillait les yeux et les traits. Ses fortes épaules étaient ramassées en boule. On frappa à la porte, et un infirmier entra, masqué de blanc. Il déposa sur le bureau de Tarrou un paquet de fiches et, d'une voix que le linge étouffait, dit seulement :« Six » , puis sortit.

Tarrou regarda le journaliste et lui montra les fiches qu'il déploya en éventail.

-De belles fiches, hein ? Eh bien ! non, ce sont des morts. Les morts de la nuit.

Son front s'était creusé. Il replia le paquet de fiches.

-La seule chose qui nous reste, c'est la comptabilité.

Tarrou se leva, prenant appui sur la table.

-Allez-vous bientôt partir ?

-Ce soir, à minuit.

Tarrou dit que cela lui faisait plaisir et que Rambert devait veiller sur lui.

-Dites-vous cela sincèrement ?

Tarrou haussa les épaules :

-À mon âge, on est forcément sincère. Mentir est trop fatigant.

-Tarrou, dit le journaliste, je voudrais voir le docteur. Excusez-moi.

-Je sais. Il est plus humain que moi. Allons-y.

-Ce n'est pas cela, dit Rambert avec difficulté. Et il s'arrêta.

Tarrou le regarda et, tout d'un coup, lui sourit.

Ils suivirent un petit couloir dont les murs étaient peints en vert clair et où flottait une lumière d'aquarium. Juste avant d'arriver à une double porte vitrée, derrière laquelle on voyait un curieux mouvement d'ombres, Tarrou fit entrer Rambert dans une très petite salle, entièrement tapissée de placards. Il ouvrit l'un d'eux, tira d'un stérilisateur deux masques de gaze hydrophile, en tendit un à Rambert et l'invita à s'en couvrir. Le journaliste demanda si cela servait à quelque chose et Tarrou répondit que non, mais que cela donnait confiance aux autres.

Ils poussèrent la porte vitrée. C'était une immense salle, aux fenêtres hermétiquement closes, malgré la saison. Dans le haut des murs ronronnaient des appareils qui renouvelaient l'air, et leurs hélices courbes brassaient l'air crémeux et surchauffé, au-dessus de deux rangées de lits gris. De tous les côtés, montaient des gémissements sourds ou aigus qui ne faisaient qu'une plainte monotone. Des hommes, habillés de blanc, se déplaçaient avec lenteur, dans la lumière cruelle que déversaient les hautes baies garnies de barreaux. Rambert se sentit mal à l'aise dans la terrible chaleur de cette salle et il eut de la peine à reconnaître Rieux, penché au-dessus d'une forme gémissante. Le docteur incisait les aines du malade que deux infirmières, de chaque côté du lit, tenaient écartelé. Quand il se releva, il laissa tomber ses instruments dans le plateau qu'un aide lui tendait et resta un moment immobile, à regarder l'homme qu'on était en train de panser.

-Quoi de nouveau ? dit-il à Tarrou qui s'approchait.

-Paneloux accepte de remplacer Rambert à la maison de quarantaine. Il a déjà beaucoup fait. Il restera la troisième équipe de prospection à regrouper sans Rambert.

Rieux approuva de la tête.

-Castel a achevé ses premières préparations. Il propose un essai.

-Ah ! dit Rieux, cela est bien.

-Enfin, il y a ici Rambert.

Rieux se retourna. Par-dessus le masque, ses yeux se plissèrent en apercevant le journaliste.

-Que faites-vous ici ? dit-il. Vous devriez être ailleurs.

Tarrou dit que c'était pour ce soir à minuit et Rambert ajouta : « En principe. »

Chaque fois que l'un d'eux parlait, le masque de gaze se gonflait et s'humidifiait à l'endroit de la bouche. Cela faisait une conversation un peu irréelle, comme un dialogue de statues.

-Je voudrais vous parler, dit Rambert.

-Nous sortirons ensemble, si vous le voulez bien. Attendez-moi dans le bureau de Tarrou.

Un moment après, Rambert et Rieux s'installaient à l'arrière de la voiture du docteur. Tarrou conduisait.

-Plus d'essence, dit celui-ci en démarrant. Demain, nous irons à pied.

-Docteur, dit Rambert, je ne pars pas et je veux rester avec vous.

Tarrou ne broncha pas. Il continuait de conduire. Rieux semblait incapable d'émerger de sa fatigue.

-Et elle ? dit-il d'une voix sourde.

Rambert dit qu'il avait encore réfléchi, qu'il continuait à croire ce qu'il croyait, mais que s'il partait, il aurait honte. Cela le gênerait pour aimer celle qu'il avait laissée. Mais Rieux se redressa et dit d'une voix ferme que cela était stupide et qu'il n'y avait pas de honte à préférer le bonheur.

-Oui, dit Rambert, mais il peut y avoir de la honte à être heureux tout seul.

Tarrou, qui s'était tu jusque-là, sans tourner la tête vers eux, fit remarquer que si Rambert voulait partager le malheur des hommes, il n'aurait plus jamais de temps pour le bonheur. Il fallait choisir.

-Ce n'est pas cela, dit Rambert. J'ai toujours pensé que j'étais étranger à cette ville et que je n'avais rien à faire avec vous. Mais maintenant que j'ai vu ce que j'ai vu, je sais que je suis d'ici, que je le veuille ou non. Cette histoire nous concerne tous.

Personne ne répondit et Rambert parut s'impatienter.

-Vous le savez bien d'ailleurs ! Ou sinon que feriez-vous dans cet hôpital ? Avez-vous donc choisi, vous, et renoncé au bonheur ?

Ni Tarrou ni Rieux ne répondirent encore. Le silence dura longtemps, jusqu'à ce qu'on approchât de la maison du docteur. Et Rambert, de nouveau, posa sa dernière question, avec plus de force encore. Et, seul, Rieux se tourna vers lui. Il se souleva avec effort :

-Pardonnez-moi, Rambert, dit-il, mais je ne le sais pas. Restez avec nous puisque vous le désirez.

Une embardée de l'auto le fit taire. Puis il reprit en regardant devant lui :

-Rien au monde ne vaut qu'on se détourne de ce qu'on aime. Et pourtant je m'en détourne, moi aussi, sans que je puisse savoir pourquoi.

Il se laissa retomber sur son coussin.

-C'est un fait, voilà tout, dit-il avec lassitude. Enregistrons-le et tirons-en les conséquences.

-Quelles conséquences ? demanda Rambert.

-Ah ! dit Rieux, on ne peut pas en même temps guérir et savoir. Alors guérissons le plus vite possible. C'est le plus pressé.

À minuit, Tarrou et Rieux faisaient à Rambert le plan du quartier qu'il était chargé de prospecter, quand Tarrou regarda sa montre. Relevant la tête, il rencontra le regard de Rambert.

-Avez-vous prévenu ?

Le journaliste détourna les yeux :

-J'avais envoyé un mot, dit-il avec effort, avant d'aller vous voir.

Ce fut dans les derniers jours d'octobre que le sérum de Castel fut essayé. Pratiquement, il était le dernier espoir de Rieux. Dans le cas d'un nouvel échec, le docteur était persuadé que la ville serait livrée aux caprices de la maladie, soit que l'épidémie prolongeât ses effets pendant de longs mois encore, soit qu'elle décidât de s'arrêter sans raison.

La veille même du jour où Castel vint visiter Rieux, le fils de M. Othon était tombé malade et toute la famille avait dû gagner la quarantaine. La mère, qui en était sortie peu auparavant, se vit donc isolée pour la seconde fois. Respectueux des consignes données, le juge avait fait appeler le docteur Rieux, dès qu'il reconnut, sur le corps de l'enfant, les signes de la maladie. Quand Rieux arriva, le père et la mère étaient debout au pied du lit. La petite fille avait été éloignée. L'enfant était dans la période d'abattement et se laissa examiner sans se plaindre. Quand le docteur releva la tête, il rencontra le regard du juge et, derrière lui, le visage pâle de la mère qui avait mis un mouchoir sur sa bouche et suivait les gestes du docteur avec des yeux élargis.

-C'est cela, n'est-ce pas ? dit le juge d'une voix froide.

-Oui, répondit Rieux, en regardant de nouveau l'enfant.

Les yeux de la mère s'agrandirent, mais elle ne parlait toujours pas. Le juge se taisait aussi, puis il dit, sur un ton plus bas :

-Eh bien ! docteur, nous devons faire ce qui est prescrit.

Rieux évitait de regarder la mère qui tenait toujours son mouchoir sur la bouche.

-Ce sera vite fait, dit-il en hésitant, si je puis téléphoner.

M. Othon dit qu'il allait le conduire. Mais le docteur se retourna vers la femme :

-Je suis désolé. Vous devriez préparer quelques affaires. Vous savez ce que c'est.

Mme Othon parut interdite. Elle regardait à terre.

-Oui, dit-elle en hochant la tête, c'est ce que je vais faire.

Avant de les quitter, Rieux ne put s'empêcher de leur demander s'ils n'avaient besoin de rien. La femme le regardait toujours en silence. Mais le juge détourna cette fois les yeux.

-Non, dit-il, puis il avala sa salive, mais sauvez mon enfant.

La quarantaine, qui au début n'était qu'une simple formalité, avait été organisée par Rieux et Rambert, de façon très stricte. En particulier, ils avaient exigé que les membres d'une même famille fussent toujours isolés les uns des autres. Si l'un des membres de la famille avait été infecté sans le savoir, il ne fallait pas multiplier les chances de la maladie. Rieux expliqua ces raisons au juge qui les trouva bonnes. Cependant, sa femme et lui se regardèrent de telle façon que le docteur sentit à quel point cette séparation les laissait désemparés. Mme Othon et sa petite fille purent être logées dans l'hôtel de quarantaine dirigé par Rambert. Mais pour le juge d'instruction, il n'y avait plus de place, sinon dans le camp d'isolement que la préfecture était en train d'organiser, sur le stade municipal, à l'aide de tentes prêtées par le service de voirie. Rieux s'en excusa, mais M. Othon dit qu'il n'y avait qu'une règle pour tous et qu'il était juste d'obéir.

Quant à l'enfant, il fut transporté à l'hôpital auxiliaire, dans une ancienne salle de classe où dix lits avaient été installés. Au bout d'une vingtaine d'heures, Rieux jugea son cas désespéré. Le petit corps se laissait dévorer par l'infection, sans une réaction. De tout petits bubons, douloureux, mais à peine formés, bloquaient les articulations de ses membres grêles. Il était vaincu d'avance. C'est pourquoi Rieux eut l'idée d'essayer sur lui le sérum de Castel. Le soir même, après le dîner, ils pratiquèrent la longue inoculation, sans obtenir une seule réaction de l'enfant. À l'aube, le lendemain, tous se rendirent auprès du petit garçon pour juger de cette expérience décisive.

L'enfant, sorti de sa torpeur, se tournait convulsivement dans les draps. Le docteur, Castel et Tarrou, depuis quatre heures du matin, se tenaient près de lui, suivant pas à pas les progrès ou les haltes de la maladie. À la tête du lit, le corps massif de Tarrou était un peu voûté. Au pied du lit, assis près de Rieux debout, Castel lisait, avec toutes les apparences de la tranquillité, un vieil ouvrage. Peu à peu, à mesure que le jour s'élargissait dans l'ancienne salle d'école, les autres arrivaient. Paneloux d'abord, qui se plaça de l'autre côté du lit, par rapport à Tarrou, et adossé au mur. Une expression douloureuse se lisait sur son visage, et la fatigue de tous ces jours où il avait payé de sa personne avait tracé des rides sur son front congestionné. À son tour, Joseph Grand arriva. Il était sept heures et l'employé s'excusa d'être essoufflé. Il n'allait rester qu'un moment, peut-être savait-on déjà quelque chose de précis. Sans mot dire, Rieux lui montra l'enfant qui, les yeux fermés dans une face décomposée, les dents serrées à la limite de ses forces, le corps immobile, tournait et retournait sa tête de droite à gauche, sur le traversin sans draps. Lorsqu'il fit assez jour, enfin, pour qu'au fond de la salle, sur le tableau noir demeuré en place, on pût distinguer les traces d'anciennes formules d'équation, Rambert arriva. Il s'adossa au pied du lit voisin et sortit un paquet de cigarettes. Mais après un regard à l'enfant, il remit le paquet dans sa poche.

Castel, toujours assis, regardait Rieux par-dessus ses lunettes :

-Avez-vous des nouvelles du père ?

-Non, dit Rieux, il est au camp d'isolement.

Le docteur serrait avec force la barre du lit où gémissait l'enfant. Il ne quittait pas des yeux le petit malade qui se raidit brusquement et, les dents de nouveau serrées, se creusa un peu au niveau de la taille, écartant lentement les bras et les jambes. Du petit corps, nu sous la couverture militaire, montait une odeur de laine et d'aigre sueur. L'enfant se détendit peu à peu, ramena bras et jambes vers le centre du lit et, toujours aveugle et muet, parut respirer plus vite. Rieux rencontra le regard de Tarrou qui détourna les yeux.

Ils avaient déjà vu mourir des enfants puisque la terreur, depuis des mois, ne choisissait pas, mais ils n'avaient jamais encore suivi leurs souffrances minute après minute, comme ils le faisaient depuis le matin. Et, bien entendu, la douleur infligée à ces innocents n'avait jamais cessé de leur paraître ce qu'elle était en vérité, c'est-à-dire un scandale. Mais jusque-là du moins, ils se scandalisaient abstraitement en quelque sorte, parce qu'ils n'avaient jamais regardé en face, si longuement, l'agonie d'un innocent.

Justement l'enfant, comme mordu à l'estomac, se pliait à nouveau, avec un gémissement grêle. Il resta creusé ainsi pendant de longues secondes, secoué de frissons et de tremblements convulsifs, comme si sa frêle carcasse pliait sous le vent furieux de la peste et craquait sous les souffles répétés de la fièvre. La bourrasque passée, il se détendit un peu, la fièvre sembla se retirer et l'abandonner, haletant, sur une grève humide et empoisonnée où le repos ressemblait déjà à la mort. Quand le flot brûlant l'atteignit à nouveau pour la troisième fois et le souleva un peu, l'enfant se recroquevilla, recula au fond du lit dans l'épouvante de la flamme qui le brûlait et agita follement la tête, en rejetant sa couverture. De grosses larmes, jaillissant sous les paupières enflammées, se mirent à couler sur son visage plombé, et, au bout de la crise, épuisé, crispant ses jambes osseuses et ses bras dont la chair avait fondu en quarante-huit heures, l'enfant prit dans le lit dévasté une pose de crucifié grotesque.

Tarrou se pencha et, de sa lourde main, essuya le petit visage trempé de larmes et de sueur. Depuis un moment, Castel avait fermé son livre et regardait le malade. Il commença une phrase, mais fut obligé de tousser pour pouvoir la terminer, parce que sa voix détonait brusquement :

-Il n'y a pas eu de rémission matinale, n'est-ce pas, Rieux ?

Rieux dit que non, mais que l'enfant résistait depuis plus longtemps qu'il n'était normal. Paneloux, qui semblait un peu affaissé contre le mur, dit alors sourdement :

-S'il doit mourir, il aura souffert plus longtemps.

Rieux se retourna brusquement vers lui et ouvrit la bouche pour parler, mais il se tut, fit un effort visible pour se dominer, et ramena son regard sur l'enfant.

La lumière s'enflait dans la salle. Sur les cinq autres lits, des formes remuaient et gémissaient, mais avec une discrétion qui semblait concertée. Le seul qui criât, à l'autre bout de la salle, poussait à intervalles réguliers de petites exclamations qui paraissaient traduire plus d'étonnement que de douleur. Il semblait que, même pour les malades, ce ne fût pas l'effroi du début. Il y avait même, maintenant, une sorte de consentement dans leur manière de prendre la maladie. Seul, l'enfant se débattait de toutes ses forces. Rieux qui, de temps en temps, lui prenait le pouls, sans nécessité d'ailleurs et plutôt pour sortir de l'immobilité impuissante où il était, sentait, en fermant les yeux, cette agitation se mêler au tumulte de son propre sang. Il se confondait alors avec l'enfant supplicié et tentait de le soutenir de toute sa force encore intacte. Mais une minute réunies, les pulsations de leurs deux cœurs se désaccordaient, l'enfant lui échappait, et son effort sombrait dans le vide. Il lâchait alors le mince poignet et retournait à sa place.

Le long des murs peints à la chaux, la lumière passait du rose au jaune. Derrière la vitre, une matinée de chaleur commençait à crépiter. C'est à peine si on entendit Grand partir en disant qu'il reviendrait. Tous attendaient. L'enfant, les yeux toujours fermés, semblait se calmer un peu. Les mains, devenues comme des griffes, labouraient doucement les flancs du lit. Elles remontèrent, grattèrent la couverture près des genoux, et, soudain, l'enfant plia ses jambes, ramena ses cuisses près du ventre et s'immobilisa. Il ouvrit alors les yeux pour la première fois et regarda Rieux qui se trouvait devant lui. Au creux de son visage maintenant figé dans une argile grise, la bouche s'ouvrit et presque aussitôt, il en sortit un seul cri continu, que la respiration nuançait à peine, et qui emplit soudain la salle d'une protestation monotone, discorde, et si peu humaine qu'elle semblait venir de tous les hommes à la fois. Rieux serrait les dents et Tarrou se détourna. Rambert s'approcha du lit près de Castel qui ferma le livre, resté ouvert sur ses genoux. Paneloux regarda cette bouche enfantine, souillée par la maladie, pleine de ce cri de tous les âges. Et il se laissa glisser à genoux et tout le monde trouva naturel de l'entendre dire d'une voix un peu étouffée, mais distincte derrière la plainte anonyme qui n'arrêtait pas :« Mon Dieu, sauvez cet enfant. »

Mais l'enfant continuait de crier et, tout autour de lui, les malades s'agitèrent. Celui dont les exclamations n'avaient pas cessé, à l'autre bout de la pièce, précipita le rythme de sa plainte jusqu'à en faire, lui aussi, un vrai cri, pendant que les autres gémissaient de plus en plus fort. Une marée de sanglots déferla dans la salle, couvrant la prière de Paneloux, et Rieux, accroché à sa barre de lit, ferma les yeux, ivre de fatigue et de dégoût.

Quand il les rouvrit, il trouva Tarrou près de lui.

-Il faut que je m'en aille, dit Rieux. je ne peux plus les supporter.

Mais brusquement, les autres malades se turent. Le docteur reconnut alors que le cri de l'enfant avait faibli, qu'il faiblissait encore et qu'il venait de s'arrêter. Autour de lui, les plaintes reprenaient, mais sourdement, et comme un écho lointain de cette lutte qui venait de s'achever. Car elle s'était achevée. Castel était passé de l'autre côté du lit et dit que c'était fini. La bouche ouverte, mais muette, l'enfant reposait au creux des couvertures en désordre, rapetissé tout d'un coup, avec des restes de larmes sur son visage.

Paneloux s'approcha du lit et fit les gestes de la bénédiction. Puis il ramassa ses robes et sortit par l'allée centrale.

-Faudra-t-il tout recommencer ? demanda Tarrou à Castel.

Le vieux docteur secouait la tête.

-Peut-être, dit-il avec un sourire crispé. Après tout, il a longtemps résisté.

Mais Rieux quittait déjà la salle, d'un pas si précipité, et avec un tel air, que lorsqu'il dépassa Paneloux, celui-ci tendit le bras pour le retenir.

-Allons, docteur, lui dit-il.

Dans le même mouvement emporté, Rieux se retourna et lui jeta avec violence :

-Ah ! celui-là, au moins, était innocent, vous le savez bien !

Puis il se détourna et, franchissant les portes de la salle avant Paneloux, il gagna le fond de la cour d'école. Il s'assit sur un banc, entre les petits arbres poudreux, et essuya la sueur qui lui coulait déjà dans les yeux. Il avait envie de crier encore pour dénouer enfin le nœud violent qui lui broyait le cœur. La chaleur tombait lentement entre les branches des ficus. Le ciel bleu du matin se couvrait rapidement d'une taie blanchâtre qui rendait l'air plus étouffant. Rieux se laissa aller sur son banc. Il regardait les branches, le ciel, retrouvant lentement sa respiration, ravalant peu à peu sa fatigue.

-Pourquoi m'avoir parlé avec cette colère ? dit une voix derrière lui. Pour moi aussi, ce spectacle était insupportable.

Rieux se retourna vers Paneloux :

-C'est vrai, dit-il. Pardonnez-moi. Mais la fatigue est une folie. Et il y a des heures dans cette ville où je ne sens plus que ma révolte.

-Je comprends, murmura Paneloux. Cela est révoltant parce que cela passe notre mesure. Mais peut-être devons-nous aimer ce que nous ne pouvons pas comprendre.

Rieux se redressa d'un seul coup. Il regardait Paneloux, avec toute la force et la passion dont il était capable, et secouait la tête.

-Non, mon père, dit-il. Je me fais une autre idée de l'amour. Et je refuserai jusqu'à la mort d'aimer cette création où des enfants sont torturés.

Sur le visage de Paneloux, une ombre bouleversée passa.

-Ah ! docteur, fit-il avec tristesse, je viens de comprendre ce qu'on appelle la grâce.

Mais Rieux s'était laissé aller de nouveau sur son banc. Du fond de sa fatigue revenue, il répondit avec plus de douceur :

-C'est ce que je n'ai pas, je le sais. Mais je ne veux pas discuter cela avec vous. Nous travaillons ensemble pour quelque chose qui nous réunit au delà des blasphèmes et des prières. Cela seul est important.

Paneloux s'assit près de Rieux. Il avait l'air ému.

-Oui, dit-il, oui, vous aussi vous travaillez pour le salut de l'homme.

Rieux essayait de sourire.

-Le salut de l'homme est un trop grand mot pour moi. Je ne vais pas si loin. C'est sa santé qui m'intéresse, sa santé d'abord.

Paneloux hésita.

-Docteur, dit-il.

Mais il s'arrêta. Sur son front aussi la sueur commençait à ruisseler. Il murmura :« Au revoir » et ses yeux brillaient quand il se leva. Il allait partir quand Rieux, qui réfléchissait, se leva aussi et fit un pas vers lui.

-Pardonnez-moi encore, dit-il. Cet éclat ne se renouvellera plus.

Paneloux tendit sa main et dit avec tristesse :

-Et pourtant je ne vous ai pas convaincu !

-Qu'est-ce que cela fait ? dit Rieux. Ce que je hais, c'est la mort et le mal, vous le savez bien. Et que vous le vouliez ou non, nous sommes ensemble pour les souffrir et les combattre.

Rieux retenait la main de Paneloux.

-Vous voyez, dit-il en évitant de le regarder, Dieu lui-même ne peut maintenant nous séparer.

Depuis qu'il était entré dans les formations sanitaires, Paneloux n'avait pas quitté les hôpitaux et les lieux où se rencontrait la peste. Il s'était placé, parmi les sauveteurs, au rang qui lui paraissait devoir être le sien, c'est-à-dire le premier. Les spectacles de la mort ne lui avaient pas manqué. Et bien qu'en principe, il fût protégé par le sérum, le souci de sa propre mort non plus ne lui était pas resté étranger. Apparemment, il avait toujours gardé son calme. Mais à partir de ce jour où il avait longtemps regardé un enfant mourir, il parut changé. Une tension croissante se usait sur son visage. Et le jour où il dit à Rieux, en souriant, qu'il préparait en ce moment un court traité sur le sujet :« Un prêtre peut-il consulter un médecin ?» , le docteur eut l'impression qu'il s'agissait de quelque chose de plus sérieux que ne semblait le dire Paneloux. Comme le docteur exprimait le désir de prendre connaissance de ce travail, Paneloux lui annonça qu'il devait faire un prêche à la messe des hommes, et qu'à cette occasion, il exposerait quelques-uns, au moins, de ses points de vues :

-Je voudrais que vous veniez, docteur, le sujet vous intéressera.

Le Père prononça son second prêche par un jour de grand vent. À vrai dire, les rangs de l'assistance étaient plus clairsemés que lors du premier prêche. C'est que ce genre de spectacle n'avait plus l'attrait de la nouveauté pour nos concitoyens. Dans les circonstances difficiles que la ville traversait, le mot même de « nouveauté » avait perdu son sens. D'ailleurs, la plupart des gens, quand ils n'avaient pas entièrement déserté leurs devoirs religieux, ou quand ils ne les faisaient pas coïncider avec une vie personnelle profondément immorale, avaient remplacé les pratiques ordinaires par des superstitions peu raisonnables. Ils portaient plus volontiers des médailles protectrices ou des amulettes de saint Roch qu'ils n'allaient à la messe.

On peut en donner comme exemple l'usage immodéré que nos concitoyens faisaient des prophéties. Au printemps, en effet, on avait attendu, d'un moment à l'autre, la fin de la maladie, et personne ne s'avisait de demander à autrui des précisions sur la durée de l'épidémie, puisque tout le monde se persuadait qu'elle n'en aurait pas. Mais à mesure que les jours passaient, on se mit à craindre que ce malheur n'eût véritablement pas de fin et, du même coup, la cessation de l'épidémie devint l'objet de toutes les espérances. On se passait ainsi, de la main à la main, diverses prophéties dues à des mages ou à des saints de l'Église catholique. Des imprimeurs de la ville virent très vite le parti qu'ils pouvaient tirer de cet engouement et diffusèrent à de nombreux exemplaires les textes qui circulaient. S'apercevant que la curiosité du public était insatiable, ils firent entreprendre des recherches, dans les bibliothèques municipales, sur tous les témoignages de ce genre que la petite histoire pouvait fournir et ils les répandirent dans la ville. Lorsque l'histoire elle-même fut à court de prophéties, on en commanda à des journalistes qui, sur ce point au moins, se montrèrent aussi compétents que leurs modèles des siècles passés.

Certaines de ces prophéties paraissaient même en feuilleton dans les journaux et n'étaient pas lues avec moins d'avidité que les histoires sentimentales qu'on pouvait y trouver, au temps de la santé. Quelques-unes de ces prévisions s'appuyaient sur des calculs bizarres où intervenaient le millésime de l'année, le nombre des morts et le compte des mois déjà passés sous le régime de la peste. D'autres établissaient des comparaisons avec les grandes pestes de l'histoire, en dégageaient les similitudes (que les prophéties appelaient constantes) et, au moyen de calculs non moins bizarres, prétendaient en tirer des enseignements relatifs à l'épreuve présente. Mais les plus appréciées du public étaient sans conteste celles qui, dans un langage apocalyptique, annonçaient des séries d'événements dont chacun pouvait être celui qui éprouvait la ville et dont la complexité permettait toutes les interprétations. Nostradamus et sainte Odile furent ainsi consultés quotidiennement, et toujours avec fruit. Ce qui d'ailleurs restait commun à toutes les prophéties est qu'elles étaient finalement rassurantes. Seule, la peste ne l'était pas.

Ces superstitions tenaient donc lieu de religion à nos concitoyens et c'est pourquoi le prêche de Paneloux eut lieu dans une église qui n'était pleine qu'aux trois quarts. Le soir du prêche, lorsque Rieux arriva, le vent, qui s'infiltrait en filets d'air par les portes battantes de l'entrée, circulait librement parmi les auditeurs. Et c'est dans une église froide et silencieuse, au milieu d'une assistance exclusivement composée d'hommes, qu'il prit place et qu'il vit le Père monter en chaire. Ce dernier parla d'un ton plus doux et plus réfléchi que la première fois et, à plusieurs reprises, les assistants remarquèrent une certaine hésitation dans son débit. Chose curieuse encore, il ne disait plus « vous » , mais « nous » .

Cependant, sa voix s'affermit peu à peu. Il commença par rappeler que, depuis de longs mois, la peste était parmi nous et que maintenant que nous la connaissions mieux pour l'avoir vue tant de fois s'asseoir à notre table ou au chevet de ceux que nous aimions, marcher près de nous et attendre notre venue aux lieux de travail, maintenant donc, nous pourrions peut-être mieux recevoir ce qu'elle nous disait sans relâche et que, dans la première surprise, il était possible que nous n'eussions pas bien écouté. Ce que le Père Paneloux avait déjà prêché au même endroit restait vrai -ou du moins c'était sa conviction. Mais, peut-être encore, comme il nous arrivait à tous, et il s'en frappait la poitrine, l'avait-il pensé et dit sans charité. Ce qui restait vrai, cependant, était qu'en toute chose, toujours, il y avait à retenir. L'épreuve la plus cruelle était encore bénéfice pour le chrétien. Et, justement, ce que le chrétien, en l'espèce, devait chercher, c'était son bénéfice, et de quoi le bénéfice était fait, et comment on pouvait le trouver.

À ce moment, autour de Rieux, les gens parurent se carrer entre les accoudoirs de leur banc et s'installer aussi confortablement qu'ils le pouvaient. Une des portes capitonnées de l'entrée battit doucement. Quelqu'un se dérangea pour la maintenir. Et Rieux, distrait par cette agitation, entendit à peine Paneloux qui reprenait son prêche. Il disait à peu près qu'il ne fallait pas essayer de s'expliquer le spectacle de la peste, mais tenter d'apprendre ce qu'on pouvait en apprendre. Rieux comprit confusément que, selon le Père, il n'y avait rien à expliquer. Son intérêt se fixa quand Paneloux dit fortement qu'il y avait des choses qu'on pouvait expliquer au regard de Dieu et d'autres qu'on ne pouvait pas. Il y avait certes le bien et le mal, et, généralement, on s'expliquait aisément ce qui les séparait.

Mais à l'intérieur du mal, la difficulté commençait. Il y avait par exemple le mal apparemment nécessaire et le mal apparemment inutile. Il y avait Don Juan plongé aux Enfers et la mort d'un enfant. Car s'il est juste que le libertin soit foudroyé, on ne comprend pas la souffrance de l'enfant. Et, en vérité, il n'y avait rien sur la terre de plus important que la souffrance d'un enfant et l'horreur que cette souffrance traîne avec elle et les raisons qu'il faut lui trouver. Dans le reste de la vie, Dieu nous facilitait tout et, jusque-là, la religion était sans mérites. Ici, au contraire, il nous mettait au pied du mur. Nous étions ainsi sous les murailles de la peste et c'est à leur ombre mortelle qu'il nous fallait trouver notre bénéfice. Le Père Paneloux refusait même de se donner des avantages faciles qui lui permissent d'escalader le mur. Il lui aurait été aisé de dire que l'éternité des délices qui attendaient l'enfant pouvait compenser sa souffrance, mais, en vérité, il n'en savait rien. Qui pouvait affirmer en effet que l'éternité d'une joie pouvait compenser un instant de la douleur humaine ? Ce ne serait pas un chrétien, assurément, dont le Maître a connu la douleur dans ses membres et dans son âme. Non, le Père resterait au pied du mur, fidèle à cet écartèlement dont la croix est le symbole, face à face avec la souffrance d'un enfant. Et il dirait sans crainte à ceux qui l'écoutaient ce jour-là :« Mes frères, l'instant est venu. Il faut tout croire ou tout nier. Et qui donc, parmi vous, oserait tout nier ?»

Rieux eut à peine le temps de penser que le Père côtoyait l'hérésie que l'autre reprenait déjà, avec force, pour affirmer que cette injonction, cette pure exigence, était le bénéfice du chrétien. C'était aussi sa vertu. Le père savait que ce qu'il y avait d'excessif dans la vertu dont il allait parler choquerait beaucoup d'esprits, habitués à une morale plus indulgente et plus classique. Mais la religion du temps de peste ne pouvait être la religion de tous les jours et si Dieu pouvait admettre, et même désirer, que l'âme se repose et se réjouisse dans les temps de bonheur, il la voulait excessive dans les excès du malheur. Dieu faisait aujourd'hui à ses créatures la faveur de les mettre dans un malheur tel qu'il leur fallait retrouver et assumer la plus grande vertu qui est celle du Tout ou Rien.

Un auteur profane, il y avait des siècles de cela, avait prétendu révéler le secret de l'Église en affirmant qu'il n'y avait pas de Purgatoire. Il sous-entendait par là qu'il n'y avait pas de demi-mesures, qu'il n'y avait que le Paradis et l'Enfer et qu'on ne pouvait être que sauvé ou damné, selon ce qu'on avait choisi. C'était, à en croire Paneloux, une hérésie comme il n'en pouvait naître qu'au sein d'une âme libertine. Car il y avait un Purgatoire. Mais il était sans doute des époques où ce Purgatoire ne devait pas être trop espéré, il était des époques où l'on ne pouvait parler de péché véniel. Tout péché était mortel et toute indifférence criminelle. C'était tout ou ce n'était rien.

Paneloux s'arrêta, et Rieux entendit mieux à ce moment, sous les portes, les plaintes du vent qui semblait redoubler au dehors. Le Père disait au même instant que la vertu d'acceptation totale dont il parlait ne pouvait être comprise au sens restreint qu'on lui donnait d'ordinaire, qu'il ne s'agissait pas de la banale résignation, ni même de la difficile humilité. Il s'agissait d'humiliation, mais d'une humiliation où l'humilié était consentant. Certes, la souffrance d'un enfant était humiliant pour l'esprit et le cœur. Mais c'est pourquoi il fallait y entrer. Mais c'est pourquoi, et Paneloux assura son auditoire que ce qu'il allait dire n'était pas facile à dire, il fallait la vouloir parce que Dieu la voulait. Ainsi seulement le chrétien n'épargnerait rien et, toutes issues fermées, irait au fond du choix essentiel. Il choisirait de tout croire pour ne pas être réduit à tout nier. Et comme les braves femmes qui, dans les églises en ce moment, ayant appris que les bubons qui se formaient étaient la voie naturelle par où le corps rejetait son infection, disaient :« Mon Dieu, donnez-lui des bubons » , le chrétien saurait s'abandonner à la volonté divine, même incompréhensible. On ne pouvait dire :« Cela je le comprends ; mais ceci est inacceptable » , il fallait sauter au cœur de cet inacceptable qui nous était offert, justement pour que nous fissions notre choix. La souffrance des enfants était notre pain amer, mais sans ce pain, notre âme périrait de sa faim spirituelle.

Ici le remue-ménage assourdi qui accompagnait généralement les pauses du Père Paneloux commençait à se faire entendre quand, inopinément, le prédicateur reprit avec force en faisant mine de demander à la place de ses auditeurs quelle était, en somme, la conduite à tenir. Il s'en doutait bien, on allait prononcer le mot effrayant de fatalisme. Eh bien, il ne reculerait pas devant le terme si on lui permettait seulement d'y joindre l'adjectif « actif » . Certes, et encore une fois, il ne fallait pas imiter les chrétiens d'Abyssinie dont il avait parlé. Il ne fallait même pas penser à rejoindre ces pestiférés perses qui lançaient leurs hardes sur les piquets sanitaires chrétiens en invoquant le ciel à haute voix pour le prier de donner la peste à ces infidèles qui voulaient combattre le mal envoyé par Dieu. Mais à l'inverse, il ne fallait pas imiter non plus les moines du Caire qui, dans les épidémies du siècle passé, donnaient la communion en prenant l'hostie avec des pincettes pour éviter le contact de ces bouches humides et chaudes où l'infection pouvait dormir. Les pestiférés perses et les moines péchaient également, Car, pour les premiers, la souffrance d'un enfant ne comptait pas et, pour les seconds, au contraire, la crainte bien humaine de la douleur avait tout envahi. Dans les deux cas, le problème était escamoté. Tous restaient sourds à la voix de Dieu. Mais il était d'autres exemples que Paneloux voulait rappeler. Si on en croyait le chroniqueur de la grande peste de Marseille, sur les quatre-vingt-un religieux du couvent de la Mercy, quatre seulement survécurent à la fièvre. Et sur ces quatre, trois s'enfuirent. Ainsi parlaient les chroniqueurs, et ce n'était pas leur métier d'en dire plus. Mais en lisant ceci, toute la pensée du Père Paneloux allait à celui qui était resté seul, malgré soixante-dix-sept cadavres, et malgré surtout l'exemple de ses trois frères. Et le Père, frappant du poing sur le rebord de la chaire, s'écria :« Mes frères, il faut être celui qui reste !»

Il ne s'agissait pas de refuser les précautions, l'ordre intelligent qu'une société introduisait dans le désordre d'un fléau. Il ne fallait pas écouter ces moralistes qui disaient qu'il fallait se mettre à genoux et tout abandonner. Il fallait seulement commencer de marcher en avant, dans la ténèbre, un peu à l'aveuglette, et essayer de faire du bien. Mais pour le reste, il fallait demeurer, et accepter de s'en remettre à Dieu, même pour la mort des enfants, et sans chercher de recours personnel.

Ici, le Père Paneloux évoqua la haute figure de l'évêque Belzunce pendant la peste de Marseille. Il rappela que, vers la fin de l'épidémie, l'évêque ayant fait tout ce qu'il devait faire, croyant qu'il n'était plus de remède, s'en ferma avec des vivres dans sa maison qu'il fit murer ; que les habitants dont il était l'idole, par un retour de sentiment tel qu'on en trouve dans l'excès des douleurs, se fâchèrent contre lui, entourèrent sa maison de cadavres pour l'infecter et jetèrent même des corps par-dessus les murs, pour le faire périr plus sûrement. Ainsi l'évêque, dans une dernière faiblesse, avait cru s'isoler dans le monde de la mort et les morts lui tombaient du ciel sur la tête. Ainsi encore de nous, qui devions nous persuader qu'il n'est pas d'île dans la peste. Non, il n'y avait pas de milieu. Il fallait admettre le scandale parce qu'il nous fallait choisir de haïr Dieu ou de l'aimer. Et qui oserait choisir la haine de Dieu ?

« Mes frères, dit enfin Paneloux en annonçant qu'il concluait, l'amour de Dieu est un amour difficile. Il suppose l'abandon total de soi-même et le dédain de sa personne. Mais lui seul peut effacer la souffrance et la mort des enfants, lui seul en tout cas la rendre nécessaire, parce qu'il est impossible de la comprendre et qu'on ne peut que la vouloir. Voilà la difficile leçon que je voulais partager avec vous. Voilà la foi, cruelle aux yeux des hommes, décisive aux yeux de Dieu, dont il faut se rapprocher. À cette image terrible, il faut que nous nous égalions. Sur ce sommet, tout se confondra et s'égalisera, la vérité jaillira de l'apparente injustice. C'est ainsi que, dans beaucoup d'églises du Midi de la France, des pestiférés dorment depuis des siècles sous les dalles du chœur, et des prêtres parlent au-dessus de leurs tombeaux, et l'esprit qu'ils propagent jaillit de cette cendre où des enfants ont pourtant mis leur part. »

Quand Rieux sortit, un vent violent s'engouffra par la porte entrouverte et assaillit en pleine face les fidèles. Il apportait dans l'église une odeur de pluie, un parfum de trottoir mouillé qui leur laissait deviner l'aspect de la ville avant qu'ils fussent sortis. Devant le docteur Rieux, un vieux prêtre et un jeune diacre qui sortaient à ce moment eurent du mal à retenir leurs coiffures. Le plus âgé ne cessa pas pour autant de commenter le prêche. Il rendait hommage à l'éloquence de Paneloux, mais il s'inquiétait des hardiesses de pensée que le Père avait montrées. Il estimait que ce prêche montrait plus d'inquiétude que de force, et, à l'âge de Paneloux, un prêtre n'avait pas le droit d'être inquiet. Le jeune diacre, la tête baissée pour se protéger du vent, assura qu'il fréquentait beaucoup le Père, qu'il était au courant de son évolution et que son traité serait beaucoup plus hardi encore et n'aurait sans doute pas l'imprimatur.

-Quelle est donc son idée ? dit le vieux prêtre.

Ils étaient arrivés sur le parvis et le vent les entourait en hurlant, coupant la parole au plus jeune. Quand il put parler, il dit seulement :

-Si un prêtre consulte un médecin, il y a contradiction.

À Rieux qui lui rapportait les paroles de Paneloux, Tarrou dit qu'il connaissait un prêtre qui avait perdu la foi pendant la guerre en découvrant un visage de jeune homme aux yeux crevés.

-Paneloux a raison, dit Tarrou. Quand l'innocence a les yeux crevés, un chrétien doit perdre la foi ou accepter d'avoir les yeux crevés. Paneloux ne veut pas perdre la foi, il ira jusqu'au bout. C'est ce qu'il a voulu dire.

Cette observation de Tarrou permet-elle d'éclairer un peu les événements malheureux qui suivirent et où la conduite de Paneloux parut incompréhensible à ceux qui l'entourèrent ? On en jugera.

Quelques jours après le prêche, Paneloux, en effet, s'occupa de déménager. C'était le moment où l'évolution de la maladie provoquait des déménagements constants dans la ville. Et, de même que Tarrou avait dû quitter son hôtel pour loger chez Rieux, de même le Père dut laisser l'appartement où son ordre l'avait placé, pour venir loger chez une vieille personne, habituée des églises et encore indemne de la peste. Pendant le déménagement, le Père avait senti croître sa fatigue et son angoisse. Et c'est ainsi qu'il perdit l'estime de sa logeuse. Car celle-ci lui ayant chaleureusement vanté les mérites de la prophétie de sainte Odile, le prêtre lui avait marqué une très légère impatience, due sans doute à sa lassitude. Quelque effort qu'il fît ensuite pour obtenir de la vieille dame au moins une bienveillante neutralité, il n'y parvint pas. Il avait fait mauvaise impression. Et, tous les soirs avant de regagner sa chambre remplie par des flots de dentelles au crochet, il devait contempler le dos de son hôtesse, assise dans son salon, en même temps qu'il emportait le souvenir du « Bonsoir, mon Père » qu'elle lui adressait sèchement et sans se retourner. C'est par un soir pareil qu'au moment de se coucher, la tête battante, il sentit se libérer à ses poignets et à ses tempes les flots déchaînés d'une fièvre qu'il couvait depuis plusieurs jours.

Ce qui suivit ne fut ensuite connu que par les récits de son hôtesse. Le matin, elle s'était levée tôt, suivant son habitude. Au bout d'un certain temps, étonnée de ne pas voir le Père sortir de sa chambre, elle s'était décidée, avec beaucoup d'hésitations, à frapper à sa porte. Elle l'avait trouvé encore couché, après une nuit d'insomnie. Il souffrait d'oppression et paraissait plus congestionné que d'habitude. Selon ses propres termes, elle lui avait proposé avec courtoisie de faire appeler un médecin, mais sa proposition avait été rejetée avec une violence qu'elle considérait comme regrettable. Elle n'avait pu que se retirer. Un peu plus tard, le Père avait sonné et l'avait fait demander. Il s'était excusé de son mouvement d'humeur et lui avait déclaré qu'il ne pouvait être question de peste, qu'il n'en présentait aucun des symptômes et qu'il s'agissait d'une fatigue passagère. La vieille dame lui avait répondu avec dignité que sa proposition n'était pas née d'une inquiétude de cet ordre, qu'elle n'avait pas en vue sa propre sécurité qui était aux mains de Dieu, mais qu'elle avait seulement pensé à la santé du Père dont elle s'estimait en partie responsable. Mais comme il n'ajoutait rien, son hôtesse, désireuse, à l'en croire, de faire tout son devoir, lui avait encore proposé de faire appeler son médecin. Le Père, de nouveau, avait refusé, mais en ajoutant des explications que la vieille dame avait jugées très confuses. Elle croyait seulement avoir compris, et cela justement lui paraissait incompréhensible, que le Père refusait cette consultation parce qu'elle n'était pas en accord avec ses principes. Elle en avait conclu que la fièvre troublait les idées de son locataire, et elle s'était bornée à lui apporter de la tisane.

Toujours décidée à remplir très exactement les obligations que la situation lui créait, elle avait régulièrement visité le malade toutes les deux heures. Ce qui l'avait frappée le plus était l'agitation incessante dans laquelle le Père avait passé la journée. Il rejetait ses draps et les ramenait vers lui, passant sans cesse ses mains sur son front moite, et se redressant souvent pour essayer de tousser d'une toux étranglée, rauque et humide, semblable à un arrachement. Il semblait alors dans l'impossibilité d'extirper du fond de sa gorge des tampons d'ouate qui l'eussent étouffé. Au bout de ces crises, il se laissait tomber en arrière, avec tous les signes de l'épuisement. Pour finir, il se redressait encore à demi et, pendant un court moment, regardait devant lui, avec une fixité plus véhémente que toute l'agitation précédente. Mais la vieille darne hésitait encore à appeler un médecin et à contrarier son malade. Ce pouvait être un simple accès de fièvre, si spectaculaire qu'il parût.

Dans l'après-midi, cependant, elle essaya de parler au prêtre et ne reçut en réponse que quelques paroles confuses. Elle renouvela sa proposition. Mais, alors, le Père se releva et, étouffant à demi, il lui répondit distinctement qu'il ne voulait pas de médecin. À ce moment, l'hôtesse décida qu'elle attendrait jusqu'au lendemain matin et que, si l'état du Père n'était pas amélioré, elle téléphonerait au numéro que l'agence Ransdoc répétait une dizaine de fois tous les jours à la radio. Toujours attentive à ses devoirs, elle pensait visiter son locataire pendant la nuit et veiller sur lui. Mais le soir, après lui avoir donné de la tisane fraîche, elle voulut s'étendre un peu et ne se réveilla que le lendemain, au petit jour. Elle courut à la chambre.

Le Père était étendu, sans un mouvement. À l'extrême congestion de la veille avait succédé une sorte de lividité d'autant plus sensible que les formes du visage étaient encore pleines. Le Père fixait le petit lustre de perles multicolores qui pendait au-dessus du lit. À l'entrée de la vieille dame, il tourna la tête vers elle. Selon les dires de son hôtesse, il semblait à ce moment avoir été battu pendant toute la nuit et avoir perdu toute force pour réagir. Elle lui demanda comment il allait. Et d'une voix dont elle nota le son étrangement indifférent, il dit qu'il allait mal, qu'il n'avait pas besoin de médecin et qu'il suffirait qu'on le transportât à l'hôpital pour que tout fût dans les règles. Épouvantée, la vieille dame courut au téléphone.

Rieux arriva à midi. Au récit de l'hôtesse, il répondit seulement que Paneloux avait raison et que ce devait être trop tard. Le Père l'accueillit avec le même air indifférent. Rieux l'examina et fut surpris de ne découvrir aucun des symptômes principaux de la peste bubonique ou pulmonaire, sinon l'engorgement et l'oppression. des poumons. De toute façon, le pouls était si bas et l'état général si alarmant qu'il y avait peu d'espoir :

-Vous n'avez aucun des symptômes principaux de la maladie, dit-il à Paneloux. Mais, en réalité, il y a doute, et je dois vous isoler.

Le Père sourit bizarrement, comme avec politesse, mais se tut. Rieux sortit pour téléphoner et revint. Il regardait le Père.

-Je resterai près de vous, lui dit-il doucement.

L'autre parut se ranimer et tourna vers le docteur des yeux où une sorte de chaleur semblait revenir. Puis il articula difficilement, de manière qu'il était impossible de savoir s'il le disait avec tristesse ou non :

-Merci, dit-il. Mais les religieux n'ont pas d'amis. Ils ont tout placé en Dieu.

Il demanda le crucifix qui était placé à la tête du lit et, quand il l'eut, se détourna pour le regarder.

À l'hôpital, Paneloux ne desserra pas les dents. Il s'abandonna comme une chose à tous les traitements qu'on lui imposa, mais il ne lâcha plus le crucifix. Cependant, le cas du prêtre continuait d'être ambigu. Le doute persistait dans l'esprit de Rieux. C'était la peste et ce n'était pas elle. Depuis quelque temps d'ailleurs, elle semblait prendre plaisir à dérouter les diagnostics. Mais dans le cas de Paneloux, la suite devait montrer que cette incertitude était sans importance.

La fièvre monta. La toux se fit de plus en plus rauque et tortura le malade toute la journée. Le soir enfin, le Père expectora cette ouate qui l'étouffait. Elle était rouge. Au milieu du tumulte de la fièvre, Paneloux gardait son regard indifférent et quand, le lendemain matin, on le trouva mort, à demi versé hors du lit, son regard n'exprimait rien. On inscrivit sur sa fiche :« Cas douteux. »

La Toussaint de cette année-là ne fut pas ce qu'elle était d'ordinaire. Certes, le temps était de circonstance. Il avait brusquement changé et les chaleurs tardives avaient tout d'un coup fait place aux fraîcheurs. Comme les autres années, un vent froid soufflait maintenant de façon continue. De gros nuages couraient d'un horizon à l'autre, couvraient d'ombre les maisons sur lesquelles retombait, après leur passage, la lumière froide et dorée du ciel de novembre. Les premiers imperméables avaient fait leur apparition. Mais on remarquait un nombre surprenant d'étoffes caoutchoutées et brillantes. Les journaux en effet avait rapporté que deux cents ans auparavant, pendant les grandes pestes du Midi, les médecins revêtaient des étoffes huilées pour leur propre préservation. Les magasins en avaient profité pour écouler un stock de vêtements démodés grâce auxquels chacun espérait une immunité.

Mais tous ces signes de saisons ne pouvaient faire oublier que les cimetières étaient désertés. Les autres années, les tramways étaient pleins de l'odeur fade des chrysanthèmes et des théories de femmes se rendaient aux lieux où leurs proches se trouvaient enterrés, afin de fleurir leurs tombes. C'était le jour où l'on essayait de compenser auprès du défunt l'isolement et l'oubli où il avait été tenu pendant de longs mois. Mais cette année-là, personne ne voulait plus penser aux morts. On y pensait déjà trop, précisément. Et il ne s'agissait plus de revenir à eux avec un peu de regret et beaucoup de mélancolie. Ils n'étaient plus les délaissés auprès desquels on vient se justifier un jour par an. Ils étaient les intrus qu'on veut oublier. Voilà pourquoi la Fête des Morts, cette année-là, fut en quelque sorte escamotée. Selon Cottard, à qui Tarrou reconnaissait un langage de plus en plus ironique, c'était tous les jours la Fête des Morts.

Et réellement, les feux de joie de la peste brûlaient avec une allégresse toujours plus grande dans le four crématoire. D'un jour à l'autre, le nombre de morts, il est vrai, n'augmentait pas. Mais il semblait que la peste se fût confortablement installée dans son paroxysme et qu'elle apportât à ses meurtres quotidiens la précision et la régularité d'un bon fonctionnaire. En principe, et de l'avis des personnalités compétentes, c'était un bon signe. Le graphique des progrès de la peste, avec sa montée incessante, puis le long plateau qui lui succédait, paraissait tout à fait réconfortant au docteur Richard, par exemple. « C'est un bon, c'est un excellent graphique » , disait-il. Il estimait que la maladie avait atteint ce qu'il appelait un palier. Désormais, elle ne pourrait que décroître. Il en attribuait le mérite au nouveau sérum de Castel qui venait de connaître, en effet, quelques succès inattendus. Le vieux Castel n'y contredisait pas, mais estimait qu'en fait, on ne pouvait rien prévoir, l'histoire des épidémies comportant des rebondissements imprévus. La préfecture qui, depuis longtemps, désirait apporter un apaisement à l'esprit public, et à qui la peste n'en donnait pas les moyens, se proposait de réunir les médecins pour leur demander un rapport à ce sujet, lorsque le docteur Richard fut enlevé par la peste, lui aussi, et précisément sur le palier de la maladie.

L'administration, devant cet exemple, impressionnant sans doute, mais qui, après tout, ne prouvait rien, retourna au pessimisme avec autant d'inconséquence qu'elle avait d'abord accueilli l'optimisme. Castel, lui, se bornait à préparer son sérum aussi soigneusement qu'il le pouvait. Il n'y avait plus, en tout cas, un seul lieu public qui ne fût transformé en hôpital ou en lazaret, et si l'on respectait encore la préfecture, c'est qu'il fallait bien garder un endroit où se réunir. Mais, en général, et du fait de la stabilité relative de la peste à cette époque, l'organisation prévue par Rieux ne fut nullement dépassée. Les médecins et les aides, qui fournissaient un effort épuisant, n'étaient pas obligés d'imaginer des efforts plus grands encore. Ils devaient seulement continuer avec régularité, si l'on peut dire, ce travail surhumain. Les formes pulmonaires de l'infection qui s'étaient déjà manifestées se multipliaient maintenant aux quatre coins de la ville, comme si le vent allumait et activait des incendies dans les poitrines. Au milieu de vomissements de sang, les malades étaient enlevés beaucoup plus rapidement. La contagiosité risquait maintenant d'être plus grande, avec cette nouvelle forme de l'épidémie. Au vrai, les avis des spécialistes avaient toujours été contradictoires sur ce point. Pour plus de sûreté cependant, le personnel sanitaire continuait de respirer sous des masques de gaze désinfectée. À première vue, en tout cas, la maladie aurait dû s'étendre. Mais, comme les cas de peste bubonique diminuaient, la balance était en équilibre.

On pouvait cependant avoir d'autres sujets d'inquiétude par suite des difficultés du ravitaillement qui croissaient avec le temps. La spéculation s'en était mêlée et on offrait à des prix fabuleux des denrées de première nécessité qui manquaient sur le marché ordinaire. Les familles pauvres se trouvaient ainsi dans une situation très pénible, tandis que les familles riches ne manquaient à peu près de rien. Alors que la peste, par l'impartialité efficace qu'elle apportait dans son ministère, aurait dû renforcer l'égalité chez nos concitoyens, par le jeu normal des égoïsmes, au contraire, elle rendait plus aigu dans le cœur des hommes le sentiment de l'injustice. Il restait, bien entendu, l'égalité irréprochable de la mort, mais de celle-là, personne ne voulait. Les pauvres qui souffraient ainsi de la faim pensaient, avec plus de nostalgie encore, aux villes et aux campagnes voisines, où la vie était libre et où le pain n'était pas cher. Puisqu'on ne pouvait les nourrir suffisamment, ils avaient le sentiment, d'ailleurs peu raisonnable, qu'on aurait dû leur permettre de partir. Si bien qu'un mot d'ordre avait fini par courir qu'on lisait, parfois, sur les murs ou qui était crié, d'autres fois, sur le passage du préfet :« Du pain ou de l'air » . Cette formule ironique donnait le signal de certaines manifestations vite réprimées, mais dont le caractère de gravité n'échappait à personne.

Les journaux, naturellement, obéissaient à la consigne d'optimisme à tout prix qu'ils avaient reçues. À les lire, ce qui caractérisait la situation, c'était « l'exemple émouvant de calme et de sang-froid » que donnait la population. Mais dans une ville refermée sur elle-même, où rien ne pouvait demeurer secret, personne ne se trompait sur « l'exemple » donné par la communauté. Et pour avoir une juste idée du calme et du sang-froid dont il était question, il suffisait d'entrer dans un lieu de quarantaine ou dans un des camps d'isolement qui avaient été organisés par l'administration. Il se trouve que le narrateur, appelé ailleurs, ne les a pas connus. Et c'est pourquoi il ne peut citer ici que le témoignage de Tarrou.

Tarrou rapporte, en effet, dans ses carnets, le récit d'une visite qu'il fit avec Rambert au camp installé sur le stade municipal. Le stade est situé presque aux portes de la ville, et donne d'un côté sur la rue où passent les tramways, de l'autre sur des terrains vagues qui s'étendent jusqu'au bord du plateau où la ville est construite. Il est entouré ordinairement de hauts murs de ciment et il avait suffi de placer des sentinelles aux quatre portes d'entrée pour rendre l'évasion difficile. De même, les murs empêchaient les gens de l'extérieur d'importuner de leur curiosité les malheureux qui étaient placés en quarantaine. En revanche, ceux-ci, à longueur de journée, entendaient, sans les voir, les tramways qui passaient, et devinaient, à la rumeur plus grande que ces derniers traînaient avec eux, les heures de rentrée et de sortie des bureaux. Ils savaient ainsi que la vie dont ils étaient exclus continuait à quelques mètres d'eux, et que les murs de ciment séparaient deux univers plus étrangers l'un à l'autre que s'ils avaient été dans des planètes différentes.

C'est un dimanche après-midi que Tarrou et Rambert choisirent pour se diriger vers le stade. Ils étaient accompagnés de Gonzalès, le joueur de football, que Rambert avait retrouvé et qui avait fini par accepter de diriger par roulement la surveillance du stade. Rambert devait le présenter à l'administrateur du camp. Gonzalès avait dit aux deux hommes, au moment où ils s'étaient retrouvés, que c'était l'heure où, avant la peste, il se mettait en tenue pour commencer son match. Maintenant que les stades étaient réquisitionnés, ce n'était plus possible et Gonzalès se sentait, et avait l'air, tout à fait désœuvré. C'était une des raisons pour lesquelles il avait accepté cette surveillance, à condition qu'il n'eût à l'exercer que pendant les fins de semaine. Le ciel était à moitié couvert et Gonzalès, le nez levé, remarqua avec regret que ce temps, ni pluvieux, ni chaud, était le plus favorable à une bonne partie. Il évoquait comme il pouvait l'odeur d'embrocation dans les vestiaires, les tribunes croulantes, les maillots de couleur vive sur le terrain fauve, les citrons de la mi-temps ou la limonade qui pique les gorges desséchées de mille aiguilles rafraîchissantes. Tarrou note d'ailleurs que, pendant tout le trajet, à travers les rues défoncées du faubourg, le joueur ne cessait de donner des coups de pied dans les cailloux qu'il rencontrait. Il essayait de les envoyer droit dans les bouches d'égout, et quand il réussissait, « un à zéro » , disait-il. Quand il avait fini sa cigarette, il crachait son mégot devant lui et tentait, à la volée, de le rattraper du pied. Près du stade, des enfants qui jouaient envoyèrent une balle vers le groupe qui passait et Gonzalès se dérangea pour la leur retourner avec précision.

Ils entrèrent enfin dans le stade. Les tribunes étaient pleines de monde. Mais le terrain était couvert par plusieurs centaines de tentes rouges, à l'intérieur desquelles on apercevait, de loin, des literies et des ballots. On avait gardé les tribunes pour que les internés pussent s'abriter par les temps de chaleur ou de pluie. Simplement, ils devaient réintégrer les tentes au coucher du soleil. Sous les tribunes, se trouvaient les douches qu'on avait aménagées et les anciens vestiaires de joueurs qu'on avait transformés en bureaux et en infirmeries. La plupart des internés garnissaient les tribunes. D'autres erraient sur les touches. Quelques-uns étaient accroupis à l'entrée de leur tente et promenaient sur toutes choses un regard vague. Dans les tribunes, beaucoup étaient affalés et semblaient attendre.

-Que font-ils dans la journée ? demanda Tarrou à Rambert.

-Rien.

Presque tous, en effet, avaient les bras ballants et les mains vides. Cette immense assemblée d'hommes était curieusement silencieuse.

-Les premiers jours, on ne s'entendait pas, ici, dit Rambert. Mais à mesure que les jours passaient, ils ont parlé de moins en moins.

Si l'on en croit ses notes, Tarrou les comprenait, et il les voyait au début, entassés dans leurs tentes, occupés à écouter les mouches ou à se gratter, hurlant leur colère ou leur peur quand ils trouvaient une oreille complaisante. Mais à partir du moment où le camp avait été surpeuplé, il y avait eu de moins en moins d'oreilles complaisantes. Il ne restait donc plus qu'à se taire et à se méfier. Il y avait en effet une sorte de méfiance qui tombait du ciel gris, et pourtant lumineux, sur le camp rouge.

Oui, ils avaient tous l'air de la méfiance. Puisqu'on les avait séparés des autres, ce n'était pas sans raison, et ils montraient le visage de ceux qui cherchent leurs raisons, et qui craignent. Chacun de ceux que Tarrou regardait avait l'œil inoccupé, tous avaient l'air de souffrir d'une séparation très générale d'avec ce qui faisait leur vie. Et comme ils ne pouvaient pas toujours penser à la mort, ils ne pensaient à rien. Ils étaient en vacances. « Mais le pire, écrivait Tarrou, est qu'ils soient des oubliés et qu'ils le sachent. Ceux qui les connaissaient les ont oubliés parce qu'ils pensent à autre chose et c'est bien compréhensible. Quant à ceux qui les aiment, ils les ont oubliés aussi parce qu'ils doivent s'épuiser en démarches et en projets pour les faire sortir. À force de penser à cette sortie, ils ne pensent plus à ceux qu'il s'agit de faire sortir. Cela aussi est normal. Et à la fin de tout, on s'aperçoit que personne n'est capable réellement de penser à personne, fût-ce dans le pire des malheurs. Car penser réellement à quelqu'un, c'est y penser minute après minute, sans être distrait par rien, ni les soins du ménage, ni la mouche qui vole, ni les repas, ni une démangeaison. Mais il y a toujours des mouches et des démangeaisons. C'est pourquoi la vie est difficile à vivre. Et ceux-ci le savent bien. »

L'administrateur, qui revenait vers eux, leur dit qu'un M. Othon demandait à les voir. Il conduisit Gonzalès dans son bureau, puis les mena vers un coin des tribunes d'où M. Othon, qui s'était assis à l'écart, se leva pour les recevoir. Il était toujours habillé de la même façon et portait le même col dur. Tarrou remarqua seulement que ses touffes, sur les tempes, étaient beaucoup plus hérissées et qu'un de ses lacets était dénoué. Le juge avait l'air fatigué, et, pas une seule fois, il ne regarda ses interlocuteurs en face. Il dit qu'il était heureux de les voir et qu'il les chargeait de remercier le docteur Rieux pour ce qu'il avait fait.

Les autres se turent.

-J'espère, dit le juge après un certain temps, que Philippe n'aura pas trop souffert.

C'était la première fois que Tarrou lui entendait prononcer le nom de son fils et il comprit que quelque chose était changé. Le soleil baissait à l'horizon et, entre deux nuages, ses rayons entraient latéralement dans les tribunes, dorant leurs trois visages.

-Non, dit Tarrou, non, il n'a vraiment pas souffert.

Quand ils se retirèrent, le juge continuait de regarder du côté d'où venait le soleil.

Ils allèrent dire au revoir à Gonzalès, qui étudiait un tableau de surveillance par roulement. Le joueur rit en leur serrant les mains.

-J'ai retrouvé au moins les vestiaires, disait-il, c'est toujours ça.

Peu après, l'administrateur reconduisait Tarrou et Rambert, quand un énorme grésillement se fit entendre dans les tribunes. Puis les haut-parleurs qui, dans des temps meilleurs, servaient à annoncer le résultat des matches ou à présenter les équipes, déclarèrent en nasillant que les internés devaient regagner leurs tentes pour que le repas du soir pût être distribué. Lentement, les hommes quittèrent les tribunes et se rendirent dans les tentes en traînant le pas. Quand ils furent tous installés, deux petites voitures électriques, comme on en voit dans les gares, passèrent entre les tentes, transportant de grosses marmites. Les hommes tendaient leurs bras, deux louches plongeaient dans deux marmites et en sortaient pour atterrir dans deux gamelles. La voiture se remettait en marche. On recommençait à la tente suivante.

-C'est scientifique, dit Tarrou à l'administrateur.

-Oui, dit celui-ci avec satisfaction, en leur serrant la main, c'est scientifique.

Le crépuscule était là, et le ciel s'était découvert. Une lumière douce et fraîche baignait le camp. Dans la paix du soir, des bruits de cuillers et d'assiettes montèrent de toutes parts. De chauves-souris voletèrent au-dessus des tentes et disparurent subitement. Un tramway criait sur un aiguillage, de l'autre côté des murs.

-Pauvre juge, murmura Tarrou en franchissant les portes. Il faudrait faire quelque chose pour lui. Mais comment aider un juge ?

Il y avait ainsi, dans la ville, plusieurs autres camps dont le narrateur, par scrupule et par manque d'information directe, ne peut dire plus. Mais ce qu'il peut dire, c'est que l'existence de ces camps, l'odeur d'hommes qui en venait, les énormes voix des haut-parleurs dans le crépuscule, le mystère des murs et la crainte de ces lieux réprouvés, pesaient lourdement sur le moral de nos concitoyens et ajoutaient encore au désarroi et au malaise de tous. Les incidents et les conflits avec l'administration se multiplièrent.

À la fin de novembre, cependant, les matins devinrent très froids. Des pluies de déluge lavèrent le pavé à grande eau, nettoyèrent le ciel et le laissèrent pur de nuages au-dessus des rues luisantes. Un soleil sans force répandit tous les matins, sur la ville, une lumière étincelante et glacée. Vers le soir, au contraire, l'air devenait tiède à nouveau. Ce fut le moment que choisit Tarrou pour se découvrir un peu auprès du docteur Rieux.

Un jour, vers dix heures, après une longue et épuisante journée, Tarrou accompagna Rieux, qui allait faire au vieil asthmatique sa visite du soir. Le ciel luisait doucement au-dessus des maisons du vieux quartier. Un léger vent soufflait sans bruit à travers les carrefours obscurs. Venus des rues calmes, les deux hommes tombèrent sur le bavardage du vieux. Celui-ci leur apprit qu'il y en avait qui n'étaient pas d'accord, que l'assiette au beurre était toujours pour les mêmes, que tant va la cruche à l'eau qu'à la fin elle se casse et que, probablement, et là il se frotta les mains, il y aurait du grabuge. Le docteur le soigna sans qu'il cessât de commenter les événements.

Ils entendaient marcher au-dessus d'eux. La vieille femme, remarquant l'air intéressé de Tarrou, leur expliqua que des voisines se tenaient sur la terrasse. Ils apprirent en même temps qu'on avait une belle vue, de là-haut, et que les terrasses des maisons se rejoignant souvent par un côté, il était possible aux femmes du quartier de se rendre visite sans sortir de chez elles.

-Oui, dit le vieux, montez donc. Là-haut, c'est le bon air.

Ils trouvèrent la terrasse vide, et garnie de trois chaises. D'un côté, aussi loin que la vue pouvait s'étendre, on n'apercevait que des terrasses qui finissaient par s'adosser à une masse obscure et pierreuse où ils reconnurent la première colline. De l'autre côté, par-dessus quelques rues et le port invisible, le regard plongeait sur un horizon où le ciel et la mer se mêlaient dans une palpitation indistincte. Au-delà de ce qu'ils savaient être les falaises, une lueur dont ils n'apercevaient pas la source reparaissait régulièrement : le phare de la passe, depuis le printemps, continuait à tourner pour des navires qui se détournaient vers d'autres ports. Dans le ciel balayé et lustré par le vent, des étoiles pures brillaient et la lueur lointaine du phare y mêlait, de moment en moment, une cendre passagère. La brise apportait des odeurs d'épices et de pierre. Le silence était absolu.

-Il fait bon, dit Rieux, en s'asseyant. C'est comme si la peste n'était jamais montée là.

Tarrou lui tournait le dos et regardait la mer.

-Oui, dit-il après un moment, il fait bon.

Il vint s'asseoir auprès du docteur et le regarda attentivement. Trois fois, la lueur reparut dans le ciel. Un bruit de vaisselle choquée monta jusqu'à eux des profondeurs de la rue. Une porte claqua dans la maison.

-Rieux, dit Tarrou sur un ton très naturel, vous n'avez jamais cherché à savoir qui j'étais ? Avez-vous de l'amitié pour moi ?

-Oui, répondit le docteur, j'ai de l'amitié pour vous. Mais jusqu'ici le temps nous a manqué.

-Bon, cela me rassure. Voulez-vous que cette heure soit celle de l'amitié ?

Pour toute réponse, Rieux lui sourit.

-Eh bien, voilà...

Quelques rues plus loin, une auto sembla glisser longuement sur le pavé mouillé. Elle s'éloigna et, après elle, des exclamations confuses, venues de loin, rompirent encore le silence. Puis il retomba sur les deux hommes avec tout son poids de ciel et d'étoiles. Tarrou s'était levé pour se percher sur le parapet de la terrasse, face à Rieux, toujours tassé au creux de sa chaise. On ne voyait de lui qu'une forme massive, découpée dans le ciel. Il parla longtemps et voici à peu près son discours reconstitué :

« Disons pour simplifier, Rieux, que je souffrais déjà de la peste bien avant de connaître cette ville et cette épidémie. C'est assez dire que je suis comme tout le monde. Mais il y a des gens qui ne le savent pas, ou qui se trouvent bien dans cet état, et des gens qui le savent et qui voudraient en sortir. Moi, j'ai toujours voulu en sortir.

« Quand j'étais jeune, je vivais avec l'idée de mon innocence, c'est-à-dire avec pas d'idée du tout. Je n'ai pas le genre tourmenté, j'ai débuté comme il convenait. Tout me réussissait, j'étais à l'aise dans l'intelligence, au mieux avec les femmes, et si j'avais quelques inquiétudes, elles passaient comme elles étaient venues. Un jour, j'ai commencé à réfléchir. Maintenant...

« Il faut vous dire que je n'étais pas pauvre comme vous. Mon père était avocat général, ce qui est une situation. Pourtant, il n'en portait pas l'air, étant de naturel bonhomme. Ma mère était simple et effacée, je n'ai jamais cessé de l'aimer, mais je préfère ne pas en parler. Lui s'occupait de moi avec affection et je crois même qu'il essayait de me comprendre. Il avait des aventures au dehors, j'en suis sûr maintenant, et, aussi bien, je suis loin de m'en indigner. Il se conduisait en tout cela comme il fallait attendre qu'il se conduisît, sans choquer personne. Pour parler bref, il n'était pas très original et, aujourd'hui qu'il est mort, je me rends compte que s'il n'a pas vécu comme un saint, il n'a pas été non plus un mauvais homme. Il tenait le milieu, voilà tout, et c'est le type d'homme pour lequel on se sent une affection raisonnable, celle qui fait qu'on continue.

« Il avait cependant une particularité : le grand indicateur Chaix était son livre de chevet. Ce n'était pas qu'il voyageât, sauf aux vacances, pour aller en Bretagne où il avait une petite propriété. Mais il était à même de vous dire exactement les heures de départ et d'arrivée du Paris-Berlin, les combinaisons d'horaires qu'il fallait faire pour aller de Lyon à Varsovie, le kilométrage exact entre les capitales de votre choix. Êtes-vous capable de dire comment on va de Briançon à Chamonix ? Même un chef de gare s'y perdrait. Mon père ne s'y perdait pas. Il s'exerçait à peu près tous les soirs à enrichir ses connaissances sur ce point, et il en était plutôt fier. Cela m'amusait beaucoup, et je le questionnais souvent, ravi de vérifier ses réponses dans le Chaix et de reconnaître qu'il ne s'était pas trompé. Ces petits exercices nous ont beaucoup liés l'un à l'autre, car je lui fournissais un auditoire dont il appréciait la bonne volonté. Quant à moi, je trouvais que cette supériorité qui avait trait aux chemins de fer en valait bien une autre.

«Mais je me laisse aller et je risque de donner trop d'importance à cet honnête homme. Car, pour finir, il n'a eu qu'une influence indirecte sur ma détermination. Tout au plus m'a-t-il fourni une occasion. Quand j'ai eu dix-sept ans, en effet, mon père m'a invité à aller l'écouter. Il s'agissait d'une affaire importante, en Cour d'assises, et, certainement, il avait pensé qu'il apparaîtrait sous son meilleur jour. Je crois aussi qu'il comptait sur cette cérémonie, propre à frapper les jeunes imaginations, pour me pousser à entrer dans la carrière que lui-même avait choisie. J'avais accepté, parce que cela faisait plaisir à mon père et parce que, aussi bien, j'étais curieux de le voir et de l'entendre dans un autre rôle que celui qu'il jouait parmi nous. Je ne pensais à rien de plus. Ce qui se passait dans un tribunal m'avait toujours paru aussi naturel et inévitable qu'une revue de 14 juillet ou une distribution de prix. J'en avais une idée fort abstraite et qui ne me gênait pas.

« Je n'ai pourtant gardé de cette journée qu'une seule image, celle du coupable. Je crois qu'il était coupable en effet, il importe peu de quoi. Mais ce petit homme au poil roux et pauvre, d'une trentaine d'années, paraissait si décidé à tout reconnaître, si sincèrement effrayé par ce qu'il avait fait et ce qu'on allait lui faire, qu'au bout de quelques minutes, je n'eus plus d'yeux que pour lui. Il avait l'air d'un hibou effarouché par une lumière trop vive. Le nœud de sa cravate ne s'ajustait pas exactement à l'angle du col. Il se rongeait les ongles d'une seule main, la droite... Bref, je n'insiste pas, vous avez compris qu'il était vivant.

« Mais moi, je m'en apercevais brusquement, alors que, jusqu'ici, je n'avais pensé à lui qu'à travers la catégorie commode d' « inculpé » . Je ne puis dire que j'oubliais alors mon père, mais quelque chose me serrait le ventre qui m'enlevait toute autre attention que celle que je portais au prévenu. Je n'écoutais presque rien, je sentais qu'on voulait tuer cet homme vivant et un instinct formidable comme une vague me portait à ses côtés avec une sorte d'aveuglement entêté. Je ne me réveillais vraiment qu'avec le réquisitoire de mon père.

« Transformé par sa robe rouge, ni bonhomme ni affectueux, sa bouche grouillait de phrases immenses, qui, sans arrêt, en sortaient comme des serpents. Et je compris qu'il demandait la mort de cet homme au nom de la société et qu'il demandait même qu'on lui coupât le cou. Il disait seulement, il est vrai :« Cette tête doit tomber. » Mais, à la fin, la différence n'était pas grande. Et cela revint au même, en effet, puisqu'il obtint cette tête. Simplement, ce n'est pas lui qui fit alors le travail. Et moi qui suivis l'affaire ensuite jusqu'à sa conclusion, exclusivement, j'eus avec ce malheureux une intimité bien plus vertigineuse que ne l'eut jamais mon père. Celui-ci devait pourtant, selon la coutume, assister à ce qu'on appelait poliment les derniers moments et qu'il faut bien nommer le plus abject des assassinats.

« À partir de ce moment, je ne pus regarder l'indicateur Chaix qu'avec un dégoût abominable. À partir de ce moment, je m'intéressai avec horreur à la justice, aux condamnations à mort, aux exécutions et je constatai avec un vertige que mon père avait dû assister plusieurs fois à l'assassinat et que c'était les jours où, justement, il se levait très tôt. Oui, il remontait son réveil dans ces cas-là. Je n'osai pas en parler à ma mère, mais je l'observai mieux alors et je compris qu'il n'y avait plus rien entre eux et qu'elle menait une vie de renoncement. Cela m'aida à lui pardonner, comme je disais alors. Plus tard, je sus qu'il n'y avait rien à lui pardonner, parce qu'elle avait été pauvre toute sa vie jusqu'à son mariage et que la pauvreté lui avait appris la résignation.

« Vous attendez sans doute que je vous dise que je suis parti aussitôt. Non, je suis resté plusieurs mois, presque une année. Mais j'avais le cœur malade. Un soir, mon père demanda son réveil parce qu'il devait se lever tôt. Je ne dormis pas de la nuit. Le lendemain, quand il revint, j'étais parti. Disons tout de suite que mon père me fit rechercher, que j'allai le voir, que sans rien expliquer, je lui dis calmement que je me tuerais s'il me forçait à revenir. Il finit par accepter, car il était de naturel plutôt doux, me fit un discours sur la stupidité qu'il y avait à vouloir vivre sa vie (c'est ainsi qu'il s'expliquait mon geste et je ne le dissuadai point), mille recommandations, et réprima les larmes sincères qui lui venaient. Par la suite, assez longtemps après cependant, je revins régulièrement voir ma mère et je le rencontrai alors. Ces rapports lui suffirent, je crois. Pour moi, je n'avais pas d'animosité contre lui, seulement un peu de tristesse au cœur. Quand il mourut, je pris ma mère avec moi et elle y serait encore si elle n'était pas morte à son tour.

« J'ai longuement insisté sur ce début parce qu'il fut en effet au début de tout. J'irai plus vite maintenant. J'ai connu la pauvreté à dix-huit ans, au sortir de l'aisance. J'ai fait mille métiers pour gagner ma vie. Ça ne m'a pas trop mal réussi. Mais ce qui m'intéressait, c'était la condamnation à mort. Je voulais régler un compte avec le hibou roux. En conséquence, j'ai fait de la politique comme on dit. Je ne voulais pas être un pestiféré, voilà tout. J'ai cru que la société où je vivais était celle qui reposait sur la condamnation à mort et qu'en la combattant, je combattrais l'assassinat. Je l'ai cru, d'autres me l'ont dit et, pour finir, c'était vrai en grande partie. Je me suis donc mis avec les autres que j'aimais et que je n'ai pas cessé d'aimer. J'y suis resté longtemps et il n'est pas de pays en Europe dont je n'aie partagé les luttes. Passons.

« Bien entendu, je savais que, nous aussi, nous prononcions, à l'occasion, des condamnations. Mais on me disait que ces quelques morts étaient nécessaires pour amener un monde où l'on ne tuerait plus personne. C'était vrai d'une certaine manière et, après tout, peut-être ne suis-je pas capable de me maintenir dans ce genre de vérités. Ce qu'il y a de sûr, c'est que j'hésitais. Mais je pensais au hibou et cela pouvait continuer. Jusqu'au jour où j'ai vu une exécution (c'était en Hongrie) et le même vertige qui avait saisi l'enfant que j'étais a obscurci mes yeux d'homme.

« Vous n'avez jamais vu fusiller un homme ? Non, bien sûr, cela se fait généralement sur invitation et le public est choisi d'avance. Le résultat est que vous en êtes resté aux estampes et aux livres. Un bandeau, un poteau, et au loin quelques soldats. Eh bien, non ! Savez vous que le peloton des fusilleurs se place au contraire à un mètre cinquante du condamné ? Savez-vous que si le condamné faisait deux pas en avant, il heurterait les fusils avec sa poitrine ? Savez-vous qu'à cette courte distance, les fusilleurs concentrent leur tir sur la région du cœur et qu'à eux tous, avec leurs grosses balles, ils y font un trou où l'on pourrait mettre le poing ? Non, vous ne le savez pas parce que ce sont là des détails dont on ne parle pas. Le sommeil des hommes est plus sacré que la vie pour les pestiférés. On ne doit pas empêcher les braves gens de dormir. Il y faudrait du mauvais goût, et le goût consiste à ne pas insister, tout le monde sait ça. Mais moi, je n'ai pas bien dormi depuis ce temps-là. Le mauvais goût m'est resté dans la bouche et je n'ai pas cessé d'insister, c'est-à-dire d'y penser.

« J'ai compris alors que moi, du moins, je n'avais pas cessé d'être un pestiféré pendant toutes ces longues années où pourtant, de toute mon âme, je croyais lutter justement contre la peste. J'ai appris que j'avais indirectement souscrit à la mort de milliers d'hommes, que j'avais même provoqué cette mort en trouvant bons les actions et les principes qui l'avaient fatalement entraînée. Les autres ne semblaient pas gênés par cela ou du moins ils n'en parlaient jamais spontanément. Moi, j'avais la gorge nouée. J'étais avec eux et j'étais pourtant seul. Quand il m'arrivait d'exprimer mes scrupules, ils me disaient qu'il fallait réfléchir à ce qui était en jeu et ils me donnaient des raisons souvent impressionnantes, pour me faire avaler ce que je n'arrivais pas à déglutir. Mais je répondais que les grands pestiférés, ceux qui mettent des robes rouges, ont aussi d'excellentes raisons dans ces cas-là, et que si j'admettais les raisons de force majeure et les nécessités invoquées par les petits pestiférés, je ne pourrais pas rejeter celles des grands. Ils me faisaient remarquer que la bonne manière de donner raison aux robes rouges était de leur laisser l'exclusivité de la condamnation. Mais je me disais alors que, si l'on cédait une fois, il n'y avait pas de raison de s'arrêter. Il me semble que l'histoire m'a donne raison, aujourd'hui c'est à qui tuera le plus. Ils sont tous dans la fureur du meurtre, et ils ne peuvent pas faire autrement.

« Mon affaire à moi, en tout cas, ce n'était pas le raisonnement. C'était le hibou roux, cette sale aventure où de sales bouches empestées annonçaient à un homme dans les chaînes qu'il allait mourir et réglaient toutes choses pour qu'il meure, en effet, après des nuits et des nuits d'agonie pendant lesquelles il attendait d'être assassiné les yeux ouverts. Mon affaire, c'était le trou dans la poitrine. Et je me disais qu'en attendant, et pour ma part au moins, je refuserais de jamais donner une seule raison, une seule, vous entendez, à cette dégoûtante boucherie. Oui, j'ai choisi cet aveuglement obstiné en attendant d'y voir plus clair.

« Depuis, je n'ai pas changé. Cela fait longtemps que j'ai honte, honte à mourir d'avoir été, fût-ce de loin, fût-ce dans la bonne volonté, un meurtrier à mon tour. Avec le temps, j'ai simplement aperçu que même ceux qui étaient meilleurs que d'autres ne pouvaient s'empêcher aujourd'hui de tuer ou de laisser tuer parce que c'était dans la logique où ils vivaient, et que nous ne pouvions pas faire un geste en ce monde sans risquer de faire mourir. Oui, j'ai continué d'avoir honte, j'ai appris cela, que nous étions tous dans la peste, et j'ai perdu la paix. Je la cherche encore aujourd'hui, essayant de les comprendre tous et de n'être l'ennemi mortel de personne. Je sais seulement qu'il faut faire ce qu'il faut pour ne plus être un pestiféré et que c'est là ce qui peut, seul, nous faire espérer la paix, ou une bonne mort à son défaut. C'est cela qui peut soulager les hommes et, sinon les sauver, du moins leur faire le moins de mal possible et même parfois un peu de bien. Et c'est pourquoi j'ai décidé de refuser tout ce qui, de près ou de loin, pour de bonnes ou de mauvaises raisons, fait mourir ou justifie qu'on fasse mourir.

« C'est pourquoi encore cette épidémie ne m'apprend rien, sinon qu'il faut la combattre à vos côtés. Je sais de science certaine (oui, Rieux, je sais tout de la vie, vous le voyez bien) que chacun la porte en soi, la peste, parce que personne, non, personne au monde n'en est indemne. Et qu'il faut se surveiller sans arrêt pour ne pas être amené, dans une minute de distraction, à respirer dans la figure d'un autre et à lui coller l'infection. Ce qui est naturel, c'est le microbe. Le reste, la santé, l'intégrité, la pureté, si vous voulez, c'est un effet de la volonté et d'une volonté qui ne doit jamais s'arrêter. L'honnête homme, celui qui n'infecte presque personne, c'est celui qui a le moins de distractions possible. Et il en faut de la volonté et de la tension pour ne jamais être distrait ! Oui, Rieux, c'est bien fatigant d'être un pestiféré. Mais c'est encore plus fatigant de ne pas vouloir l'être. C'est pour cela que tout le monde se montre fatigué, puisque tout le monde, aujourd'hui, se trouve un peu pestiféré. Mais c'est pour cela que quelques-uns, qui veulent cesser de l'être, connaissent une extrémité de fatigue dont rien ne les délivrera plus que la mort.

« D'ici là, je sais que je ne vaux plus rien pour ce monde lui-même et qu'à partir du moment où j'ai renoncé à tuer, je me suis condamné à un exil définitif. Ce sont les autres qui feront l'histoire. Je sais aussi que je ne puis apparemment juger ces autres. Il y a une qualité qui me manque pour faire un meurtrier raisonnable. Ce n'est donc pas une supériorité. Mais maintenant, je consens à être ce que je suis, j'ai appris la modestie. Je dis seulement qu'il y a sur cette terre des fléaux et des victimes et qu'il faut, autant qu'il est possible, refuser d'être avec le fléau. Cela vous paraîtra peut-être un peu simple, et je ne sais si cela est simple, mais je sais que cela est vrai. J'ai entendu tant de raisonnements qui ont failli me tourner la tête, et qui ont tourné suffisamment d'autres têtes pour les faire consentir à l'assassinat, que j'ai compris que tout le malheur des hommes venait de ce qu'ils ne tenaient pas un langage clair. J'ai pris le parti alors de parler et d'agir clairement, pour me mettre sur le bon chemin. Par conséquent, je dis qu'il y a les fléaux et les victimes, et rien de plus. Si, disant cela, je deviens fléau moi-même, du moins, je n'y suis pas consentant. J'essaie d'être un meurtrier innocent. Vous voyez que ce n'est pas une grande ambition.

« Il faudrait, bien sûr, qu'il y eût une troisième catégorie, celle des vrais médecins, mais c'est un fait qu'on n'en rencontre pas beaucoup et que ce doit être difficile. C'est pourquoi j'ai décidé de me mettre du côté des victimes, en toute occasion, pour limiter les dégâts. Au milieu d'elles, je peux du moins chercher comment on arrive à la troisième catégorie, c'est-à-dire à la paix. »

En terminant, Tarrou balançait sa jambe et frappait doucement du pied contre la terrasse. Après un silence, le docteur se souleva un peu et demanda si Tarrou avait une idée du chemin qu'il fallait prendre pour arriver à la paix.

-Oui, la sympathie.

Deux timbres d'ambulance résonnèrent dans le lointain. Les exclamations, tout à l'heure confuses, se rassemblèrent aux confins de la ville, près de la colline pierreuse. On entendit en même temps quelque chose qui ressemblait à une détonation. Puis le silence revint. Rieux compta deux clignements de phare. La brise sembla prendre plus de force, et du même coup, un souffle venu de la mer apporta une odeur de sel. On entendait maintenant de façon distincte la sourde respiration des vagues contre la falaise.

-En somme, dit Tarrou avec simplicité, ce qui m'intéresse, c'est de savoir comment on devient un saint.

-Mais vous ne croyez pas en Dieu.

-Justement. Peut-on être un saint sans Dieu, c'est le seul problème concret que je connaisse aujourd'hui.

Brusquement, une grande lueur jaillit du côté d'où étaient venus les cris et, remontant le fleuve du vent, une clameur obscure parvint jusqu'aux deux hommes. La lueur s'assombrit aussitôt et loin, au bord des terrasses, il ne resta qu'un rougeoiement. Dans une panne de vent, on entendit distinctement des cris d'hommes, puis le bruit d'une décharge et la clameur d'une foule. Tarrou s'était levé et écoutait. On n'entendait plus rien.

-On s'est encore battu aux portes.

-C'est fini maintenant, dit Rieux.

Tarrou murmura que ce n'était jamais fini et qu'il y aurait encore des victimes, parce que c'était dans l'ordre.

-Peut-être, répondit le docteur, mais vous savez, je me sens plus de solidarité avec les vaincus qu'avec les saints. Je n'ai pas de goût, je crois, pour l'héroïsme et la sainteté. Ce qui m'intéresse, c'est d'être un homme.

-Oui, nous cherchons la même chose, mais je suis moins ambitieux.

Rieux pensa que Tarrou plaisantait et il le regarda. Mais dans la vague lueur qui venait du ciel, il vit un visage triste et sérieux. Le vent se levait à nouveau et Rieux sentit qu'il était tiède sur sa peau. Tarrou se secoua :

-Savez-vous, dit-il, ce que nous devrions faire pour l'amitié ?

-Ce que vous voulez, dit Rieux.

-Prendre un bain de mer. Même pour un futur saint, c'est un plaisir digne.

Rieux souriait.

-Avec nos laissez-passer, nous pouvons aller sur la jetée. À la fin, c'est trop bête de ne vivre que dans la peste. Bien entendu, un homme doit se battre pour les victimes. Mais s'il cesse de rien aimer par ailleurs, à quoi sert qu'il se batte ?

-Oui, dit Rieux, allons-y.

Un moment après, l'auto s'arrêtait près des grilles du port. La lune s'était levée. Un ciel laiteux projetait partout des ombres pâles. Derrière eux s'étageait la ville et il en venait un souffle chaud et malade qui les poussait vers la mer. Ils montrèrent leurs papiers à un garde qui les examina assez longuement. Ils passèrent et à travers les terre-pleins couverts de tonneaux, parmi les senteurs de vin et de poisson, ils prirent la direction de la jetée. Peu avant d'y arriver, l'odeur de l'iode et des algues leur annonça la mer. Puis, ils l'entendirent.

Elle sifflait doucement aux pieds des grands blocs de la jetée et, comme ils les gravissaient, elle leur apparut, épaisse comme du velours, souple et lisse comme une bête. Ils s'installèrent sur les rochers tournés vers le large. Les eaux se gonflaient et redescendaient lentement. Cette respiration calme de la mer faisait naître et disparaître des reflets huileux à la surface des eaux. Devant eux, la nuit était sans limites. Rieux, qui sentait sous ses doigts le visage grêlé des rochers, était plein d'un étrange bonheur. Tourné vers Tarrou, il devina, sur le visage calme et grave de son ami, ce même bonheur qui n'oubliait rien, pas même l'assassinat.

Ils se déshabillèrent. Rieux plongea le premier. Froides d'abord, les eaux lui parurent tièdes quand il remonta. Au bout de quelques brasses, il savait que la mer, ce soir-là, était tiède, de la tiédeur des mers d'automne qui reprennent à la terre la chaleur emmagasinée pendant de longs mois. Il nageait régulièrement. Le battement de ses pieds laissait derrière lui un bouillonnement d'écume, l'eau fuyait le long de ses bras pour se coller à ses jambes. Un lourd clapotement lui apprit que Tarrou avait plongé. Rieux se mit sur le dos et se tint immobile, face au ciel renversé, plein de lune et d'étoiles. Il respira longuement. Puis il perçut de plus en plus distinctement un bruit d'eau battue, étrangement clair dans le silence et la solitude de la nuit. Tarrou se rapprochait, on entendit bientôt sa respiration. Rieux se retourna, se mit au niveau de son ami, et nagea dans le même rythme. Tarrou avançait avec plus de puissance que lui et il dut précipiter son allure. Pendant quelques minutes, ils avancèrent avec la même cadence et la même vigueur solitaires, loin du monde, libérés enfin de la ville et de la peste. Rieux s'arrêta le premier et ils revinrent lentement, sauf à un moment où ils entrèrent dans un courant glacé. Sans rien dire, ils précipitèrent tous deux leur mouvement, fouettés par cette surprise de la mer.

Habillés de nouveau, ils repartirent sans avoir prononcé un mot. Mais ils avaient le même cœur et le souvenir de cette nuit leur était doux. Quand ils aperçurent de loin la sentinelle de la peste, Rieux savait que Tarrou se disait, comme lui, que la maladie venait de les oublier, que cela était bien, et qu'il fallait maintenant recommencer.

Oui, il fallait recommencer et la peste n'oubliait personne trop longtemps. Pendant le mois de décembre, elle flamba dans les poitrines de nos concitoyens, elle illumina le four, elle peupla les camps d'ombres aux mains vides, elle ne cessa enfin d'avancer de son allure patiente et saccadée. Les autorités avaient compté sur les jours froids pour stopper cette avance, et pourtant elle passait à travers les premières rigueurs de la saison sans désemparer. Il fallait encore attendre. Mais on n'attend plus à force d'attendre, et notre ville entière vivait sans avenir.

Quant au docteur, le fugitif instant de paix et d'amitié qui lui avait été donné n'eut pas de lendemain. On avait ouvert encore un hôpital et Rieux n'avait plus de tête-à-tête qu'avec les malades. Il remarqua cependant qu'à ce stade de l'épidémie, alors que la peste prenait, de plus en plus, la forme pulmonaire, les malades semblaient en quelque sorte aider le médecin. Au lieu de s'abandonner à la prostration ou aux folies du début, ils paraissaient se faire une idée plus juste de leurs intérêts et ils réclamaient d'eux-mêmes ce qui pouvait leur être le plus favorable. Ils demandaient sans cesse à boire, et tous voulaient de la chaleur. Quoique la fatigue fût la même pour le docteur, il se sentait cependant moins seul, dans ces occasions.

Vers la fin de décembre, Rieux reçut de M. Othon, le juge d'instruction, qui se trouvait encore dans son camp, une lettre disant que son temps de quarantaine était passé, que l'administration ne retrouvait pas la date de son entrée et qu'assurément, on le maintenait encore au camp d'internement par erreur. Sa femme, sortie depuis quelque temps, avait protesté à la préfecture, où elle avait été mal reçue, et où on lui avait dit qu'il n'y avait jamais d'erreur. Rieux fit intervenir Rambert et, quelques jours après, vit arriver M. Othon. Il y avait eu en effet une erreur et Rieux s'en indigna un peu. Mais M. Othon, qui avait maigri, leva une main molle et dit, pesant ses mots, que tout le monde pouvait se tromper. Le docteur pensa seulement qu'il y avait quelque chose de changé.

-Qu'allez-vous faire, monsieur le juge ? Vos dossiers vous attendent, dit Rieux.

-Eh bien, non, dit le juge. Je voudrais prendre un congé.

-En effet, il faut vous reposer.

-Ce n'est pas cela, je voudrais retourner au camp.

Rieux s'étonna :

-Mais vous en sortez !

-Je me suis mal fait comprendre. On m'a dit qu'il y avait des volontaires de l'administration, dans ce camp.

Le juge roulait un peu ses yeux ronds et essayait d'aplatir une de ses touffes...

-Vous comprenez, j'aurais une occupation. Et puis, c'est stupide à dire, je me sentirais moins séparé de mon petit garçon.

Rieux le regardait. Il n'était pas possible que dans ces yeux durs et plats une douceur s'installât soudain. Mais ils étaient devenus plus brumeux, ils avaient perdu leur pureté de métal.

-Bien sûr, dit Rieux, je vais m'en occuper, puisque vous le désirez.

Le docteur s'en occupa, en effet, et la vie de la cité empestée reprit son train, jusqu'à la Noël. Tarrou continuait de promener partout sa tranquillité efficace. Rambert confiait au docteur qu'il avait établi, grâce aux deux petits gardes, un système de correspondance clandestine avec sa femme. Il recevait une lettre de loin en loin. Il offrit à Rieux de le faire profiter de son système et celui-ci accepta. Il écrivit, pour la première fois depuis de longs mois, mais avec les plus grandes difficultés. Il y avait un langage qu'il avait perdu. La lettre partit. La réponse tardait à venir. De son côté, Cottard prospérait et ses petites spéculations l'enrichissaient. Quant à Grand, la période des fêtes ne devait pas lui réussir.

Le Noël de cette année-là fut plutôt la fête de l'Enfer que celle de l'Évangile. Les boutiques vides et privées de lumière, les chocolats factices ou les boîtes vides dans les vitrines, les tramways chargés de figures sombres, rien ne rappelait les Noëls passés. Dans cette fête où tout le monde, riche ou pauvre, se rejoignait jadis, il n'y avait plus de place que pour les quelques réjouissances solitaires et honteuses que des privilégiés se procuraient à prix d'or, au fond d'une arrière-boutique crasseuse. Les églises étaient emplies de plaintes plutôt que d'actions de grâces. Dans la ville morne et gelée, quelques enfants couraient, encore ignorants de ce qui les menaçait. Mais personne n'osait leur annoncer le dieu d'autrefois, chargé d'offrandes, vieux comme la peine humaine, mais nouveau comme le jeune espoir. Il n'y avait plus de place dans le coeur de tous que pour un très vieil et très morne espoir, celui-là même qui empêche les hommes de se laisser aller à la mort et qui n'est qu'une simple obstination à vivre.

La veille, Grand avait manqué son rendez-vous. Rieux, inquiet, était passé chez lui de grand matin sans le trouver. Tout le monde avait été alerté. Vers onze heures, Rambert vint à l'hôpital avertir le docteur qu'il avait aperçu Grand de loin, errant dans les rues, la figure décomposée. Puis il l'avait perdu de vue. Le docteur et Tarrou partirent en voiture à sa recherche.

À midi, heure glacée, Rieux, sorti de la voiture, regardait de loin Grand, presque collé contre une vitrine, pleine de jouets grossièrement sculptés dans le bois. Sur le visage du vieux fonctionnaire, des larmes coulaient sans interruption. Et ces larmes bouleversèrent Rieux parce qu'il les comprenait et qu'il les sentait aussi au creux de sa gorge. Il se souvenait lui aussi des fiançailles du malheureux, devant une boutique de Noël, et, de Jeanne renversée vers lui pour dire qu'elle était contente. Du fond d'années lointaines, au coeur même de cette folie, la voix fraîche de Jeanne revenait vers Grand, cela était sûr. Rieux savait ce que pensait à cette minute le vieil homme qui pleurait, et il le pensait comme lui, que ce monde sans amour était comme un monde mort et qu'il vient toujours une heure où on se lasse des prisons, du travail et du courage pour réclamer le visage d'un être et le cœur émerveillé de la tendresse.

Mais l'autre l'aperçut dans la glace. Sans cesser de pleurer, il se retourna et s'adossa à la vitrine pour le regarder venir.

-Ah ! docteur, ah ! docteur, faisait-il.

Rieux hochait la tête pour l'approuver, incapable de parler. Cette détresse était la sienne et ce qui lui tordait le cœur à ce moment était l'immense colère qui vient à l'homme devant la douleur que tous les hommes partagent.

-Oui, Grand, dit-il.

-Je voudrais avoir le temps de lui écrire une lettre. Pour qu'elle sache... et pour qu'elle puisse être heureuse sans remords...

Avec une sorte de violence, Rieux fit avancer Grand. L'autre continuait, se laissant presque traîner, balbutiant des bouts de phrase.

-Il y a trop longtemps que ça dure. On a envie de se laisser aller, c'est forcé. Ah ! docteur ! J'ai l'air tranquille comme ça. Mais il m'a toujours fallu un énorme effort pour être seulement normal. Alors maintenant, c'est encore trop.

Il s'arrêta, tremblant de tous ses membres et les yeux fous. Rieux lui prit la main. Elle brûlait.

-Il faut rentrer.

Mais Grand lui échappa et courut quelques pas, puis il s'arrêta, écarta les bras et se mit à osciller d'avant en arrière. Il tourna sur lui-même et tomba sur le trottoir glacé, le visage sali par des larmes qui continuaient de couler. Les passants regardaient de loin, arrêtés brusquement, n'osant plus avancer. Il fallut que Rieux prit le vieil homme dans ses bras.

Dans son lit maintenant, Grand étouffait : les poumons étaient pris. Rieux réfléchissait. L'employé n'avait pas de famille. À quoi bon le transporter ? Il serait seul, avec Tarrou, à le soigner...

Grand était enfoncé au creux de son oreiller, la peau verdie et l'œil éteint. Il regardait fixement un maigre feu que Tarrou allumait dans la cheminée avec les débris d'une caisse. « Ça va mal » , disait-il. Et du fond de ses poumons en flammes sortait un bizarre crépitement qui accompagnait tout ce qu'il disait. Rieux lui recommanda de se taire et dit qu'il allait revenir. Un bizarre sourire vint au malade et, avec lui, une sorte de tendresse lui monta au visage. Il cligna de l'œil avec effort. « Si j'en sors, chapeau bas, docteur !» Mais tout de suite après, il tomba dans la prostration.

Quelques heures après, Rieux et Tarrou retrouvèrent le malade, à demi dressé dans son lit, et Rieux fut effrayé de lire sur son visage les progrès du mal qui le brûlait. Mais il semblait plus lucide et, tout de suite, d'une voix étrangement creuse, il les pria de lui apporter le manuscrit qu'il avait mis dans un tiroir. Tarrou lui donna les feuilles qu'il serra contre lui, sans les regarder, pour les tendre ensuite au docteur, l'invitant du geste à les lire. C'était un court manuscrit d'une cinquantaine de pages. Le docteur le feuilleta et comprit que toutes ces feuilles ne portaient que la même phrase indéfiniment recopiée, remaniée, enrichie ou appauvrie. Sans arrêt, le mois de mai, l'amazone et les allées du Bois, se confrontaient et se disposaient de façons diverses. L'ouvrage comportait aussi des explications, parfois démesurément longues, et des variantes. Mais à la fin de la dernière page, une main appliquée avait seulement écrit, d'une encre encore fraîche :« Ma bien chère Jeanne, c'est aujourd'hui Noël... » Au-dessus, soigneusement calligraphiée, figurait la dernière version de la phrase. « Lisez » , disait Grand. Et Rieux lut.

« Par une belle matinée de mai, une svelte amazone, montée sur une somptueuse jument alezane, parcourait, au milieu des fleurs, les allées du Bois... »

-Est-ce cela ? dit le vieux d'une voix de fièvre.

Rieux ne leva pas les yeux sur lui.

-Ah ! dit l'autre en s'agitant, je sais bien. Belle, belle, ce n'est pas le mot juste.

Rieux lui prit la main sur la couverture.

-Laissez, docteur. Je n'aurai pas le temps...

Sa poitrine se soulevait avec peine et il cria tout d'un coup :

-Brûlez-le !

Le docteur hésita, mais Grand répéta son ordre avec un accent si terrible et une telle souffrance dans la voix, que Rieux jeta les feuilles dans le feu presque éteint. La pièce s'illumina rapidement et une chaleur brève la réchauffa. Quand le docteur revint vers le malade, celui-ci avait le dos tourné et sa face touchait presque au mur. Tarrou regardait par la fenêtre, comme étranger à la scène. Après avoir injecté le sérum, Rieux dit à son ami que Grand ne passerait pas la nuit, et Tarrou se proposa pour rester. Le docteur accepta.

Toute la nuit, l'idée que Grand allait mourir le poursuivit. Mais le lendemain matin, Rieux trouva Grand assis sur son lit, parlant avec Tarrou. La fièvre avait disparu. Il ne restait que les signes d'un épuisement général.

-Ah ! docteur, disait l'employé, j'ai eu tort. Mais je recommencerai. Je me souviens de tout, vous verrez.

-Attendons, dit Rieux à Tarrou.

Mais à midi, rien n'était changé. Le soir, Grand pouvait être considéré comme sauvé. Rieux ne comprenait rien à cette résurrection.

À peu près à la même époque pourtant, on amena à Rieux une malade dont il jugea l'état désespéré et qu'il fit isoler dès son arrivée à l'hôpital. La jeune fille était en plein délire et présentait tous les symptômes de la peste pulmonaire. Mais, le lendemain matin, la fièvre avait baissé. Le docteur crut reconnaître encore, comme dans le cas de Grand, la rémission matinale que l'expérience l'habituait à considérer comme un mauvais signe. À midi, cependant, la fièvre n'était pas remontée. Le soir, elle augmenta de quelques dixièmes seulement et, le lendemain matin, elle avait disparu. La jeune fille, quoique faible, respirait librement dans son lit. Rieux dit à Tarrou qu'elle était sauvée contre toutes les règles. Mais dans la semaine, quatre cas semblables se présentèrent dans le service du docteur.

À la fin de la même semaine, le vieil asthmatique accueillit le docteur et Tarrou avec tous les signes d'une grande agitation.

-Ça y est, disait-il, ils sortent encore.

-Qui ?

-Eh bien ! Les rats !

Depuis le mois d'avril, aucun rat mort n'avait été découvert.

-Est-ce que ça va recommencer ? dit Tarrou à Rieux.

Le vieux se frottait les mains.

-Il faut les voir courir ! C'est un plaisir.

Il avait vu deux rats vivants rentrer chez lui, par la porte de la rue. Des voisins lui avaient rapporté que, chez eux aussi, les bêtes avaient fait leur réapparition. Dans certaines charpentes, en entendait de nouveau le remue-ménage oublié depuis des mois. Rieux attendit la publication des statistiques générales qui avaient lieu au début de chaque semaine. Elles révélaient un recul de la maladie.

V

Quoique cette brusque retraite de la maladie fût inespérée, nos concitoyens ne se hâtèrent pas de se réjouir. Les mois qui venaient de passer, tout en augmentant leur désir de libération, leur avaient appris la prudence et les avaient habitués à compter de moins en moins sur une fin prochaine de l'épidémie. Cependant, ce fait nouveau était sur toutes les bouches, et, au fond des cœurs, s'agitait un grand espoir inavoué. Tout le reste passait au second plan. Les nouvelles victimes de la peste pesaient bien peu auprès de ce fait exorbitant : les statistiques avaient baissé. Un des signes que l'ère de la santé, sans être ouvertement espérée, était cependant attendue en secret, c'est que nos concitoyens parlèrent volontiers dès ce moment, quoique avec les airs de l'indifférence, de la façon dont la vie se réorganiserait après la peste.

Tout le monde était d'accord pour penser que les commodités de la vie passée ne se retrouveraient pas d'un coup et qu'il était plus facile de détruire que de reconstruire. On estimait simplement que le ravitaillement lui-même pourrait être un peu amélioré, et que, de cette façon, on serait débarrassé du souci le plus pressant. Mais, en fait, sous ces remarques anodines, un espoir insensé se débridait du même coup et à tel point que nos concitoyens en prenaient parfois conscience et affirmaient alors, avec précipitation, qu'en tout état de cause, la délivrance n'était pas pour le lendemain.

Et, en effet, la peste ne s'arrêta pas le lendemain, mais, en apparence, elle s'affaiblissait plus vite qu'on n'eût pu raisonnablement l'espérer. Pendant les premiers jours de janvier, le froid s'installa avec une persistance inusitée et sembla cristalliser au-dessus de la ville. Et pourtant, jamais le ciel n'avait été si bleu. Pendant des jours entiers, sa splendeur immuable et glacée inonda notre ville d'une lumière ininterrompue. Dans cet air purifié, la peste, en trois semaines et par des chutes successives, parut s'épuiser dans les cadavres de moins en moins nombreux qu'elle alignait. Elle perdit, en un court espace de temps, la presque totalité des forces qu'elle avait mis des mois à accumuler. À la voir manquer des proies toutes désignées, comme Grand ou la jeune fille de Rieux, s'exacerber dans certains quartiers durant deux ou trois jours alors qu'elle disparaissait totalement de certains autres, multiplier les victimes le lundi et, le mercredi, les laisser échapper presque toutes, à la voir ainsi s'essouffler ou se précipiter, on eût dit qu'elle se désorganisait par énervement et lassitude, qu'elle perdait, en même temps que son empire sur elle-même, l'efficacité mathématique et souveraine qui avait été sa force. Le sérum de Castel connaissait, tout d'un coup, des séries de réussites qui lui avaient été refusées jusque là. Chacune des mesures prises par les médecins et qui, auparavant, ne donnaient aucun résultat, paraissait soudain porter à coup sûr. Il semblait que la peste à son tour fût traquée et que sa faiblesse soudaine fît la force des armes émoussées qu'on lui avait, jusqu'alors, opposées. De temps en temps seulement, la maladie se raidissait et, dans une sorte d'aveugle sursaut, emportait trois ou quatre malades dont on espérait la guérison. Ils étaient les malchanceux de la peste, ceux qu'elle tuait en plein espoir. Ce fut le cas du juge Othon qu'on dut évacuer du camp de quarantaine, et Tarrou dit de lui en effet qu'il n'avait pas eu de chance, sans qu'on pût savoir cependant s'il pensait à la mort ou à la vie du juge.

Mais dans l'ensemble, l'infection reculait sur toute la ligne et les communiqués de la préfecture, qui avaient d'abord fait naître une timide et secrète espérance, finirent par confirmer, dans l'esprit du public, la conviction que la victoire était acquise et que la maladie abandonnait ses positions. À la vérité, il était difficile de décider qu'il s'agissait d'une victoire. On était obligé seulement de constater que la maladie semblait partir comme elle était venue. La stratégie qu'on lui opposait n'avait pas changé, inefficace hier et, aujourd'hui, apparemment heureuse. On avait seulement l'impression que la maladie s'était épuisée elle-même ou peut-être qu'elle se retirait après avoir atteint tous ses objectifs. En quelque sorte, son rôle était fini.

On eût dit néanmoins que rien n'était changé en ville. Toujours silencieuses dans la journée, les rues étaient envahies, le soir, par la même foule où dominaient seulement les pardessus et les écharpes. Les cinémas et les cafés faisaient les mêmes affaires. Mais, à regarder de plus près, on pouvait remarquer que les visages étaient plus détendus et qu'ils souriaient parfois. Et c'était alors l'occasion de constater que, jusqu'ici, personne ne souriait dans les rues. En réalité, dans le voile opaque qui, depuis des mois, entourait la ville, une déchirure venait de se faire et, tous les lundis, chacun pouvait constater, par les nouvelles de la radio, que la déchirure s'agrandissait et qu'enfin il allait être permis de respirer. C'était encore un soulagement tout négatif et qui ne prenait pas d'expression franche. Mais alors qu'auparavant on n'eût pas appris sans quelque incrédulité qu'un train était parti ou un bateau arrivé, ou encore que les autos allaient de nouveau être autorisées à circuler, l'annonce de ces événements à la mi-janvier n'eût provoqué au contraire aucune surprise. C'était peu sans doute. Mais cette nuance légère traduisait, en fait, les énormes progrès accomplis par nos concitoyens dans la voie de l'espérance. On peut dire d'ailleurs qu'à partir du moment où le plus infime espoir devint possible pour la population, le règne effectif de la peste fut terminé.

Il n'en reste pas moins que, pendant tout le mois de janvier, nos concitoyens réagirent de façon contradictoire. Exactement, ils passèrent par des alternances d'excitation et de dépression. C'est ainsi qu'on eut à enregistrer de nouvelles tentatives d'évasion, au moment même où les statistiques étaient les plus favorables. Cela surprit beaucoup les autorités, et les postes de garde eux-mêmes, puisque la plupart des évasions réussirent. Mais, en réalité, les gens qui s'évadaient à ces moments-là obéissaient à des sentiments naturels. Chez les uns, la peste avait enraciné un scepticisme profond dont ils ne pouvaient pas se débarrasser. L'espoir n'avait plus de prise sur eux. Alors même que le temps de la peste était révolu, ils continuaient à vivre selon ses normes. Ils étaient en retard sur les événements. Chez les autres, au contraire, et ils se recrutaient spécialement chez ceux qui avaient vécu jusque là séparés des êtres qu'ils aimaient, après ce long temps de claustration et d'abattement, le vent d'espoir qui se levait avait allumé une fièvre et une impatience qui leur enlevaient toute maîtrise d'eux-mêmes. Une sorte de panique les prenait à la pensée qu'ils pouvaient, si près du but, mourir peut-être, qu'ils ne reverraient pas l'être qu'ils chérissaient et que ces longues souffrances ne leur seraient pas payées. Alors que pendant des mois,